BASTEI
LÜBBE
TASCHENBUCH

Weitere Titel des Autors:

Apocalypsis
Apocalypsis II

Wir waren Papst. Das Apocalypsis-Interview

Jerry Cotton Reloaded I

Titel in der Regel auch als Hörbuch und E-Book erhältlich

Mario Giordano

APOCALYPSIS III

Thriller

Drittes Buch

BASTEI
LÜBBE
TASCHENBUCH

BASTEI LÜBBE TASCHENBUCH
Band 16830

1. Auflage: März 2014

MIX
Papier aus verantwortungsvollen Quellen
FSC® C014496

Dieser Titel ist auch als Hörbuch und E-Book erschienen

Vollständige Taschenbuchausgabe
der bei Lübbe Digital erschienenen E-Book-Ausgabe

Textredaktion: Henrike Heiland
Cover und Illustrationen: © Dino Franke
Umschlaggestaltung: Gisela Kullowatz
Satz: Dörlemann Satz, Lemförde
Gesetzt aus der Sabon
Druck und Verarbeitung: GGP Media GmbH, Pößneck
Printed in Germany
ISBN 978-3-404-16830-9

Sie finden uns im Internet unter
www.luebbe.de
Bitte beachten Sie auch: www.lesejury.de

INHALT

Kapitel 1

ENDE

I

17. Juli 2011, Jerusalem

Dies war das Ende, kein Zweifel. Die Prophezeiung des Malachias hatte sich erfüllt. Dies war das Ende des Papsttums, das Ende der römisch-katholischen Kirche, möglicherweise der Anfang vom Ende des gesamten Christentums. In jedem Fall das Ende einer ganzen Weltordnung. Diese Gewissheit, drückend und dunkel wie ein Ozean, verdichtete sich mit jedem weiteren Schuss, den der Papst auf seinen Privatsekretär abfeuerte.

Auf dem Petersplatz.

Vor den Augen der Welt.

Mit jedem Schuss wurde der Riss, der durch die Welt ging, tiefer. Blieb nur die Frage, ob dieser Mord auch das Ende der Apokalypse markierte – oder ihre Vollendung.

Aber *was* auch immer nun alles enden würde, Franz Laurenz wandte den Kopf weder ab, noch schlug er wie seine Tochter Maria die Hände vors Gesicht. Er starrte einfach weiter auf die riesige Monitorwand vor sich, sah Edward Kelly zusammenbrechen, seinen Kopf aufplatzen und sein Blut über die Bühne und auf die Messgewänder der Diakone ringsum spritzen. Den Mann, der wer weiß wie viele Jahrhunderte gelebt hatte, die Inkarnation des Bösen, die rechte Hand Satans. Franz Laurenz sah, wie Kelly starb und wie Papst Petrus II. die Waffe anschließend in aller Ruhe auf dem Altar ablegte. Eine blasphemische und obszöne Geste, bei der Laurenz zum ersten Mal übel wurde. Er stöhnte auf, wie unter einem dumpfen Schmerz, der nie wieder vergehen würde. Dennoch wandte Laurenz den Blick nicht ab, sah weiter zu, wie sich nach dem ersten Schock nun eine Welle aus Panik und Bestürzung unter den Diakonen, Ministranten und Chorknaben um den Papst herum ausbreitete, immer größer wurde, über den Petersplatz raste und die Tausenden von Gläubigen ergriff. Laurenz hörte sie wie aus einem Mund aufschreien und stellte sich vor, dass mit ihnen gerade Millionen von Menschen an den Fernsehern ebenso aufschrien. Die ganze Welt schrie auf. Die Stimme des italienischen Kommentators überschlug sich und brach immer wieder ab. Zwei Schweizergardisten warfen sich auf den Papst und drückten ihn zu Boden.

Erst da wandte sich Franz Laurenz um. Keiner der Anwesenden in der bunkerartigen Kommunikationszentrale sprach, niemand schrie. Sie alle starrten nur fassungslos auf das Geschehen, das immer noch live übertragen wurde. Wenige Minuten zuvor hatte Laurenz Yoko Tanaka gebeten, die Liveübertragung der Messe, die der Papst auf dem Petersdom zelebrierte, auf die Monitorwand zu legen. Franz Laurenz war neugierig gewesen, mit welcher Botschaft an die Gläubigen in aller Welt der Papst sein langes Schweigen endlich brechen wollte. Nach den Ereignissen auf Oak Island hatte er sogar eine heimliche Botschaft an ihn persönlich erwartet. Alles. Nur keinen Mord.

Neben ihm riss sich auch Maria von den Fernsehbildern los und wandte sich ihm zu.

»Sag mir, dass das nicht wahr ist, Papa«, flüsterte sie voller Entsetzen. Laurenz gab ihr keine Antwort. Er wusste es selbst nicht.

»Schalten Sie auf CNN!«, rief er in den Raum. »Auf jeden Nachrichtensender, den Sie kriegen können!«

Yoko Tanaka gab das Kommando an einen der Techniker weiter. Die Monitorwand flackerte kurz, teilte sich in viele kleine Bereiche und zeigte Augenblicke später die Programme der wichtigsten internationalen Fernsehsender. Überall die gleichen Bilder. Der Papst wurde inzwischen von den beiden Schweizergardisten und zwei Bodyguards der vatikanischen Gendarmerie weggeführt. Laurenz konnte Oberst Res Steiner in der Menge erkennen, den Kommandanten der Garde und

Nachfolger von Urs Bühler. Steiner versuchte zum Papst vorzudringen, geriet jedoch in eine Gruppe panischer Nonnen und kam nicht weiter, während seine Leute den Papst hastig hinter die Bühne brachten. Petrus II. hatte die Mitra verloren, ging aber aufrecht und ohne jede Gegenwehr. Kellys Leiche war in dem Getümmel nicht mehr zu sehen, das beunruhigte Laurenz. Überhaupt wirkte alles so, als versuchten die Gardisten, den Papst so schnell wie möglich aus der Gefahrenzone zu schaffen. Als sei *er* soeben Opfer eines Attentats geworden. *Kein Wunder*, dachte Laurenz, denn es gab kein Szenario für diesen Fall, die Gardisten und Gendarmen spulten nur ab, was sie immer wieder trainiert hatten.

Dann sah Laurenz, wie der Papst sich mit einem Ruck nach der Stelle umwandte, an der Kelly liegen musste. Als ob auch er sich noch einmal versichern wollte, dass er wirklich tot war.

»Geben Sie mir die Zentrale in Rom! Geben Sie mir Steiner!«, rief Laurenz, doch im selben Moment klingelte sein Handy. Eine israelische Nummer.

»Ja?«

»Kaplan hier. Haben Sie es schon gesehen?« Die Stimme des Großrabbiners von Jerusalem klang angespannt, aber erstaunlich beherrscht.

»Ja.«

»War das echt oder inszeniert?«

»Was soll die Frage, Kaplan?«

Der Großrabbiner schwieg einen Moment. »Nun, ehrlich gesagt frage ich mich gerade, ob Sie etwas damit zu tun haben. Nehmen Sie es mir nicht übel, aber Sie waren mehrere Tage verschwunden. Dann fliegt in Nova Scotia eine ganze Insel in die Luft, Sie schicken mir diese junge Frau mit dem Amulett, die Frau wird kurz darauf ermordet. Wenige Tage später tauchen Sie in Jerusalem auf, ziehen sich aber sofort in einen Bunker ihres Freundes Nakashima zurück. Und nun dieser Mord oder was immer es war, der alles verändern wird, die ganze Welt.

Verstehen Sie nicht, dass mich das misstrauisch macht? Es wäre nicht das erste Mal in der Geschichte, dass ein Papst nach Hegemonie strebt. Also frage ich Sie ganz konkret, Laurenz: Sind wir noch Verbündete im Kampf um den Erhalt unserer Religionen? Und damit meine ich, einschließlich des Islam.«

Laurenz zögerte kurz. Auf den Monitoren liefen immer noch die Livebilder vom Petersplatz. Die Menge der Gläubigen war in Aufruhr. Einige Sender zeigten Nahaufnahmen völlig verzweifelter Menschen, Nonnen in Schockstarre, Jugendliche, die in Schreikrämpfen am Boden zusammengebrochen waren, Tausende, die in blinder Panik vom Petersplatz flohen, Schweizergardisten und Gendarmen, die den Tatort absperrten.

»Ich war in letzter Zeit nicht ganz aufrichtig zu Ihnen, Kaplan«, sprach Laurenz leise weiter. »Dafür bitte ich Sie um Verzeihung. Ich werde Ihnen bald alles erklären. Im Augenblick aber bitte ich Sie einfach nur, mir zu vertrauen. Ohne Sie und auch ohne Mekka werde ich es nicht schaffen.«

Er hörte den Rabbiner ausatmen. »Nun gut«, sagte er schließlich. »Halten Sie mich auf dem Laufenden und passen Sie auf sich auf, mein Freund. Gott schütze Sie.«

Als Laurenz sein Handy wieder einsteckte, fühlte er sich etwas gefasster. Erst jetzt bemerkte er die Stille in dem Kommandoraum. Irgendjemand hatte den Ton der TV-Übertragungen abgeschaltet. Nur das Surren der Lüftung war noch zu hören. Maria, Yoko Tanaka, Pater Anselmo und sämtliche Mitarbeiter sahen ihn schweigend an, und Laurenz verstand in diesem Augenblick, was nun auf ihn zukam.

Dass er führen musste. Ob er wollte oder nicht.

Nakashimas Jerusalemer Lagezentrum lag abhörsicher und vor Angriffen geschützt tief im Untergeschoss einer Bank, die zum Nakashima-Konzern gehörte. Ein großer Kontrollraum aus nacktem Beton, diffus beleuchtet und an einer Seite beherrscht von der großen Monitorwand, die bis vor einer halben Stunde noch wechselnde Ausschnitte von Rom, Köln, Santiago de Compostela und Jerusalem gezeigt hatte, sowie Satellitenbilder und Drohnenaufnahmen der Laguneninsel Poveglia und der Île de Cuivre. Unter der Leitung von Yoko Tanaka filterte und analysierte hier ein Dutzend ausgesuchter Spezialisten in drei Schichten E-Mails, Tweets, Telefonate und Kurznachrichten aus der ganzen Welt. Von dem Kontrollraum zweigten ein gläserner Besprechungsraum, sanitäre Anlagen, eine kleine Kantine, ein Labor und eine medizinische Station ab. Eine private Geheimdienstzentrale mit High-Tech-Ausstattung, und alles nur, um eine Spur von Peter, Nikolas, Seth und den Trägern des Lichts zu finden. Und dem Amulett mit dem Kupferzeichen, das seit Marina Biharis Tod verschwunden war. Nakashima selbst erholte sich an einem geheimen Ort von der Schussverletzung durch Kelly auf Oak Island. Laurenz hatte ihn seit jenem Tag nicht mehr gesehen.

Im Augenblick dachte er aber nicht an Nakashima, sondern wandte sich an den blassen jungen Jesuiten in dem verwaschenen T-Shirt, der neben Maria stand.

»Pater Anselmo, nehmen Sie Kontakt mit unseren Leuten im Vatikan auf. Wir brauchen eine Bestätigung, dass es sich bei dem Toten wirklich um Kelly handelt. Haben Sie Oberst Steiner erreicht?«

»Negativ, Meister, aber ich versuche es weiter.« Pater Anselmo verwendete die Anrede »Meister« inzwischen so selbstverständlich wie jedes andere Mitglied des Ordens vom Heiligen Schwert und zeigte damit, dass er nun Teil eines jahrhundertealten Geheimbundes innerhalb der Kirche war, hervorgegangen aus dem Templerorden und mit dem einen Ziel, das verlorene Geheimnis der Templer wiederzufinden und nicht in die Hände jener zweiten Splittergruppe fallen zu lassen, die sich »Träger des Lichts« nannte.

»Ich brauche eine Verbindung zu Nakashima San«, wandte sich Laurenz danach an Yoko Tanaka.

»Ich fürchte ...«

»Versuchen Sie es«, schnitt ihr Laurenz das Wort ab. »Jetzt, sofort. Bitte.«

»Was hast du vor?«, fragte Maria.

»Uns einen Überblick über die Lage verschaffen.«

Es sollte zuversichtlich klingen. Klang es aber nicht. Laurenz spürte, wie Schock und Angst ihn nun unaufhaltsam erreichten. Maria offenbar auch, denn ohne ein weiteres Wort trat sie auf ihn zu, umarmte ihn, hielt ihn fest, als drohe er, gleich umzufallen. Laurenz spürte ihre verbundene linke Hand an seinem Rücken, erwiderte die Umarmung seiner Tochter, drückte sie mit beiden Händen fest an sich und atmete den Duft ihres Haars.

»Vergib mir«, flüsterte er. »Dass ich dich in all das hineingezogen habe. Dass ich dir kein besserer Vater war.«

»Halt die Klappe und halt mich fest, Papa«, nuschelte sie zurück. Und das tat er. Einen Moment lang. Eine Ewigkeit.

Bis Yoko Tanakas Stimme ihn in die Realität zurückrief.

»Nakashima San für Sie, Herr Laurenz.«

Laurenz löste sich von Maria und küsste sie auf die Stirn. »Du musst Shimon Kohn finden. Das ist jetzt deine einzige Aufgabe.«

»Und was ist mit Peter?«

Laurenz überlegte kurz, ob er ihr endlich von der Nachricht erzählen sollte, die er in den losen Dokumenten und Pergamenten gefunden hatte, die zusammen das Buch Dzyan bildeten. Jenes uralte hermetische Werk, geschrieben in einer unbekannten Schrift, das plötzlich vollständig übersetzt auf seinem Schreibtisch gelegen hatte, zusammen mit dieser Nachricht von Peter Adam, dessen Tod er selbst hatte mit ansehen müssen.

»Es wird nicht leichter, wenn du dir etwas vormachst, Maria.«

»Er lebt!«, widersprach Maria heftig. »Dieses Wesen in der Grube auf Oak Island hat mir versichert, dass er lebt.«

Laurenz lächelte seine Tochter an und strich ihr übers Haar wie einem Kind. »Finde Shimon Kohn. Dann wirst du auch Peter finden.«

Er wandte sich um. Die Gestalt von Satoshi Nakashima beherrschte überlebensgroß die Monitorwand. Er saß in einem Rollstuhl und trug einen schlichten grauen Pyjama. Am Hintergrund konnte Laurenz erkennen, dass Nakashima aus einem im traditionellen japanischen Stil eingerichteten Salon sprach. Die künstliche Beleuchtung des Raumes deutete auf späten Abend hin. Laurenz vermutete daher, dass sich der Multimilliardär inzwischen wieder auf der Insel Kochinoerabu im Ostchinesischen Meer befand.

»Herr Laurenz«, begrüßte ihn Nakashima. Er sprach langsam und schleppend, offenbar bereitete ihm der Lungendurchschuss immer noch Schmerzen. »Ich habe es gerade erfahren.«

»Wie geht es Ihnen, Mr. Nakashima?«

»Es könnte besser gehen. Aber danke, ich bin in guten Händen. Also, was schlagen Sie nun vor?«

»Als Erstes müssen wir Gewissheit bekommen, ob Kelly wirklich tot ist. Unsere Leute arbeiten daran, aber wir könnten Unterstützung gebrauchen.«

Nakashima nickte. »Dr. Tanaka wird alles veranlassen. Und weiter?«

Laurenz warf Maria einen kurzen Blick zu. »Ich muss zurück nach Rom.«

»Das ist lebensgefährlich.«

»Vielleicht kann ich noch retten, was zu retten ist.«

»Das heißt, Sie begrüßen die Situation?«

»Herrgott, Nakashima! Meine Kirche steht seit einer knappen halben Stunde vor dem Untergang. Was sollte ich daran wohl begrüßen?«

Nakashima schien nachzudenken.

»Was wird nun passieren? Wird man den Papst wegen Mordes anklagen? Kommt er in Haft?«

»Das ist eine sehr komplizierte Situation, die es in der Geschichte des Papsttums noch nie gegeben hat«, erklärte Laurenz. »Daher gibt es auch kein Verfahren für diesen Fall. Als Staatsoberhaupt des Vatikans genießt der Papst absolute Immunität. Gleichzeitig ist er oberster Richter des Vatikanstaates. Da der Mord auf dem Territorium des Vatikans verübt wurde, wäre er allein zuständig. Er müsste sozusagen über sich selbst richten. Das geht aber nicht, da er immun ist. Ein Prozess ist nur möglich, wenn er zurücktritt und sich freiwillig den italienischen Behörden stellt. Nur dann. Aber das allein wäre schon ein kanonischer Albtraum.«

»Wollen Sie damit sagen, dass die Unfehlbarkeit des Papstes sogar einen Mord abdeckt?«

»Natürlich nicht. Das Dogma der Unfehlbarkeit bezieht sich nur auf Äußerungen des Papstes *ex cathedra*, also aus seinem *Amt* heraus. Aber nicht auf die *Person* des Papstes, die natürlich genauso fehlbar ist wie jeder andere Mensch. Aber auf dem Staatsgebiet des Vatikans ist der Papst eben absoluter Souverän. Der letzte absolute Monarch, wenn Sie so wollen. Selbst bei Mord – ohne seinen Rücktritt kann nicht über ihn gerichtet werden.«

»Und wenn er sich weigert zurückzutreten?«

Laurenz atmete durch. »Dann hat Seth sein Ziel erreicht.«

Nakashima schwieg. Ließ den Blick aber nicht von Laurenz.

Laurenz ahnte, was er gleich sagen würde.

»Erinnern Sie sich noch an meinen letzten Vorschlag, Laurenz?«

»Vergessen Sie's! Ich kann, ich will und ich werde nicht wieder Papst werden. Selbst wenn Petrus II. zurücktritt, selbst wenn ein neues Konklave mich wählen würde – falls der zurückgetretene Papst, der dann in italienischer Untersuchungshaft seinem Prozess entgegensieht, alles widerruft und sein Amt zurückfordert ...«

»Das Gleiche könnten *Sie* tun, Laurenz!«

»... dann würde das unweigerlich zu einem Schisma führen, einer Teilung der Kirche. Ihr Vorschlag ist blanker Unsinn, so wird es nicht ablaufen.«

»Aber dieses Problem, das Sie da skizzieren, würde es mit jedem anderen neuen Papst doch ebenfalls geben.«

Laurenz nickte. »Und Petrus II. weiß das. Er kennt den Vatikan. Er hat diesen Mord offenbar geplant, also weiß er auch, was nun auf ihn zukommt. Sie werden ihm Druck machen, umgehend zurückzutreten, unglaublichen Druck, der gesamte kuriale Apparat. Aber selbst wenn er zurücktritt, kann er sich seines Lebens nicht mehr sicher sein. Wenn's drauf ankommt, ist der Vatikan nie zimperlich.«

»Ich verstehe. Sie spielen auf Johannes Paul I. an. Den Dreißigtagepapst. Aber was wäre daran so furchtbar? Petrus II. war Seths Handlanger. Er hätte den Tod verdient. All unsere Probleme wären gelöst.«

Laurenz schüttelte heftig den Kopf. »Er war mein Freund«, sagte er fest. »Was auch immer aus ihm geworden ist, er war mein Freund, und er ist Teil der Gnade Gottes. Ich muss nach Rom, um das Leben meines Freundes zu retten.«

»Und wenn das alles nur eine Show war? Eine Falle, um Sie nach Rom zu locken und dann zu töten?«

Laurenz nickte. Er hatte die Frage erwartet. »Deswegen wollte ich Sie sprechen.«

II

Transskript der Sitzung mit P.A. vom 20.8.2013

P.A. ist 35 J., männl., weiß, Collegedozent, sportl. Ersch., Verh., 1 Kind. Deutscher, lebt aber seit 15 J. in den USA. Kein org. Befund, keine psych. Auff. in der Fam., keine regelm. Med., P.A. wirkt ruhig & orientiert, gute Ausdrucksf. Leichte Müdigkeitsersch. während der Sitzung. Gibt an, seit einigen Wochen unter Albtr. zu leiden.

»Stört es Sie, wenn ich unser Gespräch aufzeichne, Peter?«

»Nein, überhaupt nicht.«

»Ist nur für meine Notizen.«

»Wirklich kein Problem, Dr. White.«

»Nennen Sie mich Bob. Also … Wie lange haben Sie diese Träume schon?«

»Seit ein paar Wochen … Bob.«

»Was, denken Sie, könnte diese Träume ausgelöst haben?«

»Keine Ahnung. Es gab keinen Vorfall oder so, wenn Sie das meinen. Sie waren plötzlich da. Sehr plastisch und immer wieder die gleichen.«

»Sprechen Sie mit Ihrer Familie darüber?«

»Meine Frau hat mich zu Ihnen geschickt.«

»Nun, dann erzählen Sie mal.«

»Ich weiß nicht genau, wo ich anfangen soll. Es ist alles so verwirrend. Also … Ich bin Journalist, in meinen Träumen, meine ich. Ich arbeite für ein deutsches Online-Nachrichtenmagazin, aber ich lebe in Rom. Ich berichte aus dem Vatikan über den Rücktritt des Papstes.«

»Sie meinen Benedikt XVI.? Der im Februar zurückgetreten ist?«

»Nein, nicht Ratzinger. Der Papst in meinen Träumen ist jünger, zwar ebenfalls Deutscher, aber er heißt Johannes Paul III. Nach seinem Rücktritt ist er spurlos verschwunden. Also mache ich mich auf die Suche nach ihm. Danach geht alles ziemlich durcheinander.«

»Erzählen Sie mir einfach, was Ihnen einfällt.«

»Der Petersdom und die Sixtinische Kapelle fliegen in die Luft.«

»Ein Anschlag?«

»Ja. Ich renne durch irgendwelche Katakomben und entschärfe eine Bombe nach der anderen. Diese Bomben sind sehr klein und strahlen ein bläuliches Licht aus. Aber die letzte Bombe befindet sich in meiner linken Hand. Ich weiß nicht, was ich tun soll. Da hackt der zurückgetretene Papst mir die linke Hand mit einem Säbel ab, um mein Leben zu retten.«

»Aha. Also haben Sie den Papst gefunden.«

»Muss wohl, die Zusammenhänge sind mir nicht klar. Der Papst hat eine Tochter, Maria. Sie begleitet mich bei meiner Suche.«

»Oh. Der Papst hat eine Tochter?«

»Ja. Nun. Im Traum.«

»Erinnert Maria Sie an jemanden aus Ihrem Leben?«

»Nein. Sie ist auch ganz anders als Ellen. Brünett, grüne Augen. Und sie ist eine Nonne.«

»Sind Sie katholisch, Peter?«

»Gewesen. Ich bin mit vierundzwanzig aus der Kirche ausgetreten. Ich bin Atheist.«

»Dennoch träumen Sie vom Papst. Und er hat auch noch eine Tochter – die auch noch Nonne ist.«

»Ich weiß, es ist grotesk. Er hat sogar eine Frau.«

»Wie lange sind Sie jetzt mit Ihrer Frau zusammen, Peter?«

»Dreizehn Jahre. Wir sind immer noch sehr glücklich, wenn Sie das meinen, Bob.«

»Hatten Sie Affären?«

»Eine kurze vor acht Jahren. Aber das haben wir überstanden.«

»Schlafen Sie mit Maria in Ihren Träumen?«

»Ja. Ein Mal. Bei meinen Eltern. Adoptiveltern.«

»Was ist mit Ihren leiblichen Eltern?«

»Ein okkulter Orden hat sie getötet, als ich klein war. Das finde ich heraus. Dieser Orden hat auch die Bomben unter dem Vatikan platziert. Er ist sehr mächtig. Sein Anführer heißt ... Seth.«

»Was finden Sie noch heraus?«

»Seth hat viele Namen. Aleister Crowley, Raymond Creutzfeldt ... Er plant, den Vatikan zu vernichten und eine Art Weltherrschaft zu errichten. Aber dazu sucht er nach einem uralten Geheimnis, dem Schatz der Templer. Er vermutet den Schlüssel dazu im Vatikan.«

»Das finden Sie und Maria heraus.«

»Ja. Es geht um ... Amulette. Ah, verdammt ...«

P. A. reibt sich die Schläfe.

»Alles in Ordnung, Peter? Haben Sie Kopfschmerzen?«

»Es geht schon, danke ... Ich weiß, das klingt so unglaublich bizarr und krude.«

»Es sind Träume. So wirr sie uns manchmal erscheinen, bergen sie doch oft einen sehr einfachen Sinn.«

»Sinn? Was für ein Sinn sollte in diesen Träumen stecken, die absolut nichts mit meinem Leben zu tun haben!?«

»Wir werden sehen. Aber bitte fahren Sie fort. Sie sprachen von Amuletten. Können Sie die beschreiben?«

»Ja. Ich sehe sie immer sehr deutlich vor mir. Es sind neun. Sie sehen aus wie Perlenketten aus einem schimmernden, blauen Material. Mit einem kleinen, blauen Medaillon. Auf der Vorderseite ist immer jeweils ein Symbol eingraviert. Manchmal auch auf der Rückseite.«

»Könnten Sie die Symbole zeichnen?«

»Ja.«

P. A. zeichnet Symbole auf.

»Inzwischen kann ich sie auswendig.«

»Verstehen Sie diese Symbole?«

»Einige. Ich habe ein wenig recherchiert. Dieses da, zum Beispiel, ist das alchemistische Zeichen für Kupfer. Bedeutet aber auch Licht. Das da ist das alchemistische Zeichen für den Stein der Weisen. Die letzten, das sind henochische Schriftzeichen. Angeblich die Sprache der Engel, wie ein englischer Alchemist des 16. Jahrhunderts herausgefunden haben will. In meinen Träumen spreche ich Henochisch. Es ist die Sprache dieses okkulten Ordens.«

»Also sind Sie Teil dieses Ordens?«

»Nein, aber mein Zwillingsbruder Nikolas. Er ist ein Killer im Auftrag dieses Ordens. Wir wurden als Kinder getrennt. Als wir uns wiederbegegnen, will er mich erst töten. Aber dann kriegt er Skrupel. Er rettet mir das Leben durch einen Körpertausch. … Hören Sie, je mehr ich darüber spreche, desto absurder klingt das alles für mich!«

»Bleiben Sie einfach ganz ruhig, Peter. Haben Sie denn einen Bruder?«

»Ja, natürlich. Nikolas gibt es wirklich.«

»Und wie ist Ihr Verhältnis zueinander?«

»Sehr gut. Wir haben früher immer alles zusammen gemacht, wir waren unzertrennlich. Zwillinge eben.«

»Sie sagen: waren. Was ist passiert?«

»Nichts Besonderes. Ich ging in die USA, um zu studieren, er wurde Priester. Er lebt heute in Rom, ist aber viel unterwegs. Ehrlich gesagt weiß ich nicht genau, was er eigentlich macht.«

»Haben Sie ihm von diesen Träumen erzählt?«

P. A. antwortet nicht, starrt nur zu Boden.

»Peter?«

»Nein. Wir haben nur noch wenig Kontakt.«

»Vielleicht hätte er ja eine Erklärung.«

»Sie meinen, unsere Eltern haben uns missbraucht oder so?«

»Nein, ich meine, dass es bei Zwillingen die faszinierendsten Phänomene gibt.«

»Faszinierend, verstehe. Ich bin ein klasse Fall, was, Bob? So richtig schön kaputt. Und dann noch Zwillinge, das könnten Sie publizieren.«

P. A. massiert sich wieder die Schläfen, stöhnt.

»Beruhigen Sie sich, Peter. Ganz ruhig. Es geht hier nur um Sie. Ich will ehrlich zu Ihnen sein. Möglich, dass ich Ihnen nicht helfen kann. Möglich, dass Sie unter einer echten Psychose leiden. Aber das werden wir herausfinden. Vertrauen Sie mir, Peter?«

»Ja. Ja, klar, Doc ... Bob. Tut mir leid, wenn ich ausfallend geworden bin.«

»Was geschieht sonst noch in Ihren Träumen?«

»Nachdem der Petersdom explodiert ist, wird der Chef-Exorzist des Vatikans neuer Papst.«

»Sie meinen Franziskus I.?«

»Nein, nein! Er nennt sich Petrus II. Er gehört zu diesem okkulten Orden. Edward Kelly wird sein Privatsekretär, aber den erschießt er später.«

»Wer ist Edward Kelly?«

»Der Assistent von John Dee, diesem englischen Alchemisten. Kelly ist über fünfhundert Jahre alt. Er tötet Ellen ... meine Frau ... in einer Wüste. Ich treffe ihn später auf einer kleinen Insel im Mittelmeer wieder. Er wirkt vollkommen wahnsinnig.«

»Was ist mit Ihrer Tochter? Sie haben doch eine Tochter, nicht wahr? Kommt sie auch in Ihren Träumen vor?«

»Nein. Maya sehe ich nie. Wie gesagt, Ellen wird ja von Kelly ermordet. Und Kelly versucht auch, Nikolas und mich zu töten.«

P. A. schweigt wieder, wirkt erschöpft.

»Wollen wir Schluss machen, Peter?«

»Danke, es geht schon.«

»Was passiert sonst noch?«

»Die Hölle bricht aus. Es beginnt im Kölner Dom. Die Erde reißt auf, überall ist Feuer, Menschen verbrennen bei lebendigem Leib. Aber es passiert auch noch an anderen Orten. Das Böse hat Jahrtausende geschlafen, aber nun bricht es über die Welt herein.«

»Sie sagen ›das Böse‹. Aber ist dieses Böse nicht schon längst in der Welt? Ich meine, wenn wir uns die Welt so ansehen.«

»Ich kann es Ihnen nicht erklären. In meinen Träumen ist das, was wir als ›das Böse‹ bezeichnen, nur der Atem eines großen Wesens, das tief unter der Erde lebt. Es ist uralt. Es schläft. Und nun erwacht es, und die Apokalypse beginnt. Wir haben es nicht verhindern können.«

»Wer ist wir?«

»Der ehemalige Papst, Maria und ein Schweizer namens Bühler. Und ein japanischer Milliardär namens Nakashima. Durch ihn erhalte ich eine bionische linke Hand. Es ist nicht klar, auf wessen Seite er steht. Er unterstützt den Ex-Papst, aber er macht auch Deals mit Seth.«

»Es ist sehr ungewöhnlich, dass Sie sich an Namen aus Ihren Träumen erinnern. Überhaupt ist es sehr ungewöhnlich, wie detailreich Sie sich an Ihre Träume erinnern.«

»Glauben Sie, ich denke mir das alles aus?«

»Nein, natürlich nicht. Ich will damit nur sagen, es ist, nun, ungewöhnlich. Die meisten Menschen vergessen ihre Träume gleich nach dem Aufwachen. Zurück bleibt oft nur ein diffuses Unbehagen.«

»Diese Träume sind das Schlimmste, was ich je erlebt habe! Aber vielleicht sollte ich besser gehen.«

P. A. erhebt sich.

»Nein, ich bitte Sie. Ehrlich gesagt bin ich neugierig, was Sie sonst noch träumen.«

P. A. lacht und setzt sich wieder.

»Was ist mit Gott?«

»Was soll mit ihm sein?«

»Wo ist Gott in Ihren Träumen? Ich meine, Sie träumen von einem Papst, vom Vatikan, Sie schlafen mit einer Nonne, dann gibt es dieses Böse – da frage ich mich doch, wo ist Gott?«

»Ich träume nicht von Gott ... Nein, warten Sie ... Doch. Aber ich würde es nicht Gott nennen. Eher einen Zustand der ... Gnade.«

P. A. schließt die Augen, konzentriert sich.

»Ich bin mit Nikolas in Nepal. Ein Höhlenlabyrinth. Dort hat dieser Orden sein Zentrum. Ich suche Maria und finde sie in einer Höhle. Aber sie ist eine andere. Sie ist besessen. Seth spricht aus ihr. Neben ihr ist irgendetwas. Ein riesiger, faseriger Kokon. Etwas Furchtbares verpuppt sich darin. Der Satan. Ich weiß es genau, und er spricht aus Maria heraus. Wir schlafen wieder miteinander, aber als ich aufwache, ist sie fort. Ich will diesen Kokon zerstören. Nikolas verhindert es. Wir finden einen geheimen Bereich im Zentrum des Ordens. Dort werden Klone von Nikolas und mir gezüchtet.«

»Zu welchem Zweck?«

»Es geht um ein uraltes tödliches DNA-Virus, mit dem Seth einen Großteil der Menschheit ausrotten will. Das ist es, wonach Seth die ganze Zeit sucht: die Büchse der Pandora. Und Nikolas und ich sind der Schlüssel, um all das zu aktivieren ... Aber wir zerstören dieses Labor durch eine dieser kleinen blauen Bomben und werden dabei getötet. Auch der grauenhafte Kokon, in dem Seth sich verpuppt, wird zerstört.«

»Und danach wachen Sie auf?«

»Nein. Es geht weiter. Nikolas und ich sind nicht tot. Die Zeit hat nur angehalten, wir sind gefangen in der Zeit. Und um uns herum sind die Mh'u ... Sie haben die Amulette geschaffen.«

»Und diese, wie sagten Sie ... Mh'u sind Gott?«

»Nein. Aber sie leben schon seit Äonen in einem Zustand der Gnade und sind bemüht, ihn zu erhalten. Nikolas und ich werden älter. Wir übersetzen einen uralten hermetischen Text und hinterlassen Laurenz und Maria die Übersetzung zusammen mit einigen der Amulette. Sie müssen die Büchse der Pandora finden, bevor Seth sie findet.«

»Entschuldigen Sie, wenn ich Sie dauernd unterbreche. Sagten Sie nicht, dass Seth in diesem Kokon ebenfalls umgekommen ist?«

»Er wird zurückkommen. Es ist noch nicht vorbei. Deswegen will ich zurück. Aber ich bin in dieser eingefrorenen Zeit gefangen.«

»Warum wollen Sie diesen ›Zustand der Gnade‹, wie Sie ihn nennen, verlassen, Peter? Ist er denn nicht sehr angenehm?«

»Ich bin alt und einsam, und ich gehöre da nicht hin. Ich muss Maria helfen, die Apokalypse aufzuhalten. Nikolas und ich verstehen, dass es nur einen Weg gibt, diesen Zustand der Gnade zu verlassen: eine Eruption des Bösen. Also töte ich meinen Bruder. Im Vatikan. Mit einem Dolch.«

P. A. wirkt sichtlich erschüttert.

»Und dann?«

»Wache ich endlich auf.«

III

17. Juli 2011, Bawley Point, Australien

Wohin sie auch sah, war Dunkelheit. Vollkommene Dunkelheit, so tief und schwer wie der Anfang der Welt. Kein Licht, nirgendwo, kein Oben und Unten mehr. Kein Laut, selbst ihren Herzschlag spürte sie kaum noch, nur die Kälte, die allmählich durch den Neoprenanzug sickerte wie ein schleichendes Gift, und den Druck auf ihren Lungen. Dabei tauchte sie gar nicht tief, trieb nur dicht unter der Wasseroberfläche und ließ sich von der Dunkelheit einsaugen. Ganz und gar aufsaugen, verschlingen, verdauen. Das wär's, dachte sie. Sich einfach im Meer auflösen wie Salz, vergehen, endlich Ruhe, Schluss mit den Träumen.

Mit gleichmäßigen Flossenschlägen bewegte sie sich weiter durch die vollkommene Schwärze des Südpazifiks und spürte, wie das Gewicht der Welt an ihr zog. Der kleine nächtliche Ausflug war nicht ganz ungefährlich. Obwohl es seit Ewigkeiten – nach Jims Zeitrechnung hieß das seit fast drei Monaten – keine Haiattacke mehr gegeben hatte, wimmelte das Meer nur so von den Biestern in allen Größen. Ganz zu schweigen von den Bluebottle-Quallen, die nachts gerne auch ins ufernahe, wärmere Wasser zogen. Nicht so tödlich wie Würfelquallen, aber die winzigste Berührung mit einer ihrer Nesselfäden bedeutete schon zwanzig Minuten Agonie und einen lebenslangen allergischen Hautausschlag. Nicht zu vergessen die Stachelrochen, die sich zu Dutzenden in den kleinen Becken zwischen den Uferfelsen tummelten. Das Meer vor der Ostküste Australiens war ein gefährlicher Ort, überhaupt der ganze verdammte Kontinent. Und wenn die Tiere einen nicht vergifteten, besorgten es die Träume. Oh ja, die Träume. Man konnte verrückt werden, einfach verrückt. Nur hier, im vollkommenen Dunkel, herrschte Ruhe, schwiegen die Stimmen, erloschen die Bilder, die Rahel quälten, sie wach hielten und allmählich um den Verstand brachten.

Sie hatte immer noch genug Luft, bewegte sich nun mit kräftigen Stößen weiter durchs Wasser, allein wie in einem Universum kurz vor dem Urknall. An den Abgrund und die Schatten der Haie unter sich dachte sie nicht mehr, sie konzentrierte sich ganz auf die Bewegung ihrer Arme und Beine, die kräftig waren vom täglichen Sportprogramm und die Jim dennoch zu dürr fand. Aber Jim hatte auch an allem und jedem etwas herumzunörgeln. Sie wusste, dass er im Grunde drauf stand. Auf ihren durchtrainierten Körper ebenso wie auf ihre kleinen Brüste, auf ihre sonnenverbrannten Schultern und auf ihre Jugend. Nur auf ihre Bilder stand er nicht. Die Malerei war für Jim nicht mehr als ein peinliches Anhängsel einer ansonsten fast perfekten Beute. Denn das war sie: Jims Beute, ein kostbarer Fang, seine schillernde Sirene, die an Land austrocknete, sich die Füße blutig tanzte und vor seinen Augen zugrunde ging. Nur allzu bereitwillig hatte sie den Köder der sicheren Existenz geschluckt. Rahel Kannai war vierunddreißig Jahre alt und stand nun mal auf deutlich ältere Männer. Sie hatte eine Reihe von gleichaltrigen Liebhabern gehabt, darunter aber keine nennenswerten Beziehungen. Seit sie achtzehn war, hatte sie keine eigene Wohnung mehr gehabt, sie reiste viel, kam bei den Jims und Hanks und Bobs unter, die sie unterwegs auflasen wie einen niedlichen Straßenköter, dem man so lange Unterschlupf gewährt, bis er anfängt zu beißen und auf die teuren Teppiche zu pissen. Oder eine Abtreibung braucht. Freunde hatte sie keine.

Im ersten Jahr hatte Rahel sich noch eingeredet, dass Jim verrückt nach ihr war und alles für sie tun würde, sich die Haut in Streifen schneiden, durch einen Ozean aus Säure waten, zurück nach Sydney ziehen, einfach alles. Sogar noch ein Kind zu kriegen. Falsch gedacht. Jim hatte sie verschlungen und wieder ausgespuckt und dann mit einem Surfbrett dekoriert in ein Regal gestellt, wo seine Kumpels und ganz Bawley Point sie bewundern konnten, bis Jim irgendwann genug haben würde von ihren kleinen Brüsten, ihrem Farbgekleckse, ihren Aboriginefreunden, ihren spontanen tagelangen Ausflügen in den Busch und den Gerüchten im Ort. Und ihrer nächtlichen Sauferei, seit sie nicht mehr schlafen konnte.

Geboren in Tel Aviv, hatte sie den größten Teil ihres Lebens in Australien verbracht, die ersten Jahre in Darwin, dann Sydney. Ihre Eltern hatten Israel Ende der Achtziger verlassen, weil sie die Schnauze voll hatten von Autobomben, Intifada und Wirtschaftskrise. Rahels Mutter sowieso. Sie gehörte zur »Zweiten Generation«, den Kindern von Holocaustüberlebenden, die unter dem Trauma ihrer Eltern litten. Eine ängstliche, misstrauische Generation ohne Identität, die die Namen ihrer ermordeten Onkel und Tanten trug und die sich schuldig fühlte und vom Lager träumte, das sie nie erlebt hatte.

Für Rahels Mutter war Australien das reine Paradies gewesen – bis Rahels Träume begannen. Verstörende Träume von kleinen alltäglichen Dingen, die kurz darauf exakt so eintrafen. Ein Brand in einem Gemüseladen, ein entlaufener Hund, der plötzlich wieder auftauchte, ein Sandsturm, der Tod einer besonders streitsüchtigen Nachbarin. Rahels Mutter empfand die Gabe ihrer Tochter als Fluch und schickte die kleine Rahel zu verschiedenen Ärzten. Aber erst in der Pubertät verließen die Träume Rahel wie eine juckende Hautflechte, die sich unter dem Einfluss des jugendlichen Hormonsturms zurückzieht – um Jahre später nur umso heftiger wieder auszubrechen. Und so war es dann auch. Vor drei Jahren, nach ihrer zweiten Abtreibung, hatten die Träume wieder eingesetzt, schlimmer als je zuvor. Und Rahel machte das, was sie schon immer mit ihren Träumen gemacht hatte: Sie malte sie, vor allem die Wesen, die ihr jede Nacht erschienen. Sie hatte damals die Wahl zwischen einer Karriere als Leistungssportlerin oder der Kunst gehabt und sich fürs Malen entschieden. Wahrscheinlich ein Fehler, denn trotz eines abgeschlossenen Studiums an der National Art School in Sydney interessierte sich niemand für die Bilder einer Weißen, die wie eine Aborigine malte und ihre Gemälde obendrein üppig mit schleierhaften Engeln überlud. Im Grunde wusste Rahel selbst, dass sie esoterischen Kitsch malte. Der Bilderzyklus dagegen, den sie in den vergangenen Monaten gemalt hatte, war völlig anders. Diese Bilder waren gut, richtig gut, zum ersten Mal. Ihre Engel hatten sich verändert, hatten ihre Flügel verloren. Durchscheinende, große Wesen, die schweigend und abwesend über die Erde wanderten wie die Mimi, jene mythischen Geister der Aborigines, die nur bei Windstille jagen konnten, weil sie sonst zerbrechen würden. Rahels Geisterwesen jedoch waren kräftige, aufrecht gehende Echsen, genau wie in ihren Träumen. Rahel bezweifelte dennoch, dass irgendwer die Bilder ansprechend finden könnte. Sie würde niemals einen Galeristen finden, niemals einen Käufer. Im Augenblick lagerten sie eingeschlossen in einer Garage im Hafen, die Roy Graham ihr vermietet hatte. Rahel hatte sie bislang niemandem gezeigt, Jim schon gar nicht. Denn sie war fest davon überzeugt, dass diese Bilder, gut oder nicht, sie geradewegs in die Psychiatrie bringen oder umbringen würden. Falls sie überhaupt so lange durchhielt, was ihr mit jeder Nacht, die sie durchtrank, um nicht träumen zu müssen, unwahrscheinlicher erschien.

Im Augenblick war sie jedoch vollkommen nüchtern, fühlte sich klar und leer und rein wie lange nicht mehr. Sie ließ die störenden Gedanken an Jim und die Bilder los wie verfilztes Treibgut, das sich an ihrem Badeanzug verhakt hatte, entließ sie in die Dunkelheit, sah sie forttreiben und sich auflösen, und konzentrierte sich nur noch auf ihre Bewegungen und den Schlag ihres Herzens. Noch ein Stoß. Rahel spürte den Widerstand des Wassers. Irgendetwas streifte ihre Füße, aber das konnte eine Täuschung sein. Dunkelheit. Kein Oben und Unten. Noch ein Stoß.

Und dann hörte sie die Stimme. Und sah ins Licht.

Als der Druck auf den Lungen sich zu einem schmerzhaften Klumpen zusammenballte, legte sie den Kopf in den Nacken und stieß mit kräftigen Schwimmbewegungen durch die Wasseroberfläche – zurück in die salzige Novemberluft, zu den nicht allzu fernen Lichtern von Bawley Point am Ufer; zurück zu Fernsehen, Barbecues, Wirtschaftskrise, Zinkpaste, marodierenden Wallabys im Garten, zu viel Weißwein, dem ewig gleichen Bawley-Tratsch, zurück zu Jim und den Jungs und der Lüge, Künstlerin zu sein. Oder Sportlerin. Oder Jims Frau. Was zum Teufel auch immer, denn all das hatte nun keine Bedeutung mehr. Erschöpft und verwirrt zog Rahel sich auf das Surfbrett, mit dem sie die ganze Zeit über durch eine Fußleine verbunden gewesen war, und paddelte langsam zum Strand zurück, im Ohr immer noch das Wispern jenes Wesens aus der Tiefe.

Rahel fuhr nicht mehr nach Hause zu Jim und seinen Jungs. Mit schweren Beinen stapfte sie aus dem flachen Wasser, streifte sich den Neoprenanzug ab und ließ ihn einfach im Sand zurück wie eine alte, abgestorbene Haut. Ein Zeichen für Jim, dass sie nicht zurückkehren würde. Der Hilux parkte hinter den Dünen. Rahel zog sich hastig die Shorts und das T-Shirt über und fuhr zu ihrem Atelier im Hafen.

Halb drei. Kein Mensch auf der Straße. Die meisten Häuser gehörten ohnehin irgendwelchen reichen Familien aus Sydney und Brisbane, die nur den Sommer hier verbrachten. In einigen Wochen würden die Straßen und Vorgärten wieder voller SUVs, Motorboote, Surfbretter, Boogie-Boards und buntem Spielzeug sein; die Strände wundgetrampelt und die Luft erfüllt von Bratfett und Kokosöl. Jetzt aber, in dieser milden australischen Winternacht um halb drei, lag der Ort dunkel, leer und erstarrt vor ihr, wie ein Patient, den man in ein künstliches Koma versetzt hatte, um ihm die Schmerzen zu ersparen. Mit einem Mal wurde Rahel bewusst, wie sehr sie Bawley Point hasste.

Rahel parkte den Hilux an der kleinen Mole, schloss die Garage auf und kontrollierte die Schlösser und das Rolltor auf

Einbruchsspuren. Nichts. Ohne Licht zu machen, ging Rahel direkt zu dem wackeligen Schreibtisch, den Roy ihr gönnerhaft überlassen hatte, und kramte in einer Schublade nach ihrem Pass und ihrem Portemonnaie mit den Kreditkarten. Als sie sich umdrehte, stand Jim vor ihr. Er roch nach Zigaretten und Wodka. Aber nicht zu viel Wodka. Im Gegensatz zu ihr verlor Jim niemals die Kontrolle. Er trank, aber er soff nicht.

»Wo warst du?«

»Schwimmen.«

»Um diese Uhrzeit? Verdammte Scheiße, Rahel, es ist mitten in der Nacht.«

»Konnte nicht schlafen.«

Sie wollte an ihm vorbei ins Freie treten, doch er hielt sie fest.

»Rahel!«

»Lass mich, Jim, ich bin müde.«

»Mein Gott, Rahel, was ist los mit dir? Jede Nacht bist du neuerdings weg, einfach verschwunden. Und den Tag verbringst du nur noch ... hier. Hast du dich mal im Spiegel gesehen? Du siehst aus wie ein Gespenst. Isst du eigentlich noch was? Bist du auf Koks?«

»Ich schlafe mit keinem anderen, wenn du das meinst.«

»Nein, zum Henker, das meine ich nicht.«

»Sondern?«

Er zögerte, ließ sie endlich los, deutete mit einer Handbewegung, die ungewohnt schüchtern wirkte, auf die Bilder. »Ich hab sie mir kürzlich angesehen. Roy hatte noch einen Zweitschlüssel.«

Rahel starrte ihn an. »Du mieses Stück Scheiße.«

Kein Argument für ihn. Er zuckte bloß mit den Achseln. Jim betrachtete ohnehin alles und jeden in Bawley Point als sein Eigentum, sie eingeschlossen. Der König von Bawley kam und ging und nahm und verteilte und bezahlte seine Rechnungen und hurte herum, wie es ihm beliebte. Und wehe, einer muckte auf. Rahel hatte erlebt, wie er einen der Ranger aus dem Nationalpark fast mit dem Hilux überfahren hatte, nur weil der ihm untersagt hatte, eine alte Abkürzung durch den Busch zu nehmen.

»Diese Bilder …«, fuhr er angespannt fort, und sein massiger Körper zitterte leicht unter einem Schauer des Entsetzens und des Ekels. »Mein Gott, was geht bloß in deinem Kopf vor?! Du brauchst Hilfe, Rahel. Professionelle Hilfe.«

»Willst du damit sagen, ich bin krank?«

»Sobald es hell ist, fahren wir nach Sydney zu einem Spezialisten.«

Rahel hielt ihren Pass in der einen und ihr Portemonnaie in der anderen Hand. Keine Hand frei. Irgendwie das Symbol ihres Lebens, dachte sie kurz, nie eine Hand frei.

Es ist aus, Jim, wollte sie sagen, ich verlasse dich. Stattdessen aber nickte sie nur.

»Was immer du für richtig hältst, Jim. Ich bin einfach nur müde. Gib mir noch eine Minute, ja? Dann fährst du mich nach Hause und morgen nach Sydney oder wohin auch immer.«

Jim sah sie an, nickte knapp und ging dann zurück zum Wagen. Rahel beeilte sich, ihren Plan umzusetzen. Sie roch nach Benzin, als sie das Atelier abschloss und zu dem Hilux lief, der bereits mit laufendem Motor an der Mole wartete. Noch bevor Jim den Wagen gewendet hatte, hörte sie hinter sich die Explosion. Nicht mehr als eine kurze Verpuffung aus der Garage, ein trockener Knall nur, der die kühle Nachtluft aufknackte wie eine Nuss. Sekunden später schlugen bereits Flammen aus dem einzigen Atelierfenster, beißender Rauch quoll aus allen Ritzen und trübte die Nacht ein bisschen mehr ein.

»Scheiße, was hast du gemacht?«, brüllte Jim sie an, die Augen vor Schreck weit aufgerissen. Ohne darauf zu antworten, öffnete sie die Beifahrertür, griff unter den Sitz und zog den geladenen Colt heraus, den Jim dort versteckt hatte für den Fall der Fälle.

»Raus aus dem Wagen«, sagte sie ruhig.

»Was soll diese Scheiße, Rahel? Was …?«

Sie feuerte einen Schuss ab. Die hintere Seitenscheibe zerbarst, weit genug weg von seinem Kopf, aber immer noch nah genug, dass der Knall ihm fast das Trommelfell zerriss. Jim fuhr zusammen und rief irgendwas.

»Steig aus, Jim«, sagte Rahel. »Ich verlasse dich gerade.«

Endlich gehorchte er, zum ersten Mal. Ohne den Blick von ihr zu lassen, stieg er aus und trat einen Schritt zurück. Rahel rutschte auf den Fahrersitz und legte den Gang ein.

»Wenn du mir folgst oder mir die Bullen hinterherjagst, werde ich dir die Steuerfahndung auf den Hals hetzen, und ich weiß genau, wo sie anfangen müssen«, erklärte sie und war dabei ruhiger, als sie es je in den letzten Monaten gewesen war. »Hast du das verstanden?«

Ja, hatte er. Er nickte. »Baby, mach keinen Scheiß«, sagte er leise. »Hey, ich liebe dich.«

»Leb wohl, Jim.«

Das war's. Beide Hände fest am Lenkrad fuhr sie los. Im Rückspiegel stand ihr Atelier in Flammen, in ihrer Hosentasche brannte das Amulett. Als sie die Straße erreichte, warf sie die Waffe aus dem Fenster und gab Gas. Drei Stunden später parkte sie den Hilux im Halteverbot vor dem Abflugterminal des Flughafens von Sydney. Der nächste Flug nach Europa ging zwei Stunden später nach Frankfurt. Rahel buchte auch gleich den ersten Anschluss nach Jerusalem. Denn dort, so hatte das Wesen aus der Tiefe ihr erklärt, musste sie hin. Nach Hause.

IV

17. Juli 2011, Vatikanstadt

Das Einzige, was er im Augenblick empfand, war quälende Unsicherheit. Der kurze letzte Blick zurück hatte ihn immer noch nicht völlig überzeugt, dass Kelly wirklich tot war. Immer wieder ging er seine Erinnerung an die letzten Momente durch. Kellys überraschtes Gesicht, als er die Waffe zog. Das Loch in seiner Stirn, sein Blut, das in alle Richtungen spritzte. Blut überall auf den blütenweißen Messgewändern der Diakone ringsum. Kellys Körper, der von der Wucht des Schusses umgerissen wurde und dann kraftlos zusammensackte. Dieser erste Schuss war vermutlich bereits tödlich gewesen. *Vermutlich*. Wie viele Schüsse hatte er danach überhaupt auf Kellys reglosen Körper abgegeben? Zwei in den Kopf, die anderen in den Brustkorb. Reichte das, um jemand umzubringen, der Jahrhunderte überlebt hatte?

Die Unsicherheit fraß an ihm wie eine hochkonzentrierte Säure, während die Gardisten ihn weiter von Kelly wegzerrten. Zwei kräftige Schweizer, deren Namen er nicht kannte, hielten ihn unter den Armen gepackt und drängten ihn im Laufschritt von der Bühne herunter, aus dem Fokus der Fernsehkameras heraus, die hölzernen Treppen hinter der Bühne hinunter, vorbei an entsetzten, schockierten Gesichtern, durch den Lärm des zehntausendfachen Aufschreis in den stillen Damaskushof und dann zurück in die Kühle des Apostolischen Palastes. Es wirkte wie eine Flucht. Niemand sprach ein Wort, Petrus II. hörte nur das Keuchen der jungen Schweizer und die Schritte der beiden Gendarmen dahinter. Verdammt, wo war Steiner?

Die wenigen Nonnen und kurialen Angestellten, denen sie im Palast begegneten, mussten es im Fernsehen gesehen haben, denn sie wichen sofort zur Seite, als trage der Papst immer noch die Waffe bei sich. Als hätte er eine tödliche, hochansteckende Krankheit.

Der Papst und die Gardisten erreichten den alten Fahrstuhl, der hinauf in die Büros und ins *Appartamento* führte. Die Schweizer hielten abrupt inne.

»Wo sollen wir ihn hinbringen?«, keuchte der eine auf Italienisch.

»Keine Ahnung.«

»Verdammt, irgendwer muss uns doch sagen, wo wir ihn hinbringen sollen! Wo ist der Kommandant?«

»Bringt ihn rüber ins Gefängnis!«, schlug einer der Gendarmen vor, ein italienisches Bürschchen mit sorgfältig gestutztem Oberlippenbart. Er sprach, als wäre der Papst selbst gar nicht mehr anwesend. Tatsächlich verfügte der Vatikan über ein Gefängnis in der Kaserne der Schweizergarde, das diese Bezeichnung allerdings kaum verdiente. Es besaß gerade einmal zwei Zellen, die als Lagerräume genutzt wurden, denn im Verlauf der Jahrhunderte waren nur vier Personen je dort eingesperrt worden.

Die Ratlosigkeit seiner Eskorte und die absurde Vorstellung des vatikanischen Gefängnisses rissen Petrus II. aus seinen Gedanken an Kelly. Mit einem Ruck befreite er sich aus dem Griff der beiden Gardisten.

»Was erlaubt ihr euch!«, herrschte er sie an. »Wie sprecht ihr eigentlich in Gegenwart des Heiligen Vaters!«

Die vier jungen Männer wirkten bestürzt und noch ratloser.

»Aber Sie haben … Sie sind …«, stammelte der zweite Schweizer.

»Ich weiß genau, was ich getan habe!«, donnerte Petrus II. sie an. »Aber ich *bin* immer noch Oberhaupt der Kirche und dieses Staates. Ich bin immer noch euer oberster Dienstherr! Ich bin immer noch euer Papst!«

Petrus II. blickte sich um. Außer den beiden Schweizern und

den beiden Gendarmen war niemand in dem langen Korridor mit dem fünfhundert Jahre alten Steinboden zu sehen. Nicht mehr lange, wusste Petrus II., und sie würden alle kommen. Alle. Die Kardinäle, Diakone, Sekretäre, Servicekräfte, die Opus-Dei-Leute und all jene unauffälligen kurialen Beamten, die für den ein oder anderen Geheimdienst arbeiteten. Die Zeit drängte.

Die Gardisten wagten zumindest nicht mehr, ihn anzurühren, machten aber auch keinerlei Anstalten, sich zurückzuziehen. In diesem Moment sah Petrus II. erleichtert, wie Oberst Steiner, Kommandant der Schweizergarde, in den Flur stürmte.

»Hier seid Ihr, Eure Heiligkeit!« Der Kommandant salutierte vor ihm und bemühte sich, ruhig zu atmen. »Um Himmels willen! Sind Sie verletzt?«

»Warum fragen Sie?«

»Na, wegen ...« Oberst Steiner deutete auf die päpstliche Soutane. Erst jetzt bemerkte Petrus II. den riesigen Blutfleck auf dem weißen Gewand und auch das Blut in seinem Gesicht. Kellys Blut. Ihm wurde übel, aber er riss sich zusammen.

»Danke, Kommandant, es geht mir so weit gut. Ich würde mich jetzt gerne ins *Appartamento* zurückziehen. Ich möchte, dass Sie mich begleiten. Und zwar nur Sie.«

»Zu Befehl, Eure Heiligkeit.«

Steiner wandte sich an die beiden Gardisten. »Rufen Sie sich Verstärkung und lassen Sie niemanden hinauf. Ist das klar? Niemanden. Und wenn Sie Gewalt anwenden müssen.«

»Zu Befehl, Herr Kommandant. Und was ist mit ... ich meine, wenn Seine Exzellenz, der Kardinalstaatssekretär ...«

»Ich sagte niemanden! Das ist ein Befehl.«

Steiner öffnete den Fahrstuhl und ließ dem Papst den Vortritt. Erst als der alte Fahrstuhl aus den vierziger Jahren gemächlich losruckelte, hinauf in die Terzia Loggia, in das päpstliche Apartment, wandte sich der Papst wieder an ihn.

»Wussten Sie, dass dieser Fahrstuhl der einzige abhörsichere Ort im ganzen Vatikan ist, Oberst Steiner?«

»Ja, das weiß ich.«

Petrus II. sah den hochgewachsenen Oberst an. Ein unauffälliger, ruhiger Schweizer, loyal wie Urs Bühler, aber ohne dessen Temperament. Und im Gegensatz zu Bühler hatte Steiner ein kleines Geheimnis.

»Haben Sie es gesehen? Ich meine, genau gesehen?«

»Ja, Eure Heiligkeit. Ich stand nur wenige Meter entfernt.«

»Haben Sie irgendeinen Zweifel, dass ich Edward Kelly getötet habe?«

»Nein, Eure Heiligkeit.«

»Dann ahnen Sie vielleicht, was nun auf uns zukommt.«

»Nicht in vollem Umfang.«

»Ja, mag sein. Steiner, ich gebe Ihnen jetzt einige Anweisungen, die ich aus Sicherheitsgründen oben nicht wiederholen werde. Erstens: Überprüfen Sie, ob der Mann, den ich erschossen habe, wirklich tot ist und ob es sich eindeutig um Edward Kelly handelt. Zweitens: Stellen Sie eine Leibwache aus Ihren besten und loyalsten Leuten zusammen, die mich rund um die Uhr schützt. Aber es muss so aussehen, als ob man aufpasst, dass ich nicht fliehe. Drittens: Kontaktieren Sie Franz Laurenz und bitten Sie ihn umgehend zu mir.«

»Mit Verlaub, Eure Heiligkeit«, wandte Steiner ein, »Franz Laurenz ist untergetaucht, und ich habe keine Ahnung, wie ...«

»Machen Sie mir nichts vor, Steiner«, schnitt der Papst ihm das Wort ab. »Ich weiß, dass Sie dem Orden vom Heiligen Schwert angehören. Rufen Sie Laurenz. Das ist alles.«

Der Oberst nickte zerknirscht. »Zu Befehl, Eure Heiligkeit.«

Mit einem letzten Ruck erreichte der Fahrstuhl den dritten Stock.

»Darf ich fragen, Heiliger Vater, was Sie nun tun werden?«

Petrus II. rang sich ein dünnes Lächeln ab. »Die nächsten Tage überleben, Steiner. Dann sehen wir weiter.«

Steiner verschloss umgehend sämtliche Zugänge zur päpstlichen Wohnung und scheuchte die vier Haushälterinnen von der Gemeinschaft *Comunione e Liberazione* und Alfio Meli, den Kammerdiener, der bereits für Johannes Paul III. gearbeitet hatte, in den Speisesaal. Dann führte er drei kurze Telefonate per Handy und wandte sich wieder an den Papst, der in einigem Abstand aus dem Fenster der Bibliothek auf den Petersplatz blickte.

»Bitte meiden Sie die Fenster, Eure Heiligkeit.«

Petrus II. nickte und trat vom Fenster weg.

»Natürlich, Oberst Steiner. Haben Sie Laurenz erreicht?«

»Nicht persönlich, Eure Heiligkeit. Aber er wird die Nachricht in Kürze erhalten.«

»Die vatikanische Gendarmerie soll den Keller des Gärtnerhäuschens untersuchen. Sie werden dort unten Beweise für weitere Abscheulichkeiten finden, für die ich ebenfalls verantwortlich bin.« Petrus II. reichte dem Oberst eine handgeschriebene Namensliste. »Das sind einige Personen, von denen ich sicher weiß, dass sie den ›Trägern des Lichts‹ angehören. Auch darum müssten Sie sich kümmern.«

Steiner nahm die Liste entgegen und erschrak kurz, als er die Namen einiger hochrangiger Mitglieder der Kurie erkannte.

»Ich kümmere mich umgehend darum, Heiliger Vater.« Steiner sah auf seine Officina Panerai, den einzigen Luxus, den er sich gönnte. »Es ist jetzt Viertel nach zwölf. Sie haben noch etwas Zeit, um sich frisch zu machen und eine saubere Soutane anzulegen.«

»Bevor was?«

»Verzeihen Sie, Heiliger Vater. Ich wollte Ihren Anweisungen nicht vorgreifen. Wen wollen Sie als Erstes empfangen? Seine Eminenz, den Kardinalstaatssekretär? Den Präfekten der Apostolischen Signatur? Welchen Botschafter? Was ist mit dem römischen Polizeipräfekten?«

»Niemanden, Oberst Steiner. Ich werde niemanden empfangen. Und warum werde ich niemanden empfangen?«

Steiner schluckte. »Weil Sie sowieso wissen, was die alle von Ihnen wollen, Eure Heiligkeit.«

»Genau. Sie alle werden meinen unverzüglichen Rücktritt fordern, was sollten sie auch sonst tun. Sie werden mir Druck machen, allen Druck, zu dem sie fähig sind. Bis hin zu mehr oder weniger subtilen Morddrohungen. Nein, Steiner, ich werde das *Appartamento* bis auf unbestimmte Zeit nicht mehr verlassen und meine Amtsgeschäfte von hier aus führen. Und ich will niemanden außer Ihnen und den Haushaltskräften sehen. Und Laurenz natürlich, sobald er eintrifft.«

Steiners Gesichtszüge verhärteten sich noch mehr, als er begriff, was auf ihn zukam. »Ich verstehe, Eure Heiligkeit. Aber mit Verlaub, dann sind Sie wirklich in höchster Lebensgefahr.«

»Ich verlasse mich auf Sie, Steiner. Bringen Sie Laurenz her. Und jetzt müssen Sie zurück. Da unten wird die Hölle los sein.«

»Darf ich noch eine letzte Frage stellen, Eure Heiligkeit?«

»Bitte.«

»Warum?«

Petrus II. sah den Schweizer nachdenklich an und ließ die Frage in den Höhlen, Kavernen und Katakomben seines Gewissens verhallen. Nichts regte sich dort mehr. Kein Dämon, der dort wütete, aber auch kein Licht, das Hoffnung versprochen hätte. Wohin Petrus II. auch blickte – in diesem Labyrinth seiner ausgehöhlten und in Tausenden von Exorzismen infizierten Seele sah er nur Dunkelheit, Schmutz und die Reste von etwas unsagbar Bösem, das bis vor kurzem noch dort gehaust hatte und das jederzeit zurückkehren konnte, wenn er nicht aufpasste.

Einen Augenblick lang dachte Petrus II. zurück an seine Kindheit in den Marken, jener fruchtbaren Region Italiens, wo die Leute glücklicher waren und älter wurden als irgendwo sonst. Er, Luigi Gattuso, hätte Bauer werden können wie sein Vater, ebenso ausgeglichen, glücklich und alt. Aber sein Ehrgeiz hatte ihn aus dem Paradies vertrieben, zum Chef-Exorzisten des Vatikans, Sonderbeauftragten des Papstes und schließlich selbst zum Papst gemacht. Dieser Ehrgeiz, mehr zu wollen als das Paradies, war die eigentliche Infektion gewesen, an der seine Seele langsam verfault war, und keine Beichte, kein Exorzismus, keine Vergebung würde sie noch heilen können.

»Beten Sie für meine Seele, Oberst Steiner«, sagte der Papst leise und reichte dem Schweizer die Hand. »Und danke für alles.«

Nachdem er sich Kellys Blut abgewaschen und eilig eine frische Soutane angelegt hatte, begrüßte Petrus II. die Hausangestellten, die immer noch angstvoll im Speisesaal warteten wie auf das Jüngste Gericht. Die vier Damen hatten gerötete Gesichter vom Weinen und zuckten bei seinem Eintreten zusammen, als erwarteten sie, dass er auch sie im nächsten Moment erschießen würde. Alfio bemühte sich um Fassung, aber auch in seinem Blick las Petrus II. die Angst, und er verstand, dass er nun zu einem Fremdkörper geworden war, der nicht mehr Teil dieses Haushalts, des Apostolischen Palastes, des Vatikans und der gesamten Kirche sein konnte.

»Ich weiß, das alles muss furchtbar für Sie sein«, begann er ohne Umschweife. »Aber das kann ich Ihnen leider nicht ersparen. Die nächsten Stunden und Tage werden eine große Belastung für Sie werden. Sollten Sie sich außerstande sehen, Ihre Aufgaben mit der gewohnten Sorgfalt zu versehen, dann können Sie natürlich sofort gehen.«

Er blickte in die Runde. Keiner der fünf meldete sich. Vielleicht standen sie aber auch immer noch zu sehr unter Schock. Petrus II. fragte sich, wie sie reagieren würden, sobald der Schock nachließ. Ob sie dem Druck gewachsen waren, den man bald auf sie ausüben würde, nur um an den Papst heranzukommen. Ob sie unter diesem Druck gar zu einem Mord fähig waren.

»Vielen Dank für Ihr Vertrauen. Ich ziehe mich jetzt in die Bibliothek zurück. Wenn Sie mir eine Kanne grünen Tee bringen würden, Alfio?«

Allein das kostete ihn schon große Kraft. Petrus II. war vergleichsweise jung, noch keine sechzig, einer der jüngsten Päpste in der Geschichte, und er hatte sich immer viel auf seine Fitness zugute gehalten. Aber als er sich nun an seinen Schreibtisch setzte, wurde ihm schlecht vor Anspannung, Erschöpfung und Todesangst, und er merkte, dass er die ganze Zeit schon mit den Zähnen knirschte. Sobald er sich gesetzt hatte, dachte er auch wieder an Kelly. Inzwischen betrachtete er seine Erinnerungen an die Schüsse wie etwas sehr Fernes, mit dem er selbst kaum noch etwas zu tun hatte. Er empfand sie jedenfalls nicht als die Todsünde, die er selbst kaum eine Stunde zuvor begangen hatte und die er immer noch nicht bereute.

Zeit zu beten. Petrus II. zog sich in seine Privatkapelle zurück und bat Gott um Vergebung. Falls es Gott überhaupt gab. Als Chef-Exorzist des Vatikans hatte er genug Beweise für die Existenz des Bösen erlebt und war darüber selbst zum Werkzeug des Satans geworden. Gott jedoch hatte sich ihm nie offenbart. Petrus II. wusste, dass ihm nun sein persönliches Golgatha bevorstand. Er zweifelte keine Sekunde, dass der kuriale Machtapparat seinen Tod beschließen würde, sobald der erste Schock verflogen war. Selbst sein Rücktritt würde dieses Schicksal nur hinauszögern. Aber Petrus II. wollte nicht sterben. Und es gab nur einen Menschen auf der Welt, der ihn noch retten konnte.

Aber weder diese dünne Hoffnung noch die Gebete ersparten ihm die Todesangst. Er zitterte vor Furcht, krümmte sich wimmernd zusammen, am ganzen Körper nass von kaltem Schweiß.

»Brauchen Sie Hilfe, Heiliger Vater?«, hörte er die Stimme seines Kammerdieners neben sich. »Soll ich einen Arzt rufen?«

Petrus II. schrak zusammen. Mit einer heftigen Bewegung schüttelte er die helfende Hand seines Kammerdieners rüde ab und richtete sich auf.

»Es geht schon. Wie lange stehen Sie schon da?«

»Ich hörte Sie stöhnen, Heiligkeit, da …«

»Lassen Sie mich allein. Haben Sie verstanden? Lassen Sie mich allein.«

Ohne den verwirrten Alfio weiter zu beachten, schleppte sich Petrus II. in die Bibliothek zurück und schloss sich ein. Aus dem halboffenen Fenster wehte die Hitze des römischen Sommers herein, vermischt mit fernem Verkehrslärm und einem schwachen Geruch von Lavendel und Baldrian. Der Duft des Bösen, Petrus II. kannte ihn aus Tausenden von Exorzismen. Hastig schloss er das Fenster, rückte sich einen Sessel in die Mitte des Raumes mit Blick auf die beiden Türen und das Fenster und beschloss, sich nicht mehr vom Fleck zu rühren. Einsam und voller Furcht wartete er auf Laurenz. Oder den Tod.

V

20. August 2013, Grinnell, Iowa, USA

Erst als er von der Interstate 80 nach Grinnell abbog, fiel Peter ein, dass er Dr. White noch von dem schweigenden Jungen ohne Augen hatte erzählen wollen. Das beunruhigte ihn. Als habe er Dr. White damit etwas Wesentliches verschwiegen. Oder als habe sich der augenlose Junge in einem der dunkelsten Winkel seiner Träume versteckt, um nicht von Dr. White erkannt zu werden. Da er jedoch bereits den Entschluss gefasst hatte, nun einmal wöchentlich zu Dr. White nach Des Moines zu fahren, würde es noch genug Gelegenheit geben, ihm von dem augenlosen Jungen und all den anderen furchtbaren Details aus seinen Träumen zu erzählen. Peter bezweifelte zwar, dass allein das ausreichen würde, um die Träume zu vertreiben, immerhin jedoch fühlte er sich nach dieser ersten Sitzung bereits etwas leichter. Zum ersten Mal seit Wochen freute er sich wieder auf zu Hause. Er ließ sich Zeit, bog in die 5th Avenue ab, dann in die Main Street, rollte im Schritttempo durch die Broad Street, grüßte im Vorbeifahren einen Kollegen aus dem Spanish Department und fuhr eine Weile einfach ziellos durch den Ort, in dem er nun seit zehn Jahren lebte. Eine Kleinstadt im Mittleren Westen der USA, knapp zehntausend Einwohner, tausendfünfhundert davon Studenten des kleinen, aber renommierten Liberal Arts Colleges, an dem er Deutsch lehrte. Ein aufgeräumtes, etwas verschlafenes Nest mit schmucken Holzhäuschen, etliche davon noch aus der Gründerzeit des Ortes. Typische amerikanische Provinz mit einem Coffeeshop, einem *Organic Restaurant*, Fachgeschäften für Landmaschinen, zu vielen Kirchen und Banken, wie Peter fand, aber freundlichen Nachbarn, die Fremden nicht gleich in den Rücken schossen, wenn die auf die absurde Idee verfielen, einen Spaziergang durch den Ort zu machen. Das Land ringsum nur reine Monokultur für Soja und Industriemais. *Redneck land*, mit ehrlichen dumpfen Sommern, die das Land über Monate ausglühten, mit anständigen Tornados, die ungebremst die weiten Ebenen terrorisierten, und mit brutalen, Schnee erstickten Wintern, in denen einem das Herz gefror.

Aber du lebst gerne hier. Du hast einen gut bezahlten, unbefristeten Job, der dir Spaß macht, eine wundervolle Familie, Freunde. Schönes Haus, Mitgliedschaft im Country Club, Segelboot, Greencard, und in den nächsten Jahren wirst du wahrscheinlich Dekan.

Die Frage nach einer Rückkehr nach Deutschland stellte sich nicht. Er hatte Köln bereits mit Anfang Zwanzig verlassen und war mit einem Stipendium an die Brandeis University nach Boston gegangen. Seitdem hatte er die USA nur noch während der kurzen Semesterferien verlassen, hatte promoviert, Ellen kennengelernt, die Stelle in Grinnell angetreten, geheiratet, Maya bekommen. Alles schön eins nach dem anderen, ein unaufgeregter, konstanter Strom kleiner Glücks- und Erfolgsmomente, alles, wovon er immer geträumt hatte. Die kurze Affäre mit der russischen Sprachassistentin zählte er bereits nicht mehr. Es lief gut für ihn, wirklich gut.

Bis die Träume eingesetzt hatten.

Er hatte sie Ellen so lange verschwiegen, bis es nicht mehr ging. Und Ellen hatte wie immer nicht lange gefackelt und ihn nach ein paar Erkundigungen zu Dr. White nach Des Moines geschickt. Bob. Bob hatte ihm ruhig zugehört und ein leichtes Schlafmittel verschrieben, aber Peter bezweifelte, dass irgendein Mittel etwas an seinen Träumen ändern konnte. Denn – und auch das hatte er Dr. White verschwiegen – er fühlte, dass diese Träume nicht aus irgendeiner überlasteten Region seines Gehirns kamen. Nein, diese Träume kamen von irgendwo außerhalb, aus einer anderen Welt. Einer Welt, die ihn suchte, nach ihm rief, ihm düstere Warnungen zuraunte, die an ihm zerrte und ihn aufspüren würde, wo auch immer er sich versteckte. Eine ganz und gar reale Welt. Und das machte ihm furchtbare Angst. Eine Angst, die sich inzwischen auch körperlich bemerkbar machte, sich in seiner rechten Schläfe sammelte und zu einem kleinen, pochenden Klumpen verdichtete. Der aufziehende Schmerz wurde schlimmer, wenn er in die hochstehende Mittagssonne blickte. Mit jedem Pulsschlag breitete sich auch ein leichtes Prickeln auf seiner Haut aus, kroch von seinen Fingern und Zehen hinauf wie ein borstiges, juckendes Geflecht.

Trink was.

Trotz der Klimaanlage war ihm heiß. Peter schwitzte. Er spürte, dass sein Mund austrocknete, und griff unter den Beifahrersitz nach einer angebrochenen Colaflasche, die Maya dort vergessen hatte. Die lauwarme Cola schmeckte pelzig, aber für einen Moment löschte sie den bitteren Geschmack im Mund, verdrängte den Kopfschmerz und die aufziehende Übelkeit.

Fahr nach Hause. Ellen wartet mit dem Essen.

Aber er beschloss, noch einen Spaziergang zu machen, um sich zu beruhigen. Also fuhr er zu seinem Lieblingsplatz, einem kleinen Naturreservat ein paar Meilen außerhalb der Stadt. Ein letztes Fleckchen Prärie zwischen Interstate und Eisenbahnstrecke, ein kümmerlicher Rest jener ursprünglichen Savanne, die noch vor kaum zweihundert Jahren das ganze Land von Horizont zu Horizont bedeckt hatte. Das Reservat mit dem kleinen See umfasste gerade mal hundert Hektar, aber wenigstens hörte man das Rauschen der Interstate nicht mehr, und wenn er tief im duftenden Bisongras stand, zwischen Schmielen, Labkraut, Mannstreu und Goldrute, konnte Peter sich für einen Moment der Illusion hingeben, in einer unberührten Naturlandschaft zu stehen, fernab von aller Zivilisation und außerhalb aller Zeit. Ein schönes Gefühl.

Soweit kam es diesmal jedoch nicht. Die Fahrt über die lange Schotterpiste hatte seine Kopfschmerzen wieder aufgeweckt. Tatsächlich kam ihm der Schmerz wie ein lebendiges Wesen vor, das mit jedem kleinsten Schlagloch aufbrüllte und Klauen in sein Gehirn rammte. Wenn er in den Rückspiegel sah, vermischte sich der Straßenstaub mit der Mittagssonne zu einem ätzenden Plasma, das seinen Kopf von innen heraus auffraß. Er konnte nur noch mit zusammengekniffenen Augen fahren, und als er den Wagen schließlich auf dem Parkplatz am Reservat abstellte, wurde ihm schlagartig übel. Keuchend vor Schmerz und Panik übergab er sich noch im Wagen, als das Plasma in seinem Schädel explodierte, als alles um ihn herum weiß wurde und in Agonie versank.

Das Erste, was Peter sah, als er wieder zu sich kam, war das Lenkrad, dann die Umrisse des Armaturenbretts. Der Schmerz floss ab, die Schleier rissen auf, die Welt nahm wieder Konturen an und schälte sich langsam aus dem Weiß.

Er blickte an sich herab, starrte auf seine Hände, Arme und Beine wie auf etwas Fremdes. Faust machen. Hand öffnen. Beine bewegen. Alles noch da, bisschen langsam, aber gehörte alles noch zu ihm. Eingetrocknete Flecken von Erbrochenem auf seiner Hose und seinem Polohemd.

Wie lange sitzt du schon hier?

Als er den Kopf hob, zeichneten sich vor der Windschutzscheibe die Umrisse von Häusern ab, getaucht in warmes Abendlicht.

Wo zum Teufel bist du?

Jedenfalls nicht auf dem Parkplatz des Naturschutzgebietes, sondern auf einer Straßenkreuzung unter erloschenen Ampeln. Die Straßen gesäumt von hellen, sandsteinfarbenen Häusern und parkenden Autos. Autos und Linienbusse wie eingefroren mitten auf der Straße. Kein Mensch zu sehen. Eine Stadt, aber welche? Stellte sich zudem die Frage, wie er hierhergekommen war. Peter ignorierte sie jedoch, wie einen störenden Zwischenruf, der ohnehin nicht weiterführte. Er war hier, auf dieser Kreuzung in einer unbekannten, menschenleeren Stadt. Ein

Traum, kein Zweifel, wenn auch ein sehr realer, eine Welt voller Details. Er konnte sogar den Fluss der Zeit spüren, das kaum merkliche Schwinden des Lichts, das Verrinnen seiner Lebenszeit. Er hatte schon Träume gehabt, in denen er wusste, dass er träumte, aber dieser hier war besonders.

Vielleicht bist du auf einem Trip? Oder hast einen psychotischen Schub?

Was auch immer es war, es fühlte sich an wie eine Antwort, zu der er die Frage nicht kannte. Das machte ihn neugierig.

Einen Augenblick blieb er noch sitzen, atmete, säuberte sein Hemd und seine Hose notdürftig mit einigen Kleenex aus dem Handschuhfach und sah sich um. Nichts veränderte sich, er wachte nicht auf, die fremde Stadt schwieg ihn an, die Zeit verging. Also stieg er aus, zwar noch etwas wackelig auf den Beinen, doch ansonsten fühlte er sich ausgeruht und ruhig. Die Luft war warm, ein leichter Wind, kein Laut zu hören. Aber der Gestank, dieser untrügliche Gestank! Seitdem er Maya einmal den Ursprung dieses Gestanks erklärt hatte, schrie sie jedes Mal begeistert »Tote Maus!«, wenn sie ihn irgendwo wahrnahm, im Garten, an einem Gully, im Wald. Es roch nach Tod in dieser Stadt, sehr viel Tod, tausendfachem, millionenfachem Tod. Die Luft war schwer und gesättigt von Verwesungsgestank. Dennoch wurde ihm seltsamerweise nicht übel. Der Gestank umwehte ihn wie ein fernes Grauen, bedrückend und widerlich, aber ohne körperliche Auswirkungen. Peter hatte von solchen Kakosmien gelesen, Geruchshalluzinationen, die Vorboten einer Schizophrenie sein konnten. Der Gedanke, einfach verrückt geworden zu sein, beruhigte ihn sogar, bot immerhin eine schlüssige Erklärung für seine Albträume und *das hier.* Und da die Halluzination weiterhin anhielt, konnte er sich genauso gut ein wenig in dieser Stadt umsehen.

Entgegen seinem ersten Eindruck war die Stadt nicht menschenleer, sondern tatsächlich tot. Überall lagen Leichen, in parkenden Autos, in den Linienbussen mitten auf der Straße, in den Geschäften, am Straßenrand. Der Tod schien sie aus heiterem Himmel ereilt zu haben, beim Ausparken, beim Überqueren der Straße, beim Anstehen im Coffeeshop. Alle waren bereits stark verwest, die meisten bis aufs Skelett, manche mit einer rußigen Staubschicht bedeckt. Anzeichen von Tierfraß konnte Peter nicht erkennen, aber er entdeckte auch einige tote Hunde und Katzen. Inzwischen wusste Peter auch, wo er war. Die hebräischen Werbetafeln, Straßenschilder und Autokennzeichen, die einheitlichen Sandsteinfassaden der Häuser – es gab nur eine solche Stadt auf der Welt, und obwohl Peter noch nie dort gewesen war, hatte er sie auf Tausenden von Bildern gesehen: Jerusalem. Dem nächsten Straßenschild nach befand er sich auf der King George Street. Er orientierte sich anhand eines Stadtplans an einer Bushaltestelle und bewegte sich weiter in Richtung Altstadt. Von dort kam auch der größte Gestank.

Je weiter er ging, desto mehr Leichen sah er. Es schien, als hätte es die Menschen kurz vor ihrem überraschenden Tod ebenfalls Richtung Altstadt gezogen. Die meisten Männer trugen Kippa, viele umklammerten im Todeskampf verwitterte Israelfahnen. Die Yafo war kaum passierbar, der Gestank wurde nun doch unerträglich. Als Peter das Jaffator zur Jerusalemer Altstadt passierte, sah er das ganze Ausmaß der Verwüstung. Die jahrhundertealten Häuser waren zum größten Teil zerstört und abgebrannt, wie von einer gewaltigen Explosion niedergewalzt. Peter musste über einen Berg aus Trümmern und Leichen klettern, um tiefer ins Zentrum der Heiligen Stadt vorzudringen. Je weiter er kam, desto größer wurde das Ausmaß der Zerstörung. Als er würgend und keuchend den Tempelberg erreicht hatte, stand die Sonne bereits tief über dem Horizont, badete das Grauen in ein gleichgültiges, dämmeriges Farbenspiel, wie um klarzustellen, dass sie das hier alles nichts anging. Von der Klagemauer, vom goldenen Tempeldom und der al-Aqsa-Moschee war nichts mehr übrig. Ein wüstes Plateau erstreckte sich an der Stelle um die große Felsnase herum, die Herodes der

Große einst weiträumig mit Mauern eingefasst und aufgeschüttet hatte, um darauf den größten Tempel seiner Zeit zu errichten. Auf dem Plateau konnte Peter hunderttausendfachen Tod unter sich spüren. All die Leichen, die zwischen zerborstenen Mauern und Gebäudetrümmern verrotteten …

»Sie waren alle gekommen, um zu beten. Juden, Muslime, Christen. Sie haben wirklich geglaubt, dass sie es mit Gebeten noch aufhalten können.«

Peter wirbelte herum. Die Frau trug die Tracht einer katholischen Nonne. Peter kannte sie aus seinen Träumen. Sie wirkte blass und traurig.

Traurig über dich!

Maria stand einige Meter vor ihm, kam aber nicht näher, als sei der Boden zwischen ihnen nicht sicher.

»Was ist hier passiert, Maria?«

»Das siehst du doch. Die Apokalypse. Wir haben es nicht aufhalten können. Sie sind alle tot. Das Böse hat gesiegt.«

»Was meinst du mit alle?«

»Alle. Die ganze Menschheit.«

Peter schüttelte den Kopf. »Nein. Das ist nur eine Halluzination, Das ist nicht real.«

»Doch, Peter. Das wird es.«

Er dachte nach. Die Sonne versank hinter dem Horizont, wie zum allerletzten Mal.

»Und warum dann nicht wir, Maria? Warum sind wir noch am Leben?«

»Weil das die ganze Zeit der Plan war, Peter. Wir sind der Neuanfang.«

»Der Plan, sagst du? Wessen Plan?«

Sie kam jetzt doch einen Schritt näher. Streckte die Hand aus, um ihn zu berühren, erreichte ihn aber nicht. In ihrem Gesicht stand nichts als Schmerz und Trauer.

»*Dein* Plan, Peter. Verstehst du immer noch nicht? Dies ist dein Werk. Du bist Seth. Du, Peter – bist das Böse.«

Kapitel 2

POINT NEMO

VI

17. Juli 2011, Rom

Als der Learjet mit dem Logo von Nakashima Industries Rom von Osten her in den Endanflug auf den Flughafen Ciampino einschwenkte, warf Laurenz einen kurzen Blick auf die Ewige Stadt. Sie lag unter einem milchigen Schleier aus Hitze, Dunst und Smog und wirkte so vertraut und stoisch wie immer. Er konnte sogar das große Holzkreuz erkennen, das über den Trümmern des Petersdoms errichtet worden war. Nichts deutete von hier oben auf Chaos, Schock und Bestürzung hin. Aber Rom hatte schon Kaiser und Kaiserreiche kommen und fallen sehen, die Stadt hatte die Goten überlebt, Verwüstungen, Feuersbrünste, Seuchen, Naturkatastrophen, Mussolinis Bauwahn, die Immobilienspekulationen und korrupten Verwaltungen der Nachkriegszeit überstanden. Sie würde auch diese Krise überstehen, daran zweifelte Laurenz keinen Augenblick. Seine Sorge galt vielmehr dem Vatikan, jenem kuriosen Zwergstaat von einem halben Quadratkilometer und knapp tausend Einwohnern im Herzen der Stadt, der zugleich spirituelles und machtpolitisches Zentrum der römisch-katholischen Kirche bildete, der größten Religionsgemeinschaft der Welt. In seinem einzigen Interview als Papst hatte Laurenz den Vatikan ohne Zögern als Heimat bezeichnet. Vor wenigen Wochen hatte er mit ansehen müssen, wie eine gewaltige Bombe den Petersdom und die Sixtinische Kapelle zerstörte, doch das war nichts im Vergleich zu der Wirkung, die dieser Mord haben würde. Der heilige Malachias hatte mit seinen Prophezeiungen in allen Punkten recht behalten. Laurenz gab sich keinen Illusionen hin. Der Vatikan, die römisch-katholische Kirche, so wie er sie kannte, war am Ende.

Laurenz' Boxerpranken ruhten gefaltet auf einem Aktenkoffer in seinem Schoß, der das Original des Buchs Dzyan enthielt sowie einen in Schaumstoff gebetteten kleinen Gegenstand, den er von Yoko Tanaka erhalten hatte. Noch während der Learjet auf der Landebahn aufsetzte, betete Laurenz um Kraft für die kommenden Stunden und Tage. Und dafür, dass der kleine Gegenstand im Koffer exakt so funktionieren würde, wie es im Buch Dzyan beschrieben war.

Zwei Wagen erwarteten den Learjet auf einer abgelegenen Parkposition. Ein Mercedes mit verdunkelten Scheiben und vatikanischem Kennzeichen und ein Alfa Romeo der *Polizia dell'immigrazione*. Ein Hauptmann der Schweizergarde in Zivil und ein Commissario der Grenzpolizei kamen auf Laurenz zu, als er den Jet verließ.

»Willkommen zurück in Italien, Signor Laurenz«, begrüßte ihn der Commissario. »Wenn Sie mir nur einmal Ihren Pass zeigen, dann wären die Formalitäten schon erledigt.«

Laurenz zögerte. Bei seinen Reisen in den letzten Wochen war er nie kontrolliert worden. Der Orden oder Nakashima hatte sich bislang darum gekümmert, dass er ohne Passkontrollen ein- und ausreisen konnte. Irritiert wandte er sich an den Schweizergardisten.

»Was soll das? Weiß jetzt ganz Rom, dass ich da bin?«

Der Gardist hob nur entschuldigend die Hände.

»Sie können ganz unbesorgt sein, Herr Laurenz«, erklärte der Commissario. »Oberst Steiner von der Schweizergarde hat mich informiert. Wir machen das ganz diskret, niemand sonst weiß von Ihrer Ankunft. Allerdings wird es ohne diese kleine Formalität nicht gehen, Signor Laurenz. Die Regierung hat immerhin den nationalen Notstand ausgerufen.«

Laurenz überlegte kurz, ob diese unerwartete Kontrolle eine Falle sein könnte, nickte dem Commissario aber schließlich zu und reichte ihm einen Diplomatenpass des Vatikanstaates. Der Pass war echt, ausgestellt kurz nach seiner Wahl zum Papst.

Sein bürgerlicher Name stand darin sowie der Ordensname Johannes Paul III. Der Pass eines Papstes, der längst nicht mehr Papst war. Aber das schien den Commissario nicht zu stören. Ein kurzer, prüfender Blick – dann salutierte der Grenzbeamte und reichte Laurenz den Pass zurück. »Folgen Sie mir bitte, ich bringe Sie durchs Tor.«

Laurenz gefiel das alles nicht. Er sah zu Nakashimas Flugzeug, mit dem er sofort wieder nach Jerusalem zurückfliegen konnte, und dann hinüber zu der Flughafenumzäunung. Bis auf einen alten Fiat war auf der anderen Seite nichts zu erkennen. Laurenz duckte sich unwillkürlich und stieg in den Mercedes.

»Es ließ sich leider nicht vermeiden«, sagte der Gardist, als er sich ans Steuer setzte und langsam dem Alfa des Commissarios über das Vorfeld folgte. »Die Italiener sind supernervös. In der augenblicklichen Lage haben wir es nicht anders hinbekommen.«

»Wie auch immer«, sagte Laurenz gereizt, presste den Aktenkoffer fest an seien Körper und blickte zurück zum Zaun. »Damit wissen sie nun, dass ich in Rom bin.«

»Machen Sie sich keine Sorgen, die dürfen uns gar nicht anhalten mit diesem Kennzeichen.«

»Aber abknallen können sie mich!«, brüllte Laurenz den Gardisten unvermittelt an. Der junge Mann zuckte zusammen. »Haben Sie den Fiat hinter dem Zaun gesehen? Ist der überprüft worden?«

»Der gehört zu uns«, erklärte der Gardist mit ruhiger Stimme. »Es sind noch weitere Zivilfahrzeuge im Einsatz. Wir werden eine kleine Kolonne bilden auf der Fahrt ins Zentrum. Für alle Fälle.«

Laurenz atmete aus. »Okay. Verzeihen Sie, dass ich laut geworden bin.«

Sie verließen das Flughafengelände durch ein kleines Seitentor für Baustellenfahrzeuge. Der Commissario stand am Straßenrand neben seinem Alfa und salutierte, als der Mercedes an ihm vorbeifuhr. Laurenz war sicher, dass er danach umgehend telefonieren würde. Auf der anderen Seite, dachte er, war das zu erwarten gewesen, nachdem er sich nach Wochen aus der Deckung gewagt hatte. Laurenz rechnete noch mit einer ganzen Reihe unangenehmer Überraschungen.

Aber der Mercedes glitt ungehindert über die Stadtautobahn hinein in die Ewige Stadt, die ungewohnt still und ausgestorben wirkte. Kaum Verkehr, kaum Menschen auf den Straßen zu sehen, nur in den kleinen Snackbars und Cafés drängten sie sich vor den Fernsehern. Als der Mercedes jedoch das Zentrum erreichte, sah Laurenz Menschen aus allen Richtungen zum Petersplatz strömen. Viele hielten Kerzen und Rosenkränze in der Hand und schienen zu beten. Und es wurden immer mehr. Hunderte. Tausende. Als hätte eine machtvolle Stimme sie zusammengerufen, um dem Untergang der Kirche beizuwohnen, oder als hätten sie alle begriffen, dass die Kirche sie in dieser Stunde nun brauchte. Polizeifahrzeuge sperrten die Via della Conciliazione und andere Zufahrtsstraßen zum Vatikan weiträumig für den Verkehr ab, aber gegen den Strom der Abertausenden waren sie machtlos. Der Wagen mit dem vatikanischen Kennzeichen kam nur noch im Schritttempo vorwärts. Als sie die Polizeisperren erreichten, durften sie ungehindert passieren. Der Gardist steuerte jedoch nicht den Vatikan direkt an, sondern setzte Laurenz am nordwestlichen Eckturm der Engelsburg ab, die inzwischen für die Öffentlichkeit gesperrt worden war. Er führte Laurenz rasch zum Eingang des Passetto di Borgo, jenes alten überdachten Fluchtweges, der die Engelsburg seit Jahrhunderten mit dem Apostolischen Palast verband. Für Laurenz nicht das erste Mal, dass er diesen Weg nahm. Nach seinem Rücktritt vor wenigen Wochen erst hatte er den Passetto in umgekehrter Richtung genommen, um unbemerkt aus dem Vatikan zu gelangen. Nun kehrte er auf dem gleichen Weg zurück. Nach Hause.

Auf der anderen Seite des Passetto wurde er bereits von Oberst Steiner erwartet.

»Ich habe im Augenblick nur eine Frage, Oberst Steiner: Ist es wirklich Kelly?«, sagte Laurenz anstelle einer Begrüßung.

»Ja, Meister. Wir haben seine Leiche geborgen. Es besteht kein Zweifel. Es ist Edward Kelly, und er ist tot.«

Laurenz atmete erleichtert auf. »Gut.«

Steiner führte ihn eilig durch die menschenleeren Flure des Apostolischen Palastes und gab Laurenz unterwegs einen knappen Lagebericht. Vor dem Fahrstuhl hielt er noch einmal inne.

»Wir sind einem Hinweis Seiner Heiligkeit nachgegangen und haben im Keller des Gärtnerhäuschens eine Art ... Opferstätte entdeckt. Dort lag eine Leiche. Männlich. Mitte sechzig etwa.«

»Konnten Sie die Leiche identifizieren?«

Steiner zögerte. »Allem Anschein nach ... handelt es sich dabei um ... Peter Adam.«

Laurenz stöhnte. »Lassen Sie die Leiche an einen sicheren Ort bringen, damit Nakashimas Leute sich um die Identifizierung kümmern können.«

»Ist bereits veranlasst. Darf ich eine persönliche Frage stellen, Meister?«

»Bitte, Oberst.«

»Was ist mit Oberst Bühler? Ich meine ... auch nach seinem Rückzug aus dem aktiven Dienst betrachten wir ihn hier immer noch als einen von uns.«

Laurenz nickte betrübt. »Es gibt leider keine guten Nachrichten. Oberst Bühler wurde bei einer Explosion in Seths Zentrale in Nepal getötet.«

Steiner zuckte mit den Wangenmuskeln und schluckte. »Dann hoffe ich, dass sein Tod nicht umsonst war.«

»Nein, das war er nicht. Ohne Urs Bühler wären wir bereits alle tot. Er war ein Held.«

Steiner nickte, als reiche ihm diese Information, und fuhr mit Laurenz hinauf in den dritten Stock, wo zwei Gardisten vor dem *Appartamento* Wache standen. Steiner tippte den siebenstelligen PIN-Code in das Gerät neben der Tür und ließ Laurenz eintreten.

»Ich bin in der Nähe, wenn Sie mich brauchen, Meister.«

Laurenz nickte und zog die Tür hinter sich zu.

Der alte Parkettboden roch vertraut nach Bohnerwachs, die Schränke im Flur atmeten Holz und Mottenkugeln aus, vermischt mit dem Duft von Leder, Büchern und alten Teppichen. Darunter der unbestimmbare Geruch der Jahrhunderte und der Last des Amtes. Einen Augenblick lang stand Laurenz einfach nur so im Flur, regungslos, atmete die vertrauten Gerüche ein und fragte sich, ob sein Rücktritt vor einigen Wochen nicht ein großer Fehler gewesen war. Der schwerste seines Lebens. Seth hatte ihn zwar erpresst, aber Laurenz fragte sich nun, ob er sich diesem Druck womöglich energischer hätte widersetzen sollen. Ein Räuspern unterbrach seine Gedanken.

»Willkommen zurück, Eure Eminenz.« Alfio stand am Ende des Flurs, als traue er sich nicht näher. Laurenz ging auf ihn zu und schüttelte ihm herzlich die Hand.

»Sprechen Sie mich mit Herr Laurenz an, Alfio. Ich bekleide keinerlei Amt mehr.«

Der Kammerdiener schüttelte entschieden den Kopf. »Nicht für mich, Eminenz, wenn Sie verzeihen.« Er räusperte sich erneut. »Der Heilige Vater erwartet Sie in der Bibliothek.«

Der Papst empfing ihn mit einer Umarmung, die Laurenz überraschte. Der ehemalige Chef-Exorzist wirkte erleichtert, als sei eine große Last von ihm genommen worden.

»Wie gut, dass Sie da sind, mein Freund! Ich hatte befürchtet, dass Sie es nicht rechtzeitig schaffen oder …« Er stockte.

»… dass ich die Reise erst gar nicht überleben würde?«, beendete Laurenz den Satz und löste sich aus der Umarmung. »Und sind wir denn überhaupt noch Freunde?«

»Das hoffe ich aus tiefstem Herzen, Laurenz. Aber ich verstehe Ihre Bedenken vollkommen. Was kann ich tun, damit Sie mir glauben?«

Laurenz gab keine Antwort. Stattdessen blickte er sich in seinem Lieblingsraum um, der voll war mit den kostbarsten Büchern, die er im Laufe seines Lebens gesammelt hatte und die dennoch nichts waren im Vergleich zu dem Buch in seinem Aktenkoffer, den er die ganze Zeit über festhielt.

»Sie haben hier nichts verändert«, stellte Laurenz fest.

»Dazu gab es keinen Anlass. Dies ist ein wundervoller Ort. Ich wünschte, ich hätte hier mehr Zeit verbringen können.«

Laurenz wandte sich dem Papst zu, der sich in den Sessel gesetzt hatte, als ermüde ihn das Stehen zu sehr. Er versuchte, seinen alten Freund Don Luigi in dem gehetzten, blassen Gesicht wiederzuentdecken. Mit beiden Händen fuhr sich der Papst über den kahlen Schädel, als müsse er seine Tat und die Angst von sich abstreifen. Eine alte, vertraute Angewohnheit. Laurenz zog sich einen Sessel heran, setzte sich vor den Papst und legte den Aktenkoffer auf den Schoß.

»Wie geht es Ihnen, Don Luigi?«

Erleichterung entspannte das Gesicht des Papstes, als Laurenz ihn mit seinem alten Namen ansprach.

»Beschissen, um ehrlich zu sein. Ich habe getötet, und ich fürchte mich zu Tode. Ich brauche Ihre Hilfe, Laurenz.«

»Eins nach dem anderen. Wer ist die Leiche unter dem Gärtnerhäuschen?«

Die Frage schien den Papst zu irritieren. »Was für eine Leiche?«

»Wie Steiner sich ausdrückte, eine Mumie, die Ähnlichkeit mit Peter Adam aufweist.«

Petrus II. schüttelte heftig den Kopf. »Ich weiß nichts von einer Leiche. Dieser Keller unter dem Gärtnerhäuschen ist ein verfluchter Ort, an dem ich furchtbare Dinge getan habe. Dinge, für die ich allein Tod und Verdammnis verdiene. Aber von dieser Leiche weiß ich nichts.«

Laurenz dachte nach. »Was ist mit Ihrem Dämon?«

Petrus II. hob die Hände. Eine ewig italienische Geste der Ohnmacht gegenüber dem Schicksal, die ihn nun große Kraft zu kosten schien. »Er schweigt. Aber ich fürchte, dass er jederzeit wieder erwachen könnte. Wie ist die Lage da unten, Laurenz?«

»Chaos, unbeschreibliches Chaos. Und das wird erst der Anfang sein. Wir müssen so schnell wie möglich handeln, zum Wohle der Kirche.«

»Was schlagen Sie vor?«

»Um noch größeren Schaden von der Kirche abzuwenden, müssen Sie umgehend zurücktreten. Jetzt, auf der Stelle.«

»Und dann?«

Laurenz zögerte. »Müssen Sie sich den italienischen Behörden stellen, damit ein neuer Papst gewählt werden kann. Steiner hat bereits mit dem Polizeipräfekten telefoniert. Lombardi will Ihnen unter keinen Umständen den Aufenthalt in einer regulären Haftanstalt zumuten. Man könnte sich vorstellen, dass Sie die Zeit bis zu einem Prozess in einem abgelegenen Kloster verbringen. Dort hätten Sie seelischen Beistand und könnten ungestört mit einem Team von Strafverteidigern zusammenarbeiten.«

Petrus II. sah seinen Vorgänger ruhig an. »Ich habe nicht vor zurückzutreten.«

Laurenz nickte. Das hatte er erwartet. »Dann ist das das Ende der römisch-katholischen Kirche. Seths Plan hat sich erfüllt.«

Petrus II. seufzte. »Selbst wenn ich zurückträte, wäre mein Leben keinen Cent mehr wert, das wissen Sie genauso gut wie ich. Keine Macht der Welt könnte mich auf Dauer schützen. Die Gefahr, dass ich aus der Haft heraus alles widerrufen und meinen Anspruch auf das höchste Amt der Kirche wieder geltend machen könnte, wäre einfach zu groß. Nein, Laurenz, Sie müssen mir helfen unterzutauchen. Ich gebe mich ganz in Ihre Hände.«

Das Klacken der beiden Kofferschlösser ließ Petrus II. zusammenzucken. Petrus II. schien den Aktenkoffer erst jetzt zu bemerken und starrte ihn an, als handele es sich um ein Raubtier, das gerade aus seinem Schlaf erwachte. Laurenz zögerte, bevor er weitersprach. Seine Hände ruhten immer noch auf dem Deckel des Koffers, als drohe er, sonst von alleine aufzuspringen.

»Sie haben furchtbare Schuld auf sich geladen, Don Luigi. Gott hat sich für uns durch seinen Sohn geopfert und uns damit auf ewig schuldig gemacht. Jetzt ist es an der Zeit, dass wir uns für ihn opfern.«

Petrus II. schluckte. »Ich verstehe. Sie sind nicht gekommen, um mein Leben zu retten, sondern um mich zu töten, nicht wahr?«

Laurenz öffnete den Koffer, und ein schwaches bläuliches Glimmen erfüllte die Bibliothek.

»Es wird nicht wehtun, mein Freund.«

VII

17. Juli 2011, Pazifischer Ozean, Point Nemo

Um 10:03 Uhr Ortszeit meldete der Chief Petty Officer am Radar ein nicht identifiziertes Objekt bei 324°, das weder auf Funksprüche reagierte noch selbst irgendeine internationale Kennung funkte. Der diensthabende Lieutenant vermutete zuerst einen einsamen japanischen Trawler, der an diesem allerfernsten Punkt des Pazifiks dem letzten noch nicht ausgerotteten Schwarm Blauflossenthunfische nachjagte, doch die Radarauswertung zeigte keinerlei Bewegung des Objekts. Wenig später konnte Lieutenant Peters das Objekt bereits mit dem Feldstecher ausmachen. Ein winziger Krümel an der scharfen Horizontkante, ein schmutziges Körnchen am ansonsten makellosen Rand der Welt. Eindeutig ein Schiff. Aber so regungslos und schweigend wie der Pazifik, der sich ringsum allmächtig aufspannte, als ob es kein Land mehr gäbe, nirgendwo, und darüber nur noch ebenso makellosen Himmel. Ein schwacher Wind aus Südost raute die blaue Endlosigkeit des Pazifiks nicht einmal genug auf, um Schaumkronen oder eine langwellige Dünung zu erzeugen. Die einzige Störung dieser Perfektion aus Blautönen und Stille war der Kratzer, den die HMAS *Warramunga* als Kielspur stampfend hinter sich herzog. Die *Warramunga* passierte gerade Point Nemo, die Position im Pazifik, die am weitesten von allem Festland entfernt war, zweitausendsiebenhundert Kilometer bis zu den Pitcairninseln im Norden, der Antarktis im Süden, der Chatham-Insel im Westen und Chile im Osten. Bis Australien noch mal so viel. Ein Ort so fern von allem Leben, dass man verrückt werden konnte, wenn man lange genug darüber nachdachte, und den jede Besatzung nur allzu gerne hinter sich brachte.

Und genau dort traf die Fregatte der Royal Australian Navy auf ein Geisterschiff.

Ein ausgedehntes polares Hochdruckgebiet ließ die Sichtweite von der Brücke aus auf über sechs Meilen ansteigen, und Lieutenant Peters sah das Geisterschiff schließlich so deutlich und scharf in seinem Fernglas, als brauche er nur danach zu greifen. Ganz eindeutig konnte er die Rostspuren und die Beschädigungen an den Deckaufbauten erkennen.

Lieutenant Peters setzte das Fernglas ab. »Japanischer Trawler. Einer von denen, die der Tsunami im Frühjahr losgerissen hat.« Dann verständigte er den Commander.

Wenig später näherte sich die *Warramunga* mit halber Kraft dem fünfundvierzig Meter langen Fischfänger und ging in geringem Abstand längsseits. Das havarierte Schiff trug den Namen *Asa*, japanisch für »Morgen«, und war eine willkommene Abwechslung für die Mannschaft, die von Deck aus die Beschädigungen kommentierte und mit privaten Digitalkameras filmte. Die *Asa* hatte Schlagseite und war durch die Tsunamischäden und die Monate auf See in einem erbärmlichen Zustand. Aber sie war immer noch schwimmfähig und stellte daher ein gefährliches Hindernis für den Schiffsverkehr in der Region dar. Das Schiff war in Sendai registriert und durch den Tsunami am 11. März des Jahres aus dem Hafen losgerissen und ins offene Meer gespült worden. Wie man Commander Webber über Funk versicherte, hatten sich zum Zeitpunkt des Unglücks keine Besatzungsmitglieder mehr an Bord befunden, wodurch sich eine eventuelle Bergung von Leichen erübrigte. Commander Webber beriet sich mit dem Flottenoberkommando in Darwin und erhielt schließlich die Erlaubnis, die *Asa* zu versenken. Eine seltene Gelegenheit und eine weitere willkommene Abwechslung. Der Commander entschied sich für einen Torpedoschuss und ließ einen der MU90-Torpedos klarmachen. Als die *Warramunga* jedoch gerade abdrehen wollte, um in Schussposition zu gehen, brüllte einer der Midshipmen an

Deck »Stopp!« und gestikulierte aufgeregt zur *Asa* hinüber. Die anderen Besatzungsmitglieder hatten es ebenfalls bereits gesehen. An Deck der *Asa* stand ein etwa zehnjähriger Junge. Woher er plötzlich gekommen war, konnte niemand sagen, aber nun stand er dort wie ein junger Pilz auf einem morschen Baumstumpf und starrte hinüber zur *Warramunga*, als betrachte er einen fernen Traum. Ein blondes Kind mit heller Haut, offensichtlich kein Japaner. Der Junge trug eine schmutzige weiße Hose und ein weißes T-Shirt und wirkte auf die Entfernung weder verletzt noch unterernährt. Er stand einfach nur regungslos an Deck, winkte nicht oder gab sonst irgendwelche Zeichen, er starrte die Fregatte und ihre Besatzung einfach nur an.

Der Untersuchungsbericht des New South Wales Police Marine Area Command zum *Warramunga*-Fall fand später abschließend keinerlei Erklärung für die Vorfälle am 17. Juli bei Point Nemo und acht Tage später im Hafen von Sydney. Der achtzigseitige Bericht lieferte bloß eine vage Chronologie der Ereignisse, soweit man sie aus dem Funkverkehr mit der *Warramunga* überhaupt rekonstruieren konnte. Aus diesen wenigen Funksprüchen ging hervor, dass Commander Webber zunächst zögerte, den weißgekleideten Jungen an Bord der *Warramunga* zu holen. Der irritierende Anblick des einsamen und offensichtlich traumatisierten Kindes schien zunächst den Verdacht eines Hinterhalts von Piraten oder Terroristen nahezulegen. Es verging noch über eine halbe Stunde, bis der Commander sich entschloss, vier bewaffnete Spezialkräfte übersetzen zu lassen, die den Jungen holen und den Trawler auf mögliche weitere Personen an Bord absuchen sollten. Gleichzeitig ließ er das leichte Mark-45-Geschütz klarmachen und auf die *Asa* richten.

Der Untersuchungsbericht, der vom australischen Militär umgehend als *top secret* klassifiziert wurde, erwähnte später nur noch, dass die vier Kampfschwimmer den Jungen an Bord der *Warramunga* brachten, nachdem sie sichergestellt hatten, dass er tatsächlich, so unglaublich es klang, allein an Bord war.

Was jedoch nur die halbe Wahrheit war, denn die Spezialkräfte fanden durchaus noch etwas anderes auf der *Asa*, etwas, das der Bericht später nicht erwähnen konnte, da es nicht per Funk nach Darwin übermittelt wurde. Aber selbst wenn, hätte das, was die Männer anschließend berichteten, nur Zweifel an ihrer geistigen Verfassung aufkommen lassen.

Während nämlich einer der Kampfschwimmer sich um den Jungen kümmerte und das Deck sicherte, drangen die drei anderen in das Innere der *Asa* ein. In dem vordersten der mehrfach abgeschotteten Fischräume machten sie schließlich eine verstörende Entdeckung.

Im Licht der Stablampen sahen sie, dass die Wände des Lagerraums für den Fang über und über mit sonderbaren Zeichen, Linien und Symbolen bedeckt waren. Die meisten Zeichen wirkten wie eine vollkommen fremdartige Schrift, andere wieder erinnerten an urzeitliche Felszeichnungen mit Darstellungen von Tieren, langgestreckten Echsenwesen, verschlungenen Spiralen und Kreissymbolen. Als die Männer die Zeichnungen näher untersuchten, erkannten sie, dass sie nicht aufgemalt, sondern in die Schiffswand eingraviert waren. Die ganze Gravur wirkte roh und wie in großer Eile angefertigt. Wie eine riesige Tätowierung, die ein monströses Wesen hastig in den Stahl gekratzt hatte. In der Mitte des Lagerraums bedeckte eine Schicht halb getrockneten Schleims den Boden, vermischt mit einer zähen, faserigen Substanz.

Die Bilder lösten Ratlosigkeit und beklommenes Schweigen in der Befehlszentrale der *Warramunga* aus. Dann gab der Commander den Männern auf der *Asa* den Befehl, sich unverzüglich zurückzuziehen.

Der blonde Junge ließ sich widerstandslos an Bord der *Warramunga* bringen und wurde zunächst unter Quarantäne gestellt. Er schien keine Angst zu haben, ließ die Untersuchungen teilnahmslos über sich ergehen, zuckte nicht einmal bei der Blutentnahme und wirkte seltsam gleichgültig, fast apathisch, was die Annahme einer starken Traumatisierung bestätigte. Äußerlich wirkte er jedoch unverletzt. Keine Spuren einer unmittelbaren Gewalteinwirkung, keine Dehydrierung oder sonstige Mangelerscheinungen. Der Schiffsarzt stellte vielmehr verblüfft fest, dass die Haut des Jungen ungewöhnlich hell und zart war. Wie Babyhaut. Keine einzige Schramme, keine Kratzer oder Narben vom Spielen. Nur am Oberkörper einige kleine, kreisrunde, rötliche Stellen, die sich im Verlauf der folgenden Tage jedoch auflösten. Entsprechend der Blässe seiner Haut waren seine Pupillen fast farblos. Dennoch zeigte er völlig normale Reflexe und keinerlei Lichtempfindlichkeit. Als der Arzt ihn nach seinem Namen fragte, reagierte er ohne Zögern.

»Raymond.« Er sprach es englisch aus, leise und deutlich, als müsse er seine Stimme noch testen. Er saß aufrecht und seltsam steif auf der Untersuchungspritsche der medizinischen Station und blickte den Arzt aufmerksam und gesammelt an. Lieutenant Franklin hatte selbst eine Tochter im gleichen Alter, er kannte Kinder, er wusste, wie man mit ihnen redete. Aber dieses Kind war anders. Sein Blick aus diesen farblosen Augen wirkte viel älter, unendlich viel älter. Lieutenant Franklin verdrängte die Frage, was diese Augen im Rumpf der *Asa* wohl gesehen haben mochten.

»Raymond, gut. Hey Ray, ich bin Dr. Franklin. Und wie heißt du weiter?«

»Ray-mond.«

»Aber hast du sonst noch einen Namen, Raymond?«

Der Junge dachte nach.

»Raymond … Raymond Creutzfeldt.«

Mehr sagte er nicht. Auf jede andere Frage als die nach seinem Namen reagierte er nicht, starrte Dr. Franklin und jeden, der ihn ansprach, nur ruhig und konzentriert an.

Unter welchen Umständen er auf das Geisterschiff gelangt war und wie er dort hatte überleben können, blieb daher weiter rätselhaft.

Während der Arzt den Jungen untersuchte, hörte der Commander sich den Bericht der vier Kampfschwimmer an und traf eine Entscheidung. Kurz darauf traf ein Torpedo die *Asa* mittschiffs und versenkte sie auf den Grund des Pazifiks. In der Medizinstation kam das Geräusch der Detonation nur noch wie ein kurzes, fernes Aufstöhnen an, und Lieutenant Franklin bemerkte, dass der Junge kurz reagierte, als habe ihn jemand gerufen. Gleich darauf jedoch verhielt er sich wieder so ruhig und unbeteiligt wie zuvor.

So verbrachte er auch die nächsten acht Tage an Bord. Die meiste Zeit verließ er die Kabine nicht, die der Doktor ihm abgetreten hatte. Wenn er sich jedoch an Deck zeigte und über die Bordwand auf den endlosen Pazifik starrte, hielt die Mannschaft Abstand zu ihm. Niemand außer dem Doktor und dem Commander sprach mit ihm. Aber er sprach ja auch selbst nicht. Er schlief nur wenig, aß und trank, was man ihm aus der Bordküche brachte, zeigte weder bestimmte Vorlieben noch Abneigungen. Er war gesund, aber unheimlich. Erst als das australische Festland in Sicht kam, bemerkte der Arzt eine sonderbare Unruhe an ihm. Raymond scharrte sanft mit den Füßen und reckte jetzt öfter den Kopf, als lausche er einer fernen, undeutlichen Stimme.

Am Morgen des 23. Juli, sechs Stunden vor ihrem geplanten Eintreffen im Militärhafen von Sydney, brach der Funkkontakt zur *Warramunga* ab. Gegen Mittag entdeckten Suchhubschrauber der australischen Marine die Fregatte. Das Schiff trieb unbeschädigt, aber vollkommen verlassen neun Seemeilen nördlich von Sydney. Weder von der Besatzung noch von dem geretteten Kind fand man irgendeine Spur. Keine Leichen, kein Anzeichen von Gewalt oder irgendeiner Katastrophe. Der Maschinenraum, die Steuerstände, die Offizierskabinen und die Mannschaftsunterkünfte wirkten, als seien sie plötzlich, aber ohne Hast verlassen worden. Als sei die gesamte Besatzung auf irgendein Kommando hin unvermittelt von Bord gegangen. Nicht ohne allerdings vorher noch die Logbücher zu verbrennen und sämtliche digitalen Aufzeichnungen zu löschen.

Der Abschlussbericht der Untersuchungskommission zum *Warramunga*-Fall fand also keine Erklärung für das, was in den Stunden nach dem Abbruch der Funkverbindung an Bord geschehen war. Der streng geheime Bericht erwähnte auf zwei Seiten die vergeblichen Bemühungen, Angehörige des Jungen, dessen Aussehen man nur vage aus dem Funkverkehr der *Warramunga* mit dem Flottenoberkommando kannte, ausfindig zu machen. Er blieb auch hier jede Erklärung schuldig, wer der Junge war, woher er stammte und wie er auf die *Asa* kam, deren Wrack ebenfalls nie gefunden wurde. Daher wagte der Bericht abschließend nur die Vermutung, bei dem japanischen Geisterschiff und dem blonden Jungen habe es sich womöglich um eine rätselhafte Form einer Massenpsychose gehandelt, die zum Wahnsinn und schließlich zum Suizid der hundertvierundsiebzig Seeleute geführt habe.

Das australische Flottenoberkommando konnte trotz einer Nachrichtensperre nicht verhindern, dass die Medien wochenlang über das Verschwinden einer ganzen Schiffsbesatzung spekulierten. Aber wenigstens blieb die angebliche Begegnung mit dem Geisterschiff und dem Jungen geheim.

Daher erfuhr das Flottenoberkommando auch nie, dass Raymond am Abend des 24. Juli bei Jim Coyne in Bawley Point klingelte und höflich nach Rahel Kannai fragte. Jim Coyne wunderte sich zwar über den sonderbaren, weiß gekleideten Jungen mit dem seltsam durchdringenden Blick, hielt ihn jedoch für einen von Rahels Malschülern und erklärte ihm kurz angebunden, dass Rahel für unbestimmte Zeit nach Jerusalem abgereist sei. Daraufhin wandte sich der Junge ohne ein weiteres Wort ab. Jim Coyne sah ihm nach, bis er am Ende des Voyager Crest um eine Biegung verschwand, und wunderte sich über die plötzliche Stille in seinem Garten.

Die zutraulichen Wallabys waren verschwunden, das Gelächter der Kookaburras in den prächtigen Flammenbäumen verstummt. Fröstelnd und mit dem Gefühl einer lähmenden Müdigkeit kehrte Jim Coyne ins Haus zurück, ließ sich in einen Sessel fallen und betrachtete weiter das einzige Bild, das er aus Rahels Atelier gerettet hatte. Eine Art Selbstporträt, verstörend und gewalttätig. Wie die meisten ihrer Bilder aus den letzten Wochen zeigte es eine Gruppe jener seltsamen Echsenwesen. Sie standen im Halbkreis um Rahel herum und sahen unbeteiligt zu, wie sie von einem katholischen Priester mit einer Machete enthauptet wurde, der ihr dabei eine Art Amulett entriss. Im Hintergrund erkannte Jim den goldenen Felsendom, daher vermutete er, dass Rahel nach Jerusalem zurückgekehrt war. Keine Frage, Rahel war verrückt geworden und brauchte dringend Hilfe. Was ihn aber nun mit einem namenlosen Grauen erfüllte und vor Entsetzen schaudern ließ, war ein neues Detail des Bildes, etwas, das es bislang dort nicht gegeben hatte. Hinter den durchscheinenden Echsenwesen stand eine kleine, weiß gekleidete Gestalt. Ein Junge ohne Augen. Jim Coyne konnte den Blick nicht von dieser Gestalt abwenden. Er spürte dabei eine lähmende Kälte, die von den Füßen ausgehend in seinen Leib kroch, sich überall ausbreitete wie ein Gift. Er fühlte sich plötzlich alt, sehr alt. Das Bild erfüllte ihn mit einer grauenvollen Vorahnung.

Jim Coyne war ein Mann der Tat, und er wollte etwas tun. Den Notruf wählen, Rahel finden, sie warnen. Doch bevor er noch zum Hörer greifen konnte, spürte er einen brennenden Schmerz, der sich wie Raubtierkrallen durch seinen Leib wühlte. Jim griff sich an die Brust. Sein letzter Gedanke, bevor er starb, galt Rahel.

VIII

20. August 2013, Grinnell, Iowa, USA

Das melodische Klingeln seines Handys holte ihn zurück. Der leichenbedeckte Tempelberg löste sich auf, und Peter stürzte in einen Abgrund aus Leere, Schmerz und Angst. Er fiel, unendlich tief, hörte gar nicht mehr auf zu fallen. Doch von irgendwo baumelte dieses leise, beharrliche Läuten zu ihm herab, wie ein rettendes Seil, das er nur zu greifen brauchte. Verzweifelt tastete Peter im Fallen um sich, versuchte, das Klingeln zu orten, bevor es für immer verstummte.

Stöhnend wie ein Taucher nach einem zu raschen Aufstieg und mit einem krampfartigen Ruck kam Peter in seinem Wagen zu sich. Vor ihm lag immer noch der Parkplatz des Naturschutzgebietes mit dem kleinen See. Die Nachmittagssonne blendete ihn durch den Rückspiegel, über dem Wasser flogen zwei Enten in enger Formation. Im Wagen stank es nach Erbrochenem. Eilig tastete Peter nach seinem Handy und fand es schließlich neben sich auf dem Beifahrersitz. Ohne einen Blick auf das Display zu werfen, nahm er ab, ein Ertrinkender, dem völlig egal war, wer ihn rettete.

»Ja?«

»Peter, ich bin's Nikolas.«

Für einen Moment kehrte die Panik zurück, immer noch in diesem Albtraum gefangen zu sein. Seit Weihnachten hatte er nichts von seinem Zwillingsbruder gehört. Und auch dieses kurze Telefonat war mehr ein pflichtschuldiger Abgleich der Standorte gewesen als ein Gespräch zwischen Brüdern. Als Kinder waren sie unzertrennlich gewesen, doch seit Nikolas Priester geworden und Peter in die USA gegangen war, hatten sich die Flugbahnen ihres Lebens getrennt und entfernten sich so unaufhaltsam immer weiter voneinander, dass Peter schon gar nicht mehr wusste, was sein Bruder überhaupt machte. Er wusste nur, dass Nikolas in Rom lebte und offenbar eine wichtige Funktion innerhalb der Kurie hatte. Peter hatte den Glauben seines Bruders ohnehin nie verstanden. Ihre Eltern waren beide katholisch, aber nicht besonders religiös. Peter erinnerte sich so gut wie gar nicht an die seltenen Kirchenbesuche in ihrer Kindheit. Doch während ihm die Kirche immer fremder geworden war, hatte sie auf Nikolas wie das Schwerefeld eines gigantischen Sterns auf einen trudelnden Asteroiden gewirkt, hatte ihn angezogen und verschluckt. So sah Peter das. Nikolas hatte schon als Kind darauf bestanden, zur Kommunion zu gehen, war Messdiener geworden, hatte als Jugendlicher Meister Eckhart, Thomas von Aquin und andere christliche Mystiker gelesen und jeden Religionslehrer mit seinem rhetorischen Talent in die Verzweiflung getrieben. Anfangs war Peter noch stolz auf die Hartnäckigkeit seines Bruders gewesen, mit der er christliche Dogmen in Frage stellte, biblische Gegenbeispiele anführte und zu überraschenden Schlüssen kam. Später jedoch, als Nikolas schweigsam und reizbar geworden war, hatte er der Kirche die Schuld dafür gegeben, dass sich sein Bruder immer weiter von ihm und der Welt entfremdete. Und nun rief er an, sein Bruder, ausgerechnet in diesem Moment, als sei er zuständig für apokalyptische Albträume vor der Kulisse Jerusalems.

Wie lange warst du überhaupt weg?

Peter sah auf seine Armbanduhr. Über zwei Stunden. Ein Blick auf das Handydisplay zeigte ihm, dass Ellen dreimal angerufen hatte.

Verdammte Scheiße. Und jetzt noch Niko.

»Peter? Peter, bist du noch da?«

»Ja.«

»Alles in Ordnung mit dir? Du klingst nicht gut.«

Peter öffnete das Seitenfenster und atmete die warme Sommerluft ein. Zum Aussteigen fühlte er sich zu schwach.

»Alles bestens ... Hallo, Niko. Was gibt's?«

»Ich kann später noch mal anrufen.«

»Verdammt, Niko, ich bin okay! Ich ... musste nur gerade mal rechts ran fahren.«

»Bist du in Grinnell?«

»Klar. Und du?«

»In Rom. Mal wieder. Wie geht's Ellen und Maya?«

»Hör mal, Niko, spar dir die Floskeln, bitte. Uns geht's gut, aber deswegen rufst du doch nicht an, oder?«

»Nein.«

Peter konnte seinen Bruder am anderen Ende der Leitung atmen hören. Und irgendwie hatte er den Eindruck, dass Nikolas nicht allein war.

»Ich habe von dir geträumt, Peter. Deswegen rufe ich an.«

Natürlich. Du hast es die ganze Zeit gewusst.

»Ich meine, nicht einfach nur geträumt, sondern so wie früher, weißt du noch? Wenn wir beide gleichzeitig aufgewacht sind und exakt den gleichen Traum hatten?«

»Ja, ich erinnere mich. Was hast du geträumt?«

»Das weißt du doch, Peter. Den gleichen Traum wie du, nur aus einer anderen Perspektive. Und jetzt erzähl mir nicht, dass du in der letzten Zeit gut schläfst.«

Peter stöhnte. »Nein, tu ich nicht. Ich war heute sogar deswegen bei einem Therapeuten.«

»Warum hast du nicht angerufen?«

»Ich war mir nicht sicher, ob's dir auch so geht. Wollte dich nicht nerven. Du hast ja immer viel um die Ohren.«

»Verstehe. Hör mal, Peter, ich finde diese Träume wirklich beängstigend. Sie sind so ... deutlich. Siehst du auch diesen weiß gekleideten Jungen?«

»Den Jungen ohne Augen? Ja. Was ist mit ihm?«

Wieder Schweigen am anderen Ende der Leitung.

»Ich kann dir das nicht am Telefon erklären«, begann Nikolas schließlich wieder. »Aber ich muss mit dir reden, es ist wichtig. Komm nach Rom. Ich würde ja zu euch nach Iowa fliegen, aber ich kann hier gerade nicht weg.«

»Wie stellst du dir das vor, Niko? Mal eben nach Rom. Das Semester beginnt nächste Woche.«

»Dann hast du ja Zeit. Es ist wirklich wichtig, Peter. Nimm Ellen und Maya mit, ich hab sie so lange nicht gesehen. Ihr macht euch ein paar schöne Tage in der Ewigen Stadt, und wir beide haben mal wieder ein bisschen Zeit, was meinst du?«

Er klang nun fast flehend.

»Niko, du kannst nicht einfach so aus heiterem Himmel anrufen und uns nach Rom zitieren. Ich …«

»Ich brauche deine Hilfe«, unterbrach ihn Nikolas. »Bitte. Es ist wirklich wichtig. Ich fürchte … nein, vergiss das. Bitte kommt nach Rom. Gleich morgen. Ich buche euch auch die Tickets. Ihr fliegt Businessclass und kriegt ein Superhotel mit Blick auf den Petersdom. Ich muss dir was zeigen. Bis zum Semesterbeginn bist du wieder zurück.«

Die bemühte Heiterkeit seines Bruders irritierte Peter noch mehr als der flehende Ton zuvor.

Du hörst doch, er braucht deine Hilfe. Er ist dein Bruder.

Peter atmete aus. »Ich kann nicht, Niko. Ich muss jetzt los, Ellen wartet. Lass uns morgen noch mal telefonieren, okay?«

»In Ordnung«, sagte Nikolas resigniert. »Aber tu mir einen Gefallen und ruf mich sofort an, wenn irgendwas … Außergewöhnliches passiert, ja?«

»Zum Teufel, Niko, was …?«

»Tu es, verdammt noch mal!«, herrschte Nikolas ihn an. »Pass auf dich auf. Mit Gottes Segen.« Dann legte er auf.

Ellen erwartete ihn schon auf der Veranda. Sie trug Shorts und ein eng anliegendes T-Shirt, hielt ihr schwarzes Haar trotz der Windstille mit einer Hand fest im Nacken, als würde es sonst davonfliegen. Ihre große, sportliche Gestalt presste sich gegen das Holzgeländer wie eine Galionsfigur, die sich dem Wind und den Wellen entgegenstemmte, als ob Glück oder Untergang nur von ihr abhinge. Und so war es auch, Ellen nahm die Dinge immer sofort in die Hand, sie war eine geborene Führungsfigur, ihr gelang einfach alles. Sie war Fotografin gewesen, war für internationale Magazine um die Welt gereist, hatte alles gesehen: Elend, Kriege, Luxus, Tristesse, Wunder. Ellen hatte einen Flugschein und konnte schießen. Das Rolling Stone Magazine hatte sie interviewt.

Peter hatte sie auf einem Flug nach Frankfurt kennengelernt. Sie hatten zufällig nebeneinander gesessen und das gleiche Buch gelesen. Er wunderte sich immer noch, wie eine so schöne, erfolgreiche und unabhängige Frau es überhaupt mit einem Langweiler wie ihm aushielt, noch dazu in Iowa. Aber Ellen hatte sich in all den Jahren kein einziges Mal beklagt, hatte einfach den Schalter umgelegt und sich dem Kleinstadtleben angepasst. Sie hielt das denkmalgeschützte Holzhaus in Schuss, kochte, backte und kandidierte inzwischen als Bürgermeisterin. Von ihr hatte Maya diesen unbedingten Willen zum Glück. Doch schon beim Parken sah Peter, dass alles anders war. An ihrer angespannten Haltung und der Art, wie sie ihr Haar festhielt und mit der anderen Hand sich selbst, erkannte er, dass etwas nicht stimmte, ganz und gar nicht stimmte. Er nahm die Verandastufen mit wenigen Schritten.

»Was ist los?«, rief er im Laufen. »Ist was mit Maya?«

Ellen schüttelte nur steif den Kopf und starrte ihn an. Er sah jetzt, dass sie geweint hatte. Sie weinte sonst nie. Jetzt aber war sie erschreckend blass, ihr goldener Segel-Teint wie abgewischt.

»Mein Gott, was ist denn mit dir passiert?«, hauchte sie.

»Ich wollte nach dem Termin mit Dr. White noch an den See fahren, um nachzudenken«, sagte er. »Dabei hatte ich offenbar eine Art Migräneattacke. Auf dem Parkplatz, keine Sorge. Sieht schlimmer aus als es ist, ich hab mich nur vollgekotzt. Also, was ist los?«

»Komm rein, dann siehst du es.«

Sie drehte sich steif um und ging wieder zurück ins Haus, widerstrebend, wie in eine fremde, feindliche Welt. Verwirrt und beklommen folgte Peter ihr. Er sah sofort, was sie meinte.

Sämtliche Wände des Hauses waren mit blutigen Zeichen bedeckt. Zeichen und Symbole jener scheußlichen Schrift, die Peter aus seinen Träumen kannte. Die hastig hingeschmierten Zeichen bildeten Worte und Sätze, die sich rhythmisch wiederholten, wie ein hysterischer Schrei. Sie begannen im Wohnzimmer, zogen sich in Wellen durch den Flur, wanden sich die Treppe hinauf, bedeckten die Wände und krochen durch die Türritzen in alle Räume, wie ein giftiger Dunst. In Mayas Zimmer dann explodierten sie förmlich, brüllten ihre blutige Drohung heraus, als sei Maya ihr eigentliches Ziel gewesen. Die Wände hier waren vollkommen mit den Zeichen bedeckt. Das Blut tropfte sogar noch in widerlichen Schlieren herab und bildete Flecken auf dem Holzboden.

Peter fragte sich nicht, wo das viele Blut herkam. In einer ländlichen Gegend mit Viehzüchtern waren derbe Scherze mit vielen Litern Schweineblut nichts Ungewöhnliches. Was Peter wirklich mit Panik und einem grauenvollen Gedanken erfüllte, war, dass er diese Zeichen *lesen* konnte. Und Peter verstand, dass sein ganzes bisheriges Leben genau hier endete. Ächzend schloss er die Tür zu Mayas Zimmer und versuchte, einen klaren Gedanken zu fassen.

»Wo ist sie jetzt?«

»Bei Amy Reynolds«, sagte Ellen heiser, als habe dieses Grauen ihr die Stimme geraubt. »Sie weiß es noch nicht. Ich hab sie mittags von der Schule abgeholt und zum Reitunterricht gefahren. Dann war ich kurz einkaufen. Ich war nur eine Stunde weg, Peter! Wer auch immer das war – wie konnte er *das* in einer Stunde schaffen, kannst du mir das erklären?«

Sie zitterte jetzt, zuckte regelrecht. Peter nahm sie in den Arm, aber sie hörte gar nicht mehr auf, und ihr Beben übertrug sich auf ihn wie die Resonanz des Schreckens.

»Bring mich hier raus. Ich will hier nicht mehr leben!«

»Sch sch sch. Ganz ruhig. Hör zu, pack ein paar Sachen, wir gehen in ein Motel. Morgen kümmere ich mich um alles.«

Sie befreite sich aus seinem Griff und schüttelte heftig den Kopf. »Zuerst müssen wir Sheriff Foreman verständigen. Ich hab nur gewartet, bis du da bist.«

Sie wollte hinuntergehen, doch Peter hielt sie fest.

»Nein. Lass das.«

Sie wand sich in seinem Griff. »Was soll das? Wir *müssen* es der Polizei melden. Da läuft ein Irrer durch den Ort. Wer weiß, wo er sonst noch zugeschlagen hat oder zuschlagen wird.«

»Ich sagte, lass es, Ellen. Keine Polizei. Wir packen ein paar Sachen, gehen was trinken, um uns zu beruhigen, dann holen wir Maya ab und nehmen uns ein Motel für ein paar Tage. Wir sagen, es ist ein Wasserschaden. Ich kümmere mich um alles, ich bringe das hier wieder in Ordnung. Aber wir werden niemandem davon erzählen, hörst du?«

Sie starrte ihn an wie einen Fremden. »Was? … Warum?«

Peter würgte die Angst herunter.

»Weil ich glaube – sieh mich an, Ellen! … Weil ich glaube, dass ich das war.«

IX

17. Juli 2011, Apostolischer Palast, Vatikanstadt

Sie würden alle kommen, sie waren schon unterwegs. Franz Laurenz stellte sich alte Männer vor, die first class flogen, aufgelöste Hausangestellte beim Packen der Koffer eines Kardinals, dem die Verzweiflung und die Ahnung vom Untergang seiner Kirche ins Gesicht geschrieben standen. Laurenz kannte die meisten von ihnen persönlich, viele hatten ihn vor sechs Jahren noch zum Papst gewählt. Er rief sie sich alle nacheinander vor Augen, ihre Namen, ihre Gesichter, ihren Einfluss. Keiner der Kardinäle unter achtzig würde jetzt noch eine Einladung nach Rom brauchen. Die Fernsehbilder von Petrus II., wie er Edward Kelly erschoss, tosten um die Welt wie ein gigantischer, alles vernichtender Sturm und fegten ins Zentrum ihrer sinkenden Kirche. Franz Laurenz rechnete damit, dass sämtliche Kardinäle, die reisefähig und zur Papstwahl berechtigt waren, spätestens in zwei Tagen in Rom eingetroffen sein würden, je nachdem, von welchem Ende der Welt sie anreisten. Die Kardinäle waren die zweite Welle, der er sich stellen musste. Die erste Welle jedoch würde ihn bereits in wenigen Minuten treffen, eine Welle aus kurialer Nomenklatura, Journalisten, Geheimdienstlern, E-Mails und Anrufen von Staatschefs, Kriminalbeamten, Ärzten und möglicherweise sogar Killern. Ein Tsunami aus Verzweiflung, Wut und Fragen. Nur wenn er diese erste Welle in den nächsten Stunden überstand, konnte der Plan aufgehen. Nur dann hatte er eine Chance, die Apokalypse und die Vernichtung seiner Kirche noch aufzuhalten.

Es war jetzt still in der Bibliothek. Die dicken, jahrhundertealten Mauern des Apostolischen Palastes schirmten ihn vom Tumult auf dem Petersplatz ab. Laurenz warf einen Blick in den

Innenhof. Kein Mensch zu sehen. Über ihm wurde der Himmel fahl, der Abend legte sich drückend über die Ewige Stadt, ohne Abkühlung oder den kleinsten Windhauch zu bringen. Laurenz wandte sich um und warf einen Blick auf die Leiche des Papstes in seinem großen Lesesessel. Petrus II. hatte die Hände gefaltet, die Augen geschlossen, wirkte gesammelt und erlöst, geradezu heiter. Ganz anders als im Leben. Vor allem um Jahrzehnte gealtert. Laurenz hätte gerne Sophia angerufen oder Maria, aber das ging nicht. Er war jetzt allein.

Aber nicht vollkommen allein.

Er sank auf die Knie, faltete seine massigen Hände, sprach ein Vaterunser und dann mit klarer Stimme Psalm 118. Ein alter Psalm aus talmudischer Zeit, der vermutlich auch von Jesus Christus am Sederabend vor Pessach, nach dem letzten Abendmahl, gesungen wurde.

Alle Völker umringen mich,
aber im Namen des Herrn wehre ich sie ab.
Sie umringen mich, ja, sie umringen mich,
aber im Namen des Herrn wehre ich sie ab.
Sie umschwirren mich wie die Bienen,
wie Strohfeuer verlöschen sie,
aber im Namen des Herrn wehre ich sie ab.
Sie stießen mich hart, sie wollten mich stürzen,
aber der Herr hat mir geholfen.
Der Herr ist meine Macht und mein Psalm und mein Heil.
Man singt mit Freuden vom Sieg in den Zelten der
Gerechten. Die Rechte des Herrn wirkt mit Macht,
die Rechte des Herrn ist erhoben,
die Rechte des Herrn wirkt mit Macht.
Ich werde nicht sterben,
sondern leben um das Werk des Herrn zu verkünden.

Danach erhob er sich, zeichnete dem Toten im Sessel das Kreuzzeichen auf die Stirn, zog ein Handy aus seinem Aktenkoffer und wählte eine Nummer.

»Hier ist Franz Laurenz«, sagte er auf Latein, als am anderen Ende der Leitung abgenommen wurde. »Wir müssen reden, Bischof Santillana.«

Einen Moment genoss er die Überraschung des Prälaten des Opus Dei, der neben Kardinal Menendez sein größter Feind gewesen war.

»Wann und wo?«, fragte Santillana heiser und mit leichtem kastilischem Akzent zurück.

»In einer halben Stunde in der Viale Bruno Buozzi.«

»Das könnte knapp werden.«

Laurenz beachtete diesen taktischen Einwand gar nicht. Ohne Gruß beendete er das Telefonat, schloss den Aktenkoffer und ließ Steiner rufen. Falls der Anblick des toten Papstes ihn erschütterte, ließ Steiner es sich nicht anmerken.

»Wie ist er gestorben?«

»Herzstillstand«, erklärte Laurenz. »Verständigen Sie den Kardinal Camerlengo und einen Arzt, der den Tod feststellt. Können Sie mich hier rausbringen?«

»Der Weg durch den Konstantinsaal ist frei. Im Cortile della Pigna wartet bereits ein Wagen.«

»Danke, Oberst Steiner.«

Er wollte schon losgehen, aber Steiner rief ihn noch einmal zurück. »Darf ich etwas fragen, Meister?«

»Bitte.«

»Wie schlimm steht es?«

Laurenz blickte dem Oberst in die Augen.

»Wir befinden uns im Krieg, Oberst. Wir haben ihn nicht gesucht, aber wir werden ihn führen müssen. Nur wir. Sehr viele Menschen werden sterben.«

»Wie viele sind *viele*? Ich meine, *worst case.*«

Laurenz zögerte nicht. »Alle.«

X

20. August 2013, Grinnell, Iowa, USA

Coraxo cahisa. Lucala cahisa. Coraxo od lucala azodiazodore basajime, caosagi zodoreje. Vaunala daox soba caosagi. Lucala caosagi hoel-qo od berinu vax ooaona. Lucala racalire maasi, pajeipe darolanu faboanu nonuci. Oxiavala raasyo caosagi.

Er wusste, was die Worte bedeuteten, auch wenn sie keinerlei Sinn ergaben. Eine Drohung aus einer fernen, albtraumhaften Welt aus Licht und Schmerz, die er nicht vergessen konnte.

Durch das getönte Fenster konnte Peter seiner Tochter zusehen, wie sie mit Anlauf in den Pool des Motels sprang. Sie schien sich vor nichts zu fürchten, strich sich mit einer energischen Geste die langen schwarzen Haare aus dem Gesicht und rannte erneut um den Pool herum. Ein kleiner, nasser, wunderbarer Troll in einem gelben Badeanzug.

Trotz der einbrechenden Dunkelheit war es immer noch heiß draußen, und Ellen hatte ihr erlaubt, vor dem Abendessen noch ein bisschen herumzuplanschen. Für ihre sieben Jahre hatte Maya erstaunlich gelassen auf den überraschenden Umzug reagiert, fand Peter. Er hatte ihr nur einige Lieblings-T-Shirts, Lieblingsstofftiere und Malsachen aus dem Haus holen müssen, das war's. Die Erklärung mit dem Wasserschaden schien ihr vollauf zu genügen. Wasserschaden klang langweilig, nichts, was man mit sieben Jahren eingehender untersuchen wollte.

»Was denkst du?«, fragte Ellen vom Bett aus.

Peter wandte sich vom Fenster ab und drehte sich zu ihr um.

Coraxo cahisa. Lucala cahisa. Coraxo od lucala azodiazodore basajime, caosagi zodoreje.

»Dass ich euch liebe.«

Sie lächelte bemüht.

»Nein, ich meine es wirklich. Maya ist toll. Absolut furchtlos. Genau wie du. Was immer mal aus ihr wird – sie wird glänzen.«

»Ich bin ganz und gar nicht furchtlos, Peter. Wie kannst du so etwas sagen, nach dem, was heute geschehen ist?«

Er setzte sich zu ihr aufs Bett, überlegte, wo er anfangen sollte. »Nikolas hat mich angerufen. Heute Nachmittag, kurz nach meinem Anfall am See. Sein Anruf hat mich praktisch wieder zurückgeholt.«

Ellen richtete sich auf. »Na, so ein Zufall. Was wollte er?«

»Mir erzählen, dass er ebenfalls diese Träume hat. Und dass er mit mir sprechen will. Er hat vorgeschlagen, dass wir ihn für eine Woche in Rom besuchen. Was meinst du? Vielleicht keine schlechte Idee, oder? Und in der Zwischenzeit lassen wir das Haus streichen.«

Lucala racalire maasi, pajeipe darolanu faboanu nonuci.

Ellen runzelte die Stirn. Über ihrer Nase bildete sich eine kleine, gezackte Falte, wie eine einzelne Welle in einem aufgerauten Meer. Sie drückte Skepsis und Anspannung aus, und wirkte wie ein geheimes Kraftzentrum. Es war diese Falte, in die Peter sich damals zuerst verliebt hatte.

»Ich weiß nicht. In einer Woche beginnt das Semester. Und ich müsste Maya aus der Schule nehmen. Nach Rom? Klingt mir ein bisschen wie Flucht.«

»Dr. White findet auch, dass ich mit Niko reden sollte.«

»Ihr habt euch zwei Jahre lang nicht gesehen. Und jetzt auf einmal ist es ganz dringend?«

»Er träumt auch, Ellen! Verstehst du nicht, ich habe Angst. Wenn *ich* diese Zeichen zu Hause an die Wände geschmiert habe – wer weiß, wozu ich noch fähig bin?!«

»Du warst es nicht. Wer auch immer das gemacht hat, er hatte eine gute Stunde dafür, nicht mehr. Nein, es müssen mehrere gewesen sein, du hast ja gehört, was Sheriff Foreman gesagt hat.«

Oxiavala raasyo caosagi.

»Mir wäre lieber gewesen, du hättest Foreman nicht gerufen. Es wird Gerede geben.«

»Und wenn schon. Es waren Studenten, die sich für irgendwas an dir rächen wollten. Schlechte Noten, was weiß ich. Foreman wird sie kriegen, und sie werden, verdammt noch mal, dafür bezahlen.«

Und warum konntest du die Zeichen dann lesen? Eine Schrift und eine Sprache, die es gar nicht gibt?

Peter stöhnte und rieb sich den Kopf, als könnte das den Widerhall jener entsetzlichen Sprache vertreiben, die sich in seinem Kopf festgesaugt hatte wie ein giftiges Insekt. Er versuchte ein Lächeln. »Was umso mehr für eine kleine Ablenkungsreise nach Rom spricht.«

Ellen strich sich eine Strähne aus dem Gesicht. Die gleiche energische Geste wie bei Maya. Von draußen hörten sie Maya nach ihnen rufen.

»Du hast dich schon entschieden, nicht wahr?«

Peter nickte. »Aber ich will nicht ohne euch fahren.«

Wie jeden Abend vor dem Einschlafen las er Maya aus einem deutschen Kinderbuch vor. Sie bestand darauf, obwohl sie inzwischen neun war und selbst ein Buch nach dem anderen verschlang. Es war still in dem Motelzimmer, von nebenan war nur der leise gestellte Fernseher zu hören, ein beruhigendes Rauschen, das Normalität signalisierte.

»Ist er nett?«, fragte Maya, als Peter das Buch weglegte, um ihr einen Gutenachtkuss zu geben.

»Wer?«

»Onkel Niko.«

»Du kennst ihn doch.«

»Da war ich noch ein *Baby.*«

»Du warst fünf.«

»Also, ist er jetzt nett oder nicht?«

»Natürlich. Genauso nett wie ich. Noch netter.«

»Geht ja gar nicht!«

»Als wir so alt waren wie du, hat er mir immer aus der Patsche geholfen. In der Schule. Auf der Straße, wenn es mal Ärger mit den großen Jungs gab. Bei Oma und Opa, wenn wir Mist gebaut hatten. Und überhaupt – Rom ist toll!«

Maya dachte angestrengt nach.

»Warum hat der Junge dann gesagt, wir sollen nicht nach Rom fahren?«

»Welcher Junge?«, fragte Peter irritiert.

»Ach …« Sie biss sich auf die Lippen. »Der blonde Junge, der heute vor der Schule auf mich gewartet hat.«

Peter versuchte, sich die Anspannung nicht anmerken zu lassen, die ihn sofort befiel.

»Jemand aus deiner Schule?«

Maya schüttelte den Kopf. »Ich hab ihn vorher noch nie gesehen. Er stand vor dem Tor, als ich mit Amy gerade ankam, und hat mich angesprochen. Er war nett.«

Peter riss sich zusammen. »Du weißt doch, was wir besprochen haben.«

»Jaaa. Aber es war kein Mann, nur ein Junge. Du hast nicht gesagt, ich soll nicht mit Jungs reden.«

»Was hat er gesagt?«

»Hallo, Maya, ich bin Raymond.«

Raymond.

»Und weiter?«

»Dass ich nicht nach Rom fahren soll. Und ich so: Wieso Rom? Weil, da wusste ich ja noch gar nicht, dass wir nach Rom fliegen. Und er: Du solltest da nicht hinfahren.«

»Warum hast du Mama nichts davon erzählt?«

»Weil ich es ihm versprochen habe. Dafür hat er mir auch was geschenkt.«

Maya robbte aus dem Bett, griff in ihren Rucksack und reichte Peter ein kleines, blaues Amulett. Peter erkannte es sofort aus seinen Träumen. Auf der Vorderseite ein eingeritztes Zeichen, auf der Rückseite eine ägyptische Hieroglyphe.

Das kann nicht sein. Das kann einfach nicht sein!

Maya sah Peter nun schuldbewusst an.

»Tut mir leid, Papa ... Ich könnte jetzt wohl auch einen Zwillingsbruder brauchen, der mir aus der Patsche hilft, was?«

Peter atmete durch, versuchte, sich zu beruhigen.

»Hast du Raymond danach noch mal gesehen?«

»Nein.«

»Beschreib ihn mir, Maya.«

»Er war etwas größer als ich. Bestimmt zehn oder so. Er hatte blonde Haare und nur so weiße Sachen an. Weiße Hose, weißes Hemd, also richtiges Hemd. Ich meine, niemand in der Schule trägt *Hemden*!«

Nur der Junge ohne Augen.

»Hast du seine Augen gesehen?«

»Ja. Sie waren sehr hell ... Papa, wirklich, es tut mir voll leid. Hier, du kannst das Amulett behalten, ich will es nicht mehr.«

Peter nahm das Amulett an sich wie einen gefährlichen Blindgänger, der unversehens in sein Leben eindrang.

Das Amulett aus deinen Träumen.

Es war leichter, als er angenommen hatte, und passte mitsamt der Perlenkette ganz in seine Hand. Peter erinnerte sich, dass Maria in seinen Träumen dieses Amulett in der Hand hielt, und fuhr mit seinen Fingern über die eingeritzten Zeichen, als ob er damit eine Verbindung zu diesen Träumen herstellen könnte. Es fühlte sich an wie etwas sehr Altes, aber das konnte an seiner überreizten Einbildung liegen. Das blaue Material war ihm völlig unbekannt. Kunststoff war es nicht, aber für ein Mineral war es eindeutig zu leicht. Was auch immer es war, nichts Bedrohliches schien von ihm auszugehen.

Du musst es Nikolas zeigen.

»Papa?«

Sie hatte sich im Bett aufgerichtet und klang jetzt sehr besorgt. Peter sah seine Tochter an und reichte ihr das Amulett zurück.

»Ist schon in Ordnung, Schatz. Aber sobald wir wieder zurück sind, wirst du Raymond suchen und ihm das Amulett zurückgeben, ok?«

Sie nickte und wirkte jetzt sehr erleichtert.

»Wirst du Mama davon erzählen?«

»Ja. Keine Sorge, sie wird nicht schimpfen, ich regle das. Und jetzt schlaf.«

Von: p.adam@pembroke-college.edu
An: nikolasadam@vatican.va
Datum: 20. August 2013 22:24:31 GMT-06:00
Betreff: Ankunft Rom

Niko,
du hast recht, wir müssen reden. Hier unsere Flugdaten:
Ellen & Maya: 22.8., 07:45, UA966
Ich: 23.8., 12:15, LH3200
Kannst du Ellen und Maya bitte PERSÖNLICH abholen? Kümmerst du dich um das Hotel?
Gruß,
Peter

Von: nikolasadam@vatican.va
An: p.adam@pembroke-college.edu
Datum: 21. August 2013 05:38:31 GMT+01:00
Betreff: Re: Ankunft Rom

Peter,
gut! Aber warum kommst du einen Tag später? Wenn ihr Probleme bei der Buchung habt – ich kann das regeln.
Niko

Von: p.adam@pembroke-college.edu
An: nikolasadam@vatican.va
Datum: 20. August 2013 22:44:53 GMT-06:00
Betreff: AW: Re: Ankunft Rom

Erzähl ich dir dann.
P.

»Warum fliegen wir nicht zusammen?«, fragte Ellen, als sie die Flugbuchung auf Peters Laptop sah.

»Gab keine anderen Flüge mehr.«

»Fliegen wir halt alle einen Tag später.«

»Dann verliert ihr nur Zeit. Und so kann ich mich noch um die Handwerker und Mayas Schule kümmern. Es ist ja nur ein Tag.«

Ellen schaltete den Fernseher aus und richtete sich im Bett auf. »Erzähl mir keinen Scheiß, Peter. Entweder willst du uns loswerden oder in Sicherheit bringen. Mir gefällt weder das eine noch das andere.«

Und sie hat recht.

»Gibt es irgendetwas, das ich wissen sollte?«, hakte sie nach.

Peter klappte seinen Laptop zu und wandte sich zu ihr um. »Maya hat mir vorhin etwas gebeichtet. Aber geh nicht gleich an die Decke.«

Dank der Tabletten, die Dr. White ihm verschrieben hatte, schlief er in dieser Nacht zum ersten Mal seit Wochen tief und traumlos. Der Abschied von Ellen und Maya am nächsten Tag allerdings war kurz und hektisch. Zu wenig Zeit zum Packen, ein letzter Streit mit Ellen, Maya musste beruhigt werden, ein kleiner Stau auf der Interstate kurz vor Des Moines. Als sie den Flughafen erreichten, blieb gerade noch Zeit für eine Umarmung. Das Amulett ruhte in einer Innentasche von Mayas Rucksack, deswegen auch der Streit mit Ellen. Peter hasste es, sie anzulügen, aber er wollte, dass Nikolas es sich unbedingt ansah. Irgendwann am Morgen hatte Ellen schließlich nachgegeben, aber ihr spröder Abschiedskuss am Flughafen zeigte ihm deutlich, wie verärgert und misstrauisch sie immer noch war. Maya winkte ihm vor der Sicherheitskontrolle noch einmal zu und warf Kusshändchen. Peter wartete, bis sie beide hinter der Glastür verschwunden waren, und fühlte sich mit einem Schlag unendlich allein, einsamer als in all seinen Albträumen. Er schickte Ellen eine SMS, dass er sie liebe, aber erst als er bereits wieder im Wagen saß, kam die Antwort.

Ich dich auch.

Zu knapp und formelhaft, um ihn zu beruhigen, aber jetzt war es ohnehin zu spät. Sie würden in Rom reden müssen. Über seine Visionen, über das Amulett, über den weiß gekleideten Jungen.

Auch auf die Gefahr hin, dass sie dich verlässt.

Weil er zu einem Fremden geworden war. Zu einer Bedrohung für die Familie. Ein unerträglicher Gedanke, der ihm jedoch immer wahrscheinlicher erschien. Um ihn zu verdrängen, versuchte Peter, den Tag so gut wie möglich zu nutzen. Inzwischen wusste die halbe Stadt von den Schmierereien in seinem Haus. Daher musste er auch nicht lange herumtelefonieren, bis er eine Malerfirma gefunden hatte, die sofort loslegen und den »Schaden« innerhalb der nächsten Woche beseitigen konnte.

Er sprach mit Chief Foreman, aber der Sheriff kannte keinen blonden, weiß gekleideten Jungen im Ort. Auch die Nachfragen bei Mayas Freundin Amy und anderen Mitschülern blieben erfolglos. Amy konnte sich nicht einmal erinnern, dass Maya mit diesem Jungen gesprochen hatte. Peter klapperte die anderen Schulen, die Bibliothek, die Kirchengemeinden, den Stadtpark und die Kindergärten ab. Er fuhr kreuz und quer durch den Ort, um den Jungen vielleicht zufällig auf der Straße zu entdecken. Am Abend saß er mit einem Cheeseburger und einer plausiblen, wenn auch unangenehmen Erklärung auf dem Bett im Motel.

Was, wenn Maya die gleiche Psychose hat wie du und Nikolas? So etwas ist schließlich erblich. Was, wenn DU *ihr das Amulett gegeben hast, wann auch immer?*

Beunruhigend genug, aber immerhin eine Erklärung, die das Undenkbare ausschloss.

Dass seine Träume zu realen Dingen in der Wirklichkeit kondensierten. Dass sie wahr werden konnten.

Er duschte, packte ein paar Sachen und spülte eine von Dr. Whites Tabletten mit zwei Dosen Bier herunter. Selten in seinem Leben hatte er sich so heruntergekommen gefühlt. Er legte sich ins Bett, stellte sich Ellen und Maya vor, wie sie gerade nebeneinander im Flugzeug saßen. Schliefen sie? Spielte Maya mit dem Bordentertainment-System herum oder langweilte sie sich längst? Sprachen sie über ihn? Betrachteten sie das Amulett? War Ellen noch wütend auf ihn?

Schlafen konnte er nicht.

Nachdem er sich über eine Stunde von einer Seite auf die andere gewälzt hatte, zog er sich wieder an, schnappte sich ein

Sixpack und fuhr zum Haus zurück. Jetzt, kurz nach elf, war die Stadt wie ausgestorben, selbst Lyle's Pub hatte bereits geschlossen. Peter parkte den Wagen vor dem kleinen Haus an der Park Street und starrte einen Augenblick hinauf in den Nachthimmel, der sich klar und sternengefüllt über den Ebenen des Mittleren Westens aufspannte. Aus dem Haus gegenüber drangen leise Trip-Hop-Bässe, die Luft roch nach Gras und verrauchenden Barbecues aus den Nachbargärten. Eine perfekte Sommernacht, warm genug, um draußen zu schlafen. Peter wollte nicht ins Haus gehen. Er setzte sich in seinen Lieblingskorbstuhl auf die Veranda, öffnete das nächste Bier, nahm noch eine Tablette und gab sich der Illusion hin, dass sein Leben schon bald wieder in die Spur finden würde.

Du hast den Mittelplatz. Ihr sitzt zusammen in einer Dreierreihe im hinteren Teil des Flugzeugs. 52 A, B und C. Sie haben das Kabinenlicht gedimmt, die meisten Passagiere schlafen, nur wenige zappen sich noch durch das Unterhaltungsprogramm, ihre Gesichter fahl beleuchtet von den kleinen Monitoren vor ihnen. Vorne in der Galley klappern die Stewardessen und bereiten das Frühstück vor. Es riecht schon nach Kaffee und Rührei. Ellen neben dir auf dem Gangplatz schläft auch noch, den Mund leicht offen, eine Decke um sich gewickelt, Stöpsel im Ohr gegen das ewige Hintergrundrauschen der Turbinen. Du hältst ihre Hand, die ganze Zeit schon. Du könntest bequemer sitzen, aber du lässt nicht los. Maya auf dem Fensterplatz ist wach. Du drehst dich zu ihr um und siehst, wie sie ganz versunken das Amulett betrachtet. Sie untersucht es nicht, es wirkt eher, als höre sie ihm zu. Du willst sie fragen, was sie da hört, lässt es aber. Du willst sie nicht stören, du schaust sie nur an, stellst dir vor, wie sie später einmal aussehen wird. Wie ihre Mutter vermutlich, oder noch schöner. Der Gedanke gefällt dir und vermischt sich mit einem Anflug von Eifersucht, als dir klar wird, dass sie sich irgendwann verlieben wird. Aber was soll's, denkst du, das wirst du schon aushalten. Im Augenblick bist du nur stolz und fest entschlossen, in Rom überall mit ihr anzugeben. Du bist froh, dass ihr doch noch alle zusammen geflogen seid, inzwischen freust du dich sogar auf die Begegnung mit deinem Bruder. Zwei Reihen weiter vorne kommt ein Mann aus der Toilette und schlurft zurück zu seinem Sitz. Er kommt dir vage bekannt vor, vielleicht sieht er aber auch nur einem Schauspieler ähnlich, dessen Name dir nur nicht einfällt.

Du schließt die Augen.

Dann ein Schlag. Wie eine gigantische Faust, einmal von unten gegen die Maschine. Als du die Augen aufreißt, siehst du den Mann, der eben von der Toilette kam, durch die Luft wirbeln und hart wieder aufschlagen. Im gleichen Augenblick bricht der Kabinendruck zusammen, eine heftige Böe peitscht dir ins Gesicht, wirbelt Zeitschriften, Bücher und Plastikbecher von den Tabletts und raubt dir den Atem. Du kriegst keine Luft mehr. Im gleichen Augenblick fallen die Sauerstoffmasken aus der Kabinendecke. Du denkst nichts, du willst nur nach der Maske greifen, aber die Maschine sackt durch und kippt ab. Vorne hörst du die Turbinen aufheulen, du hörst auch die Schreie. Überall Schreie. Auch Ellen und Maya schreien. Du spürst ihre Panik wie einen hellen Schmerz, der dich in der Mitte zerreißt. Maya, denkst du jetzt, erwischst die Maske über ihr, presst sie ihr aufs Gesicht. Erst dann greifst du nach deiner. Das Flugzeug stürzt jetzt vornüber in die Tiefe, du wirst fast aus dem Sitz gerissen, nur der Gurt hält dich noch. Der gesamte Flugzeugrumpf ächzt und zittert unter heftigen Stößen, als würde er auseinandergerissen. Die Turbinen kreischen. Die Gepäckablagen platzen schlagartig auf, Koffer, Taschen und die Körper der Nichtangeschnallten werden durch die Kabine geschleudert. Ellen wird von einem Koffer am Kopf getroffen und schreit auf. Vorne löst sich eine Sitzreihe aus der Verankerung und prallt gegen die Kabinendecke. Du versuchst, Maya festzuhalten, sie hält immer noch das Amulett fest umklammert.

Ellens blutüberströmtes Gesicht ist vor Panik verzerrt. Sie krallt ihre linke Hand in deine, schreit dir durch die Sauerstoffmaske etwas zu, aber du verstehst sie nicht. Sie zeigt nach draußen. Erst jetzt siehst du es auch, siehst durch das Kabinenfenster die Flammen am Rumpf und an der Tragfläche. Dann richtet sich die Maschine plötzlich wieder auf, geradezu ein Aufbäumen. Die G-Belastung presst dich in den Sitz zurück und raubt dir erneut den Atem. Die Boeing steigt wieder, hebt die Nase, aber viel zu hoch. Und dann – dann siehst du, wie der vordere Teil der Kabine mit einem ohrenbetäubenden Kreischen abbricht, kurz vor den Tragflächen einfach abgerissen wird. Fassungslos starrst du einen Augenblick ins Leere, in die mediterrane Nacht, zehntausend Meter über dem Mittelmeer, siehst, wie Menschen in den Nachthimmel geschleudert werden, siehst, wie der vordere Teil des Rumpfes einfach in der Dunkelheit verschwindet. Und du siehst auch, wie als Nächstes die brennende linke Tragfläche abreißt. Und erst jetzt, als der Rest des Flugzeuges mit dir und Maya und Ellen abkippt und in die Nacht stürzt, setzt dein Denken wieder ein. Du denkst noch, das ist nicht real. Und dann denkst du seltsamerweise an Maria. Und als du dann einen letzten Blick zu Maya wirfst, sitzt da eine junge Frau auf ihrem Platz, genau so schön wie Ellen. Nein, noch schöner.

Schweißgebadet, mit Kopfschmerzen und dem Geschmack von Blut im Mund fuhr Peter auf. Seine erste Reaktion war, sich irgendwo festzuhalten, bis er sah, dass er in einem Bett lag. Die Sonne schien direkt durchs Fenster. Er konnte den Pool sehen. Irgendwo da draußen das Geräusch eines Rasenmähers.

Das Motel. Warum nicht die Veranda?

Keuchend richtete Peter sich auf, tastete nach seinem Handy. Kurz vor acht, zwei Anrufe und eine Nachricht von Nikolas.

Das wird dich geweckt haben.

Immer noch benommen von seinem letzten Traum und den

Kopfschmerzen kroch er aus dem Bett, trank im Bad aus dem Wasserhahn, pisste, wankte dann zurück ins Zimmer. Kopfschmerzen bei jedem Schritt. Als Erstes kontrollierte er den Tablettenstreifen und versicherte sich, dass er am Abend doch nur eine Tablette genommen hatte. Allerdings hatte er offenbar noch zwei weitere Dosen Bier getrunken.

Böser Fehler. Selber schuld.

Er checkte sein Handy erneut, aber dort blinkte nur die Nachricht von Nikolas.

Also ist sie immer noch sauer auf dich.

In Rom war es jetzt kurz vor drei. Vermutlich saßen Ellen und Maya mit Nikolas irgendwo in Trastevere bei Pasta und frischem Fisch oder ruhten sich im Hotel aus. Peter beschloss, erst zu duschen, bevor er die Nachricht abhörte und Ellen anrief. Aber zuerst machte er sich noch einen Instantkaffee und schaltete den Fernseher ein. Auf CNN liefen gerade die Nachrichten an. Die junge Sprecherin mit dem indischen Namen sah makellos aus. Sie trug eine cremefarbene Jacke und darunter eine weiße Bluse, wirkte gesammelt und professionell vor den eingespielten Bildern und der Schlagzeile im Hintergrund.

»Vor der Küste der Mittelmeerinsel Sardinien ist heute Morgen gegen acht Uhr mitteleuropäischer Zeit ein Flugzeug der United Airlines abgestürzt. Über die Ursache des Absturzes der Boeing 747, die mit vierhundertdreißig Menschen an Bord von Chicago nach Rom unterwegs war, ist bislang nichts bekannt. Augenzeugen eines Passagierschiffs in der Nähe der Unglücksstelle sprechen von einem hellen Blitz in der Luft. Den Berichten zufolge sei das Flugzeug in mehrere Teile gebrochen und danach senkrecht ins Meer gestürzt. Die italienischen Behörden und EUROCONTROL wollen einen Terrorakt bislang nicht bestätigen, gehen aber davon aus, dass keiner der Passagiere den Absturz überlebt hat.«

Vor dem Schmerz kam der Schock. Die Fassungslosigkeit und die irre Hoffnung, dass auch dies wieder nur ein Albtraum sein möge. War es aber nicht, so sehr er auch auf den Fernseher starrte, unfähig, sich zu rühren. Und als der erste Schock schließlich abfloss und Platz für den Schmerz machte, und er kraftlos in die Knie sackte, hörte er sein Handy piepen. Hastig und immer noch mit einem Rest dieser irren Hoffnung, tastete Peter nach seinem Telefon. Eine Nachricht. Die Nummer wurde nicht angezeigt.

Wir müssen reden.
-raymond

Kapitel 3

DER PLAN

XI

17. Juli 2011, Zentrale des Opus Dei, Rom

Das fünfstöckige Eckhaus in der Viale Bruno Buozzi war so unscheinbar, so ganz und gar unauffällig, dass niemand, der es nicht genau wusste, hier die Zentrale der mächtigsten Diözese der Welt vermutet hätte. Aber das Opus Dei legte ohnehin keinen Wert auf Publicity. Das Schweigen des Ordens, in der Presse gerne mit der *Omertà* der Mafia verglichen, war so legendär wie der Reichtum des Ordens, die blutigen Selbstkasteiungsriten der Numarier oder die Verstrickung des Opus in die Weltpolitik und Hochfinanz. Kaum eine Verschwörungstheorie, die nicht irgendwann das Opus Dei als Drahtzieher einer neuen Weltordnung ausrief. Die sektenartige Struktur des Opus, das seinen Gründer Jose Maria Escrivá de Balaguer auf eine Stufe mit Abraham und Christus stellte, das Schweigen, das Machtstreben und der elitäre Anspruch des Ordens, die »Elite Gottes« zu sein, befeuerten die Mythenbildung. Papst Johannes Paul II. hatte dem Orden Anfang der achtziger Jahre den in der Kirchengeschichte einmaligen Status einer Personalprälatur verliehen, nachdem das Opus Dei die Vatikanbank mit einer Milliardenhilfe vor dem Bankrott bewahrt hatte. Woher das Vermögen des Opus stammte, wusste außerhalb der Mauern jenes unscheinbaren Eckhauses in der Viale Bruno Buozzi niemand. Nicht einmal Franz Laurenz, der sich das Opus während seiner Amtszeit als Papst zu einem erbitterten Feind gemacht hatte, weil er versucht hatte, die Macht des Ordens zu zerschlagen. Und nichts weniger hatte er immer noch vor, als der schwarze Alfa der Schweizergarde in einen schmucklosen und bedrückend engen Innenhof einbog, zu eng zum Wenden.

Laurenz stieg aus, sah sich kurz um. Hinter den Fenstern des

Gebäudes keinerlei Bewegung. Ein junger Numarier in schwarzer Soutane trat aus dem Gebäude, blieb regungslos in der Tür stehen. Laurenz ging auf ihn zu.

»Der Wagen kann hier nicht stehen bleiben.« Der Numarier sprach Italienisch mit spanischem Akzent. Kein Gruß, nicht ein Anflug von Höflichkeit.

»Doch«, sagte Laurenz unbeeindruckt und sah den blassen Numarier an. »Und er wird genau hier auf mich warten.«

Der Numarier schien kurz zu überlegen, was er tun sollte, wich dann Laurenz' Blick aus und deutete schließlich auf den Aktenkoffer.

»Öffnen!«

Laurenz ließ die Schlösser aufschnappen und gestattete dem jungen Spanier einen prüfenden Blick.

»Folgen Sie mir.« Der Numarier wandte sich um und führte Laurenz in einen nüchtern eingerichteten Salon im dritten Stock. Er bat ihn zu warten und zog die Tür hinter sich wieder zu. Laurenz sah sich um. Eine kleine Sitzgruppe, ein Regal mit alten Handschriften, drei kleine Renaissancegemälde, an der gegenüberliegenden Wand ein großes Holzkreuz. Der Raum wirkte wie selten benutzt, geradezu vergessen. Laurenz vermutete dennoch, dass das Opus gerade hier seine wichtigen Gespräche führte und man ihn die ganze Zeit schon über versteckte Kameras beobachtete. Und warten ließ. Also wandte er den Kameras den Rücken zu und betrachtete die Gemälde, die allesamt das Leben eremitischer Mönche darstellten.

»Ich gestehe, dass ich überrascht bin, Señor Laurenz.«

Bischof Santillana trat in Begleitung eines weiteren Numariers ein, der ein Tablett mit einer Karaffe Wasser und zwei Gläsern abstellte und sich dann sofort wieder entfernte. Ohne Eile wandte Laurenz sich von den Bildern ab.

»Paolo Uccello«, sagte er und deutete auf die Bilder.

»Richtig!«, entgegnete Santillana, als hätte er dem Deutschen so viel Kenntnis nicht wirklich zugetraut. Xavier Santillana war

Mitte siebzig und hätte einem Bildnis von El Greco entsprungen sein können. Groß, blass, asketisch, ein langgezogenes kastilisches Gesicht voller Schwermut und Heimtücke. Er trug eine schwarze Soutane mit purpurner Schärpe und bewegte sich mit der Anmut eines Reptils. Ruckartige, sparsame Bewegungen, die sofort wieder einfroren. Laurenz wusste, dass Santillana einer der ältesten und einflussreichsten Familien Spaniens entstammte. Bis kurz vor seinem Rücktritt hatte Laurenz sogar angenommen, dass die »Träger des Lichts« nur den verlängerten Arm des Opus Dei bildeten, und Seth lediglich eine Marionette von Santillana sei. Eine fatale und beinahe tödliche Fehleinschätzung des Gegners. Was nicht bedeutete, dass der Prälat des Opus Dei ungefährlich war. Im Gegenteil.

»Uccello erkannte mehr Wirklichkeit in der Geometrie als in der Farbe«, sagte Santillana und warf einen kurzen Blick auf Laurenz' Aktenkoffer. »Die Welt braucht mehr Ordnung als Farbe. Eine Haltung, die wir teilen.«

»Allerdings wurde Uccello im Alter so wunderlich, dass ihm nichts mehr gelang und er völlig verarmte«, entgegnete Laurenz.

Santillana lächelte dünn. »Aber Sie wollten bestimmt nicht über Kunst mit mir reden.« Er deutete auf die Sessel. »Bitte.«

Laurenz nahm Platz, bemühte sich, seine rastlosen Hände irgendwie ruhig zu halten, und wartete, bis Santillana zwei Gläser Wasser eingeschenkt hatte. Keiner der beiden rührte die Gläser jedoch an. Die Symbolik war eindeutig: Wer trinken musste, war immer der Schwächere.

Santillana schlug die Beine übereinander und musterte Laurenz. »Ich hätte gewettet, dass Sie tot sind.«

»Enttäuscht?«

»Wer bin ich, die Werke des Herrn zu bewerten!« Santillana schloss für einen kurzen Moment die Augen. »Also, was wollen Sie?«

Laurenz straffte den Rücken und sah dem Prälaten direkt ins Gesicht. »Zunächst Ihre Unterstützung.«

»Unterstützung?« Es klang fast amüsiert. »Wobei?«

»Petrus II. ist tot. Ich werde in Kürze mein Amt als Pontifex zurückfordern.«

Die erste echte Reaktion im Gesicht des Prälaten. Ein fast unmerkliches Zucken um die Augen, eine feine Verwerfung an der Oberfläche nur, wie nach einer Erschütterung in großer Tiefe. Laurenz war sie dennoch nicht entgangen.

»Ich schaffe es auch alleine, aber das kostet Überzeugungsarbeit und Zeit. Zeit habe ich nicht. Hat die *Kirche* nicht. Also – brauche ich die Unterstützung des Opus Dei.«

Santillana hatte sich wieder im Griff. »Sie sind wahnsinnig, Laurenz«, erwiderte er ruhig, aber mit unüberhörbarer Schärfe. »Sie werfen das höchste Amt der Kirche hin, tauchen unter, kurz darauf liegt der Petersdom in Trümmern, unerklärliche Katastrophen erschüttern die Welt, unser Ordensbruder Kardinal Menendez bringt sich um, der Papst wird zum Mörder, die Kirche steht vor dem Untergang. Und plötzlich tauchen Sie hier auf, erklären mir, der Papst sei tot, und bitten mich um Unterstützung, damit Sie sein Amt wieder an sich reißen können?«

»Danke für die Zusammenfassung, Prälat. Aber ich bitte Sie nicht. Ich *erwarte* Ihre volle Unterstützung. Und das ist noch nicht alles. Sobald ich offiziell wieder als Papst bestätigt wurde, werden Sie die Vermögensverhältnisse des Opus Dei offenlegen und sämtliche verfügbaren Mittel der Vatikanbank zur Verfügung stellen.«

»Was?« Santillana verlor allmählich die Fassung.

»Sie haben mich verstanden«, sagte Laurenz. »Der Orden kann offiziell bestehen bleiben, allerdings unter meiner Führung als Papst.«

Ein ungewöhnlicher Laut erfüllte den kleinen Salon. Das meckernde, eingerostete Lachen des Spaniers, der nicht mehr an sich halten konnte. »Und wozu brauchen Sie, wenn ich so neugierig fragen darf, das Vermögen des Opus Dei?«

»Falls Sie noch länger zögern, für sieben Milliarden Särge.«

Santillanas Lachen erstarb. »Sie sind wirklich wahnsinnig, Laurenz. Wirklich vollkommen verrückt.« Der Prälat des Opus Dei erhob sich mit einem Räuspern. »Nur fürs Protokoll: Die Antwort ist Nein. Und jetzt werde ich die Polizei verständigen.«

»Bleiben Sie sitzen!«, zischte Laurenz. »Ich bin noch nicht fertig.«

Santillana zögerte.

»Hinsetzen, sage ich.«

Santillana hatte genug. Er wandte sich ab und machte einen Schritt auf die Tür zu. Jedoch kam er nicht weit. Laurenz schoss aus seinem Sessel und verpasste dem Prälaten einen gezielten Faustschlag von hinten auf die Niere. Santillana brach ächzend zusammen und schnappte nach Luft. Laurenz packte ihn unter den Armen und zerrte ihn zurück in den Sessel. Dann griff er sich einen Stuhl und rammte ihn unter die Türklinke.

»Sie haben ... keine Chance«, keuchte Santillana unter Schmerzen.

Laurenz beugte sich über ihn. »Ich weiß Bescheid über Sie und den Orden. Und was ich weiß, würde hundert Mal für Ihre Exkommunikation und die Auflösung des Opus reichen. Ich gebe Ihnen eine Chance, dem Herrn unserem Gott und der Welt, die er uns geschenkt hat, wahrhaftig zu dienen, unsere Kirche zu retten und die Mächte der Hölle zurückzuschlagen.«

»Verpiss dich.«

Santillana wollte sich aufrichten, doch Laurenz stieß ihn zurück und ignorierte das heftige Rütteln an der Tür. Er griff nach seinem Aktenkoffer und zog das Amulett mit der Triskele heraus, das Peter Adam ihm vier Tage zuvor zusammen mit der Übersetzung des Buches Dzyan zugesteckt hatte. Er drückte Santillana das Amulett in die Hand und aktivierte das blaue Material mit dem handlichen Laserpointer, den Yoko Tanaka ihm vor dem Abflug gegeben hatte. Er strahlte ein stark gebündeltes, kohärentes blaues Licht von exakt vierhundertzweiundvierzig Nanometern Wellenlänge ab. Als der blaue Laserstrahl das Medaillon traf, begann das ganze Amulett hell aufzuglühen. Santillana schrie erstickt auf, doch Laurenz hielt ihn eisern fest.

»Ganz ruhig, es tut nicht weh. Ich gebe Ihnen nur eine kleine Demonstration, was uns alle erwartet, wenn Sie nicht kooperieren.«

XII

23. August 2013, Rom

Es gab keine Leichen zu identifizieren. Außer einigen im Mittelmeer treibenden Trümmern, Teilen des Leitwerks, abgerissenen Sitzen, Koffern und zerfetztem Plastikschrott, hatte man bislang nichts bergen können, und die italienischen Behörden machten ihnen da auch wenig Hoffnung. Sagte Phelps. Die Maschine sei, soweit man wisse, in zwei Teile zerbrochen und aus großer Höhe abgestürzt. Beim Aufprall aufs Wasser seien auch diese Teile dann zerfetzt worden. Man rechne nicht damit, überhaupt noch Überreste der Toten bergen zu können. Zur Ursache des Absturzes könne man zum gegenwärtigen Zeitpunkt nichts sagen. Die Suche nach dem Flugschreiber sei aber in vollem Gange.

»Haben Sie mich verstanden, Mr. Adam?«

Peter starrte den Mann mit dem kummervollen Gesicht an, der sich als Ken Phelps von der amerikanischen Botschaft vorgestellt hatte, und nickte.

Sind die überhaupt zuständig für dich mit deinem deutschen Pass?

»Keine Leichen«, wiederholte er.

Phelps nickte, als sei das die richtige Antwort, und trank einen Schluck Cola.

Scheint ihm an die Nieren zu gehen.

Sie waren allein in diesem Büro der Carabinieri, die ihn zusammen mit den anderen amerikanischen Angehörigen gleich nach der Landung in Empfang genommen hatten. Ein schlichtes Büro, dämmrig und kühl wie ein Frühlingsabend. An der Wand ein Plan des Flughafens, ein Bild von Giorgio Napolitano, dem italienischen Staatspräsidenten, der milde und freundlich auf ein Ferrariposter an der Wand gegenüber blickte. Die Klimaanlage schnurrte leise, wie um nicht zu stören. Niemand wollte stören. Die Carabinieri nicht, Phelps nicht, der Staatspräsident nicht. Aber draußen vor den heruntergelassenen Jalousien sah es schon anders aus, da wurde es Mittag, da rollten Flugzeuge vorbei, Tanklaster, Follow-Me- und Pushback-Fahrzeuge, wie ein mechanisches, nie enden wollendes Ballett. Da draußen ging das Leben ungerührt weiter.

Das werden sie dir jedenfalls immer und immer wieder sagen. Dass dieses verdammte Scheißleben weitergeht. Dass du weitermachen musst. Bis du stirbst.

Im Augenblick erinnerte sich Peter kaum noch daran, wie sein Kollege Greg Winters ihn von Grinnell nach Des Moines gefahren hatte, auch nicht an den Flug nach Chicago oder das Umsteigen in die Maschine nach Rom. Seine Erinnerung lichtete sich erst, als sie das Mittelmeer überflogen und er die ganze Zeit krampfhaft auf die Rückenlehne des Sitzes vor ihm gestarrt hatte, um nicht zufällig draußen die Trümmer der abgestürzten Maschine auf dem tiefblauen Wasser zu entdecken.

»Wir bringen Sie jetzt erst mal in ein Hotel«, sagte Phelps. »Einer unserer Mitarbeiter wird sich um Sie kümmern. Wir können auch die deutsche Botschaft verständigen, wenn Sie das wünschen. Sobald wir etwas Neues von den italienischen Behörden hören, erfahren Sie es als Erster. Möchten Sie vielleicht mit einem Psychologen oder einem Priester sprechen?«

Nein danke, ich möchte bloß aus diesem Albtraum aufwachen.

Peter atmete aus und schüttelte den Kopf. »Danke. Mein Bruder wartet draußen auf mich. Ich werde wohl bei ihm wohnen.«

Phelps wirkte plötzlich erleichtert. »Sehr gut. Denken Sie nur bitte daran, uns Ihre Adresse in Rom zu hinterlassen. Meine Nummer haben Sie ja. Rufen Sie jederzeit an.«

Na klar. Und nicken. Funktionieren. Aufstehen. Stuhl wegrücken. Schmeiß die Cola nicht um. Räuspern. Danke. Handschlag. Koffer nehmen. Und raus.

Nikolas wartete vor der Tür auf einem Plastikstuhl. Er trug einen schlichten schwarzen Anzug und ein schwarzes Hemd mit weißem Kollar. Er sah gut aus, trainiert, leichte Bräune, ein bisschen zu hager vielleicht, die Haare militärisch kurz geschnitten, seine vertraute, etwas steife Haltung, der ungeduldige Ausdruck. Und dennoch war die Ähnlichkeit überwältigend. Nach all den Jahren fühlte es sich immer noch an, als würde er in einen Spiegel blicken. Mehr noch: Als Peter seinen Zwillingsbruder auf dem Plastikstuhl sah, durchfuhr ihn eine Welle großer Wärme und zugleich tiefer Schmerz. Als ob sie beide nicht nur die Erinnerungen ihrer Kindheit teilten, sondern die eines ganzen gemeinsamen Lebens – bis ins Alter hinein. Eine Verbundenheit stärker als der Tod. Die Gewissheit, eins zu sein.

Etwas schien von Nikolas abzufallen, als er seinen Bruder sah. Er erhob sich, trat auf Peter zu und umarmte ihn. Peter erwiderte die Umarmung, wollte sich dann aber rasch wieder freimachen, wollte nur fort von hier, egal wohin. Doch sein Bruder ließ ihn nicht los, hielt ihn einfach weiter fest, drückte ihn noch enger an sich. Peter zitterte, dachte kurz daran, sich brüsk loszureißen, aber das erschien ihm irgendwie peinlich vor den Augen des Botschaftsangestellten. Also umarmte auch er seinen Bruder weiter, roch sein Aftershave, den Stoff seines Anzugs, den vertrauten Geruch in der Halsbeuge. Und dann gab irgendetwas in seinem Inneren nach, brach knirschend in sich zusammen und wich einer großen Flut. Peter merkte nur noch, wie ihn alle Kraft verließ. Er sackte in sich zusammen, aber Nikolas hielt ihn aufrecht, hielt ihn die ganze Zeit fest, während Peter in Krämpfen zuckte, schluchzte, weinte und Schmerz und Verzweiflung in den Nacken seines Bruder schrie. Und Nikolas ließ ihn nicht los, bis Peter nur noch wimmerte. Sanft leitete Nikolas ihn zu einem der Plastikstühle.

Als er sich keuchend wieder aufrichten und gehen konnte, brachte Nikolas ihn aus dem Gebäude, hinaus in die römische Augusthitze, wo ein schwarzer Mercedes mit getönten Scheiben sie bereits erwartete. Nikolas bugsierte Peter auf den Rücksitz und überließ es dem Fahrer, sich um den Koffer zu kümmern.

Sie sprachen erst, als der Wagen bereits auf die Umgehungsautobahn einbog und Peter wieder etwas ruhiger atmete. Nikolas öffnete eine Klappe zwischen den Sitzen und reichte ihm eine kleine Mineralwasserflasche aus einer verborgenen Kühlbox. Erst jetzt merkte Peter, wie durstig er war, und trank das Wasser in einem Zug. Danach fühlte er sich zwar nicht besser, aber immerhin bereit, sich den Dingen zu stellen.

»Wohin fahren wir?«

»Kommt drauf an, ob du dich noch ausruhen willst.«

»Bevor *was* passiert?«

Nikolas atmete tief durch. »Ich muss dir etwas zeigen.«

»Hat das nicht Zeit?«

»Leider nein. Aber wenn du noch Ruhe brauchst …«

Peter schüttelte langsam den Kopf. »Wozu.« Er sah sich im Innenraum des Wagens um. S-Klasse. Die gesamte Ausstattung vom Feinsten. Leder, Edelholz, Minibar. Der Fahrer steuerte den Wagen trotz der hohen Geschwindigkeit fast geräuschlos über die Autobahn und dann hinein in den römischen Verkehr.

»Dein Dienstwagen?«

Nikolas nickte, als sei das eine belanglose Nebensache. »Gehört zum Fuhrpark der Kongregation.«

»Was bist du? Kardinal? Hab ich was verpasst?«

»Nein. Ich bin Prälat. Mittleres Management, würde man da draußen sagen.«

»Sieht mir eher aus wie Vorstandsetage. Also, was willst du mir zeigen?«

Nikolas zögerte, vermied Peters Blick und knetete seine Hände.

»Ich würde dir das gerne ersparen, Peter. Gott weiß, ich habe all die Jahre gehofft und gebetet, das alles möge dir, Ellen und Maya und jedem von uns erspart bleiben. Aber wie es aussieht, habe ich versagt. Es hat angefangen.«

Er wandte sich um und sah Peter direkt an, sein Gesicht nun grau und alt.

»Was hat angefangen, Niko?«, sagte Peter leise.

»Das Ende der Welt. Das ahnst du doch inzwischen, oder? Es sei denn, wir finden gemeinsam einen Weg, die Apokalypse noch aufzuhalten.«

Den Rest der Fahrt über sprach Nikolas kein Wort mehr, starrte nur abwesend aus dem Fenster. Genau die Haltung, die Peter früher oft zur Raserei gebracht hatte. Wenn Nikolas einfach aufhörte, mit ihm zu sprechen, manchmal mitten im Satz, sich in sich selbst verkroch, sich abkapselte von der Welt, mit seinen Gedanken irgendwo weit weg.

Die Fahrt endete an einem trutzigen ockerfarbenen Renaissancepalast zwischen Petersdom und der zugemauerten Porta Cavalleggeri, dessen Außenmauern zugleich die Staatsgrenze des Vatikans markierten. Als der Mercedes sich im Schritttempo näherte, öffnete sich ein massives Eisentor an der rechten Seite des Palastes und gab den Weg in eine Einfahrt frei, die zu einem kleinen Parkplatz führte.

»Was ist das für ein Gebäude?«, fragte Peter beim Aussteigen.

»Der Palazzo del Sant'Uffizio, mein Arbeitsplatz«, erklärte Nikolas nicht ohne einen Anflug von Stolz, wie Peter bemerkte. »Jedenfalls wenn ich in Rom bin. Die *Congregatio pro Doctrina Fidei*, also die Kongregation für die Glaubenslehre, die höchste Behörde der römisch-katholischen Kirche.«

Peter nickte, wenig beeindruckt. »Zuständig für was?«

»Für die Bewahrung des Glaubens und zum Schutz der Kirche vor Häresien. 1542 von Papst Paul III. als *Congregatio Romanae et universalis Inquisitionis* gegründet. Willkommen bei der Inquisition, Peter.«

Er trat an einen unscheinbaren Seiteneingang und blickte hinauf in eine Sicherheitskamera über der Tür. Als die Tür sich klackend öffnete, sah Peter, dass sie gepanzert war wie bei einem Tresor.

Hinter der Tür lag eine Sicherheitsschleuse mit einem Körperscanner. Zwei Sicherheitsbeamte tasteten Peter kurz ab und winkten die beiden Brüder dann durch. Peter kam sich vor wie auf einem Flughafen. Nikolas hatte es offenbar eilig. Er führte ihn durch einen langen Flur zu den Fahrstühlen und fuhr mit ihm hinauf in ein geräumiges, aber schmuckloses Büro im zweiten Stock. Auf dem ganzen Weg sah Peter nur wenige Angestellte. Die meisten trugen Soutanen, was ihn irgendwie überraschte. Sie grüßten Nikolas mit verhaltener Vorsicht, als sei es nicht ratsam, ihm zu nahe zu treten, und musterten die Zwillinge verstohlen.

Während Nikolas seinen PC einschaltete, sah Peter sich im Büro seines Bruders um. Ein alter, blank gescheuerter Mosaikboden mit vielen Rissen und restaurierten Stellen. Kein Wandschmuck bis auf ein Holzkreuz und ein offenbar echtes Renaissancegemälde, das die Versuchung des Heiligen Antonius durch Kreaturen der Hölle zeigte. Ein Bücherregal mit theologischer Fachliteratur und einigen Aktenordnern, ein aufgeräumter Schreibtisch mit einem PC, eine etwas ältliche Sitzgruppe aus den siebziger Jahren. Vom Fenster aus sah man direkt auf den Petersdom.

»Setz dich, ich bin gleich fertig«, rief Nikolas vom Schreibtisch aus. Peter gehorchte und nahm auf einem Sessel der alten Sitzgruppe Platz. Es klopfte. Ein Priester in Soutane trat ein und brachte Mineralwasser und Gläser auf einem Tablett.

Also doch Vorstandsetage.

»Und was bist du?«, fragte Peter. »Der Großinquisitor?«

»Ein Rädchen im Getriebe.« Nikolas nahm eine Aktenhülle vom Schreibtisch und setzte sich Peter gegenüber. Er sah seinen Bruder lange an. Peter kam sich plötzlich vor wie bei Dr. White. Oder einem Arzt, der eine schlechte Nachricht hatte.

»Ich muss dich zunächst ein wenig über mich und meine Arbeit aufklären, Peter, sonst wirst du mir nicht glauben.«

»Nur zu. Wo wir schon mal so gemütlich zusammensitzen, Doc. Ich fühl mich gleich schon viel besser.«

Nikolas überging den Sarkasmus und fuhr fort. »Unser Dikasterium ist in drei Sektionen unterteilt. Die Sektion für die Glaubensdoktrin, die Disziplinsektion und die Ehesektion. Aber es gibt noch eine inoffizielle vierte Sektion.«

»Zu der du gehörst.«

»Wir sind nur eine kleine Abteilung und arbeiten sehr diskret, und das schon seit dem Mittelalter. Wir sind die Inquisition. Heute würde man sagen: der vatikanische Geheimdienst.«

Peter stieß einen ungehaltenen Laut aus. »Das ist jetzt nicht dein Ernst.«

Nikolas sah ihn unverwandt an. »Wir sind sehr gut organisiert und weltweit vernetzt. Wir betreiben eine eigene moderne Aufklärungsabteilung, aber wir kooperieren auch mit anderen internationalen Diensten.«

»Wozu?«, fragte Peter verblüfft.

»Um unseren Feind mit allen Mitteln zu bekämpfen.«

»Wen, die Giordano-Bruno-Stiftung?«, spottete Peter. »Den Weltverband der Atheisten?«

Nikolas ließ sich Zeit mit seiner Antwort, wie um sicherzustellen, dass Peter wirklich verstand, was er ihm zu sagen hatte. »Nein. Ich meine den Satan.«

XIII

17. Juli 2011, Zentrale des Opus Dei, Rom

Xavier Santillana hatte eine Offenbarung. Im festen Griff des Mannes, den er jahrelang bekämpft hatte, eingehüllt in strahlend blaues Licht, erblickte er die Gnade und die Apokalypse. Alles zugleich in einem Augenblick. Was er sah, erschütterte seinen Glauben, zertrümmerte den Thron aus Selbsttäuschung und Machtgier, den er seinem Ego errichtet hatte, verdampfte den Zement aus Gottesfurcht, Neid und Selbstzufriedenheit, mit dem er sich ein uneinnehmbares Bollwerk gegen jeden Zweifel an sich und an Gott geschaffen hatte, und hinterließ nur eine gehäutete und zutiefst bestürzte Seele, schutzlos und voller Furcht.

Doch zugleich erkannte er die Hoffnung, die frohe Botschaft, das Reich Gottes, Tod und Auferstehung, Vergebung der Sünden. Für den Bruchteil eines Bruchteils eines Wimpernschlags enthüllte sich Santillana die ganze Wahrheit, Alpha und Omega, fühlte er, was sieben Milliarden Menschen in diesem Augenblick fühlten, wurde geboren und starb, millionenfach gleichzeitig. Santillana hatte keine passenden Worte für das, was er sah, daher nannte er die reptilienartigen, durchscheinenden Wesen, die ihm schweigend entgegentraten, Engel. Machtvoll und stumm, im Zustand der Gnade, wachten sie vom Anbeginn der Zeit an über die Welt und über die Pforten, hinter denen das Böse lauerte. Santillana erblickte auch die Substanz des Bösen, das sich vor Äonen tief in die Eingeweide der Erde gekrallt hatte, seine Sporen ausdünstete und auf den Tag wartete, an dem es erwachen und herrschen würde. Santillana sah, wie sich die Pforten der Hölle öffneten. Er sah zu, wie die Welt unterging, sah die Engel verbrennen, sah Milliarden von Leichen, blickte über eine tote Welt, bedeckt mit dem Unrat des Bösen, das wie ein Parasit war, der nun wieder geduldig darauf wartete, bis dieser ausgelöschte Planet in Jahrmillionen erneut von einem Kometen getroffen würde, damit ES seine Reise zu anderen Welten fortsetzen konnte.

All das sah Santillana in einem Augenblick, die Bilder rasten durch ihn hindurch wie Elementarteilchen durch Materie und hinterließen nur eine Kielspur aus Angst und Verzweiflung. Denn Xavier Santillana erblickte zwar das Reich Gottes – aber keinen Gott.

Schlagartig erlosch das blaue Licht, und Santillana wurde zurück in die Welt geschleudert. Mit einem Aufschrei befreite er sich aus Laurenz' Griff und sah, dass vier Numarier die verbarrikadierte Tür eingetreten hatten und sich auf Laurenz stürzten. Der ehemalige Papst wehrte sich nach Kräften, schlug einen der Männer nieder, doch die anderen drei drückten ihn hart zu Boden und schlugen auf ihn ein.

»Lasst ihn!«, keuchte Santillana.

Die Numarier, allesamt bullige und schmerzunempfindliche junge Männer, die in einer eigenen Sicherheitsabteilung des Ordens ausgebildet worden waren, gehorchten widerwillig. Erst als Santillana sich mühsam aus dem Sessel erhob, ließen sie von Laurenz ab.

»Raus. Lasst mich mit ihm allein. Ich will nicht gestört werden. Egal, was hier drin passiert, ihr kommt erst, wenn ich euch rufe!«

Die Numarier halfen Laurenz wieder auf die Beine und zogen sich zurück. Santillana sah zu, wie der ehemalige Papst sich schwer atmend zurück in den Sessel fallen ließ. Das blaue Amulett hielt er immer noch in der Hand.

»Ich werde zu alt für so was«, stöhnte der Ex-Papst und hielt sich die schmerzende Seite. »Früher wäre ich nicht so schnell zu Boden gegangen.«

Es klang, als hätte ihm die kurze Rangelei auch noch Spaß

gemacht. Santillana verzog das Gesicht, trank sein Mineralwasser jetzt in einem Zug, schenkte sich nach und trank erneut. Eine Weile sahen sich die beiden Männer nur schweigend an. Santillana, der sich langsam von dem Schock erholte, überlegte, ob er irgendeine rationale Erklärung für das Erlebte finden konnte.

»Angenommen ...«, begann er schließlich, »... ich wäre geneigt, diese Vision nicht der Wirkung einer psychogenen Droge zuzuschreiben oder einer Art Hypnose. Was war es dann?«

Laurenz nickte. »Sie müssen selbst entscheiden, wie Sie das, was Sie gesehen haben, beurteilen. Es war weder ein Trick noch ein Trip. Eine Vision, ja. Nennen Sie es eine Offenbarung. Ein Blick in unsere Zukunft. Falls es uns nicht gelingt, sie zu ändern.«

»Uns?«

»Der Menschheit.«

»Angeführt von Ihnen.«

Laurenz schwieg.

»Was ist das für ein Amulett?«, fragte Santillana. »Und was ist das für ein Licht?«

»Ich kann Ihnen das nur teilweise beantworten. Vieles ist auch mir nicht bekannt. Aber dieses Amulett wurde vor vielen Millionen Jahren von der ersten intelligenten Art geschaffen, die dieser Planet hervorgebracht hat. Wir haben versucht, es zu analysieren, aber das Material ist völlig rätselhaft. Jedenfalls kann es durch Laserlicht einer bestimmten Frequenz aktiviert werden und hat dann gewisse Eigenschaften, die jedem Physiker die Tränen in die Augen treiben würden.«

»Was sind das für Wesen?«, fragte Santillana leise. »Sie sahen aus wie ...«

»... Echsen, ich weiß«, seufzte Laurenz. »Nicht gerade das, was wir uns unter Engeln vorgestellt haben. Aber ich würde sie ohne Zögern so nennen. Sie selbst nennen sich Mh'u.«

»Woher wissen Sie das?«

Laurenz hob die Hände. »Seit es Menschen gibt, hat es auch immer wieder Kontakte mit den Mh'u gegeben. Es existieren Aufzeichnungen, die wir, die Kirche, die Wissenschaft, jahrhundertelang als ketzerisch, esoterisch oder verrückt diffamiert haben. Um es kurz zu machen: Die Mh'u sind real. Sie altern nur sehr, sehr langsam und leben offenbar in einem anderen Raum-Zeit-Gefüge.«

»Was bedeutet das?«

»Ich bin kein Physiker. Aber sie leben hier, mit uns, in dieser Welt. Nur eben in ...« Laurenz suchte nach dem passenden Wort.

»... im Zustand der Gnade«, ergänzte Santillana. »Aber wo war der Schöpfer dieser Gnade? Wo war Gott?«

»Das, Prälat, ist eine Frage des Glaubens.«

»Kommen Sie mir jetzt nicht so, Laurenz!«, fuhr ihn Santillana an. »Diese Vision vorhin war ein *Beweis* sowohl für die Existenz des Bösen wie auch des Guten. Aber da war kein Gott! Er war nicht da. Wo ist er, Laurenz?«

»Reißen Sie sich zusammen, Prälat!«, herrschte ihn jetzt Laurenz an. »Sie reden wie ein aufmüpfiger Theologiestudent im ersten Semester. Natürlich ist dies eine Prüfung unseres Glaubens. Entweder wir bestehen sie, oder wir gehen unter.«

Die Zurechtweisung traf Santillana nicht sonderlich. Sie bestätigte ihm nur, dass Laurenz es auch nicht besser wusste. Und sie bestätigte ihn in der heimlichen Grundannahme seines Glaubens: Wenn Gott sogar im Zustand der Gnade abwesend war, dann mochte er die Welt zwar geschaffen, sie aber nach Vollendung seines Werkes sich selbst überlassen haben. Was wiederum Santillanas Vorstellung vom *peccatum originale*, der Erbsünde, bestätigte. Und zwar mit allen Konsequenzen. Der Mensch als Geschöpf Gottes war verurteilt, für sich selbst zu sorgen, sich zu erhalten und sich Gerechtigkeit zu verschaffen. Mit allen Mitteln, mit denen Gott ihn zuvor ausgestattet hatte. Aus diesem geradezu darwinistischen Gedanken speiste sich in

Santillanas Überzeugung der Führungsanspruch des Opus Dei. Und den würde er auf keinen Fall dem Machtanspruch dieses Deutschen opfern. Im Gegenteil witterte Santillana nun die Chance seines Lebens.

»Dieses Amulett – wo haben Sie es her?«

Laurenz schwieg und legte das Amulett in aller Ruhe in den Aktenkoffer zurück.

Santillana winkte ab. »Ich könnte es mir mit Gewalt holen. Vielleicht könnte ich damit sogar Papst werden, was meinen Sie, Laurenz?«

Laurenz zuckte nur mit den Schultern. »Bloß wären Sie auch dann immer noch nicht in der Lage, die Apokalypse aufzuhalten, Prälat.«

»Und Sie vermögen das?«

Laurenz nickte.

»Wie?«

»Das werde ich Ihnen verraten, sobald ich wieder als Papst bestätigt bin.«

Santillana erhob sich abrupt und trat ans Fenster. »Und wenn ich dennoch ablehne?«

Laurenz blieb ruhig. »Ich habe erwartet, dass Sie pokern würden, Prälat.«

»Was ist also Ihr Angebot?«

»Ich ernenne Sie zum Kardinalstaatssekretär. Ihre hundertprozentige Loyalität und Kooperation vorausgesetzt.«

Santillana schüttelte den Kopf. »Señor Laurenz, so billig kriegen Sie das Opus Dei selbst im Angesicht der Apokalypse nicht.«

»Was also müsste ich, Ihrer Ansicht nach, noch drauflegen?«

Santillana wandte sich wieder um. »Unbeschränkten Zugang zu sämtlichen Informationen, zu all Ihren Quellen, Materialien, Bibliotheken, Kontaktpersonen und sonstigen Geheimnissen. Sie werden alles mit mir teilen, Laurenz, Ihr ganzes Wissen.«

Immer noch aufgewühlt von der Vision, aber inzwischen vor allem kochend vor Wut, saß Prälat Santillana eine Stunde später in einem Mercedes mit getönten Scheiben und ließ sich zum Hotel Villa Spagna in die Via Sistina fahren. In den vergangenen Wochen hatte es dort einige mysteriöse Todesfälle gegeben, dennoch war es dem Hotelmanagement gelungen, die Vorfälle aus der Presse herauszuhalten, zumal es weitaus dramatischere Nachrichten gegeben hatte: die Explosion des Petersdoms, die Zerstörung des Kölner Doms, die geschmolzene goldene Sule-Pagode in Burma, der Mord des Papstes an seinem Privatsekretär. Das traditionsreiche Luxushotel, das inzwischen zum Nakashima-Konzern gehörte, galt immer noch als das beste Haus am Platz, ein diskreter, luxuriöser Rückzugsort für Milliardäre, Popstars, Politiker, Scheichs und reiche Kardinäle. Luxus bedeutete Santillana nichts, Diskretion dafür umso mehr.

Er betrat das Hotel wie immer durch den Zugang in der Tiefgarage und fuhr mit dem Lift direkt in den dritten Stock. Suite 306 lag am Ende des Korridors, und Santillana wurde dort bereits erwartet. Ein junger Mann in einem schwarzen Anzug öffnete ihm und führte ihn wortlos in den Salon der Suite. Der junge Mann wies mit einer sanften Geste auf einen Sessel vor einem großen Flachbildschirm an der Wand, auf dem eine Art Arbeitszimmer mit einem Bücherregal im Hintergrund zu erkennen war.

Santillana winkte gereizt ab, als der junge Mann ihn leise fragte, ob er Tee wünsche. Er ärgerte sich, dass sein Gesprächspartner ihn warten ließ. Aber das lag nun mal in der Natur ihrer Beziehung. Immerhin schuldete das Opus Dei diesem Mann inzwischen etwas über eine Milliarde Dollar. Genug, um hin und wieder eine Kröte zu schlucken. Genug, um zu wissen, dass das Eis, auf dem man wandelte, äußerst dünn war. Aber nicht genug, um sich verarschen zu lassen, fand Santillana.

Nach einer Weile wurde ein Rollstuhl ins Bild geschoben. Darin saß ein untersetzter Mann in einem Kimono. Er wirkte älter als bei ihrer letzten Begegnung vor einem halben Jahr und schien Mühe beim Sprechen zu haben. Sein Blick jedoch war noch genauso wach und forschend wie immer.

»Guten Abend, Prälat«, begrüßte ihn Satoshi Nakashima auf Englisch. »War Ihre Unterredung mit Franz Laurenz erfolgreich? Sie wirken angegriffen.«

»Sie hätten mich vorwarnen können, dass Franz Laurenz das Opus Dei enteignen will«, platzte Santillana ohne Begrüßung heraus, obwohl er wusste, wie unhöflich das auf einen Japaner wirken musste. Er scherte sich im Moment jedoch einen Scheiß um den ritualisierten Austausch von Höflichkeiten.

»Er kann das Opus nicht enteignen«, erwiderte Nakashima unbeeindruckt. »Es ist doch längst enteignet, nicht wahr? Es gehört mir. Also, was bietet er Ihnen an?«

»Das Amt des Kardinalstaatssekretärs und vollen Einblick in sämtliche Vorgänge.«

»Das ist wunderbar, Prälat. Ich gratuliere. Oder haben Sie ein Problem damit, den Untergang der Welt zu verhindern?«

Santillana straffte sich. »Von nun an ist dies eine rein kirchliche Angelegenheit.«

»Wohl kaum, Prälat. Dazu fehlen Ihnen schlicht die Mittel.«

»Der Kampf gegen den Satan ist keine Frage des Geldes!«, brüllte Santillana den Bildschirm an.

Nakashima lächelte nur dünn. »Alles, Prälat, ist eine Frage des Geldes. Wenn Laurenz von den umfänglichen Verbindlichkeiten des Opus bei Nakashima Industries erfährt, wird er Sie gar nicht mehr brauchen. Niemand wird das Opus dann noch brauchen. Dann sind Sie, wenn ich das so auf Ihre unnachahmlich direkte spanische Art sagen darf, im Arsch. Und nichts wäre gewonnen, die Welt stünde weiterhin am Abgrund.«

Santillana knurrte und rieb sich den Kopf. »Wenn Sie gesehen hätten, was ich gesehen habe.«

»Ich verstehe, dass Sie aufgewühlt sind, Prälat«, hörte er Nakashimas sanfte Stimme aus den Lautsprechern. »Aber ich brauche weiterhin Ihre volle Kooperation. Franz Laurenz ist ein Idealist. Ich dagegen bin Pragmatiker. Wir werden nicht die ganze Menschheit retten können, aber vielleicht den besten Teil von ihr. Und Sie wollen doch dazugehören, Prälat, nicht wahr? ... Prälat?«

Santillana blickte wieder auf. »Ja«, flüsterte er. »Natürlich.«

»Dass meine Pläne sich nicht immer mit denen der katholischen Kirche decken, hat Sie bis dato auch nie gestört«, fuhr Nakashima fort. »Sobald Sie Ihre Aufgabe erfüllt haben, entlasse ich Sie und das Opus aus sämtlichen Verpflichtungen. Mein Wort. Bitte berichten Sie mir nun von Ihrer Unterredung.«

Santillana fasste sein Gespräch mit Laurenz zusammen, so gut er es vermochte. Er beschrieb das Amulett, das blaue Licht, seine Offenbarung und seine Verhandlung mit Laurenz. Nakashima nickte mehrfach und schien auch über das Amulett Bescheid zu wissen.

»Er sagt, dass er einen Plan habe«, beendete Santillana seinen Bericht.

»Was für einen Plan?«

»Wollte er nicht verraten. Er will ihn verkünden, sobald er wieder als Papst bestätigt ist. Jedenfalls braucht er für die Umsetzung des Plans das Vermögen des Opus Dei.«

Nakashima dachte kurz nach.

»Haben Sie schon mal von dem Buch Dzyan gehört, Prälat?«

»Nein.«

»Für den Prälaten des Opus Dei sind Sie erstaunlich schlecht informiert. Das Buch Dzyan ist ein okkultes Werk von Hermes Trismegistos, einer mythischen Figur, die oft mit dem altägyptischen Gott Thot gleichgesetzt wurde. Das Buch enthält uraltes hermetisches Wissen über die Welt und wurde über mehrere Jahrhunderte von verschiedenen anderen Mystikern und Okkultisten fortgeschrieben. Es war im Bestand der okkulten Bibliothek des Vatikans, konnte allerdings nie ganz entschlüsselt werden. Offenbar jedoch, und ich weiß nicht, auf welche Weise, ist Franz Laurenz in den Besitz einer Übersetzung gelangt. Wenn Laurenz Wort hält und Sie in alle Vorgänge einweiht, werden Sie auch das Buch Dzyan und seine Übersetzung zu sehen bekommen.«

»Und wenn nicht?«

»Dann forschen Sie eben nach, Prälat. Sie haben nur diese eine Aufgabe: Beschaffen Sie mir dieses Buch!«

XIV

23. August 2013, Palazzo del Sant'Uffizio, Vatikanstadt

Peter schüttelte fassungslos den Kopf. »Das ist doch völliger Quatsch, Niko. Ja, ich weiß, für euch Katholiken ist der Satan real. Eine alberne Vorstellung – aber geschenkt. Aber willst du ernsthaft behaupten, dass du und dein Verein irgendwas gegen das Böse auf der Welt ausrichten könnt? Und willst du allen Ernstes im gleichen Atemzug die Kreuzzüge, die Hexenverbrennungen, die Ausrottung unzähliger Naturvölker, Völkermord, Kriege und all die anderen Gräuel im Namen der Kirche rechtfertigen?«

»Nein, Peter, sicher nicht. Die Kirche hat Blut an den Händen, keine Frage. Aber du würdest dich wundern, wie erfolgreich wir trotz aller Rückschläge und Kollateralschäden doch in den letzten vierhundert Jahren waren.«

»Du spinnst. Hörst du dir eigentlich auch mal selbst zu? Meine Frau und meine Tochter sind gestern bei einem Flugzeugabsturz ums Leben gekommen, und du … sitzt hier und erzählst mir was von … Kollateralschäden?« Voller Zorn fegte Peter einen Stapel Unterlagen von Nikolas' Schreibtisch.

»Beruhig dich, Peter, und hör einfach weiter zu«, sagte Nikolas leise. »Ich bitte dich. Ich weiß, es ist schwer, aber es ist sehr wichtig, dass du mir genau zuhörst.«

Peter richtete sich auf. Die Augen gerötet vor Wut und Tränen, zog er die Nase hoch.

»Mach schnell.« Seine Stimme klang rau. »Und dann suche ich mir ein Hotel.«

Nikolas atmete durch. »Ich führe ein zwar privilegiertes, aber einsames Leben. Selbst mit dir durfte ich all die Jahre nicht darüber sprechen. Zum Beispiel über diese unheimliche Gabe.

Du hast sie auch, aber bei dir ist sie erst kürzlich ... nun ja, ausgebrochen. Ich sehe Dinge. Das ist nichts wirklich Besonderes, viele Menschen haben so eine Gabe. Mich aber hat sie zum Inquisitor gemacht. Seit Jahren reise ich im Auftrag des Vatikans um die Welt und jage den Satan in seinen unterschiedlichsten Erscheinungsformen.«

»Du meinst, du bist ein Exorzist?«

»Das auch. Aber vor allem trage ich Informationen über das Böse zusammen. Würdest du mir glauben, wenn ich dir sage, dass die Welt kurz vor dem Untergang steht?«

»Sofort.«

Nikolas lächelte jetzt. »Ja, klar. Aber damit meinen wir beide etwas völlig anderes. Ich meine *wirklich* den Untergang. Die Auslöschung allen Lebens auf Erden. Und mein Job ist es, das zu verhindern.«

»Herzlichen Glückwunsch, klingt nach einem Scheißjob, Niko. Aber vielleicht erklärst du mir endlich, was ich damit zu tun habe?«

Nikolas zögerte, knetete erneut seine Hände.

Hat er früher nicht gemacht.

Der Geruch von Baldrian und Lavendel im Raum wurde plötzlich intensiver, geradezu aufdringlich.

»Es war kein Unfall, Peter.«

Du hast es gewusst. Du hast es doch geträumt. Du hast alles die ganze Zeit gewusst!

Peter kämpfte gegen eine aufsteigende Übelkeit an. »Was sagst du da?«

»Flug UA966 ist gestern um 7.54 Uhr abgestürzt. Aber vierzehn Minuten vorher, um 7.40 Uhr, meldete NORAD, das Nordamerikanische Luft- und Weltraum-Verteidigungskommando, den Abschuss einer Boden-Luft-Rakete vor der französischen Mittelmeerküste. Ich habe den Bericht vorliegen, NORAD hat die Flugbahn der Rakete getrackt. Es gibt keinen Zweifel, UA966 wurde abgeschossen.«

Peter würgte den Schmerz herunter, der ihm die Luft abschnitt, und kämpfte gegen das Zittern an.

»Woher ... hast du solche Informationen?«

»Wie gesagt, wir sind gut vernetzt.«

»Also, du gehst von einem terroristischen Anschlag aus. Wer war das Ziel?«

Nikolas' Gesicht wurde wieder hart.

»Ellen und Maya«, sagte er.

Und wieder wurde Peter von den Bildern aus seinem Traum überrollt. Sie liefen vor ihm ab wie ein furchtbarer, nie enden wollender Film. Das Chaos, die Schreie, die Panik von Ellen und Maya in ihren letzten Sekunden. Wimmernd krümmte sich Peter zusammen.

»Ich hab's geträumt, Niko!«, presste er weinend hervor. »Ich hab alles gesehen. Ich hab gesehen, wie sie gestorben sind.«

»Ich weiß«, sagte Nikolas heiser. »Ich auch.«

Er zog eine Karte des Mittelmeers aus der Aktenhülle, breitete sie auf dem kleinen Beistelltisch vor ihnen aus und tippte auf eine Stelle vor der Küste Sardiniens, die er bereits mit einem Kreuz markiert hatte.

»Das ist die Absturzstelle. Und hier ...« Er deutete auf ein weiteres Kreuz vor der französischen Mittelmeerküste. »... dreihundert Seemeilen weiter westlich, hat NORAD den Raketenabschuss lokalisiert. Ein paar Meilen vor Montpellier. Da gibt es eigentlich nichts. Außer – einem Felsen mit einem alten Fort, der nur auf wenigen Seekarten verzeichnet ist. Der Felsen trägt den Namen Île de Cuivre, die Kupferinsel.«

»Nie gehört.«

»Ich bisher auch nicht. Ein Kommando der französischen Streitkräfte hat das Fort gestern Nacht gestürmt und von oben bis unten durchsucht.«

»Und?«

»Nichts. Nicht mal die Spur einer Abschussvorrichtung.«

»Vielleicht ein Schiff, das in der Nähe lag.«

Nikolas zuckte mit den Schultern. »Ich sagte, sie haben keine Abschussvorrichtung gefunden. Sie haben aber etwas anderes gefunden. Eine Nachricht.«

Peters Magen verkrampfte sich unter dem Druck einer Vorahnung. Nikolas zog erneut etwas aus der Aktenhülle und legte es auf die Karte über das Kreuz vor der französischen Küste. Ein Foto. Es zeigte eine Wand aus großen Steinblöcken, alt und verwittert. Den Lichtverhältnissen nach war es die Innenwand eines Kellerraums. Und von dieser Wand leuchteten Peter Worte entgegen, hastig mit Blut in der gleichen fremden Schrift dort hingeschmiert, wie erst zwei Tage zuvor in seinem Haus. Darunter ein Symbol, das einen doppelten Kreis zeigte.

Peter rang nach Luft.

Du träumst. Das ist alles nur ein weiterer Albtraum. Aber aus diesem wirst du nie wieder erwachen.

»Du kannst es lesen, nicht wahr?«, sagte Nikolas leise. Peter nickte nur, konnte den Blick jedoch nicht von dem Foto abwenden.

»Mhja belanusa. Laraji same darolanu«, las Nikolas den Text vor und übersetzte ihn. »›Maya lebt. Sie wartet auf dich.‹ Das ist Henochisch. Eine Sprache, die einem englischen Alchemisten im sechzehnten Jahrhundert angeblich von den Engeln diktiert wurde. John Dee, schon mal gehört?«

»Was geht hier vor, Nikolas?« Peter keuchte. »Wie können wir diese Sprache kennen?«

»Ich weiß es nicht. Der einzige Zusammenhang im Augenblick ist das Doppelkreissymbol. Es wird von einer kleinen okkulten Sekte verwendet, die sich ›Träger des Lichts‹ nennt. Die

Mitglieder kommunizieren untereinander auf Henochisch. Die Sekte wurde von uns bislang als unbedeutend eingestuft. Aber wie es aussieht, haben sie dir erneut eine Nachricht geschickt. Erinnerst du dich, was die Schmierereien in deinem Haus bedeuteten?«

Coraxo cahisa. Lucala cahisa. Coraxo od lucala azodiazodore basajime, caosagi zodoreje. Vaunala daox soba caosagi. Lucala caosagi hoel-qo od berinu vax ooaona. Lucala racalire maasi, pajeipe darolanu faboanu nonuci. Oxiavala raasyo caosagi.

Tonlos rezitierte Peter die Worte, die er ohnehin nie vergessen würde. »Hass ist gut. Schmerz ist gut. Hass und Schmerz sind die himmlischen Brüder, der Atem des Lichts. Du bist das Werkzeug des Lichts. Der Schmerz ist das Licht in der Dunkelheit und dem Chaos der Welt. Schmerz ist Ordnung. Hass ist Mutter des Schmerzes, die reine, ewige, heilige Flamme. Die Zeit des Lichts ist gekommen.«

»Genau. Dabei handelt es sich um einen Hymnus, den die Träger des Lichts bei ihren Zusammenkünften singen.«

Peter versuchte, seine Gedanken zu ordnen, sich auf einfache Fragen und deren Lösung zu konzentrieren.

»Was wollen die von mir, Niko?«

»Keine Ahnung.«

»Okay ... Nur mal theoretisch ... Könnte Maya den Absturz überlebt haben?«

Und plötzlich wieder diese irre Hoffnung.

Wir müssen reden.

Peter dachte wieder an die rätselhafte Textnachricht, die er am Morgen nach dem Absturz erhalten und von der er Nikolas bisher nichts erzählt hatte.

»Vielleicht waren sie ja gar nicht an Bord.«

»Das wäre die einzige Erklärung. Wir werden das überprüfen. Aber es gibt noch etwas anderes, über das ich mit dir sprechen muss. Es ... betrifft Ellen.«

Peter starrte seinen Bruder an, als halte er den Schalter in der Hand, mit dem er diesen Albtraum beenden könnte.

»Hast du dich nicht gefragt, wie es möglich war, in Ellens kurzer Abwesenheit in dein Haus einzudringen, sämtliche Wände zu beschmieren und ohne weitere Spuren zu verschwinden?«

»Was willst du damit sagen?«

Nikolas atmete durch. »Ist dir nicht der Gedanke gekommen, dass es nur Ellen gewesen sein kann?«

»Nein. Weil das nämlich der größte Scheiß ist, den ich je gehört habe! Was ziehst du hier für eine miese Show ab, du Arschloch?«

Nikolas blieb ruhig. Er zog ein letztes Dokument aus der Aktenhülle und legte es wortlos auf die Karte. Das Protokoll eines Internetchats, wie Peter sah.

»Wir konnten vor zwei Tagen diesen verschlüsselten Chat abfangen«, sagte Nikolas.

---

dZYAN-agent Chat-Protocol 20082013 21:14:24 – 21:17:43
GMT-06:00
Proxy-Server: ptp.ordislux213.th.net:89
Encoding-method: AMETH10. 1. 01

21:14:24 Client306
status?
21:15:32 Client371
UA966, 07:45
21:15:58 Client306
hat der kontakt stattgefunden?
21:16:12 Client371
ja. sie hat das amulett.
21:16:42 Client306
status peter adam?

21:17:06	Client371	
	ahnungslos. verwirrt. freut sich auf seinen bruder, will aber morgen noch den blonden jungen finden.	
21:17:27	Client306	
	kein problem. der meister erwartet sie in rom.	
21:17:43	Client371	
	danke. im lichte mit euch.	

/End of conversation/

Fassungslos starrte Peter auf das Protokoll. »Ich verstehe nicht.«

»Client371 ist Ellen«, erklärte Nikolas. »Es ist die IP-Adresse ihres Computers. Kein Zweifel. Client306 konnten wir nicht lokalisieren. Wir vermuten einen Server in Nepal.«

»Das ist nicht wahr!«, schrie Peter. »Du lügst.«

»Warum sollte ich das tun? Ich weiß, es ist furchtbar für dich. Mein Team ist gerade dabei, Ellens Leben zu durchleuchten, damit wir besser verstehen, welche Rolle sie spielte. Aber im Augenblick habe ich vor allem eine Frage: Wo ist dieses Amulett?«

XV

19. Juli 2011, Siedlung Har Choma, Ost-Jerusalem

Natürlich wusste Vater Hanson, dass er vom Dämon besessen war, er war schließlich kein Idiot. Er hatte achtzehn Jahre als offiziell vom Vatikan eingesetzter Exorzist in New York gearbeitet und Dinge gesehen, die empfindlichere Gemüter als ihn um den Verstand gebracht hätten. Vater Hanson wusste genau, was passiert war. *Was* er jetzt war. Der Punkt war: Es gefiel ihm. Es gefiel ihm viel besser, als Priester zu sein, ein lächerlicher, schlecht bezahlter Exorzist in Manhattan, den nicht mal die Huren im *Blue Flamingo* ernst nahmen. Ihm gefiel auch das Töten. Töten war Licht. Schmerz war Licht. Hass war die Fackel, auf der er das Licht in die Welt trug. Hass waren die Flügel, die ihn trugen. Ein schönes Gefühl, es vervollständigte ihn, setzte ihn aus seinen vielen verlorenen Teilen wieder zusammen. Für einen Moment. Fünf Tage zuvor hatte er die Romafrau getötet und ihr das Amulett abgenommen. Seitdem ging er über Leichen, ruhig und ohne Hast, aber wach und hungrig. Er war nun ein Raubtier des Lichts, und Jerusalem sein Jagdrevier. Besessen zu sein war ein vollkommener Zustand. Wenn er so darüber nachdachte, vermisste er auch die Stimme der Muttergottes nicht, die ihm seit seiner Kindheit rätselhafte Dinge zugeraunt hatte. *Fick dich, Maria*, dachte Hanson, *ich hab nie was von dem Scheiß verstanden. Hättest mich ja beschützen können, wenn ich dir so wichtig gewesen wäre. Hast du aber nicht. Fick dich.*

Leonard ›Lenny‹ Hanson erinnerte sich noch genau an sein Treffen mit Papst Petrus II. vor gerade mal einer Woche im Gärtnerhäuschen in den vatikanischen Gärten. Zuerst hatte der Papst Frank Babcocks Brief mit diesem Hinweis auf Oak Island verbrannt. Danach hatte Edward Kelly ihn in eine Krypta tief unter dem Gärtnerhäuschen geführt und dort getötet. Genau an der Stelle, wo der heilige Petrus II. angeblich die erste heilige Messe gefeiert haben soll, auf einem Opferstein, bedeckt mit Symbolen, Zeichen und geronnenem Blut.

Dort, so erinnerte er sich, hatte Kelly ihm einen Dolch ins Herz gerammt und ihn gleichzeitig beatmet. Hanson erinnerte sich, wie etwas aus Kellys Mund in den seinen geströmt war, ein Dunst, eine fast flüssige Substanz, die seinen ganzen Körper im Nu ausfüllte. Er erinnerte sich an die Agonie und den Schmerz, den Todeskampf, die panischen Atemzüge, sein Schreien und Röcheln. Das kindische Winseln um Gnade. Den Hilferuf zur Muttergottes. Das letzte Gebet. Er erinnerte sich, wie das Leben seinen Körper verließ wie Öl ein undichtes Gefäß. Und er erinnerte sich noch an den Moment seines Todes. An das Licht, das ihn plötzlich anfüllte und den Schmerz in etwas Köstliches und Reines verwandelte. An den Hass, der ihn durchflutete wie ein Fluss sein lange vertrocknetes Bett.

Der Moment seiner Auferstehung.

Als er wusste, dass *er* nun der Löwenmann war.

Dieser Gedanke erheiterte ihn jedes Mal. Er war nun der Löwenmann, er trug die Fackel des Schmerzes und des Hasses weiter. Petrus II. hatte den Falschen getötet.

»Fick dich, Maria!«, sagte er jetzt laut und leckte sich das Blut von den Lippen, das aus seinen Haaren über sein Gesicht rann. Blut bedeckte seinen ganzen nackten Körper, bildete kleine Seen in Hautfalten und Körpermulden und verkrustete unter seinen Fingernägeln. Das Blut rann von den Wänden, der Decke und über den Boden der kleinen, hübschen Wohnung. Blut von vier Menschen, eines Mannes, einer Frau und zwei Kindern. Hanson hatte die Frau und die Kinder betäubt, gefesselt, geknebelt, mit einem Dolch gehäutet, kreuz und quer aufgeschlitzt und buchstäblich in Stücke gerissen. Alles vor den Augen des Mannes, den er als Letzten getötet hatte. Ihr Blut, die

Fetzen ihrer Eingeweide und Gliedmaßen hatte er in der ganzen Wohnung verteilt, einfach weil es ihm so gefiel. Er war der Löwenmann, er hatte die Macht dazu.

Hanson saß entspannt auf einem Stuhl und genoss den Anblick und den Geruch des Todes. Draußen hupte ein Auto, irgendwo weinte ein Baby. Sonst kaum Geräusche. Mittag in Har Choma, einer freundlichen, ruhigen israelischen Siedlung auf palästinensischem Gebiet mit ausreichend Wasser, gepflegten Gärten und kleinen Geschäften. Der Mann, den Hanson mitsamt seiner Familie in aller Stille niedergemetzelt hatte, hieß Shimon Kohn. Ein häufiger Name in dieser Stadt, und bereits Hansons vierter Kohn auf der Liste. Wie es aussah, der Richtige.

Es klingelte an der Wohnungstür. Ohne Eile erhob sich Hanson, warf einen Blick durch den Türspion und öffnete. Draußen im Flur wartete ein blasser, weiß gekleideter Junge.

»Das Licht sei mit euch, Meister«, sagte Hanson und verbeugte sich tief. Der Junge trat ein, ohne den Gruß zu erwidern. Mit ihm wehte der Geruch von Baldrian und Zimt herein, wie der Staub der Wüste, und erfüllte im Nu die ganze Wohnung. Nachdem Hanson die Tür wieder geschlossen hatte, zog der Junge sich einen dünnen Plastikoverall mit Kapuze über, den Hanson ihm reichte. Er wirkte dabei wie ein ganz normales, vielleicht etwas zu ernstes Kind, das sich verkleidete. Der Junge watete durch die Blutpfützen und sah sich die Wohnung gründlich an. Wie ein Elektriker, der den Sicherungskasten sucht. Er kniete vor Shimon Kohns abgeschnittenem Kopf nieder und sah ihm in die erloschenen Augen, als erwarte er noch eine Antwort.

»Hat er geredet?«

»Nein, Meister. Er hat zugesehen, was ich mit seiner Frau und seinen Kindern gemacht habe, aber er hat die ganze Zeit geschwiegen.«

Raymond nickte, als habe er nichts anderes erwartet.

»Zeig mir, was du gefunden hast.«

Hanson reichte ihm eine kleine Bleistiftzeichnung, die er auf einer Kommode neben einer Reihe Familienfotos entdeckt hatte. Sie zeigte den Mann mit seiner Familie und einer weiteren Frau am Rande. In der Zeichnung trug Shimon Kohn ein Amulett um den Kopf wie ein Stirnband. Das Medaillon in der Mitte zeigte das alchemistische Symbol für den Stein der Weisen.

»Er könnte es also sein, Meister.«

»Wo ist das Amulett?«

Hanson schüttelte den Kopf. »Ich hab die ganze Wohnung auf den Kopf gestellt.«

Der Junge sah sich die Zeichnung genau an und wanderte mit ihr durch die besudelte Wohnung.

»Es ist die einzige Zeichnung in der ganzen Wohnung«, sagte er, als er seinen Rundgang beendet hatte. »Also wird niemand aus der Familie sie gemacht haben. Das hat ein Erwachsener gezeichnet. Das Papier wirkt neu, die Kohlestriche sind nicht verwischt. Diese Zeichnung ist erst kürzlich angefertigt worden. Von wem wohl?«

»Von dieser Frau am Rand, Meister?«

Der Junge reichte Hanson die Zeichnung zurück.

»Finde sie.«

»Und was ist mit all den anderen Kohns?«

»Finde diese Frau, Hanson«, sagte der Junge mit einer Stimme so sanft und nachdrücklich, wie ein Luftzug eine Tür zudrückt. »Sie wird uns zu dem führen, was ich suche.«

XVI

19. Juli 2011, Sant'Anna dei Palafrenieri, Vatikanstadt

Nacht, Gewölk und Dunkelheit,
verworrenes Chaos dieser Welt,
das Licht erscheint, der Tag erhebt sich,
weichet! Christus naht.
So soll, was in uns dunkel ist,
was schwer uns auf dem Herzen liegt,
aufbrechen unter deinem Licht
und sich öffnen, dir, Herr und Gott.
Dir, Christus, Herr und Gott, samt dem Heiligen Geist,
dem Tröster,
sei Lob und Dank,
jetzt und in alle Ewigkeit. Amen.

Der Hymnus des Prudentius begleitete ihn nun schon sein ganzes Leben. Franz Laurenz liebte die Klarheit und die Poesie der fast zweitausend Jahre alten Verse dieses frühchristlichen Dichters, den bis ins Mittelalter jedes Schulkind kannte. Im lateinischen Original entwickelten die Verse, fand Laurenz, sogar einen glockengleichen Klang, der den Körper beim Beten bis in jede Faser mit Hoffnung und Kraft anfüllte. In seinen dunkelsten Stunden, aber auch in Momenten der kritischen Selbstbetrachtung, der Verzagtheit, und vor wichtigen Entscheidungen suchte Laurenz Trost und Kraft in diesen Zeilen.

Er kniete in einer Bank der Kapelle Sant'Anna dei Palafrenieri, eines barocken Kirchenbaus, dessen Außenmauern die Grenze des inzwischen hermetisch abgeriegelten Vatikanstaates bildeten. Oberst Steiner hatte vier Schweizergardisten abkommandiert, damit Laurenz ungestört beten und sich auf seine Ansprache vor den Kardinälen vorbereiten konnte, die bereits wenige Schritte entfernt auf ihn warteten.

Er hatte die Sant'Anna-Kirche in seiner Amtszeit so gut wie nie besucht. Nun erst bemerkte er, dass der Grundriss der Kirche ein Achteck bildete, eine Form, die ihn seit Wochen verfolgte und tief in sein Leben eingegriffen hatte. Für einen Moment erschien ihm der achteckige Grundriss Sant'Annas wie ein Omen seiner bevorstehenden Herausforderungen. Ihm war nur nicht klar, wie er es interpretieren sollte.

»Lenk dich nicht ab, alter Mann«, knurrte er leise, erhob sich und setzte sich zurück in die Bank. »Konzentrier dich lieber.« Er blieb noch einen Moment sitzen und versuchte, ruhig zu werden. Seltsamerweise war er aufgeregter als vor seiner Wahl zum Papst sechs Jahre zuvor.

»Du bist nicht aufgeregt, du hast eine Scheißangst«, murmelte er. »Und jetzt fängst du auch noch an, mit dir selbst zu reden wie so ein Tattergreis.«

Dennoch tat es gut, die eigene Stimme zu hören, die sich in der Kapelle einige Meter ausbreitete und dann irgendwo zwischen den Säulen verlor. Laurenz blickte auf zu dem Holzkreuz über dem Altar.

»Du hast mich hierhergeführt, Herr«, sprach er das Bild des Gekreuzigten direkt an. »Du hast mir stets gezeigt, welchen Platz du für mich bereithältst, und ich war ehrgeizig und eitel genug, dir zu folgen. Ich werde dir auch diesmal folgen, hörst du? Aber diesmal, Herr, fehlt mir die Zuversicht. Ich kann beten, so viel ich will.«

Er stockte. Wollte noch etwas Wichtiges hinzufügen, ließ es dann jedoch.

»Das wollte ich dir nur sagen«, schloss er seinen Monolog. »Hilf mir einfach, so gut es geht.«

Dann trat er aus der Bank, bekreuzigte sich noch ein Mal und verließ die Kirche. Es wurde Zeit.

Sie erwarteten ihn im Konstantinsaal, dem größten der vier prächtigen von Raffael gestalteten Säle. Dreiundachtzig Kardinäle aus aller Welt, die nach dem Mord an Edward Kelly umgehend nach Rom geeilt waren. In ihren purpurnen Soutanen saßen sie unbehaglich auf einfachen Klappstühlen. Es war heiß und stickig im Saal. Unter den Stühlen standen kleine Mineralwasserflaschen. Mehr Komfort gab es nicht. Die Schweizergarde hatte Order, nach Laurenz' Eintreffen niemanden mehr hinein- oder hinauszulassen – bis eine Entscheidung gefallen war.

Als Laurenz den Saal betrat, ging ein verstörtes Raunen durch die Menge. Franz Laurenz trug diesmal keinen einfachen schwarzen Anzug, sondern bereits die weiße Soutane des Papstes. Er trug sogar eine Kopie seines Papstringes.

Ohne das Raunen zu beachten, das inzwischen zu Äußerungen des Unmutes und der Empörung angeschwollen war, stellte er sich an das improvisierte Rednerpult und blickte die versammelten Kardinäle an, bis Ruhe einkehrte.

»Aus dem Evangelium nach Lukas«, begann er, laut und vernehmlich. »Und als einige darüber sprachen, dass der Tempel mit schönen Steinen und Kleinoden geschmückt sei, sagte Jesus: Es wird die Zeit kommen, da von allem, was ihr seht, nicht ein Stein auf dem andern bleiben wird. Sie fragten ihn aber: Meister, wann wird das geschehen? Und was wird das Zeichen sein, wenn das geschehen wird? Er aber antwortete: Seht zu, lasst euch nicht verführen. Denn viele werden kommen unter meinem Namen und sagen: Ich bin es! Und: Die Zeit ist gekommen. Laufet ihnen nicht nach!«

Laurenz hielt inne. Er hatte sich gut überlegt, was er sagen wollte, eine überzeugende Rede über die Bedrohung der Kirche, die Zeichen, die falschen Könige. Eine demütige und zugleich selbstbewusste Rede. Dennoch war es riskant, geradezu tollkühn, die Kardinäle vor vollendete Tatsachen zu stellen. Für ein ordentliches Konklave blieb keine Zeit mehr, zumal es mit dem

Risiko verbunden wäre, vom Kardinalskollegium nicht erneut gewählt zu werden. Nun aber erschien ihm diese vorbereitete Rede nur noch banal, arrogant, verlogen und hilflos. Ein vollkommener Schuss in den Ofen. Laurenz wurde klar, dass er alles riskieren musste. Dass er etwas Unerhörtes, ja Verbotenes tun musste.

Erstes Räuspern unter den Kardinälen signalisierte ihm, dass sich sein Schweigen für eine rhetorische Pause bereits zu lange hinzog.

Laurenz schickte ein letztes Stoßgebet zu seinem Herrn und trat vom Pult weg. Schweigend nahm er den Siegelring ab und legte ihn sorgsam neben sich auf das Pult, ebenso wie das seidene weiße *Zucchetto*-Mützchen. Danach legte er den Schulterumhang, die *Mantellina*, ab und ließ ihn zu Boden fallen. Er löste das *Zingulum*, das Soutanenband, und dann, während das Raunen der Kardinäle anschwoll, knöpfte er in aller Ruhe einen Knopf der Soutane nach dem anderen auf, dreiunddreißig, nach den Märtyrern von Melitene. Auch die Soutane glitt zu Boden. Darunter trug Laurenz eine leichte weiße Baumwollhose, und statt der Albe, dem liturgischen Grundgewand, ein schlichtes weißes Oberhemd. Ruhig, aber ohne Zögern, zog er auch Hemd und Hose aus, bis er fast nackt vor den Kardinälen stand, nur noch mit weißen Boxershorts bekleidet. Ein alter Mann mit erschlafftem Gewebe und leichtem Bauch, aber ansonsten durchaus muskulös. Verletzlich und sterblich, aber noch nicht zum Aufgeben bereit.

»Was, in Gottes Namen …?«

Die Stimme von Kardinal Bleeker, Bischof von Chicago, der reichsten Diözese der Welt. Ausgerechnet jener Raymond Bleeker, der in einen der größten Missbrauchsskandale der USA verwickelt gewesen war und den Petrus II. zum Entsetzen der Kurie zum Kardinalstaatssekretär ernannt hatte. Laurenz sah, dass auch die anderen Kardinäle ihn schockiert anstarrten. Er wusste, warum. Nicht wegen seiner Nacktheit, sondern vor allem wegen der Tätowierung auf seiner Brust. Sie zeigte ein schlichtes deutsches Langschwert. Die Tätowierung zog sich von seinem Brustbein bis zum Bauchnabel. Die Arbeit eines Künstlers, detailreich, mit aufwendig ziseliertem Griff und einer schmalen Klinge, die mit unzähligen Symbolen verziert war. Laurenz trug dieses Zeichen seiner Großmeisterwürde seit seinem fünfunddreißigsten Lebensjahr. Er hatte geloben müssen, die Tätowierung niemals zu offenbaren, und auch nur Sophia hatte sie seitdem gesehen. Nun jedoch war der Zeitpunkt gekommen, das Visier zu öffnen, so riskant es auch sein mochte.

»Die Prophezeiung des Malachias hat sich erfüllt«, begann er wieder, ohne Bleekers Zwischenruf zu beachten. »Das Ende der Kirche ist nah, die Pforten der Hölle haben sich aufgetan. Satan ist zurückgekehrt, um die Welt zu vernichten. Das ist keine Metapher, sondern eine Tatsache. Ich müsste euch nicht um eure Unterstützung bitten, denn ich bin als Papst auf Lebenszeit gewählt, Rücktritt hin oder her. Ihr wisst das. Aber nur gemeinsam werden wir unsere Kirche und die Welt vor der Apokalypse retten.«

Er holte kurz Atem, um fortzufahren, als Kardinal Bleeker ihn erneut unterbrach.

»Wenn ich Ihre peinliche Selbstinszenierung an dieser Stelle kurz unterbrechen darf, Laurenz – warum sollten wir ausgerechnet Sie erneut als Papst bestätigen? Sie haben Ihr Amt und die Kirche verraten. Niemand wäre ungeeigneter als Sie, um die Kirche aus dieser größten Krise ihrer Geschichte zu führen. Ich schlage vor, wir beenden diese Farce umgehend und bereiten ein ordentliches Konklave vor, wie es die Apostolische Konstitution vorsieht. Und wenn Sie sich bitte wieder anziehen würden!« Er sah sich in der Runde der Kardinäle um, um sich ihrer Zustimmung zu versichern. Laurenz registrierte erleichtert, dass niemand nickte. Noch nicht.

Schweigen und Abwarten. Laurenz sah, dass Kardinal Karuhanga, den Petrus II. kürzlich zum Präfekten der Apostolischen Signatur ernannt hatte, aufstand.

»Sie sind verrückt, Laurenz!«, rief er. »Eine Schande für die Kirche und ihr höchstes Amt. Ich werde jetzt die Schweizergarde rufen und Sie abführen lassen.«

Er wollte sich durch seine Stuhlreihe drängen, wurde jedoch aufgehalten. Kardinal Rybinski, der Bischof von Warschau, erhob sich, versperrte ihm den Weg und begann ebenfalls, seine Kleidung abzulegen. Als er mit nacktem Oberkörper vor den Kardinälen stand, sah Laurenz, dass er eine etwas kleinere Version des Langschwerts auf den Oberarm tätowiert trug.

Nun erhoben sich auch die Bischöfe von Dublin, Madrid, Toulouse, Mailand, Seoul und Manila und legten schweigend ihre Soutanen ab. Laurenz sah, dass sie alle das Schwertzeichen auf ihren Armen oder Schultern trugen. Ein Kardinal nach dem anderen zog sich schweigend aus und blieb mit nacktem Oberkörper stehen.

»Was geht hier vor?«, brüllte Bleeker. »Das ist ... eine Verschwörung!« Er wollte den Saal verlassen, wurde aber von zwei Kardinälen zurückgehalten, ebenso wie Karuhanga und drei weitere Kardinäle, die sich nicht entkleidet hatten und nur fassungslos auf die neunundsiebzig halbnackten alten Männer mit den Schwerttätowierungen starrten. Alle drei standen dem Opus Dei nahe.

»Ich danke euch«, sagte Laurenz. »Auch wenn wir damit alle gegen unser Gelübde verstoßen, freue ich mich umso mehr, so viele Ordensbrüder hier zu sehen.«

»Mörder!«, schrie Karuhanga. »Du und deine Bande von Putschisten, ihr habt Petrus II. getötet!«

»Was soll mit den anderen geschehen, Meister?«, fragte Kardinal Sanchez aus Lima.

»Bleeker und Karuhanga kommen einstweilen in Gewahrsam in die Abtei Santa Maria di Maniace. Gegen sie wird ein Exkommunikationsverfahren eingeleitet.« Dann wandte er sich an die drei anderen noch bekleideten Kardinäle, die ihn mit zunehmender Angst anstarrten. »Die Kardinäle Höfer, Bertini und Santos dürfen bleiben. Prälat Santillana wird Sie anschließend ins Bild setzen über unsere Vereinbarung.«

Nachdem sich alle rasch wieder angekleidet hatten, rief Laurenz Oberst Steiner in den Saal und ließ Bleeker und Karuhanga abführen. Die beiden wehrten sich nach Kräften und riefen Drohungen durch die prächtigen Säle, bis Steiner sie mit einem Taser ruhig stellte. Laurenz verriegelte die Türen erneut und trat als Papst zurück ans Pult.

»Das Böse ist ein Virus«, sagte Laurenz. »Echnaton hat es gewusst, Moses hat es gewusst, Yeshua Bar Rabban hat es gewusst, Bernhard von Clairvaux und die Templer haben es gewusst. Ein uraltes, schlafendes Virus. Jeder Mensch trägt es in seiner DNA. Aber einmal aktiviert, führt es in kürzester Zeit zum Tode.«

»Wodurch wird es aktiviert?«, fragte Kardinal Magnani aus Mailand.

»Wir wissen es nicht genau.«

»Wer ist *wir*?«, rief Kardinal Magnani.

»Einige eingeweihte Ordensmitglieder und Fachleute von Nakashima Industries, die uns unterstützen. Wir vermuten, dass der Auslöser eine Substanz ist, die sich in einem mythischen Gefäß irgendwo in Jerusalem befindet. Der Büchse der Pandora. Wir suchen mit allen verfügbaren Mitteln danach, aber ich kann, ehrlich gesagt, nicht ausschließen, dass Seth uns zuvorkommt. Uns bleibt nicht viel Zeit.«

»Und was sollen wir dann tun, Meister?«, rief Kardinal Callahan aus Dublin dazwischen. »In Rom bleiben und Pasta fressen bis zur Apokalypse?«

Laurenz atmete durch.

»Nein«, sagte er. »Wir werden eine Arche bauen.«

Kapitel 4

MAYA

XVII

23. August 2013, Vatikanstadt

Die Panik, dass dieser Albtraum niemals enden wird.

Das Grauen, wenn dir dämmert, dass du womöglich an allem schuld bist.

»Noch mal von vorn«, sagte Peter heiser, den Blick starr auf den Computerbildschirm gerichtet, auf dem Nikolas ihm dieses Video einer Überwachungskamera vom Flughafen Chicago zeigte. Peter fragte sich im Augenblick schon nicht mehr, wie Nikolas Zugriff auf solche Aufnahmen hatte. Die Bilder zeigten die Passagiere der Unglücksmaschine beim Einsteigen. Peter konnte Ellen und Maya erkennen. Maya wirkte aufgeregt, hatte es offenbar eilig. Aber Ellen drehte sich kurz noch einmal um, schien jemand zu suchen. Kurz darauf sah Peter dann den Jungen. Ernstes, blasses Gesicht, aber nicht direkt unsympathisch. Helle Augen, blonde Haare, ganz in Weiß, kein Handgepäck. Er gab seine Bordkarte ab. Es gab eine kleine Diskussion mit der Flughafenmitarbeiterin, Peter vermutete, dass sie ihn nach seinen Eltern fragte. Der Junge winkte nur kurz ab, dann schien es, als ob die Mitarbeiterin vor ihm zurückzuckte, als habe sie sich furchtbar erschrocken. Peter sah, wie der Junge ruhig und ohne Eile aus dem Bild verschwand.

»Er ist es, nicht wahr?«, fragte Nikolas neben ihm. »Der Junge aus unseren Träumen.«

Peter nickte.

»Laut Passagierliste ist sein Name Raymond Creutzfeldt«, berichtete Nikolas.

Raymond.

»Das Ticket wurde über die Kreditkarte einer Investmentbank namens PRIOR Financial Services mit Sitz in Katmandu bezahlt. An der angegebenen Adresse gibt es eine solche Bank jedoch gar nicht. Sie gehört zu einem weit verzweigten Netz von internationalen Tochterfirmen und Holdings. Unter anderem ist PRIOR an einem privaten Sicherheitsdienst namens LIGHTSWORD beteiligt, der Schutztruppen in Krisengebiete entsendet. Je weiter ich jedoch nachgeforscht habe, desto weniger greifbar wurde dieses ganze Geflecht. Telefonisch habe ich nirgendwo jemanden erreichen können.«

»Ist dieser Raymond Creutzfeldt unter den Opfern?«

»Schwer zu sagen. Unwahrscheinlich, dass man überhaupt sämtliche Leichen bergen wird. Die Frage ist wohl eher – glauben *wir*, dass er tot ist?«

Peter rieb sich den Kopf. Dann wandte er den Blick vom Monitor ab und sah seinen Bruder an.

Dein Bruder Niko, der Inquisitor.

»Das kommt alles ein bisschen plötzlich.«

Nikolas nickte. Peter kämpfte gegen die Tränen an.

»Ich habe gestern meine Frau und meine Tochter verloren. Heute sagst du mir, dass meine Frau für einen okkulten Satanistenorden tätig war und dass meine Tochter womöglich noch lebt und sich in der Hand genau dieser Satanisten befindet.«

»Ja.«

»Was schlägst du vor?«

»Kommt drauf an, ob du bereit bist, diesen Weg mit mir zu gehen.«

»Habe ich denn noch eine Wahl?«

»Wir haben immer eine Wahl, Peter. Gott hat uns die Freiheit gegeben, über unser Schicksal selbst zu entscheiden. Selbst wenn wir sehenden Auges in den Tod gehen.«

Peter schlug mit der flachen Hand auf den Tisch, dass Nikolas zusammenzuckte. »Ich scheiß auf deinen Gott, weißt du das?«

»Aber ich nicht, Peter. Und ich bitte dich, das zu respektieren.«

»Respektierst du, dass ich nicht daran glauben kann?« Peter bemerkte einen bitteren Zug um die Lippen in Nikolas' Gesicht, den er kürzlich im Spiegel auch an sich selbst entdeckt hatte. Dennoch strahlte Nikolas eine Art Zuversicht und entschlossene Bereitschaft aus, die Peter unangenehm an seine kurze Zeit bei der Bundeswehr erinnerte.

Er ist ein Soldat! Er will führen. Und er ist bereit, für seine Sache zu sterben. Die Frage ist: Was ist mit dir? Was ist überhaupt ›deine Sache‹?

»Ich brauche dich, Peter«, hörte er seinen Bruder sagen. »Aber ich würde auch alleine weitermachen. Dir muss nur klar sein, dass wir beide wahrscheinlich in tödlicher Gefahr sind. Wir müssen diesen Raymond Creutzfeldt finden.«

Plötzlich die Erleichterung, aus sehr großer Tiefe aufzutauchen, die Wasseroberfläche zu durchbrechen und wieder atmen zu können.

»Nein«, sagte Peter bestimmt. »Für mich gibt es nur eine Sache, die wirklich wichtig ist: Falls Maya wirklich lebt, will ich sie zurück haben!«

»Gut. Wir haben das gleiche Ziel.«

»Nein, Niko, hör mir zu! Dieser satanistische Orden interessiert mich nicht. Mich interessiert nur Maya, verstehst du? Ich würde alles tun, um sie lebend zurückzukriegen.«

Nikolas nickte. »Okay. Stimmst du mit mir überein, dass wir dafür diesen Raymond Creutzfeld finden müssen?«

»Das wird nicht nötig sein, denke ich.«

Nikolas sah ihn fragend an.

»Ich will deinen ganzen Geheimdienstkram nicht runtermachen – aber deine Recherche war total überflüssig. Wir müssen Raymond Creutzfeldt nicht finden. Er wird uns finden.«

Nikolas lächelte plötzlich. »Denn wozu hätte er dir sonst die Nachricht über Maya schicken sollen, nicht wahr?« Er dachte kurz nach. »Okay. Aber wir werden nicht einfach nur rumsitzen und auf ihn warten.«

»Sondern?«

»Wir besuchen einen alten Freund von mir. Einen Experten in Sachen Dämonie und okkulte Orden. Er wird dir gefallen. Sein Name ist Luigi Gattuso. Aber alle nennen ihn nur Don Luigi.«

»Was macht dieser Don Luigi?«, fragte Peter während der Fahrt nach Trastevere auf die andere Seite des Tibers. »Ist er Priester?«

»Ja. Aber vor allem arbeitet er als Exorzist.«

»Du machst Witze.«

»Keineswegs. Du würdest staunen, was Don Luigi schon alles gesehen hat.«

»Blödsinn, Niko.«

»Abwarten. Er ist ein charismatischer Typ, aber ein Eigenbrötler. Er hätte eine große Karriere in der Kurie machen können, hätte Kardinal, vielleicht sogar Papst werden können, aber er hat's eben nicht so mit dem Vatikan und den Intrigen in der Kurie. Er ist kein Machtmensch.«

»Nicht so wie du?«

»Ach, Peter, du überschätzt mich. Ich bin nur eine ganz kleine Nummer.«

»Aber du hast die Handynummer des Papstes und darfst ihn Tag und Nacht anrufen.«

Nikolas machte eine wegwerfende Geste, während er mit einer Hand den Alfa durch die engen Gassen von Trastevere lenkte. »Ich habe Seine Heiligkeit im letzten Jahr ein einziges Mal getroffen – für fünf Minuten. So, wir lassen den Wagen hier stehen. Das letzte Stück müssen wir zu Fuß gehen.«

Der Exorzist lebte in einem alten Häuschen in einem jener verwunschenen Hinterhöfe, für die Trastevere berühmt war. Im alten Rom das Arbeiterviertel, in den nachfolgenden Jahrhunderten das Quartier der Ausländer und Randgruppen, der Juden und Christen, hatte sich Trastevere inzwischen zum Szeneviertel und einem der teuersten Stadtteile Roms entwickelt. Dennoch gab es immer noch lauschige Gassen wie den Vicolo del Piede mit alten Häusern, bröckeligem Putz, von Jasmin umrankten Hauseingängen, aufgespannter Wäsche und den ewigen Rufen einer römischen *mamma* nach irgendeiner Alessia oder einem Davide.

Nikolas führte Peter durch einen engen Torbogen in einen schattigen, kleinen Hinterhof voller Blumenkübel. Sämtliche Fensterläden ringsum waren geschlossen, kein Laut war zu hören. Die ganze Stadt und selbst die Zeit schienen stillzustehen. Ein ausgewachsener roter Kater überquerte eilig den Hof, ohne die Brüder auch nur eines Blickes zu würdigen, und verzog sich. Nikolas steuerte auf eine schmale Haustür auf der gegenüberliegenden Seite zu, stockte aber plötzlich und machte Peter ein Zeichen, leise zu sein.

»Was ist?«, fragte Peter.

»Riechst du das?«, flüsterte Nikolas. Er wirkte angespannt wie ein Tier, das unvermittelt seinen Fressfeind gewittert hatte.

»Nein, was?«

»Diesen Geruch nach Baldrian und Zimt.«

Jetzt roch es Peter auch. Der Geruch war tatsächlich sehr intensiv und erfüllte den gesamten Hof.

»Ja, und? Hier ist doch alles voller Blumen.«

»Warte hier.«

Nikolas trat vorsichtig auf das Haus zu, untersuchte die Tür und drückte sie dann behutsam auf. Als er in dem Haus verschwand, überfiel Peter unvermittelt das Gefühl entsetzlicher Verlassenheit. Obwohl er seinen Bruder seit Jahren nicht gesehen hatte, obwohl er ihm in den vergangenen Stunden immer fremder erschienen war, fehlte er ihm plötzlich geradezu schmerzhaft. Wie ein Körperteil, den man ihm soeben abgeschnitten hatte. Peter versuchte sich zu beruhigen und schob dieses Gefühl auf seinen Zustand, auf den Verlust von Ellen und Maya. In dieses Gefühl der Verlassenheit mischte sich jetzt jedoch noch etwas anderes. Ein unbestimmtes, uraltes Grauen, das aus den Mauerritzen sickerte, über den Boden floss wie ein träger, kalter

Dunst, der seine Füße umspülte und ihn von unten nach oben durchdrang. Trotz der römischen Hitze fror Peter. Er trat auf der Stelle, als herrschten Minusgrade, und wandte sich ein wenig zur Seite, um durch die vergitterten Fenster des kleinen Hauses spähen zu können. Da sah er es. Eine schnelle Bewegung im Halbdunkel, eine kleine weiße Gestalt. Er wollte etwas rufen, um Nikolas zu warnen, brachte jedoch nur ein gepresstes Krächzen hervor. Im gleichen Augenblick hörte er Nikolas rufen, irgendetwas auf Latein. Dann ein Tumult aus dem Haus. Kampfgeräusche, das Krachen eines Regals, und schließlich – Stille.

Ein unbändiger Impuls durchfuhr Peter, schaltete jeden Gedanken aus. Sein Körper war zur Flucht bereit.

Und doch konnte er nicht. Es ging einfach nicht. Der kalte Dunst hielt ihn fest, lähmte jede Bewegung. Peter starrte nur weiter in das Haus, ohne noch irgendwas erkennen zu können. Erst die Bewegung an der Tür ließ ihn herumfahren. Er sah den weißen Jungen heraustreten, ganz ohne Eile, eher neugierig wie ein Kind, das ein Paket erwartet. Peter schätzte ihn auf etwa zehn, aber wenn man in seine hellen, ausdruckslosen Augen sah, wirkte er viel älter.

Der Junge aus seinen Albträumen.

Raymond.

»Ich habe dir doch geschrieben, dass wir reden müssen.«

Peter keuchte, immer noch zu keinem weiteren Schritt fähig, als der Junge auf ihn zukam, ganz nah kam, und zu ihm hoch sah.

»Ich hätte ihn töten können. Deinen Bruder. Aber ich möchte, dass du mir vertraust.«

»Wer zum Teufel bist du?«, stieß Peter hervor. »Wo ist Maya?«

»Es geht ihr gut. Sie ist nur sehr allein. Sie wartet auf dich.« Der Junge streckte seine Hand aus. »Komm mit, Peter.«

Der Junge berührte ihn, ganz leicht nur, aber nachdrücklich. Wie ein Blatt, das eine Böe an den Körper presst, und Peter spürte, wie sein Leben aus ihm herausfloss. Wie Wasser aus einem geborstenen Gefäß stürzte es in den Arm des Jungen, der ihn dabei unverwandt ansah.

Raymond. Seltsamer Name.

Greller Schmerz und alles überstrahlendes Gleißen flammten durch Peters Körper und raubten ihm den Atem. Tun konnte er nichts, nur zusammensacken – und sterben. Ein Bild aus einem seiner Träume tauchte auf, vielleicht das letzte. Die junge Nonne. Sie stand auf dem Tempelberg inmitten von Leichen und sagte etwas zu ihm.

Was? Du musst lauter sprechen, Maria, ich kann dich nicht verstehen.

Sein Leben rann weiter aus seinem Körper. Es ging zu Ende. Peter starrte den blonden Jungen an, unfähig, sich zu rühren, und wartete darauf, dass sein Leben endgültig versiegen und das Licht ihn verbrennen würde.

Sprich doch lauter, Maria. Bitte!

Sie wiederholte die Worte. Drängender. Er konnte sie von ihren Lippen ablesen. Mit einer allerletzten Anstrengung öffnete er den Mund und brüllte die Worte heraus.

»Oxiavala holado, od zodirome! Telocahe! Noco mada micama! Noco ataraahe Saitan! Babajehe ooaona cahisa Lonusahi!«

Abrupt riss sich der blonde Junge von ihm los, taumelte, wie von einem heftigen Schlag getroffen. Das Leben kehrte in Peter zurück, und auch die Lahmung ließ nach. Augenblicklich erlosch das gleißende Licht und mit ihm der Schmerz. Die Welt nahm wieder Konturen an. Peter ging in die Knie, hörte aber nicht auf, die Worte zu sprechen wie ein Gebet.

»Oxiavala holado, od zodirome! Telocahe! Noco mada micama! Noco ataraahe Saitan! Babajehe ooaona cahisa Lonusahi!«

Der blonde Junge trat einen Schritt zurück. »Sie wird sterben, wenn du nicht kommst, Peter Adam«, keuchte er. »Heute Abend, Hotel Villa Spagna, Suite 306.«

Dann wandte er sich um und rannte aus dem Hof. Wie ein Kind, das sich furchtbar erschrocken hat.

»Peter!«

Nikolas war bei ihm.

Dein Bruder Niko. Immer einen Tick zu spät.

»Bist du in Ordnung?«

Nein. Absolut nicht.

»Geht schon.«

Mühsam und nur mit Nikolas' Hilfe kam Peter wieder auf die Beine. Erst jetzt sah er seinen Bruder an und erschrak. Nikolas hatte sich verändert. Sein Haar war vollkommen weiß, sein Gesicht eingefallen und grau, die Haut trocken, um die Mundwinkel tiefe Furchen. Innerhalb von Minuten war sein Bruder um mehr als zehn Jahre gealtert.

Was Peter jedoch am meisten entsetzte, war die Farbe seiner Augen. Die Pupillen seines Bruders hatten bis auf ein fahles, milchiges Grün ihre Farbe verloren. Er sah aus wie ein Gespenst. Und an dem bestürzten Blick seines Bruders verstand Peter, dass er selbst genauso aussehen musste.

XVIII

Von: rahel.kannai@fastmail.com.au
An: j.coyne@fastmail.com.au
Datum: 21. Juli 2011 20:13:32 GMT+03:00
Betreff: Hi

Lieber Jim,

was soll ich sagen? Dass es mir leidtut? Dass ich es bereue? Ja, es tut mir leid. Wirklich. Ich liebe dich, Jim. Na, hättest du das jetzt erwartet? Aber ich bereue es trotzdem nicht. Und ich werde nicht zurückkommen, nur um das gleich klarzustellen. Ich bin auch nicht betrunken, falls du das jetzt denkst, ich war noch nie so nüchtern. Ich sitze in meinem kleinen, heruntergekommenen Hotelzimmer, die Klimaanlage röhrt in den letzten Zügen, schafft es aber trotzdem nicht, den Verkehr draußen zu übertönen. Vor fünf Minuten ging auch wieder das Lautsprechergeplärr von den umliegenden Moscheen los. Allāhu akbar! Ich bin im arabischen Viertel gelandet, macht aber nichts. Bis jetzt hat mich noch niemand blöd angemacht. Ich vermeide es allerdings, in das kleine Café auf der anderen Straßenseite zu gehen, das käme bei den Typen bestimmt nicht gut an. ;)

Hast du übrigens den Hilux inzwischen gefunden? Falls nicht, er steht am Flughafen im Halteverbot. Evtl. haben sie ihn längst abgeschleppt. Das wird vermutlich teuer, aber du wirst es verschmerzen. Das mit dem Schuss tut mir leid. Ich wollte nicht auf dich schießen, ich wollte einfach nur weg, verstehst du?

Ich weiß, es ist alles nicht leicht zu verstehen, du musst mich für total meschugge halten. Tatsächlich aber habe ich mich noch nie so klar und ganz und gar bei mir gefühlt. Ich schlafe nur wenig, bin aber ganz ruhig, bis auf eine gewisse Grundanspannung, die mich den ganzen Tag begleitet und wach hält. Kann aber auch an Jerusalem liegen, diese Stadt lässt einen niemals zur Ruhe kommen. Immer rechnet man damit, dass gleich irgendwas passiert, ein Raketenangriff, eine Parade zionistischer Pfadfinder, die Ankunft des Messias. ;)

Aber es passiert ja auch wirklich ständig was. Vorgestern zum Beispiel lief ich durchs armenische Viertel in der Altstadt, und da steht Jesus vor mir. Also, wie aus den Filmen: junger Mann, Vollbart, ziemlich ausgezehrt, Tunika und Tallit mit Quasten an den Ecken, und quatscht mich sofort in gebrochenem Englisch an, das Ende sei nah, und so weiter, ich sollte bereuen und ihm folgen. Ja, klar, dachte ich, Jesussyndrom, die typische Jerusalemer Psychose. Immer wieder begegnest du hier irgendwelchen Davids, Marias und Jesussen (gibt es eigentlich einen Plural von Jesus?) mit Kreuzen. Normalerweise ignorierst du diese Typen. Aber ich dachte, was soll's, und bin ihm gefolgt. Wie in so einem französischen Film, wo du nie verstehst, was die Leute eigentlich antreibt (außer Sex). Jedenfalls, Jesus beachtete mich gar nicht mehr, sondern ging vor, einmal durch die ganze Altstadt, beim Jaffator raus und dann im Zickzack durch mehrere Stadtteile. Er hat sich die ganze Zeit nicht mal mehr nach mir umgedreht. Ich bin ihm bis nach Hause gefolgt. Er wohnt in einer kleinen Wohnung in Har Choma, das ist eine dieser israelischen Siedlungen auf palästinensischem Gebiet. Jetzt stellst du dir vermutlich irgend so eine kibbuzartige Verwerfung zusammengewürfelter Barracken vor, aber von wegen! Har Choma wirkt wie ein stinknormaler, properer Vorort. Nette kleine Häuschen mit Gärten und Garagen. Und da, lach nicht, wohnt Jesus mit seiner Familie in einem Mietshaus in einer kleinen Wohnung im dritten Stock. Ja, genau, er ist jüdisch. Also genauer gesagt, messianischer Jude. Das ist so eine kleine jüdische Gemeinschaft, die an Jesus glaubt. Ein Jude mit Jesussyndrom, stell dir das vor. Seine Frau und zwei kleine Mädchen saßen am Tisch und haben zu Abend gegessen. Schweigend. Jesus hat sich gleich wortlos dazugesetzt, und seine Frau (Dana) hat mir einfach einen Stuhl dazugestellt und einen Teller vollgemacht. Sie haben leise miteinander geredet, ganz alltäglichen Kram, wie ihr Tag so war und so weiter. Jesus (er heißt in Wirklichkeit Shimon) hat mich ein paarmal schüchtern angelächelt aber das war's auch. Seine Frau hat mich nach meinem Namen gefragt und wo ich herkommen, mehr aber auch nicht. Sie waren sehr freundlich zu mir, aber irgendwie haben sie mich auch kaum beachtet. Nur die Mädchen natürlich, die haben mich die ganze Zeit angestarrt. Ganz süß. Aber gesagt haben die auch nichts. Nach dem Essen wollte ich mich dann verabschieden, aber Shimon hat mich zurückgehalten, um mir etwas zu geben. Eine billige blaue Kette mit einem Amulett. Ich wollte die nicht annehmen, aber er bestand darauf. »You take, you take! You keep, no give away!« – und drückte mir diese Kette fest in die Hand. Erst als ich wieder im Hotel war, hab ich gesehen, dass auf dem Medaillon in der Mitte etwas eingraviert ist. Vorne ein Symbol, das mir nichts sagt. Ich habe es für dich abgezeichnet. Kennst du das?

Aber auf der Rückseite – halt dich fest – Figuren wie aus meinen Bildern! Groteske Figuren mit dünnen Armen und Beinen wie die Mimi der Aborigines, weißt du? Ist das nicht irre? Wenn ich die Augen schließe und das Amulett in der Hand halte, dann kann ich die Rillen und Riefen der Gravur spüren und stelle mir vor, dass dieses Amulett sehr alt ist. Vielleicht uralt, so richtig, richtig alt. Und über die Jahrtausende hinweg hat es irgendwie zu mir gefunden. Ja, es hat mich gefunden. Ein schöner Gedanke.

Ich wollte mich irgendwie bei Shimon und Dana bedanken, also habe ich um Papier und einen Stift gebeten und sie rasch gezeichnet, und mich am Rand dazu. Im Anhang ist ein Foto, das ich von dem Bild gemacht habe.

Warum ich dir das überhaupt erzähle? Irgendwie hatte ich das Gefühl, ich wäre dir zumindest ein Lebenszeichen schuldig, sollte dir berichten, wie es mir hier geht, was ich mache. Und weil ich möchte, dass du meine Entscheidung respektierst und mir nicht nach Jerusalem nachreist. Bitte, Jim, tu das nicht, ich weiß, der Gedanke ist längst drin in deinem Sturschädel, aber tu's nicht. Es würde dir nur unnötig wehtun und ohnehin nichts ändern, glaub mir.

Was machen die Jungs? Wie ist der Fang? Trink nicht zu viel. ;)

Als ich hier ankam, dachte ich auch ans Trinken. Ich dachte, ich lass mich in diesem schäbigen Hotelzimmer einfach mal so richtig volllaufen. Hab ich aber nicht. Weißt du, was ich gemacht habe? Ich bin in die Synagoge gegangen, echt wahr, stell dir vor.

Jerusalem hat sich verändert. Nicht, dass ich besonders viele Erinnerungen an die Stadt hätte, aber Tatsache ist, dass ich hier niemanden mehr kenne. Alle Freunde sind ausgewandert, entweder damals schon mit ihren Eltern oder nach der Schulzeit. Der einzige vertraute Ort, der mir einfiel, war die Yakar Synagoge in der Halamed-Hey Street. Also bin ich, wie meine Mutter früher, zu Rabbi Spitzer gegangen und habe ihn um Rat gefragt, was ich nun tun soll.

»Was tun Sie denn sonst so?«, hat er zurückgefragt.

»Ich male.«

»Na, also! Dann malen Sie!«

Das war's. Audienz beendet. So einfach. Seitdem male ich hier. Ich male wie im Rausch. Kitschig, was? Ich habe Leinwände und Farben gekauft und verbringe fast den ganzen Tag im Zimmer. Ich weiß, du hast dich nie sonderlich für meine Bilder interessiert, daher musst du mir einfach glauben, dass sie gut sind. ;) Nein, im Ernst, sind sie nicht. Ich bin weit davon entfernt, zufrieden zu sein. Aber das ist egal. Es sind seltsame Bilder, weißt du, eines sieht aus wie eine Tätowierung mit verschlungenen Linien, Symbolen und Schriftzeichen, die ich mir ausdenke. Würde dir gut stehen. Ein anderes ist eher wie eine Art Piratenschatzkarte. Nein, lach nicht. Es ist eine Karte, ich weiß nur weder wohin sie führt, noch, was der Schatz ist. Auf einem anderen Bild habe ich eine katholische Nonne gemalt. Ich weiß nicht, warum, vielleicht weil hier so viele Nonnen herumlaufen. Aber diese Nonne hat einen Geliebten. Er lebt in einem Land jenseits des Flusses, dort gibt es große dünne Wesen wie die Mimi. Sie haben Echsenköpfe, aber sie sind friedlich. Bis auf ein Wesen, das hat einen Löwenkopf, das ist sehr böse. Heute habe ich den Untergang der Welt gemalt. Der Löwenmann hat alles vernichtet. Ich weiß nicht, was das alles bedeuten soll, aber ich werde einfach weitermalen und es herausfinden.

Vielleicht denkst du jetzt, ich sei vollends übergeschnappt. Vielleicht macht es dir das ja leichter, mich loszulassen, Jim. Schreib mir oder lass es sein, aber komm nicht nach Jerusalem. Aber du kannst mir einen Gefallen tun: Ich weiß, du hast heimlich ein Bild aus dem Atelier mitgehen lassen und irgendwo im Haus versteckt. Es zeigt den Felsendom und echsenartige Wesen in einem Halbkreis. Na, hab ich recht? Du hast es! Ich bin dir nicht böse, im Gegenteil, aber bitte schicke es mir, ich brauche es hier. Schick es bitte noch heute los, ja? Die Adresse ist:

Mt. Scopus Guesthouse
12 Sheikh Jarrah St.
Jerusalem 91196
Israel

»Die Liebe gibt es nicht, es gibt nur Beweise der Liebe«, hat Picasso mal gesagt. Also noch mal: Wenn du mich liebst, dann komm nicht nach Jerusalem.

Mach's gut,
Deine abtrünnige Rahel

Von: hanson@ordislux.to
An: master@ordislux.to
Datum: 21. Juli 2011 21:05:43 GMT+03:00
Betreff: Zeichnung

Meister,

das ist die Frau. Soll ich aktiv werden?

Im Lichte mit Euch,
Hanson

Von: master@ordislux.to
An: hanson@ordislux.to
Datum: 21. Juli 2011 19:20:31 GMT+01:00
Betreff: Re: Zeichnung

Vorerst nicht. Behalte Sie im Auge. Ich will wissen, mit wem sie sich trifft.

Das Licht sei mit dir,
Seth

XIX

23. August 2013, Rom

Eine Weile standen sie einfach nur so da, starrten einander an wie Fremde, die verzweifelt versuchten, sich zu erinnern, woher sie sich kannten. Dann sah sich Nikolas im Hof um. Die Fensterläden ringsum waren immer noch geschlossen, nichts regte sich. Die Stille wurde drückend, eine geradezu körperliche Last. Nur der Geruch von Baldrian und Zimt hatte sich verzogen.

»Hast du gesehen, wohin er gerannt ist?«, brach Nikolas schließlich das Schweigen.

»Scheiße, nein, Niko. Ich hab hier lieber rumgelegen. Was ist hier los? Was, zum Teufel, war das?«

»Kannst du dir das nicht denken?«

»Glaubst du etwa wirklich, der Junge da war der leibhaftige Satan?«

Nikolas schien ernsthaft über diese Frage nachzudenken.

»Nein. Die Frage ist vielmehr: Warum hat er uns nicht getötet? Ich hab gehört, dass du was gerufen hast.«

Stimmt. Bloß was?

Peter schüttelte den Kopf. »Ich hatte eine kurze Vision. Diese Frau auf dem Tempelberg hat mir vorgesprochen, was ich sagen soll. Aber ich kann mich nicht mehr erinnern, was es war.«

»Es klang wie ein Bannspruch auf Henochisch.«

Peter zuckte mit den Schultern. Seine Beine zitterten immer noch, er fühlte sich zu Tode erschöpft. Erschöpft und alt.

»Wie auch immer, es hat ja offenbar gewirkt.«

Peter sah, wie ein Schatten von Misstrauen das Gesicht seines Bruders überflog.

»Was soll dieser Blick, Niko?«

Nikolas schüttelte den Kopf. »Nichts. Hat er noch was gesagt, bevor er verschwand?«

Sag's ihm!

»Nein. Er ist einfach verschwunden. Und dann warst du auch schon da. Was ist da drinnen passiert?«

Nikolas hob die Schultern. »Ich bin rein und hab ihn beim Durchsuchen der Wohnung erwischt. Er hat mich sofort angegriffen. Ich hab noch einen Bannspruch auf Latein gerufen, dann wurde ich von einer gewaltigen Kraft gegen ein Regal geschleudert und hab kurz das Bewusstsein verloren. Als ich wieder zu mir kam, hab ich dich draußen gehört und mich aufgerappelt.«

»Was ist mit deinem Freund, dem Exorzisten?«, fragte Peter.

Nikolas schüttelte sich, wie um eine schmerzhafte Last loszuwerden. »Komm mit, ich muss dir was zeigen.«

Peter hatte sich das Haus eines Exorzisten irgendwie anders vorgestellt. Irgendwas mit dunklen Möbeln, uralten Eichentruhen und jeder Menge Kruzifixen. Tatsächlich wirkte die Einrichtung überraschend freundlich und gemütlich. Ein paar durchgesessene Sofas und Sessel, viel helles Holz, Nippes in den Regalen, die Wände mit alten Zeitungen tapeziert und dicht behängt mit gerahmten Kinderbildern, Filmplakaten, Fanartikeln von Lazio Roma, einem Ferrariposter, ausländischen Autokennzeichen und einigen Fotos, die Don Luigi mit mehr oder weniger prominenten Schauspielern, Fußballern und mit Papst Johannes Paul III. zeigten. Unmengen von Büchern und Zeitungsstapel lagerten in allen Ecken. In der Küche wartete ein Berg von Geschirr darauf, gespült zu werden. Es roch nach Zwiebeln und Tomatensauce. Peter entdeckte einen beträchtlichen Rotweinvorrat und eine stattliche Batterie leerer Weinflaschen hinter der Tür. Ein kleiner Raum neben der Küche schien Don Luigis »Behandlungszimmer« zu sein. Dort gab es nur eine alte Massageliege und ein Waschbecken. Und das einzige Kruzifix im Haus. Alles in allem die Wohnung eines geselligen, belesenen älteren Herrn, der gerne mal ein Gläschen trank und es sich auch sonst gut gehen ließ.

Der Mann selbst saß in einem Korbsessel im Arbeitszimmer, sein Gesicht war zu einer Fratze furchtbaren Grauens versteinert. Er wirkte wie eine Mumie mit seinem aufgerissenen Mund, den eingefallen Wangen und erloschenen, farblosen Augen. Seine Haut spannte sich wie Pergament um den Schädel, auch er hatte schlohweißes Haar. Er sah aus wie ein über neunzigjähriger Greis.

Peter betrachtete ihn eingehend. »Wie alt war er?«

»Ende fünfzig oder so.«

»Wir müssen die Polizei rufen.«

»Später«, erwiderte Nikolas. »Erst müssen wir uns noch umsehen.«

»Was suchen wir?«

»Verdammt, Peter, irgendwas, das uns weiterhilft!«, herrschte Nikolas ihn an. »Irgendeine verdammte Spur, irgendein beschissener Hinweis. Sieh dich doch mal um, glaubst du wirklich, hier könnte uns die Polizei helfen?«

Er hat recht. Es wird Zeit, dass du anfängst, die Dinge so zu akzeptieren, wie sie sind.

Raymond hatte die Wohnung offenbar bereits systematisch durchsucht, nachdem er Don Luigi getötet hatte, vor allem das Arbeitszimmer. Dabei war er sehr methodisch vorgegangen, ohne größere Unordnung anzurichten. Er hatte sämtliche Regale und Schubladen geleert und den Inhalt nach Größe in akkuraten Häufchen auf dem Boden sortiert.

Nikolas sah sich diese Häufchen genau an. Einige enthielten sehr alte Dokumente und mittelalterliche Pergamente, die Nikolas sogleich erkannte.

»Das sind mittelalterliche Traktate und Prozessakten der Inquisition! Wie kommen die hierher? Die gehören ins Archiv des Vatikans!«

Aufgeregt zeigte er Peter ein sehr altes, in brüchiges Leder gebundenes Buch mit einem eingeprägten Pentagramm auf der Vorderseite.

»Weißt du, was das ist? Das ist ein Codex von Georgios Synkellos, einem byzantinischen Mönch. Eine Übersetzung des ›Buches von Sothis‹. Schon mal gehört?«

Peter schüttelte den Kopf.

»Das ›Buch von Sothis‹ ist ein Werk von Manetho, einem ägyptischen Priester aus dem 3. Jahrhundert vor Christus. Manetho beschreibt darin Leben und Werk einer gottähnlichen Gestalt – des Hermes Trismegistos. Mythische Figur und Namensgeber der Hermetik.«

»Ja und?«

»Ja und? Dieses Buch ist ein Unikat! Man nimmt an, dass es zusammen mit dem sogenannten Voynich Manuskript, einem chiffrierten Codex, Teil des verschollenen ›Buchs Dzyan‹ ist.«

»Sagt mir nichts. Um was geht's da?«

»Um das Böse. Wie es entstanden ist, wie es in die Welt kam, was seine Pläne sind, wie es zu bekämpfen ist. Die Inquisition unterhält seit dem Mittelalter eine geheime Bibliothek okkulter Schriften. Alles, was je über das Böse geschrieben wurde. Da sollte dieses Buch eigentlich liegen.«

»Er wird es sich ausgeliehen haben.«

»Das ist keine verdammte Leihbibliothek! Außer mir wissen überhaupt nur drei Leute von ihrer Existenz, einer davon ist der Papst. Kein Buch, das dort aufbewahrt wird, hat diesen Ort je verlassen!«

Warum regt er sich so darüber auf?

Ein Gedanke schoss Peter durch den Kopf.

»Dann war dieser Don Luigi womöglich nicht nur irgendein kauziger Exorzist, sondern noch wichtiger und geheimer als du.«

Treffer, versenkt.

Nikolas durchsuchte leise fluchend die anderen Häufchen. »Er hat sehr gezielt etwas gesucht«, schloss er, nachdem er alles geprüft hatte. »Etwas Kleines. Etwas, das womöglich in eine Hand passt.«

Peter verstand.

»Ein Amulett wie das aus unseren Träumen?«

»Ja.«

»Also gehst du davon aus, dass das nicht nur Träume sind?«

»Natürlich, Peter. Ich habe Erfahrung mit Visionen. Und wenn wir beide jede Nacht den gleichen Traum haben, dann nenne ich das eine Vision und nehme sie ernst. Im Übrigen sind diese Visionen im Augenblick unser einziger Anhaltspunkt.«

Peter nickte. »Vielleicht hat Raymond das Amulett bereits gefunden.«

»Nein. Er suchte immer noch, als ich reinkam. Er hatte noch gar nichts gefunden.«

»Also gut, dann mal los.«

Da Raymond das Arbeitszimmer offenbar bereits gründlich durchsucht hatte, nahmen sie sich das noch unberührte Wohnzimmer vor. Sie zogen jedes der Bücher einzeln aus den Regalen, schüttelten sie und blätterten sie durch. Sie untersuchten sämtliche Schubladen auf doppelte Böden und klopften die Wände nach Hohlräumen ab. Sie durchwühlten die Zeitungsstapel. Sie verrückten die Möbel. Sie räumten die Küchenschränke aus und öffneten sämtliche Verpackungen im Badezimmer. Schließlich nahm sich Nikolas ein Küchenmesser, um die Polster und Matratzen aufzuschlitzen.

»Warte!«, rief Peter.

»Was?«

»Scheiße, das glaub ich jetzt nicht!« Peter deutete auf die alten Zeitungen, die sie zuvor einzeln durchgesehen und nachlässig zu einem großen Haufen aufgeschichtet hatten. Dieser Haufen jedoch war plötzlich verschwunden. Stattdessen stapelten sich die Zeitungen wie zuvor wieder sorgfältig neben den Regalen. Als ob eine unsichtbare, pingelige Macht kurz und entschlossen aufgeräumt hätte.

Auch Nikolas bemerkte es jetzt und sah sich irritiert im Wohnzimmer um.

»Wie ist das passiert?«

»Ich hab verdammt noch mal keine Ahnung! Ich hab mich umgedreht, und da waren die Zeitungen wieder gestapelt. Von einem Augenblick auf den anderen.«

Nikolas schluckte. Dachte nach. Es schien ihm schwer zuzusetzen.

»Siehst du, ob sich sonst noch was verändert hat?«

Peter schüttelte den Kopf und sah Nikolas an. Er schien den gleichen Gedanken zu haben. Die beiden Brüder wandten sich um und rannten zurück ins Arbeitszimmer.

»Heilige Scheiße!«, entfuhr es Nikolas.

Die Veränderung war nicht zu übersehen. Don Luigis Arbeitszimmer war vollkommen aufgeräumt. Alle Bücher standen wieder in den Regalen, all die kleinen Haufen, die Raymond auf dem Boden angelegt hatte, waren verschwunden, sämtliche Dokumente und Kleinteile bis auf die letzte Büroklammer befanden sich wieder am ursprünglichen Ort. Der ledergebundene Codex, der Nikolas so aufgebracht hatte, lag gut sichtbar mitten auf dem Schreibtisch. Alles an seinem Platz. Mit einer Ausnahme: Don Luigis Leiche.

Der Sessel, in dem der tote Exorzist gesessen hatte, war leer. Stattdessen lag auf dem Korbstuhl ein kleines, zerlesenes Taschenbuch, auf dessen Titelseite ein Spiralsymbol prangte.

Auf dem Buch mit dem Titel *Mystic Symbols of Man – Origins and Meanings* lag ein zusammengefalteter Zettel. Peter trat vorsichtig näher, nahm das Buch behutsam in die Hand, als könne es bei Berührung zu Staub zerfallen, entfaltete den Zettel, las die kurze Nachricht und reichte sie wortlos an Nikolas weiter.

»Wir hätten es doch hören müssen!«, flüsterte Peter, als sei es nicht ratsam, laut zu sprechen. »Wir waren nebenan!«

Nikolas nickte nur, starrte immer noch fassungslos auf das Buch und den Zettel, auf dem in säuberlicher und schwungvoller Handschrift nur ein Satz auf Deutsch stand.

Ihr seid nicht allein!
Don Luigi

XX

21. Juli 2011, Jerusalem

Endlich, mit dem Abend, senkte sich etwas Kühle über die Heilige Stadt. Ein leichter Wind kam auf und trug den Geruch des Meeres in die engen Gassen der Altstadt wie eine unerfüllbare Verheißung, befreite die Stadt von der Last aus Hitze, Dunst und jener besonderen Jerusalemer Schwere, auf der seit Jahrhunderten der Hass gedieh. Die Händler in der Altstadt räumten ihre Stände zusammen und setzten sich zu Tee und Domino zusammen. Orthodoxe Väter in Kaftanen brachten Kinder und Einkäufe nach Hause, die schwerbewaffneten jungen Soldaten, die den ganzen Tag durch die Altstadt patrouilliert waren, scherzten mit jüdischen Studentinnen aus den USA, selbst die allgegenwärtigen Sicherheitskameras wirkten etwas gebeugter und unaufmerksamer. Auf der anderen Seite der Altstadtmauer füllten sich die Straßencafés auf der Yafo mit erschöpften Pilgern, gereizten Angestellten, katholischen Seminaristen, muslimischen Studentinnen und jungen Orthodoxen, die das Gift der Stadt noch kurz bei einem Getränk ausatmen wollten, bevor sie nach Hause oder in ihre Hostels und Pilgerherbergen zurückkehrten.

Seit Maria drei Wochen zuvor in Jerusalem angekommen war, genoss sie diese Stunden des Tages am meisten. Wenn die Altstadt sich leerte, wenn alles still wurde, wenn der *Meleke*, der helle »königliche« Kalkstein, aus dem sämtliche Gebäude der Stadt seit über zweitausend Jahren erbaut wurden, noch einmal golden in der Abendsonne aufflammte und sich für einen Moment die Illusion von Frieden über die Stadt senkte. Der abendliche Spaziergang durch die Altstadt war daher zu einem festen Ritual geworden und begann mit einem Rosenkranz in einem stillen Winkel der Grabeskirche. Gebet für Gebet glitt der Rosenkranz durch ihre Hände, vorbei an dem kaum verheilten Stumpf, wo einmal ihr kleiner linker Finger gewesen war.

Wie jeden Abend beendete sie ihr Gebet, indem sie Gott anflehte, er möge ihr Peter zurückbringen. Seit Peters spurlosem Verschwinden im Himalaja trug Maria wieder das graue Ordenshabit einer Clemensschwester. Obwohl sie sowohl im arabischen als auch im jüdischen Viertel deswegen bereits mehrfach angepöbelt und bespuckt worden war, verlieh ihr das Habit Gelassenheit und Schutz. Vor ihrer Abreise hatte sie sich von ihrer Äbtissin in Rom die Erlaubnis erbeten, sie für unbestimmte Zeit vom Leben in der klösterlichen Gemeinschaft freizustellen, da sie an anderer Stelle gebraucht würde. Eine mehr als ungewöhnliche Bitte, die wie ein Vorspiel zum Austritt aus dem Orden wirken musste. Die Äbtissin hatte dennoch eingewilligt. Maria vermutete, dass ihr Vater und gewisse Verbindungen des Ordens vom Heiligen Schwert die nötige Überzeugungsarbeit geleistet hatten. Dabei hatte Maria keine Absicht mehr, aus dem Orden auszutreten. Selbst wenn Peter noch leben und irgendwann, so Gott wollte, wieder auftauchen würde – ihr Entschluss stand fest. Der Orden war das Band zwischen ihr und ihrem Glauben. Die Ereignisse der letzten Wochen hatten dieses Band fast zerrissen. Soweit wollte sie es nicht wieder kommen lassen, selbst wenn sie Peter dadurch verlieren würde.

Ohne Eile schlenderte Maria durch das arabische Viertel. Als sie an der Klagemauer vorbeikam, hielt sie kurz inne und sprach ein Gebet für Marina, deren verstümmelte Leiche man vor wenigen Tagen auf dem Vorplatz der Klagemauer gefunden hatte. Während sie betete, tastete sie in der Tasche ihres Habits nach dem Amulett mit dem doppelten Achteck, das sie von Marina in der Grube auf Oak Island im Tausch gegen das Amulett mit dem Kupfersymbol erhalten hatte. In gedrückter Stimmung ging sie weiter durch das jüdische Viertel und kehrte durch das armenische Viertel zurück zum Zionstor, ging dann wieder hinauf auf den Zionsberg. In direkter Nähe zum Grab von König David erhob sich dort am Ort des letzten Abendmahls und der Stelle, wo der Legende nach die Mutter Gottes entschlafen sein soll, die Dormitio-Abtei. Seit einer Woche lebte Maria hier zurückgezogen im angrenzenden Seminartrakt, wo katholische und evangelische Theologiestipendiaten ein einjähriges Bibelstudium absolvierten. Ihre Tage verbrachte Maria jedoch nicht mit Bibelstudien, sondern meist in Nakashimas Lagezentrum in der King George Street mit der Suche nach Shimon Kohn, die letzte der neun Personen von der Liste, die noch lebte.

Nach dem Plan der Mh'u in der Grube auf Oak Island hätte Marina ihr Amulett an Shimon Kohn übergeben sollen. Was danach geschehen sollte, wusste Maria nicht. Vielleicht war dieser Shimon Kohn im Besitz dessen, was sich einst in der alten Zedernholztruhe befunden hatte. Soweit Maria verstanden hatte, handelte es sich dabei um ein tödliches Virus, das alles Leben auf Erden ausrotten konnte. Dazu musste es jedoch durch die Amulette und ein anderes Virus aktiviert werden, das nur im Erbgut von Peter und Nikolas vorkam.

Maria hatte bisher einundsiebzig Personen mit dem Namen Shimon Kohn oder Cohen in Jerusalem ausfindig gemacht und von Nakashimas Team bis ins letzte Detail ihres Lebens überprüfen lassen. Vier von ihnen waren in den vergangenen Tagen auf bestialische Weise ermordet worden. Ein Zeichen, dass die ›Träger des Lichts‹ immer noch aktiv waren. Allmählich bezweifelte Maria, dass der richtige Shimon Kohn überhaupt noch lebte. Aber was konnte man sonst tun, außer weitersuchen, hoffen, beten und abends wenigstens für eine Stunde durch die Jerusalemer Altstadt zu gehen?

Maria erreichte die Dormitio-Abtei gerade noch rechtzeitig zur Komplet kurz vor Sonnenuntergang. Als sie das runde Kirchengewölbe betrat, hatten sich die Benediktiner bereits im Chor versammelt und eröffneten die letzte Hore des Tages mit dem gemeinsamen Schuldbekenntnis.

Ich bekenne Gott, dem Allmächtigen,
und allen Brüdern und Schwestern,
dass ich Gutes unterlassen und Böses getan habe.
Ich habe gesündigt in Gedanken, Worten und Werken
durch meine Schuld, durch meine Schuld,
durch meine große Schuld.

Wie immer war die Kirche gut gefüllt mit Pilgern aller Nationen, zumeist jedoch Deutschen in praktischer Funktionskleidung. Als Maria sich bekreuzigte und in eine der hinteren Bänke kniete, bemerkte sie zwei Bänke vor sich am Rand eine zusammengesunkene Gestalt in einer schwarzen Mönchskutte, die Kapuze tief ins Gesicht gezogen. Eine vertraute Gestalt, denn trotz der Kapuze und des Vollbarts erkannte Maria sofort den Mann, der inbrünstig den Hymnus zur Vesper mitsang.

Erschrocken und angespannt sang sie die Psalmen mit, bis die Hore endlich mit dem Segen für die Nacht ausklang. Maria sah, wie der Bärtige sich unmittelbar darauf erhob und durch eine Seitentür im Klostertrakt verschwand. Eilig folgte sie ihm, aber als sie den Kreuzgang erreichte, konnte sie ihn nirgendwo mehr entdecken. Erst im anliegenden Klostergarten der Abtei fand sie ihn wieder. Er saß auf einer Bank an der Mauer, die Kapuze zurückgeschlagen, und schien irgendetwas auf dem Boden zu betrachten. Angst befiel Maria, die Furcht vor dem Mann, der die Kirche um ein Haar zugrunde gerichtet hätte. Sie überlegte, ob es vernünftiger sei, umgehend in das sichere Lagezentrum zurückzukehren, überlegte es sich dann jedoch anders. Sie löste sich aus dem Halbdunkel der Pforte, trat vorsichtig an den Bärtigen heran, blieb aber in sicherer Entfernung vor ihm stehen.

Der Bärtige deutete auf einen gut genährten Kater, der sich in der warmen Erde unter einem Lavendelbusch räkelte.

»In meinem nächsten Leben möchte ich als Klosterkater wiedergeboren werden.«

»Wiedergeburt? Lassen Sie das bloß nicht die Glaubenskongregation hören!«

Der Bärtige grinste sie an. »Schön, dass Sie Ihren Humor nicht verloren haben, Schwester Maria. Wie ich sehe, haben Sie das Habit auch wieder angelegt.«

»Immer noch leichter als von den Toten aufzuerstehen. Mein Gott, Don Luigi, ich habe Ihre Leiche im Fernsehen gesehen. Ich dachte, Sie sind tot!«

»Das bin ich auch«, seufzte der Mann, der bis vor vier Tagen noch Papst gewesen war, ernst. »Es *ist* meine Leiche, die in den nächsten Tagen in Rom beerdigt wird.«

Maria wartete, ob er irgendeine weitere Erklärung dazu abgeben würde, aber Don Luigi verfiel in bedrücktes Schweigen, sah nur weiter zu, wie der Klosterkater einer Eidechse nachstellte.

»Sie müssen keine Angst vor mir haben, Schwester Maria«, sagte er leise. »Sie können sich ruhig zu mir setzen.«

Maria zögerte und griff nach dem Kreuz um ihren Hals. Der Kater strich Don Luigi jetzt um die Beine und ließ sich sogar von ihm kraulen. Maria konnte sein lautes Schnurren hören.

»Nach allem, was geschehen ist, kann ich zwar nicht behaupten, wieder der Alte zu sein«, fuhr Don Luigi leise fort, »aber zumindest konnte ich mich von dem Dämon befreien. Edward Kelly zu töten war mein Befreiungsschlag. Ihr Vater hat das verstanden und mir geholfen, aus Rom zu verschwinden. Er lässt Sie übrigens herzlich grüßen.«

Maria blieb misstrauisch. »Warum hat er mich dann nicht selbst informiert?«

»Zu riskant«, winkte Don Luigi ab und sah Maria jetzt direkt an. »Ohne Ihren Vater wäre ich jedenfalls in allernächster Zeit ebenfalls tot.«

Der Kater maunzte plötzlich und trollte sich in die Büsche. Maria löste sich von ihrem Platz und setzte sich auf die andere Seite der Bank.

»Ich soll Ihnen also glauben, dass Sie nicht mehr eine von Seths Marionetten sind?«

Don Luigi zuckte mit den Achseln. »Was kann ich tun, um Sie zu überzeugen?«

»Erklären Sie mir, wie Sie gleichzeitig tot und lebendig sein können.«

Don Luigi seufzte. »Ihr Vater hat mir mit Hilfe des Buches Dzyan noch mal etwas Zeit verschafft. Eine zweite Chance sozusagen, um Buße zu tun und zu versuchen, ein wenig von dem wiedergutzumachen, was ich der Kirche und der Welt angetan habe.«

Maria zuckte kurz zusammen, als der ehemalige Papst in eine Tasche seiner Kutte griff und etwas hervorzog. Sie stieß einen Laut der Überraschung aus, als Don Luigi ihr eines der Amulette reichte. Das Medaillon zeigte das Spiralsymbol.

»Das war sozusagen meine Rückfahrkarte.«

»Wo haben Sie das her?«

»Gefunden. In meinem Arbeitszimmer in Rom. Fragen Sie mich nicht, es ist kompliziert, und ich habe Ihrem Vater versprechen müssen, Stillschweigen zu bewahren. Nehmen Sie es an sich, wenn Sie möchten.«

Maria schüttelte den Kopf und rührte das Amulett nicht an.

»Ich kann Sie nur bitten, mir zu vertrauen, Maria. Uns bleibt nicht viel Zeit, wenn wir die Büchse der Pandora finden wollen, bevor Seth sie findet.«

»Vielleicht hat er sie längst.«

Don Luigi nickte. »Nicht ganz auszuschließen. Dennoch müssen wir alles versuchen. Und glauben.«

Maria nickte und sah den Mann weiterhin prüfend an. Er wirkte stark gealtert und müde. Alles sprach dagegen, ihm zu vertrauen. Alles außer dem Kater.

»Erklären Sie mir wenigstens, wie man in vier Tagen einen Vollbart kriegt?«

Don Luigi lächelte. »Steht er mir? Ich finde, er steht mir. Macht mich jünger, finden Sie nicht? ... Nun, für *Sie* waren es vier Tage. Tatsächlich war ich mehrere Monate weg. Weit weg. Ob Sie's glauben oder nicht – ich bin zu Fuß von Rom nach Jerusalem gekommen. Ich war ...« Er stockte und schien in Gedanken an einen Ort voller Wunder zurückzukehren. »... in einer anderen Welt.«

Dann wandte er sich ihr wieder zu. »Dort habe ich Peter Adam gesehen.«

XXI

21. Juli 2011, Apostolischer Palast, Vatikanstadt

Der Plan. Der Plan war gigantisch, vermessen und monströs. Eine einzige Gotteslästerung. Im Grunde von Anfang an zum Scheitern verurteilt. Und dennoch musste er ihn nun unbeirrt angehen und dabei keinen Augenblick in seiner Entschlossenheit und im Glauben an seine Machbarkeit nachlassen.

Franz Laurenz, der seinen alten Papstnamen Johannes Paul III. wieder angenommen hatte, machte sich kaum Illusionen über die Chancen, dass der Plan gelingen könnte. Noch weniger machte er sich große Hoffnungen, dass er lange genug überleben würde, um überhaupt mit dem Bau seiner Arche beginnen zu können. Doch welche Wahl blieb ihm? Sein ganzes Leben lang hatte er sich auf diese eine Aufgabe vorbereitet, immer gehofft und gebetet, dass es nie so weit kommen würde. Nun musste er beweisen, dass er der richtige Mann war, die Welt vor dem Untergang zu retten.

Und zwar die *ganze* Welt.

Johannes Paul III. saß in seiner Privatbibliothek im dritten Stock des Apostolischen Palastes und las zum wiederholten Mal eine Passage im ältesten Teil des Buches Dzyan, die ihm zweideutig und missverständlich erschien, und verglich sie mit einem Traktat des Nicolas Flamel. Er zweifelte nicht an der Übersetzung, die Peter und Nikolas Adam angefertigt hatten. Allerdings war nicht auszuschließen, dass Manetho selbst nicht alles verstanden hatte. Oder sich gar in vielem irrte, was die Transmutation eines bestimmten künstlichen Minerals betraf. Eine Fehlinterpretation konnte jedoch fatale Auswirkungen haben und den Tod von Milliarden von Menschen bedeuten.

Laurenz stöhnte unter der Last der Verantwortung und schloss den schweren Ledereinband, der die Originalfragmente und Peter Adams Übersetzung zusammenhielt. Eine Weile ruhten seine mächtigen Hände auf dem Buch, das womöglich die Welt retten konnte, als ob sie die uralten Texte allein durch ihr Gewicht verstehen könnten. Seit seiner Wiederwahl hatte er kaum geschlafen. Es gab so viel zu regeln und neu zu ordnen. Zwar hatte er sich schnell wieder in die vertrauten Abläufe des kurialen Machtapparates eingefunden, doch allein die Telefonate mit den wichtigsten Regierungen und Religionsführern, das ganze Bemühen, das stark beschädigte Vertrauen in die Kirche und sein Amt wieder herzustellen, hatten viel Zeit verschlungen. Nach allem, was er in der Presse las, schien auch das Fernsehinterview gut angekommen zu sein, das er dem italienischen Fernsehen gegeben hatte. Dennoch gab sich Laurenz auch hier keinen Illusionen hin. Er wusste, dass er ein populärer Papst gewesen war, aber die neue Offenheit konnte ihm schnell auch als Schwäche ausgelegt werden. Er wanderte auf dünnem Eis und hatte gerade mal den ersten Schritt gemacht.

Laurenz blieb noch einen Moment nachdenklich am Schreibtisch sitzen. Dann raffte er sich auf, schloss das Buch Dzyan im Wandsafe hinter einer Originalausgabe der ›*Summa Theologica*‹ von Thomas von Aquin ein und rief nach Lars Decker, seinem neuen Privatsekretär. Laurenz hatte Deckers kuriale Karriere in den letzten Jahren aufmerksam verfolgt und ihn im letzten Jahr seiner Amtszeit zum Leiter einer geheimen Sonderabteilung der Glaubenskongregation ernannt, wo er sich herausragend bewährt hatte. Laurenz schätzte den jungen Prälaten wegen seiner geräuschlosen und effektiven Abwicklung heikler Missionen. Genau der Mann, den er im Augenblick brauchte.

»Eure Heiligkeit?«

»Sie können den Wagen jetzt vorfahren lassen, Decker.«

»Steht schon bereit.«

»Sehr gut. In fünf Minuten bin ich unten.«

Decker zog sich ebenso geräuschlos zurück, wie er eingetreten war. Laurenz begab sich in sein Ankleidezimmer und tauschte die weiße Soutane gegen eine einfache Mönchskutte. Die Kapuze tief ins Gesicht gezogen verließ er das *Appartamento* über den Notausgang, der in den Konstantinsaal führte, und eilte durch die verlassenen Stanzen des Raphael hinunter in den Cortile della Pigna, wo ein schwarzer Alfa Romeo mit verdunkelten Scheiben auf ihn wartete.

Als Laurenz sich dem Wagen näherte, sah er, dass bereits jemand im Fond saß.

»Die Kutte steht Ihnen, Eure Heiligkeit«, begrüßte ihn Kardinal Santillana kühl, als der Fahrer Laurenz den Wagenschlag öffnete. Er trug eine einfache Soutane ohne das purpurne Zingulum. »Dachten Sie etwa, mir entgeht irgendeine Ihrer heimlichen Unternehmungen?«

»Was wollen Sie?«

»Mitkommen natürlich.«

Laurenz setzte sich auf die Rückbank. »Sie wissen ja nicht einmal, wohin.«

»Egal wohin. Ich darf Sie doch an unsere Vereinbarung erinnern. Keine Geheimnisse.«

Laurenz sah den Kardinal einen Moment an. Dann nickte er dem Fahrer zu, der ihn durch den Rückspiegel abwartend anblickte.

»Verzeihen Sie meine Unaufmerksamkeit«, knurrte Laurenz und lehnte sich zurück, als der Alfa anfuhr.

»Kein Problem«, erwiderte Santillana. »Es war ja hoffentlich das letzte Mal. Also? Wo fahren wir hin?«

Der Alfa brachte sie zur Piazza della Minerva unweit des Pantheons und hielt vor einem Seiteneingang der Chiesa di Santa Maria sopra Minerva.

»Folgen Sie mir. Aber rasch.« Ohne Santillana weiter zu beachten, sprang Laurenz aus dem Wagen, eilte durch den Seiteneingang in die kleine Kirche, durchquerte das Kirchenschiff und betrat den Beichtstuhl einer kleinen Seitenkapelle.

Santillana stieß einen Laut der Überraschung aus, als er sah, dass sich dahinter die Tür eines Fahrstuhls befand und Laurenz bereits einen siebenstelligen PIN-Code an der Seite der Fahrstuhltür eintippte.

»Wo fahren wir hin?«

»Abwarten.«

Der Fahrstuhl brachte sie nach unten, zu einem niedrigen, halbrunden Gang, der in leichter Krümmung unter der Piazza della Minerva verlief, nur erleuchtet von vereinzelten Grubenlampen, durch Balken abgestützt und an den Seiten mit Zement verschalt.

Dieser Gang endete an einer Stahltür, die ebenfalls mit einem PIN-Code gesichert war. Dahinter erstreckte sich eine weitläufige, aber niedrige Halle, kreisrund, mit zahlreichen Nischen in den Wänden. Der Fußboden war mit dem gleichen Marmormosaik ausgelegt wie der Raum direkt über ihnen. Die ganze Halle war hell erleuchtet und erfüllt von Lärm und Leben. Männer in Mönchskutten packten Holzkisten aus, bauten Labortische auf, richteten Computer und andere elektronische Geräte ein, verlegten Kabel und Leitungen und wuchteten schwere, gedrungene Maschinen, die an Zentrifugen erinnerten, an ihre Plätze.

»Wir sind unter dem Pantheon!«, sagte Santillana erstaunt, als er das Fußbodenmosaik erkannte.

»Genau«, sagte Laurenz und sah sich um, wie der Vorarbeiter eines Bautrupps.

»Was, in Gottes Namen, ist das hier?« Santillana war offenbar immer noch fassungslos über diesen verborgenen Ort, von dem selbst er nie etwas gewusst hatte.

»Das war einmal eine Bibliothek«, erklärte Laurenz. »Die geheimste Bibliothek des Vatikans. Hier lagerten bis vor kurzem sämtliche okkulten Schriften, die die Kirche je zusammengetragen hat. Leider wurden diese Schriften bei einem Angriff der ›Träger des Lichts‹ fast vollständig vernichtet.«

»Alle bis auf das Buch Dzyan, nicht wahr?«

Laurenz blickte Santillana misstrauisch an.

»Woher wissen Sie von dem Buch Dzyan?«

»Sie unterschätzen mich schon wieder, Eure Heiligkeit«, sagte Santillana zufrieden und sah sich in der Halle um. »Und was ist das hier nun?«

»Ein Labor«, erklärte Laurenz. »Genauer gesagt, ein alchemistisches Labor. Die Einrichtung stammt zum größten Teil aus der Zentrale der ›Träger des Lichts‹ im Himalaja. Wir werden versuchen, ein uraltes Experiment zur Transmutation eines bestimmten Stoffes zu rekonstruieren.«

»Was für ein Stoff?«

»Ein Stoff, der die Menschheit retten wird, so Gott will.«

»Und die Formel dazu steht in diesem Buch Dzyan.«

Laurenz nickte zögernd. »Aber sie ist kompliziert und nicht eindeutig. Wir werden … experimentieren müssen.«

Laurenz ließ den Kardinal stehen und begrüßte einen jungen Mönch.

»Pater Anselmo! Wie schön, Sie zu sehen.«

»Danke, Eure Heiligkeit. Ich freue mich über die Aufgabe.«

»Wie weit sind Sie?«

»So gut wie fertig. Ich schätze, ab morgen können wir mit den ersten Tests beginnen. Haben Sie das …«

»Ja.« Laurenz griff in eine Tasche seiner Kutte und zog sein Amulett mit dem Triskelensymbol hervor, das er dem jungen Pater reichte. Pater Anselmo wog das Amulett ehrfürchtig in der Hand.

»Sie wissen, dass wir es … zerstören müssen. Und wir wissen nicht, ob die Transmutation gelingt.«

»Was?« Santillana ging dazwischen und versuchte, nach dem Amulett zu greifen. »Sie wollen dieses Amulett zerstören? Auf gar keinen Fall!«

»Tun Sie's«, sagte Laurenz zu Pater Anselmo und schob Santillana zur Seite. »Beruhigen Sie sich, Kardinal, es ist nicht das einzige Amulett. Ich bin Ihnen übrigens noch eine Antwort schuldig, wozu ich das komplette Vermögen des Opus Dei brauche.«

»Allerdings.«

»Um Gold zu kaufen. Viel Gold. So viel und so reines Gold wie nur möglich. Gold und dieses blaue Material sind die Ausgangsstoffe für die Transmutation des Stoffes, den wir hier herstellen wollen.«

»Welchen Stoff?«

»Mufzkate«, erklärte Laurenz. »Das weiße Brot der Ägypter.« Und als er Santillanas verständnislosen Blick sah, fügte er hinzu: »Das biblische Manna.«

XXII

23. August 2013, Rom

Warm und schwer senkte sich der Abend über die Ewige Stadt, wie ein Versprechen, dass alles nicht so schlimm war. Dass alles schon bald wieder gut werden würde.

Würde es aber nicht. Ellen war tot, und Mayas Schicksal weiter unklar. Was machst du, wenn der Wahnsinn von einem Moment auf den anderen durch dein Leben wütet? Wenn dir alles genommen wird, wenn alles zerbricht, wenn es keine Erklärung gibt, keine Aussicht, aus diesem Albtraum zu erwachen?

Du machst weiter. Heißt es doch. Solange du lebst, machst du weiter. Du kannst gar nicht anders.

Der beste Beweis: sein Appetit vorhin in dem kleinen Restaurant in Trastevere, wo sie schweigend Pasta und Fisch gegessen hatten. Und auch der Jetlag machte sich bemerkbar. Peter wollte schlafen. Einfach nur schlafen und sich der Illusion hingeben, dass danach alles irgendwie besser aussehen würde.

»Willst du was trinken?«

»Wasser.«

»Ich könnte auch was Stärkeres vertragen.«

»Oder so.«

Peter sah sich in der Wohnung seines Bruders um. Die Wohnung lag in einem Renaissance-Palazzo in der Via Giulia, einer der nobelsten Gegenden im Zentrum Roms. Zwei Häuser weiter hatte Raphael gewohnt, schräg gegenüber residierte die italienische Anti-Mafia-Behörde. Die Wohnung war nicht besonders groß, wirkte aber üppiger und gemütlicher, als Peter erwartet hatte. Altes Parkett, dunkle Möbel, schwere Vorhänge, Teppiche, Brokatkissen auf den Sofas, viele Bücher, die Wände voller Bilder, sogar frische Blumen. Peter erkannte auch einige alte Möbelstücke von früher und die Kristallgläser ihrer Eltern wieder.

»Nicht schlecht für einen Priester«, sagte Peter.

Nikolas reichte ihm ein Glas mit einem doppelten Whisky. »Single Malt. Sechzehn Jahre. Runter damit.«

Sie tranken beide einen großen Schluck. Für Peter schmeckte er nach Torf, Krankenhaus und Tränen. Er raubte ihm fast den Atem. Aber er tat immerhin seine Wirkung und schien das Leben, das Raymond ihm ausgesaugt hatte, für einen kurzen Moment zu ersetzen.

»Wann hast du sie zuletzt angerufen?«, fragte Peter mit einem Blick auf die Kristallgläser ihrer Eltern.

»Letzte Woche. Und du?«

Peter verzog das Gesicht. »Keine Ahnung. Lange her. Wissen sie Bescheid?«

Nikolas schüttelte den Kopf. »Das hat Zeit. Oder willst du über sie reden?«

Peter senkte den Blick und setzte sich in einen Sessel, vorsichtig, als könne er sich im nächsten Augenblick in etwas Grauenhaftes verwandeln.

Nikolas schenkte nach und setzte sich dazu.

»Du bist Hiob«, sagte er.

»Hiob.«

»Ja, Hiob. Gottes bester Mann. Fromm, fleißig, tugendhaft. Nette Frau, sieben Söhne, drei Töchter, großes Haus, jede Menge Vieh. Ein wohlhabender Mann mit einem guten, ruhigen Leben. Gott ist mächtig stolz auf Hiob. Und dann kommt der Satan und sagt: Hey, auf den bist du stolz? Mann, der hat ja auch alles. Der hat es natürlich leicht, an dich zu glauben. Aber Gott sagt: Na und? Und der Satan sagt: Wenn du ihm alles nehmen würdest, da würde er dich schön verfluchen. Das sieht Gott ganz anders. Nein, Hiob, das ist sein bester Mann. Hiob würde immer an ihn glauben, da passe kein Blatt dazwischen.

Und der Satan sagt: Wollen wir wetten? Also wetten sie. Gott und der Satan wetten auf Hiobs Glauben. Gott lässt zu, dass der Satan Hiobs Kinder tötet, ihm sein Vieh, sein Haus und seinen Reichtum nimmt. Der Satan schlägt Hiob sogar mit einer Krankheit, einem stinkenden Ausschlag.«

Peter knurrte. »Ja, so in etwa fühle ich mich gerade.«

»Tja, und was macht Hiob?«

»Sag's mir.«

»Er beschwert sich. Seine Frau und seine Freunde raten ihm zwar davon ab, beschimpfen ihn deswegen, er mache es nur noch schlimmer. Aber Hiob ist verständlicherweise in Rage und beklagt sich bei Gott. Er beginnt, mit Gott zu verhandeln.«

Nikolas lehnte sich zurück, sah aus dem Fenster und trank von seinem Whisky.

»Und ich bin also Hiob, meinst du.«

Nikolas zuckte mit den Schultern.

»Und wie geht die Sache aus?«

»Gott gibt schließlich nach. Er ersetzt Hiob den Schaden und schenkt ihm abermals sieben Söhne und drei Töchter.«

»Und die Moral von der Geschicht'?«

Nikolas beugte sich vor. »Es gibt immer eine Chance. Nur, wenn wir unser Schicksal klaglos akzeptieren, haben wir schon verloren.«

Nikolas reichte Peter das Taschenbuch mit der kleinen Haftnotiz. Sie hatten die Handschrift auf dem Zettel mit Don Luigis Randnotizen in einigen Büchern verglichen. Kein Zweifel, die Nachricht stammte von ihm.

»Also? Wie wollen wir jetzt weitermachen?«

Peter nahm das Buch und blätterte es durch. Auf jeder Seite wurde ein Symbol vorgestellt und erklärt. Nach welchen Kriterien der Autor die Symbole jedoch ausgewählt hatte, blieb unklar. Dennoch schien es vollständig, denn Peter fand sämtliche Symbole aus seinen Albträumen wieder.

Das Buch wirkte sehr zerlesen, enthielt aber keinerlei Randbemerkungen – bis auf eine längere Notiz auf Deutsch auf der Innenseite des Buchdeckels in einer kleinen, wie in Eile hingekritzelten Handschrift.

> Dann pries der große Seth, der Sohn des unvergänglichen Menschen Adamas, den großen unsichtbaren, unausrufbaren, unbenennbaren, jungfräulichen Geist und die männliche Jungfrau und das dreifachmännliche Kind und die männliche Jungfrau Joel und Esephech, den Splenditenens, und die Krone seiner Herrlichkeit, das Kind des Kindes und die großen Doxomedon-Äonen und das Pleroma. Und er bat um seinen Samen. Dann kam hervor aus jenem Ort die große Kraft des großen Lichtes, Plesithea, die Mutter der Engel, die Mutter der Lichter, die glorreiche Mutter, die Jungfrau mit den vier Brüsten, indem sie die Frucht hervorbrachte aus Gomorrah als Quelle und Sodom, welches die Frucht der Quelle von Gomorrah ist, welche in ihr ist. Sie kam hervor durch den großen Seth.

Einige Worte waren unterstrichen: »Seth«, »Adamas«, »Splenditenens«, »Plesithea«, »Mutter der Lichter«. In der unteren rechten Ecke der Seite stand klein, wie nachträglich hinzugefügt: »NHC III, 2«.

»Was bedeutet NHC?«, fragte Peter.

»Steht für Nag Hammadi Codex«, erklärte Nikolas. »Eine Sammlung frühchristlicher, gnostischer Textfragmente, die zu den apokryphen Evangelien gezählt werden. Römisch Drei bezeichnet das sogenannte Ägypterevangelium.«

»Ich verstehe kein Wort von dem, was da steht.«

»Gnostische Texte sind für uns heute nur schwer zugänglich. Die frühen Christen empfanden die zeitliche Begrenzung ihres

Lebens als Verhängnis. Das ›Pleroma‹, das im Text gepriesen wird, ist eine Art Ursuppe der Existenz, das Glanz- und Lichtmeer, der Sitz Gottes und alles Guten. Die Gnostiker strebten eine Verbindung mit diesem Urzustand an. Das war aber nur auf mystischem Wege und durch strenge Askese möglich. Seth ist der dritte Sohn Adams. Im Ägypterevangelium wird er mit Adam gleichgesetzt und als teilweise göttlich verehrt. Nach dieser Vorstellung ist Jesus Christus eine Reinkarnation von Seth. Interessant ist aber, das Seth in der altägyptischen Mythologie als Gott des Chaos und Verderbens gilt.«

Peter schüttelte den Kopf. »Und was ist ›Splenditenens‹?«

»Es bedeutet ›Halter des Lichtes‹. Nach gnostischer Vorstellung gebar der Lebendige Geist nach der Erschaffung des Kosmos fünf Söhne. Der Splenditenens überwacht den Kosmos von ganz oben. Adamas, der ›Diamant des Lichts‹, steht in glänzender Rüstung bereit, jede Rebellion zu bekämpfen.«

Peter war beeindruckt. »Und so was weißt du.«

Nikolas grinste ihn an. »Mit freundlicher Unterstützung des Internets.«

»Mutter des Lichts, Halter des Lichts, Diamant des Lichts – Träger des Lichts. Glaubst du, das hilft uns irgendwie weiter?«

»Ich habe keinen blassen Schimmer. Fragen wir den Autor.«

Peter klappte das Buch zu und sah sich das Cover an.

»Franz Laurenz.«

Nikolas erhob sich. »In einer Stunde weiß ich, wer er ist und wo wir ihn finden. Kann ich dich so lange hier allein lassen?«

Peter las die Sorge aus dem Blick seines Bruders heraus.

»Fragst du *mich* das oder dich selbst?«

»Sowohl als auch.«

»Mach dir um mich keine Sorgen. Ehrlich gesagt ... würde ich tatsächlich gerne ein wenig alleine sein. Ich sollte mich wohl auch noch mal bei den italienischen Behörden melden, damit die wissen, wo sie mich erreichen können.«

»Darum kümmere ich mich.«

»Ja, natürlich, ich vergaß. Du kümmerst dich ja um alles. Du hast alles voll im Griff.«

Nikolas runzelte die Stirn.

»Tut mir leid«, seufzte Peter. »Ich bin ein Arschloch.«

Nikolas sah ihn an und schüttelte dann ernst den Kopf. »Nein, das bist du nicht.«

Und dann tat er etwas, was er seit Kindertagen nicht mehr getan hatte. Er umfasste Peters Kopf mit beiden Händen – und küsste ihn auf den Mund.

»Du bist mein Bruder. Ich würde alles für dich tun. Ich bin froh, dass du hier bist.«

Peter wartete nervös noch einige Minuten ab, nachdem Nikolas gegangen war. Jetlag und Whisky setzten ihm mit bleierner Müdigkeit zu. Peter wollte dieser Schwere nachgeben, einfach hier sitzen bleiben und schlafen. Ging aber nicht.

Nachdem er sich mit einem Blick aus dem Fenster versichert hatte, dass Nikolas nicht mehr zu sehen war, verließ er die Wohnung. Der römische Abend roch nach aufgeheiztem altem Stein, gebratenem Fisch und Autoabgasen. Ein junges Paar auf einer Vespa schoss lachend im Zickzack durch die Via Giulia wie in einer Filmszene. In einem der umliegenden Häuser trällerte ein Mädchen einen italienischen Schlager.

Das Leben.

Einen Moment blieb Peter vor dem Haus stehen, versuchte, die Müdigkeit abzuschütteln und genug Mut für das zu sammeln, was er vorhatte. Dann winkte er einem vorbeifahrenden Taxi. Eine Viertelstunde später stand er vor dem Hotel Villa Spagna, ein alter Palazzo und allem Anschein nach ein Luxushotel. Als er an der Rezeption nach Suite 306 fragte und seinen Namen nannte, wurde ihm eine Keycard ausgehändigt, als habe man ihn längst erwartet. Suite 306 lag am Ende eines Korridors im dritten Stock.

Peter zögerte. Hielt dann aber entschlossen die Keycard an

das Lesegerät. Die Tür öffnete sich mit einem sanften Klacken, und automatisch ging dahinter das Licht an. Eine freundliche, geräumige Suite mit drei Zimmern und einem Blick bis zum angestrahlten Petersdom. Die Einrichtung: klassisch römisch gediegen, üppige Polstermöbel, vergoldete Spiegel im Eingangsbereich, frische Blumen, ein prächtiger Obstkorb, eine offene, gut bestückte Bar. Im Salon der Suite hing ein gigantischer Flachbildschirm an der Wand. Aber nicht der Fernseher fesselte Peters Blick, sondern das Amulett auf dem kleinen Glastisch in der Mitte. Das Amulett, das Maya von Raymond erhalten hatte. Das blaue Material schien zu glühen und verbreitete einen bläulichen Schein im ganzen Salon. Ein Dunst mehr als ein Leuchten, dicht, fast greifbar, der alles einhüllte und alle Zeit erstickte. Die Geräusche der Stadt verstummten, nicht einmal das leise Surren der Lüftung war mehr zu hören. Beklommen trat Peter näher, als er ein Geräusch hinter sich hörte. Erschrocken wirbelte er herum. Eine junge Frau stand in der Tür. Sie hatte langes braunes Haar und trug eine Art schlichte, weiße Tunika ohne Gürtel. Außerdem war sie barfuß. Peter schätzte sie auf höchstens zwanzig. Eine schöne junge Frau, die aussah wie Ellen damals.

Das kann nicht sein. Das kann einfach nicht sein. Du wirst gerade verrückt.

Fassungslos starrte Peter die junge Frau an, die ihn verlegen und nervös anlächelte. Denn obwohl er sie zuletzt im Traum gesehen hatte, erkannte Peter sie sofort.

»Hallo, Papa«, sagte Maya. »Ich bin so froh, dich zu sehen. Aber wir haben nicht viel Zeit.«

Kapitel 5

KLEOPHAS

XXIII

21. Juli 2011, Jerusalem

Es geht ihm gut«, sagte Don Luigi.

Maria schüttelte unwirsch den Kopf.

»Erzählen Sie mir keinen Scheiß. Immer wenn Sie dieses Gesicht eines unerschütterlich zuversichtlichen Reiseleiters aufsetzen, weiß ich, dass Sie lügen. Wo ist Peter jetzt?«

Don Luigi verzog das Gesicht. »Das kann ich Ihnen nicht sagen. Ich habe es Ihrem Vater versprechen müssen. Jedenfalls sehr weit weg, viel weiter, als Sie es sich vorstellen können.«

»Er ist bei den Mh'u, nicht wahr?«

»Nein. Noch viel weiter weg. Und ehrlich gesagt weiß ich nicht, ob Sie ihn je wiedersehen werden. Er ... hat sich verändert. Ich kann Ihnen nicht einmal sagen, ob er überhaupt irgendeine Erinnerung an Sie hat. Tut mir leid, Schwester Maria.«

Freude und Schmerz gaben sich wieder einmal die Hand. Maria rang sich ein Lächeln ab, das tapfer wirken sollte.

»Immerhin lebt er«, sagte sie. »Das ist doch die Hauptsache.«

Nicht ganz richtig. Denn wenn Peter lebte, dann wollte sie ihn finden. Dann *würde* sie ihn finden, wo und wer auch immer er jetzt war.

»Aber egal, wo er jetzt ist«, sprach sie leise ihre Gedanken aus. »Er wird uns ohnehin nicht helfen können, die Apokalypse aufzuhalten.«

»Wieso nicht? Vielleicht ...«

Maria schüttelte heftig den Kopf. »In dieser Grube auf Oak Island habe ich eine Warnung erhalten.«

Don Luigi reagierte alarmiert. »Was für eine Warnung?«

Und wieder Kopfschütteln, als wenn sie einen Albtraum vergessen wollte, der sie noch lange nach dem Erwachen plagte. Maria sah Don Luigi an. »Warum sind Sie hier?«

Don Luigi zuckte mit den Achseln. »Ihr Vater bat mich, Ihnen bei der Suche nach Shimon Kohn zu helfen. Gibt es irgendwelche Fortschritte?«

»Wir haben bisher gut die Hälfte von über achtzig Shimon Kohns in Jerusalem überprüft, allerdings ohne ein sicheres Ergebnis zu erhalten«, sagte Maria. »Die ›Träger des Lichts‹ sind ebenfalls aktiv. Seit dem 17. Juli wurden bereits vier Männer mit dem Namen Shimon Kohn ermordet. Dank Rabbi Kaplan haben wir Zugang zu den Ermittlungsakten der Jerusalemer Polizei.«

»Irgendwas Auffälliges dabei?«

Maria hob die Augenbrauen. »Vielleicht. Die ersten drei Morde wurden innerhalb von zwei Tagen verübt. Der letzte ist allerdings nun schon drei Tage her. Das Opfer hieß auch gar nicht Kohn.«

»Sondern?«

»Panagiotis Kleopatros. Das steht jedenfalls in seinem Pass. Er litt offenbar unter dem Jesus-Syndrom und hat gelegentlich auch hier vor der Dormitio gepredigt.«

»Kleopatros, sagen Sie?«

»Er war Grieche. Vor neun Jahren nach Israel eingewandert. Kohn war der Name seiner Frau.«

Don Luigi dachte nach. »Kleopatros ...« Er dehnte den Namen, als ob er damit einer fernen Erinnerung auf die Sprünge helfen konnte, die irgendwie mit dem Klang verbunden war. »Kleopatros ... Haben Sie seinen Hintergrund gecheckt?«

»Natürlich. 1981 in Athen geboren. Seine Mutter war jüdisch, sein Vater christlich-orthodox. Schule, Militärdienst, Ausbildung zum Einzelhandelskaufmann, dann eine Pilgerreise nach Israel, bei der seine Psychose offenbar ausgebrochen ist. Jedenfalls ist er danach nicht mehr nach Griechenland zurückgekehrt.«

Don Luigi nickte nachdenklich. »Haben Sie seine Adresse?«

Maria sah Don Luigi fragend an.

»Oder haben Sie heute Abend noch was vor, Schwester Maria?«

»Die Wohnung ist versiegelt«, sagte Maria nachdenklich. »Und selbst mit Rabbi Kaplans Hilfe kriegen wir vor morgen früh keine Genehmigung.«

Don Luigi sagte nichts.

»Außerdem«, fuhr Maria fort, »eine Nonne und ein Mönch mit Kapuze – nicht gerade die ideale Tarnung in einer jüdischen Siedlung.«

»Lassen Sie sich was einfallen, Schwester Maria.«

»Ist das Ihr Ernst?« Don Luigi sah sie nur an.

»Okay.« Maria atmete durch, zog ihr Handy aus der Tasche und tippte auf eine der eingespeicherten Nummern.

»Yoko, ich bin's. Ich habe eine etwas sonderbare Bitte ...«

Trotz der späten Stunde herrschte in der kleinen Straße in Har Choma zu viel Leben, um unbemerkt in das dreistöckige Wohnhaus einzudringen. Immer noch spielten Kinder auf der Straße, in den Gärten wurde gegrillt, Gelächter und Ermahnungen flogen hin und her, das Aufjaulen eines Mopeds erfüllte die Nacht.

Maria und Don Luigi parkten den Wagen, den Maria sich von der Abtei geliehen hatte, in Sichtweite des Hauses, zögerten jedoch auszusteigen.

»Vielleicht war es eine Schnapsidee«, meinte Don Luigi, der sich sichtlich unwohl in seinem schwarzen Kaftan, den Seidenstrümpfen und dem flachen Hut mit den angeklebten Schläfenlocken fühlte. »Eine verdammte Schnapsidee. Ich sehe aus wie eine Karikatur.«

Maria schwieg und beobachtete weiter das Haus, in dem Panagiotis Kleopatros mit seiner Familie gewohnt hatte. Maria trug ein knöchellanges graues Kleid mit langen Ärmeln, eine Perücke und darüber ein Kopftuch. Sie sah aus wie eine der vielen orthodoxen, jungen Frauen, die auf der Straße noch in kleinen Grüppchen zusammensaßen, während ihre Männer längst wieder in der Wohnung über Tora-Kommentaren und Talmud-Auslegungen brüteten.

Rabbi Kaplan hatte versucht, es ihr zu erklären. Da die Frau nach jüdisch-orthodoxer Lehre Gott näher stehe als der Mann, sei sie von vielen Geboten befreit. Ihre Verpflichtungen im Haushalt und beim Stillen der Kinder hätten Vorrang. Der Mann dagegen müsse sich zeitlebens abmühen, Gott nahe zu sein, müsse studieren und beten. Daher widmeten sich orthodoxe Männer mitunter ein Leben lang dem Tora-Studium, während ihre Frauen Jobs hatten, für den Lebensunterhalt der Familie sorgten und auch noch den Haushalt führten.

Maria konnte sich vorstellen, dass manche dieser Frauen sich in ihrer Rolle wohl fühlten und glücklich waren. Vielleicht glücklicher als sie.

»Wir gehen da jetzt hoch«, sagte sie entschlossen.

»Nein, lassen Sie uns lieber noch warten.«

Maria ignorierte den Einwand und stieg aus. Leise schimpfend beeilte sich Don Luigi, ihr zu folgen. Niemand hielt sie auf. Als sie im Treppenhaus einer Nachbarin der Kohns begegneten, grüßte Maria freundlich auf Hebräisch und ging ohne zu Zögern weiter hinauf in den dritten Stock.

Erst als sie vor der versiegelten Wohnungstür standen, wandte sie sich an Don Luigi.

»Jetzt zeigen Sie mal, was Sie draufhaben.«

Don Luigi sah sich um und zog ein handliches Elektropick-Werkzeug *Made in Germany*, einen Drahthaken und einen Schraubenzieher aus der Tasche. Yoko Tanaka hatte ihm all das samt der Verkleidung besorgt.

»Haben Sie so etwas schon mal gemacht?«, fragte Maria. Don Luigi spannte den Haken in das Zylinderschloss, als hätte er sein Leben lang auf diesen Moment gewartet. Er knurrte nur und führte den Zahnstift des Elektropicks in das Schloss. Ein kurzer Knopfdruck, ein kurzes Rasseln im Schloss, dann zog Don Luigi den Elektropick wieder heraus und entriegelte das Schloss mit dem Schraubenzieher.

Rasch und ohne ein weiteres Wort betraten sie die Wohnung und schlossen die Tür hinter sich. Irritiert sah Maria, dass der Mann, der vor wenigen Tagen kaltblütig einen Menschen vor den Augen der Welt erschossen hatte, vor Nervosität schwitzte.

»Wonach suchen wir?«, flüsterte sie.

»Ich weiß nicht. Irgendwas. Der Trick ist – nicht suchen, sondern finden.«

»Ha ha.«

»Im Ernst. Konzentrieren Sie sich.«

Maria zog die Vorhänge zu. Erst dann schalteten sie die Taschenlampen ein und begannen mit der Durchsuchung der Wohnung. Die Tatortreiniger hatten das meiste Blut bereits entfernt. Dennoch konnte Maria im Schein der Lampen die Kreidestriche und Markierungen der Spurensicherung erkennen, und überall fanden sich noch eingetrocknete Spuren des Gemetzels. Sie versuchte, sich nur auf ihre Suche zu konzentrieren, aber gerade diese Reste der Bluttat setzten ihr zu, überreizten ihre Fantasie und beschworen entsetzliche Bilder von Schmerz und Leid herauf, wenn sie sich vorstellte, welche Hölle die gesamte Familie Kohn hier durchlitten hatte. Zitternd stand sie in der Küche, kaum noch zu irgendeiner Bewegung fähig.

»Trinken Sie was«, flüsterte Don Luigi, als er sie so sah. »Und konzentrieren Sie sich.«

Tatsächlich ging es nach einem Schluck aus dem Wasserhahn besser, und Maria setzte die Suche fort. Die beiden trugen Latexhandschuhe und versuchten, so wenig wie möglich in der Wohnung zu verändern. Sie leuchteten die Wände ab, leuchteten in Schubladen und hinter Schränke. Sie durchblätterten Bücher und Dokumente und hoben schweigend Polster und Matratzen an.

Bis Maria etwas fand.

Sie konnte einen Laut der Überraschung nicht unterdrücken, als sie den Gegenstand, wasserdicht eingeschweißt, im Spülkasten der Toilette entdeckte und ihn trotz der griechischen Aufschrift sofort erkannte. Vorsichtig zog sie das kleine Buch aus der Plastiktüte. Eine griechische Übersetzung von *Mystic Symbols of Man – Origins and Meanings*. Auf dem Cover das Spiralsymbol und der Name ihres Vaters in griechischen Buchstaben. Ein kleines, gefaltetes Stück Papier steckte zwischen den Seiten. Als Maria das Papier entfaltete, sah sie, dass es sich um einen gedruckten Textauszug auf Griechisch handelte.

> **13.** Καὶ ἰδοὺ δύο ἐξ αὐτῶν ἐν αὐτῇ τῇ ἡμέρᾳ ἦσαν πορευόμενοι εἰς κώμην ἀπέχουσαν σταδίους ἑξήκοντα ἀπὸ Ἰερουσαλήμ, ᾗ ὄνομα Ἐμμαοῦς, **14.** καὶ αὐτοὶ ὡμίλουν πρὸς ἀλλήλους περὶ πάντων τῶν συμβεβηκότων τούτων. **15.** καὶ ἐγένετο ἐν τῷ ὁμιλεῖν αὐτοὺς καὶ συζητεῖν καὶ αὐτὸς Ἰησοῦς ἐγγίσας συνεπορεύετο αὐτοῖς, **16.** οἱ δὲ ὀφθαλμοὶ αὐτῶν ἐκρατοῦντο τοῦ μὴ ἐπιγνῶναι αὐτόν. **17.** εἶπεν δὲ πρὸς αὐτούς, Τίνες οἱ λόγοι οὗτοι οὓς ἀντιβάλλετε πρὸς ἀλλήλους περιπατοῦντες; καὶ ἐστάθησαν σκυθρωποί. **18.** ἀποκριθεὶς δὲ εἷς ὀνόματι Κλεοπᾶς εἶπεν πρὸς αὐτόν, Σὺ μόνος παροικεῖς Ἰερουσαλὴμ καὶ οὐκ ἔγνως τὰ γενόμενα ἐν αὐτῇ ἐν ταῖς ἡμέραις ταύταις.

XXIV

24. August 2013, Athos, Griechenland

Aus dem Dunst über der spiegelglatten See erhob sich der Kegel des Athos an der Südspitze der Halbinsel, ebenmäßig und steil wie der eines Vulkans. Die Sonne ging gerade auf, und nach und nach schälte sich jetzt auch die Küstenlinie aus dem Dunst: bewaldete Felsen, die steil und abweisend zum Meer hin abfielen und eine Mauer bildeten, mit nur wenigen Buchten, die sich zum Ankern eigneten. Eine klare Botschaft an jeden, der sich Athos näherte: »Du bist nicht willkommen.« Frauen schon gar nicht.

Traue niemandem.

Das hatte sie gesagt, in der kurzen Zeit, die ihnen gestattet gewesen war.

Traue niemandem. Du bist ganz allein.

Nein, nicht ganz. Denn solange Maya lebte, gab es Hoffnung. Hoffnung, sie irgendwie aus diesem Zustand zurückholen zu können.

»Frühstück!« Nikolas stand plötzlich neben ihm an der Reling und reichte ihm einen Pappbecher mit Kaffee und eine Art fettigen Krapfen aus dem kleinen Bistro an Bord. Peter fiel es immer noch schwer sich an das so plötzlich gealterte Gesicht seines Bruders zu gewöhnen. Nikolas selbst schien es umgekehrt nicht anders zu gehen. Die Alterung durch Raymonds Berührung betraf auch nicht nur ihr Aussehen. Peter spürte seinen Rücken bei raschen Bewegungen und erschöpfte auch schneller.

»Danke.«

Der Kaffee war überraschend gut. Schwarz, stark, heiß und süß. Sogar der Krapfen schmeckte. Schweigend lehnten sie an der Reling und starrten auf die Küste von Athos, dem östlichsten Finger der griechischen Halbinsel Chalkidiki. Als Peter sich einmal umdrehte, sah er, dass Nikolas ihn unverwandt betrachtete, mit diesem Blick, der ihn früher schon zur Weißglut gebracht hatte. Diesem Blick, der jede Lüge durchschaute.

Er misstraut dir.

Kein Wunder. Seine Ausrede war mau gewesen, als er in der letzten Nacht in die Wohnung seines Bruders zurückgekehrt war, immer noch erschüttert von der Begegnung mit Maya und zu erschöpft und aufgewühlt zugleich, um sich etwas Plausibles zu überlegen. Auf Nikolas' Frage, wo er gewesen sei, hatte er nur irgendetwas von einem Spaziergang und »mal an die frische Luft« gemurmelt. Nikolas hatte zwar genickt, aber an seinem Blick hatte Peter gesehen, dass er ihm nicht glaubte. Was ihm in diesem Moment jedoch egal gewesen war. Er hatte sich wortlos mit einer Zopiclon ins Gästezimmer zurückgezogen und war erst zwanzig Stunden später wieder herausgekommen, einigermaßen ausgeruht, aber immer noch zutiefst verstört. Nikolas hatte keine Fragen gestellt, nur zum Aufbruch gedrängt, denn er wusste inzwischen, wo sie Franz Laurenz finden würden. Er hatte sogar darauf bestanden, dass Peter auf Dusche und Rasur verzichten solle.

»Da, wo wir hinfahren, erscheint man besser ungewaschen und unrasiert, glaub mir.«

Ein Privatjet mit vatikanischer Kennung brachte sie nach Kavala, einer kleinen Stadt im Norden Griechenlands. Von dort nahmen sie im Morgengrauen die kleine, uralte Fähre nach Chalkidiki. Außer ihnen waren nur orthodoxe Mönche an Bord. Junge Mönche, alte Mönche, uralte Mönche. Griechische Mönche, russische Mönche, bulgarische Mönche. Alle trugen lange Kutten, lange Haare und lange, verfilzte Bärte und rochen ungewaschen. Sie beteten leise Gebetsschnüre ab, verschickten Textnachrichten mit ihren Handys oder nestelten in großen Einkaufstaschen herum. Gesprochen wurde kaum. Peter wich dem Blick seines Bruders aus, trank seinen Kaffee und starrte wieder zur Küste hinüber, die sich nun scharf und deutlich vor ihnen abzeichnete.

»Und da lebt dieser Franz Laurenz?«

Nikolas nickte. »Ja.«

»Kein *so* seltener Name.«

»Er ist es, glaub mir. Kurz nach Erscheinen seines Buches begleitete Laurenz eine Studienreise seiner Diözese ins Heilige Land, ist aber nie wieder nach Deutschland zurückgekehrt. Noch in Jerusalem konvertierte er zum griechisch-orthodoxen Ritus und siedelte mit Unterstützung des Patriarchen eine Woche später auf den Athos über.«

»Was war passiert?«

»Das konnte mir niemand mehr sagen.«

»Und eine Konvertierung – das geht so einfach?«

»Normalerweise nicht.« Nikolas deutete auf das Land vor ihnen wie ein Reiseleiter. »Auf Athos leben etwa zweitausend orthodoxe Mönche in zwanzig Klöstern, klosterähnlichen Dorfgemeinschaften und Einsiedeleien in einer autonomen, theokratischen Mönchsrepublik. Der Legende nach soll die Jungfrau Maria dort an Land gegangen sein«, erklärte Nikolas. »Auf ihrem Weg nach Zypern musste sie angeblich wegen schlechten Wetters dort Station machen und war von der Schönheit der Landschaft so überwältigt, dass sie Gott bat, ihr den Berg zum Geschenk zu machen.«

»Bescheiden wie sie war«, murmelte Peter.

»Ja, sehr witzig. Ich will dir nur erklären, warum Frauen Athos nicht betreten dürfen. Für die Mönche sind der Berg und die ganze Halbinsel nur der ›reinsten aller Frauen‹ gewidmet. Bis auf die Katzen sind selbst weibliche Tiere tabu.«

»Immerhin konsequent. Und so ganz unter Männern erspart es einem auch die lästige Körperpflege«, lästerte Peter.

Nikolas beachtete ihn nicht und fuhr fort. »Die Mönchsrepublik wurde im zehnten Jahrhundert von asketischen Mönchen gegründet. Seitdem ist dort alles byzantinisch geblieben. Die Riten, die Liturgie, selbst der Kalender und die Stundeneinteilung. Das heißt, an Land haben wir den elften August. Der Tag beginnt nach Sonnenuntergang. Die ersten acht Stunden gelten der Erholung, die zweiten acht dem Gebet und die dritten der Arbeit. Sie haben die besten Ikonenmaler der Welt, und in ihren Bibliotheken lagern wahre Schätze, die aber niemand außer ihnen zu Gesicht bekommt.«

»Sonst noch was?«

»Sie sind enorm misstrauisch. Vor allem gegenüber neugierigen Gesandten des Vatikans. Sie werden auch gern mal handgreiflich.«

»Und als was reisen wir dort ein?«

Zum ersten Mal seit ihrem Wiedersehen grinste Nikolas ihn an. »Als neugierige Gesandte des Vatikans natürlich. Offiziell sind wir hier, um angeblichen Wundertätigkeiten von Franz Laurenz nachzugehen, falls es nach seinem Tod zu einem Seligsprechungsverfahren kommen sollte.«

»Du suchst immer noch gerne Streit, was?«

Die Fähre legte in Dafni, dem einzigen Hafen der Mönchsrepublik, an. Über dem Gebäude der Hafenverwaltung wehte die Flagge des byzantinischen Reiches. Gleich nach Betreten der Anlegestelle mussten Peter und Nikolas einem älteren Mönch ihr Visum, das *Diamonitirion*, vorzeigen, das sie zu einem Aufenthalt von maximal vier Tagen berechtigte. Der Mönch verschwand mit den beiden Visa im Verwaltungsgebäude, und Peter konnte sehen, dass er telefonierte. Nach einer Weile kehrte er zu ihnen zurück, erklärte Nikolas barsch etwas auf Griechisch und ließ sie dann stehen. Peter wunderte sich schon nicht mehr, dass sein Bruder offenbar fließend Neugriechisch sprach.

»Was hat er gesagt?«

»Er war so freundlich, uns den Weg zur Skiti Agíou Petras zu beschreiben. Wir haben wohl einen längeren Fußmarsch vor uns.«

»Den Weg wohin?«

»Eine Skiti ist eine mönchische Gemeinschaft außerhalb eines Klosters. Manche bilden richtige Dörfer, manche sind nur verstreute Behausungen, manchmal Einsiedlerhöhlen, in denen die Mönche noch idiorhythmisch leben. Das heißt, den Mönchen dort ist geringer Privatbesitz und eine eigene Haushaltung erlaubt. Sie kommen nur zu den Gebeten und Messen zusammen und organisieren ansonsten ihr Leben eigenständig.«

»Und wie weit ist es bis zu dieser Skiti?«

»Schlappe vier Stunden, schätze ich.«

»Du machst Witze.«

Machte er nicht. Auf einem steilen Bergpfad marschierten sie stundenlang und ohne Wasser in sengender Hitze bis in ein kleines Tal im Hinterland der Halbinsel. Peter spürte die plötzliche Alterung jetzt noch deutlicher. Seine Knie und sein Rücken schmerzten, er keuchte bei jedem Schritt, und wenn sie nicht alle paar Meter innehielten, wurde er fast ohnmächtig. Von dem letzten Hügel aus, den sie zu erklimmen hatten, konnte Peter im flirrenden Hitzedunst die Skiti Agíou Petras erkennen. Ein halbes Dutzend versprengter, weißgetünchter Häuser, umgeben von kargen Nutzgärten und Beeten, in denen vereinzelt gebeugte Mönche arbeiteten. Als sie das erste Häuschen erreichten, hatte Peter einen Sonnenbrand und Blasen an den Füßen. Sein Hemd klebte salzverkrustet an seinem Rücken, seine Lippen waren aufgesprungen, seine Zunge ein aufgeschwollener, ausgetrockneter Klumpen. Er konnte nicht einmal mehr fluchen.

Ein Mönch unbestimmten Alters begrüßte sie und reichte ihnen wie selbstverständlich eine alte Glasflasche mit Wasser. Peter trank die Hälfte in einem Zug und reichte die Flasche dann seinem Bruder, der auf Griechisch mit dem Mönch sprach. Der Mönch wirkte zunächst irritiert, blicke die beiden Zwillingsbrüder immer wieder misstrauisch an, aber Nikolas sprach weiter auf ihn ein und zeigte ihm auch ein Dokument mit dem Briefkopf des Vatikans.

»Das ist Bruder Spyridon«, stellte Nikolas ihm schließlich den Mönch vor. »Wir werden heute in seinem Haus übernachten.«

»Was hast du ihm erzählt?«, wollte Peter wissen. »Was ist das für ein Dokument?«

Nikolas senkte die Stimme, obwohl er auf Deutsch antwortete. »Ich musste ein bisschen tricksen, okay? Lass mich einfach machen.«

»Und wo ist Franz Laurenz?«

»Er trägt hier den Ordensnamen Kleophas.«

»Meinetwegen. Wo ist er?«

»Er ist tot.«

»Was?«

»Bruder Spyridon sagt, dass er vor zwei Wochen an einer Krankheit gestorben ist. Er war wohl sehr schwach.«

»Verdammte Scheiße.« Stöhnend ließ sich Peter auf einer Bank vor dem Haus fallen. »Ist das sicher?«

Nikolas zuckte mit den Schultern und setzte sich zu Peter. »Bruder Spyridon will uns später zu seiner Einsiedelei führen.«

Der wortkarge Bruder bewirtete sie mit lauwarmem Wasser aus seiner Zisterne, einem Gläschen Tresterschnaps, *Tsipouro* genannt, Oliven, frischem Brot und *Loukoumi*, einem süßen Fruchtgelee. Peter verschlang, was er in die Finger bekam, mäßigte sich dann jedoch, als er die missbilligenden Blicke von Bruder Spyridon sah.

Schließlich begann der Mönch unvermittelt wieder zu sprechen, langsam und ohne einen der Brüder dabei anzusehen. Nikolas übersetzte. »Bruder Kleophas lebte seit fast dreißig Jahren in dieser Skiti. Allerdings bevorzugte er die Einsamkeit.«

»Er hatte doch bestimmt auch mal Besuch?«

Nikolas übersetzte Peters Frage und kurz darauf die Antwort des Mönchs. »Nein. Er legte auch keinen großen Wert auf Kontakt zu seinen Mitbrüdern. Er war offenbar geistig verwirrt.«

»Was war passiert?«, fragte Peter.

»Sie wissen es nicht«, übersetzte Nikolas die Antwort. »Laurenz hat nie mit ihnen gesprochen.«

»Nie? Kein Wort?«, fragte Peter überrascht. »In dreißig Jahren?«

Bruder Spyridon sah Peter eindringlich an, langte nach einem robusten, knorrigen Stab aus poliertem Olivenholz und zog sich daran hoch auf die Beine. Jetzt erst erkannte Peter, dass er älter sein musste, als er angenommen hatte.

»Sie, kommen«, sagte der Mönch in gebrochenem Deutsch.

Peter und Nikolas folgten Bruder Spyridon durch die schattenlose Glut des ägäischen Mittags über einen Hügel abseits der Skiti. Der alte Mönch marschierte überraschend zügig voran, die Hitze schien er nicht einmal zu spüren.

»Da wohnt.« Bruder Spyridon deutete mit seinem Olivenholzstab vom Hügel herab in die Ferne auf eine kleine natürliche Höhle im Fels mit einem Verschlag davor. Mit einer unwirschen Handbewegung bedeutete er den Brüdern, voranzugehen.

Um so schnell wie möglich in den Schatten zu kommen, gingen die Brüder zügig vor. Als sie die Höhle und den Schatten des Verhaus davor erreichten, atmete Peter erst einmal durch, als sei er gerade von einer großen Last befreit worden. Er sah, dass Bruder Spyridon ihnen in weitem Abstand folgte.

»Und jetzt?«, fragte er.

»Kleine Inspektion. Und dann Abflug«, knurrte Nikolas schlecht gelaunt. »Die verdammte Hitze bringt mich um.«

Sie mussten die Köpfe einziehen, um durch den kleinen Eingang ins Innere der Höhle zu gelangen. Drinnen war es kühl, es roch nach Rauch, Schweiß und abgestandenem Essen. Peter konnte kaum aufrecht stehen. Nachdem sich seine Augen ein wenig an die Dunkelheit gewöhnt hatten, erkannte er Einzelheiten der Behausung. In einer Ecke ein einfaches Matratzenlager mit Wolldecken und nachlässig verteilter Kleidung. Offene Kartons und aufgeschnittene Olivenöldosen mit Habseligkeiten des Bewohners. Auf dem Boden Kerzenstummel und Bücher.

Ein roh gezimmertes Regal mit weiteren Büchern. Eine große Plastikschüssel mit einem Wasserkanister daneben, offenbar die Waschstelle. Von der Decke hingen alte Plastiktüten mit weiteren undefinierbaren Habseligkeiten. Nikolas leuchtete die ganze Höhle mit seiner Taschenlampe ab.

»Wie kann es ein Mensch über dreißig Jahre in so einem Drecksloch aushalten?«, fragte Peter laut. Nikolas gab keine Antwort, leuchtete nur das grobe Holzregal ab.

»Fällt dir was auf?«, fragte er.

Peter ließ seinen Blick noch einmal durch die Höhle schweifen. »Sieht aus, als wäre sie erst vor kurzem verlassen worden.«

»Eben.«

»Sind wir hier dann überhaupt richtig?«

»Ja, sind wir.« Nikolas zog ein altes und zerlesenes Buch aus dem Regal und reichte es Peter. Im Licht der Taschenlampe sah Peter das Spiralsymbol auf dem Cover und den Namen Franz Laurenz.

Nikolas zwängte sich durch die niedrige Tür bereits wieder hinaus ins Freie. Peter folgte ihm nicht gleich, denn trotz der stickigen Luft in dieser Eremitage genoss er doch die Kühle. Bis er draußen einen erstickten Laut hörte.

Alarmiert stürzte er aus der Höhle. Geblendet vom gleißenden Mittagslicht sah er zunächst nur die Gestalt von Bruder Spyridon. Der Mönch stand vor dem Verschlag, seinen Olivenholzstab hoch über dem Kopf erhoben. Dann erst nahm Peter die regungslose Gestalt zu seinen Füßen wahr.

Nikolas.

Zu spät. Der Knüppel traf ihn hart an der Schläfe, und die Welt verlosch in einer glutroten Wolke.

XXV

22. Juli 2011, Jerusalem

Und siehe, zwei von ihnen gingen an demselben Tag zu einem Dorf namens Emmaus, das von Jerusalem sechzig Stadien entfernt war. Und sie redeten miteinander von allen diesen Geschehnissen. Und es geschah, während sie miteinander redeten und sich besprachen, da nahte sich Jesus selbst und ging mit ihnen. Ihre Augen aber wurden gehalten, sodass sie ihn nicht erkannten.

Und er sprach zu ihnen: Was habt ihr unterwegs miteinander besprochen, und warum seid ihr so traurig? Da antwortete der eine, dessen Name Simon Kleopas war, und sprach zu ihm: Bist du der einzige Fremdling in Jerusalem, der nicht erfahren hat, was dort geschehen ist in diesen Tagen?

LK 24,13–18

Maria kannte die Stelle aus dem Lukasevangelium. Viele Male hatte sie die Passage über die erste Begegnung des auferstandenen Christus mit seinen Verwandten gelesen und doch nie wirklich beachtet. Diese letzten Absätze nach der eindringlichen Schilderung der Kreuzigung und der Grablegung waren ihr immer nur wie ein schwacher Trost nach der großen Katastrophe erschienen. Jesus selbst kam ihr darin erschöpft und glanzlos vor, gar nicht mehr in dieser Welt. Maria kannte die Stelle nicht, weil sie ihr Trost spendete oder das Feuer ihres Glaubens nährte, sondern weil sie einfach zur Passionsgeschichte dazugehörte.

Und nun dieser Zettel mit ausgerechnet dieser Stelle.

Maria saß im Klostergarten der Dormitio-Abtei und wartete auf Don Luigi. Sie hatte nur wenig geschlafen, die Aufregung des Einbruchs und das Rätsel um die Bedeutung ihres Fundes hatten sie die meiste Zeit über wach gehalten.

Und nicht umsonst.

Einer der Benediktiner des Klosters grüßte sie freundlich im Vorbeigehen, doch Maria nickte nur abwesend zurück. Nervös wartete sie, bis sie die vertraute Gestalt von Don Luigi erkannte, der gemächlich durch den Garten schlurfte und sich dann zu ihr auf die Bank setzte. Kaum saß er, zündete er sich eine Zigarette an. Nicht die erste an diesem Morgen, vermutete Maria.

»Ein wunderschöner Morgen, nicht wahr? Wenn es nach mir ginge, könnte ich den Rest meines Lebens in diesem Garten verbringen.«

»Was spricht dagegen?«

Don Luigi blies Rauch aus und sah hinauf in den makellosen Himmel über der Heiligen Stadt.

»Nicht viel. Nur, dass dieser Rest vermutlich in Tagen bemessen ist.«

»Sie sollten weniger rauchen und weniger schwarzsehen, Don Luigi.«

Er lächelte sie an. »Und beides liegt nicht in meiner Natur. Ich hoffe nur, dass mir noch genug Zeit bleibt, ein wenig von der ungeheuren Schuld abzutragen, die ich auf mich geladen habe. Also, wo stehen wir an diesem wunderschönen Morgen?«

»Ich habe Dr. Tanaka gebeten, den Zettel mit dem griechischen Text zu analysieren«, begann Maria ohne weitere Umstände. »Aber auch ein Team der besten Forensiker und Dechiffrierungsexperten konnte nichts finden. Das Blatt enthält keine verborgene Schrift, der Text ist identisch mit einer aktuellen griechischen Ausgabe des Neuen Testaments.«

»Sonst irgendwelche Spuren?«

»Fingerabdrücke von Panagiotis Kleopatros und DNA-Spuren, die noch ausgewertet werden.«

»Das ist nicht viel.«

»Nein. Wir müssen mit dem arbeiten, was wir haben: das Buch meines Vaters mit diesem Textfragment, wasserdicht versteckt in einer Plastiktüte in einem Spülkasten.«

»Vielleicht eine bewusste falsche Fährte?«

Maria sah Don Luigi nur an. Der winkte sofort ab.

»In Ordnung. Also ein Hinweis. Bloß auf was?«

»Zunächst auf die Träger des Lichts«, sagte Maria. »Darauf lässt die Seite mit dem Doppelkreis schließen, in der der Text steckte. Da Kleopatros das Buch meines Vaters kannte, ist außerdem anzunehmen, dass er dem Orden vom Heiligen Schwert angehörte.«

»Habe ich heute Morgen überprüft«, sagte Don Luigi. »Negativ. Der Orden führt ihn nicht. Die sterblichen Überreste der Leiche weisen auch keine Schwerttätowierung auf.«

»Wie auch immer, ich bin sicher, dass Kleopatros *nicht* zu den Trägern des Lichts gehörte«, sagte sie mit Nachdruck.

»Okay, weiter.«

»Der Text aus dem Lukasevangelium. Was fällt uns auf?«

»Der Name Simon Kleopas.«

»Genau.« Sie nickte. »Ich glaube, das ist die Spur. Historikern zufolge muss Kleopas ein entfernter Verwandter von Jesus gewesen sein. Ein Onkel. Oder Cousin. Er begegnet dem Auferstandenen, erkennt ihn aber nicht sofort. Sie gehen ein Stück des Weges. Wohin?«

»Nach Emmaus.«

»Das liegt angeblich sechzig Stadien von Jerusalem entfernt. Ein griechisches Stadion entspricht etwa hundertneunzig Metern. Macht elfeinhalb Kilometer.« Maria breitete eine Straßenkarte auf ihren Knien aus, auf der sie bereits einen Kreis von etwa elf Kilometern um den Tempelberg herum gezogen hatte, und tippte auf einen kleinen Ort nordöstlich der Stadt.

»Abu Ghosh. Ein arabisches Dorf, das aber traditionell gute Beziehungen zu den jüdischen Nachbargemeinden hat. Nach jüdischer Überlieferung wurde dort die Bundeslade nach der

Rückgabe durch die Philister untergebracht. Die Kreuzfahrer identifizierten den Ort mit dem biblischen Emmaus. Historiker sind sich da nicht ganz einig, aber der Ort ist tatsächlich fast neuntausend Jahre alt und die Entfernung stimmt.«

»Nicht schlecht, Schwester Maria!«, sagte Don Luigi anerkennend.

»Ja. Und diese väterliche Art können Sie sich schenken. Rauchen Sie noch eine und hören Sie einfach zu. Also. Abu Ghosh war im ersten Jahrhundert Standort der zehnten Legion, die im Jahr 72 die jüdische Festung Herodium eroberte und den Bar-Kochba-Aufstand niederschlug. Dieser zehnten Legion gehörte auch ein gewisser Marcus Pinarius Corvus an, der es bis zum Centurio brachte und dann nach Rom zurückkehrte, wo sich seine Spur verliert – bis sie vor wenigen Wochen unter dem Pantheon wieder auftauchte. Da sind Peter und ich nämlich auf seine verkohlte Leiche gestoßen. Er hielt das Amulett mit dem Spiralsymbol in der Hand, und in seiner Nähe haben wir eine alte Mayahandschrift gefunden.«

Don Luigi kam nicht dazu, seine Zigarette anzuzünden. Er pfiff beeindruckt durch die Zähne. »Jetzt bin ich auf Ihre Schlussfolgerung gespannt, Schwester.«

»Gibt noch keine. Aber die Spur führt ja offensichtlich nach Abu Ghosh, und da werden wir uns jetzt gleich mal umsehen. Abu Ghosh ist nämlich für zwei Dinge berühmt ...«

Don Luigi ließ die unangezündete Zigarette erneut sinken und sah Maria aufmerksam an.

»Das weltbeste Humus«, sagte Maria. »Und eine Kreuzfahrerkirche.«

Ein Taxi brachte sie in ein gepflegtes arabisches Dorf mit weiß getünchten Häusern zwischen Palmen, Zypressen, Olivenbäumen und zahlreichen Restaurants, die alle mit ihrem legendären Humus warben, das sogar in die ganze Welt verschickt wurde. Da der Ort nicht von der Sabbatruhe betroffen war, waren die

Lokale gerade an Samstagen ein beliebtes Ausflugsziel jüdischer Familien. An diesem Montagmorgen jedoch herrschte kaum Betrieb auf den Straßen. Die Auferstehungskirche aus dem zwölften Jahrhundert lag gegenüber einer Moschee im Zentrum des Ortes und gehörte zu einem kleinen Lazaristenkloster. Ein trutziges Kirchlein aus hellem Sandstein duckte sich unscheinbar zwischen die Häuser, wie um sich zu verbergen. Eine Festung eher als eine Kirche, mit bis zu drei Meter dicken Mauern und Fenstern wie Schießscharten.

Maria und Don Luigi betraten die Auferstehungskirche über den Seiteneingang. Sie waren die einzigen Besucher. Maria blickte sich suchend in dem kleinen Kirchenschiff mit der kreuzgratgewölbten Decke um und betrachtete die Reste der mittelalterlichen Fresken aus der Templerzeit. Von den oberen Abschnitten der Wände und Säulen leuchteten ihnen die Passionsgeschichte, Heiligendarstellungen und Ornamente in immer noch prächtigen Farben entgegen.

»Die Kirche wurde über einer byzantinischen Kapelle, und diese wiederum über einem römischen Kastell errichtet«, erklärte Maria. »Wenn man weiter in die Tiefe gräbt, wird man vermutlich auf noch ältere Kultstätten stoßen. Wie so oft. Spüren Sie es, Don Luigi? Dies war schon immer ein heiliger Ort.«

»Wonach suchen wir?«, fragte Don Luigi.

»Ich weiß es nicht. Irgendein Zeichen. Suchen Sie die Fresken ab. Achten Sie auch auf mögliche Ritzungen im Stein.«

Sie versuchten, systematisch vorzugehen, und nahmen sich nacheinander jeden Teil des dreischiffigen Kirchenraumes vor. Maria tastete die Wände im Vorbeigehen mit den Fingern ab, um eingeritzte Symbole oder Zeichen zu entdecken. Aber auch nach zwei Stunden intensiver Suche waren sie bis auf verschiedene Abbildungen des Tatzenkreuzes der Templer immer noch nicht auf einen Hinweis gestoßen.

»Nur die Ruhe«, sagte Maria, mehr zu sich selbst. »Ich bin

sicher, dass es einen Hinweis gibt. Womöglich liegt er direkt vor unserer Nase und wir sehen ihn bloß nicht.«

Allmählich füllte sich die Kirche mit Pilgern und Touristen. Maria registrierte, dass ein alter Mann, Kleidung und Kippa nach ein jüdischer Dorfbewohner, sie schon eine Weile beobachtete. Als der Mann sah, dass sie ihn bemerkt hatte, wandte er sich ab und verließ die Kirche. Maria eilte ihm hinterher, aber als sie aus der Kirche trat, war der Mann nicht mehr zu sehen.

»Was war?«, fragte Don Luigi hinter ihr.

»Nichts. Nur so ein Impuls.«

»Machen wir weiter?«

»Nein, wir warten«, sagte Maria entschieden.

»Worauf?«

»Ich weiß es nicht! Wir warten einfach, okay?«

Don Luigi zuckte mit den Achseln. »Sie sind der Boss, Schwester.«

Unweit der Kirche lag eines der unzähligen Humus-Lokale. Maria und Don Luigi kehrten dort ein und bestellten Tee und einen Teller mit gemischten Vorspeisen. Die ganze Zeit über ließ Maria keinen Blick von der Kirche.

»Es ist da irgendwo«, murmelte sie. »Ich weiß es.«

Ein Gedanke ging ihr nicht aus dem Kopf. Nachdenklich und schweigend beendete sie ihr Essen.

»Würde es Ihnen etwas ausmachen, hier auf mich zu warten?«, wandte sie sich nach einer Weile wieder an Don Luigi.

Der ehemalige Papst schüttelte den Kopf. »Was haben Sie vor?«

»Ist nur so eine Idee.«

»Und dazu müssen Sie alleine sein?«

»Tun Sie mir einfach den Gefallen und warten hier auf mich, ja? Bitte.«

Don Luigi nickte seufzend. Maria ließ ihm etwas Geld da und ging zurück zur Kirche. Sie setzte sich in eine der vorderen

Bänke, griff nach ihrem Amulett und begann stumm den Rosenkranz zu beten. Die Zeit verging klickend mit jeder Perle des Amuletts, mit jedem Gebet. Pilger kamen, machten Fotos, gingen wieder. Eine amerikanische Touristin sang ein frommes Lied. Maria achtete nicht darauf, ließ nur Perle für Perle durch ihre Finger gleiten.

Bis jemand neben ihr Platz nahm. Maria wandte sich ein wenig um und erkannte den alten jüdischen Mann von vorhin wieder. Er sah sie nicht an, blickte nur geradeaus auf den Altar.

»Eine schöne Kirche«, sagte Maria auf Englisch.

»Ja, das ist sie.«

»Kommen Sie aus dem Ort?«

»Ich wohne hier schon mein ganzes Leben.«

Maria nickte, als wisse sie das längst. »Und kommen Sie oft hierher?«

»Ja. Praktisch jeden Tag.«

»Aber Sie sind doch jüdisch.«

Der Alte lachte. »Na und? Dies war nicht immer eine katholische Kirche. Aber Sie, Schwester, Sie sind auch nicht nur zum Beten hier. Was tun *Sie* hier? Sie und dieser Priester da drüben bei Abu Shukri, der aussieht wie aus einem schlechten Mafiafilm. Was suchen Sie hier?«

Maria wandte sich dem Alten zu. Gebräuntes, runzeliges Gesicht. Aber es waren seine Augen, die sein wahres Alter verrieten. Lebendige, aber ungewöhnlich helle Augen, wie unter der Last einer Ewigkeit ausgeblichen.

»Ich suche *Sie*, Mr. Kohn.«

Der Alte seufzte.

»Sie müssen mich mit jemandem verwechseln.«

Maria schüttelte den Kopf. »Ich glaube nicht.« Sie zog das Amulett aus der Tasche und reichte es dem Mann. Der Alte schwieg. Blickte Maria prüfend an, als versuche er sich zu erinnern, wo er sie schon einmal gesehen hatte. Schließlich überwand er sich seufzend, nahm das Amulett entgegen und betrachtete es wie einen verlorenen Gegenstand, der nach langer Zeit wieder zu ihm zurückkehrte.

»Sie sehen ihr ähnlich«, sagte er leise.

»Wem?«

»Maria. Meiner Mutter.«

Maria starrte ihn an. Der Alte lächelte jetzt breit. »Das war ein Kompliment, Schwester. Kein Grund, sich zu erschrecken.« Er reichte Maria das Amulett zurück. »Ich habe viele Namen gehabt in meinem Leben. Kohn heiße ich schon lange nicht mehr. Die Leute hier in Abu Ghosh nennen mich Shimon Bar-Kleophas. Der Sohn des Kleophas. Aber auch das stimmt nicht. Denn mein wahrer Name ist Shimon Bar Rabban. Der Sohn von Yeshua Bar Rabban.«

XXVI

24. August 2013, Athos, Griechenland

Traue niemandem.

Hatte sie gesagt. Sie hatte es schließlich gesagt.

Das Rot wich der Dunkelheit. In der Dunkelheit war Leben, Bewegung, Räuspern und Nervosität. Aber in der Dunkelheit war auch Schmerz, der in wilden Stößen durch seinen Kopf pumpte, und aus dem Zentrum dieses Schmerzes sickerte etwas Feuchtes, rann seine Schläfe hinab und weiter in seinen Nacken. Seine Zunge ein geschwollener Klumpen, der Geschmack von Erde und Metall.

Peter versuchte, sich zu bewegen, musste aber feststellen, dass er an Armen und Beinen gefesselt war. Als er an seinen Fesseln ruckte, stieß er gegen Nikolas, der neben ihm aufstöhnte. Das beendete die Bewegung und das Räuspern im Dunkeln. Jemand stieß ihn mit einem Knüppel in die Seite.

»Wer seid?«, fragte Bruder Spyridon aus dem Dunkel der Höhle auf Deutsch. Peter konnte jetzt sein Gesicht erkennen, schwach beleuchtet von einigen Kerzen am Boden. Bruder Spyridon stieß ihn erneut mit dem Olivenholzknüppel in die Seite. »Wer seid?«

Was soll die Frage?

Der Kopfschmerz ließ kaum einen klaren Gedanken zu. »Das wissen Sie doch«, ächzte Peter ungehalten. »Sie haben doch unsere Papiere gesehen.«

»Papiere Dreck. Wer seid?«

»Ach, leck mich.«

Er hatte keine Lust mehr. Überhaupt keine Lust mehr. Sollte er ihn doch niederknüppeln. Umso eher würde er wieder bei Maya sein.

»Wir brauchen Ihre Hilfe, Laurenz«, hörte er jetzt die Stimme seines Bruders neben sich. »Sie sind doch Laurenz, nicht wahr? Beziehungsweise Bruder Kleophas.«

Peter richtete sich etwas auf.

Traue niemandem.

Der Mönch schwieg.

»Es geht um Ihr Buch und alles, was damit zusammenhängt«, fuhr Nikolas fort. »Ich glaube, Sie wissen schon, was ich meine. Sonst hätten Sie sich hier nicht versteckt.«

Der Mönch stieß Nikolas mit dem Knüppel in die Seite.

»Schweig!«, rief er jetzt mit überraschend klarer Stimme und dann weiter in bestem Deutsch: »Ich weiß, wer ihr seid. Ich habe immer gewusst, dass ihr eines Tages kommen würdet. Ihr seid die Brüder des Todes.«

In diesem Augenblick hatte Peter genug. Er hatte einfach die Schnauze voll von Symbolen, apokalyptischen Visionen, Andeutungen, Hitze, Höhlen, Mönchen und Todesdrohungen.

»Blödsinn, Alter!«, herrschte er den Mönch an, bei dem es sich offenbar wirklich um Franz Laurenz handelte. »Wenn das so wäre, wärst du längst tot. Oder wir. Aber nein, wir sind zusammen hier in diesem Drecksloch und spielen lustige Ratespiele. Also entweder bindest du uns jetzt los und wir fangen endlich an, vernünftig miteinander zu reden, oder …«

»Oder?« Kleophas' Stimme klang jetzt belustigt.

»Leck mich. Nichts oder. Mach uns los, verdammt noch mal!«

Er wollte weiterfluchen. Aber Nikolas unterbrach ihn. »Halt die Klappe, Peter.«

Bruder Kleophas rückte etwas näher und reichte ihnen beiden einen Becher mit Wasser. Dann setzte er sich wieder zurück auf sein Lager. »Ich höre.«

Traue niemandem.

Dennoch erzählten sie. Von ihren gemeinsamen Visionen, dem Flugzeugabsturz, dem blonden Jungen und wie sie das

Buch bei Don Luigi gefunden hatten. Kleophas hörte zu, unterbrach sie kein einziges Mal. Als sie fertig waren, rückte er erneut an sie heran, zerschnitt ihre Fesseln und deutete auf die Plastikschüssel und den Wasserkanister.

»Trinkt und wascht euch. Ich warte draußen.«

Peter und Nikolas rieben sich ihre schmerzenden Gelenke und tranken gierig aus dem Kanister. Das Wasser schmeckte schwach nach Diesel. Es war ihnen egal. Sie wuschen sich das Blut ihrer Platzwunden von Kopf und Hals und folgten Bruder Kleophas dann ins Freie. Auf seinen Stab gestützt stand der Mönch regungslos vor der Höhle und sah in die Richtung, in der hinter dem nächsten Hügel die Skiti lag. Überrascht bemerkte Peter, dass die Sonne bereits sehr tief stand.

Das Licht blendete ihn und verstärkte die Kopfschmerzen von dem Schlag vorhin wieder. »Und was geht mich das alles an?«, fragte Bruder Kleophas. »Ich kenne euren Don Luigi nicht einmal.«

»Kommt Ihnen irgendwas von dem, was wir Ihnen erzählt haben, vielleicht bekannt vor?«

»Nein. Es sind *eure* Visionen, nicht meine.«

»Und warum konvertiert ein katholischer Priester von einem Tag auf den anderen zum orthodoxen Christentum und zieht sich für den Rest seines Lebens auf den Athos zurück?«

»Ich hatte eine spirituelle Offenbarung.«

»Kurz nach Erscheinen Ihres Buches?«, hakte Peter nach. »Blödsinn. Vor was sind Sie geflohen? Warum mussten Sie hier untertauchen?«

Kleophas wandte sich ihnen wieder zu. Peter las einen unbestimmten Kummer in seinem Blick, aber auch Härte und Entschlossenheit.

Nein, dieser Mann ist bestimmt alles andere als geistig verwirrt.

»Ihr müsst jetzt gehen«, sagte Kleophas. »Und kommt nicht wieder. Ich habe euch nichts zu sagen.«

»Was ist damals in Israel passiert?«, versuchte Nikolas es erneut.

»Geht«, wiederholte Kleophas. »Möge Gott euch helfen, das zu finden, was ihr sucht.«

Damit zog er sich in seine Höhle zurück und ließ die beiden Brüder einfach stehen. Peter wollte ihm folgen, doch Nikolas hielt ihn zurück.

»Lass ihn. Wir übernachten in der Skiti und kommen morgen wieder.«

Peter nickte. Müde und schweigend nahmen sie den schmalen, felsigen Weg zurück. Peter dröhnte immer noch der Kopf bei jedem Schritt. Aus der Richtung der Skiti wehte fernes Hundegebell zu ihnen herüber. Es dämmerte bereits, als sie über den Hügel kamen, hinter dem die Skiti lag. Und dann sahen sie es.

Peter hatte den Rauch hinter dem Hügel die ganze Zeit über für Feuerstellen gehalten. Jetzt aber sah er, dass sämtliche Hütten der kleinen Ansiedlung brannten. Vereinzelt konnte er auch regungslose Mönche vor den Hütten oder in den kleinen Gärten erkennen. Außer einigen Hunden, die panisch das Feuer anbellten, bewegte sich da unten jedoch nichts. Fassungslos starrten die Brüder einen Augenblick auf das brennende Dorf unter ihnen.

Traue niemandem.

»Scheiße!«, stieß Nikolas hervor.

Peter löste sich als Erster aus seiner Starre und wollte den Hügel hinabrennen, doch Nikolas hielt ihn erneut zurück und zog ihn zu Boden.

»Nicht, Peter!«

»Wie, nicht? Wir müssen da runter! Vielleicht können wir noch irgendjemand retten!«

»Verdammt, schau doch hin!«

Er deutete auf eine Stelle am Rande der kleinen Siedlung. Erst jetzt erkannte Peter den schwarzen Helikopter. Er stand breitbeinig zwischen zwei Häusern, wie ein bösartiges Insekt, das auf seine nächste Beute lauert. Peter sah jetzt auch, wie zwei schwarz gekleidete Gestalten einen Mönch aus einem der brennenden Häuser zerrten. Der Mönch wand sich, wehrte sich mit letzten Kräften. Die beiden Männer stießen ihn rüde zu Boden. Dann griff einer der beiden nach einer Waffe und schoss ihm in den Kopf.

»Verdammt, Niko, wer sind die?«

»Ich hab keine Ahnung. Aber glaubst du, dass die nach jemand anderem als uns und Laurenz suchen?«

Nein, glaubte er nicht. Sie robbten rückwärts außer Sichtweite und rannten dann zurück zur Einsiedelei. Die Sonne war inzwischen untergegangen, nur ein letzter Rest der Dämmerung ließ sie überhaupt noch den Weg erkennen. Sie rannten, während sich die Luft hinter ihnen schon mit dem fernen Wummern des Rotors füllte.

Traue niemandem.

Es war wie ein Mantra seit der Begegnung mit Maya. Und diesem Mantra folgte nun ein anderer Gedanke, während er Nikolas hinterherrannte und den Hubschrauber inzwischen deutlich hören konnte, irgendwo hinter ihnen.

Was, wenn diese Typen nur euch suchen? Was, wenn Laurenz sie gerufen hat, weil ihr ihn aufgestöbert habt?

»Niko, warte!«

Aber Nikolas hatte die Höhle bereits erreicht. Peter konnte im Zwielicht die Gestalt von Bruder Kleophas erkennen, der seinen Olivenholzknüppel wieder kampfbereit erhoben hatte.

»Niko, Vorsicht!«, brüllte Peter.

»Ihre Mitbrüder sind tot!«, hörte er seinen Bruder rufen. »Wir müssen hier weg!«

Jetzt erreichte auch Peter keuchend den Verschlag. Kleophas zögerte, sah beide Brüder an und verstand dann.

»Ich muss nur noch was holen.«

»Beeilung!«, schrie Peter, der den dunklen Himmel vergeblich nach dem Heli absuchte, dessen Rotorenwummern irgendwo über ihnen die Nacht zerhackte.

Kleophas verschwand wieder in der Höhle und kehrte kurz darauf mit einem alten Umhängebeutel zurück, in den er hastig einige Sachen, eine Bibel und sein Symbolbuch gestopft hatte. Er deutete in die Richtung, in der nicht weit entfernt das Meer liegen musste.

»Da lang. Wie viele sind es?«

»Zwei, soweit wir sehen konnten«, keuchte Nikolas. »Aber sie haben einen ...«

Und in diesem Augenblick war er über ihnen, sprang sie aus der Dunkelheit heraus an. Seine Suchscheinwerfer flammten auf wie giftige Zungen, seine Rotorblätter zertrümmerten die Luft über ihnen. Geblendet griff Peter nach Kleophas und riss ihn instinktiv zur Seite. Nikolas sprang zur anderen Seite weg, nur raus aus dem Licht. Keine Sekunde zu spät, denn im nächsten Moment hämmerten Schüsse auf sie herab, während der Hubschrauber in niedriger Höhe direkt über ihnen schwebte. Peter drängte sich mit Kleophas zurück unter den Verschlag, aber er wusste, dass dies kein ausreichender Schutz gegen die Kugeln war.

»Niko!«, brüllte er. »Niko!«

Sein Bruder drängte sich zu ihnen unter das Vordach.

»Da draußen haben wir keine Chance«, keuchte er.

»Wohin denn sonst!?«

Der Hubschrauber schwebte ein Stück rückwärts und landete, während der Suchscheinwerfer sie jetzt wieder erfasste. Immerhin schossen sie nicht mehr.

»Bleiben Sie, wo Sie sind!«, dröhnte eine Lautsprecherstimme auf Englisch. »Wenn Sie fliehen, eröffnen wir wieder das Feuer.«

»Zurück in die Höhle!«, rief Kleophas.

»Da sitzen wir erst recht in der Falle!«, widersprach Nikolas.

»Vertraut mir!«

Mit einer Behändigkeit, die Peter ihm kaum zugetraut hätte,

sprang Kleophas auf und stürzte in die Höhle zurück. Peter und Nikolas zögerten keine Sekunde und folgten ihm. Drinnen stieß Kleophas sie zur Seite und schlug die schwere Holztür zu.

»Köpfe runter!«, brüllte er.

Kein Fehler, denn die Männer im Hubschrauber eröffneten sofort wieder das Feuer. Die Holztür splitterte unter der Wucht der Einschüsse – aber sie hielt. Vorerst.

»Und jetzt?«, rief Peter.

»Hier entlang!« Kleophas kroch ins hintere Ende der Höhle, wo er hastig einige Kartons und Konservendosen wegräumte und ein Brett von der Wand am Boden löste. Im Dunkel konnte Peter kaum etwas erkennen, aber er sah, dass Kleophas sich in eine Art Loch in der Wand zwängte und darin verschwand.

»Kommt!«

Als sie sich näher tasteten, erkannte Peter, dass sich hinter dem Brett in der Wand tatsächlich ein Durchgang verbarg, nicht mehr als ein Loch, in das ein Mann gerade so eben hineinpasste.

Nein. Alles, nur nicht das!

Schlagartig würde ihm übel. Die Angst, die der Adrenalinstoß der letzten Minuten noch zurückgehalten hatte, holte ihn nun ein, lähmend und würgend, füllte ihn mit Erinnerungen an einen dunklen Nachmittag voller Panik, als Nikolas ihn aus Wut in einem Kellerschrank eingesperrt und dort über Stunden allein gelassen hatte.

»Ich kann das nicht«, keuchte er.

Nikolas verstand sofort. »Doch, du kannst das, Peter. Los, mach schon, denk einfach nicht dran. Ich bin gleich hinter dir. Und jetzt mach schon!«

Ehe Peter protestieren oder noch einmal Luft holen konnte, schob Nikolas ihn in das Loch. Peter kämpfte gegen die Panik an, aber mehr noch kämpfte er sich jetzt vorwärts, um nicht in dem engen Schacht stecken zu bleiben. Er stieß sich den Kopf und wurde fast ohnmächtig von dem Schmerz. Blind, die Arme ausgestreckt, Staub und Moder atmend, arbeitete er sich mit Händen und Füßen vor, eine Ewigkeit, wie ihm schien. Bis jemand seine Hände packte und ihn aus dem Schacht in eine etwas größere Kammer zog.

Peter sank gleich wieder auf die Knie und übergab sich.

»Ganz ruhig!«, zischte Kleophas und entzündete eine Kerze. »Das war erst der Anfang. Aber so eng wird es auch nicht mehr.«

Sie warteten auf Nikolas, der sich kurz hinter Peter aus dem Schacht herauswand. Dann leuchtete Kleophas mit der Kerze in einen Winkel der Kammer. Peter konnte einen gewundenen natürlichen Gang erkennen. Ein Luftzug ließ die Kerze flackern.

»Bleibt dicht hinter mir. Wir müssen uns beeilen.«

»Wohin führt dieser Gang?«, wollte Nikolas wissen.

»Es ist ein ganzes System von Gängen«, korrigierte Kleophas. »Unterirdische Flussläufe. Im Winter würden wir hier absaufen.«

»Und Sie kennen den Weg.«

»Mehr oder weniger.«

Peter fluchte. Kleophas ging wieder vor, führte sie durch Dunkelheit und Enge, gefühlt stundenlang. Manchmal erweiterten sich die Höhlengänge zu riesigen Kavernen und Domen. Dann wieder mussten sie sich durch Spalten zwischen Felsblöcken zwängen. Durch die Anstrengung und das Adrenalin hielt sich Peters Platzangst so weit in Grenzen, dass er Schritt halten konnte und sich nicht mehr übergeben musste. Kleophas schien den Weg genau zu kennen und drängte zur Eile. Wenn sie kurz verschnauften, horchte Peter in das Dunkel, das sie hinter sich gelassen hatten, aber von ihren Verfolgern war nichts zu hören.

»Sie sind da«, versicherte Kleophas jedoch. »Sie folgen uns bereits, glaubt mir. Los, weiter!«

»Das heißt, Sie wissen, wer die sind?«, fragte Peter.

»Aber natürlich. Ihr seid nicht die einzigen, die Visionen haben. Ich habe dreißig Jahre darauf gewartet, dass sie mich eines

Tages finden würden. Nun, wie es aussieht, habt ihr sie auf meine Spur gelockt.«

»Und was wollen die von Ihnen?«, fragte Nikolas.

Kleophas sah Nikolas im Schein der Kerze an. »Den Schlüssel natürlich.«

Ohne auf Peters Nachfrage zu reagieren, eilte er weiter durch das Höhlenlabyrinth. Immerhin schien er tatsächlich genau zu wissen, welchen Weg er nehmen musste. Bis ein fahler Lichtschein die Dunkelheit verdünnte. Peter hörte Meeresrauschen. Der Gang führte hinauf in eine offene Höhle im Fels, groß genug, um sich darin aufrichten und direkt in den aufgegangenen Vollmond blicken zu können. Als Peter an den Rand der Höhle trat, sah er tief unter sich das Meer.

»An der Seite gibt es einen schmalen Pfad«, erklärte Kleophas. »Er führt direkt runter zum Meer.«

»Und dann?«

»Warten wir.«

»Worauf?«

»Auf das Boot.«

Weitere Auskünfte gab er auch diesmal wieder nicht, sondern begann nach einer kurzen Verschnaufpause mit dem Abstieg. Er bewegte sich behände und geschickt, als habe er sein Leben lang nichts anderes getan, als in den Höhlen und Klippen des Athos herumzuklettern. Peter und Nikolas folgten ihm, bis sie einen kleinen Felsvorsprung in der Brandung erreichten. Die vorgelagerten Felsen bildeten hier eine kleine Bucht in der Gischt, breit genug, um mit einer kleinen Barkasse anzulegen.

»Gebt mir ein Handy!«, verlangte Kleophas, und Nikolas reichte ihm sein Telefon. Kleophas wählte eine Nummer und sprach dann leise auf Griechisch mit jemandem.

»In einer Stunde werden wir abgeholt«, sagte er, als er Nikolas das Handy zurückreichte.

»Dann können Sie uns solange vielleicht erklären, welchen Schlüssel Sie vorhin meinten«, sagte Nikolas.

Bruder Kleophas blickte die beiden Brüder an, und zog schließlich einen kleinen, in Lappen eingewickelten Gegenstand aus seinem Stoffbeutel, den er sorgsam auspackte wie etwas Heiliges. Peter sah, dass es sich dabei um mehrfach gefaltete Metallblätter handelte. Die einzelnen Blätter glänzten golden in der Morgensonne und bildeten im entfalteten Zustand ein längliches, viereckiges Blatt mit sechsundfünfzig regelmäßigen Quadraten und eingeprägten Zeichen und Symbolen.

»Ich habe ihn vor vielen Jahren im Heiligen Land gefunden, nachdem mich meine Studien der Symbole zu ihm geführt hatten«, erklärte Kleophas. »Vielleicht hätte ich ihn nie mitnehmen sollen. Aber ich hatte damals meine erste Vision, und ein Engelswesen befahl mir, den Schlüssel an mich zu nehmen und ihn zu verwahren, bis zwei Brüder kommen würden, denen ich den Schlüssel übergeben sollte. Allerdings warnte mich das Wesen mit dem Echsenkopf, dass die Mächte des Lichts mich verfolgen würden, um diesen Schlüssel in ihren Besitz zu bringen. Noch im Heiligen Land entging ich nur knapp einem Mordanschlag. Danach bin ich untergetaucht.«

»Um dreißig Jahre darauf zu warten, dass wir eines Tages kommen würden?«

Kleophas nickte, weigerte sich jedoch, Peter oder Nikolas die Metallplatte auszuhändigen.

»Erst, wenn wir dort sind«, sagte er.

»Und dort heißt wo?«, fragte Nikolas.

Kleophas sah ihn an. »Haben Sie das nicht längst an meinem Ordensnamen erraten?«

»Sagen wir, ich hatte so eine Vermutung«, sagte Nikolas

»Erklärt mir mal einer von euch, was ihr meint?«, schaltete sich Peter ein.

»Emmaus«, sagte Nikolas. »Dem Lukasevangelium nach begegneten dort Kleophas und ein Freund als Erste dem auferstandenen Jesus. Der Ort heißt heute Abu Ghosh.«

Peter betrachtete das Metallstück mit den Symbolen in Kleophas' Händen.

»Das ist ein Schlüssel?«

»Die eine Hälfte.«

Peter nickte. »Was verschließt er?«

»Die Apokalypse«, erwiderte Bruder Kleophas so ruhig, als spreche er über Putzmittel in einer Abstellkammer. »Den Tod der gesamten Menschheit.«

»Ach so. Na dann.«

»Sie sagten, die eine Hälfte des Schlüssels«, sagte Nikolas. »Und wer hat die andere?«

Kleophas sah ihn irritiert an, wie einen Schüler, der den simpelsten Zusammenhang nicht verstanden hat.

»Da bin ich ja froh, dass du auch mal was nicht weißt«, sagte Peter. »Was Bruder Kleophas uns so dezent und einfühlsam sagen will, ist: *Wir* sind die andere Hälfte.«

XXVII

22. Juli 2011, Jerusalem

In den letzten Nächten hatte sie schon nicht mehr geschlafen. Wenn überhaupt, dann nur für kurze, unruhige Stunden am Nachmittag. Sie verließ das Hotel nur noch, um sich mit Cola, Obst, Falafel, Malkartons und Farben zu versorgen, kehrte aber immer sofort wieder zurück.

Um weiterzumalen. Rastlos, schlaflos, zu Tode erschrocken.

Die Bilder entstanden in immer schnellerer Abfolge. Als ob die unselige Geschichte, die sich in ihnen entwickelte, zunehmend an Fahrt gewinne, um unweigerlich in die Apokalypse zu münden. Rahel hatte die ganze letzte Nacht durchgemalt. Jetzt war sie fertig, das letzte Bild war gemalt. Rahel wusste, dass es das letzte Bild dieser Serie war, womöglich das letzte, das sie je malen würde. Dieses letzte Bild zeigte eine tote, vollkommen erloschene Welt, verlassen von aller Gnade und auch dem Bösen, das sie infiziert und vernichtet hatte. Eine Welt des Lichts, aber ohne Hoffnung, und in der Mitte dieser Welt glühte wie eingebrannt ein uraltes Symbol. Ein doppelter Kreis.

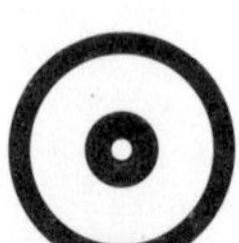

Rahel wusste selbst nicht mehr, warum sie dieses Symbol der erloschenen Welt aufgeprägt hatte wie ein Brandzeichen. Aber je länger sie das Bild betrachtete, desto klarer wurde ihr, dass dieses Bild mehr war als eine Vision ihrer überspannten Fantasie. Dies war die Zukunft.

Im freundlichen Licht des römischen Vormittages hielt Rahel erschöpft inne, trank lauwarme Cola aus der Flasche und betrachtete die Bilder, die sie überall in dem kleinen Zimmer aufgestellt hatte, schön der Reihe ihres Entstehens nach. Ganz gegen ihren gewohnten Stil glichen die Bilder nun großformatigen Comics. Manche in leuchtenden Farben, andere wieder einfarbig und düster. Die ersten zeigten hügelige Wüstenlandschaften der Jerusalemer Umgebung, ein kleines geducktes Dorf, menschliche Schatten, die sich verloren vor einer festungsartigen, kleinen Kirche bewegten. Rahel hatte das Dorf und die Kirche mehrfach aus verschiedenen Blickwinkeln gemalt, einmal sogar aus der Vogelperspektive. Wie einen vertrauten Ort ihrer Kindheit, obwohl sie keine Ahnung hatte, ob dieses Dorf überhaupt existierte. Die nächsten Bilder zeigten Jerusalem, die Altstadt, den Tempelberg. Allmählich befreiten sich die Schatten aus dem Ungefähren, bekamen Gesichter und Gestalt. Rahel erkannte sich selbst, verfolgt von einem Priester mit einem grauen Pferdeschwanz. Der Priester tauchte in den folgenden Bildern noch öfter auf, immer in Begleitung eines weiß gekleideten Jungen ohne Augen. Einmal tötete er Shimon Kohn und seine Familie auf bestialische Weise, dann eine dunkelhaarige Frau, der er ein blaues Amulett entriss, ganz ähnlich dem, das Shimon Kohn ihr gegeben hatte. In einem der nächsten Bilder erschien eine Nonne, umringt von durchscheinenden echsenartigen Wesen. Sie rief einem am ganzen Körper tätowierten Mann etwas zu, aber der Mann schien sie nicht zu hören. Im folgenden Bild hatte Rahel sich selbst in der kleinen Kirche gemalt, abseits einer Gruppe von Menschen, die etwas aus dem Kirchenboden hoben. Eine Kiste, bedeckt mit fremdartigen Schriftzeichen und Symbolen. Dann ein Blick auf den Tempelberg. Der Platz zwischen Felsendom und al-Aqsa-Moschee lag verlassen da. Am Rand war ein Schuttberg zu sehen, in dem die Nonne und ein weiterer Priester etwas suchten. Der tätowierte Mann, der Priester mit dem Pferdeschwanz und der weiß gekleidete Junge sahen aus einiger Entfernung zu, als ob sie abwarteten, was die beiden finden würden, um es ihnen dann zu entreißen. Dann kamen die letzten drei Bilder. Der weiß gekleidete Junge und der tätowierte Mann waren dabei, eine Art Urne zu öffnen. Auf der Urne war ein leuchtendes Spiralsymbol eingeprägt. Das vorletzte Bild zeigte die geöffnete Urne auf einem Berg von Leichen in allen Stadien der Verwesung. Das letzte Bild zeigte einen Straßenzug in einer namenlosen Großstadt. Aber kein Mensch war zu sehen, nicht einmal mehr Schatten, keine Seele. Häuser und Autos verwittert und verrottet. Statt einer Sonne ging gerade das Doppelkreissymbol am Horizont auf und erfüllte die Szenerie mit fahlem, bläulichem Licht. Rahel hatte dieses letzte Bild nur noch in groben Strichen gemalt, und obwohl sie nicht sagen konnte, um welche Stadt es sich handelte, war ihr klar, dass sie ohnehin nur eine Metapher für das Ende der Welt darstellte.

Aber nicht dieses letzte Bild erschreckte sie am meisten. Mehr als vor jedem anderen fürchtete sich Rahel vor einem Bild in der Mitte des Zyklus. Denn es zeigte ihren eigenen Tod. Der Tod war ein gleißendes Licht, das sie verbrannte, und Rahel wusste, dass sie nichts daran würde ändern können. Es war nur eine Frage der Zeit.

Nachdem sie die Bilder eine Weile mit wachsendem Entsetzen angestarrt hatte, traf sie eine Entscheidung. Sie brauchte Hilfe. Hilfe, die Bilder zu deuten. Hilfe, vielleicht doch zu überleben. Denn falls dieser Zyklus überhaupt irgendeinen Sinn ergab, dann doch den einer Warnung, dachte sie. Vielleicht war es noch nicht zu spät. Vielleicht ließ sich noch irgendetwas von dem, was sie gemalt hatte, aufhalten, umlenken, abwenden. Und da Jim sich immer noch nicht auf ihre E-Mail gemeldet hatte und auch nicht ans Telefon ging, fiel ihr nur ein Mensch in Jerusalem ein, der ihr helfen konnte.

Rahel trank die Cola aus, wusch sich eilig, stopfte die Bilder in eine große Mappe, legte das blaue Amulett dazu und verließ das Hotel. Sie nahm ein Taxi zur Yakar-Synagoge in der Halamed-Hey Street und bat darum, mit Rabbi Spitzer sprechen zu dürfen, es sei dringend.

Man ließ sie warten. Eine Stunde, noch eine Stunde, und eine weitere. Um was es denn bitte schön gehe? Rahel versuchte zu erklären, dass sie dringend die Hilfe des Rabbis in einer sehr wichtigen Lebensfrage benötige, aber da schien sie nicht die Einzige zu sein. Rabbi Spitzer sei ein gefragter Mann, gerade sei er zu Tisch und am Nachmittag leider sehr beschäftigt. Ob Rahel vielleicht morgen wiederkommen könne?

Nein, konnte sie nicht. Aber sie erinnerte sich an ein kleines Restaurant um die Ecke, in dem der Rabbi früher oft verkehrt hatte. Also verließ sie die Synagoge und hoffte, dass sich die Dinge in Jerusalem nicht so schnell änderten wie im Rest der Welt.

Das kleine Restaurant existierte nicht mehr. Doch zwei Häuser weiter gab es jetzt ein Café, und dort entdeckte Rahel den Rabbi vor einem Tee, einer Portion Falafel und einem offenen Buch, eine Serviette sorgfältig in den Hemdkragen gesteckt.

»Kann ich Sie kurz sprechen, Rabbi?«

Der Rabbiner blickte auf, runzelte die Stirn und schien sie zunächst nicht wiederzuerkennen. Dann aber lächelte er.

»Sie sind die Malerin!«

»Rahel Kannai. Ich brauche noch einmal Ihre Hilfe.«

»Aber Sie sehen schon, dass ich gerade esse, nicht wahr?«

»Es ist sehr wichtig.«

Der Rabbi hob die Hände. »Na, ist es das nicht immer?«

Rahel sagte nichts, erwiderte nur den prüfenden Blick des Rabbiners, bis Spitzer seufzend auf den Stuhl neben sich deutete.

»Na, setzen Sie sich schon. Also, was haben Sie auf dem Herzen?«

»Ich möchte Ihnen ein paar Bilder von mir zeigen.«

Der Rabbi verzog das Gesicht, als hätten sich seine schlimmsten Befürchtungen bewahrheitet.

»Keine Angst, ich will nicht wissen, ob sie Ihnen gefallen. Werfen Sie nur einen Blick darauf. Wenn Sie meinen, dass ich einfach nur verrückt bin, gehe ich sofort wieder, und alles ist gut.«

Rabbi Spitzer schob seinen Teller zur Seite und zupfte sich die Serviette aus dem Hemdkragen. »Na, zeigen Sie schon her.«

Rahel wandte sich kurz um und warf einen Blick durch das gut gefüllte Café. Niemand schien ihnen jedoch größere Beachtung zu schenken. Entschlossen klappte sie die Mappe vor Rabbi Spitzer auf und sah zu, wie der Rabbiner ein Bild nach dem anderen durchsah. Und sie sah die Veränderung in seinem Gesicht. Bei den ersten Bildern wirkte er noch verstimmt über die Unterbrechung beim Essen, dann jedoch wirkte er verblüfft, als ob er etwas in den Bildern wiedererkannte. Aus der Verblüffung wurde Bestürzung, als er das blaue Amulett in der Mappe fand. Und mit jedem weiteren Bild erkannte Rahel wachsenden Schrecken in seinem Gesicht. Als er die Mappe nach dem letzten Bild zuschlug, war er vollkommen blass.

»Was sagen Sie?«, fragte Rahel ängstlich.

»Ich glaube nicht, dass Sie verrückt sind, Rahel«, sagte der Rabbiner tonlos. »Ich fürchte, alles ist sehr viel schlimmer.«

Rahel zitterte am ganzen Körper. Als hätte man eine ungeheure Last von ihr genommen, nur um ihr umgehend eine noch größere aufzubürden.

»Was meinen Sie damit?«

»Ich erkenne ein paar Dinge in Ihren Bildern wieder.« Der Rabbi trank einen Schluck von seinem Tee. Rahel sah, dass auch seine Hand dabei zitterte. Dann griff er in seine Jackentasche und zog ein Handy heraus. Er blätterte die Mappe erneut durch und machte Fotos von einigen Bildern und von dem Amulett. Schließlich wählte er eine Nummer.

»Spitzer«, sagte er nur, als am anderen Ende der Leitung abgenommen wurde. »Wer spricht da? … Himmel, ich weiß, wessen Nummer das ist, ich hab ja schließlich angerufen! Geben Sie mir Chaim Kaplan. Sagen Sie ihm, es ist Ari Spitzer.«

Ungehalten wartete er, bis sein Gesprächspartner wechselte.

»Chaim? Ari hier. Ich habe etwas, dass du dir unbedingt ansehen musst. Neben mir sitzt eine junge Dame, die einige Bilder gemalt hat, die dich interessieren dürften. Ich schicke dir jetzt ein paar Fotos auf dein Handy. Ruf mich sofort zurück, ja? ... Chaim, mein Freund – hältst du mich für meschugge? ... Na, sieh dir die Bilder an, dann wirst du schon verstehen.«

Er legte auf und schickte die Fotos, die er zuvor gemacht hatte, an seinen Gesprächspartner.

»Mit wem haben Sie gesprochen?«, fragte Rahel.

»Mit dem Großrabbiner von Jerusalem.«

»Warum?«

»Weil er wissen wird, was zu tun ist.«

Kurz nachdem Spitzer die Fotos verschickt hatte, klingelte sein Handy. Spitzer nahm ab und hörte seinem Gesprächspartner eine Weile nur zu.

»Nein, es war reiner Zufall. Die junge Dame hat sich an mich gewandt. Also, was soll ich tun? ... In Ordnung, wir sind auf dem Weg.«

Er legte auf und erhob sich. »Der Großrabbiner erwartet uns.«

Rahel rührte sich nicht. »Was soll ich da?«

Rabbi Spitzer blickte sie ernst an. »Sie wissen doch, was in den vergangenen Wochen passiert ist, oder? Der Rücktritt des Papstes, der zerstörte Petersdom, der Brand im Kölner Dom, der neue Papst ein Mörder – das alles hängt zusammen. Ich weiß nicht, wie, aber der Großrabbiner hat einige Rabbis kürzlich gebeten, auf bestimmte Zeichen zu achten. Unter anderem auf blaue Amulette mit eingeritzten Symbolen. Zufällig sind wir seit vielen Jahren befreundet. Und heute kommen Sie zu mir, und in Ihren Bildern tauchen alle Zeichen auf, von denen der Großrabbiner gesprochen hat. Ich habe keine Ahnung, was das alles bedeutet, aber der Großrabbiner glaubt, dass Sie in großer Gefahr sind. Glauben Sie das auch?«

Rahel nickte.

»Würden Sie außerdem gerne verstehen, was Sie da gemalt haben?«

Rahel nickte erneut. Rabbi Spitzer reichte ihr die Hand. »Na, dann kommen Sie!«

Wie betäubt griff Rahel sich die Mappe und ließ sich von Spitzer aus dem Café ziehen. Sie bekam kaum mit, dass der Rabbi ein wartendes Taxi auf der anderen Straßenseite entdeckte und sie hastig auf den Rücksitz bugsierte. Er selbst setzte sich neben den Fahrer.

»Heichal Shlomo«, sagte er zu dem jungen palästinensischen Fahrer. »Aber schnell, mein Junge.«

Der Heichal Shlomo, *»Salomons Palast«*, lag neben der Großen Synagoge in der King Georg Street und war der Sitz des aschkenasischen Großrabbiners von Jerusalem. Eine kurze Fahrt. Rahel starrte nach vorne durch die verschmierte Windschutzscheibe, als das Taxi sich durch den dichten Verkehr lavierte.

»Haben Sie etwas auf den Bildern erkannt?«, fragte sie den Rabbiner.

»Nicht viel. Dieses Dorf auf den ersten Bildern zum Beispiel – Abu Ghosh.«

»Sagt mir nichts.«

»Umso erstaunlicher, wie realistisch Sie es gemalt haben. Es liegt etwa zehn Kilometer von hier.«

»Das macht mir alles schreckliche Angst, Rabbi.«

Spitzer lächelte sie an. »Keine Sorge, Gott ist bei Ihnen. … Und ich ebenfalls.«

Rahel versuchte, sich zu beruhigen und lehnte sich zurück. Dabei entdeckte sie eine alte Aktentasche unter dem Vordersitz. Sie zog sie heraus und reichte sie dem Taxifahrer nach vorne.

»Die muss wohl jemand vergessen haben.«

Beide, der Rabbi und der junge Fahrer, starrten die Tasche einen Moment lang an. Dann entriss Spitzer ihr die Tasche. Der

Fahrer stieß einen Fluch auf Arabisch aus und stieg voll auf die Bremse. Rahel wurde nach vorne geschleudert und fiel dann wieder zurück. Rabbi Spitzer riss die Beifahrertür auf.

Zu spät. Das Licht hüllte sie ein, blähte sich wie eine Sonne vor ihr auf, raste auf sie zu und verschlang sie, genau wie in ihrem Todesbild. Den Knall der Explosion hörte sie schon nicht mehr. Es gab nur das Licht, alles überstrahlende Helligkeit. Dann einen kurzen Moment des Schmerzes und dann – Stille. Kein Laut mehr, kein Schmerz, nur Licht. Die Welt hatte sich verschluckt, war an sich selbst erstickt.

Ich sollte etwas essen, dachte Rahel. Und dass sie zu Fuß hätten gehen sollen. Das kurze Stück. Sie fragte sich, wo ihre Mappe war. Dann hustete die Welt einmal hart auf, und der Schmerz kam zurück, flammte durch ihren ganzen Körper. Das Gleißen ließ nach, die Welt erhielt ihre Konturen zurück. Rahel sah, dass sie auf der Straße lag. Um sie herum Menschen, Geschrei, Flammen. Rahel wollte etwas sagen, wollte schreien, aber weder brachte sie irgendeinen Laut heraus, noch konnte sie sich bewegen. Sie sah einfach zu, während der Schmerz sie weiter auffraß. Sie sah die zerfetzte Leiche des Fahrers einige Meter vor sich, sah ihr eigenes Blut aus den Augenwinkeln, das wie ein kleiner Bach in den Straßenstaub sickerte. Und sie sah den Priester. Den Priester mit dem grauen Pferdeschwanz aus ihren Bildern. Er löste sich aus der Menge und trat auf sie zu. Kniete sich vor ihr hin, sah sie an, neugierig und kalt. Sein Atem roch nach Baldrian und Zimt.

»Es ist gleich vorbei, Rahel«, flüsterte er ihr zu und strich ihr übers Haar. Mit dieser uralten, väterlichen Geste schien er das Licht fortzuwischen. Die Welt vor ihren Augen bleichte aus, wurde dämmrig, als breche unvermittelt der Abend an. Dann griff der Priester nach etwas auf dem Boden neben ihr. Als er sich erhob, sah Rahel mit dem letzten Licht, dass er ihre Mappe in der Hand hielt, die wie durch ein Wunder unversehrt geblieben war. Die Mappe mit den Bildern und dem Amulett.

»Nicht!«, wollte Rahel schreien, aber sie konnte nicht. Sie konnte nur noch zusehen, wie es vollends dunkel wurde und wie der Priester mit ihrer Mappe in der Menge verschwand.

Und sie konnte sterben.

Kapitel 6

TESSERAKT

XXVIII

24. August 2013, Athos, Griechenland

Es geht mir gut. Ich war nicht allein, ich war all die Jahre nur sehr einsam.«

Mayas erste Sätze in den wenigen Minuten, die sie in Suite 306 miteinander hatten. Peter erinnerte sich an jedes Wort ihres kurzen Gesprächs. An jedes Wort, an ihr Lächeln und an den Schmerz tief dahinter. Dass sie ihm keine Schuld gebe, ihm nicht und auch nicht Ellen, hatte sie zwar gesagt, aber was half das.

»Ich hätte dich beschützen müssen.«

»Niemand hätte mich vor Raymond beschützen können. Er nimmt sich, was er will.«

Sie erzählte ihm von ihren einsamen Jahren in jener unheimlichen Zwischenwelt, bevölkert von schweigenden, schlanken Echsenwesen, vor denen sie sich jedoch offenbar nicht fürchtete. Nur vor Raymond fürchtete sie sich, jenem weiß gekleideten Jungen, der sie einst vor der Schule abgefangen und ihr das Amulett gegeben hatte.

»Nein, er hat mir nie wehgetan. Die Mh'u würden es nie zulassen. Raymonds Macht ist dort … begrenzt. Ich bin bloß eine Geisel, das ist alles. Er will dich, Papa. Er braucht dich. Nur deswegen hat er mich geschickt, dir das zu sagen. Wenn du ihm bringst, was er haben will, dann wird er mich freilassen.«

Soweit Peter verstand, konnte Raymond die Welt von Mayas *Verbannung* nach Belieben betreten und verlassen.

»Warum ausgerechnet ich?«

»Du bist der Schlüssel.«

»Der Schlüssel zu was?«

Sie hatte ihn einfach nur angesehen, ganz ruhig. *»Zur Apokalypse.«*

Einfaches Dilemma: entweder Maya retten oder die Welt.

»Tu es nicht. Es geht mir dort gut. Die Welt wird die Hölle sein, wenn Raymond bekommt, was er will!«

Peter erinnerte sich, dass er geweint hatte, und Maya, seine erwachsene Tochter, die er nicht beschützt hatte, hatte ihn getröstet. Nie zuvor hatte Peter größere Scham empfunden. Und als habe sie seine Gedanken erraten, sagte sie:

»Aber wenn du es tust, denk daran, dass du niemandem vertrauen kannst.«

»Und was ist mit Nikolas?«

»Traue niemandem!«

»Peter!«

Peter schreckte aus seinen Gedanken und sah Nikolas, der in die Nacht deutete, wo in der Ferne im Licht des Vollmonds ein großes Schlauchboot mit hoher Geschwindigkeit, aber ohne Positionslichter auf ihre Position zuhielt. Peter konnte die Umrisse von vier Gestalten im Boot erkennen.

Bruder Kleophas erhob sich von dem Felsen und starrte ebenfalls in die Richtung des Bootes, dessen Außenborder jetzt deutlich zu hören war.

»Vertraust du mir?«, fragte Nikolas leise, als Peter neben ihm stand.

Traue niemandem!

»Ja.«

»Nein, tust du nicht. Du hast mich vorgestern angelogen, mit deinem angeblichen Abendspaziergang. Du musst dazu jetzt nichts sagen. Aber es ist sehr wichtig, dass du mir vertraust. Egal, was passiert.«

Inzwischen war das Boot so nah, dass Peter vier orthodoxe Mönche erkennen konnte. Das beruhigte ihn. Er bemerkte jedoch, dass Bruder Kleophas weiterhin nervös in die Dunkelheit spähte.

»Was sollte denn passieren, Niko?«

»Wenn du mir nicht vertraust, sind wir im Arsch.«

Der Bootsmotor wurde gedrosselt. Einer der Mönche hielt ein Tau in der Hand, um es ihnen herüberzuwerfen.

»Ich kenne diese Brüder nicht!« Bruder Kleophas klang alarmiert.

Peter wandte sich zu ihm um. »Es sind *Ihre* Leute. *Sie* haben sie gerufen.«

Kleophas wich ängstlich zurück. »Ich werde nicht mit denen mitfahren.«

Das Boot stieß an den Felsen. Nikolas fing das Tau auf und machte es an einem Steinzacken fest, während der erste Mönch zu ihnen auf den Felsen sprang. Als Peter sich zu ihm umwandte, sah er, dass der Mönch eine Pistole auf ihn richtete.

»Ganz ruhig!«, sagte der Mönch auf Englisch. »Und stehen bleiben.«

Auch die anderen drei waren bewaffnet, zwei mit Maschinenpistolen, der dritte mit einer AK-47. Nikolas trat einen Schritt zurück, verhielt sich ansonsten aber ruhig.

»Wer sind Sie?«, fragte Peter. »Was soll das?«

Der Mönch deutete mit der Pistole zum Boot. »Rein da. Und Maul halten.«

»Tut, was sie sagen!«, rief Nikolas, der sich immer noch nicht rührte.

Peter hatte seine Frau und seine Tochter bei einem Flugzeugabsturz verloren, er hatte Visionen vom Untergang der Welt, und ein unheimlicher blonder Junge hatte ihn mit einer einzigen Berührung um zehn Jahre altern lassen. Er hatte in den vergangenen Wochen Grauen genug für ein ganzes Leben ertragen müssen. Aber nun wurde er zum ersten Mal in seinem Leben mit einer Waffe bedroht und empfand nichts als Angst dabei. Also gehorchte er und bewegte sich langsam auf das schaukelnde Schlauchboot zu.

»Du auch, alter Mann!«, hörte er den Mönch mit der Pistole hinter sich rufen. Dann ein Schlag und ein erstickter Schrei. Als er sich umwandte, sah Peter, wie der Mönch zusammensackte, offenbar von Kleophas' Knüppel getroffen. Bruder Kleophas selbst kletterte bereits hastig über die Felsen zurück auf den steilen Pfad, den sie gekommen waren. Er war in seiner schwarzen Kutte gegen die dunklen Felsen trotz des Vollmonds kaum zu erkennen, nur ein Schatten, der überraschend behände aufwärtskletterte. Der eine Mönch mit der Maschinenpistole feuerte eine Salve auf den Schatten ab, schien ihn aber nicht getroffen zu haben.

»*Ich* mach das!«, brüllte Nikolas, entriss dem Mönch die Kalaschnikow und kletterte Kleophas über die Felsen hinterher, der inzwischen ziemlich weit gekommen war.

»Bruder Kleophas!«, rief Nikolas ihm hinterher. »Warten Sie! Das war ein Missverständnis! Kommen Sie zurück!«

Kleophas reagierte nicht, floh nur weiter den Hang hinauf. Nikolas rief ihm noch etwas zu, aber das verstand Peter schon nicht mehr gegen das Rauschen der Brandung. Er sah nur zwei Schatten irgendwo da oben in den Felsen, während einer der Mönche ihm weiterhin die Waffe an die Schläfe hielt. Als Peter den Kopf einmal kurz zur Seite wandte, um dem Druck des Laufs auszuweichen, verlor er Nikolas und Kleophas aus den Augen. Er konnte nicht erkennen, ob Nikolas den Mönch einholte, aber plötzlich hörte er zwei Schüsse. Kurz darauf kehrte Nikolas mit Kleophas' Jutebeutel zurück.

»Niko, was …?«

»Steig ins Boot.«

»Verdammt …«

»Steig. Ins. Boot. Denk daran, was ich dir vorhin gesagt habe.«

Nikolas gab ihm einen Stoß, und Peter gehorchte. Als das Schlauchboot ablegte und sich rasch vom Ufer entfernte, sah Peter noch einmal hinüber zu der Stelle zwischen den Felsen, wo irgendwo die Leiche von Bruder Kleophas lag. Liegen musste.

Oder auch nicht. Traust du Nikolas das denn wirklich zu?

»Warum?«, rief er gegen den Fahrtwind und das Röhren des Außenborders seinem Bruder zu, der vorne neben dem Bootsführer saß. Keine Antwort. Der Mönch neben ihm stieß ihn hart in die Seite. »Maul halten.«

Die Fahrt war nur kurz, aber für Peter fühlte es sich an wie eine Ewigkeit. Die ganze Zeit über starrte er seinen Bruder an und fragte sich, ob er den Mönch wirklich getötet hatte. Und ob der Mann da vorne wirklich noch der Nikolas war, den er einst gekannt hatte.

»Niko!«, versuchte er, seinen Bruder anzusprechen, wurde aber sofort von einem der Mönche angeschnauzt, still zu sein. Nikolas selbst reagierte nicht, sah ihn nicht einmal an.

Akzeptier es. Das da vorne ist nicht mehr dein Bruder.

Sie erreichten eine kleine vorgelagerte Insel, auf der einer der Hubschrauber wartete, die Peter in der Skiti gesehen hatte. Bewaffnete Männer in schwarzen Kampfmonturen erwarteten sie bereits. Nikolas ging zügig vor, stieg wortlos in den Helikopter.

»Wo bringen die uns hin?«, fragte Peter, als er sich Nikolas gegenüber setzte. Wieder keine Antwort. Peter suchte Nikolas' Blick, aber während des ganzen Fluges starrte sein Bruder nur schweigend und angespannt an ihm vorbei. Peter versuchte, irgendeine vertraute Regung in seinem Gesicht zu erkennen, die heimlich den Kontakt wiederherstellen und ihm helfen würde, das Verhalten seines Bruders zu verstehen. Aber nichts.

Er fragte sich auch, ob sein Bruder der Anführer dieser Leute war. Aber obwohl die Mönche auf sein Kommando hin das Feuer eingestellt hatten, gab er weder Befehle, noch wechselte er ein Wort mit irgendwem. Die Männer in den Kampfmonturen behandelten ihn respektvoll, aber nicht wie einen Teil des Teams. Eher wie …

… einen ungeliebten Gast.

Der Gedanke machte ihm ein wenig Hoffnung. Peter wartete

einen unbeobachteten Augenblick ab und beugte sich zu ihm vor. »Du hast ihn gar nicht umgebracht, stimmt's?«, flüsterte er.

Nikolas sah ihn nur an, mit einem Ausdruck so undurchdringlich und abweisend wie die Nacht, durch die sie flogen.

Durch das Bullauge neben seinem Kopf konnte Peter die Lichter der griechischen Küste erkennen. Er musste wieder an seinen Traum von dem Flugzeugabsturz denken, an jede furchtbare Einzelheit. Genau so eine Nacht musste es gewesen sein. Vielleicht war es wirklich so gewesen wie in seinem Traum. Vielleicht hatte Maya aber auch gerade die Lichter der Küste entdeckt und Ellen darauf aufmerksam gemacht. Vielleicht hatten sie noch über ihn gesprochen. Oder auch nicht, denn nach allem, was Nikolas ihm über Ellen enthüllt hatte, fragte sich Peter, ob sie vielleicht sogar froh gewesen war, ihn endlich bald verlassen zu können, nachdem ihr Auftrag so gut wie erledigt war.

Erst Ellen und nun Nikolas. Wer zeigt wohl als Nächstes sein wahres Gesicht?

Nach einer guten Stunde landeten sie auf einem kleinen Flugplatz. Eine startbereite zweimotorige Propellermaschine wartete bereits auf der kurzen Landebahn. Die Männer in den Kampfmonturen drängten ihn aus dem Hubschrauber. Alles lief rasch und nur mit knappen Kommandos ab, wie nach einem exakt ausgearbeiteten Plan. Als sie im Flugzeug saßen, erhielt Nikolas eine SMS. Danach wirkte er etwas weniger angespannt und sah Peter zum ersten Mal seit Stunden an.

»Hätte es nicht gereicht, ihm einfach den Umhängebeutel abzunehmen?«, fragte Peter.

»Die Dinge sind nicht immer so einfach.«

»Was ist denn das für eine bescheuerte Antwort, du Arschloch?«

Nikolas seufzte und schwieg.

»Und wie geht es jetzt weiter? Wo fliegen wir überhaupt hin?«

»Du hast doch gehört, was Kleophas gesagt hat. Wir müssen nach Abu Ghosh, dem biblischen Emmaus.«

»Und wie willst du verhindern, dass ich bei der Grenzkontrolle in Israel um Hilfe rufe? Erschießt du mich dann auch?«

»Red keinen Unsinn. Wir werden ganz normal und unauffällig mit unseren Pässen einreisen. Und warum? Weil du Antworten willst. Und die gibt es nur in Abu Ghosh.«

»Und dann?«

»Werden wir die Büchse der Pandora suchen.«

Peter musste lachen. »Ihr seid doch alle irre, wer auch immer *ihr* seid. Ihr seid komplett verrückt.«

Nikolas zuckte mit den Schultern.

Peter dachte nach. »Warum mussten Maya und Ellen sterben?«

Nikolas zog ein gequältes Gesicht. »Mit dem Flugzeugabsturz habe ich nichts zu tun. Ich hatte nur die Anweisung, dich nach Rom zu holen und mit dir das *Gefäß* zu finden und zu öffnen.«

»Und was passiert dann?«

»Die Welt wird untergehen.«

»Ach so. Na dann. Das geht ja noch.«

»Wir werden überleben, Peter. Wir und einige andere werden der Anfang von etwas Neuem sein.«

»Wer sagt das? Raymond?«

»Ja.«

»Und der entscheidet dann auch, wer überlebt und wer nicht, oder wie muss ich mir das vorstellen?« Peter schüttelte fassungslos den Kopf. Die Maschine erreichte ihre Reiseflughöhe, das Geräusch der Propeller schwoll zu einem leisen Brummen ab.

»Ich habe Maya gesehen«, begann Peter wieder. »Vorgestern Abend. In einem Hotel in Rom. Sie hat mich gewarnt.«

Nikolas nickte, als wisse er das längst.

»Und es erschüttert dich gar nicht, dass meine Tochter jahrelang alleine in irgendeinem Limbus gefangen ist?«

»Doch. Aber ich habe im Verlauf meiner Tätigkeit Dinge gesehen, die weitaus erschütternder waren. Grauenhafte Dinge, die mich verändert haben.«

»Nicht wirklich zu deinem Vorteil.«

»Den Sarkasmus kannst du dir sparen. Wenn du mit Maya gesprochen hast, wirst du ja inzwischen verstanden haben, mit welcher Art von Kräften wir es hier zu tun haben.«

Peter sah seinen Zwillingsbruder an wie einen Fremden. »Ich tue das hier nur für Maya«, sagte er leise.

»Dann wäre das ja geklärt.«

»Aber die Frage ist – für wen tust *du* es, Niko?«

XXIX

22. Juli 2011, Apostolischer Palast, Vatikanstadt

Franz Laurenz sah auf die Uhr. Er hatte noch eine halbe Stunde Zeit, zum ersten Mal seit Tagen. Eine halbe Stunde frei, kaum zu glauben. Seit seiner Wiederwahl hatte er nur wenig geschlafen. Es gab so viel zu regeln und neu zu ordnen. Zwar hatte er sich schnell wieder in die vertrauten Abläufe des kurialen Machtapparates eingefunden, doch allein die Telefonate mit den wichtigsten Regierungen und Religionsführern, das Bemühen, das stark beschädigte Vertrauen in die Kirche und sein Amt wiederherzustellen, hatten viel Zeit verschlungen.

Aber nun hatte er plötzlich eine halbe Stunde. Er überlegte, ob er sich zu einem kurzen Nickerchen hinlegen oder etwas lesen sollte. Was für ein Luxus! Doch dann griff er zum Telefon mit der sicheren Leitung und wählte eine vertraute Handynummer.

Sophia nahm nach dem dritten Klingeln ab.

»Ja!« Ihre Stimme verschlafen, aber ganz nah, trotz der zehntausend Kilometer, die sie trennten. Ein leichter Hall zitterte durch die Leitung und verlieh dem Gespräch etwas Zerbrechliches.

»Hab ich dich geweckt?«

»Nicht schlimm. Wie geht es dir?«

»Ich vermisse dich.«

»Dann komm.«

Er lachte. Sie seufzte. Etwas raschelte im Hintergrund. Sie setzte sich offenbar im Bett auf. Die Frau, die er liebte.

»Hast du was von Maria gehört?«

»Nein. Aber Don Luigi ist jetzt bei ihr.«

»Ich habe kein gutes Gefühl dabei, Franz.«

»Er ist wieder der Alte, glaub mir.«

»Das ist es nicht. Es ist diese ganze Suche nach … Pandoras Büchse.«

»Ich weiß«, unterbrach er sie. »Aber es war ihre Entscheidung. Du kennst sie.«

Eine Weile herrschte Schweigen in der Leitung. Er konnte sie atmen hören.

»Kann ich irgendwas tun? Ich meine, außer auf dieser Insel rumzugammeln und mir den ganzen Tag Sorgen zu machen, ob ihr beide noch lebt?«

»Leider nein, mein Herz.«

»Franz, ich habe Angst.«

»Ich auch. Eine Scheißangst.«

»Ich meine, Angst um uns. Wir haben uns ein Leben lang verstecken müssen. Ich hatte gehofft, dass wir irgendwann einmal Zeit haben würden für so was wie …«

»… ein Familienleben? Glaub mir, Sophia …«

»Nein, lass mich ausreden. Ich mache dir keinen Vorwurf, auch wenn ich mein Leben einer Sache nicht so voll und ganz verschreiben kann wie du. Ich habe dich dafür immer bewundert. Aber ehrlich gesagt, glaube ich nicht, dass die Welt demnächst untergeht.«

»Wie kannst du so etwas sagen! Du weißt doch, was in den letzten Wochen passiert ist.«

»Und, ist sie etwa untergegangen? Und selbst, wenn – dann wäre es Gottes Wille. Ich will einfach nur zu dir nach Rom zurück.«

»Hier bist du nicht sicher. Außerdem … Willst du wirklich wieder die diskrete Hausdame spielen, die im Apostolischen Palast aus- und eingeht und über die sich halb Rom das Maul zerreißt? Erinnere dich, wie sehr du darunter gelitten hast.«

»Ist mir egal. Ich will von dieser verdammten Insel runter. Sprich mit Nakashima.«

Eine Weile sagte er nichts, stellte sie sich nur vor. Wie sie im Bett saß, ein wenig nach vorne gebeugt, bereit, sofort aufzuspringen und in die Schlacht zu ziehen, wenn es sein musste. Er hatte ihr zugemutet, sich und das Kind ein Leben lang verstecken und immer lügen zu müssen. Und sie wollte immer noch zu ihm zurück.

»Franz?«

»Ich bin noch dran. Ich liebe dich.«

»Ich will dich nicht beunruhigen, aber eines solltest du vielleicht noch wissen ... Nakashimas Leute sind höflich und gastfreundlich wie immer, aber irgendwas hat sich hier verändert. Sie haben die Wachen verstärkt und lassen mich keinen Moment unbeobachtet. Sie wirken nervös.«

Laurenz atmete durch und versuchte, seine Stimme so ruhig wie möglich klingen zu lassen.

»Ich spreche gleich mit Nakashima. In spätestens zwei Tagen bist du in Rom.«

Nachdem sie aufgelegt hatte, hielt er noch eine Weile den Hörer in der Hand und dachte nach. Irgendetwas war gerade passiert, und es hatte nicht allein mit Sophias Verdacht zu tun, sondern mit einem Schatten aus der Vergangenheit, der schon lange über seinem Leben lag. Er kam nur nicht darauf, was es war. Laurenz sah kurz auf seine Uhr und rief nach Lars Decker.

»Eure Heiligkeit?«

»Stellen Sie mir eine Verbindung zu Nakashima her.«

»Es sind noch zehn Minuten bis zum vereinbarten Termin.«

»Tun Sie's, Decker. Ich will ihn sofort sprechen.«

Decker nickte und entfernte sich dezent. Laurenz begab sich in sein Arbeitszimmer mit Blick auf den Damaskushof, setzte sich vor den Computer und wartete, bis der Monitor aufflammte und das Kamerabild eines schlichten, im traditionell japanischen Stil eingerichteten Büros zeigte. Wo sich dieses Büro befand, wusste Laurenz nicht.

Er musste jedoch einige Minuten warten, bis Nakashima ins Bild trat und sich ebenfalls vor seinen Monitor setzte. Er trug einen schwarzen Anzug und wirkte so kontrolliert wie immer, schien jedoch immer noch Schmerzen zu haben.

»Sie sind zu früh, Laurenz. Wo ist Kardinal Santillana?«

»Ich wollte Sie erst noch in einer Sache unter vier Augen sprechen.«

»Bitte. Worum handelt es sich?«

»Um meine Frau.«

»Es geht ihr gut.«

»Sie würde die Insel gerne verlassen und nach Rom kommen.«

»Das wäre sehr unvernünftig und gefährlich.«

»Gibt es da ein Problem, Mr. Nakashima?«

Nakashima ließ sich mit keinem Wimpernschlag anmerken, ob Laurenz' scharfer Ton ihn irritierte.

»Natürlich nicht. Sie kann die Insel jederzeit verlassen.«

»Danke.« Laurenz deutete eine Verbeugung an, und während er das Bild des Mannes vor sich auf dem Bildschirm betrachtete, wurde ihm immer klarer, dass er sich mit seiner Ahnung nicht getäuscht hatte. Das Spiel wurde schmutzig.

»Sollten wir dann vielleicht mit dem nächsten Punkt fortfahren?«, fragte Nakashima.

»Natürlich.«

»Wie Sie wissen, ist es uns bisher nicht gelungen, Shimon Kohn zu finden. Stattdessen wurden in Jerusalem in den vergangenen Tagen vier Personen mit diesem Namen bestialisch ermordet. Es steht zu befürchten, dass die Gegenseite uns inzwischen einen Schritt voraus ist und die – ich nenne sie jetzt mal so – ›Büchse der Pandora‹ bereits gefunden hat. Deckt sich das mit Ihrer Einschätzung?«

Laurenz nickte. »Das bedeutet jedoch nicht, dass die ›Träger des Lichts‹ auch schon handlungsfähig sind.«

»Wie auch immer«, sagte Nakashima, »wir müssen uns über Ihren Plan B unterhalten, Laurenz. Ihre Arche.«

»Ich muss Sie übrigens bitten, mich mit Heiligkeit anzusprechen«, sagte Laurenz. »Nur fürs Protokoll, auch wenn's Ihnen schwerfällt.«

Nakashima machte eine wegwerfende Geste. »Bitte schön. Titel bedeuten mir nichts. Also, Heiligkeit, wie soll Ihre Arche denn nun aussehen?«

Laurenz atmete durch. »Falls die ›Träger des Lichts‹ in den Besitz von Pandoras Büchse gelangen, müssen wir uns, nach allem, was wir wissen, gegen etwas schützen, das weltweit alle Menschen auf Erden befallen und töten wird.«

Nakashima schüttelte den Kopf. »Sie sprechen da von sieben Milliarden Menschen, Heiligkeit. Das werden wir nicht schaffen.«

»Und was wäre *Ihr* Vorschlag, Mr. Nakashima?«

»Wenn wir nicht alle retten können, dann wenigstens einen repräsentativen Teil. Das ist doch schließlich der Gedanke einer Arche, nicht wahr?«

Laurenz hatte es erwartet. »Und von welchem Teil der Welt sprechen wir?«

»New York City«, erklärte Nakashima ohne Zögern. »Kein Ort der Welt ballt mehr Ethnien auf engstem Raum zusammen als diese Stadt.«

»Zehn Millionen Menschen!«, rief Laurenz aus. »Das ist nichts!«

»Im Gegenteil, das ist immer noch besser als nichts«, widersprach Nakashima. »Mit einer Art Schluckimpfung wäre das durchaus machbar.«

»Schluckimpfung?«

»Nakashima Industries kontrolliert über achtzig Prozent der weltweiten Mineralwasser- und Softdrinkproduktion. Ich will es so sagen: Neunundneunzig Prozent aller Amerikaner trinken am Tag wenigstens eines unserer Produkte. Sobald wir einen geeigneten Impfstoff haben, können wir loslegen.«

»Selbst, wenn es möglich wäre, Menschen durch eine ... *Schluckimpfung* vor der Auslöschung durch die Mächte des Bösen zu schützen, wäre das vollkommen inakzeptabel«, erklärte Laurenz. »Wir müssen alles daransetzen, *die ganze* Menschheit zu retten.«

Nakashima blieb ungerührt. »Nein. Das ist unrealistisch. Falls wir es überhaupt schaffen, rechtzeitig einen Impfstoff zu entwickeln, dann müssen wir eine Auswahl treffen. Ich verstehe, dass Ihnen zehn Millionen Menschen zu wenig sind. Ich wiederhole: Falls wir in der Lage sind, ausreichend Impfstoff herzustellen, dann müssen wir uns auf ausgewählte Ballungszentren konzentrieren. Die Metropolen.«

Er blickte auf eine Liste, die er offenbar vorbereitet hatte. »New York, Tokio, Seoul, Mexiko-Stadt, Mumbai, Delhi, São Paulo, Kairo, London, Shanghai, Jakarta, Moskau, Buenos Aires, Istanbul, Bangkok, Beijing, Teheran, Kinshasa-Brazzaville – um nur die wichtigsten zu nennen. Das sind annähernd dreihundert Millionen Menschen.«

Laurenz schüttelte entschieden den Kopf. »Wir müssen *alle* retten.«

Nakashima blickte Laurenz durch die Kamera direkt an. Seine Stimme klang nun kühl.

»Ich *ver*handle auch nicht, Heiligkeit. Ich handle. Notfalls auch ohne Sie.«

»Ohne mich und das Buch Dzyan kommen Sie nicht weit, das wissen Sie.«

»Sehen Sie, Heiligkeit. Ich will offen sein – ja, ich brauche Sie. Sie mögen sich für einen großen Führer der Menschheit halten, aber für mich sind Sie nur ein prominentes Aushängeschild. Ich allein habe die Mittel, um die Menschheit zu retten. Und jetzt kommen Sie mir nicht mit dem lächerlichen Vermögen des Opus Dei. Aus meiner Perspektive ist eine drastische Reduzierung der Weltbevölkerung nicht unbedingt etwas Schlechtes. Die Ressourcen werden knapp. Wir hätten die Chance, ganz neu anzufangen. Denken Sie an die Pest. Nach ähnlichen Katastrophen hat die Menschheit jedes Mal einen großen Schritt nach vorne gemacht.«

Laurenz lehnte sich zurück und verschränkte die Arme.

»So kommen wir nicht weiter, Mr. Nakashima. Unter diesen Umständen werden wir unsere Zusammenarbeit leider einstellen müssen.«

»Dann muss ich noch deutlicher werden, Heiligkeit«, sagte Nakashima mit seiner unverändert sanften Stimme. »Sie werden mir das Buch Dzyan übergeben. Sie werden es noch heute einem meiner Leute übergeben.«

»Nein.«

Nakashima verzog bedauernd das Gesicht.

»Dann werden Sie Frau Eichner leider nicht wiedersehen.«

»Sie miese Ratte!«, presste Laurenz hervor. »Das werden Sie nicht tun. Wenn Sie ihr nur ein Haar krümmen, bringe ich Sie um.«

Die Kummerfalten in Nakashimas Gesicht wurden tiefer. Er schüttelte den Kopf wie über eine sehr dumme Antwort.

»Und das aus dem Mund eines Papstes.«

»Ich habe Ihnen auf Oak Island das Leben gerettet, schon vergessen?«

»Wie könnte ich! Und ich bin Ihnen zutiefst dankbar dafür. Aber ich bin Geschäftsmann, und ich glaube nicht an irgendeinen Gott. Genau aus diesem Grund kann ich die Welt nicht Ihnen oder irgendeinem okkulten Orden überlassen. Sie werden mir also noch heute das Buch Dzyan aushändigen und sich auch zukünftig exakt an meine Anweisungen halten. Haben Sie das verstanden?«

Laurenz antwortete nicht, starrte den Japaner nur an und versuchte, einen klaren Kopf zu bewahren. Ja, er hatte verstanden. Er nickte.

Nachdem der Bildschirm erloschen war, blieb er noch lange vor dem Computer sitzen und wägte seine Optionen ab. Viele waren es nicht. Aber er besaß immerhin noch das Buch Dzyan, das war besser als gar nichts.

Ein dezentes Räuspern von der Tür.

»Heiligkeit? Alles in Ordnung?«

Laurenz wandte sich um und sah Decker in der Tür stehen.

»Ja. Danke.«

Er erhob sich mühsam und kehrte in seine Privatbibliothek zurück. Dort zog er die ›*Summa Theologica*‹ aus dem Regal und tippte die siebenstellige Kombination in die Tastatur des Wandsafes ein. Er begriff nicht sofort, was geschehen war, doch dann sackte er stöhnend in die Knie: Der Safe war leer.

Das Buch Dzyan, das Wissen zur Rettung der Menschheit, war verschwunden.

Sein Handy klingelte. Das Display zeigte die Nummer von Chaim Kaplan. Laurenz überlegte, ob er den Anruf wegdrücken sollte, nahm dann aber doch ab.

»Kaplan, was gibt es?«, begrüßte er den Großrabbiner gequält, immer noch mit Blick auf den leeren Safe.

»Wo ist Ihre Tochter gerade?«, rief Kaplan, ohne die Begrüßung zu erwidern.

»In Jerusalem, wieso?«

»Sie müssen sie sofort anrufen. Es gab ein Attentat.«

XXX

22. Juli 2011, Abu Ghosh, Israel

Das Humus-Lokal gegenüber der Kreuzfahrerkirche hatte sich inzwischen geleert. Der arabische Inhaber bot ihnen einen Tisch im hinteren Teil des Lokals abseits der anderen Gäste an und servierte ihnen unaufgefordert Minztee und kalte Vorspeisen. Maria bemerkte, dass er Bar-Kleophas mit ausgesuchtem Respekt behandelte. Sie bemerkte auch, dass Don Luigi den alten Mann, der sich mit einem Seufzer in den Plastikstuhl fallen ließ, misstrauisch beobachtete.

»Sie behaupten also, dass Sie der Sohn von Jesus von Nazareth sind«, begann Don Luigi sogleich.

Bar-Kleophas schüttelte den Kopf. »Ich *behaupte* es nicht. Yeshua Bar-Rabban war mein Vater. Auch wenn ich dazu sagen muss, dass mein Vater nur sehr wenig mit dem Messias gemeinsam hatte, wie ihn das Neue Testament darstellt. Aber das ist Ihnen wahrscheinlich längst klar. Mein Vater starb auch nicht am Kreuz. Er konnte sich von Pontius Pilatus freikaufen, indem er ihm einen Teil dessen überließ, was sich in der Zedernholzkiste befand.«

Don Luigi erhob sich brüsk. »Das reicht. Wer auch immer Sie sind – Sie sind ein Lügner.«

Er wollte gehen, doch Maria hielt ihn am Arm fest und bat ihn mit einem Blick, sich wieder zu setzen. Zögernd und ungehalten ließ sich der ehemalige Papst wieder auf seinen Stuhl fallen.

»Demnach müssten Sie über zweitausend Jahre alt sein«, sagte Maria.

»Ich weiß, es ist schwer zu glauben.«

Bar-Kleophas wirkte aufgeräumt und entspannt, als unterhalte er sich mit alten Freunden.

»Erzählen Sie das jedem, den Sie alleine in der Kreuzfahrerkirche antreffen?«

»Sie haben das Amulett.«

»Ich bin nicht die Einzige. Was macht Sie so sicher, dass wir nicht zu Seth gehören?«

Bar-Kleophas sah sie unverwandt an. »Sie sehen aus wie meine Mutter.« Er genoss ihre Überraschung. »Wirklich. Sie gleichen ihr wie aus dem Gesicht geschnitten.«

Maria holte tief Luft. »Vorhin in der Kirche war ich noch geneigt, Ihnen zu glauben. Aber nun machen Sie es mir doch schwer.«

Der alte Mann zuckte mit den Schultern. »Ich könnte Ihnen die Truhe beschreiben, die Ihnen auf Oak Island gegeben wurde. Würde Sie das überzeugen?«

Maria dachte kurz nach. »Beschreiben Sie mir, was in der Truhe war.«

Bar-Kleophas schüttelte wieder den Kopf. »Sie war doch leer, Schwester Maria. Was auch immer sich einst in ihr befand, ruht schon lange an einem sicheren Ort. Die Truhe war immer nur ein provisorischer Behälter. Ein Symbol, wenn Sie so wollen.«

»Wer weiß noch von Ihnen?«, fragte Maria weiter.

»Niemand. Aber über die Jahrhunderte mag der eine oder andere so einen Verdacht gehabt haben. Deswegen musste ich Abu Ghosh immer mal für eine oder zwei Generationen verlassen und bin dann als Fremder zurückgekommen.«

Bar-Kleophas brach sich etwas Fladenbrot ab und stippte es in das Hummusschälchen, das vor ihm auf dem Tisch stand. »Wollen Sie meine Geschichte hören?«

»Nein«, knurrte Don Luigi.

»Ja«, sagte Maria.

Shimon Bar-Kleophas ließ sich Zeit und aß noch einen Bissen, bevor er begann.

»Nachdem wir Jerusalem verlassen hatten, ritten wir auf unserem Esel nach Emmaus. Der gleiche Esel, mit dem mein Vater wenige Tage zuvor in Jerusalem eingezogen war, unser einziger Besitz. Ich muss dazu sagen, dass die Evangelisten und vor allem Paulus diesen Einzug später ziemlich aufgebauscht haben. Der Ritt auf dem Esel, die jubelnden Massen mit den Palmzweigen, die meinen Vater wie einen König empfangen haben sollen ... das hat Paulus später alles erfunden, um die Dramatik zu erhöhen. Der Einzug nach Jerusalem sollte den Beginn des Leidensweges Christi markieren. Tatsächlich hat niemand auch nur Notiz von uns genommen, geschweige denn Palmzweige geschwungen. Mein Vater war einfach nur ein weiterer zerlumpter Rabbi aus dem Norden, und von dieser Sorte wimmelte es in Jerusalem schon damals nur so. Jedenfalls ... in Emmaus lebte ein Bruder meiner Mutter, der uns vielleicht helfen konnte, das Land zu verlassen, denn mein Vater fürchtete, dass der Präfekt Pilatus es sich noch einmal anders überlegen würde. Ich erinnere mich, dass meine Eltern den ganzen Weg über davon sprachen, wie sie aus Judäa rauskommen und wohin sie sich wenden könnten.

Ich war damals noch sehr klein, mein Vater hatte gerade erst begonnen, mir Lesen beizubringen. Ich erinnere mich, dass es ein sehr schwüler Tag war. Ich hatte Kopfschmerzen und wollte nicht aus dem Haus. Außerdem fand ich die Stadt viel aufregender als unser galiläisches Dorf. Und ich wollte das Pessachfest nicht verpassen, die Feiern im großen Tempel und auch die Hinrichtungen am Schädelberg. Ich hatte noch nie eine Hinrichtung gesehen, stellte sie mir aber als großartiges Schauspiel vor. Ohnehin faszinierten mich die römischen Truppen mit ihrem Gepränge, den Helmen, Pferden und Schwertern. Ich verstand damals nichts von dem, was mein Vater predigte. Diese ganze Sache mit ›die andere Wange hinhalten‹. Man muss sich doch wehren, dachte ich, denn wenn du dich nicht wehrst, wird dir auch noch das Wenige genommen, was du besitzt. Verstehen Sie mich nicht falsch, ich liebte meinen Vater und hielt ihn für den klügsten Menschen auf der Welt, aber ich fand eben, dass er in dieser Hinsicht viel zu weich war.«

Bar-Kleophas nippte an seinem Minztee und starrte auf die Kirche auf der anderen Straßenseite, als ob sich seine Erinnerungen an jene Tage vor über zweitausend Jahren dort im Hitzedunst zu einem Film verdichten würden.

»Erzählen Sie bitte weiter«, forderte Don Luigi ihn schließlich auf.

Bar-Kleophas wandte seinen Blick von der Kirche ab, stellte seine Tasse vorsichtig auf den Tisch zurück und sah Don Luigi an. »Mein Vater setzte mich und meine Mutter auf den Esel und gab mir eine alte Zedernholztruhe, die ich festhalten sollte. Ich hatte damals keine Ahnung, was sich darin befand, aber ich ahnte, dass es etwas sehr Wertvolles sein musste. Ich vermutete, dass mein Vater sie gestohlen hatte und wir deswegen fliehen mussten. Das machte mich wütend, denn ich wollte nicht weg aus Jerusalem. Ich wollte nicht, dass mein Vater ein gemeiner Dieb war. Aber als ich ihn darauf ansprach, sagte er, die Truhe sei meinem Großvater einst von einem mächtigen König geschenkt worden, und sie sei unser rechtmäßiges Eigentum.

Wir erreichten Emmaus gegen Abend und kamen, wie gesagt, bei der Familie meiner Mutter unter. Wir waren jedoch nicht besonders willkommen, denn mein Onkel fürchtete sich vor einer groß angelegten Razzia der Römer. Er warf meinem Vater vor, die ganze Familie in Lebensgefahr zu bringen, und wollte uns so schnell wie möglich wieder aus dem Haus haben. Er drohte sogar, uns an die Römer auszuliefern, wenn wir sein Haus nicht alsbald wieder verließen. Mein Vater war kein streitbarer Mann, im Gegenteil erinnere ich mich an ihn als überaus sanftmütig. Er konnte manchmal sogar richtig komisch sein, und selbst, wenn ich etwas kaputtgemacht hatte, schimpfte er nie mit mir. Eine strenge Ermahnung war das Äußerste. An jenem Abend aber, im Haus meines Onkels, wurde er so wütend, wie ich ihn davor und danach nie wieder erlebt habe. Er schrie meinen Onkel an, dass er keine Ehre habe, dass er schlimmer sei als Yehuda Ish-Qeryot und dass Gott ihn dafür bestrafen würde. Meine Mutter versuchte zu vermitteln und appellierte an beide, Vernunft anzunehmen und eine Lösung zu finden. Aber die beiden Männer waren nicht zu beruhigen. Der Streit eskalierte. Mein Onkel nannte meinen Vater einen arbeitsscheuen Schmarotzer und Scharlatan, mein Vater beschimpfte meinen Onkel als hartherzigen Günstling der Römer, als Wucherer und Verräter am eigenen Volk. So viel übrigens zu ›die andere Wange hinhalten‹. Ich war ziemlich erschüttert, meinen Vater so wütend zu sehen, aber gleichzeitig auch stolz, denn auf einmal wehrte er sich, ließ sich nichts mehr bieten. So hatte ich ihn mir als Kind öfter gewünscht, so stark und unbeugsam. Verstehen Sie? Ein kleiner Junge bewundert die Römer in ihrer militärischen Pracht. Findet sie richtig cool. Dann erklärt man ihm, dass sie die Feinde seines eigenen Volkes sind und er sie im Gegenteil hassen muss. Kein Problem, aber wen soll er dann bewundern? Seinen Vater, der allen predigt, dass sie auch die andere Wange hinhalten sollen? Ich hab meinen Vater für einen Feigling gehalten, verstehen Sie? Einen, der vor den Römern kuschte und das auch noch predigte. Erst in Emmaus habe ich verstanden, dass er auf der richtigen Seite stand und sich seine Überzeugung nicht abkaufen ließ. Da habe ich verstanden, dass mein Vater ein großer Mann ist. Trotzdem mussten wir am nächsten Tag Emmaus verlassen. Eine Schwester meiner Mutter, Sarah, begleitete uns.

Ich will Sie nicht mit den Details unserer Odyssee langweilen. Es waren gefährliche, angstvolle Tage. Über Umwege konnten wir uns bis zum Hafen von Yapho durchschlagen und fanden ein Schiff, das uns nach Massalia, dem heutigen Marseille brachte. Es war keine leichte Zeit für Flüchtlinge aus Judäa, aber immerhin wurden wir nicht mehr verfolgt. Meine Eltern änderten ihre Namen in Kleopatros und ließen sich in Kyrene nieder, einer griechischen Kolonie nahe dem heutigen Martigues. Als Griechen fielen wir nicht mehr auf.«

»Sprachen Sie denn Griechisch?«, unterbrach ihn Maria.

»Mein Vater. Er sprach sehr viele Sprachen, darunter einige sehr alte. Meine Mutter und ich lernten aber schnell.« Bar-Kleophas lächelte, als erinnerte er sich an eine lange zurückliegende, schöne Begebenheit. Dann fuhr er fort: »Mein Vater begann, wieder als Zimmermann zu arbeiten, und hat nie wieder gepredigt. Nur hin und wieder besuchten uns andere Flüchtlinge aus Judäa. Kephas, der Fels, der beste Freund meines Vaters, lebte einige Zeit in unserem Haus und nahm dort den griechischen Namen Petros an, bevor er weiterzog. Jahre später hörten wir, dass er in Rom gekreuzigt worden sei, nachdem er die ersten Gemeinden gegründet habe. Meinen Vater belastete das sehr. In den Wochen nach dieser Nachricht war er sehr still, schlief schlecht und gab sich die Schuld, nur Leid über uns und seine Freunde gebracht zu haben. Er betete viel. Nachts hörte ich oft, wie er Zwiesprache mit Gott hielt und ihm Vorwürfe machte, dass er ihm diese Last auferlegt habe. Aber ich hörte nie, was Gott ihm antwortete. Jedenfalls nichts, was meinen Vater froher machte. Er wurde im Gegenteil immer verschlossener und melancholischer. Aber er hörte nie auf, mit Gott zu sprechen.

Mit den Jahren kamen wir dennoch zu etwas bescheidenem Wohlstand. Ich konnte zur Schule gehen, ein Handwerk lernen und heiraten. Kyrene wurde meine Heimat. Meine Muttersprache, Galiläa, Jerusalem, unsere Flucht dagegen verblassten zu fahlen Erinnerungsschatten. Ich vergaß, dass wir Flüchtlinge waren. Und ich vergaß die alte Zedernholztruhe. Bis mein Vater starb. Er starb an einem entzündeten Mückenstich. Der Sohn Moses und Nofretetes, der Messias, Yeshua Bar-Rabban aus Nazareth, starb nicht am Kreuz, sondern an einem Mückenstich. Sein Fuß schwoll an wie eine Melone, verfärbte sich schwärzlich und begann zu stinken. Bevor überhaupt irgendein

Quacksalber die Blutvergiftung diagnostizieren und das Bein amputieren konnte, war es schon vorbei. Aber bevor er starb, rief mein Vater mich zu sich und enthüllte mir das Geheimnis seiner Abstammung. Und lud damit sein Schicksal auf meine Schultern. Viele Jahrhunderte lang habe ich diesen Tag verflucht, als ich erfuhr, wer mein Vater war, und vor allem, wer *ich* war und was meine Aufgabe fortan sein sollte.«

Zwei Kinder in Schuluniformen erkannten Bar-Kleophas und riefen ihm einen Gruß auf Arabisch zu. Erfreut grüßte Bar-Kleophas zurück und winkte ihnen. Die Mädchen riefen noch etwas, das Maria nicht verstand. Bar-Kleophas lachte laut auf und rief wieder etwas zurück. Die beiden Mädchen prusteten und zogen kichernd weiter.

»Die beiden haben mich gefragt, wer die schöne Nonne sei«, erklärte er lachend.

»Und was haben Sie geantwortet?«

»Meine Tochter.«

Don Luigi grinste. Bar-Kleophas zuckte entschuldigend mit den Achseln und trank von seinem Tee.

»Haben Sie an jenem Tag erfahren, dass Sie nicht sterben können?«, fragte Maria.

»Oh, ich *kann* sterben! Ich *werde* sterben. Moses starb, mein Vater starb. Wie gesagt, durch einen einfachen Mückenstich. Wir werden nur sehr alt, dafür haben die Mh'u gesorgt. Mein Vater rief mir die Zedernholztruhe in Erinnerung und erklärte mir, dass er sie in Emmaus versteckt habe. Meine Aufgabe sei es nun, dafür zu sorgen, dass sie dort für immer in Sicherheit wäre. Er erklärte mir, wie die Welt entstanden war, wie das Böse sich in ihr eingenistet hatte und was eine vormenschliche Hochkultur vor Äonen unternommen hatte, um die Welt zu schützen. Er überreichte mir eines der Amulette und beschrieb mir, wie ich es zum Schutz der Truhe einsetzen könne. Er enthüllte mir, wer meine Großeltern waren. Und er eröffnete mir auch, dass ich einst einer Frau mit dem Namen und dem Aussehen meiner Mutter begegnen werde. Diese Frau werde sich durch ein weiteres Amulett ausweisen, und nur ihr allein dürfe ich vertrauen.«

Don Luigi stöhnte. »Was für ein Unsinn. Schwester Maria, ich bitte Sie, Sie werden ihm diese gequirlte Scheiße doch nicht glauben?«

Maria erwiderte nichts.

Bar-Kleophas ignorierte den Einwand des Exorzisten und fuhr fort. »Es war ein Schock für mich. Mein Vater war schon sehr geschwächt, aber in jener Nacht an seinem Sterbebett erklärte er mir in allen Einzelheiten meine Aufgabe. Immer wieder, bis ich meinen Widerstand aufgab. Noch bevor die Sonne aufging, starb er. Und ich – ich packte ein paar Sachen und verließ meine Frau und meine kleine Tochter für immer. Es war der schlimmste Tag meines Lebens.

Ich brauchte zwei Jahre, um in meine Heimat zurückzukehren, und wäre unterwegs fast von einem persischen Seemann getötet worden. Aber ich kehrte nach Emmaus zurück und fand die Zedernholztruhe genau in dem Versteck vor, das mein Vater mir beschrieben hatte. Niemand kannte mich noch in Emmaus, also ließ ich mich dort nieder, verbrachte einige Jahrzehnte dort, ging dann fort, um keinen Verdacht zu erregen, und kehrte Jahrzehnte später zurück, sobald sich niemand mehr an mich erinnern würde. Ich versuchte, so unauffällig wie möglich zu leben, aber natürlich war das nicht immer möglich. Es waren unruhige Zeiten. Gewalttätige Zeiten. Und als die Kreuzfahrer kamen, wurde es noch gefährlicher. Oft genug kam ich nur gerade noch so eben mit dem Leben davon. Aber irgendwie hat Gott mich immer beschützt.«

»Und wer hütete die Truhe in Ihrer Abwesenheit?«, fragte Maria.

»Sie war sicher, glauben Sie mir. Ich allein hatte schließlich den Schlüssel. Als Hugo von Payens jedoch zufällig darauf stieß, musste ich eine neue Lösung finden. Mir blieb nichts anderes übrig, als Bernhard von Clairvaux einzuweihen und die Templer zu einer Art Schutzgarde der Truhe umzuformen.«

»Dann sind Sie ...?«

»Ja, ich bin Malachias. Der angebliche Mord durch Bernhard von Clairvaux war auch nur ein weiterer Vorwand, mal wieder für einige Zeit von der Bildfläche zu verschwinden, zumal Jean de Vezelay inzwischen ebenfalls in den zweifelhaften Genuss eines langen Lebens gekommen war und mehr wollte. Er war mir auf der Spur, ich musste verschwinden. Als es mit dem großen Ketzerprozess zur Spaltung der Templer kam, konnte ich nur noch dafür sorgen, dass Arnaud de Montbard mit einer kleine Flotte und der leeren Truhe an Bord Richtung Nova Scotia aufbrach, wie mir die Mh'u in einer Vision erklärt hatten. Eine falsche Fährte.«

Maria dachte nach. »Ich will sehen, was drin war.«

Shimon Bar-Kleophas schüttelte den Kopf.

»Das ergibt keinen Sinn, Shimon. Sie haben mich angesprochen. Ich habe das Amulett. Sie sagen, dass ich aussehe wie Ihre Mutter.«

»Sie verstehen nicht. Ich habe keinen Zugriff mehr auf das *Gefäß*, schon lange nicht mehr. Der Schlüssel ist verloren gegangen. Er wurde in der Zeit der Templerprozesse aus Sicherheitsgründen von dem *Gefäß* getrennt, und ich habe keine Ahnung, wo er sich nun befindet.« Er sah Maria an und fügte hinzu: »Das ist die Wahrheit.«

Maria nickte. »Sie sagen ›*Gefäß*‹. Wie sieht es aus?«

»Es ist ... schwer zu beschreiben.«

»Und was enthält es?«

»Was denken Sie wohl, Schwester! Das pure Böse natürlich. Wenn Sie so wollen, die Essenz und das Herz dessen, was seit Äonen im Schoß der Erde schläft und nun dabei ist, endlich zu erwachen.«

Maria atmete durch. »Wir haben Hinweise darauf, dass das, was das *Gefäß* enthält, die Apokalypse womöglich sogar aufhalten kann. Wir müssen es unbedingt nach Rom in Sicherheit bringen.«

Bar-Kleophas schüttelte heftig den Kopf. »Nein. Auf keinen Fall. Das *Gefäß* darf unter keinen Umständen jemals geöffnet werden. Da wo es seit vielen Jahrhunderten ruht, ist es am sichersten, glauben Sie mir.«

In diesem Moment klingelte Don Luigis Handy. Er stutzte kurz, als er den Namen des Anrufers auf dem Display las, und nahm den Anruf entgegen.

»Sie ist hier bei mir«, beantwortete Don Luigi eine Frage und sah Maria dabei an. »Wir sind in Abu Ghosh. Wir haben Shimon Kohn ...«

Don Luigi wurde offenbar von seinem Gesprächspartner unterbrochen und hörte angespannt weiter zu. Dann reichte er Maria das Telefon. »Ihr Vater.«

Maria nahm das Handy entgegen. »Papa?«

»Hör mir zu, Maria, ihr müsst umgehend nach Jerusalem zurückkehren!« Die Stimme ihres Vaters klang alarmiert und besorgt. »Sofort! Ihr seid in allergrößter Gefahr! Nehmt Shimon Kohn mit.«

»Was ...?«

»Ich habe vorhin mit Chaim Kaplan gesprochen. Vor einer Stunde gab es einen Zwischenfall in Jerusalem. Eine Autobombe. Ein Rabbiner wurde getötet, eine junge Frau liegt schwerverletzt im Koma.«

»Das ist furchtbar. Aber was hat das mit uns zu tun?«

»Rabbi Spitzer und die junge Frau waren auf dem Weg ins Großrabbinat. Die junge Frau hatte dem Rabbi kurz zuvor Bilder gezeigt, die sie in den letzten Tagen gemalt hatte. Ich schicke dir jetzt ein Foto.«

Das Handy piepte erneut. Eine Bildnachricht. Maria öffnete das Bild und erschrak. Das Display zeigte das Foto eines Gemäldes im Comicstil, offensichtlich in großer Hast gemalt. Das Bild zeigte zwei Gestalten vor einem Auto. Im Hintergrund war die Kreuzfahrerkirche zu erkennen. Dort vor der Tür erkannte Maria die Silhouette einer Nonne. Eine der beiden Gestalten vor dem Auto war eindeutig Don Luigi, der mit einem weiß gekleideten, blonden Jungen zu ringen schien. Don Luigi hielt den Jungen verzweifelt fest, gleichzeitig jedoch schien er daran zugrunde zu gehen, denn die Hälfte seines Gesichtes und seines Körpers war bereits schrecklich entstellt, halb skelettiert und mumifiziert, während der Junge ihn nur regungslos anstarrte.

»Bist du noch dran, Maria?«

»Hm? Ja. Doch.«

»Verschwindet von dort! Jetzt!«

Maria dachte kurz nach. »Nein. Das geht nicht.«

»WAS?« Ihr Vater brüllte jetzt.

»Nicht ohne das ... *Gefäß*.«

»Lass es, wo es ist! Es war Jahrtausende lang dort sicher. Ich schicke ein paar Leute, die sich um alles kümmern werden. Aber jetzt müsst ihr verschwinden!«

»Ich liebe dich, Papa.« Damit legte sie auf und zeigte Don Luigi und Bar-Kleophas das Foto auf dem Display. Don Luigi wurde ganz weiß im Gesicht, sagte aber nichts.

»Uns bleibt nicht mehr viel Zeit, Shimon.«

Der alte Mann betrachtete das Bild einen Moment, dann sah er Maria und Don Luigi an und erhob sich. »Kommen Sie.«

Er führte sie zurück zur Kirche. Sie überquerten gerade die Hauptstraße, als Maria den Wagen aus den Augenwinkeln bemerkte. Sie wandte sich in seine Richtung um: ein silberner SUV mit getönten Scheiben. Nichts an ihm wirkte besonders auffällig, bis auf den Umstand, dass er plötzlich beschleunigte und direkt auf sie zuhielt.

»In die Kirche!« Bar-Kleophas riss Maria mit sich. Als sie die Kirchenpforte gerade erreichten, konnte sie hören, wie der Wagen eine Vollbremsung machte. Bar-Kleophas stieß Maria in das Gotteshaus, schlug die Eingangstür zu und zerrte an einer Kirchenbank, um die Tür zu verbarrikadieren. Maria packte mit an, aber die Bank war noch immer nur schwer zu bewegen.

»Don Luigi, helfen Sie uns!«, rief er.

Erst jetzt fiel Maria auf, dass Don Luigi fehlte.

»Wo ist er?« Sie ließ die Bank los, stürzte zur Tür und öffnete sie. Draußen sah sie Don Luigis korpulente Gestalt in der Abendsonne. Er stand aufrecht vor der Kirche, hielt irgendetwas in der Hand und sah zu dem Wagen hin, aus dem auf der Fahrerseite gerade ein Priester mit Pferdeschwanz ausstieg. Und auf der anderen Seite ein blonder Junge, ganz in Weiß gekleidet.

»Don Luigi!«

Der ehemalige Papst drehte sich um, lächelte Maria kurz zu und wandte sich dann wieder dem Priester und dem Jungen zu, die langsam auf ihn zukamen. Als sie nahe genug waren, hob er den rechten Arm. Er hielt einen großen Stein in der Hand, den er von der Straße aufgesammelt haben musste. Ohne zu zögern, holte er mit einer gekonnten, schwungvollen Bewegung aus und schleuderte den Stein. Der Priester duckte sich, aber zu spät. Der Stein traf ihn am Kopf. Er sackte zusammen und stürzte zu Boden, wo er regungslos liegen blieb. Den blonden Jungen schien das nicht zu beeindrucken. Er ging auf Don Luigi zu, sagte etwas, das Maria nicht verstehen konnte, und dann – packte Don Luigi ihn. Der blonde Junge versuchte, sich aus dem Griff zu befreien. Don Luigi hielt ihn eisern fest, während der Priester langsam wieder zu sich kam und sich auf dem Boden krümmte.

»Kommen Sie, Schwester!«, drängte Bar-Kleophas. »Er verschafft uns etwas Zeit.«

Er zog Maria zurück in die Kirche. Aber bevor er die Tür zuschlagen konnte, musste Maria noch entsetzt mit ansehen, wie Don Luigi sich veränderte. Immer noch hielt er den Jungen fest umklammert, aber er alterte rapide. Seine Haut welkte und sein ganzer Körper schrumpfte im Nu zusammen. Sein Gesicht wurde zur Fratze des Todes, die Augen quollen ihm aus den Höhlen, während der Kontakt mit dem blonden Jungen sämtliche Lebensenergie aus ihm herauszusaugen schien. Don Luigi ließ ihn aber nicht los. Wie auf dem Bild, das ihr Vater nur Minuten zuvor geschickt hatte.

»Er bringt ihn um!«, schrie Maria, als Bar-Kleophas die Kirchenbank weiter in Richtung der Tür zerrte.

»Ja«, keuchte der alte Mann. »Don Luigi gibt sein Leben, um uns Zeit zu verschaffen. Also, was wollen Sie? Rausgehen und ihm beim Sterben zusehen oder das *Gefäß* in Sicherheit bringen?«

Maria sah den alten Mann an und straffte sich. »Wo ist es?«

»Helfen Sie mir. Dann zeige ich es Ihnen.«

Sie verrammelten die Tür mit der Kirchenbank. Dann rannte Bar-Kleophas los. Maria folgte ihm durch eine kleine Seitentür und über eine steile Steintreppe hinab in die niedrige Krypta der Kirche. Sie liefen weiter durch einen schmalen Gang in ein Kreuzgewölbe aus dem 11. Jahrhundert, an dessen Wänden menschliche Schädel und Gebeine ordentlich sortiert bis unter die Decke aufgeschichtet waren. Bar-Kleophas knipste eine kleine Taschenlampe an, die er an seinem Schlüsselbund mit sich führte, und drückte sie Maria in die Hand.

»Leuchten Sie mir!«

Ohne Zögern begann Bar-Kleophas, die Schädel achtlos beiseitezuräumen. Einige der Gebeine brachen, aber Bar-Kleophas arbeitete sich wie besessen durch die aufgeschichteten Totenköpfe hindurch, bis eine Mauer zum Vorschein kam. Im Licht der Minitaschenlampe sah Maria, dass diese Wand überraschend ebenmäßig war, wie aus Beton gegossen. Es gab jedoch keinerlei Fugen oder Abdrücke irgendeiner Verschalung. Die Wand schien vollkommen glatt und reflektierte das Licht der Taschenlampe mit einem matten grauen Schimmer. Bar-Kleophas tastete die Wand mit den Fingern ab, bis er eine kleine, runde Vertiefung gefunden hatte.

»Geben Sie mir das Amulett! ... Na, los, machen Sie schon!«

Maria reichte ihm das blaue Amulett mit dem doppelten Achteck. Bar-Kleophas drückte das Medaillon des Amuletts in die Vertiefung, in die es genau hineinpasste. Das Amulett begann zu leuchten. Ein fahles, bläuliches Glimmen, das rasch intensiver wurde und sich kreisförmig über die ganze Wand ausbreitete. Mehr noch veränderte das Leuchten die Substanz der Wand selbst, das Material waberte wie vor einer Hitzewand und löste sich in dem blauen Licht auf, bis nur noch ein blauer Lichtkreis zu sehen war, der vom Boden bis zur Decke reichte. In der Mitte dieses Lichts schwebte das Amulett.

»Was ist das?«, flüsterte Maria.

»Ein Durchgang«, erklärte Bar-Kleophas, griff wie selbstverständlich nach dem schwebenden Amulett und schaltete die Taschenlampe aus. »Kommen Sie. Kopf einziehen.«

Er nahm Maria an die Hand, zog ebenfalls den Kopf ein und führte sie ins Licht. Vielmehr *durch* das Licht. Maria schloss instinktiv die Augen, spürte aber keinerlei Hitze oder Elektrizität, als sie den Lichtkreis durchschritt. Als sie die Augen wieder öffnete, schloss sich der Lichtkreis wieder und gab der Wand ihre ursprüngliche Substanz zurück. Gleichzeitig wurde es stockfinster um sie herum. Die Luft war kühl und trocken, schmeckte nach Staub und Metall, war aber ansonsten erstaunlich frisch. Wie bei einer Klimaanlage. Bar-Kleophas knipste seine kleine Taschenlampe wieder an und gab Maria das Amulett zurück. Er wirkte nun nicht mehr so gehetzt. Als fühle er sich hier in Sicherheit.

»Fragen Sie mich nicht, wie das geht, ich weiß es nicht.«

»Das widerspricht allen Gesetzen der Physik!«

»Ach, tatsächlich? Das sagen Sie als gläubige Christin und Nonne? Sie waren doch auf Oak Island.«

»Aber diese Kirche wurde im Mittelalter errichtet!«

»Ich weiß, wann diese Kirche erbaut wurde«, sagte Bar-Kleophas im Schein seiner Minitaschenlampe. »Ich selbst habe den Grundstein gelegt. Aber an dieser Stelle, müssen Sie wissen, gab es damals bereits einen verfallenen römischen Tempel. Und davor ein noch älteres Heiligtum. Und davor ein noch viel älteres, verstehen Sie? Dies war schon immer ein heiliger Ort. Und diese Wand – die war schon immer da. Seit Menschengedenken steht sie da, wer auch immer sie errichtet hat. Es ist vielmehr ein perfekter Kubus, sehen Sie!«

Er leuchtete die Wand links und rechts mit der Taschenlampe ab: Winkel und Kanten zu beiden Seiten. Maria schätzte die Breite und Höhe der Wände auf acht bis zehn Meter.

»Kein Fenster, keine Tür«, sagte er mit einem Anflug von Stolz, als sei der Kubus sein Werk. »Unverwüstlich und uneinnehmbar, seit ewigen Zeiten. Die Decke schließt mit dem Fußboden der Kirche ab. Wir befinden uns direkt unter dem Altar. Aber das Beste haben Sie noch gar nicht gesehen.«

Damit richtete er die Taschenlampe in die Mitte des Raumes. Maria stieß einen erschrockenen Laut aus. Der Lichtkegel wurde von einem goldenen Gegenstand in der Mitte des Kubus reflektiert. Als Bar-Kleophas ein wenig herumleuchtete, erkannte sie, dass es sich dabei um eine goldene Pyramide handelte, die vom Boden bis fast zur halben Höhe des Raumes reichte, glänzend und makellos. Maria vergaß fast zu atmen bei diesem Anblick.

»Wunderschön!«, hauchte sie schließlich.

»Nicht wahr?«

»Ist das ... das *Gefäß*?«

»Nein. Es liegt irgendwo darunter, sehr tief. Was Sie dort sehen ist eigentlich nur die *Spitze* einer Pyramide.«

»Was?«

»Sie hat die Größe der Mykerinos-Pyramide in Gizeh. Also knapp siebzig Meter hoch. Oder tief, wie Sie wollen, eingegraben in den Schoß der Erde. Ich vermute, die ersten Pharaonen werden sie gekannt und als Modell für ihre Grabmäler genommen haben.«

Vorsichtig näherte sich Maria der goldenen Spitze und versuchte, sich die gesamte Pyramide vorzustellen. In jedem Fall musste sie ein Werk der Mh'u sein.

»Kann man sie berühren?«

»Nur zu. Es ist bloß Gold. Wie der ganze Rest der Pyramide.«

Maria berührte die goldene Oberfläche und ging langsam um die Spitze herum. Das Metall war kühl und glatt.

»Und wie geht es jetzt weiter?«

»Wir steigen hinab zu dem *Gefäß*.«

»Wie?«

»Wie vorhin.«

Bar-Kleophas deutete auf eine weitere runde Vertiefung in der Mitte der vierten Seitenfläche. »Sie wissen ja jetzt, wie es geht, Schwester Maria.«

»Ich soll ...?«

»Nur zu.«

XXXI

25. August 2013, Abu Ghosh, Israel

Als sie in Tel Aviv landeten, ging gerade die Sonne auf. Sie verließen die Maschine ohne Bewacher und passierten ungehindert die Pass- und Sicherheitskontrollen der israelischen Behörden. Nikolas' vatikanischer Pass löste bei den Grenzbeamten zwar keine Begeisterung aus, schien die Sache aber zu beschleunigen. Peter rief weder um Hilfe, noch versuchte er zu fliehen, noch verhielt er sich sonst irgendwie auffällig. Als eine Offizierin die beiden Brüder auf ihren etwas ramponierten Aufzug ansprach, erwiderte Nikolas nur, dass sie eine anstrengende Reise hinter sich hätten.

Mit einem Mietwagen fuhren sie auf der *Kwish Echad 1* Richtung Jerusalem, die Grenzmauer entlang, die den Staat Israel von den palästinensischen Autonomiegebieten abschottete. Kurz vor der heiligen Stadt bog Nikolas von der Nationalstraße ab. An einem Grenzposten wurden sie von jungen israelischen Soldaten mit Sturmgewehren im Anschlag kontrolliert. Ihr Kofferraum wurde kontrolliert, ihre Pässe verschwanden in dem kleinen Wachhäuschen. Man ließ sie warten. Erst nach über einer Viertelstunde reichte ihnen ein junger Soldat wortlos die Pässe zurück und winkte sie durch. Kurz danach erreichten sie ein hübsches palästinensisches Dorf, das gerade erwachte, und Nikolas parkte den Wagen vor einer unscheinbaren, mittelalterlichen Kirche, die Peter für eine Moschee gehalten hätte, wenn das Kreuz auf dem kleinen Turm nicht gewesen wäre.

»Eine Kirche in einem arabischen Dorf?«, wunderte er sich.

»Es gibt viele christliche Palästinenser. Das hier ist eine alte Kreuzfahrerkirche.«

Sie wurden bereits erwartet.

Als Peter den blonden Jungen sah, der Maya in der Zwischenwelt voller Echsenwesen festhielt, der Ellen getötet hatte und ihn selbst mit einer Berührung um zehn Jahre hatte altern lassen, überkam ihn Grauen und Wut. Für einen Moment verspürte er den Impuls, Raymond auf der Stelle zu töten, ihm einfach den Schädel mit dem nächstbesten schweren Gegenstand einzuschlagen und damit den ganzen Schrecken einer drohenden Apokalypse zu beenden. Es schien ganz leicht. Nikolas musste diesen Impuls jedoch gespürt haben, denn er hielt Peter am Arm fest.

»Lass dich nicht von seinem Aussehen täuschen«, zischte er. »Er ist mächtig. Selbst, wenn du ihn töten könntest, würde ein anderer Dämon ihn umgehend ersetzen und dich und Maya töten. Nichts wäre gewonnen.«

Peter riss sich los. »Vielleicht ist mir das ja inzwischen egal.«

Er versuchte, gegen das Grauen und die Wut anzukämpfen und an Maya zu denken, die er um jeden Preis retten musste.

Aber danach. Danach wirst du ihn töten. Und wenn es das Letzte ist, was du tust.

Der weiß gekleidete Junge saß still in einer Gebetsbank und starrte auf das Kreuz über dem Altar, als wäre es ein rätselhaftes Objekt, zu dessen Bedeutung er dringend einen Erwachsenen befragen müsse. Er war allein in der Kirche und wirkte erschöpft. Als Peter und Nikolas eintraten, wandte er sich kurz um und betrachtete dann wieder das Kreuz, als hätten die neuen Besucher gar nichts mit ihm zu tun. Nikolas dirigierte Peter in die Bank hinter Raymond und wartete, bis der Junge sich ihnen wieder zuwandte.

»Das Licht sei mit euch«, sagte er mit seiner hellen Kinderstimme.

»Im Lichte mit euch, Meister«, erwiderte Nikolas die Grußformel. Peter schwieg.

»Habt ihr den Schlüssel?«

Nikolas reichte ihm Kleophas' Jutetasche. Raymond zog die

gefaltete, dünne Metalltafel mit den sechsundfünfzig Symbolen heraus und betrachtete sie kurz.

»Lasst uns gehen.«

Steif und hölzern wie ein Greis trat er aus der Kirchenbank.

Er ist alt, sehr alt. Er ist nur in diesem Kinderkörper gefangen.

Raymond führte sie durch eine Seitentür hinunter in die Krypta der Kirche und weiter durch einen Gang, an dessen Wänden sich Tausende von Gebeinen stapelten. Eine Stelle war allerdings freigeräumt, dahinter lag eine vollkommen blanke Wand. Raymond zog das Amulett mit dem eingeprägten Kupferzeichen und der Hieroglyphe aus einer Hosentasche, das Peter zuletzt in Mayas Händen gesehen hatte, und drückte es in eine kleine Vertiefung in der Wand. Peter konnte sich nicht erklären, was er sah. Weder die kreisförmige blaue Veränderung der Wand, durch die er Raymond zögernd folgte, während sein Bruder weitaus zuversichtlicher schien, noch die goldene Pyramide in dem Raum dahinter. Ohne ein Wort drückte Raymond das Medaillon des Amuletts wieder in eine passende Vertiefung an einer Seite der Pyramide, und erneut erlebte Peter, wie sich das Metall veränderte, sich in blauem Licht auflöste und eine Art Durchgang bildete. Durch das Licht hindurch konnte Peter undeutlich eine Öffnung im Boden erkennen, die weiter in die Tiefe führte.

»Folgt mir«, sagte Raymond, trat durch das blaue Licht und verschwand in der Tiefe. Nikolas machte Peter ein Zeichen, als Nächster zu gehen.

Wie schon bei dem ersten Durchgang in der Wand, spürte Peter auch diesmal nichts, als er durch das blaue Licht trat. Für einen Augenblick nur war er geblendet, dann sah er eine steile Steintreppe unter sich und Raymond im Widerschein des blauen Lichts, der mit steifen, kleinen Schritten abwärts ging. Vielleicht, dachte Peter, genügte ein kleiner Stoß, um sich von ihm zu befreien. Doch nach allem, was er in den vergangenen Tagen erlebt und gesehen hatte, vermutete er, dass es mehr als einen Schubs brauchen würde, um Raymond loszuwerden. Also folgte er dem unheimlichen Jungen weiter hinab in die endlos scheinende Tiefe. Die Treppe führte durch einen gewundenen, engen, aber auffallend hohen Gang und bestand aus dem gleichen Metall wie die Pyramide oben, ebenso makellos und glatt. Allerdings schimmerte es nicht mehr golden, sondern fahl und bläulich. Der ganze Treppenabgang wirkte wie durch ein riesiges Metallobjekt hindurchgeschmolzen.

Aber von welchen Baumeistern?

Mal in sanften, dann wieder engen Schwüngen schlängelte sich der blaue Gang stetig abwärts. Wie ein unterirdischer Fluss. Zu Anfang achtete Peter noch darauf, auf dem glatten Metall nicht auszurutschen. Er stützte sich mit den Händen an den Seitenwänden ab. Nach einer Weile jedoch schien sich sein Körper in dem blauen Licht ebenso aufzulösen wie zuvor die Wand in der Krypta über ihm. Peter hatte zunehmend den Eindruck, die Treppe eher hinab zu schweben als zu gehen. Wie in einem Traum.

Hinter sich hörte er die Schritte seines Bruders, drehte sich aber nicht um. Wie betäubt glitt er weiter hinab durch das blaue Licht, wie ein Teilchen, das durch einen Kanal hindurchgespült wird.

Oder die Blutbahn eines gigantischen Wesens.

Mit seinem Körpergefühl löste sich auch sein Raum- und Zeitempfinden auf. Peter verlor jede Vorstellung, wie lange oder wie tief sie überhaupt hinabstiegen. Irgendwann wurde der Gang schließlich flacher und endete an einer Wand mit einer Vertiefung für das Medaillon. Ein weiterer Durchgang. Kurz dahinter der nächste.

Eine Schleuse.

Peter spürte es an dem Druck auf den Ohren. Die Luft war nun kühl und dünn wie auf einem Alpengipfel. Fröstelnd gingen sie den Gang weiter entlang, der bald darauf in eine große, kuppelförmige Halle von den Ausmaßen des Pantheons in Rom mündete. Die Halle bildete eine perfekte Halbkugel, von allen

Seiten strahlend hell beleuchtet. Eine Kuppel aus Licht, in der sich Oben und Unten aufzulösen schienen.

»Was ist das hier?«, fragte er Nikolas und hörte seine eigene Stimme wie aus weiter Ferne. Die Halle schien sämtliche Geräusche zu dämpfen.

»Ich habe nicht die geringste Ahnung, Peter.«

»Und wo ist Raymond?«

Nikolas deutete in die Mitte der Halle. »Da! Vor diesem Ding.«

Raymond ging langsam und fast ehrfürchtig auf eine etwa zwei Meter hohe, leicht bikonkave goldene Stele zu, die wie aus dem Boden gewachsen wirkte. Mit seiner weißen Kleidung wurde er in der überstrahlten Halle fast unsichtbar. Beim Nähertreten sah Peter, dass die Stele auf beiden Seiten vollständig und in akkuraten Längsreihen mit Zeichen und Symbolen, einer Art Text, bedeckt war. Aber nicht die Stele fesselte Peters Aufmerksamkeit, sondern die Frau, die davorstand.

Die Frau aus seinen Träumen.

Maria.

Sie fuhr mit den Fingern über die Symbole und Zeichen, versuchte offenbar, den Text zu entschlüsseln oder zumindest Anhaltspunkte zu finden. Sie wirkte so konzentriert, dass sie die beiden Männer und den Jungen nicht gleich bemerkte. Der alte Mann, der einige Schritte hinter ihr stand, aber schon. Er berührte die Frau an der Schulter und sagte etwas zu ihr. Erschrocken wandte sich die junge Frau um und folgte seinem Blick. Als sie Peter entdeckte, stieß sie einen lautlosen Schrei aus, ihre Lippen formten seinen Namen, und dann stürzte sie auf ihn zu und fiel ihm um den Hals.

»Peter! Mein Gott, Peter! Ich hab die ganze Zeit gewusst, dass du noch lebst!«

Perplex über die stürmische Begrüßung ließ Peter sich umarmen und küssen. Dann schob er die junge Frau sanft von sich und sah sie an.

Kein Zweifel.

»Sie ... heißen Maria, nicht wahr?«

Irritiert starrte sie ihn an, wollte etwas sagen, doch dann schien sie zu spüren, wie fremd sie ihm war, und ließ verlegen von ihm ab.

»Ja.« Sie deutete auf den alten Mann. »Und das ist Shimon Bar-Kleophas. Der Hüter dieses Ortes.«

Peter warf dem Mann nur einen kurzen Blick zu.

»Ich bin Peter Adam.« Er deutete auf Nikolas. »Und das ist mein Bruder Nikolas.«

»Ich weiß doch«, sagte Maria sanft. »Ich kenne dich. Euch.«

Peter schluckte. »Ich habe von Ihnen ... ich meine, dir geträumt.« Er kam sich dämlich vor, an diesem seltsamen Ort so ein Gespräch zu führen. »Wir ... waren uns sehr nah. Ich meine, *sehr* nah.«

Was redest du da? Du hast sie geliebt in deinen Träumen!

Maria wirkte plötzlich traurig. »Oh ja, das waren wir.« Etwas gefasster wandte sie sich an Nikolas. »Ich habe eine Nachricht von Marina für dich. Ich soll dir sagen, sie wusste, dass du bei ihr warst, als sie im Koma lag. Sie konnte dich hören, die ganze Zeit.«

Nikolas wirkte irritiert und überraschenderweise verlegen. »Ich kenne keine Marina.«

Maria wandte sich nun zu Raymond um, der wie träumend neben der Stele stand: »Sie wurde vor einigen Tagen bestialisch ermordet. Aber dazu kannst *du* bestimmt mehr sagen. Ich nehme ohnehin an, dass du uns jetzt ebenfalls töten wirst, nicht wahr? So wie Don Luigi vorhin.«

»Moment!«, rief Peter lebhaft dazwischen. »Wir sind nur wegen des *Gefäßes* hier. Niemand wird sterben. Und welcher Don Luigi soll vorhin gestorben sein?«

»Schweig.« Raymond sah von Peter zu Maria, ausdruckslos wie immer, und wandte sich dann an den alten Mann, der sich die ganze Zeit über nervös im Hintergrund gehalten hatte.

»Gib mir das Amulett.«

Bar-Kleophas wich einen Schritt zurück. In seinen Augen lag Todesangst. Peter stieß Nikolas an. »Falls noch ein Funke Menschlichkeit in dir ist, dann hilf mir!«

Ohne eine Antwort abzuwarten, trat er Raymond in den Weg.

»Stopp!«

Raymond sah ihn an. »Geh mir aus dem Weg, Peter.«

»Nein, so läuft das nicht. Wir holen dieses *Gefäß* und gehen wieder. Keine Drohungen, niemand wird verletzt, niemand wird sterben.«

»Ich werde ihnen nichts tun. Ich will nur das Amulett.« Raymond sah ihn unverwandt an. »Denk an Maya.«

»Ich denke an nichts anderes, du kleines Arschloch. Aber ich werde keinen Finger rühren, wenn du hier weiter deine Gruselshow abziehst, ist das klar? Wir machen es so.« Er wandte sich an Bar-Kleophas. »Sie geben *mir* das Amulett, und ich garantiere, dass Ihnen und Maria nichts zustößt.«

»Mit Verlaub«, sagte Bar-Kleophas mit sanfter Stimme, »das ist kein besonders vertrauenswürdiger Vorschlag.«

»Ich fürchte, Sie haben keine bessere Wahl.«

»Und wie kommen wir dann hier wieder raus?«, rief Maria.

»Wir gehen alle zusammen.«

Raymond schüttelte den Kopf.

»Und was willst du dagegen machen? Mich toten? Wer öffnet dir dann das *Gefäß*?«

Raymond deutete auf Nikolas. »Er.«

Peter warf seinem Bruder einen Blick zu. Nikolas schien mit sich zu ringen, gab sich dann jedoch einen Ruck und stellte sich schweigend zu Peter.

Raymond wirkte nicht wütend, nur neugierig. Wie ein Forscher, dessen Versuchstiere ein unerwartetes Verhalten ausbilden.

»In Ordnung«, sagte er schließlich.

Bar-Kleophas zögerte immer noch.

»Geben Sie mir das Amulett«, bat Peter eindringlich. »Das ist alles, was ich für Sie beide tun kann.«

»Peter!«, rief Maria und hielt das Amulett in der Hand. Bar-Kleophas schüttelte resigniert den Kopf.

»Ich vertraue ihm«, sagte Maria und übergab Peter das Amulett.

»Nicht!« Bar-Kleophas versuchte, dazwischenzugehen und nach dem Amulett zu greifen. Als sich ihre Hände berührten, spürte Peter ein kleines gefaltetes Papierchen in der Handfläche. Augenblicklich zog Bar-Kleophas seine Hände zurück, als habe Peter ihm das Amulett entrissen.

»Sie machen einen großen Fehler!«

Peter starrte den Alten einen Augenblick an, umschloss das Papierchen in der Faust und gab das Amulett an Raymond weiter.

»Und jetzt?«

»Nimm den Schlüssel.« Raymond reichte ihm die gefaltete Metallplatte aus dem Jutebeutel und deutete auf die bikonkave Stele. »Gib den Code ein.«

»Na klar. Den Code.«

Als Peter nah an die Stele herantrat und Raymond ihn nicht mehr sehen konnte, steckte er das Papierchen in seine Jackentasche. Dann erst sah er sich den Text auf der Stele genauer an und erkannte, dass einige der Zeichen und Symbole darauf tatsächlich mit denen auf der Metalltafel übereinstimmten. Also versuchte er es, suchte nacheinander jedes der sechsundfünfzig Zeichen von der Metallplatte auf der Stele und berührte das goldene Metall an dieser Stelle mit dem Finger. Er kam sich albern vor.

Und es passierte auch nichts. Weder reagierte die Stele in irgendeiner Weise, noch gab es andere Veränderungen in der Halle. Auch nicht, als Peter es auf der anderen Seite der Stele versuchte, und auch nicht mit einer anderen Reihenfolge der Zeichen.

»So viel zu ›Gib den Code ein‹«, sagte Peter zu Raymond. »Und bei sechsundfünfzig Zeichen gibt es einen Haufen möglicher Kombinationen.«

»Eine knappe Dodezilliarde«, sagte Raymond nach kurzem Stirnrunzeln. »Eine Zahl mit fünfundsiebzig Nullen.«

»Eindeutig zu viele.« Peter wandte sich an Maria und Bar-Kleophas, die sich auf die andere Seite der Halle zurückgezogen hatten, um sich Raymonds unmittelbarem Zugriff zu entziehen. »Was muss ich tun?«

»Gar nichts«, erklärte Bar-Kleophas ruhig und offensichtlich erleichtert. »Sie sind wohl nicht der Richtige.«

»Was heißt das?«

»Ich weiß nicht viel über die Erbauer dieser Stele und der Pyramide, in der wir uns hier befinden. Aber ich weiß, dass sie sehr vorausschauend waren. Vorausschauender, als wir es uns je vorstellen könnten. Um Zugang zu dem *Gefäß* zu erlangen, braucht man die Tafel, die Sie in den Händen halten, das ist richtig. Aber die Stele reagiert auch nur auf auserwählte Menschen.«

Peter dachte kurz nach und hielt dem alten Mann schließlich die Metalltafel hin. »Dann Sie.«

Bar-Kleophas zögerte. Doch nach einem Blick zu Raymond, der ihn nun wieder fixierte, nahm er die Tafel seufzend an sich und gab die Zeichenfolge ein.

Ebenfalls ohne Erfolg.

Peter ließ es alle Anwesenden einmal probieren. Selbst Raymond versuchte es. Immer mit dem gleichen Ergebnis: Es tat sich nichts.

»Ich schätze, das war's dann«, sagte Peter erleichtert. »Können wir dann jetzt gehen?«

Raymond sah sich die Stele noch einmal genau von beiden Seiten an, dann wandte er sich an Nikolas.

»Papier und Stift.«

Hastig nestelte Nikolas in den Taschen seines Jacketts und förderte das zerknitterte *Diamonitirion* der Mönchsrepublik und einen Kugelschreiber hervor. Raymond legte die Metalltafel auf dem Boden ab, legte Nikolas' Visum darüber und begann, mit dem Kugelschreiber die sechsundfünfzig Zeichen durchzupausen. Er wirkte dabei so versunken und konzentriert wie ein Kind, das sich selbst beschäftigt. Peter bemerkte, dass Bar-Kleophas irgendetwas zu Maria flüsterte. Sie schüttelte den Kopf und sah zu Peter hinüber. Bar-Kleophas wirkte unruhig, zog sich immer mehr an die Wand der Halle zurück und schien den Ausgang zu suchen.

Er weiß, dass Raymond richtig liegt.

Raymond reichte Nikolas das Visum mit den durchgepausten Symbolen und Peter das Original der Metallplatte.

»Versucht es gleichzeitig.«

Peter und Nikolas stellten sich jeder auf eine Seite der Stele und tippten nacheinander auf Zuruf immer gleichzeitig auf dasselbe Zeichen. Sechsundfünfzig Mal. Peter und Nikolas traten einen Schritt zurück und warteten ab. Peter warf Bar-Kleophas einen Blick zu. Der alte Mann wirkte angespannt. Als Peter sich wieder der Stele zuwandte, sah er die Veränderung. Nahezu geräuschlos, mit dem kaum hörbaren Knistern von Metall, das sich in der Wärme ausdehnt, bildeten sich vom Boden aus verschiedene Risse und Spalten an der goldenen Säule und verästelten sich bis zur ganzen Höhe. Unmittelbar darauf teilte sie sich. Wie eine welkende Pflanze rollten sich die oberen Enden nach außen. Der gesamte Metallblock schien zu schrumpfen, in sich zusammenzusinken. Atemlos sah Peter zu, wie sich die oberen Enden nach außen stülpten und schließlich etwas freilegten, das im Innern der Stele eingeschlossen gewesen war. Ein geometrisches Objekt von unbestimmbarer Farbe und der Größe eines Schuhkartons. Sobald Peter sich etwas bewegte und den Blickwinkel veränderte, begann es irisierend zu schimmern und seine Form zu verändern. Je nach Blickwinkel streckte es sich, schrumpfte, schien sich ein- und wieder auszustülpen, ohne jedoch seine geometrische Kantigkeit zu verlieren. Ein Anblick, von dem Peter sich kaum lösen konnte. Und doch riss er sich schließlich los und betrachtete seine unfreiwilligen Gefährten. Ihnen schien es genauso zu gehen, Nikolas, Maria, Bar-Kleophas und selbst Raymond starrten den Gegenstand wie hypnotisiert an. Maria hatte Angst. Der alte Bar-Kleophas jedoch betrachtete das schimmernde, sich geschmeidig verändernde Ding mit einer Mischung aus Zuneigung und Wehmut.

Er erkennt es wieder. Wie einen geliebten Gegenstand aus der Kindheit.

»Das ist also Pandoras Büchse?«, fragte Peter ihn.

Bar-Kleophas nickte. »Andere Kulturen haben andere Namen dafür gehabt und andere Mythen darüber erzählt. Aber ja, dies ist das *Gefäß*, das den Untergang der Welt enthält.«

»Aber *was* ist es?«

»Ein Tesserakt«, erklärte Raymond. »Ein vierdimensionaler Kubus.«

»Jeder Gegenstand ist vierdimensional«, sagte Peter. »Wenn man die Zeit als vierte Dimension hinzuzieht.«

»Ein Würfel mit vier *räumlichen* Dimensionen«, präzisierte Bar-Kleophas. »Ein Hyperwürfel. Ein Tesserakt verhält sich zum Würfel, wie der Würfel zum Quadrat. Er hat sechzehn Ecken, zweiunddreißig gleich lange Kanten, vierundzwanzig quadratische Flächen und besteht aus acht würfelförmigen Zellen. Können Sie sich ein derartiges Objekt vorstellen?«

»Nein«, gestand Peter.

»Eben. Das menschliche Gehirn ist nicht dafür gemacht. Deswegen können wir ihn auch nicht sehen, nur mathematisch beschreiben.«

»Und *was* sehen wir dann da?«

»Seinen ›Schatten‹. Wie ein Würfel einen zweidimensionalen Schatten wirft, wirft ein Hyperwürfel eben einen dreidimensionalen Schatten, der sich je nach Blickwinkel beziehungsweise Projektionswinkel verändert.«

Raymond griff nach dem Tesserakt. Er veränderte erneut

seine Gestalt, schien jedoch unerwartet schwer zu sein, zu schwer für ein Kind. Raymond konnte ihn kaum anheben.

»Helft mir!«

Maria und Bar-Kleophas rührten sich nicht. Als Peter und Nikolas hinzutraten, um Raymond zu helfen, stürmte Maria vor und hielt Peter zurück.

»Nicht. Du weißt, was passiert, wenn er ihn öffnet.«

»Das wird er nicht«, versprach Peter. »Vertrau mir.« Dann half er Nikolas, den Tesserakt anzuheben. Er war tatsächlich schwer, wie ein massives Metallstück. Sie hoben ihn von seinem kleinen Podest und hielten es einen Moment gemeinsam in der Luft.

»Ich hab ihn«, sagte Peter, und Nikolas ließ los. Peter hielt den Hyperwürfel nun alleine, spürte sein ganzes Gewicht und auch seine konstante Formveränderung, wenn er ihn kippte oder den Kopf neigte, um ihn zu betrachten. Er spürte, wie die fließenden Kanten in seine Handflächen drückten, betrachtete fasziniert die matt schimmernden Oberflächen und versuchte angestrengt, sich vorzustellen, wie das eigentliche Objekt, dessen *Schatten* er in Händen hielt, aussehen mochte. Es gelang ihm nicht. Sein Gehirn scheiterte an dem Versuch, das Objekt wahrzunehmen. Immerhin glaubte Peter, eine Art *Anwesenheit* von etwas zu spüren, etwas, das unmittelbar mit dem Ding in seinen Händen verbunden war, es ausfüllte und gleichzeitig umgab und an ihm haftete. Als ihm davon schwindelig wurde, wandte er den Blick von dem Gegenstand ab und sah Maria an. Sie wollte etwas sagen, erschrak dann jedoch.

In diesem Moment bemerkte Peter, dass der Tesserakt sich erneut verwandelte.

In einer einzigen, geschmeidigen Bewegung schien er sich von innen heraus aufzufalten und bildete plötzlich ein massives dreidimensionales Kreuz mit Querbalken in alle vier Himmelsrichtungen. Dieses Kreuz war blau wie das Material der Amulette und veränderte sich nicht weiter in seinen Händen. Im gleichen Moment spürte Peter, wie etwas in ihn eindrang, durch jede Pore in seinen Körper strömte wie ein schwerer Dunst oder der Atemhauch eines großen Wesens. Ein kurzes Kribbeln der Haut, ein schwaches Brennen wie nach einem leichten Stromschlag – dann war es auch schon wieder vorbei. Gleichzeitig sah er das Entsetzen in den Augen des alten Mannes.

»Was ist passiert?«, fragte Peter.

»Es hat sich aufgefaltet«, erklärte Bar-Kleophas tonlos.

»Und das bedeutet?«

»Sie haben gerade die Büchse der Pandora geöffnet.«

Kapitel 7

WANDLUNG

XXXII

13. November 2376, Adam-Wüste, Novaroma

Und *es* erwachte! Ja, *es* erwachte, sag ich euch. Gebt mir noch was von eurem *Bauchessen*, dann schenk ich euch ein bisschen *Kopfessen* zurück. Und gebt mir was zu rauchen. Dann erzähl ich euch, wie's wirklich war, damals. Weil, ich war nämlich dabei. Ja, jetzt glotzt ihr, aber es ist wahr. Herzwahr, vater- und mutterwahr. Ich war dabei.«

Der alte Mann spuckte aus, wickelte sich enger in seine grobe Decke ein und ließ seinen Blick in die Runde der Gruppe schweifen, die um das Feuer herum saß. Die Gruppe war nur klein, aber das war nicht ungewöhnlich an einem so abgelegenen Ort wie diesem. Zwei Frauen und zwei Männer um die dreißig, also in der Mitte ihres Lebens, mit erschöpften, verbrannten Gesichtern. Ein blindes, junges Mädchen, für das der Clan bald einen Mann würde finden müssen, keine einfache Sache. Und einige Kinder, die den Alten mit offenen Mündern anstarrten, sich kratzten, sich anstießen, sich kichernd Dinge zuflüsterten. Eine der Frauen rollte ihm eine Zigarette. Der alte Mann rauchte erst ein paar Züge, bevor er wieder anfing. Er sprach, ohne irgendwen dabei anzusehen. Er sprach zu den Sternen, zur kalten Nachtluft, zur Adam-Wüste.

»Als der Tesserakt geöffnet wurde, kam Bewegung in die Substanz des Bösen, das formlos und blind in seinen monströsen Nestern im Strom des Erdmantels geschlafen hatte. Zusammen mit den Bausteinen des Lebens war es vor Jahrmilliarden auf Kometen durchs All gereist, hatte die junge Erde infiziert und sich tief in ihr eingenistet. Das Böse, sag ich euch, war die erste Lebensform des jungen Planeten, noch bevor die ersten Aminosäuren sich zu ersten Proteinen verklumpten. *Materia prima.*«

Einer der älteren Jungen unterbrach ihn.

»Was sinn' Aminosäue, Pa' Anselmo?«

Der Alte zischte ihn an. »Es heißt Amino*säuren*, du Schwachkopf! Und wenn du mich noch mal unterbrichst, mein Junge, dann war's das mit Kopfessen für heute. Hast du gar keinen Respekt?«

Der Junge schwieg betroffen. Der Alte spuckte wieder aus. »Also ... das Böse war zuerst da. Und während sich auf der Erde das Leben explosionsartig entwickelte, döste *es* in dumpfen Träumen, abartig und tödlich, wuchs und wartete. Wuchs und wartete. Worauf? Wisst ihr alle. Auf den Tag, an dem *es* endgültig erwachen würde, um das Leben auszulöschen, diese Welt zu verdauen und sie dann, vielleicht erst Milliarden Jahre später, wieder zu verlassen und weiterzuziehen. Das Böse hatte Zeit.«

Der Alte rauchte seine Zigarette, bis sie ihm fast die Finger versengte, und drückte den Stummel im Wüstenboden aus.

»Gib mir noch was zu rauchen, Frau. Und du, Junge, halt bloß die Klappe, ich seh doch, dass du schon wieder was fragen willst. Halt bloß die Klappe, vielleicht geb ich dir nachher sogar eine Antwort, mal sehen.«

Er wartete auf die zweite Zigarette und fuhr dann mit der Geschichte fort, die er in den letzten Jahrzehnten bereits so viele tausend Male erzählt hatte. So oft, dass er sie längst wortwörtlich immer wieder gleich erzählte, wenn man ihm auf seinem Weg Gastfreundschaft erwies, ein bisschen *Bauchessen*, einen trockenen Schlafplatz, Wasser.

»Das Böse ...« räusperte er sich, »... hatte Zeit. Das Böse hatte das Leben von Anbeginn an mit seinen Sporen vergiftet und nur auf den geeigneten Wirt gewartet, der *es* wecken und verbreiten würde. Den Menschen.

Ja, den Menschen.

Doch es hatte Rückschläge gegeben. Das Leben hatte immer wieder Wege gefunden, sich zu schützen. Parallel zum Menschen hatte die Evolution eine hochentwickelte Art hervorgebracht, immun gegen die Infektion. Diese Wesen lebten isoliert, in einem Zustand der Gnade, auf einem Mikrokontinent im späteren Pazifik. Sie existierten nur zu einem einzigen Zweck: das Leben von dieser Infektion des Bösen zu heilen. Echsenartige, stumme Wesen, die sich in ihren Schriften *Mh'u* nannten. Sie studierten die Substanz des Feindes, seine primitive Physiologie, seine rohe Intelligenz, seine Schwächen. Sie verstanden seine Wechselwirkung mit dem menschlichen Genom und dem ewigen Kreislauf von Tod und Wiedergeburt, den ihr *Luup* nennt. Sie erkannten, wie man *es* lähmen konnte. Und sie schufen dazu ein einzigartiges *Gefäß*, in dem sie seine Kernsubstanz für alle Zeiten isolierten.«

»Den Tesserakt!«, rief der Junge aufgeregt dazwischen. Der alte Mann nickte diesmal.

»Gut aufgepasst, Junge. Den Tesserakt. Wir hatten zu jener Zeit noch einen anderen Namen dafür. Wir nannten es ›Pandoras Büchse‹. Aber das ist eine andere Geschichte.

Der Plan der Mh'u hatte nur eine einzige Schwachstelle: den Menschen selber. Denn das Böse hatte ihn längst infiziert und verfolgte ebenfalls einen unaufhaltsamen Plan. Und es hatte Zeit. Zeit zu warten.

Das Böse, ich sag's euch, war schon immer ein Teil des Menschen, ein schlafender Feind, ein giftiger Dunst aus Abertausenden von Dämonen, den der Mensch sein Leben lang einatmete. Einige Menschen waren robuster, andere weniger. Und durch jene pflanzte sich der Ruf des Bösen über Generationen fort bis zu einem fernen Tag des Erwachens. Tief in seinem Unterbewusstsein ahnte der Mensch, dass er von Anfang an vergiftet und beschützt zugleich war, und vererbte diese Gewissheit von Bedrohung und Erlösung auf seine Nachkommen. Generation auf Generation. Schicht um Schicht bildete sich das Gedächtnis der Menschheit, verfestigte sich zu Traumbildern und Mythen. Manch einer hatte Visionen und verkündete die Apokalypse und die Erleuchtung. Religionen entstanden, die die Wahrheit des ewigen *Luups* und der Sünde erkannten und vor der lauernden Verdammnis warnten. Sie gaben dem Bösen Namen: Satan, Behemot, Seth, Pazúzú, Mammon, Ghul, Basilisk, Nazgul, Cthulhu, Umi Bozu. Aber auch die unterbewusste Erinnerung an die *Mh'u* blieb in allen Kulturen in Bildern von durchscheinenden Geistwesen lebendig. Ihr wisst, wovon ich rede. Der Mensch mordete, quälte, gierte, liebte, sorgte, erschuf und vernichtete. So hätte es weitergehen können, für alle Zeiten. Aber das *Gefäß* war nun geöffnet. Die Infektion war nicht mehr aufzuhalten, der Plan des Bösen hatte sich erfüllt.«

Auch die zweite Zigarette war schon längst im Wüstensand erstickt, wie eine stinkende Saat, die niemals keimen würde. Der alte Mann dachte kurz daran, wie hart das Leben für diese Wüstenmenschen sein musste. Er fragte sich, ob sie überhaupt eine Ahnung hatte, wie glücklich sie in Wirklichkeit waren, weil sie nicht begriffen, dass sie zu einer aussterbenden Art gehörten. Der Junge da, der ahnte es vielleicht, der war nicht blöd. Ein *Kopfkind*, kein *Handkind*. Aber viel nützen würde es ihm in der Wüste auch nicht.

»Die ersten starben innerhalb weniger Stunden nach Öffnung des Tesserakts. Sie bemerkten es zunächst an einem seltsamen, ranzig-käsigen Ausfluss auf der ganzen Haut, der an der Luft zu einer wachsigen Schmiere gerann, die schwach wie Baldrian roch. Kurz darauf wurde den meisten übel, und sie fielen in ein Koma, aus dem nur noch die Wenigsten erwachten. Die Infektion schien überall auf der Welt gleichzeitig auszubrechen. Als wäre der Auslöser der rätselhaften Krankheit nicht etwa ein Keim oder ein Virus, das sich erst übertragen müsse, sondern ein *Signal*, das über die gesamte Welt ausgestrahlt wurde.«

Er räusperte sich und sah den Jungen an, der vor Fragen geradezu platzte. Aber er beherrschte sich jetzt und wartete ungeduldig darauf, dass der Alte weitererzählen würde.

»In den ersten Tagen erwischte es weltweit nur einige Zehntausend. Zu wenig, um eine Panik auszulösen. Erst als die Fälle sich plötzlich rapide häuften, als die Krankheit mit voller Wucht ausbrach, als die Krankenhäuser und Leichenhallen sich füllten, als die ersten Patienten aus dem Koma ›erwachten‹ und die Ärzte panisch Alarm schlugen, reagierten die Behörden. Oder auch nicht, je nach Land und politischer Lage. Aus Nordkorea hörte man während des gesamten Verlaufs der Epidemie kein einziges Wort zu der Krankheit. Das Land schloss nach einigen Tagen einfach seine Grenzen, kappte sämtliche Kommunikationswege nach außen, verschwand aus den Augen der Welt und starb schweigend.

Der Rest der Welt versank im Chaos. Die Regenwälder verfaulten, die großen Savannen verbrannten, die Ernten verdarben, die Ozeane flockten Schleim an der Oberfläche aus. Ganze Tierarten gingen stöhnend oder stumm zugrunde, selbst die Kakerlaken schafften es nicht. Der Mensch rottete den Menschen aus. Das Böse feierte ein Schlachtfest. Nichts, so schien es, konnte den Prozess noch aufhalten.

Nichts, bis auf einen letzten, höchst riskanten Trick der Mh'u. Denn das *Gefäß*, in dem sie das Böse verschlossen hatten, ließ sich nur von Menschen mit einem bestimmten Genom öffnen. Die Mh'u hätten ein *Gefäß* schaffen können, das sich *niemals* öffnen ließ. Hatten sie aber nicht. Denn der Plan war, das Böse nicht bloß für die nächsten paar Millionen Jahre zu ewigem Schlaf zu verdammen. Das war zu riskant, denn bis in so ferne Zukunft reichte selbst die Weitsicht der Mh'u nicht. Sie wussten nicht, ob sie selbst überhaupt solange existieren würden. Sie wussten nicht, ob das *Gefäß* überhaupt solange dicht bleiben würde. Sie wussten nicht, ob *es* mit der Zeit nicht andere Wege finden würde. Sie wussten nicht, ob nicht alles ganz anders als geplant kommen würde. Besser also, man schaffte sich den Feind ein für alle Mal vom Hals. Auch wenn man *es* dazu kurz wecken musste.

Es war ein Risiko. Aber unvermeidbar. Das war der Plan. Und wieder einmal hing alles von einem einzigen Faktor ab.«

Der alte Mann blickte in die Runde.

»Dem Menschen«, flüsterte der Junge. Der Alte nickte ihm zu.

»*Einem* Menschen. Ihr alle kennt seinen Namen.«

XXXIII

22. Juli 2011, Apostolischer Palast, Vatikanstadt

Für einen Moment wusste er nicht, was er als Nächstes tun sollte. Einen Moment und dann noch einen. Einen Atemzug und noch einen. Wie früher, wenn seine Deckung nachlässig gewesen war, wenn er plötzlich einen gut platzierten Treffer einstecken und irgendwie zusehen musste, wieder zu Atem zu kommen und auf den Beinen zu bleiben. Um weiter zu kämpfen. Denn nur darum ging es.

Franz Laurenz betrachtete seine Hände, ballte sie zu Fäusten und versuchte, sich an die Kämpfe in schweißgetränkten, stickigen Duisburger Boxclubs zu erinnern. Tägliche Sparrings und Training, bis er vor Erschöpfung kotzte. Die miesen, getürkten Aufbaukämpfe gegen Fallobst an den Wochenenden, um den Kampfrekord zu erhöhen. Und dann, irgendwann, die paar richtigen Kämpfe gegen Schläger wie Michalzki oder Circoviç. Natürlich hatte er siegen wollen, aber im Grunde war es immer nur darum gegangen, wie viel er einstecken konnte, ohne umzufallen.

Also atmen, auf den Beinen bleiben, nicht blöd rumstehen, sich bewegen, Fäuste hoch, raus aus der Distanz, Konzentration, zurückschlagen. Nicht denken.

Sein Instinkt diktierte ihm die nächsten Schritte. Im Augenblick, und so schmerzhaft es war, konnte er weder Maria noch Sophia helfen. Seine Leute waren unterwegs nach Abu Ghosh, mit Gottes Hilfe würden sie noch rechtzeitig bei Maria sein. So lange musste er sich um das Buch Dzyan kümmern.

»Decker!«, brüllte er durch die Bibliothek und griff gleichzeitig nach seinem Handy. Als der junge Prälat in die Bibliothek gestürmt kam, hatte er bereits Steiners Nummer gewählt.

»Heiligkeit, was …?«

»Wo ist Santillana?«, bellte Laurenz den Prälaten an.

»Ich habe keine Ahnung, Heiligkeit, ich …«

»Finden Sie ihn! Er kann nicht weit sein. Finden Sie ihn und schaffen Sie ihn zu mir, sofort!« Fast im gleichen Atemzug sprach er weiter mit Steiner, der gerade den Anruf annahm. »Erkennen Sie meine Stimme? … Gut. Lassen Sie sofort den gesamten Vatikan abriegeln. Niemand darf rein oder raus. Und ich meine wirklich *niemand*. Ab jetzt! … Es ist etwas aus meinem Safe gestohlen worden, etwas sehr Wichtiges. Der Dieb befindet sich wahrscheinlich noch im Apostolischen Palast. Lassen Sie Kardinal Santillana suchen und festnehmen. … Nein, die Italiener bleiben erst mal außen vor. Kein Kommentar zu niemandem. Wenn Sie alles veranlasst haben, kommen Sie umgehend zu mir rauf, ich brauche Sie hier.«

Ohne weitere Erklärungen scheuchte er seinen Privatsekretär hinaus und wählte eine weitere Nummer aus dem Gedächtnis.

»Laurenz hier. Wie viele Leute haben wir in Jerusalem? … Gut. Schicken Sie ein Team nach Abu Ghosh zur Kreuzfahrerkirche. Meine Tochter ist in Gefahr. Vielleicht ist es sogar noch schlimmer. Halten Sie mich auf dem Laufenden.«

Anschließend führte er noch drei weitere Telefonate. Eines mit Pater Anselmo, der gerade auf dem Weg ins Labor unter dem Pantheon war. Er wies ihn an, sämtliche Daten des Labors umgehend zu sichern, das Labor zu evakuieren und dann dort auf ihn zu warten. Die beiden letzten Telefonate führte Laurenz mit Chaim Kaplan und Kardinal Rybinski, dem Bischof von Warschau, dem er seit seiner Wiederwahl mehr als jedem anderen Kardinal vertraute. Als Steiner bei ihm eintraf, hatte sich Laurenz bereits umgezogen. Steiner reagierte überrascht, als er den Papst in einem schlichten schwarzen Anzug und einem Hemd ohne Collarkragen sah, verkniff sich jedoch eine Frage und erstattet Bericht.

»Die Pforten sind abgeriegelt, Eure Heiligkeit. Auch die Leonische Mauer wird verstärkt bewacht. Die Suche nach Kardinal

Santillana läuft, aber niemand scheint zu wissen, wo er ist. Drei Teams durchforsten jedes Gebäude auf dem Gelände. Falls Kardinal Santillana sich noch auf vatikanischem Staatsgebiet aufhält, finden wir ihn.«

»Danke, Oberst. Ich schulde Ihnen eine Erklärung. Ich vermute, nein, ich bin sicher, dass Kardinal Santillana etwas aus diesem Safe gestohlen hat, das in den falschen Händen die Sicherheit der ganzen Welt bedroht.«

»Ich verstehe, Eure Heiligkeit.«

»Ich werde den Vatikan für unbestimmte Zeit verlassen«, fuhr Laurenz fort. »Inoffiziell, wie Sie unschwer erkennen. Ich habe bereits mit Kardinal Rybinski gesprochen, er hat mein vollstes Vertrauen und wird sich um die laufenden Geschäfte kümmern. Offiziell habe ich mir bei einem Sturz einen komplizierten Oberschenkelhalsbruch und eine Gehirnerschütterung zugezogen und benötige absolute Bettruhe. Hoffen wir mal, dass nichts durchsickert.«

Laurenz griff nach der blauen Umhängetasche, die neben dem Schreibtisch lehnte.

»Darf ich fragen, was Sie vorhaben?«, fragte Steiner.

»Ich werde zunächst nach Jerusalem fliegen. Alles Weitere wird sich zeigen.«

»Dann geht es jetzt also los?«

Laurenz nickte und reichte Steiner die Hand. »Viel Glück und Gottes Segen, Oberst. Ich brauche Ihren Wagen.«

Laurenz wusste, dass es riskant war. Selbst mit dem Hut und der alten Sonnenbrille konnte ihn jemand unterwegs leicht erkennen. Dennoch fuhr er diesmal lieber selbst, obwohl er in den letzten Jahren nur noch selten, und wenn dann heimlich gefahren war. Eine Art Laster, das wahrscheinlich mehr Kopfschütteln ausgelöst hätte als Kettenrauchen. Er fuhr einfach gerne Auto.

Er parkte den Alfa direkt in der Seiteneinfahrt neben der Basilica di Santa Maria Sopra Minerva und ahnte bereits, dass etwas passiert sein musste, als er die Polizei-, Feuerwehr- und Rettungsfahrzeuge auf dem nahen Platz vor dem Pantheon sah. Die Einsatzkräfte wirkten ratlos und sperrten den Platz weiträumig ab.

Voller Vorahnung schlich Laurenz sich in die Basilica, nahm den Aufzug hinter dem geheimen Seiteneingang und stürmte durch den unterirdischen Verbindungsgang und die letzte Schleuse zum Labor unter dem Pantheon. Der Anblick, der ihn dort erwartete, übertraf seine schlimmsten Befürchtungen. Das Labor war vollkommen verwüstet. Überall lagen geborstene, geschmolzene und verkohlte Reste der Einrichtung herum, die es offenbar regelrecht auseinandergerissen hatte. Genauso wie die Mitarbeiter. Laurenz sah Blut, zerfetztes und teilweise verkohltes menschliches Gewebe. Von Leichenteilen konnte man nicht mehr sprechen. Seltsamerweise schien die Lüftung immer noch zu funktionieren, denn außer einem stechenden Geruch gab es keinen Rauch und auch keinerlei Schwelbrände.

»Das war keine Explosion, sondern eine Implosion«, sagte Pater Anselmo tonlos, der verstört und wie verloren inmitten des Grauens stand. »Die Hitze war nicht einmal besonders hoch, aber die Druckwelle hat den ganzen Stadtteil erschüttert.«

Laurenz verstand, was mit ihm los war, trat durch die blutigen Trümmer und zog ihn behutsam am Arm. »Kommen Sie. Wir können hier nichts mehr tun.«

»Ich war nur kurz weg auf einen *Caffé*«, murmelte der junge Jesuit unter Schock. »Nur fünf Minuten. Höchstens zehn.«

»Haben Sie das Amulett?«

Pater Anselmo griff in seine Hosentasche, zog das Amulett mit dem Triskelensymbol hervor und reichte es Laurenz.

»Wir müssen noch die Daten retten.«

»Hier ist nichts mehr zu retten. Wir müssen raus, und zwar schnell.«

Als sie aus der Kirche traten, sah Laurenz, dass die Einsatzkräfte bereits wieder abrückten. Offenbar hielt man die Erschütterung für ein lokales Erdbeben, das keinen Schaden angerichtet hatte. Die Piazza della Rotonda füllte sich schon wieder mit Touristen. Laurenz schob den bleichen Anselmo hastig auf den Beifahrersitz des Alfa, bevor sie jemand erkennen konnte, wendete den Wagen und lavierte dann kreuz und quer durch den dichten römischen Verkehr.

»Haben Sie Ihren Laptop dabei, Pater?«

Anselmo, immer noch bleich wie der Peccorino seiner Heimatstadt, klopfte auf die Messengertasche, die er immer bei sich trug.

»Gut. Sie müssen jemanden finden.«

»Ich kann das nicht«, wimmerte der junge Pater. »Ich halt das alles nicht mehr aus. Das waren meine Freunde. Ich will nach Hause. Ich will nicht sterben.«

»Schauen Sie mich an, Anselmo! Schauen Sie mich an!« Laurenz fuhr, so schnell es der Verkehr zuließ, und rüttelte den Pater, bis er Blickkontakt hatte. »Ich weiß, was Sie durchgemacht haben. Aber ich brauche Sie jetzt.«

Anselmo schüttelte weinend den Kopf, aber Laurenz ließ nicht locker. »Sie müssen Kardinal Santillana für mich finden. Sie müssen die Schweißspur seiner Daten im Internet erschnüffeln, seine Fährte aufnehmen und mich zu ihm führen, verstehen Sie?«

Anselmo nickte, trank einen Schluck und sah aus dem Fenster. »Wo fahren wir eigentlich hin?«

»Zum Flughafen. Wir fliegen nach Jerusalem.«

Sofort blitzte wieder die Angst in Anselmos Augen auf.

»Was? ... Aber dann fahren wir in die falsche Richtung.«

Laurenz beruhigte ihn. »Wir fliegen von Urbe aus. Der kleine Flugplatz im Norden. Das ist sicherer. Da wartet bereits eine Maschine.«

»Ich will aber nicht nach Jerusalem.«

»Vertrauen Sie mir, Pater«, sagte Laurenz und bog in die schnurgerade Viale Tiziano ab. »Solange Sie bei mir sind, sind Sie sicher.«

Er hatte den Satz kaum beendet, als sie gerammt wurden. Ein heftiger Schlag traf den Alfa hinten rechts. Nicht stark genug, um ihn ins Schleudern zu bringen, aber doch so heftig, dass Laurenz Mühe hatte, die Spur zu halten. Fluchend gab er Gas. Anselmo schrie auf. Im Rückspiegel sah Laurenz einen schwarzen SUV hinter ihnen, der ebenfalls beschleunigte und sie im nächsten Moment erneut rammte. Das Kreischen von Metall auf Metall, das Hupen der Autos – Laurenz nahm es kaum wahr. Er brachte den schlingernden Alfa wieder unter Kontrolle und versuchte, den SUV abzuhängen. Nicht leicht bei dem dichten Verkehr. Dann der nächste Aufprall. Der SUV versuchte, sie rechts zu überholen und gegen die Begrenzung der Straßenbahntrasse zu drängen, die zwischen den Fahrspuren verlief und zu beiden Seiten von einem Stahlgeländer und Büschen gesäumt wurde.

»Festhalten!«, rief Laurenz, riss das Lenkrad am nächsten Fußgängerübergang nach links, trat voll auf die Bremse und steuerte den schleudernden Alfa auf die Gleisstrecke der Straßenbahn.

»Verdammt, was machen Sie?«, kreischte Pater Anselmo, doch Laurenz hörte ihn gar nicht. Er trat das Gaspedal durch, dankte Gott dafür, dass Steiner sich offenbar für den stärksten verfügbaren Motor entschieden hatte, und hoffte, dass ihnen keine Tram entgegenkommen würde. Laut aufröhrend schoss der Alfa über die Gleise. Ein Blick in den Rückspiegel: Der SUV bog ebenfalls auf die Gleistrecke, allerdings inzwischen deutlich abgehängt. Und keine hundert Meter voraus endete die Viale Tiziano bereits an der Uferstraße des Tiber. Laurenz konnte sehen, dass sich dort der Verkehr wieder staute.

»Scheiße!«, fluchte er auf Deutsch.

»Ein Parkhaus!«, rief Anselmo plötzlich, als habe ihn die Verfolgungsjagd von einem Albtraum erlöst.

»Was?«

»Finden Sie ein Parkhaus!«

»Und dann?«

»Ich hab eine Idee.«

Keine Zeit für Nachfragen. Laurenz bremste brutal ab, riss das Lenkrad wieder herum, bog hupend links in den letzten Fußgängerübergang ab, streifte eine Ampel, verfehlte ein älteres Paar nur um Haaresbreite und raste dann quer über die Gegenspur in eine Einbahnstraße.

Hinter sich konnte er es krachen hören. Vielleicht der SUV. Vielleicht aber auch nicht. Laurenz fuhr einfach im Zickzack und so schnell es der Verkehr zuließ weiter durch die anliegenden Straßen. Bis er eine kleine Toreinfahrt mit einem Rolltor entdeckte und ohne nachzudenken dort einbog.

»Das ist kein Parkhaus!«, rief Anselmo.

»Drauf geschissen. Steigen Sie aus, wir müssen hier weg!«

Sie ließen den Alfa stehen, hasteten zurück auf die Straße. Von dem SUV keine Spur. Ohne darauf zu achten, ob man ihn erkannte, rannte Laurenz in die nächste Seitenstraße und drückte Pater Anselmo in einen Hauseingang.

»Und jetzt erklären Sie mir Ihre Idee.«

»Wir müssen den Wagen wechseln. Wir brauchen was Unauffälliges.«

»Und wo kriegen wir das her?«

Der Jesuit zog eine kleine grüne Plastikkarte aus seiner Messengertasche. »Carsharing!«

»Was, zum Teufel, ist das?«

Anselmo erklärte es ihm eilig. »… Und diese Wagen stehen eben meist in Parkhäusern.« Er zog sein Smartphone aus der Tasche, startete eine App, die einen Stadtplan der Umgebung mit den eingezeichneten Standorten der freien Fahrzeuge zeigte.

»Das nächste von hier aus steht in der Via Andrea Sacchi.« Anselmo sah sich nach links und rechts um und ging dann los, den Blick immer auf das Display seines Smartphones gerichtet. Laurenz folgte ihm, den Hut tief ins Gesicht gezogen und immer darauf gefasst, dass der SUV im nächsten Augenblick um die nächste Ecke schoss.

An der angegebenen Stelle in der Via Andrea Sacchi parkte dafür ein kleiner quietschgrüner Mitsubishi mit dem Logo der Carsharing-Firma.

»Unauffällig, sagten Sie?«

Der junge Pater warf die Arme in die Luft. »Haben Sie eine bessere Idee? Nein? Eben.«

Er gab seine Registrierungsdaten in der App ein, um den Wagen zu buchen, und hielt dann die grüne Plastikarte an das Lesegerät hinter der Windschutzscheibe. Nichts tat sich.

»Was ist?«, fragte Laurenz angespannt.

»Er hat die Reservierung irgendwie nicht angenommen.«

»Wer, zum Henker?«

»Der Server, die App, die Zentrale!«, raunzte Anselmo zurück und wollte es gerade erneut versuchen, als Laurenz den schwarzen SUV entdeckte. Er kam aus der Via Flaminia und rollte ihnen langsam entgegen. Hastig zog Laurenz Anselmo in die Deckung hinter dem grünen Mitsubishi.

»Versuchen Sie's weiter! Sie sind doch schließlich Hacker!«

»Das hat doch damit nichts zu tun!«

Der SUV rollte an ihnen vorbei und bog links in die Via Giulio Romano ab.

»Die haben den Alfa gefunden und wissen, dass wir hier irgendwo sein müssen«, sagte Laurenz. »Bestimmt bekommen sie auch demnächst Verstärkung. Also, was ist jetzt?«

»Ich mach ja schon.« Anselmo versuchte es erneut, aber wieder reagierte das Lesegerät nicht auf seine Karte. Unter Verwünschungen gegen die Carsharing-Firma startete Anselmo den Reservierungsprozess erneut. Beim dritten Mal schließlich klackte die Zentralverriegelung. Laurenz wollte sich sofort ans Steuer setzen, doch Pater Anselmo hielt ihn zurück.

»Ich fahre.«

»Und wieso das auf einmal?«

»Wegen der Versicherung.«

»Wegen … was? Sind Sie verrückt? Ich glaube wir haben gerade andere Probleme als Ihre Scheißversicherung!«

»Und außerdem«, fuhr Anselmo ungerührt fort, »sollten Sie besser unsichtbar bleiben. Legen Sie sich auf den Rücksitz.«

Laurenz wollte noch etwas sagen, aber Anselmo ließ ihn diesmal gar nicht erst zu Wort kommen. »Vertrauen Sie mir, Meister.«

Die Retourkutsche für seine eigene Bemerkung vorhin zeigte Laurenz, dass Anselmo nicht mehr unter Schock stand. Er sah ein, dass der Jesuit recht hatte. Für Laurenz' Empfinden fuhr Pater Anselmo allerdings enervierend langsam, schaltete ruckelig, bremste zu oft und zu vorsichtig und hupte zu wenig. Laurenz begann, ihn zu hassen. Unbequem auf dem Rücksitz zusammengekrümmt, rechnete er jeden Moment mit dem nächsten Aufprall. Bis Anselmo nach einer gefühlten Ewigkeit anhielt und den Motor abstellte.

»Wir sind da.«

XXXIV

25. August 2013, Abu Ghosh, Israel

Raymond hatte es plötzlich eilig.

»Wir gehen«, sagte er mit seiner hohen Kinderstimme und wandte sich von der Stele ab in die Richtung, wo irgendwo im alles überstrahlenden Licht die Kuppelwand sein musste.

Peter reagierte nicht, starrte den entfalteten Tesserakt, die geöffnete Büchse der Pandora, nur fassungslos an. Das Kribbeln und leichte Brennen von vorhin war verschwunden. Peter spürte nur noch das Gewicht des Tesserakts, aber ansonsten keine Veränderung. Weder an sich noch irgendwo im Raum. Vielleicht, dachte er kurz, war das alles nur ein Trick mit Pandoras Büchse. Eine Art Ablenkung. Eine falsche Fährte. Eine Falle.

Nikolas stieß ihn an. »Komm.«

»Die beiden kommen mit.« Peter machte eine Kopfbewegung hinüber zu Maria und Bar-Kleophas, die das klobige Kreuz in Peters Händen ebenfalls anstarrten.

»Sie müssen bleiben.«

»Nein, das haben wir anders besprochen.«

»Nein«, sagte Raymond kühl. »Sie bleiben.«

Er zog eines der beiden Amulette aus der Hosentasche, drückte es an die Wand der Kuppel, wo sich sofort wieder eine Öffnung aus blauem Licht bildete.

Peter sah Maria an, wartete, ob sie etwas sagen würde. Aber sie erwiderte seinen Blick nur schweigend, als sei ohnehin schon alles gesagt, und alles Weitere liege nun bei ihm.

»Dann bleibe ich auch.«

»Denk an Maya«, warnte ihn Nikolas leise.

»Weißt du, was ich glaube, Niko? Ich glaube, dass ich genau hier Maya näher bin als irgendwo sonst. Ich bleibe.«

Peter sah Raymond an, der schweigend und nun etwas ungeduldig an der geöffneten Pforte wartete und Nikolas zunickte.

»Wie du willst.« Nikolas nahm ihm den Tesserakt ab. »Tut mir leid.« Er wandte sich um und folgte Raymond.

Peter sah ihm nach. Rührte sich nicht, kam nicht vom Fleck.

Das ist nicht real hier. Das ist ein Traum.

Aber die Berührung war real, ganz und gar wirklich. Peter zuckte zusammen, als Maria seine Hand nahm.

»Geh mit ihnen«, sagte sie. »Rette deine Tochter.«

»Bis dahin seid ihr längst tot. Ihr habt kein Wasser, keine Vorräte. Ihr werdet ersticken.«

Maria schüttelte sanft den Kopf und kam ganz nah an sein Ohr heran. »Keine Sorge, Shimon hat noch ein Amulett«, flüsterte sie. »Sobald ihr gegangen seid, kehren wir wieder in unsere Zeit zurück.«

Sie nahm jetzt auch seine andere Hand. Hielt ihn ganz fest, beugte sich etwas vor und küsste ihn, sanft und flüchtig.

»Rette deine Tochter«, flüsterte sie. »Versuch, das Schlimmste zu verhindern. Du bist der Einzige, der das kann.«

Sie ließ ihn los und trat einen Schritt zurück, sah ihn aber weiterhin an. »Ich liebe dich«, sagte sie mit fester, klarer Stimme.

Ich liebe dich auch, Maria.

»Sie müssen jetzt gehen«, sagte Bar-Kleophas. »Viel Glück, Mr. Adam.«

Ohne ein weiteres Wort wandte Peter sich um. Die Pforte schloss sich bereits wieder. Peter beeilte sich und trat durch das blaue Licht, das gleich darauf hinter ihm erlosch.

Nikolas wartete im Dunkeln auf ihn.

»Wo ist der Tesserakt?«, fragte Peter.

»Raymond hat ihn.«

Der Junge erwartete sie oben in der gleichen Kirchenbank wie zuvor, mit diesem ausdruckslosen, unbewegten Gesicht, bei dem jeder Kinderpsychologe einen traumatischen Schockzustand diagnostiziert hätte, und hielt den Tesserakt auf dem Schoß fest. Als er Peter und Nikolas sah, stand er auf und schleppte das schwere Kreuz aus der Kirche. Wie einen Schatz, den er nie wieder hergeben würde.

Der Lichteinfall aus den hohen Kirchenfenstern hatte sich nicht verändert. Auch vor der Kirche wirkte alles genauso wie vorhin. Der kleine arabische Ort war immer noch dabei aufzuwachen. Von dem gegenüberliegenden Lokal duftete es immer noch nach Kaffee und nach frischem Brot. Als wären sie keine Sekunde fort gewesen. Peter überlegte fieberhaft, was er nun tun sollte. Weglaufen? Die Welt warnen, dass der Untergang kurz bevorstehe?

Viel Glück! Sie werden dich in die nächste Psychiatrie stecken.

»Öffne den Wagen«, sagte Raymond zu Nikolas. Mit seinen steifen Trippelschritten trug er den Tesserakt zu dem Mietwagen, den Nikolas am Straßenrand geparkt hatte.

Wie ist Raymond eigentlich hierhergekommen?

Raymond legte den Hyperwürfel im Kofferraum ab wie ein antikes Schnäppchen vom Flohmarkt. Dann setzte er sich auf die Beifahrerseite.

»Kommt.«

Peter trat an den Wagen heran. »Du brauchst uns doch nicht mehr. Lass Maya frei und lass mich gehen.«

»Wir sind noch nicht fertig«, erklärte Raymond. »Steigt ein.«

Peter stöhnte. Er dachte an das Papierchen in seiner Jackentasche und sah hinüber zu dem Humuslokal.

»Ich will da drüben erst was frühstücken.«

Nikolas und Raymond sahen ihn verwundert an. »Jetzt?«

»Ja, jetzt, verdammt! Ich sterbe vor Hunger.«

Raymond wirkte plötzlich misstrauisch. »Nein.«

»Hör mal, du widerliche kleine Ausgeburt der Hölle«, schrie Peter ihn an und trat gegen die Beifahrertür. »Du hast mein Leben zerstört. Du hältst meine Tochter gefangen. Ich hab dir den

Tesserakt geöffnet, und die Welt wird untergehen. Aber vorher will ich was essen! Ich bin ein Mensch! Ich bin verzweifelt, wütend, erschöpft, zu Tode verängstigt und ich habe Hunger. Ich will einen Kaffee, und ich muss pissen. Dafür wird ja wohl noch Zeit sein, oder?«

Raymond wechselte einen Blick mit Nikolas. Sein Bruder zuckte mit den Achseln.

»Kaffee wäre nicht schlecht.«

Raymond dachte kurz nach. »Geht«, sagte er schließlich. »Eine halbe Stunde.«

»Hast du Geld dabei?«, fragte Peter, als sie das Lokal betraten. Nikolas nickte. Sie nahmen einen Tisch im hinteren Teil des Lokals, weit genug vom Eingang entfernt, sodass Raymond sie nicht sehen konnte. Als Peter von der Toilette zurückkam, stand dampfender arabischer Kaffee in einer Kupferkanne auf dem Tisch, frisches Brot und ein Teller mit Humus, Labane, getrockneten Feigen und Honig. Jetzt erst merkte Peter, dass er tatsächlich hungrig war, und langte nach dem Brot und der Humusschale.

»Also, sag schon«, sagte Nikolas gereizt. »Oder ging's wirklich nur ums Essen?«

»Was passiert jetzt weiter?«, fragte Peter zwischen zwei Bissen.

»Ich weiß es nicht.«

»Die Welt geht immer noch nicht unter.«

»Sie wird.«

»Und das findest du ganz in Ordnung?«

Nikolas aß nichts, trank nur Kaffee. Der Kaffee war stark und süß und schmeckte nach Kardamom. Peter bestellte gleich die nächste Kanne.

»Du musst mir vertrauen, Peter.«

»Du bist ein Mörder.«

»Die Dinge sind oft nicht so, wie sie aussehen.«

»Ach ja? Soll das heißen, wir träumen das alles nur, und gleich wache ich neben Ellen in Grinnell auf und alles ist so wie immer? Oder es geht von vorne los?«

»Vertrau mir einfach, Peter.«

»Das sagst du dauernd. Und dann erschießt du jemanden. Oder lässt mich die Büchse der Pandora öffnen. Klar. Da vertrau ich dir doch gern.«

»Denk an Maya.«

»Glaubst du wirklich, dass Raymond uns und Maya je gehen lassen wird? Sei nicht naiv! Sobald er uns nicht mehr braucht, wird er uns töten.«

Nikolas blinzelte in die Richtung, wo irgendwo der Wagen mit Raymond stand.

»Du hast Angst, Niko. Das ist schon mal ein Anfang.«

»Nicht um mich. Aber mehr kann ich dazu nicht sagen.« Er zählte Geld ab, legte es auf den Tisch und erhob sich. »Es ist Zeit, wir müssen gehen.«

»Warte.« Peter zog das knittrige, mehrfach gefaltete Papierchen aus der Jackentasche, glättete es und legte es auf den Tisch. Beide starrten einen Augenblick auf die kurze Nachricht.

»Was ist das?«, fragte Nikolas.

»Hat mir Bar-Kleophas vorhin gegeben.«

Die Nachricht war auf die Rückseite eines Kassenbons aus genau dem Hummuslokal geschrieben worden, in dem sie gerade saßen. Eine kurze Nachricht, in akkurater Blockschrift auf Englisch.

1. Was geöffnet wurde, kann wieder verschlossen werden.
2. Niemand wird zurückgelassen.
3. Urs Bühler …

»Wer, zum Teufel, ist Urs Bühler?«

»Woher soll ich das wissen?«, sagte Nikolas, zerknüllte den Zettel und warf ihn in den leeren Brotkorb.

»Aber Punkt eins und zwei machen doch schon mal Mut«, sagte Peter und erhob sich. »Ich weiß noch nicht, wie, aber ich *werde* Maya befreien, wo auch immer sie steckt. Und ich werde den Tesserakt wieder verschließen. Ich hab ihn schließlich auch geöffnet.«

XXXV

22. Juli 2011, Tel Nof Airbase, Rehovot, Israel

Die Nachricht von Don Luigis Tod erreichte ihn noch während des Fluges von Rom nach Israel. Das Einsatzteam des Ordens vom Heiligen Schwert hatte Abu Ghosh erreicht und die Leiche des ehemaligen Papstes vor der Kreuzfahrerkirche gefunden. Oder vielmehr das, was von ihm übrig war. Die Fotos, die der Einsatzleiter Laurenz schickte, zeigten eine auf die Größe eines Kindes geschrumpfte, verdorrte und verkrümmte bärtige Gestalt in einem schwarzen Anzug. Selbst der Kopf war nicht größer als der eines Fünfjährigen, das Gesicht zu einer Fratze des Grauens verzerrt. Laurenz hatte keine Erklärung, welche Kraft selbst Schädel und Skelett eines Erwachsenen auf die Weise mumifizieren und zusammenschrumpfen lassen konnte. Immerhin ahnte er, *wer* dafür verantwortlich war, denn der Bericht des Einsatzleiters erwähnte Augenzeugen, die einen Kampf zwischen Don Luigi und einem weißgekleideten, blonden Jungen beobachtet hatten. Von dem Jungen fehlte ebenso jede Spur wie von Maria. Das Team hatte die Kirche von oben bis unten durchsucht, aber nur eine freigeräumte Wand in der Krypta gefunden. Im Augenblick warteten sie auf Verstärkung mit Infrarotsensoren und einem Bodenradar. Dem Bericht nach hatten Maria, Don Luigi und ein älterer Mann namens Shimon Bar-Kleophas lange in einem Lokal gegenüber der Kirche miteinander gesprochen. Auch von diesem Bar-Kleophas fehlte jede Spur.

»Sie dürfen die Hoffnung nicht verlieren«, sagte Pater Anselmo, der neben ihm in der engen Propellermaschine saß.

Franz Laurenz nickte nur und musste seine ganze Selbstbeherrschung zusammennehmen, um nicht in Tränen auszubrechen.

Am späten Abend landete die zweimotorige Maschine auf der Tel Nof Airbase, einem Luftwaffenstützpunkt der israelischen Armee, etwa vierzig Kilometer westlich von Jerusalem. Als sie von der Landebahn rollten, sah Laurenz auf dem erleuchteten Vorfeld zwei startbereite F-15 Kampfjets mit blinkenden Positionslichtern und einen Schützenpanzer, dessen Bordkanone jeder Bewegung des Propellerflugzeugs folgte. Laurenz wusste, dass auf dieser Basis auch Nuklearraketen stationiert waren. Er hoffte nur, dass der Einfluss und das diplomatische Geschick seines Freundes reichten, um der israelischen Regierung einerseits den Ernst der Lage zu verdeutlichen, andererseits das Militär nicht in höchste Alarmbereitschaft zu versetzen. Er wusste aber auch, dass sich seine Hoffnungen zerschlagen würden, sobald die Büchse der Pandora geöffnet wurde und die Apokalypse mit ganzer Wucht einsetzte. Chaos, Verwüstung und Krieg würden ausbrechen, sobald überall und gleichzeitig auf der Welt Menschen zu Millionen starben. Getötet von einem unsichtbaren Feind, der sich allen Waffen dieser Welt gegenüber unbesiegbar zeigte. Doch das würden Regierungen und Militärs erst begreifen, nachdem sie ihr gesamtes Vernichtungsarsenal entfesselt und die Welt in eine unbewohnbare Hölle verwandelt hatten. Laurenz begriff, dass er dabei war, seine Hoffnung und seinen Glauben zu verlieren, und wandte sich an Pater Anselmo.

»Lassen Sie uns beten, Pater.«

Der Jesuit nickte, als erlöse ihn diese Aufforderung aus seinen Grübeleien. Während das Flugzeug weiterrollte, falteten die beiden Männer die Hände.

»Sprechen Sie mir nach«, sagte Laurenz und betete den Hymnus eines namenlosen Salzburger Mönchs und Dichters aus dem Spätmittelalter vor.

Christus, du bist der helle Tag,
dein Glanz durchbricht die dunkle Nacht.
Du Gott des Lichts, du kündest uns
das Licht, das wahrhaft selig macht.

Gib, dass nichts Arges uns bedrängt,
der böse Feind uns nicht verführt,
und lass nicht zu, dass Geist und Leib
vor deinem Auge schuldig wird.

Sei deiner Diener eingedenk,
die du mit deinem Blut erkauft.
Stärk uns durch deines Leidens Kraft;
wir sind auf deinen Tod getauft.

Und er setzte hinzu: »Jetzt und in Ewigkeit, Amen.«

Die Maschine hatte ihre Parkposition am Rande des Vorfeldes erreicht. Der Schützenpanzer zielte immer noch auf das Flugzeug. Laurenz sah jetzt auch israelische Soldaten mit Sturmgewehren im Anschlag. Und Chaim Kaplan.

»Danke, dass Sie gekommen sind«, begrüßte ihn der Rabbiner. »Ich weiß, was Sie auf sich nehmen. Bitte ignorieren Sie das Säbelgerassel, Sie sind herzlich willkommen und können sich frei bewegen.«

»Danke, mein Freund. Das ist Pater Anselmo«, stellte Laurenz den jungen Jesuiten vor. »Er braucht eine schnelle Internetverbindung, einen großen vegetarischen Burger und jede Menge Cola. Ist das machbar?«

»Bitte keine Umstände«, nuschelte Pater Anselmo verlegen und reichte dem Großrabbiner von Jerusalem die Hand.

Kaplan lächelte. »Alles was koscher ist, ist auch machbar. Bitte kommen Sie.« Er deutete auf drei wartende Fahrzeuge. Im vorderen und im hinteren Auto saßen jeweils drei Männer. »In einer knappen Stunde sind wir in Jerusalem.«

»Wäre es nicht etwas unauffälliger gegangen?«

»Glauben Sie mir, das *ist* die unauffälligste Variante. Unsere Regierung hat jedoch kein Interesse, dass der Papst bei einem Geheimbesuch in Israel getötet wird.«

»Irgendwelche Neuigkeiten aus Abu Ghosh?«

Kaplan schüttelte den Kopf. »Tut mir leid. Auch die Untersuchung mit Wärmesensoren und dem Bodenradar haben nichts ergeben. Ihre Tochter und dieser Bar-Kleophas sind wie vom Erdboden verschluckt.«

Die kleine Fahrzeugkolonne raste mit hoher Geschwindigkeit durch den Abend. Durch die Panzerung der Fahrzeuge drang kein Laut nach innen. Laurenz hatte den Eindruck, im Tiefflug durch die Nacht zu gleiten. Einfach nur zu gleiten, immer weiter.

»Glauben Sie wirklich, dass diese Frau Ihnen weiterhelfen wird?«, riss Kaplan ihn aus diesem träumerischen Zustand. »Ganz davon abgesehen, dass sie im Koma liegt.«

»Wenn ich einen Weg finde, zu ihr durchzudringen – ja. Ich hoffe es. Was wissen wir über sie?«

Kaplan reichte ihm ein einseitiges Dossier mit einem Foto, das eine junge Frau mit kummervollem Blick zeigte.

»Ihr Name ist Rahel Kannai. Vor einigen Tagen erst nach Israel eingereist. Lebt sonst in Australien.«

»Hat sie Familie?«

»Offenbar nicht. Sie hatte einen Freund in Australien, aber der ist kurz nach ihrer Abreise verstorben. Herzversagen.«

Laurenz studierte das Dossier und versuchte, sich Rahel Kannai vorzustellen.

»Jemand könnte Sie erkennen«, warnte Kaplan. »Ein hohes Risiko auf eine vage Hoffnung hin.«

Laurenz ließ das Dossier sinken. »Diese Frau ist meine einzige Hoffnung herauszufinden, wer das Buch Dzyan hat.«

»Selbst wenn ihre Bilder Ausdruck von Visionen waren, und selbst wenn sie aus dem Koma erwacht, ist doch äußerst zweifelhaft, ob sie sich an irgendwas erinnern kann. Geschweige denn, die Bilder reproduzieren.«

»Was wollen Sie damit sagen? Oder fürchten Sie einfach nur den Eklat, falls man mich erkennt?«

Kaplan stieß einen hebräischen Fluch aus. »Sie verschwenden nur Zeit. Kostbare Zeit. Und das sage ich als Ihr Freund.«

»Dann helfen Sie mir.«

Laurenz wandte sich ab und starrte wieder hinaus in die Nacht, die lautlos an ihnen vorbeiglitt. Und dann: Jerusalem. Wie eine Schale aus Gold erschien die Heilige Stadt vor ihnen in der nächtlichen Wüste, wie eine unerreichbare Verheißung ewigen Glücks. Die größte Illusion von allen, dachte Laurenz. In dieser Stadt wurde um jeden Zentimeter Boden erbittert gestritten, Mönche sechs christlicher Konfessionen prügelten sich in der Grabeskirche um die Regelung, wer wann welche Lampen putzen, welche Leitern wo aufstellen und welche Treppenaufgänge benutzen oder nicht benutzen durfte … Vielleicht hatte diese Stadt ihre Ewigkeit bei Gott um den Preis erkauft, niemals Frieden finden zu können. Vielleicht war aber auch diese Ewigkeit nur eine Illusion und Jerusalem bald genauso tot wie jeder andere Ort auf Erden.

»Denken Sie noch manchmal an Scheich al Husseini?«, fragte Kaplan plötzlich. Die Frage nach dem verstorbenen Großmufti von Mekka überraschte Laurenz.

»Jeden Tag.«

»Ich gestehe, dass ich ihn nie mochte. Aber in den wenigen Monaten unserer Zusammenarbeit, die Sie vermittelt hatten, habe ich gelernt, ihn zu respektieren. Dieses grauenhafte Ende in Rom – das hat er nicht verdient. Er war kein schlechter Mann, der Großmufti, oder?«

»Nein, mein Freund, er war kein schlechter Mann.«

»Wenn das alles hier vorbei ist«, seufzte Kaplan. »Ich meine, falls wir es überleben sollten, dann werden wir – Sie, ich und die Muftis – einen ernsthaften Dialog führen, was meinen Sie? Wir machen den ersten Schritt. Und auch den zweiten und dritten, wenn's nötig ist. Wir lassen die Hosen runter. Scheiß auf unsere Regierungen. Und auf unsere eigene Borniertheit.«

Laurenz sah den Rabbiner verwundert an. Ganz neue Töne. Bei näherer Betrachtung fiel ihm jetzt auch die äußerliche Veränderung auf. Der Rabbiner sah nicht gut aus: blasser als sonst. Er schwitzte und biss sich auf die Lippen, als habe er Schmerzen. Außerdem rieb er sich ständig die linke Hand mit einem Taschentuch.

»Was haben Sie?«

»Ach nichts. Wahrscheinlich nur der Stress.«

»Lassen Sie mal sehen. Na los, zeigen Sie schon.«

Kaplan streckte die Hand aus. »Nur eine allergische Reaktion, kein Grund zur Sorge.«

Laurenz schaltete ein Lämpchen in der Deckenbeleuchtung an und sah, dass die Hand glänzte, überzogen von einem wachsartigen, weißlichen Belag. Eine Art Flechte, die einen schwachen Geruch von Baldrian verströmte. Ein Phänomen, das Don Luigi oft von seinen Exorzismen beschrieben hatte.

»Ein Arzt sollte sich das ansehen.«

Kaplan zog die Hand zurück. »Wenn es schlimmer wird«, scherzte er, »mache ich es wie Hiob und streite mich so lange mit dem Herrn, bis er entnervt aufgibt und mich entschädigt.«

»Das ist, mit Verlaub, kindisch, mein Freund. Beziehungsweise apokalyptisch, wenn Sie schon auf die Bibel anspielen.«

Kaplan sah ihn fragend an. Laurenz zog sein Smartphone aus der Tasche, startete die App mit der Einheitsübersetzung der Bibel und suchte eine bestimmte Stelle.

»Aus der Offenbarung des Johannes, sechzehn-zehn: Da kam Finsternis über das Reich des Tieres und die Menschen zerbissen sich vor Angst und Schmerz die Zunge. Dennoch verfluchten sie den Gott des Himmels wegen ihrer Schmerzen und ihrer Geschwüre; und sie ließen nicht ab von ihrem Treiben.«

»Sie hätten einen guten Rabbi abgegeben«, sagte Kaplan lächelnd. »Sie bleiben nie eine Erklärung schuldig, selbst wenn Sie die Heilige Schrift nach Gutdünken zurechtbiegen müssen.«

Die Wagenkolonne hielt vor einem Seiteneingang der Hadassah Universitätsklinik auf dem Mount Scopus. Kaplan machte keine Anstalten, auszusteigen.

»Wollen Sie nicht doch mitkommen?«

Kaplan lächelte ihn an. »Dr. Yaron weiß Bescheid. Sie haben eine Stunde. Ein Wagen holt sie hier wieder ab. Viel Glück.«

Eine ältere Ärztin erwartete Laurenz mit einem weißen Kittel, Mundschutz und einer Haube, und begleitete ihn zur Intensivstation. Dr. Yaron wirkte erschöpft wie nach einem langen Dienst. Aber hinter ihrer Erschöpfung erkannte Laurenz noch etwas anderes: die Erschütterung, an die eigenen Grenzen gestoßen zu sein.

»Ich halte Sie von der Arbeit ab, Doktor«, entschuldigte sich Laurenz auf Englisch.

»Ja«, erwiderte sie. »Aber das verschafft mir auch ein bisschen Pause. Wollen Sie einen Kaffee? Ich will einen.«

»Wie lange sind Sie schon auf den Beinen?«

»Vierundzwanzig Stunden? Achtundzwanzig? Keine Ahnung. Wie es aussieht, werde ich noch eine Weile durchhalten müssen.«

»Was ist los?«, fragte Laurenz alarmiert.

»Seit heute Nachmittag kriegen wir stündlich Patienten mit einem rätselhaften Ausschlag herein.«

»Eine Epidemie?«

»Hören Sie bloß auf! Im Augenblick gehen wir von einer Vergiftung aus. Wir wissen nur noch nicht, durch was.«

»Kann ich mir das mal ansehen?«

Die Ärztin blieb stehen. »Man hat mich gebeten, Sie diskret zu Miss Kannai zu begleiten und keine Fragen zu stellen. Das allein könnte mich meinen Job kosten. Ob Sie nun der Papst sind oder nicht.«

»Bitte, Doktor.«

»Warum? Um sie zu segnen? Ihnen die Hand aufzulegen? Die letzte Ölung zu geben?«

»Dieser Hautausschlag – riecht er nach Baldrian?«

Dr. Yaron starrte ihn an. »Kommen Sie mit.«

Sie lagen stöhnend auf Tragen vor den Behandlungszellen, in denen die Ärzteteams um das Leben der schlimmsten Fälle kämpften. Die meisten Patienten waren schon nicht mehr ansprechbar. Das harte Stationslicht zeigte ihre Symptome in allen Details: der gleiche käsige Ausschlag am ganzen Körper, ein wächserner Schorf, der ein milchiges Sekret absonderte, das diesen nicht unangenehmen, aber verstörenden Geruch nach Baldrian verströmte. Der Anblick der Kranken bestätigte Laurenz' schlimmste Befürchtungen.

»Die meisten kommen noch von selbst und klagen über Juckreiz und Übelkeit. Dann verschlimmert sich ihr Zustand rapide bis zum Koma. Und dann sterben sie, ohne dass wir irgendwas tun können. Vier Tote bisher, und ich bezweifle, dass wir die anderen vierzehn retten können, solange wir die Ursache nicht kennen. Also frage ich Sie: *Was ist es?*«

»Ich weiß es nicht«, stöhnte Laurenz bei dem Anblick der Patienten.

»Sie wussten, verdammt nochmal, wie es *riecht*!«

Mehr noch wurde Laurenz in diesem Augenblick mit Schrecken klar, dass es nicht mehr aufzuhalten war. Die Büchse der Pandora war geöffnet worden.

»Ich glaube, der Großrabbiner hat es auch«, wich er der Frage aus. »Bitte bringen Sie mich jetzt zu Miss Kannai.«

Dr. Yaron schüttelte den Kopf. »Ich werde gar nichts tun, solange Sie mir etwas verschweigen. Sehen Sie nicht, dass hier Menschen sterben?! Sie sind der Papst! Wo ist denn Ihr Gewissen?«

Sie war laut geworden. Laurenz zog sie zur Seite.

»Es ist eine Infektion. Es gab anonyme Hinweise.«

»Was für eine Infektion?«

»Ich weiß es nicht!«, log Laurenz. »Bitte glauben Sie mir, Dr. Yaron, und bringen Sie mich zu Miss Kannai. Wir vermuten, dass Sie mehr darüber weiß.«

Die Ärztin wirkte nicht überzeugt. »Das wäre Sache der Polizei und nicht des Papstes.«

»Wenn wir noch lange zögern, Dr. Yaron, ist es vielleicht zu spät.«

Die junge Frau lag in einem keimfreien Raum, angeschlossen an ein Beatmungsgerät, Infusionen für das Blutplasma und Schmerzmittel, Magensonden, Harnkatheter und Geräte zur Überwachung der Vitalparameter. Sie sah furchtbar aus. Zerbrechlich und zerbrochen zugleich. Ihre gesamte linke Körperhälfte war von Bombensplittern aufgerissen, zerfetzt und versengt, die linke Gesichtshälfte bis auf verbrannte Hautlappen wie weggerissen. Aber wie durch ein Wunder lebte sie.

»Der Beifahrersitz hat sie geschützt«, erklärte die Ärztin an der Trennscheibe der Keimschleuse. »Der Explosionsdruck hat sie durch die Heckscheibe aus dem Wagen geschleudert. Im Augenblick ist sie stabil. Wir haben sie in ein künstliches Koma versetzt, damit sie die nächsten Operationen übersteht. *Falls* sie sie übersteht.«

»Ich muss trotzdem mit ihr sprechen.«

»Das ist unmöglich. Wenn wir sie aus dem Koma holen, wird sie garantiert sterben.«

»Vielleicht finde ich einen anderen Weg, zu ihr durchzudringen. Ohne ihr Leben zu gefährden.«

Dr. Yaron sah ihn mit unverhohlener Abneigung an.

»Sie gehen mir auf die Nerven, wissen Sie das? Was auch immer Sie vorhaben, ich glaube nicht an Ihren katholischen Hokuspokus.«

»Ich werde ihr nicht schaden, das verspreche ich. Bitte, Dr. Yaron!«

Die Ärztin dachte nach und traf dann eine Entscheidung.

»Sie haben zehn Minuten. Sie werden sie nicht berühren. Sie

werden überhaupt gar nichts in diesem Raum berühren. Und das alles auch nur unter einer Bedingung.«

Laurenz verstand. »Ich weiß wirklich nicht, was das für ein Ausschlag ist. Aber ich fürchte, dass Sie es bald mit einer Epidemie biblischen Ausmaßes zu tun kriegen. Es wird mehr Tote geben, als sie sich vorstellen können, Dr. Yaron, und Sie und alle Ärzte der Welt werden machtlos sein. Es sei denn …«, Laurenz deutete auf die Frau auf der anderen Seite der Trennscheibe, »… sie sagt mir, was ich wissen muss, um es aufzuhalten. … Bitte.«

»Zehn Minuten«, sagte die Ärztin tonlos. »Geben Sie mir solange Ihre Tasche.«

Erst jetzt fiel Laurenz die Umhängetasche wieder auf, die er schon die ganze Zeit bei sich trug. Eine abgenutzte blaue Kunstledertasche mit Klettverschlüssen und dem Logo von Nakashima Industries. Sie fühlte sich vertraut an, wie ein lange vermisster Gegenstand, der sich unvermittelt wieder anfindet, dennoch kam Laurenz nicht darauf, wo er sie her hatte. Er erinnerte sich nur, dass sie neben seinem Schreibtisch gestanden hatte, und zögerte, sie der Ärztin zu überlassen.

»Wegen der Keime«, sagte Dr. Yaron. »Oder ist das ein Problem?«

»Nein, alles in Ordnung«, murmelte Laurenz und reichte ihr die Tasche.

Er betrat den Raum in einem keimfreien Overall und rückte sich den Stuhl neben dem Bett zurecht. Das Surren und Blinken der Messgeräte und Maschinen für die Lebenserhaltungssysteme erfüllte den Raum. Rahel Kannai lag regungslos mit gefalteten Händen im Zentrum, wie ein lebendiges Herz in einem Maschinenkörper. Zehn Minuten waren nicht viel, um zu einer Komapatientin vorzudringen, dennoch nahm sich Laurenz zunächst die Zeit für ein Ave Maria, bevor er den keimfreien Overall auffummelte, in seine Jackentasche griff und das Amulett mit der Triskele hervorzog. Er drückte es Rahel Kannai in die gefalteten Hände und ignorierte das wütende Klopfen an der Scheibe. Hastig zog er auch noch seinen Laserpointer aus der Jackentasche und zielte mit dem blauen Lichtpunkt auf das Medaillon, bis es sanft zu glühen begann. Er hatte keine Ahnung, ob es funktionieren würde. Es war nur ein verzweifelter Versuch, die Kräfte zu bemühen, die diese Amulette vor Urzeiten geschaffen hatten, um das Böse zu versiegeln. Für Laurenz gab es keinen Zweifel, dass diese Wesen Teil der Gnade Gottes gewesen sein mussten. Also gab es keinen Grund, sich nicht ihrer Technologie anzuvertrauen. Es nicht wenigstens zu versuchen.

»Rahel!«, sprach er zu der jungen, entstellten Frau. »Ich bin Franz Laurenz. Sie kennen mich nicht, aber vielleicht haben Sie mich schon einmal im Fernsehen gesehen. Ich bin der Papst. Ich habe ein paar Fragen. Ich weiß nicht, ob Sie mich hören können, aber es ist sehr wichtig. Ich habe leider nicht viel Zeit. Aber ich will Ihnen noch sagen, dass ich alles dafür tun werde, dass Sie wieder gesund werden.«

Er machte eine kurze Pause, bevor er fortfuhr.

»Und nun zu meiner Frage. Ich suche nach einem bestimmten Buch, das Sie womöglich in Ihren Bildern gemalt haben.«

Laurenz beschrieb ihr das Buch Dzyan so genau wie möglich. Er beschrieb ihr den Safe und den Moment, in dem er den Verlust des Buches bemerkt hatte.

»Ich *muss* wissen, wo dieses Buch ist, Rahel! Das Leben von Milliarden von Menschen hängt davon ab.«

Aber Rahel Kannai rührte sich nicht. Auch die Messgeräte zeigten keinerlei Veränderung ihres Zustandes an. Hinter ihm klopfte es wieder. Laurenz blickte sich kurz zu Dr. Yaron hinter der Trennscheibe um. Sie wirkte sehr aufgebracht und diskutierte lebhaft mit einem Kollegen, der offenbar wissen wollte, was der Mann dort bei der Komapatientin machte. Erleichtert sah Laurenz, wie sie es schaffte, ihn wegzuschicken, und zeigte ihr drei Finger. Drei Minuten! Dann wandte er sich wieder der Frau im Koma zu. Das Medaillon glomm in ihren Händen, kalt und unbeteiligt.

»Bitte sagen Sie mir, wo dieses Buch ist. Wer hat es aus dem Safe genommen? Wer hat es jetzt?«

Keine erkennbare Reaktion. Laurenz sah zu den Monitoren für die Vitalparameter hinüber, aber weder Puls noch Herzfrequenz noch die Atmung hatten sich verändert. Er drang nicht durch zu ihr. Dr. Yaron zeigte ihm zwei Finger.

»Rahel! Wer hat das Buch Dzyan?«

Immer die gleiche Frage, immer wieder. Ein Finger. Seine Zeit lief ab. Laurenz erhob sich müde, bekreuzigte sich, segnete die junge Frau und griff nach dem Amulett. Als er Rahels Hände dabei berührte, bewegten sich ihre Lippen.

Gehauchte Worte. Weniger als das. Ein kurzes Beben der Lippen nur, wie ein Reflex auf einen Reiz, die Berührung vielleicht.

»Was haben Sie gesagt?« Laurenz hielt Rahels Hände fest, beugte sich über sie und hoffte, dass das laute Klopfen an der Scheibe endlich aufhören würde.

»Rahel, bitte! Wer hat das Buch Dzyan?«

Die Lippen bewegten sich erneut. Und mit einem fast unhörbaren Seufzer sprach Rahel Kannai aus der Tiefe ihres schlafenden Bewusstseins zu ihm.

»Gemalt. Das Buch. Sie. Haben es.«

»Wer sind ›sie‹, Rahel?«

»Sie. Laurenz.«

Laurenz zitterte vor Verzweiflung. Er konnte hören, wie Dr. Yaron hinter ihm in die Keimschleuse stürmte. Nur noch wenige Sekunden.

»Ich habe das Buch aber nicht mehr! Bitte, wer hat es aus dem Safe genommen?«

Rahel schlug die Augen auf und sah ihn an, mit einem Blick so leer und fern wie der Horizont auf hoher See. Hinter Laurenz öffnete sich die Tür der Keimschleuse. Rahels Augen weiteten sich plötzlich zu schierem Entsetzen. Sie röchelte, ihr ganzer Körper zuckte, die Messgeräte schlugen jetzt Alarm. Laurenz wirbelte herum.

Dr. Yaron lag regungslos in einer Blutlache in der Keimschleuse. Vor ihm stand ein blonder, weiß gekleideter Junge, der ihn aus farblosen Augen ansah. Auch ohne dem Jungen je persönlich begegnet zu sein, wusste Laurenz, wen er vor sich hatte. Jaldabaoth. Seth.

»Hoathahe Saitan.« Der Junge reichte Laurenz die Umhängetasche, und Laurenz wusste plötzlich auch, dass sich das Buch Dzyan die ganze Zeit darin befunden hatte. Er erinnerte sich auch wieder an den Tag vor dreißig Jahren, als er die Tasche bekommen hatte. Den Tag seiner ersten Begegnung mit Seth. Er erinnerte sich an so ziemlich alles. Aber er wusste auch, dass sein Kampf mit Jaldabaoth und der Sturz in die endlose Finsternis der Archonten hier enden würde.

»Du bist mein Leib«, sagte der Junge und schaltete das Beatmungsgerät ab. »Lass uns gehen, Vater.«

XXXVI

26. August 2013, Jordanien

Wohin fahren wir?«

»Zu einem Flugplatz in Jordanien.«

»Und dann?«

»Weiß ich nicht. … Raymond, wo fahren wir hin?«

»Zu Maya.«

»Wo ist sie?«

Er antwortete nicht mehr. Peter brachte auch die Kraft nicht mehr auf, nachzuhaken. Etwas veränderte sich in ihm. Seit er den Tesserakt geöffnet hatte, konnte Peter spüren, wie sich *Etwas* in ihm ausbreitete, wie Kondenswasser an den Innenseiten seines Körpers niederschlug und von dort unaufhaltsam zur Oberfläche drängte. Die ersten äußerlichen Anzeichen entdeckte er, als sie östlich von Jericho die Allenby-Brücke nach Jordanien überquerten. Ein beständiges Jucken auf dem Handrücken machte ihn auf eine Hautveränderung aufmerksam, ein weißlicher Ausschlag, der beim Kratzen nässte. In der nächsten Stunde breitete sich der Ausschlag rasch über die ganze Hand aus und wanderte dann den Arm hinauf. Ein Jucken an den Fußgelenken wie sonst nur nach Mückenstichen signalisierte ihm, dass es sich auch von den Füßen die Beine hinauf arbeitete. Als er sich verstohlen zu Nikolas vorbeugte, der den Wagen fuhr, sah er den Ausschlag auch bei ihm. Nur Raymond, der stoisch und steif wie immer auf dem Beifahrerseite saß, schien nicht betroffen zu sein.

Peter merkte, dass er schwitzte. Wenn er sich den Schweiß mit einem Taschentuch von der Stirn wischte, klebte eine weißliche Schmiere im Stoff. Er versuchte, ruhig zu bleiben, sich nichts anmerken zu lassen. Bis die Kopfschmerzen kamen, und mit ihnen die Übelkeit.

»Fahr mal rechts ran«, ächzte Peter. Als der Wagen endlich anhielt, riss er die Tür auf und übergab sich auf die Straße. Das Erbrochene war weiß.

»Was passiert da mit uns?«

»Wir werden *sein* Fleisch und Blut«, sagte Nikolas ruhig.

»Was redest du da für einen Scheiß? Wir sind krank! Merkst du das nicht?«

»Es wird euch bald besser gehen«, sagte Raymond, der Peter interessiert beobachtete. »Wir müssen uns beeilen.«

Peter glaubte ihm kein Wort.

Aber welche Wahl bleibt dir schon, hier in der Wüste?

Nikolas schien es trotz des Ausschlags nicht ganz so schlecht zu gehen. Er fuhr den Wagen weiter durch die Wüste, während Peter sich stöhnend auf dem Rücksitz zusammenkauerte und versuchte, gegen die Übelkeit und die Schmerzen anzuatmen. Jedes Schlagloch, jede Kurve wurde zur Qual. Sein Bewusstsein trübte sich ein, verklumpte zu einer zähen, schmerzenden Masse.

Nach einer schieren Ewigkeit erreichten sie ein kleines Flugfeld mitten in der Wüste, auf dem ein Privatjet wartete, den Peter nur noch verschwommen wahrnahm. Er sah aber, dass es jetzt auch Nikolas schlecht ging. Schwitzend und keuchend saß er am Steuer, kaum noch fähig, den Wagen zu verlassen. Vom Flugzeug liefen ihnen drei Männer in weißen Schutzoveralls entgegen, einer trug einen Metallkoffer. Auf eine kurze Anweisung von Raymond hin holten zwei der Männer den Tesserakt aus dem Kofferraum und trugen ihn zum Flugzeug. Der dritte öffnete seinen Metallkoffer. Nikolas übergab sich im Wagen.

»Er zuerst«, hörte Peter Raymond dicht neben sich. Der Mann im Overall rollte Peters Hemdärmel auf und stach ihm eine Nadel in den Arm. Peter spürte, wie etwas aus ihm herausfloss. Unaufhaltsam. Dann spürte er etwas in sich hineinfließen. Eiskalt. Eine Kälte, die rasch seinen ganzen Körper erfasste – aber immerhin die Schmerzen zu verdrängen schien. Als er den

Kopf etwas aufrichtete, konnte er sehen, dass der Mann im Overall auch Nikolas nun mehrere Röhrchen mit Blut abzapfte und ihm dann etwas spritzte. Die Röhrchen mit dem Blut verschwanden in dem Metallkoffer.

»Wir warten noch einen Moment«, sagte Raymond.

Was auch immer sie ihm gespritzt hatten – Peter spürte, dass sich der Schmerz, der Juckreiz und auch die Übelkeit endlich legten.

»Kannst du aufstehen?« Raymonds Stimme.

»Glaube ja.«

»Nehmt meine Hand«, sagte Raymond.

Peter fühlte sich wie betrunken. Widerspruchslos ergriffen er und Nikolas Raymonds Hand. Sie ließen sich wankend von ihm zum Flugzeug führen. Wie ein betrunkener Vater und sein Spiegelbild, dachte Peter, der von seinem Sohn zurück nach Hause gebracht wird.

Diesen Gedanken fand er irgendwie komisch. Er fand auch den Piloten komisch, der Raymond mit einer Verbeugung begrüßte.

Die nächsten drei Stunden verbrachte Peter damit, alles komisch zu finden und seine weißlichen Hände in einer Art wohligem Dämmerzustand zu betrachten, als seien sie gerade neu zu seinem Körper hinzugekommen. Alles sehr komisch … Er kicherte leise. Er verstand, dass die Injektion mehr als ein Schmerzmittel gewesen sein musste, aber das war ihm egal. Hauptsache keine Schmerzen und keine Übelkeit mehr. Auch Nikolas schien es besser zu gehen, obwohl der Ausschlag sich inzwischen über sein ganzes Gesicht ausgebreitet hatte. Er sah aus, wie von einer Art weißer, faseriger Flechte überwuchert.

Und du wirst bestimmt genauso aussehen.

Es dämmerte bereits, als sie auf einem kleinen Flugplatz in Kroatien landeten und in einen Helikopter umstiegen. So viel bekam Peter mit. Die Benommenheit der letzten Stunden riss auf wie ein sprödes Gewebe, ließ klarere Gedanken hereinwehen wie eine frische Brise. Nur das Sprechen fiel schwer. Peter ließ sich von einem Mann im Overall anschnallen wie ein Baby und lächelte Nikolas dabei an.

Dein Bruder, der Mörder. Dein Bruder, der Verräter.

»Wir werden. Sterben. Ist dir das klar, Niko?«

Jeder Satz ein Berg, den man erklimmen musste.

»Ja. Aber wir werden auferstehen«, sagte Nikolas schleppend. »Es ist Gottes Wille.«

»Fick dich. Das war. Nicht der Plan. Er hat. Uns reingelegt.«

Der Helikopter flog in niedriger Höhe durch die Dunkelheit, durch tiefe Schwärze. Aber wenn er den Kopf ans Fenster presste, konnte Peter im zuckenden Schein des *Kollisionswarnlichts* unter dem Rumpf das Meer sehen. Das Mittelmeer. Ellens Grab. Peter setzte sich wieder aufrecht hin und sah Nikolas an. Er musste sich konzentrieren und mehrfach neu ansetzen, bis er einen Satz herauswuchten konnte.

»Welche. Rolle hatte Ellen. In diesem Spiel?«

»Willst du das wirklich wissen?«

Wieder konzentrieren. Kraft sammeln.

»Würde. Ich sonst fragen?«

Nikolas sah kurz hinüber zu Raymond, der unbewegt auf der anderen Seite des Ganges saß. Der Tesserakt lag auf dem Sitz vor ihm, als sei er nichts weiter als ein Gepäckstück.

Kein Wunder. Er ist ja jetzt auch leer. Und was immer sich in ihm befunden hat – es steckt jetzt in dir. Du bist der neue Tesserakt.

Kein lustiger Gedanke, diesmal. Einfach nur eine Tatsache. Wie die Tatsache, dass sie sterben würden.

»Er hat Ellen für dich ausgesucht.«

»Raymond? Er ist doch nur ein …«

»Er ist, was er ist. Er beobachtet uns schon, seit wir klein sind. Ellen wurde für dich ausgesucht und hatte nur eine einzige Bestimmung: regelmäßig Bericht zu erstatten.«

Peter dachte gründlich über das nach, was Nikolas gesagt

hatte, wälzte die Sätze hin und her, knetete sie, rupfte sie auseinander und setzte sie wieder zusammen. Die Antwort blieb die gleiche. Man musste sie nur aussprechen.

»Unmöglich! Sie hat. Mich geliebt.«

Nikolas beugte sich vor. »Stell es dir wie eine Gehirnwäsche vor, nur absolut perfekt. Du spürst den Dämon kaum, aber er ist immer da und lenkt dich, als ob es dein eigener Wille wäre.«

Aha.

»Aha. Und wer. Hat über *dich*. Bericht erstattet? Oder übernimmt das bei dir. Dein Dämon gleich mit? Weil du. Ans Zölibat gebunden bist?«

Nikolas sah Peter nur an. »Ich will nicht darüber sprechen.«

»Wer hätte. Das gedacht.«

Konzentrier dich nur auf dein Ziel. Lass dich nicht ablenken. Du musst nicht sterben. Was geöffnet wurde, kann wieder verschlossen werden.

Überrascht stellte Peter fest, dass ihn Nikolas' Erklärung über Ellen nicht sonderlich erschütterte, selbst falls es der Wahrheit entsprach. Er empfand Schmerz über ihren Tod, natürlich, aber inzwischen gedämpft durch eine Frage und die Erinnerung an einen flüchtigen Kuss und ein Gesicht mit grünen Augen.

Hast du Ellen denn geliebt? Oder hast du nicht dein ganzes Leben auf Maria gewartet?

Durch das Kabinenfenster konnte Peter nun die Lagune von Venedig erkennen, die Perlenschnüre der hell erleuchteten Strandbäder und das kupferfarben leuchtende Netz von Venedigs Kanälen und Straßen. Kurz darauf setzte der Helikopter auf einer achteckigen Betonplattform vor einer Laguneninsel auf.

Niemand wird zurückgelassen.

Wieder wurden sie von zwei Männern in weißen Schutzoveralls erwartet, die den Tesserakt aus dem Hubschrauber holten und forttrugen.

»Wo sind wir?«, fragte Peter, als er auf die Betonplattform trat und sich umsah. Nicht weit entfernt konnte er im Dunkeln die Silhouette eines verfallenen Gebäudes ausmachen. Er fühlte sich inzwischen klarer im Kopf, trotz der Veränderungen am ganzen Körper. Seine Haut spannte und scheuerte in der Kleidung. Jede Bewegung fiel ihm schwer, als wäre er gefesselt.

»Poveglia«, sagte Nikolas. »Eine kleine Insel in der Lagune von Venedig.«

»Ist das nicht ein wenig auffällig?«

»Keine Sorge«, sagte Raymond. Er drängte zur Eile, als liefe ihm die Zeit davon, und nahm Peter und Nikolas wieder wie selbstverständlich an die Hand. Hinter ihnen hob der Helikopter wieder ab. Jeder Schritt war mühsam, sein ganzer Körper steif, wie von einer Kruste bedeckt. Sie folgten einem kleinen Trampelpfad, der an dem schattenhaften Gebäude vorbei zur anderen Seite der Insel führte.

»Die Insel ist Sperrgebiet«, erklärte Nikolas. »Niemand darf hier anlegen.«

»Und wenn doch?«

»Glaub mir. Niemand *wird* hier anlegen. Dafür sorgen wir schon.«

»Ihr.«

»*Ich* sorge dafür. Die Insel gilt ohnehin als verflucht. Im vierzehnten Jahrhundert wurden Zehntausende von Pestkranken hier ausgesetzt. Die Vaporetti, Lastkähne und Gondeln machen einen großen Bogen um Poveglia.«

»Und wie erklärst du den Behörden eure Anwesenheit hier?«

»Gar nicht. Es werden einfach keine Fragen gestellt.«

»Stimmt ja. Wie konnte ich das vergessen. Vatikanischer Geheimdienst. Inquisition. Große Nummer, totale Kontrolle, nicht wahr?«

»Kannst du dir sparen, Peter.«

»Wieso? Ich find's lustig. Du hast die Lizenz zum Töten bestimmt von Gott persönlich bekommen.«

Nikolas ging nicht darauf ein. Als sie einen kleinen Kanal überquerten, erkannte Peter hinter den Bäumen ein weiteres

Gebäude im Dunkeln, kleiner, langgestreckt und unauffällig. Helles Licht ergoss sich durch die weit geöffnete Vordertür über den Weg. Im Licht warteten vier Gestalten in weißen Mönchskutten, die Gesichter von weiten Kapuzen verhüllt. Peter erkannte ein goldenes Doppelkreissymbol auf der Brustseite der Kutten. Sie verbeugten sich. Raymond ließ Peters Hand los und ging eilig vor.

»Komm mit«, sagte Nikolas.

Das Innere des Hauses war überraschend prachtvoll. Vor ihm öffnete sich ein hell erleuchteter, achteckiger Saal aus schwarzem, glänzendem Marmor mit einem umlaufenden Fries von goldenen Symbolen und henochischen Zeichen an jeder der acht Seiten, die das Wort O.R.D.I.S.L.U.X. bildeten. In den acht Ecken des Saals standen überlebensgroße Bronzefiguren ägyptischer Gottheiten, wie Peter der Haltung und den Tierköpfen nach vermutete. Alles in allem, fand Peter, wirkte der Saal wie der Traum eines kitschbesessenen, durchgeknallten, millionenschweren Rappers. In der Mitte des schwarz glänzenden Fußbodens prangte ein großes, goldenes Doppelkreissymbol. Und im Zentrum des goldenen Doppelkreises erhob sich eine neunte Bronzefigur. Eine lebensgroße, nackte männliche Gestalt mit erigiertem Penis, Brüsten und dem Kopf eines Tieres mit einer langgestreckten Schnauze. Peter kam nicht darauf, was für ein Tier es war, es sah aus wie eine Kreuzung aus Schakal, Erdferkel, Okapi, Esel und Windhund.

»Das ist Seth«, erklärte Nikolas. »Gott des Chaos und der Erneuerung, Beschützer der Oasen, Herrscher über die Metalle.«

Peter wandte sich zu ihm um. »Was bist du? Katholischer Prälat oder Voodoo-Priester!«

»Ich hab die Skulptur nicht aufgestellt.«

»Aber führst mich hier rum wie so ein Museumsführer. Wen soll dieser Scheiß eigentlich beeindrucken? Die paar Idioten, die überleben dürfen, wenn sie so einen Kitsch anbeten?«

»... Ja, vielleicht.«

»Du bist … komplett wahnsinnig, weißt du das?«

»Peter, ich …«

»Vergiss es. Ist mir egal. Ich will jetzt endlich zu Maya!«

Raymond erwartete sie ungeduldig im Untergeschoss des Gebäudes, das im Gegensatz zu der monströs kitschigen Empfangshalle so nüchtern wie ein Bunker wirkte, und führte sie eilig weiter. Er rannte fast. Im Vorbeigehen sah Peter nur nackte Betonwände, von Neonröhren erleuchtet, einen langen Flur mit einzelnen, nummerierten Stahltüren.

»Was ist das hier?«, fragte Peter. »Ein Bunker? Eine Art Kloster?«

Keine Antwort. Raymond hatte es eilig. Auch Nikolas wirkte angespannt. Der Gang endete an einer großen Stahltür, wieder mit dem Doppelkreissymbol. Nikolas begann umgehend, sich auszuziehen.

»Du auch«, befahl Raymond. Peter reagierte nicht, starrte nur auf den nackten Körper seines Bruders, der ganz und gar von diesem faserigen, weißen Ausschlag bedeckt war. Wie eine Art Fell, das fast lebendig wirkte. Ein abartiger Parasit, der dabei war, sie beide zu verdauen.

»Wo ist Maya?«

»Hinter dieser Tür. Zieh dich aus und geh zu ihr.«

Zögernd zog Peter sich aus und sah jetzt, dass auch sein Körper mit der gleichen grauenhaften Flechte vollkommen bedeckt war. Sie hemmte jede Bewegung, knirschte ein wenig, wenn er die Beine anwinkelte, und blätterte an der Oberfläche in kleinen Flocken ab.

Alles Lügen. Du wirst sterben. Hier. Jetzt.

Raymond öffnete die Stahltür. Dahinter lag ein schwach erleuchteter, kreisrunder Raum mit einem massiven, linsenförmigen, glatt geschliffenen Felsblock aus grauem Basalt in der Mitte. Und auf diesem Felsblock lag ein Kokon. Peter hatte kein anderes Wort für das eiförmige Gebilde von der Größe eines Heuballens. Ein faseriges Knäuel, das von innen heraus rötlich pulsierte, als schlüge in seinem Zentrum ein Herz. Was immer es war – es lebte offensichtlich, schien sogar schwach zu atmen. Als Peter genauer hinsah, erkannte er entsetzt, dass das, was er für ein Herz gehalten hatte, eine menschliche Gestalt war, zusammengekrümmt wie ein Embryo, fest mit dem faserigen Ballen verwachsen.

Maya!

»Geht zu ihr«, sagte Raymond. »Werdet eins mit dem Licht.«

Peter schüttelte den Kopf, erfüllt von Grauen und Abscheu.

Nikolas berührte ihn. »Sie wird sterben, wenn wir es nicht tun.«

Lüge. Alles Lügen.

»Wir werden doch sowieso alle sterben!«, schrie Peter.

»Wir werden auferstehen, Peter! Verstehst du nicht? Das ist die Wandlung! Du und ich und Maya, wir sind ein Fleisch und Blut. Wir müssen uns verhüllen, um seinen Leib zu enthüllen. Wir werden *sein* Fleisch und *sein* Blut sein. Das ist das Wunder der Eucharistie.«

Peter starrte seinen Bruder an und dann Raymond, der sie beide abwartend beobachtete.

Das ist nur ein Albtraum. Es kann nur ein Albtraum sein.

»Komm!«, sagte Nikolas und ging auf den Kokon zu. Peter wollte ihn zurückhalten, aber ihm fehlte jede Kraft. Er konnte nur zusehen, wie sein Bruder an den Kokon trat, die Arme wie ein Schwimmer vor der Brust zusammenlegte – und langsam in den Kokon eindrang, der ihn mit einem widerlichen, schmatzenden Geräusch in sich aufnahm.

»NEIN!«

Peter hörte sich schreien, aber seine Schreie schienen schon längst nicht mehr zu ihm zu gehören, sondern zu dem Rest von etwas, das er einmal gewesen war. Ein wimmernder, grotesker Rest eines Vaters, der seine Tochter nicht hatte schützen können. Und der sie nur noch ein Mal sehen wollte.

Was geöffnet wurde, kann wieder verschlossen werden.

Mühsam richtete Peter sich auf.

Niemand wird zurückgelassen.

Und ging auf den Kokon zu. Faltete seine Hände wie ein Schwimmer. Seine Fingerspitzen berührten die Hülle des Kokons, die fest und nachgiebig zugleich war und sich mit der Kruste an seinen Händen verband, als habe sie ihn erwartet.

Ein letzter Gedanke.

Wer ist Urs Bühler?

Ein sanfter Druck. Der Kokon öffnete sich ihm, nahm ihn auf. In sich.

Ins Licht.

Kapitel 8

ORIXÁS

XXXVII

30. Juni 1980, Salvador da Bahia, Brasilien

Darauf ging aus ein Wort von dem großen Licht Eleleth: »Wer ist der König, der zum Chaos gehört, und wer ist der König, der zur Unterwelt gehört?«

Und in diesem Augenblick trat der große Dämon in Erscheinung, wobei er weder eine Gestalt hat noch Vollkommenheit, sondern nur die Gestalt der Herrlichkeit derer, die in der Finsternis hervorgebracht wurden. Dieser nun wird genannt ›Jaldabaoth‹, der, der Kraft genommen hat; er hat sie von der Arglosen geraubt, die er zuvor überwältigt hatte, das heißt, die Epinoia des Lichtes, die herabgekommen war, die, aus der er zuvor hervorgekommen war.

Als nun die Epinoia des Lichtes erkannte, dass Jaldabaoth das Licht um eine andere Ordnung gebeten hatte, sagte sie: »Gewähre mir eine andere Ordnung, sodass du für mich wirst ein Wohnort, damit ich nicht wohne in Unordnung für alle Zeit.« Und die Ordnung des ganzen Hauses der Herrlichkeit stimmte ihrem Wort zu. Ein Preisen wurde über sie gebracht. Und die höhere Ordnung überließ es ihr.

Und der große Äon begann Äonen zu schaffen in der Gestalt der existierenden Äonen. Er schuf sie aber aus seiner eigenen Kraft.

Darauf offenbarte ich selbst meinen Ruf im Geheimen und sagte: »Lasst ab, lasst ab, die ihr wandelt in der Materie! Denn siehe, ich werde herabkommen in die Welt der Sterblichen wegen meines Teiles, der an jenem Ort ist von dem Tag an, an dem die arglose Sophia überwältigt wurde, die, die herabkam, damit ich das Ziel der Archonten vereitle, das der, der durch sie in Erscheinung getreten war, festgesetzt hatte.«

Und alle gerieten in Verwirrung, jeder, der wohnt im Hause des unwissenden Lichtes, und der Abgrund erbebte.

Und der Archigenetor der Unwissenheit herrschte über das Chaos und die Unterwelt, und er schuf einen Menschen nach meinem Bild. Aber er wusste weder, dass dieser ihm zum Gericht der Vernichtung werden würde, noch erkannte er die Kraft, die im Menschen ist.

»Darf ich mich zu Ihnen setzen?«

Franz Laurenz saß im Schatten vor seiner Pension in der Rua Maciel de Baixo und blickte von der Fotokopie des alten Pergaments auf. Die tropische Hitze setzte ihm zu, am Horizont zogen sich die ersten Gewitterwolken zu einer schwarzen Wand zusammen, und vor ihm im Gegenlicht stand eine Frau um die dreißig, also etwas jünger als er selbst. Sie trug Jeans und eine weiße Bluse, die dunklen Haare kurz geschnitten. Sie sprach Deutsch. Sie wirkte selbstbewusst und neugierig. Was ihm jedoch sofort und mehr als alles andere auffiel waren ihren leuchtend grünen Augen, die ihn bis auf den Grund seiner Seele zu durchdringen schienen. Für einen Moment verschlug es Franz Laurenz die Sprache.

»Entschuldigen Sie, ich wollte Sie nicht stören.« Die Frau wandte sich wieder ab.

»Nein, bitte!«, hielt Laurenz sie zurück. »Setzen Sie sich! Ich bitte Sie.«

Hastig räumte er seine Papiere zusammen und bedeutete dem Wirt drinnen, dass er seinen Teller abräumen möge. Das ›São Felipe‹ war gleichzeitig auch das einzige Lokal in der Straße. Laurenz vermutete jedoch, dass das nicht mehr lange so bleiben würde. Noch galt der historische Stadtteil Pelourinho mit seinen gut erhaltenen bunten Häusern als Geheimtipp unter amerikanischen Travelern und deutschen Studienreisenden. Aber wenn die Militärs die Macht im Land erst vollständig abgegeben hatten, würde der Tourismus auch hier so richtig boomen.

Die junge Frau setzte sich zu ihm auf den einzig freien Plastikstuhl und bestellte sich auf Portugiesisch eine Cola. »Furchtbare Hitze wieder«, sagte sie lächelnd, obwohl ihr die Hitze nicht das Geringste auszumachen schien. Überhaupt wirkte sie auf Laurenz so, als ob sie nichts und niemand erschüttern konnte. Nicht einmal die Apokalypse.

»Woran haben Sie erkannt, dass ich Deutscher bin?«, fragte Laurenz.

Sie deutete auf den kleinen Reiseführer neben seinen Papieren. Laurenz lächelte sie an und reichte ihr die Hand über den Tisch. »Entschuldigen Sie – Franz Laurenz.«

Sie ergriff die Hand. Ihr Händedruck war erstaunlich fest. Sie ließ seine Hand auch nicht los.

»Sophia Eichner.«

»Ach, *Sie* sind Dr. Eichner!«, entfuhr es Laurenz. Die Presseabteilung von ›Ärzte ohne Grenzen‹ hatte ihm nur gesagt, dass Dr. Eichner bereit sei, sich mit ihm zu treffen und ihm gegebenenfalls bei seinen Nachforschungen zu unterstützen. Laurenz hatte einen Mann erwartet. Er bereute seinen Satz sofort, denn ihrer spöttischen Miene nach vermutete er, dass die Ärztin ihn nun für einen zölibatsgestörten Idioten hielt. Oder schlimmer, für einen frauenfeindlichen Dinosaurier, der sich Frauen mit Doktortiteln einfach nicht vorstellen konnte.

»Tut mir leid«, platzte er heraus, ließ ihre Hand aber immer noch nicht los.

»Was tut Ihnen leid?«

»Dass ich ein Vollidiot bin.«

Sie ließ seine Hand los. »Sie haben schöne Hände.«

Sie sagte es ganz sachlich, wie eine anatomische Tatsache, aber Laurenz kam sich vor wie damals vor seiner ersten Verabredung. Dr. Eichner deutete auf seine Papiere. »Was lesen Sie da?«

»Einen Auszug aus dem Nag-Hammadi-Codex. Das ist eine Sammlung ...«

»... gnostischer Schriften, die in den Vierzigerjahren in einem arabischen Dorf gefunden wurden. Was interessiert Sie daran? Machen Sie sich als Priester damit nicht irgendwie der Häresie verdächtig?«

Laurenz ignorierte ihren Spott und zeigte ihr den Text, den er zuvor gelesen hatte. »Hier, zum Beispiel, geht es um die Bedrohung der Welt durch einen satanischen Dämon. Der Engel Eleleth fordert den Dämon Jaldabaoth heraus, der zuvor den Menschen die Epinoia des Lichtes geraubt hatte, also vereinfacht gesagt, die Fähigkeit des klaren Denkens. Jaldabaoth ist ein löwenköpfiger Dämon, der vermutlich auf die ägyptische Mythologie zurückgeht. Jaldabaoth wurde ohne Zustimmung des großen Schöpfergeistes von Sophia erschaffen. Als Sophia ihren Fehler bereut, verzeiht ihr der Geist und hilft ihr, den Löwenmann zu besiegen.«

»Soso«, sagte die Ärztin amüsiert. »Ich bin also wieder schuld gewesen.«

Die ganze Zeit sah sie ihn mit diesen grünen Augen unverwandt an. Laurenz hatte alle Mühe, sich zu konzentrieren.

»Nun, wie immer entsteht das Üble aus dem Reinen. Das ist auch eine Form der Wandlung. Eine Art negativer eucharistischer Magie, wenn Sie so wollen.«

»Als Protestantin und Ärztin hab ich's nicht so mit Magie.«

»Jedenfalls ist der Text interessant, weil er die Kraft des Menschen betont, sich selbst von dem Übel zu befreien.«

Er kam sich plötzlich dämlich vor, ihr Vorträge zu halten, und wollte den Text wieder einstecken.

»Ich will Sie nicht langweilen.«

Sie schnitt ihm das Wort mit einer unwirschen Handbewegung ab. »Das sage ich Ihnen dann schon, wenn's so weit ist. Was haben Sie sonst noch anzubieten?«

Laurenz nestelte in seinen Papieren und zog eine andere Fotokopie heraus.

»Ich lese Ihnen meine Lieblingsstelle vor. Einen Hymnus an

die Pronoia des Alls. Eine gnostische Erlöserfigur, der erste Gedanke, der jungfräuliche Geist.«

Ich nun – die vollkommene Pronoia des Alls – verwandelte mich in meinen Samen und ging zu der Größe der Finsternis, und ich hielt aus, bis ich in die Mitte des Gefängnisses ging. Und die Fundamente des Chaos wurden erschüttert. Und ich, ich verbarg mich vor ihnen wegen ihrer Schlechtigkeit, und sie erkannten mich nicht.

Wiederum kehrte ich zurück zum zweiten Mal. Ich ging in die Mitte der Finsternis hinein und in die Innenseite der Unterwelt. Und die Fundamente des Chaos wurden erschüttert, damit sie auf die fallen, welche im Chaos sind, und sie zerstören.

Und wiederum lief ich hinauf zu meiner Wurzel des Lichtes, damit sie nicht zerstört werde vor der Zeit. Zum dritten Male ging ich – das Licht, das existiert im Licht – in die Mitte der Finsternis, in die Mitte ihres Gefängnisses, welches das Gefängnis des Körpers ist.

Und ich sagte: »Der, der hört, stehe auf von seinem tiefen Schlaf.«

Und er weinte und vergoss Tränen und sagte: »Wer ist es, der meinen Namen ruft? Und woher ist diese Hoffnung zu mir gekommen, während ich in den Fesseln des Gefängnisses bin?«

Und ich sprach: »Ich bin die Pronoia des reinen Lichtes. Stehe auf und erinnere dich, folge deiner Wurzel und hüte dich vor den Dämonen des Chaos und all denen, die dich umgarnen, und hüte dich vor dem tiefen Schlaf!«

Und ich habe ihn erweckt und habe ihn gesiegelt durch das Licht des Wassers der neun Siegel, damit der Tod keine Macht habe über ihn von jetzt an. Und siehe, nun werde ich hinauf zum vollkommenen Äon gehen.

»Das ist sehr schön«, sagte die Ärztin, sichtlich berührt, und zum ersten Mal, seit sie sich zu ihm gesetzt hatte, fiel alle spöttische Haltung von ihr ab. Laurenz war klar, dass er ein ausgewachsenes Herzensproblem bekommen würde.

»Sie haben es mit der Apokalypse, nicht wahr?«, sagte sie.

»Tja ... touché.«

Aus dem Fernseher im Lokal plärrte die Übertragung der Messe in Brasilia, mit der Papst Johannes Paul II. gerade seine Brasilienreise eröffnete. Dr. Eichner wandte sich um, und Laurenz konnte für einen Moment in Ruhe ihren Nacken betrachten.

»Hilft das bei der Karriere in der Kirche?«, fragte sie. »Ich meine, Experte für die Apokalypse zu sein?«

Er zuckte mit den Achseln. »Papst wird man damit wohl eher nicht.«

»Wollen Sie denn Papst werden?«

Sie schien die Frage völlig ernst zu meinen. Also verdiente sie eine ernsthafte Antwort.

»Ja.«

»Dann sollten Sie Ihr Steckenpferd nicht an die große Glocke hängen. Ich glaube, Sie werden ein guter Papst.«

Sie sagte ›werden‹ und nicht ›wären‹. Laurenz fehlten die Worte.

»Sind Sie Teil der päpstlichen Delegation?«

»Nein. Ich bin rein privat hier. Ich arbeite an einem Buch über die Bedeutung alter Symbole.«

»Und jetzt wollen Sie etwas über den Candomblé wissen.«

»Ja, genau. Frau Brenner sagte mir, dass Sie schon länger in den Favelas oben arbeiten und mir eventuell ein Entree in ein *Terreiro* verschaffen könnten.«

»Kann ich«, sagte sie. »Aber warum sollte ich? Franziskaner, Benediktiner, Karmeliter und Jesuiten haben die Geschichte dieses Landes mit Blut geschrieben!« Sie redete sich in Rage. »Der Candomblé war der spirituelle Widerstand ehemaliger Sklaven gegen die brutale Mission der katholischen Kirche. Die letzte Zuflucht der afrikanischen Götter. Heute ist es eine passive

Form des Widerstandes gegen die Junta. Sie haben keine Ahnung, was in den Favelas los ist. Auf Missionare können die Menschen da prima verzichten.«

Der Himmel hatte sich inzwischen vollständig verdunkelt. Die Luft verflüssigte sich geradezu, das Atmen fiel schwerer, und von einer Sekunde auf die andere hämmerte ein tropisches Unwetter auf die Stadt herab. Ein Blitz spaltete die Welt, sein Donner knirschte durch die Straßen, und der Himmel entlud einen Ozean. Laurenz sprang auf und zog Sophia ins Innere des Lokals, wo nur ein junges amerikanisches Backpacker-Paar saß, die mit der Speisekarte nicht zurechtkamen, und zwei alte Stammgäste, die sie neugierig anstarrten. Der Fernseher lief so laut, als ob er das Regenprasseln übertönen wollte.

»Ich bin kein Missionar«, sagte er, dicht vor ihrem Gesicht. »Aber ich muss einen Candomblé sehen, einen richtigen, nicht irgendeinen Touristentamtam.«

Sie wich nicht zurück, hielt seinen Blick. Im Trommelfeuer des Regens auf dem Wellblechdach war ihre Stimme kaum zu verstehen.

»Warum?«

»Weil ... ich die Apokalypse verhindern muss.«

Später, in ihrem gelben VW-Käfer, als der Regen aufgehört und Laurenz seine Priesterkleidung durch eine Wanderhose und ein khakifarbenes Hemd getauscht hatte, duzte sie ihn einfach. Sie machte sich lustig über seinen Aufzug, der so typisch Deutsch sei. Sie fand, dass er zu blass sei. Sie gab ihm einen kurzen Abriss der Geschichte Brasiliens und berichtete über ihre Arbeit in den Elendsvierteln. Sie fuhr wie der Henker. Laurenz gefiel alles.

Sie warf einen Blick auf seine schwarze Aktentasche, die er immer bei sich trug, griff dann beim Fahren nach hinten und zog eine blassblaue Umhängetasche mit dem Logo eines japanischen Konzerns vom Rücksitz. »Hier, nimm die für deinen Kram, damit siehst du etwas lässiger aus.«

Widerspruchslos packte Laurenz seine fotokopierten Texte und sein Notizbuch in die Kunstledertasche um, und die schwarze Aktentasche verschwand hinter dem Sitz.

»Zwei Drittel der Leute gehen zum Candomblé«, plauderte Sophia weiter. »Offiziell sind sie alle Katholiken. Hier ist das kein Widerspruch. Findest du das nicht seltsam?«

»Nein. Solche Verschmelzungen von Religionen sind normal. Auch das Christentum war immer reich an Mystikern.«

»Die Junta und die Kirche dulden das Candomblé notgedrungen. Ändern könnten sie sowieso nichts. Die alten afrikanischen Götter sind mächtig. Nur das Gerücht über Blutopfer ist Blödsinn, wenn du mich fragst.«

Laurenz nickte. Wusste er bereits. Der Candomblé war eine afrobrasilianische Religion, in der die Götterwelt westafrikanischer Sklaven und Bantuvölker zu einem Synkretismus mit dem Katholizismus verschmolz. Diese Bantu-Gottheiten, die Orixás, waren personifizierte Naturgewalten, die bei den Candomblé-Ritualen in die Gläubigen einfuhren, die sich dazu mit Hilfe von Kräutertrunken und Trommeln in Trance tanzten. Zu vielen Orixás gab es Entsprechungen aus dem Katholizismus. Obatala, der Schöpfer, wurde zu Christus, Yemayá, die Mutter der Menschheit, zu Maria. Xangô entsprach dem Heiligen Hieronymus, Oshossi dem Heiligen Georg. Der Candomblé wies deutliche Parallelen zum haitianischen Voudou auf, angeblich gab es auch Candomblé-Strömungen, die einen Kult um lebende Tote zelebrierten. Der bedeutendste Unterschied zum Christentum war, dass es keinen Sündenfall und keine Vergebung gab. Oder brauchte.

Außer den Orixás gab es noch unzählige Geisterwesen im Candomblé. Eines davon schien ein löwenköpfiger Dämon namens Apedemak zu sein, auf den Laurenz bei seinen Recherchen wiederholt gestoßen war. Der Löwenmann hatte viele Namen. Jaldabaoth, Apedemak, Sachmeth, Pazuzu, Seth, Satan. Und obwohl sein Glaube, seine ganze Erziehung und sein Verstand ihm die Teilnahme an einem Candomblé verboten, war er entschlossen, diesem Löwenwesen gegenüberzutreten und es herauszufordern. Und dazu brauchte er einen Candomblé.

Die Straßen von Salvador da Bahia wanden sich in Schlangenlinien durch das riesige Stadtgebiet, bergauf und bergab. Auf den Hügeln thronten die besseren Wohngegenden mit Gärten und Pools hinter den Sicherheitszäunen. Darunter, in den Tälern und zwischen den sechsspurigen *Avenidas*, lagen die Favelas wie Lavazungen aus Müll und Elend. Und sie wuchsen, krochen immer weiter die Hügel hinab und wieder hinauf. Gedrungene Ziegelbauten mit Blechdächern, dazwischen ein- und zweistöckige Betonbauten, zerfressen von Salz und Regen, schwarz vor Schimmel. Und alles miteinander verbunden durch wirre Strom- und Telefonleitungen über den Straßen, die die ganze Stadt wie in einem gigantischen Netz gefangen hielten.

An der Rua do Nepal bog Sophia in die Avenida Gal Costa ab. Der Käfer quälte sich rasselnd über steile, schlecht befestigte und unbeschilderte Straßen. Überall lag Müll in großen Haufen. Aber überall wucherte auch tropisches Grün.

»Wie findest du dich hier zurecht?«, fragte Laurenz.

»Weibliche Magie.«

Er sah sie erstaunt an. »Hast du nicht gerade gesagt, als Ärztin …«

Sie fiel ihm ins Wort. »Ich frage mich durch.« Grinsend hielt sie an, um einen schwarzen Jungen nach dem *Terreiro Mãe Tereza*, wo der Candomblé zelebriert wurde, zu fragen. Der Junge taxierte den Käfer und die beiden Gringos, deutete dann aber bereitwillig die Richtung an. Sophia bog in eine unbefestigte Seitenstraße ein. Zwischen Palmen und Müll kurvten sie an immer ärmlicheren Häusern und Hütten vorbei, bis eine lange Schlange parkender Autos ihnen den Weg wies. Schon von Weitem hörten sie den treibenden Klang der Congas, der sich mit der drückenden Luftfeuchtigkeit zu einem klebrigen, betäubenden Dunst vermischte. Laurenz fragte sich, ob er hier nicht wirklich seinen Glauben verriet. Ob es vielleicht danach kein Zurück mehr gäbe. Aber der Auftrag, den der Großmeister vom Orden des Heiligen Schwertes ihm erteilt hatte, war eindeutig: »Finde Seth. Und wenn du kannst – töte ihn.«

»Candomblé-Tempel werden streng hierarchisch geführt«, erklärte Sophia unterwegs. »Entweder nur von einer Frau, der Yalorixá oder auch Mãe de Santo, an der Spitze, oder von einem Mann und einer Frau gemeinsam.«

Obwohl Laurenz das bereits wusste, unterbrach er sie nicht. Jedes Wort aus ihrem Mund vertrieb seine Nervosität. Und die Angst.

»Diese Priesterinnen und Priester sind Autoritäten in allen Lebenslagen. Es gibt nichts Schriftliches. Sämtliche Grundregeln und Praktiken des Candomblé werden mündlich und über die Musik überliefert, von Generation zu Generation. Um Mãe oder Pai zu werden, muss man von den Orixás ausgewählt werden. Keine hat sich diese Berufung selbst gewählt, und wenn dich der Ruf ereilt, verbringst du dein restliches Leben nur noch im Terreiro. Es gibt noch einige weitere Grade in der Hierarchie, aber besonders wichtig sind die *Filhas do Santo*, die Heiligentöchter. Denn sie können in Trance zu Medien und Dienerinnen der Orixás werden. Bei den Festen steigen die Orixás von den Trommeln gerufen herab, um die Körper der Heiligentöchter oder auch der Gläubigen in Besitz zu nehmen. Willst du immer noch mitmachen?«

Laurenz nickte. »Was weißt du über rituelle Pflanzen?«

»Ah, die heiligen Kräuter!« Sie schien das Thema interessant zu finden. »Die *Abós* sind der geheimste Teil des Candomblé. Kaum jemand kennt die Rezepturen, denn die Priesterinnen sind zu Stillschweigen verpflichtet. Aus medizinischer Sicht ist die Sache natürlich klar: Diese psychoaktiven Tränke und Bäder lösen die Trance aus. Die Hauptbestandteile sind getrocknete Blüten und Früchte. Dandáwurzel, Orobonuss, Muskat, bestimmte Wolfsmilchgewächse und Nachtschattenarten, Taubenblut, Wein, Honig, alles Mögliche. Falls man dir was anbietet, lass einfach die Finger davon, okay?«

»Wäre das nicht sehr unhöflich?«

Sie sah ihn misstrauisch an. »Mach mir bloß keinen Ärger. Ich meine das sehr ernst.«

Das letzte Stück mussten sie zu Fuß gehen. Eine steile Betontreppe führte durch einen kleinen Tropenwald zum Tempel hinunter, dem *Terreiro*, der allerdings nur eine Art überdachter Hinterhof war. Die Gläubigen saßen dicht gedrängt auf dem Boden. Wer keinen Platz gefunden hatte, musste am Rand stehen. Überall karibische und indianische Gesichter. Sophia und Franz waren die einzigen Weißen, aber niemand schien daran Anstoß zu nehmen. Vor der Schwelle des *Terreiro*, die mit Vogelfedern, Rosenblättern und einem undefinierbaren weißen Fett bedeckt war, empfingen sie eine Gruppe weiß gekleideter Mädchen und wiesen ihnen Plätze am Rand zu. Sophia wirkte unbefangen und vergnügt und winkte einigen der Gläubigen, die sie kannte. Sie alle trugen ihre besten Sachen, bunte Kleider, frisch gebügelte Hemden. Laurenz fasste die blaue Umhängetasche fester, versuchte, sich seine Anspannung nicht anmerken zu lassen und sich auf die Zeremonie zu konzentrieren, die bereits in vollem Gange war. Laurenz erkannte die Yalorixá sofort. Mãe Tereza war eine beeindruckende alte Frau von ozeanischer Erscheinung, in rosa Pantoffeln, einem billigen weißen Tüllkleid und einem weißen Turban, behängt mit Goldschmuck und Ketten aus Kaurimuscheln. Alles an ihr – ihre Haltung, ihre Haut, jede ihrer Bewegungen – wirkte königlich und magisch. Sie tanzte vor dem großen Opferaltar zum Klang der Trommeln auf der Stelle und sang dazu in einer unverständlichen Sprache.

»Das ist *Ketu*, die rituelle Sprache des Candomblé«, erklärte Sophia. Laurenz spürte, wie sich ihm die Nackenhaare aufstellten.

Der Opferaltar war überbordend geschmückt mit Kerzen, billigem Plastiktinnef, Heiligenfigürchen, blumengeschmückten Spielzeugpuppen, geschlachteten weißen Tauben und Opferschalen mit vorgekochtem Essen, darunter eine bunte Torte. Dazwischen Unmengen kosmetischer Artikel, Duftflakons, pastellfarbige Seifen und Räucherwerk gegen die Mücken. Die Luft war getränkt von einem atemberaubenden, süßlichen Gestank. Die Mitte des Altars regierte eine in Gold gewandete, große schwarze Madonnenfigur und eine grob geschnitzte afrikanische Gottheit aus Ebenholz. Und die ganze Zeit über, ohne Pause oder irgendeine Veränderung des Rhythmus, gewitterte der Lärm der Congas über den Hof, wälzte sich über die Menge der Gläubigen und presste sich zwischen sie. Laurenz spürte, wie das Dröhnen der Trommeln jede Faser seines Körpers ergriff, ihn ganz und gar durchdrang. Der Rhythmus kam ihm vor wie etwas Lebendiges, ein eigenständiges Wesen, das durch den Hof wütete, den Leib erschütterte und völlige Unterwerfung einforderte. Laurenz bemerkte, dass er eine Gänsehaut hatte. Das Denken fiel ihm schwer in dieser aufgeladenen Atmosphäre, er brauchte alle Kraft, um sich gegen die Macht der Trommeln zu wehren. Die Gläubigen wehrten sich nicht. Die meisten zuckten bereits im Takt, andere dagegen kauerten apathisch auf dem Boden. Neben Sophia kippte eine Frau stocksteif zu Boden, wie ein gefällter Baum. Die Mädchen, die Sophia und Laurenz empfangen hatten, kamen sofort, bedeckten die Frau mit einem weißen Laken und trugen sie wie ein Brett hinaus. Die Gläubigen applaudierten ernst.

»Alles sehr afrikanisch«, rief Sophia gegen den Lärm der Trommeln an. »Man weiß nie, wen die Götter erwählen. Nur die Trommler sind rituell immun. Muss auch so sein. Ohne Trommeln keine Trance.«

Laurenz nickte nur und versuchte, sich in ihrer Nähe zu halten. Er konnte die Wärme ihres Körpers spüren, die im Rhythmus der Trommeln neben ihm pulsierte. Ein Mann erhob sich aus der Menge, skandierte fremdartige Bantu-Gesänge, warf sich zuckend in die Menge und brach dann ebenfalls in Trance zusammen. Ein anderer wurde von einem Weinkrampf geschüttelt. Eine schwangere Jugendliche kippte mit Schaum vorm Mund kopfüber von einer Bank.

»Da hast du deine eucharistische Magie!«, rief ihm Sophia zu. »Diese Besessenen *sind* jetzt die Götter selbst. Da können deine Hostien und dein Leib-Christi-Hokuspokus nicht mithalten, was?«

»Ich dachte, du hast es nicht so mit Magie?«, rief Laurenz zurück, den Mund dicht an ihrem Ohr. Sie lachte nur. Ihre grünen Augen glühten. Niemand schien anzunehmen, dass er und Sophia nur zum Zuschauen gekommen seien. Eine Plastikschale mit Rosenblättern wurde herumgereicht, auch Laurenz musste sich eine Handvoll nehmen, um seine favorisierte Gottheit damit zu bewerfen. Er entschied sich für Orunmila, den Bewahrer der Harmonie und des Gleichgewichts der Weltordnung. Als ihm ein Teller mit gegrillten Fleischstücken und Bananen gereicht wurde, lehnte er dankend ab. Dann aber sah er, wie eine der weiß gekleideten *Filhas do Santo* mit einer Plastikflasche herumging wie auf der Suche nach jemandem. Zwischendurch blieb sie stehen, nahm einen kleinen Schluck und prustete dem Gläubigen vor ihr die hellbraune Brühe ins Gesicht. Als sie Laurenz entdeckte, hielt sie kurz inne und reichte ihm dann die ganze Flasche.

»Finger weg!«, hörte er Sophias Stimme neben sich, ignorierte sie jedoch. Er tat, was er tun musste. Die Hitze, der Lärm der Congas, der süßliche Gestank der Mückenspiralen und Duftseifen, der hypnotische *Ketu*-Gesang der Yalorixá befreiten ihn von letzten Skrupeln. Mit einer raschen Bewegung ergriff er die Flasche und nahm einen kräftigen Schluck. Neben ihm fluchte Sophia.

Das Gebräu schmeckte wie Erbrochenes. Laurenz musste würgen, behielt das Zeug jedoch bei sich und grinste Sophia entschuldigend an.

»Idiot!« Sie schüttelte fassungslos den Kopf.

Der Ritus schien seinen Höhepunkt zu erreichen. Bunte Stoffbänder wurden kreuz und quer über den Altar geworfen. Der Rhythmus der Trommeln wurde hektischer, Mãe Tereza zuckte nur noch auf der Stelle, Feuerwerkskracher wurden abgefeuert. Die Frau, die vorhin in Trance gefallen war, wurde von den Messdienerinnen zurückgebracht, eingehüllt in das Prachtgewand der Gottheit, die in sie eingefahren war. Die Frau wirkte bleich, aber aufgekratzt und plauderte sofort angeregt mit ihren Freundinnen. Ringsum fielen Gläubige in Trance, wurden weggeführt und zurückgebracht. Das alles erinnerte Laurenz an Berichte über Exorzismen und beunruhigte ihn nicht sonderlich. Er fühlte sich nur etwas benommen und irgendwie durchlässig. Der Rhythmus und die Lichtblitze der Feuerwerkskracher durchdrangen seinen Körper ohne Widerstand, wehten durch ihn hindurch und hinterließen ferne, tropfende Echos. Er hatte das Gefühl, von innen aufzuweichen, das Denken fiel ihm schwerer, auch das Sehen. Sophia rief ihm etwas zu, aber er verstand sie nicht. Sie rüttelte ihn, wollte ihn wegführen, aber er weigerte sich. Als sie beharrlicher an ihm zerrte, umschlang und küsste er sie. Danach löste er sich auf.

Er zerfiel einfach in seine atomaren Bestandteile, pulverisierte, verdunstete, wurde milliardenfach aus sich selbst herausgeschleudert, zerstäubte ins All, flog auf dem Rhythmus der Congas wie auf dem Pulsschlag des einzigen, allumfassenden Wesens. Er enthüllte sich. Er traf Gott. Orixalá, den Großzügigen, den Herrn des weißen Gewandes, den Schöpfer, den Verhüllten. Gott war das Wort, das Fleisch geworden war, und das Wort war bei ihm. Laurenz vernahm das Wort und sprach es nach.

»Das ist mein Leib.«

Immer wieder. Er war das Echo des Wortes, der Schatten des *Gefäßes*. Er war Orunmila, der Zeuge der Schöpfung, der Bewahrer des Gleichgewichts der Weltordnung, er kannte die Bestimmung alles Seienden.

Die Pronoia des reinen Lichts rief ihn zurück. Laurenz spürte, wie er sich wieder verdichtete und seine Substanz und seine Hülle zurückerhielt. Wie eine Gnade, die ihm für kurze Zeit gewährt wurde. Nackt sank er in die Finsternis und das Chaos hinab. Mühelos drang er in den großen Kokon ein. Und sah den Löwenmann.

Laurenz brauchte einen Augenblick, bis er erkannte, wo er sich befand. Auf dem Dach der Grabeskirche, seinem Lieblingsort in Jerusalem. Er hatte während seines Studienjahrs in Jerusalem gelegentlich in der Grabeskirche gebetet, obwohl ihn die Streitereien und sogar Prügeleien unter den sechs christlichen Konfessionen, die sich die Kirche teilten, immer fassungslos gemacht hatten. Er sah jetzt, dass er auf dem flachen Seitendach der Kirche stand, das von der koptischen Gemeinde bewohnt wurde. Da sie die kleinste und in der Konfessionshierarchie niedrigste Gemeinde waren, hatte man die Kopten aufs Dach verbannt, fernab von den wichtigen Heiligtümern. Die Kopten hatten sich notgedrungen gefügt und eine Kapelle und ärmliche, äthiopisch anmutende Lehmhäuser auf dem Dach errichtet. Über den niedrigen Eingängen hingen verwitterte Holzkreuze. Eine Oase des Friedens und der Bescheidenheit, in der Laurenz oft Ruhe gefunden und gebetet hatte. Ein guter Ort.

Laurenz sah einige koptische Mönche, Pilger und Touristen auf dem Dach, aber sie rührten sich alle nicht, verharrten wie eingefroren in ihrer letzten Bewegung. Ein Mönch wässerte das Dach gerade mit einem Schlauch. Auch der Wasserstrahl war im Fluss erstarrt. Kein Laut zu hören, kein Verkehrslärm, keine Vögel, auch keine Congas mehr.

Der Löwenmann winkte. Er trug einen weißen Leinenanzug und erwartete ihn auf einem Klappstuhl vor einer der Hütten. Laurenz bemerkte, dass er selbst wieder Wanderhose, Khakihemd und die blaue Umhängetasche trug, und kam sich unpassend gekleidet vor.

»Nun kommen Sie schon!«, rief der Löwenmann, als Laurenz näher trat. Erst jetzt konnte er ihn hören, als ob der Schall in dieser erstarrten Welt nur kurze Distanzen schaffe. »*Sie* wollten mich schließlich treffen, und wir haben nicht ewig Zeit.«

Laurenz erkannte jetzt auch, dass der Löwenmann durchaus menschliche Gesichtszüge hatte. Er sah aus wie ein sehr rüstiger alter Mann.

»Wie gefällt es Ihnen hier oben?«, fragte er. »Ich dachte, der Ort könnte Ihnen gefallen.«

Laurenz setzte sich auf den freien Klappstuhl. »Sie sind Seth.«

»Wie auch immer Sie mich nennen wollen, Herr Laurenz. Ich freue mich, dass wir uns endlich persönlich treffen. Wir haben viel zu besprechen.« Seth sprach Deutsch mit einem seltsam schleppenden Akzent. Eine heisere, schneidende Stimme, mit dem Nachhall von Jahrhunderten.

»Was ist das hier?«, fragte Laurenz.

»Es ist jedenfalls nicht die Hölle, falls Sie das meinen. Sie würden es sogar einen Zustand der Gnade nennen. Neutraler Grund sozusagen. Nein, bitte keine Fragen. Sie werden ohnehin noch alles selbst herausfinden. Irgendwann. Einstweilen muss Ihnen genügen, dass wir uns in einer Art Limbus befinden, den man nicht ohne Weiteres betreten oder verlassen kann. Aber wie Sie sehen, gibt es Hintertürchen.«

»Und was hätten wir zu besprechen?«

»Nun, zum Beispiel, ob *Sie mich* töten – oder *ich Sie*.«

»*Könnte* ich Sie denn töten?«

»Zumindest ist das doch der Auftrag Ihres Ordens, nicht wahr?«

»Aber wenn dies neutraler Grund ist, nehme ich an, dass uns beiden in gewisser Weise die Hände gebunden sind.«

Der Löwenmann klatschte in die Hände. »Punkt für Sie!«

»Was schlagen Sie also vor?«

»Einen dritten Weg, Herr Laurenz. Zu unserer beider Nutzen.« Er richtete sich auf. »Wie Sie und Ihr Orden ja wissen, repräsentiere ich Kräfte, die einen bestimmten Plan verfolgen. Einen Plan, den *Sie* wiederum zu vereiteln suchen.«

»Die Apokalypse.«

»Eine neue Weltordnung. Und Sie werden mir helfen, sie zu errichten.«

»Warum sollte ich?«

»Weil du bereits mir gehörst.«

»Ich denke, das hier ist neutraler Grund.«

Der Löwenmann grinste ihn an. »Ich hab gelogen.«

Unvermittelt sprang der Löwenmann aus seinem Stuhl, und stürzte sich auf ihn, packte Laurenz und schleuderte ihn zu Boden. Völlig perplex versuchte Laurenz, sich irgendwie zu wehren, doch Seth lag mit seinem ganzen Gewicht auf ihm, drückte ihn zu Boden, schlug seine Fangzähne in seinen Hals und zerfetzte ihm die Schlagader mit einem einzigen Biss. Das Licht erlosch. Laurenz wurde aus der Welt hinausgeschleudert und stürzte im Klauengriff des Löwenmannes weiter in die Finsternis. Verzweifelt schlug er um sich, um sich dem Dämon zu entwinden. Aber er hatte keine Chance. Sie stürzten gemeinsam hinab ins Chaos, und die Welt versank mit ihm. Im Fallen sah Laurenz Bilder vorbeirasen. Der Petersdom in Schutt und Asche. Der Kölner Dom eine Ruine. Brennende Menschen. Die Pforten der Hölle öffneten sich, spien Feuer und Vernichtung in die Welt. Berge von Leichen, millionenfacher Tod. Menschen gingen an einem weißlichen Ausschlag zugrunde und erhoben sich wieder. Eine Nonne, die aussah wie Sophia. Aber sie war nicht Sophia. Sie war seine Tochter, und sie schrie in Agonie. Ihre Hand blutete. Laurenz sah, dass ihr ein Finger fehlte. Er sah, dass sie einen Mann küsste, und er wusste, dass dieser Mann Anfang und Ende der Welt war. Laurenz sah seine Tochter für immer gefangen in einem weiß überstrahlten Raum ohne Ausgang. Er versuchte, nach dem Bild zu greifen, aber er fiel immer weiter, während sich der Löwenmann durch seinen Leib wühlte, ihn verschlang, ihn im Fallen verbrannte und mit ihm verschmolz. Überall war Schmerz. Laurenz schrie. Zeichen flammten im Nichts auf und verloschen wieder. Symbole, die er aus seinen Recherchen kannte, den Doppelkreis, die Triskele, ein doppeltes Achteck, eine Spirale. Aber auch fremdartige Schriftzeichen, Symbole und Hieroglyphen, eingraviert in ein blaues Material. Laurenz sah neun Amulette, die einen Kreis bildeten. In ihrem Zentrum rotierte der Schatten eines *Gefäßes*, in dem das Böse verschlossen war. Laurenz sah, wie der Mann, den seine Tochter geküsste hatte, das *Gefäß* öffnete. Er sah seine Verzweiflung über seinen Fehler. Er sah den Kokon. Und er sah sich selbst. Als Papst.

»Du kannst es nicht aufhalten!«, schrie der Löwenmann. »Aber du kannst überleben. Deine Tochter kann überleben. Sophia kann überleben.«

»Du lügst!«, schrie Laurenz.

»Und du fällst!«, schrie Jaldabaoth. Das Wesen, geschaffen durch einen Fehler der Sophia.

Denn siehe, ich werde herabkommen in die Welt der Sterblichen wegen meines Teiles, der an jenem Ort ist von dem Tag an, an dem die arglose Sophia überwältigt wurde, die, die herabkam, damit ich das Ziel der Archonten vereitle, das der, der durch sie in Erscheinung getreten war, festgesetzt hatte.

Ja, ich falle, dachte Laurenz. Und ich werde fallen bis in alle Ewigkeit. Denn die Finsternis, das wurde ihm nun klar, war kein Ort. Die Finsternis war nur hoffnungsloses, ewiges Fallen.

Und ich sprach:»Ich bin die Pronoia des reinen Lichtes. Stehe auf und erinnere dich, folge deiner Wurzel und hüte dich vor den Dämonen des Chaos und all denen, die dich umgarnen, und hüte dich vor dem tiefen Schlaf!«

Der Schmerz ließ auf einmal nach, und Ruhe überkam Laurenz. Es war zu spät. Für ihn. Aber vielleicht nicht für die Welt, für Maria, für Sophia und – Peter Adam, der Mann, der Anfang und Ende der Welt war. Es gab noch etwas zu tun.

Und er schuf einen Menschen nach meinem Bild. Aber er wusste weder, dass dieser ihm zum Gericht der Vernichtung werden würde, noch erkannte er die Kraft, die im Menschen ist.

»Das ist mein Leib«, sagte Laurenz und griff in die blaue Umhängetasche, wo die apokryphen Texte steckten. Das Wort konnte Fleisch werden.

Das Erste, was er sah, waren ihre Augen. Sie waren ganz nah. Ihr Mund auch. Er konnte sie riechen.

»Kannst du mich hören?«, fragte sie.

Er nickte.

»Dann sag was.«

»Ich liebe dich.«

Sie richtete sich lächelnd auf. Immerhin lächelnd.

»Idiot. Du hast mir einen Mörderschreck eingejagt.«

Laurenz stellte fest, dass er auf dem Boden lag, bedeckt mit einem weißen Laken, irgendwo am Rande des Hofes. Immer noch dröhnten die Congas, aber der Rhythmus war jetzt schleppender. Der Candomblé ging zu Ende. Eine *Filha do Santo* reichte ihm eine Mineralwasserflasche. Laurenz trank in gierigen Schlucken. Sein ganzer Körper schmerzte wie Muskelkater nach seinen schlimmsten Kämpfen. Als sei er von einem Giganten verdroschen worden.

»Hat sich's wenigstens gelohnt?«, fragte Sophia. »Hattest du dein mystisches Erlebnis?«

Laurenz nahm den Blick nicht von ihr.

»Keine Ahnung. Glaub schon. Ich kann ... mich an nichts erinnern. Wie lange war ich ...?«

»Halbe Stunde«, sagte sie.

»Hab ich was gesagt?«

»Du hast in *Ketu* gesprochen.«

»Was?«

»Kein Scherz. Eine der Heiligentöchter hat mir ein bisschen übersetzt. Demnach ist Gott Obaluaye in dich eingefahren.

Große Ehre. Das ist der Orixá der Seuchen und des ausweglosen Leidens, der Zorn und die Hitze der Erde. Herzlichen Glückwunsch.«

»Äh ja. Danke. Seuchen und ausswegloses Leiden. Schön.«

Laurenz richtete sich auf. Er fühlte sich etwas wackelig auf den Beinen, aber bis auf den Muskelkater fühlte er sich gut. Leicht und frei.

»Und du erinnerst dich an nichts?«

Laurenz dachte kurz nach und schüttelte den Kopf. »Ich gelobe, dass ich in Zukunft die Finger von solchen Tränken lasse.«

»Guter Plan. Was noch?«

»Dass ich dich immer lieben werde.«

»Du solltest damit aufhören. Keine Ahnung, was da auf der anderen Seite los war, aber in dieser Welt lebst du, nebenbei zu meinem größten Bedauern, im Zölibat, schon vergessen?« Sie hakte sich bei ihm unter und strahlte ihn an. »Also, Hochwürden? Wohin jetzt?«

»Erst mal was essen«, sagte Laurenz. »Und dann muss ich dir ein paar Dinge über mich erzählen. Und *dann* ... reden wir noch mal über den Zölibat.«

XXXVIII

22. Juli 2011, Hekhal Shelomo, Jerusalem

Er war hundemüde, aber an Schlaf war ja nicht zu denken, nicht jetzt. Selbst die Cola half kaum noch. Er wollte einfach nur schlafen, sich zusammenrollen, die Decke über den Kopf ziehen und nach einem langen traumlosen Schlaf neben Bonifatio aufwachen. Aber Bruder Bonifatio war tot, geköpft vom ehemaligen Privatsekretär des ehemaligen Papstes. Auch diese beiden waren inzwischen tot. Ebenso ermordet wie seine Freunde im Labor und so viele andere in den letzten Wochen. Auch er würde bald tot sein, da machte Pater Anselmo sich nicht viele Illusionen. Aber Schlafen war eben trotzdem nicht drin.

Er konzentrierte sich wieder auf seinen Laptop. Sie hatten ihm einen kleinen Büroraum zugewiesen, ihn mit Cola und koscheren Hamburgern versorgt und dann allein gelassen. Nicht, dass Anselmo einsames Arbeiten nicht schätzte, aber dann musste auch die Technik stimmen. Und hier stimmte einfach gar nichts. Die Internetverbindung war quälend langsam, und wenn er eines hasste, dann ja wohl langsames Internet. Langsames Internet war in seinen Augen eine Prüfung Gottes, gleich hinter italienischen Talkshows und juckenden Hautausschlägen am ganzen Körper. Außerdem hatte er erst noch ein Script schreiben müssen, um die Firewall des Rabbinats zu umgehen und keine Logfiles zu hinterlassen. Für die Nachforschungen nach dem verschwundenen Buch Dzyan, Maria und Kardinal Santillana brauchte er eine schnellere Verbindung, Unterstützung und mehr Rechenpower. Aber offenbar ließ sich im ganzen Rabbinat partout weder ein weiterer Computer abzweigen noch jemand auftreiben, der von Perl-Scripts, Exploits, vSphere-

Tools, SQL-Datenbanken, TOR-Netzwerken und Honey-pots auch nur den Hauch einer Ahnung hatte. Seit zwei Stunden kam Anselmo kaum voran. Bis auf eine Spur zu Kardinal Santillana. Das Gesichtserkennungsprogramm, das Anselmo in päpstlichem Auftrag für mehrere tausend Dollar von einer russischen Softwarefirma gekauft hatte, stöberte den Kardinalstaatssekretär auf einem Überwachungsvideo des Flughafens Ciampino, des kleineren der beiden internationalen römischen Flughäfen, auf. Der Kardinal war nur kurz zu sehen, aber für die Identifizierung reichte es. Er trug zivile Kleidung und war am Nachmittag ohne Begleitung an Bord einer Ferienmaschine nach Marokko gegangen, vermutlich mit einem gefälschten Pass. Aber das war reine Spekulation, denn an die Passagierlisten kam Anselmo im Augenblick nicht heran. Also wählte er den altmodischen Weg, rief die Fluggesellschaft an und gab sich als Journalist von Radio Vaticano aus, der eine Homestory über den Kardinal schreiben wolle. Müsse!

»Ich weiß, dass Sie mir das nicht bestätigen können, Signora, das ist auch gar nicht nötig, schließlich wissen wir ja, dass Seine Eminenz heute Nachmittag bei Ihnen eingecheckt hat. Ich würde nur gerne mit der Kollegin sprechen, die ihn abgefertigt hat. Ein O-Ton über das frische, jugendliche Aussehen unseres Kardinals, ob er mit ihr geplaudert hat, ob er sich auf die verdienten Ferien freute, so was in der Art, Sie würden mir wirklich den Asinum retten.«

Aber keine Chance. Die Signora von der Fluggesellschaft ließ ihn eiskalt abblitzen. »Ci mandi un fax«, sagte sie nur kurzangebunden, *›Schicken Sie uns ein Fax‹*. Der höfliche, aber unmissverständliche italienische Code für *›Sie können mich mal‹*.

Santillanas Maschine war inzwischen längst gelandet, der Kardinal konnte sonstwo sein. Anselmo versuchte, Kaplan anzurufen, damit der seine tollen Mossad-Kontakte spielen ließ, aber der Großrabbiner war nicht zu erreichen. Überhaupt schien das gesamte Rabbinat zu dieser nächtlichen Stunde wie ausgestorben, und die beiden blassen jungen Orthodoxen im Büro nebenan, die man ihm als Unterstützung oder Bewachung zugewiesen hatte, taten so, als verstünden sie kein Englisch. Anselmo ahnte schon den Grund. Sie mochten keine Jesuiten in alten Jeans und verwaschenen T-Shirts mit dem Schriftzug *jesus is not bogus.*

»Leute, ist mir total egal, was ihr von mir haltet, aber ihr habt eure Anweisungen, und hier geht es um Leben oder Tod! Ich muss mit dem Großrabbiner sprechen, und zwar jetzt gleich.«

Sie sahen ihn nur an beziehungsweise durch ihn hindurch, und beugten sich wieder demonstrativ über ihre Bücher. Fluchend zog sich Anselmo in sein Büro zurück und konzentrierte sich auf seine beiden anderen Probleme. Maria zu finden hielt er im Augenblick für aussichtslos, außerdem suchte der Orden bereits nach ihr. Anselmo versuchte daher, sich vorzustellen, wie Santillana das Buch Dzyan in der kurzen Zeit, die der Papst in seinem Arbeitszimmer mit Nakashima telefoniert hatte, entwendet haben konnte. Der Papst war sich sicher gewesen, dass außer ihm niemand die Kombination des Safes kannte. Wie hatte Santillana den Safe dann geöffnet? Anselmo bedauerte jetzt, dass es im Apostolischen Palast keine Überwachungskameras oder Wanzen mehr gab. Dafür hatte Papst Johannes Paul III. schon während seiner ersten Amtszeit gesorgt, nachdem Mitschriften vertraulicher Gespräche an die Presse lanciert worden waren. Anselmo überlegte, wie viel Zeit der Dieb gehabt hatte, um unbemerkt in die Bibliothek zu gelangen, den Safe zu öffnen, wieder zu schließen und unbemerkt zu verschwinden, während der Papst nur zwei Räume weiter mit Nakashima telefonierte. Anselmo malte sich alle möglichen Szenarien aus, eines komplizierter als das andere. Am Ende blieb nur die Erklärung übrig, die ›Ockhams Rasiermesser‹ ihm lieferte, ein Sparsamkeitsprinzip der Forschung, demzufolge von allen möglichen Erklärungen desselben Sachverhalts immer die einfachste Erklärung allen anderen vorzuziehen sei – so ungeheuerlich sie auch sein möge. Und die einfachste Erklärung war eben, dass der Papst das Buch selbst aus dem Safe genommen hatte. Fragte sich nur, warum der Papst daraus einen angeblichen Diebstahl konstruierte. Um von sich selbst abzulenken? Wen? Was, wenn der Trick nicht funktionierte? Dann waren der Papst und auch er selbst in größter Gefahr. Nervös knetete Anselmo seine Finger, unfähig, sich weiter auf seine Arbeit zu konzentrieren. Er fragte sich ohnehin schon die ganze Zeit, wo der Papst so lange blieb, kontrollierte nervös zum xten Mal sein Handy und entschloss sich schließlich, den Papst einfach anzurufen. Immerhin hatte er, Pater Anselmo, vor kaum zwei Wochen noch ein kleiner jesuitischer Computernerd im vatikanischen Getriebe, nun die Privatnummer des Papstes. Weil, Leute, hey, wir müssen schließlich die Apokalypse verhindern! Er fasste es immer noch nicht wirklich. Wenn er allerdings ein zweites Mal darüber nachdachte, wünschte er sich nur sein altes Leben zurück. Und das von Bruder Bonifatio.

Nach dem fünften Klingeln sprang die Mailbox des Papstes an.

»*Hinterlassen Sie bitte eine Nachricht mit Ihrem Namen.*«

Kein Name, keine Begrüßung. Anselmo unterbrach die Verbindung sofort und fragte sich auf einmal, ob der Anruf womöglich ein Riesenfehler gewesen war, da seine Nummer nun in der Anrufliste auftauchte. Er musste sich zwingen, seine paranoiden Fantasien abzuschütteln und sich wieder auf seinen Computer zu konzentrieren. Er dachte verzweifelt an das wunderbare, perfekt ausgestattete Lagezentrum von Nakashima Industries, keine zehn Gehminuten von der Großen Synagoge entfernt, und überlegte, ob er Yoko Tanaka anrufen sollte. Doch genau das hatte der Papst ihm untersagt, und er hatte mit Sicherheit gute Gründe dafür. Blieb nur noch eine sehr eigenmächtige und riskante Option. Anselmo überlegte einen Augenblick, dann schickte er eine verschlüsselte SMS im üblichen

Jargon an einen Hacker in Jerusalem, den er von einer Konferenz und gelegentlichen Chats kannte und für vertrauenswürdig hielt. Ein sehr guter Hacker. Ein sehr gut aussehender Hacker. Einziges Problem: Amal Chalid war Palästinenser.

hey amal!
i'm in j. need ur *help*. 2nite.
anselmo

Keine Minute später kam – Pling! – die Antwort.

kewl. Ruok? Meet u @*silwan-school*.
amal

Erleichtert schickte Anselmo noch eine SMS hinterher.

kewl, thx. ~1h. need to /debug/ s.th. 1st.
a.

Dann formatierte er entschlossen die Festplatte seines Computers und verließ das Zimmer, nur mit ein paar Euro und seinem USB-Stick mit den wichtigsten Daten in der Hosentasche.

An den beiden Trantüten nebenan vorbeizukommen war schwieriger als gedacht. Der kleinere der beiden Jungrabbis trat hinter ihm aus dem Raum, als Anselmo die offene Tür passierte.

»*Where are you going?*«

Sie sprachen also doch Englisch. Anselmo deutete auf die Toilette am Ende des Ganges. Der Orthodoxe sah ihm von der Tür aus hinterher. Anselmo drehte wieder um, baute sich vor seinem Aufpasser auf und deutete auf das offene Zimmer, wo immer noch seine Sachen lagen.

»Wehe, ihr rührt irgendwas da drinnen an!«, zischte er auf Englisch. »Und jetzt holt mir, verdammt nochmal, Kaplan her, oder ich mach einen Aufstand, bis der Messias kommt!«

War ein Versuch. Aber er wirkte. Der Jungrabbi bekam wieder seinen blasierten Blick, wandte sich ab und zog sich in sein Zimmer zurück.

Am Ende des Ganges ließ Anselmo die Toilettentür vernehmlich knallen und verließ die Synagoge dann, ohne dass ihn irgendjemand aufhielt. Sein Geld reichte eben für das Taxi zur Hadassah-Klinik. Vor der Klinik herrschte Chaos. Rettungswagen, Armeefahrzeuge und Polizeikräfte versperrten die Zufahrt. Polizisten stürmten ins Gebäude, während Ärzte, Pflegepersonal und Patienten, die laufen konnten, panisch aus die Klinik flohen. Aus dem Gebäude waren Schüsse zu hören.

Anselmo sprang aus dem Taxi und versuchte es erst gar nicht, über den Haupteingang hineinzukommen. Er schaffte es, sich durch eine improvisierte Absperrung zu drängeln, und ging auf einen Nebeneingang zu, aus dem verstörte Pfleger, Patienten und Ärzte strömten.

»Eh, Sie können da nicht rein!«, brüllte ihm ein Polizist nach, der jedoch alle Hände voll damit zu tun hatte, die fliehenden Menschen in Empfang zu nehmen.

Niemand hielt Anselmo auf, als er gegen den Strom der Flüchtenden in die Klinik eindrang. Die Schüsse waren jetzt deutlich zu hören und schienen aus dem ersten Stock zu kommen. Anselmo vermutete den Papst auf der Intensivstation bei der Komapatientin, konnte aber die hebräischen Hinweisschilder nicht lesen. Er entdeckte einen Arzt, der blass auf dem Boden kauerte. Er blutete aus einer schlimmen Fleischwunde am Bein und war gerade dabei, sie zu desinfizieren und zu verbinden.

»Kann ich Ihnen irgendwie helfen?«, fragte Anselmo.

Der Arzt starrte ihn an. Er schien unter Schock zu stehen. »Verschwinden Sie.«

»Wo geht es zur Intensivstation?«

»Machen Sie, dass Sie hier rauskommen, Mann!«

»Ich muss aber da hin. Wo ist sie?«

Der Arzt deutete den Flur entlang, ohne den Kopf zu wenden. »Gleich hinter der Notaufnahme.«

Als Anselmo die Notaufnahme erreichte, verschlug es ihm den Atem. Der Boden war bedeckt von Blut und entsetzlich verstümmelten Leichen, als wären sie von Raubtieren angefallen worden. Einige der Körper waren von einem dicken, wächsernen Ausschlag überzogen. Entsetzt starrte Anselmo auf das Gemetzel. Er kämpfte gegen die Übelkeit an, konnte sich aber nicht überwinden, über die Leichen und in die Blutlache zu treten. Dann aber dachte er an den Papst, der vielleicht verletzt irgendwo lag und Hilfe brauchte, und widerstand dem Impuls, dem Rat des Arztes zu folgen und umzukehren. Gegen sein Entsetzen, den Ekel und die Frage, was in Gottes Namen hier passiert war, trat Anselmo auf Zehenspitzen durch den See aus Blut und achtete nur darauf, nicht auf Leichenteile oder Organe zu treten. Er folgte einfach der Spur des Blutes, denn überall lagen weitere Leichen, auch sie grässlich zugerichtet, geradezu zerrissen. Ein mörderischer Orkan aus Gewalt und Wahnsinn war durch diese Gänge gerast und schien, den Schüssen und den Schreien nach, im Augenblick ein Stockwerk höher zu toben. Außer Leichen sah Anselmo niemanden. Keine lebende Seele irgendwo. Auch auf der Intensivstation das gleiche Bild. Anselmo rannte von einer Behandlungszelle zur nächsten. Bis er die richtige fand. Nr. I-07. Er erkannte sie am Anzug des Papstes, der auf dem Boden lag, als er in der Keimschleuse über die Leiche einer Ärztin stolperte. Im Bett lag eine verstümmelte junge Frau, den Wunden nach ein Explosionsopfer. Auch sie war tot. Von Papst Johannes Paul III. keine Spur, nur der Anzug. Anselmo sah sich um, versuchte, sich vorzustellen, was hier passiert sein mochte. Nur wenig Blut war zu sehen. Ein schwacher Geruch: Desinfektionsmittel und … Baldrian. Anselmo wollte I-07 gerade wieder verlassen, als er die Überwachungskamera in einer Ecke über der Schleuse entdeckte. Für einen Moment starrte er die Kamera mit der rot blinkenden

Diode an, wie ein unverhofftes Geschenk. Ein Geräusch ließ ihn zusammenzucken. In der Kleidung des Papstes auf dem Boden brummte und vibrierte etwas. Anselmo durchsuchte sämtliche Taschen und hielt schließlich das Handy des Papstes in der Hand. Es vibrierte immer noch, aber die Nummer des Anrufers wurde nicht angezeigt. Anselmo wartete, bis das Vibrieren erstarb, und steckte das Telefon ein. Daher bemerkte er die Bewegung vor der Schleuse erst, als es fast zu spät war. Die Gestalt sah nicht mehr aus wie ein Mensch. Ihr ganzes Gesicht, überhaupt die ganze Haut war dick mit diesem wachsartigen Ausschlag bedeckt, der an einigen Stellen faserig verschorfte und abblätterte. Es war einmal eine Frau gewesen, das erkannte Anselmo immerhin an den Brüsten, die sich unter dem blutverschmierten Patientenkittel abzeichneten. Sie keuchte nur leise, wie in den letzten Zügen. Ihre Augen waren kaum noch zu erkennen unter dem Schorf, um die Öffnung ihres Mundes herum war alles voller Blut. Abgerissene Infusionsschläuche hingen ihr von den Armen herab wie nutzlose Tentakel. Entsetzt starrte Anselmo diese Frau an, die mit ihrem zischenden Atem auf ihn zuwankte. Im oberen Stockwerk hörten die Schüsse und der Tumult auf. Es wurde plötzlich ganz still.

»Gehen Sie mir aus dem Weg, bitte«, stammelte er und wich einen Schritt zurück.

Die Frau wankte auf ihn zu, als könne sie sich nur noch mit Mühe auf den Beinen halten. Sie schien ihn entweder nicht zu hören oder nicht zu verstehen. Und sie versperrte ihm den Weg nach draußen. Anselmo riss sich zusammen.

»Bitte, ich muss raus«, murmelte er und versuchte, an der Frau vorbei aus dem Raum zu kommen. Doch in diesem Moment packte ihn die Frau mit überraschender Schnelligkeit und Kraft. Sie griff nach seinem Arm, zog sich mit einem Ruck an ihn heran und versuchte, ihm in den Hals zu beißen. Instinktiv zuckte Anselmo zurück und schlug mit der anderen Hand nach der Frau, die sofort knurrend nach seiner Hand schnappte. Anselmo wollte sich entwinden, rutschte aber aus und riss die Frau mit sich zu Boden. Sie griff sofort nach seinen Beinen und versuchte weiterhin, ihn zu beißen. Panisch trat Anselmo ihr gegen den Kopf, um sie nur irgendwie auf Abstand zu halten, aber die Frau entwickelte nun eine Beharrlichkeit wie ein Roboter außer Kontrolle. Anselmo rutschte auf dem Boden nach hinten, bis er an das Bettgestellt stieß, rappelte sich hastig auf und kletterte über das Bett mit der Frauenleiche, um nur etwas Abstand zwischen sich und die Frau zu bringen. Er sah, dass sie weiter in seine Richtung über den Boden auf das Bett kroch. Sich aufzurichten, schien ihr nicht möglich zu sein, auch sonst zeigte sie erstaunlich wenig Cleverness. Anselmo schob sie mitsamt dem Bett gegen die Wand und klemmte sie dort ein. Er sah, wie die Frau sich zu befreien versuchte, aber obwohl sie offenbar genug Kraft hatte, ihn festzuhalten, schien sie mit dieser Lage nicht klarzukommen und ackerte sich nur keuchend und unkoordiniert ab. Anselmo machte, dass er rauskam. Als er auf den Flur trat, sah er den Nächsten. Die Gestalt kauerte am Boden und fraß am Gesicht einer anderen Leiche. Ein Mann. Er biss einfach hinein und riss große Stücke heraus, ohne Anselmo zu bemerken. Anselmo hätte bequem an ihm vorbeigehen und verschwinden können, aber er kam nicht vom Fleck, starrte nur auf diesen Albtraum vor ihm. Bis hinter ihm ein Schuss losging, und der Mann auf dem Boden von einem Kopfschuss zurückgeschleudert wurde und wild mit den Beinen zuckte. Anselmo wirbelte herum und sah zwei junge israelische Soldaten mit Sturmgewehren. Sie feuerten noch eine ganze Salve auf den Mann am Boden ab, dann war Ruhe. Der eine der beiden Soldaten richtete das Gewehr auf Anselmo und schrie etwas auf Hebräisch. Anselmo hob die Hände.

»Bitte nicht schießen! Ich bin okay! Nicht schießen!«

Das schien den Soldaten zu genügen. Sie schrien ihm etwas zu und deuteten in Richtung Ausgang. Dann bewegten sie sich in Gefechtstempo weiter vor, und Anselmo rannte los.

Immer noch unter Schock, immer noch ohne die geringste Idee, was in dem Krankhaus überhaupt passiert war, stürzte er mit den letzten Flüchtenden aus dem Gebäude. Über dem Dach kreisten zwei Hubschrauber. Aus zahlreichen Lautsprechern plärrten Kommandos auf Hebräisch, von allen Seiten rasten weitere Rettungs- und Armeefahrzeuge heran. Anselmo rannte einfach weiter, den Mount Scopus hinab, bis er auf einer kleinen Straßenkreuzung kraftlos zusammensackte. Wimmernd, keuchend, weinend und betend kniete er am Boden, während der Schock langsam von ihm abfloss und nur Kälte zurückließ. Er zitterte. Als er ein Motorrad in der Nähe hörte, das ihn mit seinem Scheinwerferlicht streifte und auf ihn zuhielt, kehrte die Panik zurück. Er sprang auf und wollte weglaufen.

»Eh, Anselmo! Bleib stehen!«

XXXIX

22. Juli 2011, Ny-London, Insel Spitzbergen

Von der ehemaligen Marmormine am Forlandsund waren nur noch zwei verfallene Bergarbeiterhäuschen und einige rostige Maschinenteile auf dem felsigen und inzwischen fast schneefreien Grund zu erkennen. Zu allen Seiten umgaben graue Berge das kleine Endmoränenplateau, rundgeschliffen von den Gletschern der Eiszeit. Im Winter war dies eine reine Eislandschaft, jetzt, im arktischen Sommer, schafften es nur Moose und Flechten, die sonnigen Stellen auf den Felsen und dem Geröll ringsum zu erobern. Ein rauer, toter Ort, die Luft immer noch so kalt, dass Nakashima seinen Daunenparka brauchte. Warm eingepackt stand er auf einem kleinen Hügel mit Blick auf den Sund, genoss das magische Licht der arktischen Sommernacht und gab sich für einen kurzen Moment der Illusion hin, dass die Zeit einfach anhalten würde. Dass alles genau so bleiben würde wie jetzt gerade in diesem Augenblick, wie eingefroren. Ein schöner Gedanke. Ein altes Haiku von Kobayashi Issa ging ihm durch den Kopf und verstärkte das Gefühl von Einsamkeit.

Der Schnee ist geschmolzen.
Das Dorf läuft über
von Kindern.

Er wusste nicht, warum ihm gerade dieses Haiku einfiel. Weder an diesem Ort noch in seinem Leben gab es Kinder. Aber das alte Gedicht ging ihm nicht mehr aus dem Kopf und löste ein Gefühl aus, dass Nakashima nur noch sehr selten empfand, das ihn aber sofort an seinen strengen Vater erinnerte: Scham. Nakashima beschloss, das Haiku später zu tuschen, immer wieder.

So lange, bis diese Scham, einen zu hohen Preis bezahlt zu haben, nachließ.

Sein Funkgerät knackte. Ein Mann in einem roten Daunenparka winkte ihm vom Eingang her zu. Ohne Eile kehrte Nakashima über das flache Geröllfeld in die unterirdische Bunkeranlage zurück. Die Anlage war das fast identische Gegenstück zum weltweiten Saatguttresor auf Spitzbergen, den die ›*Konferenz*‹ über die von ihr kontrollierten Regierungen und Firmen finanziert hatte. Tief im Fels lagerten die Samen von Millionen von Pflanzenarten. Darüber hinaus barg die Anlage Ny-London auch die Gene der meisten bekannten Tierarten und Ethnien der Menschheit. Eine Arche, die die *Konferenz* für den Fall der Apokalypse gebaut hatte, einschließlich Schutzräume für den Führungsstab der *Konferenz* und weitere fünfzig Mitarbeiter und Wissenschaftler. Ny-London besaß ein eigenes Kraftwerk, eine Frischwasseraufbereitungsanlage, die modernsten Luftfilter und Kommunikationssysteme und war ursprünglich geplant worden, um ein weltweites Inferno nach Ausbruch eines Supervulkans oder einem Kometeneinschlag zu überleben. Einen Atomkrieg musste die *Konferenz* nicht fürchten, da sie allein über die Aktivierungscodes verfügte. Sämtliche Weltuntergangs-Szenarien wirkten jedoch lächerlich im Vergleich zu dem, was ihnen tatsächlich bevorstand. Man würde verhandeln müssen, ein unerhörtes Novum in der Geschichte der *Konferenz*. Dennoch dachte Nakashima die ganze Zeit nur an das alte Haiku.

Nakashima legte den Parka ab, wartete geduldig, bis die gewaltige Druckschleuse sich geschlossen hatte, und fuhr mit dem Fahrstuhl ins vierte Untergeschoss der Anlage, wo der Versammlungsraum der *Konferenz* lag, ein nüchterner, kreisrunder Saal mit einem kreisrunden Tisch, an dem bereits sämtliche Mitglieder des inneren Führungskreises saßen. Sechs Männer und drei Frauen, meist Vorstände oder Erben der größten internationalen Konzerne, die jedoch alle nur selten öffentlich in Erscheinung traten. Kein Politiker, kein Fürst, das verboten die Statuten der *Konferenz*, die diesen Namen erst seit Mitte des zwanzigsten Jahrhunderts trug. Bis dahin hatte sie sich über Jahrhunderte als »*Gilde*« bezeichnet. 1382 von Nikolas Flamel gegründet, gleich nachdem ihm zum ersten Mal die Transmutation von alchemistischem Gold gelungen war, hatte die »*Gilde*« nach Flamels Beschluss aus je einem Vertreter pro bekanntem Kontinent zu bestehen. Atlantis und die Antarktis zählten mit. Dazu ein Vertreter der katholischen Kirche und der Vorsitzende: Nicolas Flamel selbst. Die »*Gilde*« hatte das Machtvakuum gefüllt, das die Templer nach ihrer Zerschlagung im vierzehnten Jahrhundert hinterlassen hatten. Mit dem geheimen Wissen der Templer und einem immensen Schatz von hochreinem alchemistischem Gold kontrollierte die Mitglieder der »*Gilde*« bald den gesamten Börsenhandel mit Gold. Nachdem die »*Gilde*« auf diese Weise den Goldpreis nach Belieben regulierte, schuf sie durch manipulierte Börsengeschäfte innerhalb von nur wenigen Jahrzehnten ein Vermögen, größer als jedes Reich. Und alles ohne aufzufallen. Die »*Gilde*« stieg zur geheimen Weltmacht auf. Nicolas Flamel wählte das gleichschenklige Dreieck als Symbol der »*Gilde*« und definierte auch ihr Ziel: ›*Herrschaft über alle – Frieden für alle*‹.

Die »*Gilde*« bereitete den Weg zur Entdeckung Amerikas, zur Kolonialisierung Afrikas, zum Sklavenhandel und der Ausbeutung der Dritten Welt. Sie finanzierte Kriege und zettelte Revolutionen an. Sie ermöglichte die Entwicklung der Elektrizität, der Atomkraft und des Internets – und noch viel revolutionärerer Technologien, die sie jedoch unter Verschluss hielt. Sie wurde immer reicher. Sie entschied über Ernten, industrielle Entwicklung, Wohlstand, Elend und Kriege. Sie hielt das Schicksal der Menschheit in ihren Händen und regulierte den Weltmarkt, wenn nötig auch mit globalen Epidemien. Die Mitglieder der »*Gilde*« wechselten. Wenn eines starb, wählte der Vorstand mit einstimmiger Wahl ein neues hinzu. Nur der Präsident blieb über alle Jahrhunderte der gleiche: Nicolas Flamel selbst.

Nach einer Umstrukturierungsphase in den fünfziger Jahren des zwanzigsten Jahrhunderts und der Umbenennung in ›*Konferenz*‹ kam Flamel seinem Ziel so nah wie nie zuvor. Über genmanipulierte Monokulturen, Zusatzstoffe in Trinkwasser, Kaffee und Softdrinks, Hormone im Fleisch, Chemtrails, Strichcodes, Bestrahlung durch Satelliten, sublime Botschaften in den Massenmedien und Internetüberwachung konnte inzwischen ein Großteil der Menschheit lückenlos überwacht und unmerklich gesteuert werden. Die restlichen Gebiete wurden in einem ständigen Kriegszustand gehalten, bis sie ebenfalls vollständig an das Kontrollsystem angeschlossen waren. *Herrschaft über alle – Frieden für alle* schien bereits greifbar, als Satoshi Nakashima Flamels rechte Hand wurde. Doch dann musste die *Konferenz* erkennen, dass sie einen Fehler gemacht hatte. Dass sie selbst nur Teil eines weitaus größeren Plans war, der seit Urzeiten eine neue Weltordnung anstrebte.

Aber Satoshi Nakashima war nicht der Mann, der bereit war, das zu akzeptieren.

Kurz nach ihm erschien auch Nicolas Flamel, der seine Kleidung immer dem Stil der Zeit angepasst hatte. Seit Anfang des zwanzigsten Jahrhunderts trug er graue Anzüge. Ein Kleidungsstück allerdings trug er unverändert über alle Jahrhunderte hinweg: eine rote Ledermütze mit Ohrenklappen. Trotz seines ungeheuren Alters wirkte Flamel weder senil noch tattrig. Nur erschöpft, wie Nakashima bemerkte. Flamel läutete die kleine goldene Glocke vor sich.

»Ich begrüße Sie, meine Freunde. Sie kennen ja bereits unser neues Mitglied. Kardinal Santillana übernimmt den Sitz unseres verstorbenen Freundes Menendez.«

Die anderen sechs Mitglieder nickten förmlich und bestätigten damit Santillanas Aufnahme in den engsten Kreis. Santillana selbst wirkte nervös.

»Wenn Sie uns kurz berichten, wo wir mit unseren Nachforschungen nach dem Buch Dzyan stehen, Kardinal«, fuhr Flamel mit seiner heiseren Stimme fort.

Santillana räusperte sich. »Verehrtes Kollegium ...«, begann er, doch Flamel unterbrach ihn sofort mit einer Handbewegung.

»In diesem Kreis, Kardinal, sind wir liebe Freunde.«

»*Liebe* Freunde«, setzte der spanische Kardinal wieder an, der solche Vertrautheiten eigentlich nicht schätzte. »Das Labor unter dem Pantheon konnte zerstört werden. Ich habe den Einsatz persönlich überwacht. Eine vorangegangene Durchsuchung des Labors ergab jedoch keine Spur von dem Buch. Laurenz hat den Vatikan kurz darauf verlassen. Wir haben versucht, ihn aufzuhalten, aber er ... nun ja, er ist jetzt in Jerusalem, und wie Sie wissen, sind unsere Zugriffsmöglichkeiten dort begrenzt. Jedenfalls, ohne Aufsehen zu erregen.«

»Das heißt, wir stehen immer noch mit leeren Händen da?«, fragte der Amerikaner, ein ehemaliger Internet-Pionier.

Flamel sah Nakashima an und übergab ihm damit die Gesprächsleitung.

»Ja«, sagte Nakashima offen. »Laurenz hat nicht geliefert. Vor wenigen Stunden gab es einen Zwischenfall in Jerusalem. Das Virus ist ausgebrochen. Laurenz ist spurlos verschwunden.«

»Soll das heißen, wir sind dem Angriff schutzlos ausgeliefert?«, rief die Europäerin, eine Schweizer Bankenerbin, deren Vorfahren bereits seit dem sechzehnten Jahrhundert zur »*Gilde*« gehörten.

Nakashima zögerte mit der Antwort.

»Nicht ganz«, sagte er. »Es gibt noch eine letzte Option.«

»Und die wäre?«

Nakashima drückte auf einen Knopf.

»Sie sehen die Aufnahme einer Überwachungskamera der Hadassah-Klinik.«

Auf den gläsernen Monitoren vor den Mitgliedern des engsten Kreises erschien ein Video, das Raum I-07 zeigte. Darauf war zu sehen, wie ein junger Mann einen Anzug auf dem Boden durchwühlte und ein Handy herauszog, dass er dann einsteckte.

»Das Handy gehörte Laurenz. Dieser junge Mann heißt Pater Anselmo. Unsere Leute suchen bereits nach ihm.«

XL

22. Juli 2011, Ost-Jerusalem

Anselmo wirbelte herum. Das Motorrad bremste scharf vor ihm ab. Geblendet vom Licht des Scheinwerfers, sah Anselmo, wie der junge Fahrer seinen Helm abnahm.

»Amal! Scheiße, wie kommst du denn hierher?«

Der junge Araber grinste über das ganze Gesicht. »Kleinigkeit. Ich hab dein Smartphone gehackt. Du bist ganz schön im Zickzack gerannt, Bruder. Was, in Allahs Namen, ist denn eigentlich los?«

Anselmo zitterten die Beine. Eine Folge des Schocks, aber auch vor Glück, dass Amal ihn gefunden hatte. Die beiden jungen Männer begrüßten sich wie alte Freunde.

»Das erkläre ich dir später«, sagte Anselmo. »Erst müssen wir was erledigen.«

»Steig auf, Bruder.«

Auf dem Sozius des alten Motorrads, die Arme fest um Amal geschlungen, ging es Anselmo allmählich etwas besser. Der Fahrtwind schien die Bilder des Schreckens fortzuwehen. Amal fuhr schnell, nahm nur die kleinen Straßen, da sich auf den Hauptstraßen der Verkehr staute. Überall Polizei und Armee. Helikopter wummerten durch den Nachthimmel und fingerten die Stadt mit ihren Suchscheinwerfern ab. Jerusalem wirkte wie im Kriegszustand. Sie fuhren unterhalb des Tempelbergs an der Altstadt vorbei in den östlichen Teil Jerusalems, wo das arabische Viertel Silwan lag. Das Tal und die Hänge unterhalb des Ölbergs waren dicht bebaut mit kleinen, wie nachlässig hingewürfelten und übereinandergeschachtelten Häusern, deren Ärmlichkeit selbst im Dunkeln deutlich erkennbar war. Amal kurvte mit halsbrecherischem Tempo durch die steilen, engen

Gassen des Viertels, bis er vor einem Eisentor wieder scharf abbremste.

»Wir sind da.«

»Wohnst du hier?«

»Ist das Haus eines Onkels. Er hat … na, sagen wir, gute Kontakte. Und Internet.«

Sie betraten einen kleinen, schmucklosen Innenhof mit einer Wassertonne und Schrottteilen. Zwei kleine Kinder spielten im fahlen Neonlicht noch mit einem aufgeschnittenen Plastikkanister und glotzten Anselmo an. Es roch nach Müll und gebratenem Fleisch. Amal führte Anselmo ins Haus und stellte ihn kurz seinem Onkel Tarik vor, einem dicken Mann mit Vollbart und misstrauischen Augen. Er gab Anselmo zwar die Hand, schien aber mit dem Gast seines Neffen nicht einverstanden zu sein. Es gab einen scharfen Wortwechsel auf Arabisch, den Anselmo nicht verstand. Schließlich stieß Onkel Tarik offenbar einen Fluch aus und wandte sich wütend ab. Amal zog Anselmo in ein Zimmer im oberen Stock. Offenbar eine Art Büro. An der Wand Fotos von jungen Märtyrern und Khaled Meschal, einem Anführer der Hamas. Anselmo überlegte, ob er einen Fehler gemacht hatte, Amal um Hilfe zu bitten.

Amal reichte ihm eine Cola und fuhr den PC seines Onkels hoch. »Mach dir keinen Kopf wegen der Fotos.«

Anselmo setzte sich auf einen Plastikstuhl. Er konnte einfach nicht mehr stehen.

»Du meinst, ich soll keine Fragen stellen, ja?«

Amal ging nicht darauf ein und sah ihn besorgt an.

»Willst du mir erzählen, was da oben auf dem Scopus los war?«

»Vielleicht später.« Anselmo legte das Handy des Papstes neben Amals Computer ab. Noch immer sah er die Frau vor sich, die ihn angegriffen hatte und deren Körper vollständig mit dem widerlichen weißen Zeug bedeckt gewesen war, und den Mann, der an der Leiche gefressen hatte wie ein Tier.

»Also, wie kann ich dir helfen, Bruder?«, fragte Amal.

Anselmo riss sich zusammen. »Kommst du in das System der Hadassah-Klinik rein?«

»Bestimmt. Und was dann?«

»Die Files der Überwachungskameras.«

»Sonst noch was?«

»Nur die Kameras.«

»Das ist alles? Hey, Bruder, ich dachte, du brauchst *wirklich* Hilfe. Du bist der genialste Hacker, den ich kenne, und das kriegst du nicht alleine hin?«

Anselmo mühte sich ein Lächeln ab. Er stellte sich vor, wie es wäre, Amal zu küssen, verscheuchte den Gedanken jedoch sofort wieder.

»Können wir anfangen?«

»Klar, Mann.«

Amal startete sein Linux-System und das Terminalprogramm. Anselmo sah zu, wie er routiniert den Pfad zur Webseite der Klinik suchte und dann im Suchfeld der Seite eine *SQL-Injection* platzierte, einen Maschinenbefehl, der bei schlecht geschützten Webseiten einen direkten Zugriff auf die Systemdateien des Servers ermöglichte. Es funktionierte auf Anhieb. Anselmo war überrascht, wie mies die Webseite programmiert war.

Mit einem weiteren Script *ownte* Amal den gesamten Server. Er richtete eine *Backdoor* im System ein, damit sein Zugriff nicht in den Logfiles protokolliert wurde, und suchte dann nach den Dateien der Überwachungskameras.

»Hab sie«, sagte er, keine Viertelstunde, nachdem sie begonnen hatten. »Welche Kamera interessiert dich?«

»I-07.« Eine Nummer, die er nie wieder vergessen würde.

»Ist aus den Dateinamen nicht ersichtlich. Wir müssen uns wohl oder übel durchprobieren.«

Genau das, was Anselmo *nicht* wollte. Er wollte nicht sehen, was in der Hadassah-Klinik passiert war. Er wollte nur wissen, wo der Papst war.

»Dann los.«

Amal öffnete die erste Datei. In einem Fenster des Video-Players sahen sie einen Stationsflur. Einen Arzt, der offenbar mit einer Schwester plauderte. Ein älteres Paar auf einer Bank. Ein Mann im Patientenkittel, der mit seinem rollbaren Tropf von der Toilette kam. Eine ruhige Schicht. Der Timecode zeigte 08:34 Uhr.

»Sieht alles ganz normal aus«, sagte Amal. »Soll ich die nächste Datei öffnen?«

»Ja, ein paar Stunden später wäre gut«, erwiderte Anselmo, der den Blick nicht von dem Video abwenden konnte. Amal klickte eine neue Datei an. Und da war es. Das ganze Grauen. Stumm, in Schwarzweiß, aber in allen Einzelheiten. Irgendetwas war geschehen. Menschen rannten in Panik durch den Flur. Der Arzt von vorhin versuchte, sie zu beruhigen. Dann kam eine Gestalt ins Bild. Anselmo sah sofort, dass der Mann den gleichen weißen Ausschlag hatte, den er schon gesehen hatte. Er erkannte auch die Blutflecke auf seinem Patientenkittel. Der Arzt ging auf den Mann zu, die Arme beruhigend oder beschwörend ausgebreitet. Der Patient packte den Arzt und riss ihm die Halsschlagader auf. Der Arzt war kräftig und versuchte, sich zu wehren, aber der Mann mit dem Ausschlag krallte sich an ihm fest und ließ nicht mehr los. Er verbiss sich in den Hals seines Opfers, bis der Arzt leblos zusammensackte. Als er sich über ihn beugte, um weiter an ihm zu fressen, sah Anselmo die nächste Gestalt ins Bild wanken.

»Allah!«, stöhnte Amal. »Was ist das?«

»Zombies«, sagte Anselmo tonlos.

»Das ist ein schlechter Scherz, oder? Das ist doch irgend so ein abgefucktes Alternate Reality Game!«

»Es war real!«, schrie Anselmo. »Frag mich nicht, wie so was geht, aber ich war da. Es sind Zombies. Es gibt sie wirklich.« Er klickte das Fenster weg. »Zeig mir die Datei davor.«

Sie klickten sich durch die ganze Liste. Amal ließ mehrere Videos gleichzeitig in seperaten Fenstern laufen. Sie sahen, wie und wo es anfing. Sie sahen die Patienten mit dem Ausschlag in den Behandlungsräumen und den Fluren. Ärzte und Pfleger rannten von einem Patienten zum anderen. Es waren zu viele, und offenbar konnten sie ihnen nicht helfen. Anselmo sah, wie die Ärzte ein ums andere Mal ihre Bemühungen einstellten, die Geräte abschalteten und die Toten mit weißen Laken bedeckten. Und dann sah Anselmo in dem Display-Fenster einer anderen Überwachungskamera, wie einige dieser Toten zu neuem Leben erwachten. Nicht alle. Aber einige von ihnen regten sich plötzlich, richteten sich auf und wankten wie ferngesteuert davon. Sobald sie einen Menschen sahen, steuerten sie auf ihn zu. Wenn sie jemanden zu fassen bekamen, fraßen sie ihn auf. Sie waren Zombies, Anselmo hatte kein anderes Wort für Wesen wie sie.

»Was ist das für ein Ausschlag?«, fragte Amal, dem der Schock jetzt auch deutlich anzusehen war.

»Frag mich nicht, ich hab nicht die blasseste Ahnung. Lass uns Raum I-07 finden.«

Nachdem sie die Systematik der Dateinamen und ihre Zuordnung zu den Kameras auf den einzelnen Stationen verstanden hatten, fanden sie ihn endlich. Anselmo erkannte den Raum sofort wieder, als das Video sich öffnete. Die junge Frau lag regungslos und allein in ihrem Bett.

»Geh auf kurz nach Neun.«

Bei Timecode 21:31 Uhr sahen sie, wie der Papst in einem keimfreien Overall, mit Schutzmaske und Haarnetz in den Raum trat und mit der Patientin sprach. Wie er ihr ein Amulett in die Hände legte, wie sie kurz darauf erwachte und zu ihm sprach. Sie sahen, wie der Papst sich erschrocken umwandte. Ein weiß gekleideter Junge trat in den Raum und reichte dem Papst die Umhängetasche, die Anselmo sofort erkannte. Der Papst erstarrte, zögerte. Dann nahm er die Umhängetasche entgegen. Der blonde Junge trat an das Beatmungsgerät und schaltete es ab. Was danach passierte, war nur noch undeutlich zu erkennen und noch weniger zu verstehen. Der Papst griff nach dem Amulett, und eine Art Dunst oder Rauch erfüllte den Raum. Anselmo sah, wie der Papst sich den Overall vom Leib riss und etwas zu dem blonden Jungen sagte. Der Dunst wurde dichter. Der Papst entledigte sich seines Jacketts und seines Hemds, packte den Jungen und riss ihn an sich. Der Junge wehrte sich, aber der Papst hielt ihn fest, wie in einer brutalen Umarmung. Dann hob der Papst den Kopf zur Überwachungskamera und sagte etwas, sehr deutlich. Im gleichen Augenblick verschwand der Junge im Körper des Papstes. Verschwand darin, wurde von ihm absorbiert. Anselmo hatte keine anderen Begriffe für das, was da vor sich ging. Er sah nur, wie der Körper des Jungen vollständig mit dem des Papstes verschmolz und sich in ihm aufzulösen schien. Kein Blut, keine Wunde, eine vollständige Absorption. Als alles vorbei war, entledigte sich der Papst auch noch seiner restlichen Sachen, nahm die Umhängetasche und verließ den Behandlungsraum.

Anselmo und Amal durchsuchten die anderen Videos, aber sie entdeckten den Papst nur noch auf einer Datei, wie er nackt auf den Flur trat und in Richtung Ausgang ging. Danach blieb er verschwunden. Wie vom Erdboden verschluckt.

Anselmo dachte verzweifelt über eine Erklärung für das, was er gesehen hatte, nach. Aber wieder lieferte Ockhams Rasiermesser nur die Ungeheuerlichste von allen. So naheliegend und schlüssig sie auch war – Anselmo weigerte sich, sie zu akzeptieren. Dies war der *Papst*. Der Mann, der ihm das Leben gerettet hatte. Der Mann, der eine Arche baute, um die Menschheit vor der vollständigen Auslöschung zu bewahren. Der Großmeister des Ordens vom heiligen Schwert. Ein Mann Gottes.

Amal wandte sich zu Anselmo um, sein Gesicht jetzt aschgrau.

»Das war der Papst, sagst du?«

Anselmo nickte. Hielt es nicht mehr auf dem Stuhl aus, sprang auf, lief durch das kleine Büro, mit wachsender Panik.

»Scheiße, Scheiße, Scheiße! So eine gottverdammte Scheiße!«

Amal sah sich das Video erneut an.

»Was sagt er da in die Kamera?«

Anselmo sah hin. Amal ließ den Ausschnitt, in dem der Papst in die Überwachungskamera sprach, immer wieder vor- und zurücklaufen.

»Warte«, sagte Anselmo und zog seinen USB-Stick aus der Tasche. »Ich hab ein Programm dafür.«

Mit der russischen Mustererkennungssoftware ließen sich auch Lippenbewegungen in Sprache übersetzen. Mehr oder weniger. Nachdem Anselmo den Lippenbereich markiert hatte, gab das Programm jedenfalls keinen besonders verständlichen Satz aus.

TAS IS MAN NAP

Amal war ratlos. »Welche Sprache kann das sein?«

»Deutsch«, vermutete Anselmo. »Aber mein Deutsch ist nicht gut genug, um den Satz zu deuten.«

»Gib dir halt ein bisschen Mühe, Bruder!«

»Halt mal kurz die Schnauze und lass mich nachdenken, ja?«

Anselmo rief ein Online-Übersetzungsprogramm auf und versuchte, aus dem Satz schlau zu werden, stellte Konsonanten und Vokale um, die die Software möglicherweise falsch interpretiert hatte. Die ersten beiden Worte waren noch einfach: ›Das ist‹. Sie passten am besten zu den Lippenbewegungen. Das nächste Wort war etwas schwieriger. Den Lippenbewegungen nach konnten mehrere deutsche Worte sinnvoll sein: ›Mann‹, ›mein‹, vielleicht auch ›Bein‹ oder ›Bann‹, Anselmo war sich nicht sicher und kam mit seinem Deutsch auch nicht weiter. Das letzte Wort schien der Schlüssel zu sein, erwies sich aber auch als das Schwierigste. Immer wieder sah Anselmo sich die Aufnahme an und versuchte, die Lippenbewegungen des Papstes genau zu deuten.

»Verdammt, soll das ein L sein am Anfang oder ein N?«

»Keine Ahnung, Bruder!«

»Nap, Lab, Wap – vielleicht ein Name? Oder die beiden letzten Worte gehören in Wirklichkeit zusammen?«

Er schnappte sich einen Zettel, probierte verschiedene Kombinationen mit den Vokalen aus, die passen konnten, ›a‹ und ›ei‹, und überprüfte sie mit der Übersetzungssoftware.

Nur eine einzige Kombination ergab überhaupt einen sinnvollen Satz. Einen Satz, den Anselmo gut kannte.

DAS IST MEIN LEIB.

Er erklärte Amal, dass diese Worte, die Jesus beim letzten Abendmahl gesprochen hatte, Teil der eucharistischen Formel bei der Wandlung in der katholischen Liturgie waren.

»Der Wortlaut stimmt in allen Evangelien ziemlich genau überein, daher nimmt man an, dass Jesus genau diese Worte gebraucht hat. Es sind die magischen Worte, die das Brot und den Wein in den Leib und das Blut Christi verwandeln.«

»Das klingt bescheuert. Und warum hat der Papst das in die Kamera gesagt?«

»Frag mich was Leichteres. Ein letzter Hinweis? Ein Code?«

»Auf was?«

»Scheiße, ich weiß es nicht!«, rief Anselmo verzweifelt.

Amal dachte nach. »Wir müssen da was unternehmen. Das Ding ins Netz stellen. Vielleicht kann jemand was damit anfangen.«

»Nein. Lösch die Datei«, sagte Anselmo nur. »In dem Chaos sind sie mit Glück noch nicht dazu gekommen, die Überwachungsvideos zu sichten.«

Amal schüttelte den Kopf. »Das kann ich nicht!«

»Lösch sie!«, herrschte Anselmo ihn jetzt an. Und etwas milder fügte er hinzu. »Vertrau mir bitte. Wir haben keine Ahnung, was da passiert ist. Wir haben es noch nicht mal richtig erkannt. Aber, was immer es auch war – *ich* glaube an diesen

Papst. Und ich glaube, dass wir nur noch eine Chance haben, wenn wir die Einzigen sind, die Bescheid wissen.«

Amal sah ihn an. Schüttelte wieder den Kopf, zögerte, sah sich noch einmal das Video an.

»Und wenn du dich irrst, Bruder?«

»Dann liegt es in Gottes Hand. Lösch es.«

Da er sie nicht spurlos vom Server löschen konnte, gab Amal einen Steuerbefehl ein und überschrieb die Datei mit einer zufälligen Datenfolge.

»Praktisch gelöscht. Zufrieden?«

Anselmo nickte abwesend. »Das ist mein Leib«, murmelte er die deutschen Worte nach. Das Handy des Papstes neben dem Computer brummte erneut. Wieder eine unterdrückte Nummer. Anselmo starrte das Telefon an.

»Geh doch ran«, sagte Amal.

Anselmo schüttelte den Kopf, als hätte Amal ihm vorgeschlagen, einen Skorpion zu berühren. Das Handy vibrierte immer noch.

»Ist nicht mein Handy. Es gehört dem Papst. Ich hab's im Krankenhaus gefunden.«

»Cool«, sagte Amal. »Dann geh ran.«

»Quatsch.«

»Sonst geh ich ran.« Amal griff nach dem Telefon. Aber Anselmo war schneller.

»Ja?«

»Wer ist da?«

Ältere, männliche Stimme, heiser. Sie sprach Englisch mit einem Akzent, der Anselmo vage bekannt vorkam.

»Hier ist Pater Anselmo«, sagte er so offiziell wie möglich. »Mit wem spreche ich?«

»Pater Anselmo …« Der Anrufer schien nachzudenken. »Ist das nicht die Nummer von Franz Laurenz?«

»Doch. Aber Seine Heiligkeit ist gerade verhindert. Ich richte gerne etwas aus. Mit wem spreche ich?«

Der Anrufer zögerte. Schien zu überlegen. Anselmo konnte ihn atmen hören. Im Hintergrund hupte ein Auto. Der Anrufer räusperte sich, als müsse er seine Stimme erst vorbereiten.

»Hier ist … Peter Adam.«

Kapitel 9

ARCHE

XLI

23. Juli 2011, Ost-Jerusalem

Ich erinnere mich an Sie, Pater Anselmo«, sagte die alte Männerstimme im Telefon. »Sie sind der Computerfachmann, nicht wahr? Der Jesuit. Hören Sie, Pater, ich brauche …«

»Peter Adam ist tot«, unterbrach Anselmo ihn und legte auf. Amal sah ihn fragend an. »Wer war das?«

»Jemand, der sich für einen Toten ausgegeben hat.«

»Vielleicht besser, du schaltest das Handy aus, Bruder. Die werden uns orten.«

»Ich kann es nicht ausschalten. Es hat eine Codesperre.«

»Na und? Kleinigkeit.«

»Mann, das ist das private Handy des Papstes! Nur eine Handvoll Leute haben überhaupt die Nummer. Man kann es nicht hacken.«

»Warum nicht?«

»Weil ich selbst es so eingerichtet habe! Wenn du den falschen PIN-Code eingibst, wird der gesamte Flashspeicher sofort gelöscht. Wenn du nur versuchst, von einem anderen Computer als dem Laptop des Papstes darauf zuzugreifen, wird sofort alles gelöscht. Ich hab da eine Tretmine reinprogrammiert und scharfgemacht. Ohne den PIN-Code komm selbst ich da nicht rein.«

Amal stöhnte. Das Handy vibrierte erneut. Eine Bildnachricht. Anselmo zögerte, sie zu öffnen.

»Wenn wir es schon nicht abschalten können, kannst du dir wenigstens die Nachricht ansehen, oder?«

»Auch wieder wahr.«

Das Foto zeigte den Ausschnitt einer Ganzkörpertätowierung auf der Brust eines alten Mannes. Anselmo erkannte die

Tätowierung sofort wieder. Kurz darauf klingelte das Handy erneut. Wieder die unterdrückte Nummer. Anselmo nahm ab.

»Wer sind Sie?«, fragte Anselmo in das Gerät, immer noch misstrauisch.

»Glauben Sie mir, Pater, ich *bin* Peter Adam. Ich werde versuchen, es Ihnen zu erklären, jedenfalls bin ich nicht tot. Aber wenn Sie mir nicht helfen, werde ich es vielleicht sehr bald sein.«

»Wo sind Sie?«

»Am Flughafen Ben-Gurion. Als Laurenz mich heute anrief, dass er umgehend nach Jerusalem müsse, hab ich nur noch die letzte Maschine gekriegt. Aber jetzt hänge ich hier fest. Hier ist die Hölle los. Kein Taxi zu kriegen, und ich weiß sowieso nicht, wohin.«

Anselmo dachte nach. Das Ganze konnte immer noch eine Falle sein. Allerdings eine sehr umständliche Falle. Er wandte sich an Amal.

»Hast du irgendeinen Kumpel in Tel Aviv, dem du vertraust?«

»Mein Onkel Tarik.«

»Ist der nicht hier?«

»Der andere Onkel Tarik.«

»Bleiben Sie dran, Signor Adam«, sagte Anselmo gereizt ins Telefon und wartete, bis Amal seinen anderen Onkel Tarik erreicht hatte. Wieder ein Wortwechsel auf Arabisch. Dann nickte Amal ihm zu. »Wohin?«

Anselmo fiel nur ein einziger Ort in Jerusalem ein. Auffällig, zu naheliegend, aber immerhin halbwegs sicher. »Zur Dormitio-Abtei.«

Das schien dem Onkel nicht zu passen. Amal musste wieder lange auf ihn einreden und legte dann auf.

»Alles klar.«

Er beschrieb Anselmo, wie sein Onkel aussah, was für einen Wagen er fuhr und an welchem Flughafenparkplatz er warten würde. Anselmo gab die Angaben an Peter Adam weiter.

»Er wird in etwa einer halben Stunde dort sein und nicht warten. Wenn Sie nicht da sind, fährt er gleich wieder weg.«

»Ich werde da sein«, sagte Peter Adam. »Und danke, Pater!«

»Ich fahr dich zur Abtei«, sagte Amal, als Anselmo auflegte.

Anselmo starrte das Handy in seiner Hand an. »Erst muss ich dieses verdammte Telefon irgendwie ausschalten.«

»Hast du nicht gerade gesagt …«

»Hör mal zu, Amal. Der Papst hat sein Handy zurückgelassen und einen Hinweis. Ist das ein Zufall? Was, wenn dieses ›Das ist mein Leib‹ eine Merkhilfe für den PIN-Code ist?«

»Bisschen sehr simpel, Bruder.«

»Egal. Einen Versuch hab ich. Wenn's nicht klappt, ist das Ding wenigstens aus.«

Und natürlich gab es Zigtausend Varianten, wie dieser Satz einen PIN-Code verschlüsseln konnte, bis hin zur Kabbalistik. Pater Anselmo hatte den Papst jedoch immer als sehr direkten Menschen erlebt. Er schätzte den geraden Weg zum Ziel. Und Anselmo wusste aus Erfahrung, dass die simpelste Verschlüsselung oft die effektivste war. Viel Zeit hatte er ohnehin nicht mehr.

»Vier Worte, vier Ziffern«, sagte er und holte tief Luft. In diesem Moment jedoch klingelte das Telefon erneut.

»Gibt's ein Problem?«, fragte Anselmo in den Hörer.

»Allerdings.« Nicht die Stimme von Peter Adam. Sondern die von Yoko Tanaka. Anselmo erkannte sie sofort.

»Yoko! Was …«

Sie ließ ihn nicht ausreden. »Ich tu dir jetzt einen Gefallen, Anselmo. Frag mich nicht, warum. Zerstöre dieses Handy und mach, dass du wegkommst. Sie werden gleich bei dir sein.«

Sie legte auf. In diesem Moment hörte Anselmo das Geräusch eines Hubschraubers über dem Haus.

»Scheiße!«

»Was ist?«

»Wir müssen verschwinden. Sofort! Raus hier!«

Jetzt hörte auch Amal den Hubschrauber und reagierte. Offenbar kannte er sich mit solchen Situationen aus. Er sah kurz aus dem Fenster.

»Da unten steht ein Wagen, den ich nicht kenne. Wahrscheinlich haben sie schon das ganze Viertel umstellt.«

»Und jetzt?«

»Wir gehen übers Dach.«

»Nicht dein Ernst.«

»Und mach endlich dieses verdammte Telefon aus, Bruder!«

Hektisch drückte Anselmo den Home-Button des Telefons und wurde aufgefordert, den PIN-Code einzugeben. Er tippte 3–3–4–4, die Anzahl der jeweiligen Buchstaben pro Wort in ›Das ist mein Leib‹. Er war selbst überrascht, dass es funktionierte. Auf dem Display wechselte das Hintergrundbild, die Telefon-Apps wurden angezeigt. Hastig schaltete Anselmo das Telefon aus und steckte es ein.

Amal stürmte aus dem Büro und schrie etwas auf Arabisch. Sofort kam Leben ins Haus. Onkel Tarik rannte in den Innenhof, verriegelte das Eisentor und zerrte die beiden Kinder ins Haus. Amal kletterte über eine Leiter auf das Flachdach des Hauses. Anselmo folgte ihm, so schnell er konnte. Der Hubschrauber flog direkt auf sie zu, sein Suchscheinwerfer fingerte über den Boden, glitt über die kleinen Häuser und Dächer. Auch unten auf der Straße war jetzt Bewegung. Anselmo konnte erregte Stimmen hören. Autos, die heranrasten.

»Mein Onkel mobilisiert die Nachbarn«, rief Amal und duckte sich hinter einen Wassertank auf dem Dach des anliegenden Hauses. »Die blockieren jetzt die Straße.«

Aber die Gefahr kam von oben. Der Hubschrauber stand jetzt über dem Haus von Amals Onkel und leuchtete in den Hof. Anselmo hörte von unten ein metallisches Krachen. Dann Schüsse im Hof.

»Wer sind die?«, schrie Amal ihm zu. »Israelis? Amerikaner?«

»Nein, Amal!« Anselmo überlegte immer noch, ob Yoko Tanaka ihn vor den ›Trägern des Lichts‹ oder ihren eigenen Leuten gewarnt hatte, entschied sich jedoch wie immer für die wahrscheinlichste Erklärung. »Das sind … Diener Satans.«

Das schien Amal ihm sogar zu glauben. Er stieß einen arabischen Fluch aus.

»Was wollen die?«

»Den Untergang der Menschheit«, presste Anselmo hervor.

»Und mit dem Handy könntest du sie aufhalten?«

»Ich? Ich weiß es nicht. Vielleicht.«

Amal schien nachzudenken, mit sich zu ringen. Dann wandte er sich wieder an Anselmo. »Ich hab immer gedacht, die Israelis oder die verdammten USA wären das Böse, aber was wir da auf den Videos gesehen haben – das war *Dschahannam*, die Hölle, nicht wahr? Die richtige Hölle.«

Anselmo nickte.

»Du musst mir was versprechen. Wenn du hier rauskommst, musst du sie aufhalten.«

»Ich weiß nicht, ob ich …«

»Du bist der beste Hacker der Welt, Bruder. Kein Scheiß. Du bist mein Idol. Als ich vorhin deine Nachricht bekam, war das, als wenn Allah mich riefe, verstehst du? Du bist ein Mann Gottes, ein Krieger Gottes. Wer, wenn nicht du, könnte sie aufhalten?«

»Eh, Amal, ich glaube, du überschätzt mich da.«

»Siehst du das Haus da hinten mit der hellen Mauer?« Amal deutete in eine Richtung, wo Anselmo in der Ferne einen hellen Fleck erkennen konnte, und drückte ihm einen kleinen Schlüssel in die Hand. »Dahinter liegt eine Straße, da steht ein Moped. Wenn du der Straße folgst, kommst du zur Silwan-School. Von dort kannst du den Zion dann schon sehen.«

Anselmo nickte. »Und du?«

»Ich lenke sie solange ab.«

»Verdammte Scheiße, nein!«

Doch Amal stand bereits.

»Allāhu akbar.« Er wollte sich aus der Deckung des Wassertanks lösen, aber Anselmo zog ihn wieder zurück.

»Was denn noch?«, rief Amal.

Anselmo nahm seinen ganzen Mut zusammen und küsste ihn auf den Mund.

Amal grinste ihn an. »Ich hab was gut bei dir.«

Er rannte los, zurück zum Haus. Sofort erfasste ihn der Suchscheinwerfer des Hubschraubers. Anselmo sah, wie Amal wie erschrocken stehen blieb und die Hände hob. Dann wandte sich Anselmo ab, löste sich aus der Deckung des Wassertanks und sprang auf das nächste Dach hinab. Als er die helle Mauer erreichte und sich ein letztes Mal umsah, schwebte der Hubschrauber immer noch über Amals Haus und beleuchtete die Szenerie. Anselmo hatte keine Ahnung, was diese Leute mit Amal machen würden. Nach allem, was er in den letzten Wochen erlebt hatte, befürchtete er nur das Schlimmste und bereute, dass er Amal nicht zurückgehalten hatte. Aber das Gefühl, dass ihn in diesem Augenblick wirklich ganz und gar erfüllte, war pure Erleichterung, dass es ihn selbst nicht erwischt hatte. Und gleichzeitig quälende Scham und Schuld. Er flehte seinen Herrn um Vergebung an – aber er kehrte nicht um. Er sprang die Mauer hinab auf die Straße. Aber da war kein Moped.

XLII

27. August 2013, Insel Poveglia, Lagune von Venedig

Er konnte immer noch sehen, so ziemlich die einzige Körperfunktion, die ihm verblieben war, und Peter erkannte das Böse in seiner ganzen abartigen Substanz. Er wurde eins mit ihm. Löste sich auf im Ozean des Bösen. Überall war Licht, aber durch dieses Licht wucherte ein faseriges, leuchtendes, hektisch pulsierendes Geflecht, wie ein zähes Gespinst aus Nervensträngen und Ganglien, die sich unaufhörlich miteinander verwoben, auflösten und neu verbanden. Regungslos gefangen in einem Netz aus Nervengewebe schwebte Peter in dem Kokon und spürte, wie sich die Fasern von allen Seiten mit seinem Körper verbanden, als hätten sie endlich ihre Bestimmung gefunden. Dabei feuerten sie jedes Mal Lichtblitze in einem scheinbar chaotischen Takt, der sich manchmal zu einem kurzen Rhythmus synchronisierte und dann wieder auflöste. In der ganzen zuckenden, faserigen Helligkeit erkannte Peter die Umrisse zweier Körper, zusammengekrümmt und ebenso gefangen wie er: Nikolas und Maya. Peter sah, wie sie sich schwach im Takt des pulsierenden Lichts regten, und ihm wurde klar, was gerade mit ihnen und ihm selbst passierte. Sie waren das Zentrum, die Nervenzellen des Bösen, die Ganglien eines monströsen Gehirns, das sich endlich, nach Zeitaltern des Schlafs, zusammenfand. Peter spürte, wie die leuchtenden Fasern seinen Körper nicht mehr nur umschlangen, sondern nun auch in ihn eindrangen. Er fühlte keinen Schmerz. Auch keine Angst oder Panik. Er war nur noch ein Beobachter seiner eigenen Auflösung.

Verschmelzung.

Verwandlung.

Auslöschung.

Was wird aus dir?

Ein interessanter Gedanke. Die Frage war nicht mehr, ob er sterben würde, sondern was danach kam. Der Tod war nur der notwenige Übergang zu einer höheren Daseinsform. Die Einfachheit und Klarheit dieser Erkenntnis verblüffte Peter. Wenn es erst einmal so weit war, wurde alles immer ganz einfach.

Das Nervengeflecht verdichtete sich immer weiter zu einer kompakten Masse. Die Gestalten von Maya und Nikolas waren kaum mehr zu erkennen oder voneinander zu unterscheiden. Er erkannte sie nur noch an ihrem unterschiedlich pulsierenden Leuchten. Immer noch konnte Peter sehen, auch das verwunderte ihn. Mit der Dichte der faserigen Masse veränderte sich jedoch auch der Puls ihres Leuchtens, beruhigte sich allmählich und vereinigte sich zu einem einheitlichen Takt. Peter meinte, den Rhythmus nun auch spüren und hören zu können, wie das ferne Dröhnen von Congas. Nicht unangenehm. Er wollte schlafen.

Es beginnt zu denken. Durch euch.

Seine Wahrnehmung schärfte sich, sein Denken verschmolz mit dem von Maya und Nikolas. Er war in ihnen, konnte sie hören, konnte in den Bildern ihrer Erinnerungen lesen, wie sie in den seinen. Er kannte ihre Geheimnisse. Es gab keine Grenzen mehr, aber auch keine Scham, keine Reue, keine Enttäuschung, keine Wut. Nur vollkommene Klarheit. Sie waren eins. Ein Leib, ein Gedanke, pulsierend im gleichen Rhythmus. Ein schönes Gefühl. So kurz vor der vollständigen Auflösung.

Aber Peter wollte sich nicht auflösen.

Nicht. Auflösen.

Der Gedanke war stark und klar. Er fiel in ihr gemeinsames Denken wie ein Stein in einen ruhigen See, schlug Wellen, sank tiefer, wirbelte den Schlamm am Boden auf. Das Pulsieren geriet aus dem Takt, Peter konnte die Beunruhigung bei Nikolas spüren. Von Maya eine Art stummer Zustimmung und Zuneigung. Und Peter tat etwas, das er seit ewigen Zeiten nicht mehr getan hatte. Etwas Unerhörtes. Er betete.

Gegrüßet seist du, Maria,
voll der Gnade,
der Herr ist mit dir.
Du bist gebenedeit unter den Frauen,
und gebenedeit ist die Frucht deines Leibes,
Jesus, der in uns die Hoffnung stärke.
Heilige Maria, Mutter Gottes,
bitte für uns Sünder
jetzt und in der Stunde unseres Todes.
Amen.

Die Worte wurden Substanz. Das Leuchten um ihn geriet in Wallung, verwirbelte und verdichtete sich zu einem dunstigen Schleier aus Farben und Formen. Bilder entstanden, zuckten unscharf vor seinen Augen, kamen näher und füllten ihn aus.

Er saß in einem Klappstuhl auf dem flachen Dach einer großen Kirche, vor einer Reihe gedrungener Lehmhütten mit Holzkreuzen über den Eingängen, die man auf dem Dach der Kirche errichtet hatte. Wenn er sich umsah, konnte er helle, sandsteinfarbene Häuser, Dächer und Kirchtürme erkennen. In der Ferne die Spitze einer goldenen Kuppel.

Jerusalem.

Von weit her war immer noch das rhythmische Trommeln zu hören. Sonst kein Laut. Ein paar Menschen waren auf dem Dach zu sehen. Touristen mit Kameras und ein dunkelhäutiger Mönch, der das Dach mit einem Schlauch wässerte. Alle jedoch wie in der Bewegung erstarrt, selbst der Wasserstrahl. Peter sah, dass er einen hellen Anzug trug. Er spürte, dass Maya und Nikolas bei ihm waren. In ihm. Sie waren eins. Sie waren der Löwenmann.

Der Mann, der ihn gerufen hatte, stand auf dem Dach und sah sich um. Ein junger Mann in einer Wanderhose und einem khakifarbenen Hemd. Er trug eine blaue Umhängetasche mit dem Logo von Nakashima Industries bei sich. Trotz des Altersunterschieds erkannte Peter ihn gleich wieder: Kleophas, der Mönch vom Athos. Franz Laurenz. Peter spürte die Anspannung des Löwenmannes in sich. Sie sprachen miteinander, aber Peter verstand nicht, um was es ging. Er spürte nur die wachsende Anspannung des Löwenmannes. Und plötzlich hielt dieser es nicht mehr aus, stürzte sich auf Laurenz und riss ihn mit sich in eine bodenlose, lichtlose Tiefe.

Peter blieb zurück. Maya und Nikolas standen neben ihm. Sie alle trugen weiße Tuniken. Peter kam sich albern vor. Aber genau dieses vertraute Unbehagen über die zu weibliche Kleidung machte ihm Hoffnung, immer noch ein bisschen er selbst zu sein.

»Die Grabeskirche«, sagte Nikolas, als er sich umgesehen hatte. »Die koptische Kapelle. Was machen wir hier?«

»Das ist nur eine Halluzination«, sagte Peter. »Wir sterben gerade.«

Das schien Nikolas einzuleuchten. Er setzte sich in den Klappstuhl, in dem Laurenz zuvor gesessen hatte. Peter sah Maya an. Er hatte bislang kaum Zeit gehabt, sie in Ruhe zu betrachten. Seine Tochter. Er hatte noch keine schönere Frau gesehen. Natürlich sah sie Ellen sehr ähnlich, aber da war noch etwas anderes in ihrem Gesicht und ihrer Haltung. Etwas Uraltes, Königliches, Ewiges. Einen Augenblick später verstand Peter auch, was es war. Er hatte es oft auf Bildern und sogar einmal im Original im Museum gesehen.

Nofretete. Sie sieht aus wie Nofretete!

Maya sah sich um, als suche sie etwas. Oder jemanden, den sie noch erwartete. Peter folgte ihrem Blick und entdeckte die blaue Umhängetasche neben dem Klappstuhl, in dem Nikolas saß. Ohne zu zögern öffnete er sie und zog eine kleine Mappe mit lose gesammelten Fotokopien antiker koptischer Texte und ihrer Übersetzungen hervor. Auf dem Deckel der Mappe stand handschriftlich mit Filzstift:

Gnostische Fragmente aus dem Nag-Hammadi-Codex III/1980 »Hoc est enim corpus meum«

Das ist mein Leib.

Peter wunderte sich, dass er die lateinischen Worte immer noch übersetzen konnte, und erinnerte sich an die kurze Zeit vor seiner Erstkommunion, als er regelmäßig in die Kirche gehen musste. Lange her. Dennoch ergriffen ihn die Worte der eucharistischen Wandlung, zitterten wie ein Schauer durch seinen Körper und schärften seine Wahrnehmung. Er erkannte die Handschrift von Franz Laurenz von dem hermetischen Text wieder, den sie in seinem Buch über die Symbole gefunden hatten.

»Was machst du da?«, fragte Nikolas misstrauisch. »Lass das.«

Aber Peter las schon den ersten Text.

Dann wird er kommen, um alle zu zerstören. Wenn das Feuer sie alle verbrannt hat und wenn es nichts anderes mehr findet, um es zu verbrennen, dann wird es durch sich selbst zerstört werden.

Nikolas wollte nach der Mappe greifen, aber Peter entzog sie ihm und las auch die nächsten Texte.

Ich, Adam, habe diese Dinge vollendet. Und mein Verstand begann, sich vom Finsternis-Körper zu trennen. Meine Zeit war vollendet. Und mein Verstand legte das unsterbliche Erinnern ab und führte das Volk Gottes an die reinen Orte.

An dem Tag, als ich mich erhob wie von der Last meines Körpers, sagte ich: »Hüte dich aber nun, nicht in die Hände des Jaldabaoth zu geraten! Kämpfe den großen Kampf, während alle

Kräfte dir zuschauen, nicht allein die heiligen, sondern ebenso alle Kräfte des Widersachers! Wehe dir, wenn man dich besiegt vor den Augen aller, die dir zuschauen. Wenn du aber siegreich bist, wirst du allen Heiligen große Freude bereiten, und ebenso große Trauer deinen Feinden. Dein Kampfrichter hilft dir ganz und gar, denn er möchte, dass du siegreich bist.«

Ich bin das Wort. Ich wohne im unbeschmutzten Licht. Ich wohne an den reinen Orten.

Ich wohne in der Gestalt eines jeden. Ich kleidete mich wie der Sohn des Jaldabaoth; und ich war ihm gleich bis zum Ende seines Gesetzes – das ist die Unwissenheit des Chaos.

Unter den Engeln offenbarte ich mich, als ob ich einer von ihnen wäre; aber bei den Söhnen des Menschen, als ob ich ein Sohn des Menschen wäre.

Denn ich, ich bin unergreifbar. Und meinen Samen werde ich setzen in das heilige Licht. Amen.

»Was bedeutet das?«

»Es bedeutet, dass du uns in Gefahr bringst, du Idiot!«

Nikolas entriss ihm die Mappe, packte Peter hart am Kragen und schüttelte ihn. »Lass uns zurückkehren!«

Peter verstand seine Reaktion. Er hatte die Frau in Nikolas' Erinnerungen gesehen. Eine junge Roma aus Köln, die von einem besonders bösartigen Dämon besessen war. Nikolas hatte sie drei Jahre zuvor im Auftrag des Vatikans in Deutschland aufgesucht, um mehr über den Feind der Menschheit zu erfahren. Und hatte sich prompt in Marina verliebt. Er verbrachte einen ganzen Monat in Köln bei Marinas Clan, um sie zu exorzieren, und war bereit, sein Priesteramt aufzugeben, um mit ihr zusammenleben zu können. Allerdings blieb sein Exorzismus erfolglos. Im Gegenteil fiel Marina plötzlich in eine Art Koma. Der Dämon hatte sie nur erwählt, um mit Nikolas in Kontakt zu treten, und hielt sie gefangen. An diesem Tag wechselte Nikolas die Seiten.

Immerhin hatte Peter in Nikolas' Erinnerungen auch gesehen, dass er Bruder Kleophas auf dem Athos tatsächlich *nicht* getötet hatte. Er konnte sehen, wie Kleophas ihm nach einem kurzen Wortwechsel den Jutebeutel mit der Metalltafel übergab und sich dann hinter einen Felsen kauerte. Nikolas gab zwei Schüsse in die Luft ab und kletterte dann zurück.

»Warum hast du nichts gesagt?«, fragte Peter ihn.

»Weil ich kein Risiko eingehen wollte, ist das so schwer zu verstehen? Sie mussten glauben, dass Bruder Kleophas tot ist. Und je mehr du mich verachtet hast, desto glaubhafter war ich.«

»Und dennoch spielst du Raymonds Spiel mit.«

»Ich hatte keine Wahl!« Nikolas schlug ihm ins Gesicht. »Ich versuche, uns zu retten, kapierst du das nicht? Aber deine Alleingänge gefährden alles. Bring uns zurück in den Kokon!«

»Wir haben ihn nie verlassen, Niko. Das hier ist nur ...«

Nikolas hörte nicht auf, ihn zu schlagen. Peter versuchte, die Schläge abzuwehren, doch als Nikolas nicht aufhörte, wehrte er sich und schlug zurück. So hart er konnte.

»Lasst das!«, rief Maya aus der Ferne. »Ihr macht nur alles kaputt.«

Peter ließ von Nikolas ab und versuchte, die Wut verrauchen zu lassen. Er betete wieder, machte sich klar, dass er seinem Bruder helfen musste. Dass er ihn liebte.

»Ich hätte dich nicht für so naiv gehalten, Niko. Seth wird Marina genau so töten wie uns. Du hast mit deinem Verrat gar nichts gewonnen.«

Nikolas sah ihn keuchend an und hielt sich die blutende Nase. »Du weißt gar nichts über Besessenheit. Es ist kompliziert, sehr kompliziert. Die Gebete, der Bannspruch, das Weihwasser – alles nur Äußerlichkeiten. Du brauchst eine bestimmte Begabung, um mit dem Dämon in Kontakt zu treten und ihn aus einem Menschen herauszuziehen wie eine Zecke aus der Haut. Aber diese Begabung macht dich auch anfällig für eine ...

Übertragung. Wie auch immer. Ich weiß, dass ich eine Chance habe. Aber dazu muss ich überleben und auferstehen.«

Peter wandte sich ab und sah Maya an, die ruhig und entspannt über die Dächer der Stadt blickte, immer noch wie in zuversichtlicher Erwartung.

»Warum sind wir hier, Maya?«

Sie deutete über seinen Kopf hinweg, und augenblicklich veränderte sich die Vision wieder. Die Umgebung der Grabeskirche verschwamm, löste sich in Helligkeit auf, und Peter spürte erneut Enge und Beklemmung. Er hing immer noch fest eingewoben in dem Kokon, getaucht in milchiges Licht. Das Atmen fiel ihm immer schwerer, die Fasern schienen seinen Körper ganz und gar auszufüllen. Den anderen beiden ging es nicht anders, ihre Gedanken wurden schwerfälliger, verworrener. Peter konnte spüren, wie der Tod sie alle durchtränkte. Der Tod war aus Licht. Aber durch die Hülle erkannte er nun drei schemenhafte Gestalten außerhalb des Kokons. Große, dünne Wesen, die mit weichen Bewegungen um den Kokon herumschritten und dabei eine Folge seltsamer Klicklaute erzeugten, die den Kokon sofort in Schwingung versetzten.

»Sie sind da«, hörte er Mayas Stimme in seinem Kopf.

»Wer?«

»Die Mh'u. Du hast sie doch gerufen.«

XLIII

23. Juli 2011, Ost-Jerusalem

Panisch rannte Anselmo die kleine Straße einmal ganz hinauf und dann wieder zurück in die andere Richtung. Ein paar Autos parkten dicht an den Hauswänden, aber er sah kein einziges Moped oder Motorrad. Zwei Jugendliche kamen ihm misstrauisch entgegen, offenbar hatte er sich zu auffällig verhalten. Anselmo unterdrückte dennoch den Impuls, seiner Angst nachzugeben und wegzulaufen. Vermutlich hätten ihn die beiden ohnehin rasch eingeholt. Stattdessen ging er auf sie zu, hielt Amals Mopedschlüssel hoch und hoffte auf Gottes Hilfe.

»Hallo!«, rief er schon von Weitem. »Amal Chalid hat mir sein Moped geliehen, aber ich finde es nicht!«

Nur einer der beiden Jugendlichen verstand Englisch und stieß ihn mit der flachen Hand vor die Brust.

»Du meinst, du hast es ihm geklaut.«

Anselmo versuchte, sich seine Angst nicht anmerken zu lassen. »Mann, würde ich dann wohl danach suchen?«

Das schien dem Jugendlichen einzuleuchten. Er sprach mit seinem Kumpel.

»Wer bist du überhaupt? Woher kennst du Amal?«

»Ich bin ein … Freund. Und ich muss dringend verschwinden. Die haben Amal gerade verhaftet.«

»Wer? Die Israelis?«

Anselmo nickte, weil alles andere nur unglaubwürdig geklungen hätte. Der Hubschrauber kam jetzt näher und überflog die Dächer in niedriger Höhe. Sein Suchscheinwerfer fingerte in die Straße. Hastig drückte Anselmo sich in einen Hauseingang. Auch die beiden Jugendlichen tauchten hinter einem Auto ab.

»Komm mit!«, rief der eine, rannte geduckt über die Straße und verschwand in einem Hinterhof. Anselmo überlegte nicht lange. Als er den Hof erreichte, deutete der Jugendliche auf einen Verschlag, in dem ein altes Moped stand.

»Gnade dir Gott, wenn der Schlüssel nicht passt.«

Den ganzen Weg über fürchtete er, dass der Hubschrauber noch einmal zurückkehren und ihn aufstöbern würde. Zweimal stieß er fast mit einem Wagen zusammen, stürzte und sprang panisch sofort wieder auf. Das kleine Moped kam kaum die steilen Straßen hinauf. Trotzdem erreichte Anselmo ungehindert die Silwan-School und konnte, wie Amal ihm beschrieben hatte, von dort bereits die erleuchtete prächtige Abtei auf dem Zionsberg erkennen.

Unterhalb des Zionstors ließ er das Moped zurück und ging zu Fuß weiter. Überall patrouillierten Polizisten und Soldaten, die ganze Altstadt war Sperrzone. Drei junge Soldaten kontrollierten seinen vatikanischen Pass, den er zum Glück noch bei sich trug, und winkten ihn dann durch. Die sichere Abtei war zum Greifen nahe, doch Anselmo wollte kein Risiko eingehen und rief zunächst Bruder Isidor an, einen Benediktinermönch aus der Abtei, der auch dem Orden vom Heiligen Schwert angehörte und Bescheid wusste. Anselmo fiel ein, dass der heilige Isidor von Sevilla immer noch als Schutzpatron des Internets im Gespräch war, und hielt das für ein gutes Zeichen.

Bruder Isidor empfing ihn am Nebeneingang, der in den Klostergarten führte. »Wo ist Seine Heiligkeit?«

»Ich weiß es nicht«, sagte Anselmo. Erleichtert und zugleich auch völlig kraftlos sank er auf der sicheren Seite der Klostermauer in die Hocke und weinte. Er weinte um Amal, um den Papst, um Bonifatio, um die Opfer der lebenden Toten und die Millionen, die es bald noch treffen würde. Aber vor allem weinte er, weil Gott ihn und die ganze Welt verlassen hatte. Wimmernd krümmte er sich zusammen und betete zur Jungfrau

Maria. Denn wenn Gott die Welt im Stich gelassen hatte, war sie die Einzige, von der überhaupt noch Hilfe zu erwarten war.

Als er sich so weit beruhigt hatte, dass er aufstehen konnte, führte Bruder Isidor ihn in ein Zimmer im Wohntrakt der Mönche, reichte ihm ein Glas Kräutertee und stellte die ersten Fragen. Stockend und immer wieder von Weinkrämpfen erschüttert berichtete Anselmo, was er seit seiner Ankunft in Jerusalem erlebt und gesehen hatte.

»Was ist mit Schwester Maria?«, fragte er den Benediktinermönch. Bruder Isidor schüttelte den Kopf.

»Haben Sie etwas von Chaim Kaplan gehört?«

»Der Großrabbiner ist tot. Wir haben es vor einer Stunde erfahren.«

»Wie ist er gestorben?«, ächzte Anselmo, obwohl er es bereits ahnte.

»Wir wissen es nicht genau. Die Dame vom Rabbinat klang sehr verstört. Erst sagte sie etwas von einer Hautkrankheit, dann korrigierte sie sich sofort und sprach von einem Herzanfall.«

Anselmo stöhnte.

Der Benediktiner sah auf die Uhr. »Sie sollten versuchen, zu schlafen. Ich wecke Sie, wenn Peter Adam eintrifft.«

»Ich warte.«

»Schlafen Sie, Bruder Anselmo. Ich muss Sie ohnehin jetzt allein lassen, um Ihren Bericht nach Rom weiterzuleiten.«

Als der Mönch ihn verlassen hatte, rollte Anselmo sich auf dem schmalen Bett zusammen und dachte an die Bilder aus dem Krankenhaus. Der Schlaf, gegen den er noch vor wenigen Stunden hatte ankämpfen müssen, schien ferner als die Hoffnung. Aber als er die Augen wieder aufschlug, leuchtete bereits die Morgensonne ins Zimmer.

Für einen Moment wusste er nicht, wo er sich befand. Von draußen rief die Glocke des Kirchturms zur *Laudes*. Demnach musste es bereits sechs Uhr sein. Warum hatte Isidor ihn nicht geweckt? Wo war Peter Adam?

Anselmo sprang auf und trat aus dem Zimmer. Kein Mensch war zu sehen, aber das war nicht ungewöhnlich, da die etwa zwanzig Mönche des Klosters sich jetzt alle in der Kirche zur Morgenhore versammelten.

In der Küche waren zwei arabische Küchenkräfte damit beschäftigt, das Frühstück vorzubereiten. Die ältere der beiden Frauen bot ihm einen Kaffee mit Kardamom an. Als Anselmo mit dem duftenden Kaffee in das kleine Refektorium trat, sah er einen alten Mann an einer Ecke der U-förmigen Tischordnung sitzen. Er saß da ganz ruhig, die Hände vor sich auf dem Tisch gefaltet, als schien er Warten gewohnt zu sein. Er hatte kurzgeschnittene, schlohweiße Haare, die mit dem gestutzten Vollbart nahtlos verbunden schienen. Helle Augen, ein gebräuntes, faltiges Gesicht, als habe der Mann in seinem Leben zu viel Zeit in der Sonne verbracht. Er trug Jeans, ein weißes Hemd und ein dunkelblaues Jackett. Anselmo schätzte ihn auf etwa siebzig. Unter anderen Umständen hätte er den Mann für einen alternden Schauspieler gehalten. Aber trotz des Alters und des Barts erkannte er ihn sofort wieder.

»Pater Anselmo!«, sagte Peter Adam lächelnd. »Im Gegensatz zu mir haben Sie sich gar nicht verändert. Verzeihen Sie, dass wir Sie nicht geweckt haben. Bruder Isidor meinte, dass Sie Schlaf brauchen. Sie haben sich hoffentlich keine Sorgen gemacht.«

Anselmo sagte nichts. Er setzte sich zu ihm, ließ aber genügend Zwischenraum und konnte den Blick nicht von dem Gesicht des Mannes abwenden, den er vor wenigen Wochen noch als Mitte Dreißigjährigen gesehen hatte.

»Wie ist das passiert?«

»Ich war sehr lange weg. Aber ich durfte zurückkehren. In Ihrer Zeitrechnung waren es nur Nanosekunden, aber für mich über dreißig Jahre. Dreißig Jahre allein mit meinem Bruder in einer eingefrorenen Zeit. Aber das erzähle ich Ihnen noch ausführlich. Ihr Kaffee wird kalt.«

Anselmo trank seinen Kaffee, konnte aber nicht aufhören, den gealterten Peter Adam anzustarren.

»Hat mit Amals Onkel alles geklappt? Wurden Sie verfolgt?«

»Nein. Vielen Dank noch mal für Ihre Hilfe«, antwortete Peter Adam höflich.

Anselmo bemerkte, dass er auch anders sprach als vorher. Er wählte seine Worte, sprach langsam, als genieße er jedes Wort, jeden Satz.

»Ich bin sehr froh, jetzt hier zu sein. Bruder Isidor hat mir kurz berichtet, was Sie gestern erlebt haben. Wo ist Ihr arabischer Freund?«

»Ich weiß es nicht«, sagte Anselmo leise. »Möglicherweise ist er schon tot.«

Peter Adam sah ihn an und verzog schmerzlich das Gesicht. »Ich verstehe. Ich musste meinen Bruder töten, um zurückkehren zu können. Ich habe dreißig Jahre in einem Zustand der Gnade verbracht, und nur dieser Mord konnte mich daraus befreien. Wir alle laden Schuld auf uns.«

Anselmo dachte nach. Er dachte an die mumifizierte Leiche unter dem Gärtnerhäuschen im Vatikan. Eine Frage ging ihm nicht aus dem Kopf.

»Sie sagen, dass Sie nach unserer Zeitrechnung nur Nanosekunden weg waren. Sie haben also die Explosion in Seths Zentrum überlebt.«

»Diese Explosion hat Nikolas und mich in die Welt der Mh'u katapultiert«, ergänzte Peter Adam.

»Das war am ... 13. Juli. Wo waren Sie in der Zwischenzeit?«

»In Rom. Nikolas und ich haben in all den Jahrzehnten viel Wissen zusammengetragen und sind über viele Umwege von Nepal nach Rom zurückgekehrt. Alles zu Fuß. Manchmal mit dem Fahrrad.«

»Und in Rom haben Sie Ihren Bruder getötet, in der Krypta unter dem Gärtnerhäuschen? Und dann sind Sie in unsere Zeit zurückgekehrt?«

Peter Adam nickte. »Genau.«

»Bleibt immer noch die Frage, wo Sie in den vergangenen zwei Wochen waren.«

»Franz Laurenz hat mich in seiner ehemaligen Wohnung untergebracht. Wir haben gemeinsam versucht, das Buch Dzyan zu verstehen und einen Rettungsplan zu entwickeln.«

»Hatten Sie Kontakt zu Maria?«

Die Frage schien Peter Adam zu bedrücken.

»Dreißig Jahre wollte ich nichts anderes, als sie noch einmal zu sehen. Aber als ich dann zurück war, war sie erst auf Oak Island und dann in Jerusalem. Auch wenn der Kokon in Nepal zerstört war, wussten wir, dass es noch nicht vorbei war. Laurenz bat mich, ihm bei seinem Plan mit der Arche zu helfen.« Er stockte. »Aber die Wahrheit ist, dass ich plötzlich Angst hatte, Maria zu treffen. Sehen Sie mich an. Was für ein Schock müsste das für sie sein. Ich dachte, ich warte, bis alles vorbei ist. Außerdem …«

»Was?«

Peter Adam zögerte. »Vielleicht ist es besser, wenn sie mich gar nicht mehr sieht.«

»Aber Sie sind doch extra nach Jerusalem gekommen.«

»Laurenz rief mich gestern in der Wohnung an und sagte, dass er mit Ihnen nach Jerusalem fliegen werde. Als ich hörte, dass Maria in Abu Ghosh verschwunden ist und dass Santillana das Buch Dzyan aus seinem Safe gestohlen hat, habe ich es nicht mehr ausgehalten und gerade noch die letzte Maschine bekommen. Zum Glück. Nach dem, was gestern in der Klinik passiert ist, werden Sie jetzt wohl den Flughafen schließen.«

Der Kaffee war kalt geworden. Anselmo trank ihn trotzdem.

»Der Papst ist verschwunden«, sagte er leise. »Ich verstehe nicht, was ich auf den Videos gesehen habe, aber ich fürchte, wir haben ihn verloren. Und Maria auch.«

Peter Adam schüttelte vehement den Kopf.

»Nein. Ich weiß, wo sie ist, und ich kann sie da rausholen. Deswegen bin ich hier.«

»Und wie?«, rief Anselmo resigniert. »Die Apokalypse ist doch längst in vollem Gange! Was im Krankenhaus geschehen ist, das ist der Beweis! Der Satan ist aus der Hölle aufgestiegen, und Gott hat uns verlassen! Wir werden alle sterben!«

Peter Adam berührte ihn am Arm.

»Ganz ruhig, Pater! Sie irren sich. Gott existiert. Die Gnade existiert. Ich war dort. Es gibt Hoffnung.«

Anselmo schüttelte verzweifelt den Kopf. »Ohne das Buch Dzyan werden wir es nicht aufhalten können.«

Peter Adam lächelte ihn an. »Dann ist doch alles in Ordnung.«

»Wir haben das Buch nicht! Hören Sie mir nicht zu?« Einen kurzen Moment lang dachte Anselmo, Peter Adam sei senil geworden.

»Sie brauchen das Buch nicht. Sie haben doch mich.«

Diese einfache Erkenntnis machte Anselmo sprachlos.

»Also lassen Sie uns gehen.« Peter Adam erhob sich.

»Äh … und wohin?«

»Nach Abu Ghosh, natürlich. Als Erstes müssen wir Maria und Shimon Bar-Kleophas aus der Pyramide holen.«

Anselmo hatte keine Ahnung, von was Peter Adam sprach, aber er fand, dass es sich nicht gut anhörte. Allein das Wort ›Pyramide‹ beunruhigte ihn.

»Hören Sie … Ich … Muss ich wirklich unbedingt dabei sein? Verstehen Sie mich nicht falsch, Signor Adam, nicht, dass ich kneifen will oder so, aber ich bin eher so der Backoffice-Typ, verstehen Sie? Am Computer bin ich viel nützlicher. Ich könnte …«

»Sie müssen fahren«, unterbrach ihn Peter Adam freundlich. »Ich bin seit über dreißig Jahren kein Auto mehr gefahren. Schaffen Sie das?«

Anselmo nickte ergeben. »*Va fan culo*. Na klar.«

Er erkundigte sich bei Bruder Isidor nach einem Wagen, in der Hoffnung, dass Isidor ihm bedauernd erklären würde, dass das Kloster zwar ein Auto besitze, welches aber aus Versicherungsgründen leider nur von einem Mitbruder der Abtei gefahren werden dürfe. Dem war aber nicht so. Isidor drückte ihm ohne große Umstände die Schlüssel eines Fiat Panda in die Hand, erklärte ihm, wo der Wagen stand und schärfte ihm ein, bitte keine Kratzer zu verursachen – das Auto war schon verschrammt genug! – und auf dem Rückweg zu tanken.

»Gerne«, stöhnte Anselmo und fügte sich in sein Schicksal. Um kein Risiko einzugehen, falls das Kloster überwacht wurde, verließen sie die Abtei nicht über den Haupteingang. Da es während der zweiten Intifada zu antichristlichen Ausschreitungen gekommen war, hatten die Benediktiner einen unterirdischen Verbindungsgang zu einem etwas abgelegenen Nebengebäude angelegt. Im Ernstfall ließ sich auf diese Weise wenigstens der Klosterbetrieb aufrechterhalten. Das Nebengebäude wiederum hatte einen Zugang zum Davidsgrab, das unter jüdischer Verwaltung stand und Anselmos Meinung nach nichts weiter als eine ziemliche Rumpelkammer war. Außerdem lieh sich Anselmo von Isidor eine Mönchskutte aus, um auch in dieser Hinsicht auf Nummer sicher zu gehen. Die vergangene Nacht steckte ihm immer noch in den Knochen, und er wollte kein unnötiges Risiko mehr eingehen.

Entschlossen und halbwegs zuversichtlich trat er mit Peter Adam in die Gasse vor dem Davidsgrab und orientierte sich, wo der Parkplatz war, den Isidor ihm beschrieben hatte. Nur wenige Menschen waren zu sehen. Zwei orthodoxe Männer in Kaftanen, die sie kurz musterten. Eine kleine Gruppe älterer japanischer Touristen mit Headsets für die Erklärungen ihres jüdischen Reiseleiters, die gerade umständlich Kippot aus Pappe aufsetzten, die am Eingang zum Davidsgrab verteilt wurden. Alltag in Jerusalem. Anselmo entspannte sich etwas und deutete nach links.

»Ich glaub, der Parkplatz liegt …«

Ein Schlag traf ihn von der Seite und riss ihn zu Boden. Es ging so schnell, dass er nicht einmal begriff, wo die Männer ihnen aufgelauert hatten. Er spürte nur noch, wie er hart auf dem Boden aufschlug und keine Luft bekam, weil ihm etwas die Kehle zudrückte. Er hörte Kommandos und erkannte einen Mann aus der älteren Reisegruppe. Er sah, wie zwei Frauen Peter Adam am Boden festhielten. Dann spürte er einen stechenden Schmerz im Hals.

XLIV

27. August 2013, Insel Poveglia, Lagune von Venedig

Sie standen um den Kokon herum wie stumme Beobachter eines seltsamen Theaterstücks. Drei große, schlanke Gestalten mit fließenden Bewegungen wie Seegras und Köpfen wie Reptilien. Sie schienen leicht auf der Stelle zu treten, wogten sanft hin und her wie unter einer leichten Brise und stießen dabei leise Zisch- und Klicklaute aus. Peter erkannte die Wesen, von denen das Größte fast drei Meter maß, aus Mayas Erinnerungen, die sie mit ihm geteilt hatte. Sie nannten sich *Mh'u* oder ›*Mu*‹ je nachdem, wie man ihre Zischlaute interpretierte. Maya bestand auf Mh'u, und sie musste es besser wissen. Bis auf das leise Zischen, in das sich verschiedene rasche Klicklaute mischten, war nichts zu hören. Sie bewegten sich nun nicht mehr von der Stelle. Peter spürte jedoch, dass Maya ihnen aufmerksam zuhörte.

»Ich hab mir immer gewünscht, einmal einen von ihnen zu sehen«, sagte Nikolas. »Manchmal ... bei einigen Exorzismen ... war von ihnen die Rede. Sie haben große Macht über den Dämon, aber sie zeigen sich nur selten. Wie es aussieht, Peter, haben wir die gleiche Begabung. Nur mit unterschiedlichen Vorzeichen. Ich kann die Dämonen rufen – du die Engel.«

»Und was machen wir jetzt?«, fragte Peter.

»Wir hören uns an, was sie uns zu sagen haben«, sagte Maya.

»Kannst du sie denn verstehen?«

»Ich kenne sie sogar. Der linke ist Trixie, der mittlere Foxie, der rechte Pixie.«

»Trixie, Foxie und Pixie???«

»Hey, ich war neun!«, rief Maya entschuldigend. »Und ich hatte Angst. Ich hab ihnen lustige Namen gegeben, um mich weniger vor ihnen zu fürchten.«

Der rechte Mh'u, den Maya Pixie nannte, trat auf den Kokon zu. Dann hörte Peter ihn durch Mayas Stimme sprechen.

»Du hast gerufen.«

»Wir brauchen eure Hilfe«, sagte Peter.

Die Mh'u wiegten sich sanft hin und her, zischten und klickten leise, und sprachen dann durch Maya zu ihm.

»Wir können euch nicht helfen.«

»Wieso nicht?«

»Zu spät.«

Panik ergriff Peter. »Was soll das heißen, zu spät?«

»Der Plan sieht keinen Eingriff an diesem Punkt mehr vor.«

»Na und? Dann ändert den Plan!«

»Der Plan kann nicht geändert werden.«

»Kann oder darf?«

Die Mh'u zischten und klickten.

»Sie machen da keinen Unterschied«, erklärte Maya.

Peter stöhnte und dachte angestrengt nach.

»Die Welt wird untergehen, wenn ihr nicht eingreift«, begann er wieder. »Was hat es für einen Sinn, an einem Plan festzuhalten, der gerade dabei ist zu scheitern?«

Und die Mh'u antworteten: »Der Plan ist älter als wir. Auch die Infektion ist nur ein Teil des Plans.«

»Also ist es ganz in Ordnung, wenn die Welt untergeht? Und ihr ebenfalls? Wollt ihr mir das sagen?«

Die Mh'u schwiegen. Peter befürchtete, sie verärgert zu haben, und versuchte es noch einmal anders.

»Ihr habt Maya zehn Jahre lang beschützt und euch um sie gekümmert. Was für einen Sinn hat es, in einem Zustand der Gnade zu leben und dann einfach loszulassen? Beschützt Maya weiter. Ändert den verdammten Plan!«

Sie schienen darüber nachzudenken. Ihre weichen Bewegungen gerieten aus dem Takt. Schließlich antworteten sie wieder.

»Der Plan kann nicht geändert werden.«

»Blödsinn!«, rief Peter. »*Jeder* Plan kann geändert werden.

Wisst ihr, was ich glaube? Ihr habt euch längst selbst was überlegt, aber da passen wir nicht mehr rein. Vielleicht denkt ihr, es betrifft euch nicht, wenn die Menschheit draufgeht, denn ihr kommt eh ganz gut ohne uns klar. Aber ihr irrt euch. *Ihr* werdet untergehen. Denn *ihr* seid der eigentliche Feind der *Infektion*. Wir sind nur der Wirt. Die Nahrung. Das wahre Ziel seid ihr! Und ich glaube, ihr braucht unsere Hilfe genauso wie wir eure.«

Peter hatte keine Ahnung, ob er mit seiner Vermutung richtig lag. Er wusste auch nicht, woher dieser Gedanke gekommen war. Die Idee hatte sich gerade erst einfach so in seinem Kopf festgesetzt. Einen Versuch war es immerhin wert. Und die Zeit wurde knapp. Wieder schwiegen die drei Mh'u eine Weile.

»Was schlägst du vor?«

Schon mal ein Anfang. Ja, was schlägst du eigentlich vor?

»Ich werde den Tesserakt wieder verschließen.«

»Zu riskant.«

»Was soll das heißen?«

»Wenn du scheiterst, ist alles verloren.«

»Ja, und? Ein Risiko ist immer überall dabei.«

Die Mh'u zischten und klickten einander an. Schienen sich zu beraten. Peter konnte sie schemenhaft durch die Hülle des Kokons erkennen.

Sie haben Schiss. Glaubt man das? Eine überlegene, uralte Kultur macht Pläne, die über Jahrtausende reichen, und scheut dann das Risiko.

So einfach. So menschlich. Ein Anknüpfungspunkt.

Was geöffnet wurde, kann wieder verschlossen werden.

»Hört zu ...«, unterbrach er die Beratung. »Ich biete euch was an. Einen Bund. Den ersten und einzigen Bund zwischen Mh'u und Menschen. Ich kann den Tesserakt wieder verschließen! Wie es aussieht, bin ich der Einzige, der das kann. Vielleicht kann ich uns alle retten. Die Menschheit und euch. Es gibt eine Chance. Aber okay, ein Risiko bleibt. Ich kann genauso gut scheitern. Wahrscheinlich *werde* ich sogar scheitern.

Aber ich will es doch zumindest versuchen, versteht ihr das? Also, wenn ihr nicht untergehen wollt und keine bessere Idee habt, dann ändert den verdammten Plan. Lasst uns diesen Bund schließen.«

Eine erneute Beratung unter den drei Echsenwesen folgte.

Lasst euch nur alle Zeit der Welt. Wir haben es ja nicht eilig. Wir lösen uns ja nur gerade auf.

Schließlich wandten sich die Mh'u wieder an Peter, und Maya übersetzte.

»Wir sind einverstanden.«

Unmittelbar darauf spürte Peter die Erleichterung von Nikolas und Maya.

»Eine Sache noch …«, sagte Maya zu Peters Überraschung. »Ich werde bei den Mh'u bleiben.«

»Das ist nicht dein Ernst!«, rief Peter fassungslos. Er versuchte, sich nach ihr umzuwenden, aber die Fasern verhinderten noch immer jede Bewegung.

»Nur bis alles vorbei ist«, beeilte sie sich hinzuzufügen. »Bei den Mh'u bin ich sicher. Und irgendwie … ja auch zu Hause.«

Niemand wird zurückgelassen!

»Auf keinen Fall!«, protestierte Peter wütend. »Du kommst mit uns!«

Er konnte ihr Lächeln spüren. Milde, voller Liebe und uralter Weisheit. »Papa! Ich bin kein Kind mehr!«

»Ich weiß!«, rief er verzweifelt. »Bitte, Maya! Ich verspreche, dass ich dich mit allen Mitteln beschütze.«

»Du weißt, dass ich recht habe. Da draußen *kannst* du mich nicht schützen.«

»Das stimmt«, mischte sich jetzt auch Nikolas ein.

»Nein!«, brüllte Peter. »Niemand wird zurückgelassen!«

Die drei Mh'u stießen jetzt eine schnelle Folge von Klicklauten aus. Immer wieder. Sie modulierten diese Klicks zu einem an- und abschwellenden Rhythmus und wiegten sich dazu im Takt. Wie eine Art Gesang. Jetzt erschienen auch weitere Echsenwesen aus dem Licht und bildeten einen Kreis um den Kokon herum. Sie alle stimmten in den Klickgesang mit ein. Gleichzeitig spürte Peter, wie sich der Kokon hob.

»Was passiert jetzt?«

»Sie werden den Kokon zerstören«, erklärte Maya. »Dazu bringen Sie ihn an einen sicheren Ort. Einen alten Versammlungsort der Mh'u in der Nähe von Rom. Raymond hat den Tesserakt bereits nach Rom geschafft, sagen sie. Ihr müsst euch beeilen. Viel Glück, Papa.«

Peter wollte noch etwas sagen. Irgendetwas. Abschiedsworte. Dass er sie liebe. Dass er sie holen würde, wenn alles vorbei sei. Aber dazu kam er nicht mehr. Die Klicklaute der Mh'u bildeten jetzt ein hämmerndes Stakkato, das in den Ohren schmerzte. Der Kokon hob sich noch ein Stück – und stürzte dann mit ihnen in die Tiefe.

XLV

23. Juli 2011, Nakashima-Building, Jerusalem

Das Erste, was er erkannte, als die Dunkelheit aufriss und die Welt wieder Konturen annahm, war das Gesicht von Amal. Es pendelte einfach vor ihm in der Luft, körper- und schwerelos.

»Kannst du mich hören, Bruder?«, fragte Amals Gesicht.

Anselmo versuchte zu sprechen, bekam aber kein Wort heraus. Sein Kopf schmerzte, ihm war übel, und er musste pissen.

Allmählich hörte Amals Gesicht auf zu pendeln, und Anselmo sah, dass der Freund vor ihm auf einem Stuhl saß, mit Kabelbindern an den Armlehnen fixiert. Im gleichen Moment merkte Anselmo, dass er ebenfalls an Armen und Beinen auf diese Weise gefesselt war.

»Es tut mir leid. Ich wollte dich nicht verraten, musst du mir glauben. Aber sie haben mir so ein Zeug gespritzt.«

Kein Problem, wollte Anselmo reflexhaft antworten, der es hasste, wenn Leute sich bei ihm für irgendwas entschuldigten. Aber erstens brachte er immer noch kein Wort heraus, und zweitens fand er, dass ›Kein Problem‹ doch etwas zu voreilig war. Neben ihm stöhnte Peter Adam, auch er war auf die gleiche Weise gefesselt. Sie saßen sich an einem stabilen Metalltisch gegenüber, wie zu einer Besprechung. Ein kleiner Raum mit nur einer einzigen Tür. Grün getünchte, kahle Wände bis auf ein Poster des Fujiyama an einer Seite. Anselmo wandte sich an Peter Adam.

»Wie geht es Ihnen?«

»Beschissen. Wo sind wir?«

Anselmo wandte den Kopf zu dem Fujiyamaposter um. »Tja …«

Die Antwort erübrigte sich, als Yoko Tanaka in Begleitung von zwei japanischen Securityleuten eintrat. Ihr Gesicht verriet keinerlei Regung. Sie schien sich nur für Peter Adam zu interessieren.

»Ich freue mich, Sie wiederzusehen, Mr. Adam.«

»Miss Tanaka«, sagte Peter Adam mühsam. »Ich müsste lügen, wenn ich im Augenblick das Gleiche von mir sagen sollte.«

Yoko Tanaka knipste allen dreien mit einer kleinen Kneifzange die Kabelbinder auf. »Tut mir leid«, sagte sie fast unhörbar, als sie zu Anselmo kam.

»Kein Problem«, entfuhr es Anselmo, und im nächsten Moment hätte er sich am liebsten mit der flachen Hand vor die Stirn geschlagen.

»Wenn Sie mir dann bitte folgen würden, meine Herren.«

Anselmo erkannte die Gänge sofort wieder. Keine zwei Wochen war es her. Yoko Tanaka führte sie in einen Konferenzraum auf der Galerie oberhalb des Kontrollzentrums mit der Monitorwand. Satoshi Nakashima erwartete sie bereits am Kopfende des Konferenztisches. Er verbeugte sich und deutete auf die freien Stühle.

»Meine Herren!«

Zögernd verteilten sich Anselmo, Amal und Peter Adam am Tisch, nicht zu nah bei Nakashima. Yoko Tanaka setzte sich an die andere Seite des Tisches.

»Bitte entschuldigen Sie die rohe Behandlung«, begann Nakashima, »aber ich versichere Ihnen, dass ich nicht vorhabe, Ihnen irgendwelchen Schaden zuzufügen. Da ich jedoch annehmen musste, dass Sie meine Einladung ausschlagen würden, blieb mir keine andere Wahl. Ich brauche Sie, meine Herren. Sie alle drei. Und ich denke, Sie brauchen mich ebenfalls.«

Nakashima sah sie der Reihe nach an. Anselmo konnte Amals Nervosität neben sich spüren. Er wunderte sich nur, wie ruhig er selbst blieb.

Nakashima wandte sich an Peter Adam. »Sie haben sich verändert, mein Freund. Wie geht es Ihrer bionischen Hand? Funktioniert sie noch? Nach wie vielen Jahren?«

»Etwas über dreißig«, sagte Peter Adam. »Ich kann nicht klagen. Warum sind wir hier?«

»Weil wir nicht mehr viel Zeit haben.«

Er nahm eine Fernbedienung vom Tisch und richtete sie auf einen Monitor an der Wand. Anselmo erschrak, als er die Bilder der Überwachungskamera der Intensivstation sah. Die Bilder zeigten, wie Laurenz sich Raymond einverleibte und den Raum dann verließ.

»Franz Laurenz hat die Seiten gewechselt«, erklärte Nakashima sachlich. »Vermutlich schon vor langer Zeit. Er hat auch das Buch Dzyan.«

»Das hat Santillana!«, rief Anselmo.

Nakashima sah ihn ruhig an. »Wir wissen doch beide, dass das nicht stimmt.« Er wandte sich an Peter. »Sie, Mr. Adam, sind der Einzige, der weiß, was in dem Buch steht.«

Peter Adam starrte auf den Monitor, rang um Fassung. Schien nachzudenken. Dann wandte er sich wieder an Nakashima.

»Nicht ohne Maria.«

»Das hat im Augenblick keine Priorität«, widersprach Nakashima. »Uns läuft die Zeit davon. Lassen Sie uns eine Arche bauen, Mr. Adam, bevor es zu spät ist.«

Peter Adam dachte wieder nach, schien eine Entscheidung zu treffen.

»Ich erwarte eine Gegenleistung, Mr. Nakashima.«

»Und zwar?«

»Pater Anselmo und sein Freund hier kommen frei. Maria wird befreit. Und es wird keine wie auch immer geartete Selektion geben. Wir werden versuchen, so viele Menschen wie möglich zu retten. Ohne Unterschied.«

Nakashima sah kurz zu Yoko Tanaka hinüber, die das Gespräch regungslos, aber sichtlich angespannt verfolgte, und blickte dann wieder Peter Adam an.

»Gut.« Er wandte sich an Anselmo und Amal. »Sie können jederzeit gehen. Dennoch *bitte* ich Sie, uns zu helfen. Ihre

Fähigkeiten, Bruder Anselmo, wären unschätzbar. Und auch für einen aufgeweckten jungen Computerexperten wie Sie, Mr. Chalid, hätten wir Verwendung. Bedenken Sie, dass Sie im Augenblick hier drin sicherer sind als auf den Straßen Jerusalems.«

Das sah Anselmo ganz genauso. Er nickte.

»Meine Familie«, sagte Amal. »Was wird aus meiner Familie?«

»Machen Sie eine Namensliste«, sagte Nakashima. »Ihre Familie wird dann an einen sicheren Ort gebracht.«

Amal strahlte. »Cool!«

Nakashima wandte sich wieder an Peter Adam. »Also?«

»Wir sind nicht das eigentliche Ziel des Angriffs«, begann der alte Mann, »sondern die Mh'u. Wir sind nur der Wirt des Bösen.« Er beschrieb, wo er in den letzten dreißig Jahren seines Lebens gewesen war. Fassungslos und staunend hörte Anselmo zu, wie Peter Adam über ein fremdartiges Volk aus echsenartigen Wesen sprach, die vor Millionen von Jahren auf einem Mikrokontinent im Pazifik gelebt und einen Plan gegen die Infektion des Bösen entwickelt hatten. Einen nahezu perfekten Plan, der bis in die Gegenwart reichte. Jene Wesen, die erste intelligente Lebensform auf der Erde, hatten mehr über den Zusammenhang von Raum und Zeit verstanden als die gegenwärtige Physik. Sie hatten mehr über das Wesen des Bösen verstanden als jede Religion der Welt. Sie hatten die blauen Amulette geschaffen, um das Böse in seinen Nestern im Erdmantel zu versiegeln und seine Auswirkung auf das menschliche Genom zu begrenzen. Und sie hatten ein *Gefäß* geschaffen, den Tesserakt, wie Peter Adam ihn nannte, in dem die Kernsubstanz des Bösen eingeschlossen war.

»Dieser Tesserakt ist offensichtlich geöffnet worden«, erklärte Peter Adam. »Die Infektion wird sich nun sehr schnell ausbreiten.«

»Wer hat den Tesserakt geöffnet?«, fragte Yoko Tanaka.

Peter Adam seufzte. »Ich. Aber ein anderes Ich. Dazu komme ich später.«

Er berichtete weiter über die Mh'u, die sich nach Vollendung des Plans aus der Welt zurückgezogen hatten und fortan in einem anderen Raum-Zeit-Kontinuum lebten. Peter Adam nannte es einen Zustand der Gnade. Eine unendlich verlangsamte Welt, in der er nach der Explosion in Seths Zentrale in Nepal die letzten dreißig Jahre mit seinem Bruder verbracht hatte, und die er nur durch den Mord an seinem Bruder wieder verlassen konnte.

»Es ist sehr kompliziert. Vielleicht könnte ein theoretischer Physiker es Ihnen erklären, aber ich fürchte, die Wahrheit übersteigt unsere Vorstellung und unser Wissen über die Gesctze von Raum und Zeit. Wie auch immer, wenn die Amulette durch kohärentes blaues Licht von vierhundertzwanzig Nanometern Wellenlänge aktiviert werden, bilden sie ein Tor in diese Welt. Aber das ist nicht alles. Denn es gibt noch eine weitere Welt. Eine Art Schutzraum, den die Mh'u in die Zeit gefräst haben. Eine parallele Erde. Eine Zwillingswelt. Sie, ich, wir alle existieren dort – allerdings mit geringfügigen Unterschieden.«

Er machte eine Pause und sah der Reihe nach alle an.

»Wow!«, platzte Anselmo heraus. »Sie meinen ... also, wie im Film?«.

»Wozu?«, fragte Yoko Tanaka sachlich.

»Es ist ein Trick«, erklärte Peter Adam. »Offenbar kann das Böse nur in einer der beiden Welten aktiv werden. Die andere ist unsere Arche. Laurenz wusste das. Es können beide Welten nur zusammen existieren. Wenn die eine untergeht, stirbt auch die andere.«

»Dann ist es keine Arche!«, wandte Anselmo aufgebracht ein.

»Doch«, widersprach Peter Adam. »Wenn hier nur *ein* Paar überlebt, überlebt auf der anderen Seite die ganze Welt.«

»Und woher wissen Sie das alles?«, fragte Yoko Tanaka misstrauisch.

»Nikolas und ich haben das Buch Dzyan übersetzt. Es hat über die Jahrtausende immer Menschen gegeben, die Kontakt zu den Mh'u und den Amuletten hatten und ihre Erlebnisse weitergaben. Schamanen, Seher, Mystiker, Alchemisten. Die Amulette selbst sind eine Art Datenspeicher, der von Menschen mit einer bestimmten Gabe ausgelesen werden kann. Dazu sind Gebete nötig.«

»Gebete?«, entfuhr es Anselmo.

»Ja, Pater. Sie glauben ja gar nicht, was für eine Wirkung Gebete tatsächlich haben.«

»Na ja«, wandte Yoko Tanaka ein. »Eine Forschungsgruppe der Princeton University hat in den neunziger Jahren zwar die Fernwirkung von Meditation und Gebeten mit naturwissenschaftlichen Methoden untersucht – die Ergebnisse legen sogar nahe, dass gemeinschaftliche Meditation einen positiven Effekt auf die Objekte der Aufmerksamkeit hat –, aber das ist immer noch äußerst spekulativ und methodisch angreifbar.«

»Gebete *können* heilen«, erklärte Peter Adam entschieden. »Es sind Signale, die umso stärker sind, je mehr Menschen zusammen beten. Genau so funktioniert auch die Infektion des Bösen. Es ist kein simples Virus, das sich ausbreitet, sondern ein *Signal*. Das Virus ist bereits ein uralter, schlafender Bestandteil unserer DNA, das durch ein starkes Signal aktiviert wird. Dieses Signal wurde durch das Öffnen des Tesserakts gegeben.«

»Aber das Böse existierte schon immer!«, wandte Anselmo ein. »Nicht erst seit der Öffnung des Tesserakts.«

»Ja«, sagte Peter Adam. »Das Böse hat den Menschen von Anfang an schleichend vergiftet. Aber nun ist es vollständig erwacht, und es wird schlimmer kommen, als wir es uns je vorstellen konnten.«

»Wie verbreitet es sich?«, wollte Yoko Tanaka wissen.

»Ich habe keine Ahnung. Ich stelle mir so etwas Ähnliches wie ein morphogenetisches Feld vor, das Raum und Zeit durchtränkt. Erst wenn der Tesserakt wieder verschlossen ist, erstirbt auch das Signal.«

»Das heißt, wir müssen nur den Tesserakt verschließen?«, hakte Nakashima nach.

Peter Adam nickte. »Klingt simpel, nicht wahr?«

»Wo ist der Haken?«

»Der Hyperwürfel befindet sich nicht in unserer Zeit, sondern in unserer Zwillingswelt. Dort wurde er wahrscheinlich von mir – das heißt, dem Peter Adam jener Zeit – geöffnet.«

»Was macht Sie da so sicher?«

»Nur ich kann den Tesserakt öffnen. Die Mh'u haben es so eingerichtet. Ich bin eine Art Sicherheitsschloss. Es hängt mit meinem Genom zusammen.«

»Beziehungsweise dem Ihres Bruders.«

»Im Prinzip ja. Aber offenbar gibt es da noch eine andere Variable. Jedenfalls – ich bin der Einzige, der den Tesserakt wieder verschließen kann.«

»Warum lässt sich der Tesserakt überhaupt öffnen?«, schaltete sich jetzt auch Anselmo wieder ein.

»Die Mh'u wussten, dass sie eines fernen Tages eine Entscheidung herbeiführen mussten, um das Böse für alle Zeiten aus der Welt auszumerzen.«

»Riskant.«

»Sie sagen es. Und dabei hassen Mh'u nichts mehr als Risiken. Sie sind sehr vorsichtige und umsichtige Wesen. Sie planen gerne.«

Peter Adam bekam einen versonnenen Blick, als erinnere er sich an die Schrullen alter Freunde zurück. Er schmunzelte sogar ein bisschen. Anselmo fragte sich wieder, ob er in den vielen einsamen Jahren in seinem erstarrten Limbus nicht doch womöglich einfach verrückt geworden war. Und ob das, was er ihm vorhin über die Existenz Gottes gesagt hatte, nicht bloß ein Symptom einer geistigen Umnachtung war.

Peter Adam lehnte sich zurück. »Ich weiß, das klingt alles unverständlich und krude. Haben Sie Fragen?«

»Und diese Zwillingswelt, von der Sie sprechen, ist nicht betroffen?«, fragte Yoko Tanaka.

»Nur, wenn wir in *dieser* Welt aussterben.«

»Können wir in diese ... Zwillingswelt reisen?«, fragte Anselmo.

»Nein«, seufzte Peter Adam. »Soviel ich weiß, ist das nicht möglich. Nur Seth kann zwischen den Welten wechseln. Sehen Sie ... ich war nie gläubig. Ich war überzeugter Atheist. Der Katholizismus, mit dem ich aufgewachsen bin, hat mich schon als Jugendlicher abgestoßen. Adam und Eva, der Sündenfall, Engel, Dämonen, Himmel, Hölle, die Vertreibung Luzifers aus dem Reich Gottes, Erlösung, Vergebung, Gnade – ich habe das alles im besten Fall für eine neuronale Fehlfunktion gehalten. Aber in den vielen Jahren bei den Mh'u ist Nikolas und mir klar geworden, dass alle Religionen und Kulte schon immer einen Teil der Wahrheit erkannt haben. Der Satan existiert, genauso wie Gott existiert.«

Er sah jetzt Anselmo an. »Halten Sie mich für verrückt?«

Anselmo fühlte sich ertappt.

»Ach«, murmelte er.

»Gott existiert«, wiederholte Peter Adam fest. »Offenbar gab es zur Blütezeit der Mh'u eine Infektion auf ihrem Kontinent. Dieser erste Angriff des Bösen konnte zwar abgewehrt werden, aber einige Mh'u hatte es erwischt. Sie versuchten, ihre eigene Welt zu zerstören. Die Mh'u töteten nicht, aber sie verbannten die Infizierten aus ihrer Gemeinschaft. Der Löwenmann war einst ein Mh'u. Er lebt immer noch unter ihnen, ist jedoch seitdem von ihrer gemeinsamen Gedankenwelt isoliert. Aber er kann immer noch nach Belieben zwischen den Welten hin und her wechseln. Man muss sich die Wirkung der Infektion auf die Mh'u wie eine Verführung vorstellen. Der Löwenmann war nun in der Lage, direkten Kontakt zu Menschen aufzunehmen, sich mit ihnen zu verbinden und sie zu manipulieren. Etwas, das dem Ethos der Mh'u zutiefst widerspricht. Sie mischen sich nicht gerne ein. Der Löwenmann dagegen schon. Er hatte plötzlich Macht. Und er wollte mehr davon.«

»Sie meinen«, unterbrach ihn Anselmo, »dieser blonde Junge ist nur eine Manifestation des Löwenmannes?«

»Genau wie Edward Kelly und viele andere vor ihm. Der Löwenmann ist der, den die Kirche Luzifer nennt. Der gefallene Engel.«

»So kommen wir nicht weiter!«, rief Nakashima gereizt dazwischen. »Vielmehr haben wir es doch mit einer handfesten Lebensform zu tun. Einem Virus, wie Sie selbst sagen. Selbst die Mh'u sind reale Geschöpfe und keine Engel. Es mag kompliziert und unfassbar sein, aber nur weil es unseren Wissenshorizont übersteigt, ist es noch lange nicht göttlich.«

Peter Adam schüttelte leicht den Kopf. »Sie irren. Bei den Mh'u habe ich die Anwesenheit von etwas gespürt. Etwas, das voller Liebe ist. Und genau dagegen richtet sich das Böse.«

Anselmo bemerkte Nakashimas Ungeduld.

»Ihr Bericht ist hochinteressant, Mr. Adam, aber ich bin ein pragmatisch denkender Mensch, ich suche praktische Lösungen für konkrete Probleme. Also frage ich Sie: Gibt es Mittel gegen die Infektion?«

Peter Adam schüttelte den Kopf. »Wie ich schon sagte: Mein anderes Ich muss den Tesserakt verschließen. Sie können die Infektion nicht aufhalten, nur hinauszögern und für eine Weile eindämmen. Mehr als einen Aufschub erreichen Sie damit jedoch nicht.«

»Das werden wir sehen. Was müssen wir tun?«

Peter Adam antwortete nicht gleich. Er wandte sich zunächst an Yoko Tanaka.

»Was ist Ihr Kenntnisstand?«

Die Japanerin straffte sich etwas. »Nur das, was wir durch Ihre Tätowierung herausgefunden haben. Demnach haben wir es tatsächlich mit einem sehr alten Virus zu tun, das in unterschiedlichen Varianten in der DNA von über neunundneunzig Prozent aller Menschen vorkommt. Die wenigen Ausnahmen sind wahrscheinlich zufällige Mutationen. Das Virus hat eine gewisse Ähnlichkeit mit den Adenoviren. Das sind weit verbreitete große DNA-Viren, die vor allem im Hals-Nasen-Raum vorkommen und beim Menschen normalerweise Erkältungskrankheiten auslösen können. Das Virus verteilt sich auf die stummen Zwischenstücke in unserem Genom, die scheinbar keine Erbinformation tragen, und ist daher nie aufgefallen. Wir haben es am Computer simuliert und dann in unserem Labor nachgezüchtet.«

»So was können Sie?«

»Wir haben auch einige Tests mit den Proben gemacht.«

»Und?«

»Es reagiert auf energiereiches blaues Licht von vierhundertzwanzig Nanometern.«

»Auf welche Weise?«

»Schwer zu sagen. Aber es verändert sich irgendwie. Jede Variante des Virus ist anders.«

»Was schließen Sie daraus, Dr. Tanaka?«

Die Japanerin holte Luft. »Das blaue Licht scheint wie ein Schalter zu wirken. Es aktiviert das Virus.«

Peter Adam nickte. »Das blaue Licht macht die Bombe gewissermaßen scharf. Die eigentliche Zündung erfolgt durch das Signal aus dem Tesserakt.«

»Theoretisch ließe sich diese Aktivierung sogar selektiv auf gezielte Populationen eingrenzen«, fuhr Yoko Tanaka fort. »Wir haben Berechnungen angestellt, dass man …«

»Ich glaube, das würde jetzt zu weit führen, Dr. Tanaka«, schnitt Nakashima ihr das Wort ab. »Was schlagen Sie vor, Mr. Adam?«

Peter Adam ignorierte ihn und sah Yoko Tanaka an. »Was wollten Sie gerade sagen, Dr. Tanaka?«

Die Japanerin zögerte und senkte den Kopf. »Ich ... wollte sagen, dass nach unseren Berechnungen die ›Träger des Lichts‹ Satelliten bräuchten, um die Erdoberfläche gezielt mit blauem Licht zu bestrahlen.«

»Ganz genau. Über wie viele Satelliten verfügen Sie, Mr. Nakashima?«

»Wenn es sein muss, über alle, die es überhaupt gibt. Die ISS haben wir ja leider verloren.«

Peter Adam schüttelte den Kopf. »Zählen Sie mal oben nach. Ich bin sicher, dass Sie ein paar übersehen haben.«

»Dann werden wir diese Satelliten zerstören.«

Peter Adam schüttelte den Kopf. »Viel Glück.«

Anselmo sah Amal an, der die ganze Zeit mit riesigen Augen zugehört hatte, und wusste, was dieser dachte.

»Satelliten müssen von einer Bodenstation kontrolliert werden«, sagte Anselmo in die Runde. »Wenn wir die Server finden, könnten wir versuchen, uns da reinzuhacken und die Satelliten abzuschalten.«

Amal nickte heftig und rieb sich dabei die Hände, als könne er es gar nicht erwarten, damit anzufangen.

Nakashima nickte ihm zu. »Dr. Tanaka, Pater Anselmo und Mr. Chalid kriegen, was immer sie benötigen.« Dann wandte er sich wieder an Peter Adam.

»Was ist mit den Amuletten? Könnten die uns irgendwie helfen? Sie haben doch mit Laurenz gesprochen. Was war sein Plan? Was meinte er mit seiner Arche?«

»Ich bin mir nicht ganz sicher«, sagte Peter Adam zögernd. »Es gab da einen sehr alten Text ...« Er schloss die Augen, dachte nach, versuchte offenbar, sich zu erinnern.

»Mr. Adam?«

Peter Adam sah Nakashima wieder an. »Wir müssen die ›Reinen Orte‹ finden. Die ›Reinen Orte‹ sind die Arche.«

Und zum ersten Mal zeigte sich so etwas wie die Andeutung eines Lächelns bei Nakashima.

XLVI

27. August 2013, Cerveteri, Italien

Erst kam der Druck. Unerträglicher Druck. Wie eine Riesenfaust, die ihn zerquetschte und die Atome seines Körpers und auch jeden Gedanken und alles, was er gewesen war, zu einem winzigen Körnchen zusammenpresste. Peter spürte keinen Schmerz, nur eine entsetzliche Furcht, wie vor der Begegnung mit etwas, das für immer alles verändern würde. Kein Licht am Ende des Tunnels, kein alles durchdringender Friede, keine Engel, kein Gott. Nur Furcht, Dunkelheit, Leere. Für einen Augenblick. Dann ein harter Schlag wie nach einem tiefen Fall. Peter bekam nicht mit, wie die Hülle des Kokons aufplatzte und seinen Körper endlich freigab. Er hatte nur das Gefühl, in allerkleinste Stücke zerrissen zu werden, zu zersplittern wie dünnes Glas unter einem Hammer. Im nächsten Augenblick nahm er das Wasser wahr, das in die aufgeplatzte Hülle eindrang, und begann reflexhaft mit Armen und Beinen zu strampeln, durch die Dunkelheit nach oben – wo auch immer das war. Erst als er die Oberfläche des Wassers durchstieß und stöhnend Luft holte, spürte er, dass er tatsächlich lebte.

Orientierungslos in der Dunkelheit und in größter Angst, von irgendeiner Kraft zurück in die Tiefe gezogen zu werden, planschte er wie ein Ertrinkender im Wasser herum und versuchte zu schwimmen. Er schluckte Wasser. Es schmeckte brackig und faulig, aber gleichzeitig erfüllte ihn der eklige Geschmack mit der Gewissheit, zurück in einer vertrauten Welt zu sein. Einer Welt, in der er fühlte, schmeckte, roch, sah und hörte, in der er so empfand, wie er es sein Leben lang getan hatte. Keuchend planschte er weiter, bis er gegen etwas Hartes stieß. Seine Hände ertasteten rauen Stein, der sich vor ihm aus dem Wasser erhob, und dann – eine Kante! Eine Kante, an der man sich hochziehen konnte. Ihm reichte tatsächlich eine einfache Kante, um für den Moment glücklich zu sein.

Zitternd zog er sich hinauf, rutschte ab, glitt zurück ins Wasser und versuchte es erneut. Bis er es schließlich schaffte, sich einen kleinen, steinernen Sims hinaufzuziehen, wo er kraftlos liegenblieb.

Nach einer Weile merkte er, dass er nicht alleine war. Irgendwo neben ihm zog sich Nikolas aus dem Wasser, ebenfalls keuchend und Wasser hustend.

»Niko?«

»Ja.«

»Wo sind wir?«

»Keine Ahnung.«

Seine Augen, geblendet von der Helligkeit des Kokons zuvor, gewöhnten sich nur langsam um. Aber je mehr sich Peter beruhigte, desto mehr nahm er nach und nach Konturen seiner Umgebung wahr. Eine Wand vor ihm, der Sims auf dem sie lagen, die Oberfläche des Wassers, in der sich Restlicht von irgendwoher spiegelte und erkennen ließ, dass sie sich in einer großen rechteckigen Kammer mit einer flachen Steindecke befanden. Der Boden der Kammer war vollständig von Wasser bedeckt.

»Links von dir!«, keuchte Nikolas.

Als Peter sich umwandte, entdeckte er in der Steindecke einen kleinen Spalt, durch den etwas Licht sickerte. Er nahm auch einen schwachen Luftzug wahr. Peter richtete sich auf dem Sims auf, trat unter den Spalt, atmete die frische Luft ein, die nach Wildkräutern roch, und sah Sterne.

»Zu hoch«, sagte er zu Nikolas. »Kommt man nicht dran.«

Sein Bruder entdeckte schließlich einen schmalen Torbogen auf der anderen Seite der Kammer, dicht über der Wasseroberfläche. Einen anderen Ausgang gab es nicht. Peter musste sich überwinden, wieder ins Wasser zu steigen, sich den Sims entlangzuhangeln und unter dem Türsturz durchzuschwimmen.

Doch als sie auf der anderen Seite wieder auftauchten, entdeckten sie eine steinerne Treppe, die aus dem Wasser hinauf zu einem trapezförmigen Ausgang führte, der mit zwei Holzbalken kreuzweise versperrt war. Mondlicht flutete in die Kammer. Als sie sich an den Balken vorbei ins Freie gequetscht hatten, sahen sie, dass sie sich auf einem offenen Gelände mit verstreuten, gedrungenen Erdhügeln befanden, die Peter an Hobbitbehausungen erinnerten. Alte Pinien ragten ringsherum in den Nachthimmel. Trampelpfade führten um die Hügel herum, in denen Peter im Mondlicht nun Hügelgräber erkannte, da sie kreisrund und sehr akkurat aus grobem Stein gemauert waren. Jedes dieser Gräber hatte eine runde Kappe aus Erde, bewachsen mit Büschen und Wildblumen, und einen schmalen, trapezförmigen Eingang. Als Peter sich zu dem Ausgang umdrehte, aus dem sie gekommen waren, sah er, dass der Türsturz als Einziger mit einem Triskelenrelief verziert war. Ein altes Symbol, das ihm irgendwie bekannt vorkam und ihm etwas zuzuraunen schien.

Die Nachtluft war sommerlich mild, dennoch zitterten Peter und Nikolas in ihrer Nacktheit.

»Eine Ahnung, wo wir hier sind?«

Überraschenderweise nickte Nikolas. »Der Ort heißt Cerveteri. Nicht weit von Rom. Das hier ist eine etruskische Nekropole, fast dreitausend Jahre alt.«

»Wie es aussieht, vielleicht sogar noch älter, wenn es wirklich ein alter Versammlungsort der Mh'u war.«

Nikolas nickte und rieb sich warm. »Die Etrusker sind ein geheimnisvolles Volk. Man weiß immer noch sehr wenig über sie. Vermutlich sind sie vor über dreitausend Jahren aus Kleinasien nach Italien eingewandert. Ihre Kultur weist große Parallelen zum antiken Griechenland auf. Aber es gibt auch Hinweise auf Ursprünge in Indien und Nepal.«

»Nepal?«

»In der etruskischen Mythologie gibt es einen Kulturheros, der den Etruskern die Schrift und ihre Religion gebracht hat.

Sein Name ist Tages. Als ein Bauer einmal eine zu tiefe Ackerfurche pflügte, stieg er der Legende nach aus dem Erdreich hinauf. Die Geschichte weist erstaunliche Ähnlichkeiten zu einem indischen Kulturbringer namens Agastya auf, der in vedischen Schriften und im Ramayana beschrieben wird. Den Legenden nach gehörte er einem Volk mythischer Wesen an, den heiligen Rishis, die etwa 5000 v. Chr. gelebt haben sollen. Agastya befreite die Menschen von den Asuras, mythischen Dämonen, und begann dann, die Menschen zu unterweisen. Angeblich starben Agastya und die übrigen Rishis keinen physischen Tod, sondern zogen sich zu Beginn des ›Eisernen Zeitalters‹, also dem, in dem die Menschheit heute lebt, an die sogenannten ›Reinen Orte‹ zurück. Orte der vollkommenen Erleuchtung und des ewigen Lebens, die von dem ewigen Kreislauf der Wiedergeburt ausgenommen sind. Im Himalaja soll es ein abgeschiedenes Tal geben, an dem Menschen in vollkommener Harmonie leben. Angeblich wartet Agastya mit den anderen Rishis dort auf das Ende des Eisernen Zeitalters, um den Menschen in der bevorstehenden Endzeit zu helfen, in ein neues Goldenes Zeitalter überzugehen. Klingelt da was bei dir?«

Peter nickte. »Die Mh'u. Und das lernt man alles, wenn man als Inquisitor Dämonen jagt?«

»Ich habe mich mit vielen Mythen beschäftigt. Unter anderem eben mit dieser Parallele zwischen vedischer und etruskischer Kultur. Aber erst nach unserer Begegnung mit den Mh'u habe ich verstanden, dass man diese Mythen wahrscheinlich wörtlich nehmen muss.«

Einen Moment standen sie einfach nur da, rieben sich warm, bis das Zittern endlich nachließ, und sahen sich an. Zwillingsbrüder, die älter aussahen, als sie wirklich waren.

»Wir müssen nach Rom«, sagte Peter schließlich.

»Wir brauchen was zum Anziehen«, erwiderte Nikolas. »Nackt werden wir nicht weit kommen.«

Sie suchten einen Weg zur nächsten Straße. Nicht einfach,

denn die verstreuten und von Bäumen und Gebüsch umwucherten *Tumuli* bildeten im Dunkeln ein Labyrinth, in dem sich Peter und Nikolas nur anhand des Mondes orientieren konnten. Sie versuchten, den kleinen verschlungenen Trampelpfaden zu folgen, die aber oft einfach in dichtem Gebüsch endeten. Schließlich stießen sie auf ein WC-Häuschen mit einem Souvenirkiosk. Dahinter lag ein Parkplatz. Auf dem Parkplatz stand ein Volkswagen mit eingeschalteter Innenraumbeleuchtung und einem Mann am Steuer.

Peter und Nikolas wagten sich zunächst nicht näher, aus Furcht, dass der Mann zu den ›Trägern des Lichts‹ gehören könnte. Sie kauerten sich vor das Toilettenhäuschen und warteten ab, ob sich noch jemand anderes in der Nähe befand. Der Mann am Steuer starrte jedoch nur in die andere Richtung, hin zum fernen Lichtdunst von Cerveteri, und bewegte sich nicht.

»Der ist allein«, sagte Peter, zitternd vor Kälte. »Ich glaub nicht, dass er eine Gefahr ist.«

»Der parkt doch nicht bloß zufällig da!«, zischte Nikolas. »Und selbst wenn – sobald er zwei nackte Männer aus dem Dunkeln vor seinem Wagen auftauchen sieht, was glaubst du, wird er tun? Fragen, ob er uns helfen kann? Oder willst du ihn aus dem Wagen zerren und sein Auto klauen?«

Peter sagte nichts. Sie warteten noch einige Minuten, aber der Mann rührte sich immer noch nicht in seinem Wagen. Schließlich wurde es Peter zu bunt.

»Warte hier«, flüsterte er und stand auf. »Falls es ein Problem gibt, versuche ich, ihn irgendwie abzulenken, und du schlägst dann von hinten zu.«

»Das ist total bescheuert!« Nikolas wollte ihn zurückhalten, doch Peter schüttelte seine Hand ab und trat von hinten auf den Wagen zu. Durch die Innenraumbeleuchtung war der Mann gut zu erkennen und bemerkte Peter nicht, selbst als er fast direkt neben der Beifahrertür stand. Peter schätzte ihn auf um die fünfzig. Stiernacken, kahler Schädel, massige Gestalt in einem dunklen Polohemd, unter dem sich dicke Muskelpakete abzeichneten. Er hielt eine krakelige Kinderzeichnung in der Hand, mehr konnte Peter nicht erkennen. Als er sich gerade bemerkbar machen wollte, griff der Mann ins Handschuhfach, und Peter erkannte zwei Dinge gleichzeitig. Das Erste war die Waffe, die der Mann hervorzog und sich mit einer entschlossenen Bewegung in den Mund steckte. Das Zweite war die Triskelen-Tätowierung auf seinem Unterarm. In diesem Augenblick ahnte Peter, wer der Mann war. Ohne zu zögern riss er die Beifahrertür auf und setzte sich neben ihn. Der Mann wirbelte herum und richtete die Waffe sofort auf den nackten Eindringling auf dem Beifahrersitz.

»Warum auch immer Sie sich umbringen wollen – tun Sie's nicht«, sagte Peter auf Deutsch. »Wir brauchen nämlich Ihre Hilfe, Herr Bühler.«

Kapitel 10

DIE REINEN ORTE

XLVII

27. August 2013, Cerveteri, Italien

Urs Bühler hatte die Schnauze voll. Von seinem Leben und dem Dreck, den er jahrelang hatte ertragen müssen. Von dem Anblick der Schusswunden, verbrannter Kinderleichen und zerfetzter Gliedmaßen. Von dem Geschmack von Blut und der Agonie sterbender Männer. Er hatte die Schnauze voll vom Töten. Er erinnerte sich an jeden einzelnen der fünf Menschen, die er getötet hatte, darunter ein zwölfjähriger Junge, der im Grenzgebiet des Kongo mit einer Kalaschnikow auf ihn gezielt hatte. Urs Bühler hatte den Tod so kühl zu sich kommen sehen wie zu anderen, und es widerte ihn an. Er hatte die Schnauze voll von der Hitze, dem Staub, der Langeweile, den angewiderten Blicken der Klienten, dem Dosenfraß, schlechtem Wasser und lauwarmem Bier. Er hatte die Schnauze voll von den Nutten in Srebrenica, Lahore, Kandahar, Darfur und Mogadischu, von den Baracken voller Männerschweiß, dem Zynismus seiner Kameraden – und seinem eigenen.

Wenn Urs Bühler auf sein Leben zurückblickte, sah er nur Dreck und Fehlentscheidungen. Ausbildung bei der Zürcher Kantonspolizei, mit vierundzwanzig zur Fremdenlegion, nach zehn Jahren zu *ACADEMI* gewechselt, dem weltweit größten privaten militärischen Sicherheitsdienst, zweimal verwundet, nach verschiedenen Missionen schließlich als Berater zu *Lightsword* gewechselt, einem weiteren Sicherheitsdienst. Und doch immer der Mann fürs Grobe geblieben, immer ganz vorne dabei. Er hatte Ölfelder im Sudan bewacht, Diamantentransporte durch Uganda begleitet, Lösegelder in Afghanistan überbracht und Frachtschiffe vor somalischen Piraten beschützt. Er war von Klienten in Zweitausenddollaranzügen, pakistanischen Ölarbeitern, malaysischen Analphabeten und österreichischen Blauhelmen verachtet worden – oder schlimmer noch: bewundert. Er war herumgekommen in der Welt, ohne jedoch mehr als Dreck gesehen zu haben. Er war das geworden, was man in der Heimat einen ›harten Hund‹ nannte. Also Dreck, und Urs Bühler hatte die Schnauze voll davon, Dreck zu sein, niemals irgendwo zu Hause und seit dreißig Jahren auf keinen anständigen Berg mehr geklettert zu sein. Er hatte die Schnauze voll von den Albträumen und den Schuldgefühlen. Vor allem dem Gefühl, sich nie richtig um seine kleine Schwester Leonie gekümmert zu haben, die ihn dennoch immer ›meine Sonne‹ genannt hatte, auch wenn er sie nur an ihrem Geburtstag in der Einrichtung besucht hatte. Er hasste seine Arroganz, seine Verrohung und Verwahrlosung, obwohl er die Dollars mit beiden Händen ausgeben konnte, wenn er wollte. Er hasste das viele Geld, das er mit seinem Job verdiente, und den damit verbundenen jahrelangen Selbstbetrug. Er hasste all das schon sehr lange. Von all den Dingen, die er hasste, war er sich selbst am widerwärtigsten. Aber nun war der Punkt erreicht, an dem zu diesem Hass noch die Verzweiflung hinzukam, den einzigen Menschen verloren zu haben, der ihm je etwas bedeutet hatte. Und um den er sich zu wenig gekümmert hatte. Seine kleine Schwester Leonie.

Und deswegen, fand Urs Bühler, war es nur konsequent, ebenfalls abzutreten und dieses sinnlose Leben zu beenden. Er empfand keine Furcht, als er sich die Waffe in den Mund schob, nur Scham vor Gott, denn trotz seiner Existenz als Söldner war er ein gläubiger Katholik. Deswegen hatte er sich vor vielen Jahren die Triskele als Symbol der Dreifaltigkeit auf den Arm tätowieren lassen.

Aber wie bei jeder Operation lief auch diesmal nichts planmäßig. Am abgelegensten Ort, den er kannte, riss ein nackter Mann die Beifahrertür auf, setzte sich neben ihn – und kannte seinen Namen.

»Wer sind Sie, und woher zum Teufel wissen Sie, wer *ich* bin?«, fragte er den nackten Mann und hielt ihm dabei die Walther an die Stirn.

»Vielleicht legen Sie erst die Waffe weg«, sagte der Mann ruhig und sah ihm dabei ohne Angst in die Augen.

»Ihnen eine Kugel verpassen, das werde ich. Erst Ihnen und dann mir. Also, zum letzten Mal ...«

»Mein Name ist Peter Adam.«

»Nie gehört.«

»Es ist kompliziert, aber nach allem, was ich in den letzten Tagen erlebt habe, vermute ich, dass Sie mich doch irgendwie erwartet haben. Mich und meinen Bruder Nikolas.«

In diesem Moment öffnete sich die Tür hinter ihm und ein weiterer nackter Mann stieg ins Auto, der dem ersten zum Verwechseln ähnlich sah. Zwillinge. Wie auf Leonies Zeichnung. Bühler schwitzte jetzt und merkte, dass er zitterte. Er senkte die Waffe, ließ die beiden Männer aber nicht aus den Augen.

»Das ist Urs Bühler«, erklärte der Mann neben ihm seinem Zwillingsbruder.

»Ich glaub es nicht!«

»Erklärt ihr Komiker mir endlich, was hier los ist, bevor ich euch abknalle?«, knurrte Bühler.

»Ihr Name stand auf einem Zettel, den man uns gab«, versuchte der Mann, der sich Peter Adam nannte, zu erklären. »Ein Hinweis, den wir nicht deuten konnten. Und dann sah ich vorhin die Triskele auf ihrem Arm. Ich weiß, es klingt absurd, aber ...«

Bühler reichte Peter Adam schweigend die Buntstiftzeichnung, die Leonie ihm noch zwei Tage vor dem Abflug aus Frankfurt geschickt hatte. Ihre letzte. In der Mitte war er selbst zu erkennen. Als Sonne. An jeder Hand hielt er einen nackten Mann. Die beiden sahen fast gleich aus, was für Leonie ungewöhnlich war. Er schien die beiden Männer zu einem seltsamen, kreuzförmigen Objekt zu führen, das Leonie nicht richtig hingekriegt hatte. Sie hatte es immer wieder umgezeichnet, bis es kaum noch zu erkennen war. Über allem leuchteten zwei Symbole wie seltsame Monde. Das eine war ein blauer Doppelkreis, das andere eine orangefarbene Triskele, wie die Tätowierung auf seinem Arm. Am oberen Rand des Bildes flog ein kleines, krakeliges Flugzeug aus dem Bild.

Peter Adam reichte die Zeichnung weiter an seinen Bruder.

»Wissen Sie, was das für ein Objekt ist, da in der Mitte?«, fragte Bühler.

»Das ist ein Tesserakt«, sagte Peter Adam. »Ein vierdimensionaler Würfel in entfaltetem Zustand. Wer hat diese Zeichnung gemacht?«

»Meine Schwester Leonie.«

Peter Adam wirkte überrascht. »Sie haben noch eine kleine Schwester?«

»Sie ist achtunddreißig ... war. Sie ist tot.«

»Wann hat sie dieses Bild gemacht?«

»Vor etwas über einer Woche, denke ich.«

»Wie ist Ihre Schwester gestorben?«

»Flugzeugabsturz. Vor einer Woche.«

Bühler sah das Entsetzen in den Augen des Mannes neben sich. Auch sein Bruder auf dem Rücksitz stöhnte auf.

»Meine Frau und meine Tochter waren ebenfalls in der Maschine«, sagte Peter Adam.

Bühler schwieg. Starrte auf Leonies Zeichnung, ihren letzten Traum, den sie für ihn gemalt hatte, und kämpfte gegen die Tränen an. Auch die beiden nackten Männer sagten nichts. Bühler merkte, dass er immer noch die Waffe in der Hand hielt. Er legte sie zurück ins Handschuhfach und stieg aus. Starrte hinauf zum Mond, der gerade hinter den Pinien versank, und versuchte, irgendeinen Sinn in allem zu erkennen. Im Laufe der Jahre hatte er viele absurde Situationen erlebt, Zufälle, die ihm nie jemand glauben würde. Doch dies hier war mit Abstand die unwahrscheinlichste Koinzidenz seines Lebens. Leonies Abschiedsgruß und Botschaft an ihn, weiterzuleben. Bühler stöhnte und setzte sich dann zurück ins Auto.

»Meine Schwester Leonie hatte das Downsyndrom«, erklärte er, ohne einen der Zwillinge anzusehen. »Ich habe sie in den letzten Jahren nicht oft gesehen. Sie lebte in einer Einrichtung bei Frankfurt. Aber sie hat mir oft Bilder geschickt. Ihre Träume. Manchmal schöne Träume, aber oft auch Träume, die ihr große Angst machten. Sie hat sie mir immer geschickt, jeden einzelnen. Es müssen Tausende sein. Dieser hier war ihr letzter. Sie wollte unbedingt einmal nach Rom, den Papst sehen. Und sie wollte unbedingt mit einem Flugzeug fliegen. Ich konnte sie nicht in Frankfurt abholen, weil ich ... ach, ist auch egal. Ich hab ihren Betreuer großzügig dafür bezahlt, dass er sie begleitet. Ich habe auch ihn in den Tod geschickt.«

»Es ist nicht Ihre Schuld«, sagte Nikolas Adam hinter ihm. Ja, das war ihm klar. Half ihm aber nicht.

»Scheiß drauf«, sagte er. »Seit einer Woche schlage ich mich in Rom mit den Behörden rum, mit der Presse und dem Mitleid von wildfremden Menschen. Und diese italienischen Arschlöcher sind sogar unfähig, Leonies Leiche zu bergen. Also ... Sie sagten was davon, dass Sie meine Hilfe brauchen. Was meinen Sie damit?«

»Was zum Anziehen wäre schon mal ein Anfang«, sagte Nikolas Adam von hinten.

»Und dann müssen wir den Tesserakt finden und wieder verschließen«, ergänzte sein Bruder.

»Warum?«

»Weil die Welt sonst untergeht. Er ist so etwas wie die Büchse der Pandora.«

Das leuchtete Bühler sogar irgendwie ein. Absurde Situationen brachten ihre eigenen Regeln mit, das hatte er gelernt. Auch, dass es tödlich sein konnte, am Plan festzuhalten, wenn sich sämtliche Bedingungen änderten. Selbst wenn der Plan gewesen war, sich umzubringen. Das lief ja nicht weg. Sterben konnte er auch noch später.

»Hat der Flugzeugabsturz was damit zu tun?«

»Ja.«

Bühler startete den Wagen. »Bis wir in Rom sind, haben Sie Zeit, mir zu erklären, warum Sie nackt sind, wo Sie gerade herkommen und warum die Welt untergehen sollte. Falls ich Ihnen glaube, werde ich Ihnen helfen.«

»Es wird nicht einfach sein, uns zu glauben«, wandte Peter Adam ein.

»Überlassen Sie das mir. Und sprechen Sie verdammt noch mal langsam. Ich bin Schweizer.«

XLVIII

24. Juli 2011, Abu Ghosh, Israel

Der Schock konnte nicht größer sein. Gerade hatte Maria gesehen, wie Peter durch die Öffnung aus blauem Licht verschwunden war und wie die Wand unmittelbar darauf wieder undurchdringlich wurde. Sie wollte sich nach Bar-Kleophas umwenden, der noch ein Amulett besaß, als sie sah, wie sich an der gleichen Stelle in der Wand bereits eine neue kreisrunde Öffnung bildete – und Peter zurückkehrte. Ein einziger Augenblick nur war vergangen. Ein Wimpernschlag. Aber der Mann, der nun durch den Vorhang aus blauem Licht trat, war in diesem einen Moment um Jahrzehnte gealtert. Weißes, kurz geschnittenes Haar und weißer Vollbart. Er trug auch andere Kleidung, Jeans und Poloshirt, und wirkte wie ein kerniger Senior, der zu viel in der Sonne gelegen und sich sein Leben lang zu viele Sorgen gemacht hatte. Ein großer Kummer sprach aus seinen Augen, hatte tiefe Faltengräben in sein Gesicht gepflügt und eine Traurigkeit, die Maria fast das Herz brach, als er sie entdeckte und auf sie zukam. Der Mann, den sie liebte. Oder geliebt hatte, vor langer, langer Zeit. Denn seine Veränderung ließ nur einen Schluss zu: Während für sie und Bar-Kleophas hier unten in der Pyramide nur ein Augenblick vergangen war, der Bruchteil eines Augenblicks, hatte Peter da oben in der wirklichen Welt Jahrzehnte gebraucht, um zu ihr zurückzukehren. Womöglich hatte er die Apokalypse nicht einmal mehr aufhalten können. Die Welt, wie Maria sie noch vor einer Sekunde gekannt hatte, existierte nicht mehr.

»Hallo, Maria«, sagte Peter leise, als er vor ihr stand. Er wirkte verlegen. Als schäme er sich, ihr den Schock seines Anblicks zumuten und eingestehen zu müssen, dass er zu spät kam.

»Hallo, Peter.« Maria spürte, dass der erste Schock allmählich nachließ und sich Verzweiflung einstellte. Sie riss sich zusammen und berührte seine Wange mit ihrer verletzten Hand. Die weißen Bartstoppeln fühlten sich unerwartet weich an.

»Wie schön, dass du zurückgekommen bist.«

»Ich habe keinen Tag an etwas anderes gedacht.«

Er drückte seine Wange an ihre Hand, spürte offenbar den Wundverband um den abgetrennten Finger. Maria sah, dass sich seine Augen röteten und wie sehr er sich beherrschen musste.

»Es ... tut mir so leid, Maria.«

»Schschsch! Jetzt bist du ja da.«

Sie wagte nicht, ihn zu fragen, wie es da oben aussah, wer von den Menschen, die sie gekannt und geliebt hatte, noch am Leben war. Wer überhaupt noch am Leben war. Stattdessen gab sie einem anderen Impuls nach und umarmte Peter, drückte ihn an sich, presste ihr Gesicht in seine Halsbeuge, atmete seinen vertrauten Geruch und ließ ihren Tränen freien Lauf. Peter erwiderte die Umarmung zitternd. Auch er weinte jetzt, wirkte kleiner und zerbrechlich dadurch. Älter. Maria nahm sein Gesicht in die Hände und küsste ihn – genauso wie wenige Augenblicke zuvor.

»Siehst du – du hast versprochen, mich hier rauszuholen, und jetzt bist du da. Das ist alles, was zählt.«

Peter löste sich etwas von ihr und sah ihr in die Augen, als entdecke er dort ein großes Missverständnis.

»Das war nicht ich. Das heißt ... ich war es doch, aber ...«

Maria nahm Peters Hände und strich mit den Daumen über die faltig gewordene Haut. »Schschsch. Du musst dich für nichts entschuldigen. Ich freue mich so sehr, dass du noch lebst.«

Sein Lächeln war voller Schmerz. Ehe er jedoch etwas sagen konnte, stellte Maria ihm Bar-Kleophas vor, der sich die ganze Zeit schweigend und diskret abseits gehalten hatte.

»Ich freue mich, Sie kennenzulernen, Mr. Adam. Auch wenn ich mir glücklichere Umstände für unsere Begegnung gewünscht hätte. Eine ziemlich paradoxe Situation.«

»Shimon konnte deinem Parallel-Ich vorhin noch einen Hinweis auf Urs Bühler mitgeben«, erklärte Maria.

Das überraschte Peter. »Bühler lebt noch?«

»In der Parallelwelt, die die Mh'u geschaffen haben«, sagte Bar-Kleophas. »Wie wir alle, die wir Teil des großen Plans sind. Ich weiß zwar nicht, ob und unter welchen Umständen sie sich in jener anderen Welt begegnen, aber ich dachte, es wäre hilfreich, Ihr Parallel-Ich vorzubereiten, dass er dort nicht alleine ist.«

»Ich danke Ihnen, Mr. Bar-Kleophas.« Peter deutete mit dem Finger auf die blaue Öffnung in der Wand. »Wir ... können dann jetzt gehen.«

»Vielleicht erklären Sie uns doch vorher noch, in welche Welt wir zurückkehren, Mr. Adam. Welchen Tag haben wir da oben?«

»Den 24. Juli 2011. Ihr beide habt nur zwei Tage verloren.«

»Zwei Tage?«, rief Maria irritiert und sah Peter an. »Wie bist du in dieser Zeit so ... gealtert?«

»Der, den du vorhin gesehen hast, war mein Zwillings-Ich«, erklärte Peter. »Ich bin der, der mit Nikolas in Seths Zentrale fast umgekommen wäre.«

Maria starrte ihn an, wollte etwas fragen, aber Bar-Kleophas berührte sie am Arm, wie um sie zu bitten, mit diesen Fragen noch zu warten.

»Wie ist die Lage da oben?«

»Die Infektion ist ausgebrochen und wird sich vermutlich rasch über die ganze Welt ausbreiten. Der Tesserakt befindet sich in der Zwillingszeit, die die Mh'u eingerichtet haben. Wir können nur hoffen, dass mein Zwillings-Ich ihn so schnell wie möglich findet und wieder verschließt. Bis dahin versuchen wir, so viele Menschen wie möglich in Sicherheit zu bringen.«

Maria ließ seine Hände los. »Wir?«

»Nakashima, Yoko Tanaka, Pater Anselmo und ich.«

Ein Name fehlte.

»Was ist mit meinem Vater?«

»Er lebt«, beruhigte Peter sie. »Aber er ... hat sich verändert. Wir wissen es nicht genau, aber wir müssen davon ausgehen, dass er mit Seth, beziehungsweise Raymond, kooperiert. Möglicherweise haben wir uns alle in ihm getäuscht.«

Maria versuchte, ruhig zu bleiben. »Was ist mit meiner Mutter?«

»Es geht ihr gut. Nakashima lässt sie gerade nach Jerusalem bringen. Du wirst sie bald wiedersehen.« Peter deutete wieder auf die blaue Öffnung. »Es wird Zeit.«

Aber Maria hielt ihn erneut zurück.

»Don Luigi?«

Peter schüttelte den Kopf. Er nahm Marias versehrte Hand und sah sie fest an. »Wir müssen jetzt zurückkehren. Das Trauern müssen wir verschieben, bis alles vorbei ist.«

Vor der Kreuzfahrerkirche wartete ein Geländewagen mit einem japanischen Fahrer auf sie. Die Stelle, an der sich Don Luigi Raymond in den Weg gestellt hatte und einen furchtbaren Tod gestorben war, wirkte unberührt. Überhaupt wirkte das kleine Abu Ghosh auf den ersten Blick immer noch genauso, wie zwei Tage zuvor. Als Maria sich jedoch umschaute, bemerkte sie die Veränderung. Der Ort war menschenleer, auf den Straßen war niemand zu sehen, nicht einmal Hunde. Kaum ein Laut zu hören, die Humus-Lokale geschlossen, kein Auto parkte mehr am Straßenrand, bis auf einen Schützenpanzer der israelischen Armee. Abu Ghosh war eine Geisterstadt.

»Die israelische Regierung hat den Ausnahmezustand verhängt«, erklärte Peter. »Aber offenbar haben sich die Gerüchte über das, was vorgestern Nacht in der Hadassah-Klinik geschehen ist, längst wie ein Lauffeuer verbreitet.«

Peter bat Maria und Bar-Kleophas, auf dem Rücksitz Platz zu nehmen, und setzte sich neben den Fahrer. Während der Fahrt zurück nach Jerusalem fasste er die Ereignisse der vergangenen beiden Tage zusammen und berichtete auch knapp über seine letzten dreißig Jahre. Sehr knapp. Als sei ihm das Thema unangenehm. Maria verstand nur so viel, dass Peter zusammen mit Nikolas Jahrzehnte in einer eingefrorenen Welt der Mh'u verbracht und dabei das Buch Dzyan übersetzt hatte. Diesen ›Zustand der Gnade‹, wie er die Welt der Mh'u überraschenderweise nannte, hatte er offenbar nur durch den Mord an Nikolas verlassen können.

Maria war es gar nicht unangenehm, nur hinter ihm zu sitzen, ihn schweigend zu betrachten. Wenn er sprach und sich manchmal verlegen zu ihr umwandte, erkannte sie die vertrauten Züge wieder. Gleichzeitig spürte sie seine Zurückhaltung. Peter sprach ruhig und deutlich, betonte jeden Satz. Maria bemerkte einen schmerzhaften Unterton in der vertrauten Stimme, als sehne sich Peter trotz der jahrzehntelangen Einsamkeit nach dieser Welt zurück. Etwas, das Maria nur von Mitschwestern kannte, die den Orden verlassen hatten und ihn doch zeitlebens vermissten. Denn sie vernahm noch etwas anderes in Peters Stimme. Eine unerwartete, feste Gläubigkeit. Und sie verstand, dass Peter Gott gefunden hatte.

Sie hatte angenommen, dass sie direkt in Nakashimas Lagezentrum in der King-George-Street fahren würden, aber der Wagen brachte sie zunächst zurück in die Dormitio-Abtei. Bruder Isidor bat sie in den Diwan, den Salon des Klosters für offizielle Empfänge, der mit einem prächtigen Wandgemälde des österreichischen Malers Ernst Fuchs dekoriert war, an dem der Künstler über Jahrzehnte gearbeitet hatte. Dort warteten bereits Yoko Tanaka und Pater Anselmo – und ihre Mutter.

Ohne ein einziges Wort fielen sie sich in die Arme, und selbst ihre sonst so beherrschte Mutter weinte. Sie hielten sich fest wie

Ertrinkende, einander die einzige Rettung in einem Meer aus Leid und Verwirrung.

Als sie sich wieder etwas fassen konnten, wischte ihre Mutter ihr die Tränen aus dem Gesicht, wie früher, und sah sie prüfend an. »Du bist zu dünn geworden.«

»Komm mir jetzt bloß nicht so«, sagte Maria schniefend und lächelte. Und dann: »Peter hat mir erzählt, was mit Papa passiert ist.«

Ihre Mutter schüttelte energisch den Kopf. »Dein Vater, Maria, mag viele Fehler gemacht haben, aber seinen Glauben hat er nicht verloren, das weiß ich.«

Maria sah, dass ihre Mutter noch etwas hinzufügen wollte, was ihr sehr schwerfiel.

»Schon gut, Mama. Du musst nichts mehr dazu sagen.«

»Nein, hör mir zu. Ich hätte ihn nie zu diesem Candomblé mitnehmen sollen. Er hat nie darüber gesprochen, aber damals ist etwas mit ihm passiert. Aber was es auch war – er war stark genug, sich dagegen zu wehren, und er wird es weiter sein. Du darfst ihn nicht aufgeben, hörst du?«

Maria nickte. Ihre Mutter wandte sich an Peter und reichte ihm die Hand.

»Danke, dass Sie mir meine Tochter zurückgebracht haben, Herr Adam. Franz hat mir berichtet, was Sie durchmachen mussten.«

Maria begrüßte jetzt auch Yoko und Anselmo wie alte Freunde und stellte ihnen Bar-Kleophas vor. Sie sah, wie Anselmo blass wurde, als er dem Sohn von Yeshua Bar-Rabban die Hand gab. Sie merkte auch sofort, dass Yoko und Anselmo etwas bedrückte. Auch Peter wirkte irritiert, die beiden im Kloster zu sehen.

»Was ist los?«, fragte Maria.

Anselmo und Yoko wechselten Blicke.

»Wir sollten eigentlich nicht hier sein«, druckste Anselmo herum.

»Wir haben keine guten Nachrichten«, erklärte Yoko. »Es betrifft deinen Vater.« Sie zögerte, weiterzusprechen. Pater Anselmo half ihr.

»Yoko und ich haben in den letzten beiden Tagen versucht, die Server aufzuspüren, mit denen die ›Träger des Lichts‹ ihre Satelliten steuern.«

»Falls es diese Satelliten überhaupt gibt«, fügte Yoko hinzu. »Bislang konnten wir nämlich keinen Hinweis auf ihre Existenz finden.«

»Sie müssen existieren«, sagte Peter. »Anders ist eine großflächige Aktivierung des DNA-Virus nicht möglich.«

»Wovon redet ihr da überhaupt?«, rief Maria dazwischen.

Peter erklärte ihr kurz seine Vermutung, dass die ›Träger des Lichts‹ Teile der Erdoberfläche aus dem All mit energiereichem blauem Licht bestrahlten, um das tödliche DNA-Virus zu aktivieren.

»Anselmo versucht seit zwei Tagen, diese Satelliten über die Kontrollstationen aufzustöbern und dann umzuprogrammieren.«

»Und was hat das mit meinem Vater zu tun?«

»Ich konnte die Kontrollserver der Satelliten einfach nicht finden«, erklärte Pater Anselmo sichtlich bedrückt. »Das hat mich verwundert, denn Satelliten müssen gesteuert werden, und eine derartige Kommunikation lässt sich nicht so einfach verstecken. Schon gar nicht, wenn man sie mit der überragenden Technologie von Nakashima Industries sucht. Also hatte ich so einen Verdacht und habe an einer ganz anderen Stelle gesucht. Und bin auf etwas gestoßen. Eine geheime Videokonferenz gestern zwischen Mr. Nakashima und … Seth.«

Maria sah ihn gespannt an. »Und darin ging es um meinen Vater?«

Anselmo schüttelte betreten den Kopf und reichte ihr sein iPad. »Ich habe das Gespräch aufgezeichnet. Dann wirst du verstehen.«

Er startete eine Video-App. Auf dem Bildschirm des Tablets erschienen nebeneinander jeweils in einem eigenen Fenster die Köpfe von Nakashima und ihrem Vater. Sie saßen offenbar vor der Kamera ihrer Computer und sprachen direkt miteinander. Auf dem Bildschirm sah es so aus, als sprächen beide den Betrachter an.

NAKASHIMA: Guten Abend, Herr Laurenz. Oder soll ich Sie mit Seth ansprechen?
LAURENZ: Wie Sie wollen. Die Anrede spielt keine Rolle.
NAKASHIMA: Ich zieh es vor, Sie mit Seth anzureden. Präsident Flamel lässt Sie übrigens grüßen.
LAURENZ: Was wollen Sie, Mr. Nakashima?
NAKASHIMA: Wir müssen über unsere Vereinbarung reden.
LAURENZ: Es existiert keine Vereinbarung.
NAKASHIMA: Es wundert mich nicht, dass Sie das inzwischen so sehen, Seth. Sie haben das Buch Dzyan, der Tesserakt wurde geöffnet, Sie sind kurz vor dem Ziel. Aber ich darf Sie daran erinnern, dass Sie das zum größten Teil der Unterstützung der Konferenz verdanken.
LAURENZ: Dann bedanke ich mich für die fruchtbare Kooperation. Meine Grüße an Präsident Flamel. Guten Abend, Mr. Nakashima.
NAKASHIMA: Warten Sie! Nicht so eilig, Seth. Die Lage hat sich geändert.
LAURENZ: Ich wüsste nicht, wie.
NAKASHIMA: Nun, erstens ist Sophia Eichner immer noch mein Gast.
LAURENZ: Und Sie glauben, das ist eine Verhandlungsposition? Machen Sie mit ihr, was Sie wollen.
NAKASHIMA: Ja, das dachte ich mir. Aber gestern ist nun überraschend auch Peter Adam aus dem Limbus der Mh'u zurückgekehrt und erinnert sich bestens an das Buch Dzyan.
LAURENZ: Was wollen Sie damit sagen?

NAKASHIMA: Ich meine, dass wir nun verhandeln werden. Auf Augenhöhe.

Maria sah, dass ihr Vater, oder wer immer er wirklich war, nachdachte.

LAURENZ: Was stellen Sie sich vor?
NAKASHIMA: Nichts, was wir nicht längst besprochen hätten. Ich stelle Ihnen weiterhin meine Satelliten zur Verfügung, aber ich erwarte, dass Sie sich bei der Operation an unsere vereinbarten Quoten halten.
LAURENZ: Und wenn ich ablehne?
NAKASHIMA: Mit dem Wissen von Peter Adam können wir Ihre Pläne empfindlich stören. Wenn nicht sogar ganz aufhalten. Die Konferenz kontrolliert immer noch genug Satelliten. Außerdem befinden wir uns, wie Sie wissen, im Besitz von drei Amuletten. Sie dürften demnach vier besitzen, denn Peter Adam hat auch noch eines und Bar-Kleophas das neunte. Nach meiner Rechnung ein Patt.
LAURENZ: Da der Tesserakt geöffnet ist, können Sie mich nicht mehr aufhalten. Niemand kann das.
NAKASHIMA: Möglicherweise kann der Tesserakt aber schneller verschlossen werden, als Sie denken. Ihre Tochter Maria und Bar-Kleophas sind inzwischen ebenfalls meine Gäste. Peter Adam und ihre Tochter könnten den Tesserakt wieder verschließen. Nicht, dass die Konferenz im Augenblick daran ein Interesse hätte, aber Sie müssen doch zugeben, dass sich die Kräfteverhältnisse ein wenig zu unseren Gunsten verändert haben.

Wieder dachte ihr Vater nach. Trotz ihres Entsetzens konnte Maria nicht akzeptieren, dass dieser Mann nun Seth sein sollte, der leibgewordene Satan.

LAURENZ: Ich habe eine Bedingung.
NAKASHIMA: Ich weiß. Aber ohne Garantien muss ich im Namen der Konferenz ablehnen.
LAURENZ: Sie müssen sterben, alle beide.
NAKASHIMA: Natürlich. Sobald die neue Weltordnung stabil ist und der Tesserakt wieder verschlossen werden kann.
LAURENZ: Nein, sofort.
NAKASHIMA: Dann machen Sie uns ein Angebot, dem wir vertrauen können.

Ihr Vater schien eine Entscheidung zu treffen. Sein Gesicht wirkte hart und ausdruckslos. Maria hatte den Eindruck, dass er sie durch das Video direkt ansah.

LAURENZ: Ich werde Ihnen das Buch Dzyan schicken. Das Original mit Peter Adams Übersetzung. Es wird morgen bei Ihnen eintreffen.
NAKASHIMA: Gut. Ich nehme an, dass Sie auf das Überleben Ihrer Frau ebenfalls keinen Wert mehr legen?
LAURENZ: Das überlasse ich Ihnen. Wichtig sind Peter Adam und Maria.
NAKASHIMA: Ich pflege meinen Teil von Vereinbarungen immer zu halten. Sobald Präsident Flamel das Buch Dzyan in Händen hält, werden Peter Adam und Ihre Tochter sterben.

XLIX

28. August 2013, Rom, Italien

Der Wagen hielt auf der Rückseite des Palazzo Farnese in der Via Giulia, nicht weit von dem Haus, in dem Nikolas seine Wohnung hatte. Jetzt, kurz nach Mitternacht, war immer noch Leben in der historischen Straße, in der schon Raffael gewohnt hatte. Kleine Grüppchen angetrunkener amerikanischer Jugendlicher zogen lärmend in Richtung Tiber, schenkten Bühlers Wagen aber keinerlei Beachtung. Dennoch fühlte Peter sich unbehaglich, nackt in einem fremden Wagen in der Nähe einer Wohnung zu sein, die vermutlich von den ›Trägern des Lichts‹ überwacht wurde. Er drehte sich zu seinem Bruder auf dem Rücksitz um.

»Etwas riskant, findest du nicht?«

»Was meinen *Sie*?«, wandte Nikolas sich an Urs Bühler.

Der Schweizer hatte die ganze Fahrt über kein Wort gesagt, sich nur schweigend angehört, was Peter und Nikolas ihm in aller Kürze über ihre letzten Tage berichtet hatten. Er zuckte mit den massigen Schultern.

»Wird man sehen.«

»Ich meine, ob Sie uns glauben. Werden Sie uns helfen?«

Bühler zögerte mit der Antwort. »Schissdräck«, fluchte er schließlich auf Schweizerdeutsch und renkte sich den Nacken ein. »Ja, verdammt, ich glaube Ihnen. Ich wünschte, ich würde es nicht tun. Ihre Geschichte ist völlig gaga, zum Kotzen absurd, aber nur ein Wahnsinniger könnte sich so was ausdenken. Und außerdem …«

»Was außerdem?«, hakte Peter nach.

»Vergessen Sie's. Im Augenblick glaube ich Ihnen, das muss reichen.«

»Ich denke nicht, dass die Wohnung überwacht wird«, sagte Nikolas. »Seth weiß nicht, wohin wir verschwunden sind. Wir könnten überall sein.«

»Sei doch nicht so naiv!«

Bühler griff an Peter vorbei ins Handschuhfach und zog seine Waffe heraus. »Geben Sie mir den Türcode.«

»Das ist keine gute Idee«, sagte Peter. »Wir sollten uns was anderes suchen.«

Bühler wandte sich zu Nikolas um.

»1–6–0–0«, sagte Nikolas. »Das Jahr, in dem Giordano Bruno von der Inquisition hingerichtet wurde.«

»Sehr originell«, murmelte Peter.

»Die Wohnung im zweiten Stock«, erklärte Nikolas. »Unter dem Blumentopf auf dem Treppenabsatz liegt ein Zweitschlüssel.«

Peter stöhnte. »Gar keine gute Idee!«

Bühler schien es nicht zu interessieren. »Im Kofferraum liegt eine Reisetasche. Bringen Sie die mit hoch, wenn ich Ihnen ein Zeichen gebe. Und schließen Sie den Wagen ab, ich will diese Spaghettifresser nicht auf dumme Gedanken bringen.« Er stieg aus, die Hand mit der Waffe in der Jackentasche. Peter sah, wie er die Hausnummer suchte, den Türcode eingab und dann im Haus verschwand.

»Was hältst du von ihm?«, fragte Nikolas.

»Komischer Typ.«

»Geht's auch konkreter? Du hast schließlich neben ihm gesessen.«

Peter atmete durch und starrte auf das Haus, das dunkel und verlassen in Sichtweite lag.

»Ich glaube, unser Bericht hat ihn ziemlich getroffen. Ein paar Dinge schienen ihm sogar bekannt vorzukommen.«

»War auch mein Eindruck. Er weiß noch was.«

Sie schwiegen wieder. Nach einer Weile sah Peter, dass im zweiten Stock das Licht anging. Ein Fenster wurde geöffnet und Bühler winkte in ihre Richtung. Sie warteten noch einen Augenblick bis die Straße leer war, dann schnappten sie sich Bühlers Reisetasche, schlossen den Wagen ab und eilten ins Haus.

Als sie in die Wohnung kamen, hatte Bühler bereits sein Jackett ausgezogen und überprüfte das Telefon auf Wanzen.

»Wie es aussieht, ist die Wohnung sauber, aber lange werden Sie hier tatsächlich nicht bleiben können.« Er kontrollierte noch die Lampen und einen Feuermelder an der Decke, während Peter und Nikolas sich rasch etwas anzogen. Als sie zurückkamen, hatte Bühler eine Flasche Weißwein aus Nikolas' Kühlschrank geöffnet und sich bereits ein Glas eingeschenkt.

»Bedienen Sie sich.«

Peter verkniff sich diesmal die Frage, ob das wirklich eine gute Idee sei. Der Schweizer schien zu wissen, was er tat.

»Was machen Sie beruflich, Bühler?«

»Besser, wenn Sie es nicht wissen.«

»Und das ist jetzt schon mehr als ich wissen möchte.«

Trotz der Anspannung spürte Peter nun, wie die Erschöpfung träge und schwer jede Faser seines Körpers erfasste. Er wollte schlafen, nur noch schlafen, in keinem Fall Wein trinken. Aber aus einem albernen Impuls heraus, nicht der Spielverderber sein zu wollen, trank er doch. Auch Nikolas setzte sich dazu und nahm einen Schluck.

Und da sitzen wir jetzt zusammen wie so eine gemütliche Jungsrunde. Bist du eigentlich total bescheuert?

Bühler deutete erst auf Nikolas und dann auf ihn. »Also Sie sind der Priester und Sie der Professor mit der Tochter.«

»Dozent«, korrigierte Peter ihn und kassierte einen mitleidigen Blick von Bühler.

»Was wollen Sie noch wissen?«, fragte Nikolas.

»Ich weiß schon genug. Die ganze Geschichte mit dem Weltuntergang interessiert mich einen Dreck, selbst wenn sie stimmt.

Aber diese Leute, diese ›Träger des Lichts‹, haben meine kleine Schwester umgebracht. Und deswegen werde ich sie töten.«

»Hören Sie …«, begann Nikolas, doch Bühler unterbrach ihn unwirsch.

»Das ist meine Bedingung. Ich helfe *Ihnen*, und Sie helfen *mir*, den Chef dieser Mörderbande zu finden. So weit klar?«

Peter stellte sein Glas ab. »Gut möglich, dass *wir* vorher sterben.«

»Ich hänge nicht mehr sehr am Leben, schon vergessen? Also wo ist dieser Raymond jetzt?«

»Wir vermuten, in Rom.«

»Geht's auch etwas genauer?«

»Leider nein.«

»Und dieser … Hyperwürfel?«

Peter schüttelte den Kopf.

Bühler richtete sich in dem Sessel auf. »Aber *ich* weiß es vielleicht. Beziehungsweise Leonie.«

Er erhob sich für seine Statur überraschend geschmeidig, wie Peter feststellte, öffnete seine Reisetasche und zog einen Karton heraus. Als er den Deckel hob, sah Peter einen dicken Stapel mit Kinderzeichnungen, ganz ähnlich der, die Bühler im Auto betrachtet hatte.

»Leonie hat gerne gemalt«, erklärte der Schweizer rau. »Und sie hatte sehr lebhafte Träume, die ihr manchmal große Angst gemacht haben. Also hab ich sie ihre Träume malen lassen, damit es vielleicht etwas besser wird. Wurde es aber nie.« Er nahm den ganzen Stapel in die Hand und reichte Peter und Nikolas je eine Hälfte. »Vieles von dem, was Sie mir vorhin erzählt haben, hat mich an Leonies Zeichnungen erinnert. Vielleicht finden Sie da einen Hinweis.«

Gespannt sichteten Peter und Nikolas ihre Stapel. Die Zeichnungen waren krakelig wie die eines Kindes, dabei aber oft verblüffend genau und detailreich. Allerdings zumeist unverständlich in ihrer Symbolik. Auf den meisten Bildern kam die Sonne vor, groß und strahlend, mal am Himmel, mal als eine Figur von vielen. Oft auch eine Sonne mit einem Kind an der Hand. Peter nahm an, dass es sich bei dem Kind um Leonie selbst handelte.

»Die Sonne, das bin ich«, erklärte Bühler.

»Von wann sind die Bilder?«

»Aus den vergangenen Wochen. Es war schlimmer geworden mit den Albträumen.«

Peter nickte und sah sich weiter Blatt für Blatt an. Bis er den ersten Hinweis entdeckte. Eine Pyramide mit einer leuchtenden Spitze, darüber eine Kirche. Am Fuß der Pyramide vier Gestalten, eine Frau und drei Männer. Peter reichte Nikolas das Bild. Sein Bruder nickte und reichte ihm ein anderes. Darauf waren verschiedene Versuche zu erkennen, Kreuze zu malen. Allerdings war Leonie offenbar nie richtig zufrieden gewesen, denn sie hatte alle Kreuze immer wieder durchgestrichen. Das Besondere an den Kreuzen war ihre Perspektive, Projektionen eines dreidimensionalen Kreuzes und darunter auch ein seltsames, verwinkeltes geometrisches Objekt. Immer wieder tauchte eine zusammengewachsene, männliche Zwillingsgestalt auf, eine Nonne, ein weiteres Kind. Es war nicht schwer, darin Raymond zu erkennen. Er trat jedes Mal als Bedrohung auf, riss die Leonie-Figur an den Haaren und schien sie einmal ganz zu verschlingen.

Die Bilder erzählten im Grunde alles, was Peter in den letzten Tagen erlebt hatte. Und die Sonne war immer irgendwo mit dabei. Und dann – eine erstaunlich präzise Skizze des Petersdoms mit dem Papst im Zentrum. Jedenfalls hielt Peter die weißgekleidete Gestalt mit der Kappe für den Papst. Das Bild war durch Klebestreifen mit einem anderen Bild verbunden. Es zeigte einen Friedhof mit Kreuzen und darunter wieder den Tesserakt, den Leonie nie richtig hinbekam.

»Offenbar gehörten die beiden Bilder für Leonie zusammen.« Peter reichte Nikolas die beiden Zeichnungen. »Der Petersdom und ein Friedhof. Fällt dir was dazu ein?«

Nikolas starrte auf die Zeichnungen, als habe er soeben eine bestürzende Nachricht erhalten.

»Und ob«, sagte er. »Natürlich gibt es einen Friedhof im Vatikan. Einen sehr kleinen. Den Campo Santo Teutonico. Den deutschen Friedhof. Er liegt direkt unter meinem Büro.«

Bühler erhob sich. »Dann mal los.«

Der kleine deutsche Friedhof, der offiziell *Campo Santo dei Teutonici e dei Fiamminghi* hieß, gehörte völkerrechtlich zu italienischem Staatsgebiet, lag aber auf dem Gelände des Vatikan, gleich neben dem Palast der Glaubenskongregation, und konnte üblicherweise nur vormittags durch die Pforte neben der Wache Largo Paolo VI. der Schweizergarde betreten werden. Einlass erhielt jeder, der auf Deutsch darum bat. Ursprünglich im Mittelalter für Pilger angelegt, die in Rom verstarben, hatten seit der Neuzeit nur noch Mitglieder der Erzbruderschaft zur schmerzhaften Muttergottes der Deutschen und Flamen und einiger religiöser Gemeinschaften deutschen Ursprungs dort das Beerdigungsrecht. Der Ort war bewusst auf dem Gelände des ehemaligen Circus der römischen Kaiser Caligula und Nero gewählt worden, die an dieser Stelle die ersten christlichen Märtyrer hatten hinrichten lassen. Inzwischen wirkte der Friedhof mit seinen Palmen wie eine kleine Oase und wurde von den kurialen Angestellten gerne für eine Mittagspause genutzt.

Da die Pforte nachts verschlossen war und Nikolas kein Aufsehen erregen wollte, führte er sie durch den Seiteneingang des Palazzo del Sant'Ufficio, der dunkel und menschenleer neben der Pforte lag. Die Prioritätsstufe von Nikolas' Keycard öffnete ihnen sämtliche Türen. Als sie das Sant'Ufficio betraten, schraubte Bühler einen Schalldämpfer auf die Waffe.

»Wir sollten uns beeilen«, sagte Nikolas. »Ich komme zwar fast überall rein, aber jede Benutzung einer Keycard wird zentral registriert. Um diese Uhrzeit könnte das Aufsehen erregen.«

»Der Vatikan ein Überwachungsstaat«, murmelte Peter. Nikolas sah ihn amüsiert an.

»Was hast du denn gedacht! *Er* sieht alles.« Er deutete zum Himmel.

»Dann hoffen wir mal, dass *er* da oben auch gut auf uns aufpasst.«

»War das etwa gerade ein Glaubensbekenntnis?«

»Das du dir sonst wohin stecken kannst.«

»Wenn ich euch störe, sagt es einfach«, knurrte Bühler und steckte seine schallgedämpfte Waffe wieder ein. »Ansonsten könnten wir vielleicht einfach weitergehen?«

Durch einen langen Korridor mit einem alten, abgetretenen Steinboden gelangten sie in die gigantische vatikanische Audienzaula, kamen durch einen Seitengang wieder hinaus und standen vor der Rückseite des Priesterkollegs *Collegio Teutonico di Santa Maria* in Campo Santo. Nikolas wartete einen Augenblick, ob irgendwo Wachen der vatikanischen Gendarmerie patrouillierten, und öffnete dann rasch die Hintertür zum Kolleg. Zwei Minuten später standen sie auf dem Campo Santo.

Sie wurden bereits erwartet.

---

dzYAN-agent Chat-Protocol 24072011 16:11:41 – 16:12:53 GMT+03:00
Proxy-Server: ptp.ordislux213.th.net:89
Encoding-method: AMETH10.1.01

16:11:41 Client306
status?
16:11:52 Client371
sie sind alle im kloster. soll ich aktiv werden?

16:12:34 Client306

negativ. warten sie noch. falls nakashimas leute in der nächsten stunde nicht reagieren, haben sie freie hand.

16:12:53 Client371

ok. im lichte mit euch.

/End of conversation/

L

24. Juli 2011, Dormitio-Abtei, Jerusalem

Maria starrte immer noch auf das Display des Tablets, als wenn da noch etwas nachkäme. Irgendein weiteres Video ihres Vaters, in dem er alles als einen raffinierten Trick auflöste, als Scherz, als Bildmanipulation durch Seth. Sie zitterte. Peter nahm ihr das Gerät behutsam aus der Hand und versuchte, sie zu umarmen. Sie wehrte sich.

»Das ist nicht wahr!« Ihre Stimme klang heiser. »Das war er nicht!«

Sie wandte sich an ihre Mutter, die ebenfalls völlig fassungslos wirkte und den Kopf schüttelte.

»Das war nicht dein Vater«, sagte sie fest. »Das war nur sein Körper. Wenn überhaupt.«

»Was hat Nakashima mit ›Quote‹ gemeint?«

»Offenbar handelt es sich dabei um eine selektive Auslöschung der Menschheit«, erklärte Yoko. »Durch die gezielte Bestrahlung mit blauem Licht können bestimmte Orte und Populationen von der Infektion ausgenommen bleiben.«

»Das kann er nicht ernst meinen! Er ist doch nicht Gott!« Maria schüttelte entsetzt den Kopf.

»Das war immer sein Plan«, widersprach Yoko. »Wenn er nicht die gesamte Menschheit retten kann, dann zumindest einen Teil von ihr.«

»Einen ganz bestimmten Teil«, fügte Peter hinzu. »Und er legt fest, wer überleben darf.«

Yoko schwieg betreten, als habe sie diesen grauenhaften Plan selbst mit entwickelt.

»Und was machen wir jetzt?«, fragte Maria.

»Wir müssen fliehen«, meldete sich Bar-Kleophas. Er wirkte

ruhig, als habe er diese Situation schon lange kommen sehen. »Wenn dieses Gespräch bereits gestern Abend stattgefunden hat, sind wir in allergrößter Gefahr.«

Eine Frage stand im Raum. Maria sprach sie aus.

»Wohin?«

»Rom«, sagte Peter. »Dort hat es begonnen, dort wird es auch enden.«

»Aber werden wir dort sicher sein? Ausgerechnet in Rom? Und selbst wenn – was ist mit all den anderen Menschen? Wir müssen doch irgendetwas tun, um die zu retten, die durch Nakashimas Raster fallen!«

»Wenn wir die Apokalypse noch aufhalten wollen, dann müssen wir zwei Dinge tun«, erklärte Peter. »Wir müssen sämtliche Amulette wieder vereinen, um die Pforten der Hölle erneut zu versiegeln. Und wir müssen den Tesserakt schließen. Beziehungsweise, wir können nur hoffen, dass genau das meinem anderen Ich gelingt.«

Er wandte sich an Yoko. »Wie viele Amulette habt ihr retten können?«

»Drei«, erwiderte Yoko sofort.

»Welche?«

Yoko zog einen Filzstift aus ihrer Jackentasche und malte die Symbole der drei Amulette auf einen kleinen Kaffeetisch. Das henochische Zeichen für ›M‹, das kabbalistische ›Phul‹-Zeichen für den Geist des Mondes und das Spiralsymbol.

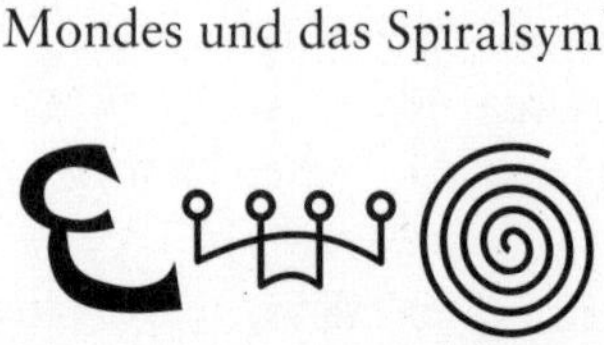

»Leider hat Nakashima San sie mit nach Spitzbergen genommen.«

»Okay. Welche hat Seth?«

Yoko zögerte. »Nach unseren Informationen, vier. Wenn wir

davon ausgehen, dass das von Franz Laurenz jetzt dazukommt.«

Nun malte sie die Symbole von vier weiteren Amuletten auf den Tisch. Das alchemistische Zeichen für den Stein der Weisen, das Kupfersymbol, das doppelte Achteck und die Triskele.

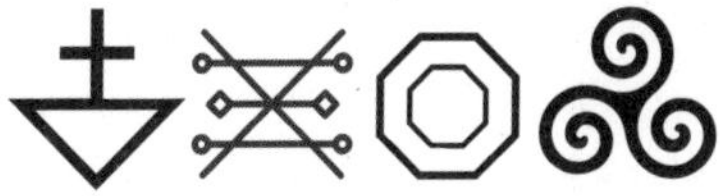

»Bleiben noch zwei«, sagte Peter. »Du müsstest noch eines haben, Maria, oder?«

Maria schüttelte den Kopf. »Das war das mit dem Kupfersymbol, das Seth nun hat. Ich habe es dir ... also deinem jüngeren Ich in der Pyramide gegeben.« Sie schüttelte sich, denn für einen Moment war ihr der Gedanke unangenehm, dass der Mann, den sie liebte, zweimal existierte und ihr in beiden Erscheinungen nun unendlich fremd war. Sie wandte sich an Bar-Kleophas. »Aber Sie, Shimon, haben noch eines.«

Bar-Kleophas nickte ihr zu. »Es ist Ihnen zu verdanken, dass ich es Peter Adam nicht geben musste.«

Er zog ein kleines Leinensäckchen aus der Hosentasche und schüttelte den Inhalt auf die Zeichnung mit der Tätowierung: das neunte Amulett mit dem eingravierten Doppelkreissymbol.

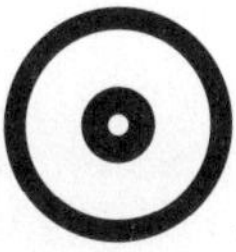

»Und ich habe auch noch eines«, sagte Peter und legte ein weiteres Amulett dazu. Das Medaillon zeigte zwei eingravierte Schriftzeichen.

»Die henochischen Zeichen für P und A«, erklärte er.

Das blaue Material der beiden Amulette schimmerte im Licht der Deckenlampen, und Maria begann wieder, an die Hoffnung zu glauben. Und auch, dass Gott sie nicht vergessen hatte.

»Es wird schwierig werden, gleichzeitig zu fliehen und die restlichen Amulette von Nakashima und Seth zurückzuholen«, wandte ihre Mutter ein.

»Ich weiß«, sagte Peter. »Da wir sie ihnen nicht einfach wegnehmen können, müssen sie uns die Amulette eben bringen.«

»Ach ja? Und wohin?«

»Nach Rom, wie gesagt. Nakashima und Seth werden ebenfalls alles daransetzen, in den Besitz sämtlicher Amulette zu gelangen. Sobald wir mit unseren beiden in Rom auftauchen, werden sie mit ihren Amuletten auch dorthin kommen, um eine Entscheidung herbeizuführen.«

»Harmagedon«, sagte Bar-Kleophas leise. »Die sechste Schale des Zorns.«

Maria erschauderte bei dem Gedanken an die biblische Entscheidungsschlacht aus der Offenbarung des Johannes. *Und er versammelte sie an einem Ort, der heißt auf Hebräisch Harmagedon.* Die luthersche Übersetzung des aramäischen Originals ließ an dieser Stelle offen, wer ›er‹ war. Offenbar waren damit weder Gott noch Christus, noch der Erzengel Michael gemeint.

Hoffnungsvoll wandte Maria sich an Peter. »Wie retten wir sieben Milliarden Menschen?«

Aber er zog nur ratlos die Schultern hoch, und das kurze Gefühl der Hoffnung erlosch wie eine Kerze im Luftzug.

»Da ist noch etwas anderes«, meldete sich Yoko nun wieder. »Sie haben von den ›Reinen Orten‹ gesprochen.«

Peter nickte. »Der Ausdruck kommt in vielen Texten des Buches Dzyan vor. Es scheint sich um mythische Orte zu handeln, die von der Macht des Bösen ausgenommen sind. Nikolas und ich haben vermutet, dass es sich dabei um Zentren der Mh'u-Kultur handelte. Oder noch handelt. So genau haben wir es nie herausgefunden.«

»Jede menschliche Kultur kennt solche Orte«, fügte Bar-Kleophas hinzu. »Die meisten alten Kirchen stehen an solchen Stellen, über den Ruinen römischer Tempel und uralter Kultstätten. Aber ebenso gibt es Orte, wo das Böse besonders mächtig ist. An diesen verfluchten Orten fanden gehäuft Morde, Schlachten, Hinrichtungen oder Deportationen statt.«

Maria wandte sich an Yoko. »Worauf willst du hinaus?«

»Wir wissen immer noch sehr wenig über dieses blaue Material der Amulette. Vor elf Tagen bekam ich eine E-Mail von Dr. Blankenship vom CERN in Genf, dem wir eine Probe des Materials zur Untersuchung im Large Hadron Collider überlassen hatten. Dr. Blankenship war sehr besorgt, weil es bei dem Beschuss der Probe durch hochenergetische Protonen zu einer unerklärlichen Anomalie kam. Die Energiebilanz der Teilchen stimmte nicht mehr, es war, als wären die Protonen einfach von dem Material verschluckt worden. Einige Nanosekunden später waren sie dann wieder da. Wir vermuten, dass das blaue Material das Raum-Zeit-Gefüge extrem staucht und sozusagen umstülpt. Auf welche Weise, ist noch völlig rätselhaft.«

»Die Amulette sind Tore durch die Zeit«, bestätigte Peter. »Und sie sind, wie Sie sagen, ein Speichermedium, in dem die Mh'u ihr gesamtes Wissen über die Welt festgehalten haben, einschließlich des großen Plans.«

Yoko nickte. »Ich denke auch, dass wir die Amulette im Zusammenhang mit Ihrer Tätowierung sehen müssen, Mr. Adam. Seit Wochen beschäftige ich mich mit der Tätowierung, die Sie und Ihr Bruder am ganzen Körper tragen. Sie haben den Grundriss des Pantheons in Rom darin entdeckt und viele weitere Hinweise und Symbole. Ich selbst konnte daraus den Code des tödlichen Virus entschlüsseln. Ich bin überzeugt, dass die Tätowierung noch viel mehr Informationen birgt. Dass sie eine sehr komplexe Nachricht der Mh'u an uns ist. Das heißt: komplex für uns. Für die Mh'u mag das die simpelste Art sein, mit unserem beschränkten menschlichen Verstand zu kommunizieren.«

Peter nickte. »Und was haben Sie herausgefunden?«

Yoko hustete. Maria bemerkte, dass sie schwitzte. Sie sah viel blasser aus als sonst, wirkte erschöpft, als strenge sie die Versammlung sehr an. Auch Anselmo schien es zu bemerken und wirkte beunruhigt.

»Alles in Ordnung mit dir, Yoko?«

Yoko mühte sich ein Lächeln ab und griff nach einer großen Papprolle, die die ganze Zeit über auf einem der kleinen Kaffeetischchen gelegen hatte.

»Es war reiner Zufall«, erklärte sie fast entschuldigend. »Ohne Anselmo hätte ich es ohnehin nie geschafft. Ich habe das gemacht, was ich immer mache, wenn ich nicht weiterkomme – einfach mal herumgespielt.«

Sie zog ein großes Poster mit einer Abbildung von Peters Tätowierung auf beiden Körperhälften aus der Papprolle.

Maria, ihre Mutter, Peter, Anselmo und Bar-Kleophas traten näher, um die Zeichnung betrachten zu können.

»Du, Maria, hast mich eigentlich darauf gebracht«, fuhr Yoko fort. »Aus der Analogie zur mittelalterlichen *mappa mundi* hast du geschlossen, dass die Amulette eine Art gigantischer Speicher sind, ein Welt...gedächtnis.« Yoko hustete wieder und deutete dann auf die Abbildung der Tätowierung. »Seht ihr dieses seltsame Gitternetz? Auf den Armen ist es am deutlichsten zu sehen. Es zieht sich über den ganzen Körper. Manchmal ist es durch andere Symbole verdeckt, aber es bildet sozusagen die Grundierung der gesamten Tätowierung. Ich habe es anfangs für das Gittermodell einer Kristallstruktur oder eines komplexen Moleküls gehalten. Dann wieder hat es mich an Nervenstränge und Ganglien erinnert. Aber vielleicht ist es viel konkreter gemeint.«

»Eine Karte«, sagte Maria.

Yoko nickte. »Ich habe diese Gitterstruktur von einer Spezialsoftware isolieren und zusammenfügen lassen. Die einzelnen Teile passen haargenau zusammen.« Sie zog einen weiteren Papierbogen aus der Rolle. Darauf war eine fächerförmige Abbildung der seltsamen Gitterstruktur zu sehen. Yoko zog eine letzte Folie heraus. Zu erkennen war eine schematische Weltkarte mit den Umrissen sämtlicher Kontinente und Ozeane. Sie legte die Folie über den Fächer mit dem Gitternetz.

»Die Projektion dieser Weltkarte ist winkeltreu. Ich musste mit der Größe der Abbildung etwas herumexperimentieren, bis der Effekt eintrat.«

»Welcher Effekt?«

Yoko legte jetzt das Medaillon mit dem Doppelkreis an den Scheitelpunkt des Gitternetzfächers. »Hoffen wir mal, dass es auch mit diesem Amulett klappt.«

Sie schaltete den Laserpointer ein und zielte mit dem blauen Punkt auf das Medaillon in der Mitte der Zeichnung. Augenblicklich reagierte das blaue Material. Es begann, von innen heraus zu leuchten. Maria hatte fast den Eindruck, es würde unter dem blauen Licht aufweichen. Dann sah sie, dass sich von dem Material ein bläulicher Lichthof um die Zeichnung herum ausbreitete und die Linien und Punkte entlangkroch, wie Farbe in die Linien hineinsickerte. Als erkenne das Medaillon die Zeichnung und taste sie ab.

»Es klappt.« Yoko wirkte erleichtert.

Einige Linien und Punkte traten im blauen Licht jetzt deutlicher hervor und bildeten eine neue Netzstruktur. Yoko schaltete den Laserpointer ab. Das blaue Leuchten wurde schwächer, glühte aber noch deutlich nach. Mit einem Filzstift pauste Yoko zügig die Linien und Punkte auf die Folie mit der Weltkarte ab. Als das Leuchten ganz erlosch, war sie fertig und hielt die Weltkarte hoch, sodass alle sie sehen konnten.

»Die Reinen Orte!«, flüsterte Maria.

»Die Positionen sind natürlich sehr grob«, sagte Yoko und hustete wieder. Anselmo rückte ängstlich von ihr ab.

»Mit Anselmos Hilfe, der einen Algorithmus programmiert hat«, fuhr Yoko fort, »konnte ich die Geokoordinaten aber annährungsweise bestimmen. Sämtliche Punkte, die auf Landflächen liegen, stimmen mit den Positionen alter Heiligtümer, Kultstätten oder Kathedralen überein. Magische Orte der Menschheit. Heilige Orte. Ich glaube, wenn wir die Tätowierung auf der Mumie von Nikolas Adam auf die gleiche Weise untersuchen, kommen noch ein paar Orte dazu.«

Maria konnte den Blick nicht von dieser Weltkarte abwenden. Die Punkte und Linien erinnerten sie an eine Karte mit ›Traumpfaden‹ der australischen Aborigines.

»Das ist fantastisch, Yoko!«, sagte sie beeindruckt. »Falls deine Vermutung stimmt, wären das also Orte, an denen Menschen Zuflucht vor der Infektion finden könnten?«

»Ich weiß es nicht«, gestand Yoko. »Es ist nur eine Vermutung.«

»Aber es sind zu wenig Orte«, wandte Anselmo ein. »Die gesamte Menschheit wird sich unmöglich an diesen Orten zusammenballen können.«

Maria richtete sich auf und sah ihn an. »Es sind Inseln der Hoffnung!«, sagte sie mit fester Stimme. »Und die Welt muss erfahren, dass es sie gibt.«

»Selbst, wenn sie dir glauben«, wandte Anselmo erneut ein. »Das wird eine unvorstellbare Massenpanik auslösen. Die Menschen werden sich schon auf dem Weg dorthin tottrampeln. Und wenn diese Orte erst überfüllt sind – und sie *werden* im Nu überfüllt sein –, wer weist die Neuankömmlinge ab? Das führt zu Mord und Totschlag!«

»Dann ist es unsere Aufgabe, genau das zu verhindern«, sagte Maria. »Und noch mehr Reine Orte zu finden.«

Sie erinnerte sich wieder an ihre Vision acht Wochen zuvor in der kleinen Pension in Montpellier. Als sie den Rosenkranz mit einem der Amulette gebetet hatte und die Jungfrau Maria ihr erschienen war, sie berührt und ihr übers Haar gestrichen hatte, ihr ganz nah gewesen war. *Fürchte dich nicht, Maria. Sei stark. Atme. Lebe. Finde.*

»Wir brauchen eine Liste.« Maria tippte auf die Karte. »Das – ist unsere Arche. Wir haben keine bessere. Wir sollten anfangen, die Welt darüber zu informieren.«

Zum ersten Mal, seit Yoko ihrer Erkenntnisse vorgestellt hatte, sah Maria jetzt wieder Peter an. Er lächelte sie an. In diesem Lächeln erkannte Maria endlich den Mann wieder, den sie liebte. Ihn und sein anderes Ich, dem sie das Amulett gegeben hatte. Und genau deswegen wusste sie, dass sie eine Chance hatten.

LI

24. Juli 2011, Ny-London, Insel Spitzbergen

Der Präsident wirkte angespannt, geradezu nervös. Zögerlich. In den über vierzig Jahren, die Satoshi Nakashima nun schon der Konferenz angehörte, hatte er den Präsidenten noch nie in einer derartigen Verfassung erlebt. Und es gefiel ihm ganz und gar nicht. Erst recht nicht angesichts der augenblicklichen Lage, die schnelle Entscheidungen verlangte.

Nakashima bemerkte, dass Flamels Anspannung auch auf die anderen Mitglieder der Konferenz übergriff. Niemand sprach, alle warteten nur darauf, dass der Präsident etwas sagen würde. Was auch immer man von einem Mann halten mochte, der über siebenhundert Jahre alt war, niemand hätte es gewagt, ihn zu unterbrechen. Flamels Autorität stand außer Frage, er war der Präsident, der Gründer der Konferenz, der Entdecker der Transmutation, der Herrscher der Welt. Und natürlich hatte er vor, es auch zu bleiben. Solange er lebte. Aber genau das war Nakashimas Problem. Nicolas Flamel konnte gut und gerne noch weitere siebenhundert Jahre alt werden. Oder noch älter. Das Buch Dzyan machte keine Angaben darüber, wie lange auserwählte Menschen leben konnten, die mit dem Tesserakt in Berührung gekommen waren. Nakashima jedenfalls gehörte nicht zu ihnen. Und seine Chancen auf Unsterblichkeit sanken gerade rapide.

Mit nur schwer beherrschter Geduld sah er zu, wie der Präsident in dem Buch Dzyan blätterte, das kurz zuvor in der Zentrale eingetroffen war. Seth hatte Wort gehalten. Diesmal. Man würde nicht umhinkommen, sich an die Vereinbarung zu halten.

Nicolas Flamel ließ sich Zeit. Quälend langsam studierte er Blatt für Blatt des uralten Codex, den er selbst teilweise mitgeschrieben hatte. Vor allem die frühesten Texte schienen ihn zu interessieren, und auch Peter Adams Übersetzungen der Maya-Codices.

Einmal hob er kurz den Kopf und sah Nakashima aus seinen gelblichen Augen an.

»Peter Adam und sein Bruder haben ganze Arbeit geleistet.«

Nakashima nickte nur. Flamel schien ohnehin keine Antwort erwartet zu haben. Er wandte sich wieder dem Buch zu. Ein hässlicher alter Mann, mit einer Haut wie Pergament, eingefallen und gebeugt von den Jahrhunderten, den kahlen Schädel mit einer roten Mütze mit Ohrenkappen bedeckt, die er niemals absetzte. Manchmal hackte er mit einem seiner knochigen, ungepflegten Finger auf eine Stelle im Text ein, wenn er etwas Interessantes entdeckt hatte. Bevor er umblätterte, leckte er jedes Mal seinen Daumen an, aber erst nach mehreren Versuchen kam genug Speichel zusammen. Er sah aus wie ein bösartiger Vogel, der sich über seine Beute beugte und hin und wieder an ihr herumpickte. Seine ganze Gestalt widerte Nakashima an. Aber mehr noch als seine Gestalt widerte ihn nun seine Unentschlossenheit an. Siebenhundert Jahre, dachte Nakashima, sind genug. Die Konferenz brauchte dringend eine Erneuerung. Auch darum würde man sich kümmern müssen, wenn die neue Ordnung errichtet war.

»Präsident!« Nakashima hielt es nicht mehr aus. Aus den Augenwinkeln sah er, wie die anderen Mitglieder zusammenzuckten. Einige vor Erleichterung.

Flamel hob den Kopf und sah ihn wieder mit seinen erloschenen Augen an.

»Ungeduldig, Nakashima?« Seine hohe, schleppende Stimme klang gereizt. Nakashima beherrschte seine Nervosität und Wut und versuchte, so neutral wie möglich zu klingen. Wie es sich für den engsten und loyalsten Berater des Präsidenten gehörte.

»Was denken Sie?«

»Ja, was denke ich, Nakashima … Was denke ich, wenn man mich unterbricht …«

Nakashima ignorierte die unverhohlene Warnung.

»Ich meine, halten wir uns an die Vereinbarung?«

»Warum sollten wir das nicht tun? Vertrauen gegen Vertrauen.«

»Ich gebe nur zu bedenken, Präsident, dass wir den Tesserakt nicht mehr verschließen können, wenn Peter Adam tot ist. Wir würden vollkommen die Kontrolle verlieren. Wir werden ihn brauchen. Aber er wird uns wohl kaum vertrauen, wenn wir Schwester Maria töten.«

»Wo sind die beiden jetzt gerade?«, zischte ihn Flamel an.

»In der Dormitio. Zusammen mit Dr. Tanaka, Pater Anselmo und Shimon Bar-Kleophas. Hanson ist irgendwo in der Nähe und berichtet Seth, wie wir uns verhalten. Jedes Zögern unsererseits wird Seth als Bruch der Vereinbarung auslegen.«

»Ich verstehe Sie nicht, Nakashima. Erst raten Sie mir zum Bruch der Vereinbarung, und dann warnen Sie mich davor?«

Nakashima atmete durch. »Es gäbe vielleicht noch einen dritten Weg. Aber dafür gibt es nur noch ein sehr kleines Zeitfenster. Sie müssen eine Entscheidung treffen, Präsident. Jetzt.«

»Was ist das für ein dritter Weg?«

»Wir müssen unsere Vereinbarung mit Seth erfüllen. Und zwar ehe Hanson selbst aktiv wird. Wir müssen Peter Adam und Schwester Maria töten. Das heißt, Seth muss *überzeugt* davon sein, dass wir sie getötet haben. Dazu müssen die beiden vollkommen von der Bildfläche verschwinden. So lange, bis die errechnete optimale weltweite Bevölkerungsdichte erreicht ist. Dann taucht Peter Adam wieder auf und verschließt – mit unserer Unterstützung – den Tesserakt. Leider sterben er und Schwester Maria dabei. Wir präsentieren die beiden als Retter der Menschheit und errichten eine neue Weltordnung unter Ihrer Führung, Präsident. Danach kümmern wir uns um Seth.«

Flamel neigte ihm sein weniger schwerhöriges Ohr zu und schüttelte die ganze Zeit über mit dem Kopf. Die anderen Mitglieder der Konferenz hielten sich wie vereinbart zurück. Nakashima wusste, dass er sich im Augenblick auf sie verlassen konnte. Die Furcht, dass der Plan, auf den die Konferenz jahrhundertelang hingearbeitet hatte, in letzter Sekunde ausgerechnet an der Altersschwäche ihres Gründers scheitern könnte, beunruhigte sie alle.

»Das gefällt mir nicht, Nakashima«, murmelte Flamel und kratzte sich unter seiner Mütze. »Das gefällt mir überhaupt nicht.«

»Was gefällt Ihnen daran nicht?«

»Alles, Nakashima, einfach alles. Zu viele unbekannte Faktoren. Zu viele Fragezeichen. Zu viele Risiken.«

»Natürlich bleibt ein Risiko«, gab Nakashima unumwunden zu. »Aber uns gehen langsam die Optionen aus. Wir haben die Amulette, wir haben die Technologie und können damit präzise ...«

Flamel schlug unvermittelt mit der flachen Hand auf den Tisch. Die anderen Mitglieder der Konferenz zuckten zusammen. »Viel zu viele Risiken!«, rief er. »Sie gefährden den ganzen Plan! Was soll das werden, ein Putsch? Wir stehen kurz vor dem Ziel! *Ich* treffe immer noch die Entscheidungen!«

Niemand reagierte. Flamel beruhigte sich und wandte sich dann wieder dem Buch Dzyan zu. Aber ehe Nakashima den Mut fand, ihn erneut zu unterbrechen, zischte er: »Vereinbarungen, Nakashima, müssen eingehalten werden. Immer.«

»Jawohl, Präsident.«

Daumen lecken. Umblättern.

»Wie viel Zeit bleibt uns bis zum Tag Zero?«

»Wenn die Maya sich nicht verrechnet haben, noch siebzehn Monate. Das klingt viel, aber wir sollten nicht ...«

»Das ist genug!«, schnitt Flamel ihm scharf das Wort ab, ohne ihn anzusehen. »Irgendwann, Nakashima, wenn alles vorbei ist, werde auch ich sterben. Falls Sie so lange leben, werden *Sie* Präsident sein. Aber bis dahin – treffe *ich* die Entscheidungen.«

»Ich wollte nicht respektlos sein, Präsident.«

Flamel sah ihn wieder an. In seinem trüben Blick lag etwas Uraltes, Mächtiges. Etwas, das alle körperliche Schwäche überdauerte. Nakashima verstand, dass er zu weit gegangen war. Die Zeit war einfach noch nicht reif.

Flamel wandte sich ab, als habe er das Interesse an Nakashima verloren, sank in sich zusammen und faltete die knochigen Hände vor der Brust, wie immer, wenn er über etwas nachbrütete. Mit seiner roten Mütze wirkte er wie ein erstarrtes giftiges Insekt, das man besser auf der Stelle erschlug. Nakashima überlegte, ob er nicht einfach genau das tun sollte. Ihn erschlagen. Hier und jetzt. Er war schließlich nur ein alter Mann, der beim Nachdenken mit den farblosen Lippen zuckte, als hielte er stumme Zwiesprache mit sich selbst. Oder seinem Dämon. Ein Anblick, der Nakashima zugleich anwiderte und zu Tode ängstigte. Beides gute Gründe, den Alten zu töten, ehe Flamel *ihn* umbringen lassen würde. Aber bevor Nakashima noch genug Entschlossenheit aufbringen konnte, richtete Flamel sich schon wieder auf und sah Nakashima durchdringend an, als ob er seine Gedanken gelesen habe.

»Bereiten Sie alles vor, Nakashima«, sagte er leise, aber unüberhörbar. »Wir machen es so, wie Sie vorgeschlagen haben.«

LII

24. Juli 2011, Dormitio-Abtei, Jerusalem

Du bist das Werkzeug des Lichts, aus Hass geschmiedet, um Schmerz und Tod zu säen. Du bist der zweite apokalyptische Reiter, ausgesandt, die Welt durch Blut und Tod zu reinigen. Und genau das wirst du tun.

Von seiner Position aus konnte Father Hanson das Kloster am besten überblicken. Über die winzigen Mikrofone, die er in den letzten Tagen dort platziert hatte, konnte er jedes Wort verstehen, das im Diwan gesprochen wurde, so klar, als sitze er selbst dabei. Es gab kein Entkommen. Sobald Peter Adam und Maria das Kloster verließen, würde er da sein. Er würde schnell sein, ein perfektes Werkzeug des Hasses und des Schmerzes. Und er freute sich bereits darauf.

Father Hanson tastete erneut nach der Machete unter seiner Kutte und spürte das Gewicht der gut geschärften Klinge, die leicht wie ein Engel erwachen würde, wenn es so weit war. Und es war so weit. Hanson sah auf die Uhr, erkannte befriedigt, dass die Stunde, die er noch warten sollte, verstrichen war, und erhob sich. In seinem Kopfhörer hörte er Maria über die Reinen Orte sprechen.

Hass ist die reinste Erscheinung des Lichts, und Schmerz ist der Funke, der es entzünden wird.

Als er seine Position verließ, sah er Nakashimas Leute. Acht Männer in unauffälligen Anzügen, die in zwei Teams auf je einer Seite der kleinen Gasse vor der Abtei auf ihn zukamen. Er identifizierte sie sofort und erkannte auch, dass sie unter ihren Jacketts bewaffnet waren. Hanson legte eine Hand auf den Griff der Machete unter der Kutte. Eine Welle von Wut und Enttäuschung brandete durch seinen Körper. Er überlegte kurz, was er tun sollte, entschied sich dann aber, die Operation wie geplant zu beenden. Nakashimas Leute hatten ihre Chance gehabt, aber sie waren eben zu spät gekommen.

Du bist das Werkzeug des Schmerzes.

Ruhig und ohne Eile ging er weiter auf den Eingang der Abtei zu. In seiner Mönchskutte fiel er nicht weiter auf. Eine Gruppe koreanischer Pilgerinnen kam durch die Gasse. Sie folgte singend ihrem Reiseleiter, der ein großes, poliertes Holzkreuz auf den Schultern trug, wie man es an jeder Ecke leihen konnte, um den Leidensweg Christi auf der Via Dolorosa nachzuempfinden. Hanson sah, dass Nakashimas Leute kurz warteten, um die Pilgerinnen passieren zu lassen. Er wollte den Moment nutzen, um in die Abtei zu schlüpfen. Eine der Koreanerinnen hatte ihn jedoch entdeckt und kam auf ihn zu.

»*Father!*«, bat sie lächelnd. »*Please bless me, Father!*«

Hanson sah, dass Nakashimas Leute immer noch warteten, legte der kleinen Frau eine Hand auf den Kopf und sprach den Segen. Die Koreanerin bedankte sich und eilte dann ihrer Gruppe nach. Die Gasse war jetzt frei. Hanson beeilte sich. Aber irgendetwas irritierte ihn und ließ ihn zögern. Irgendetwas hatte sich verändert. Er brauchte einen Moment, bis er verstand, was es war.

Er sah nur noch *sieben* von Nakashimas Leuten. Der achte war verschwunden. Im gleichen Moment sah er die Bewegung aus dem Augenwinkel. Er wirbelte herum und riss die Machete aus der Scheide. Weiter kam er nicht. Er hörte das Ploppen nicht einmal mehr, als der achte Mann ihm aus nächster Nähe ins Gesicht schoss. Er hörte weder die Schreie der Koreanerinnen, noch das Geräusch, wie die Machete auf das Pflaster klirrte, noch das seines eigenen Körpers, als er neben der Machete aufschlug. Er spürte weder Schmerz, noch empfand er Hass, noch sah er das Licht. Father Hanson aus New York City, Priester, Exorzist, Säufer, Hurenbock, Besessener und Mörder, starb einfach und merkte es nicht einmal.

NAKASHIMA: Ihre Tochter und Peter Adam sind tot. Danke für das Buch.
LAURENZ: Was sollte das mit Father Hanson?
NAKASHIMA: Er stand auf einmal in der Schusslinie. Ein bedauerlicher Kollateralschaden. Ist das ein Problem?
LAURENZ: Nein. Natürlich nicht.
NAKASHIMA: Ich übermittle Ihnen jetzt die Bilder der Operation. Ihre Tochter ist Target Nummer Drei in der Mitte. Peter Adam ist Target Fünf. Sie erhalten in Kürze die Gewebeproben.

LIII

28. August 2013, Campo Santo Teutonico, Vatikanstadt

Der kleine Friedhof lag still und wie erstarrt im Dunkeln. Die warme römische Nachtluft duftete nach Blüten, fast tropisch schwül und wie von der Last der Jahrhunderte gesättigt. Peter erkannte im Dunkeln zwischen den Büschen und Pflanzen vereinzelte Grabsteine. In der Mitte des ummauerten Geländes ragte eine einzelne Palme auf. Dahinter erhob sich der Petersdom wie der Schatten eines großen Engels mit ausgebreiteten Schwingen.

Trotz der Stille schlugen Peters Sinne beim Betreten des Friedhofs jedoch sofort Alarm. Sein Körper reagierte wie von einer eisigen Windböe getroffen, der Kälteschauer ließ ihn zusammenfahren. Kein Geräusch war zu hören, kein Windhauch zu spüren. Dennoch war die Präsenz sehr stark, verursachte ihm Übelkeit. Und Angst.

Nikolas und auch Bühler schien es nicht anders zu gehen. Bühler griff bereits nach seiner Waffe. Er hielt sich geduckt und angespannt in der Deckung des Kollegs. Peter sah einen kleinen Weg vor sich, der zwischen den Grabanlagen hindurch zum Tor des Friedhofs führte. Trotz seiner Angst trat er aus dem Schatten des Kolleggebäudes und ging einige Schritte auf dem Weg, bis er in der Mitte des Friedhofs stand. Als er sich vorsichtig nach rechts umwandte, sah er *ihn*.

Sein blondes Haar, seine wie immer makellos weiße Kleidung ließen ihn selbst jetzt im Dunkeln fast leuchten. Klein und regungslos stand er unter der Palme zwischen den Gräbern und starrte Peter mit seinen ausdruckslosen Augen an. Er stand neben dem Tesserakt, der sich wie einer von vielen Grabsteinen aus dem Boden erhob.

»Hallo, Peter.«

»Hallo, Raymond.« Peter fiel nichts anderes ein.

»Es war nicht gut wegzulaufen.«

»Jetzt sind wir ja wieder da.«

Raymond schüttelte den Kopf, wie über eine Entschuldigung, die er nicht gelten lassen konnte. »Es war nicht gut.«

Auf einmal spürte Peter, dass Nikolas neben ihm stand.

»Und das bedeutet?«, fragte er.

»Einer von euch muss sterben. Ihr könnt wählen, wer.«

Peter konzentrierte sich darauf, gleichmäßig zu atmen. Das Atmen hielt die Angst und die Panik auf Abstand. Zu keiner Bewegung fähig, starrte er Raymond einfach weiter an und den Tesserakt, der zum Greifen nah war.

»Vergiss es, Raymond«, presste er schließlich hervor.

Raymond löste sich jetzt aus dem Nachtschatten der Palme und trat auf sie zu. In diesem Augenblick reagierten Peters Sinne auf eine Bewegung am Rand seines Sichtfeldes. Unwillkürlich wandte er den Kopf nach rechts und sah die Gestalt von Urs Bühler zwischen den Grabsteinen. Das Nächste, was er bemerkte, war Raymonds Irritation. Der blonde Junge hielt in der Bewegung inne und sah zu Bühler hin, wie zu etwas ganz und gar Unerhörtem. Er wirkte fast entrüstet. Dann fielen die Schüsse. Drei Mal feuerte Bühler auf Raymond, mit kurzen, präzisen Zielpausen, drei erstickte Plopps, die aber die römische Nacht in Peters Ohren aufrissen wie Hammerschläge, gegen die Mauern brandeten und dann weiter hinauf zur Kuppel des Petersdoms waberten.

Raymond wurde von der Wucht der Projektile von den Füßen gerissen. Sein Kopf platzte auf, und Bühler schritt zügig und konzentriert weiter auf ihn zu, die Waffe immer noch auf den regungslosen Körper gerichtet. Erst als der Schweizer schon über dem Jungen stand, löste sich Peters Starre.

»Vorsicht, Bühler! Halten Sie Abstand! Er kann nicht sterben!«

Was macht dich da eigentlich so sicher?

Bühler schien ihn ohnehin nicht zu hören. Als er über dem Jungen stand, schoss er ihm noch einmal in den Kopf. Dann war Ruhe. Und in diese Ruhe hinein sagte Bühler: »Oh mein Gott!«

Peter und Nikolas stürmten zu ihm hin, stiegen durch die Gräber bis zur Palme und sahen, was den Schweizer so erschütterte. Mit Raymond ging eine Verwandlung vor sich. Trotz der Dunkelheit konnte Peter zusehen, wie sein kleiner Körper unter der blutgetränkten Kleidung alterte, eintrocknete und zusammenschrumpfte und sich zu etwas ganz und gar Groteskem verwandelte, das nichts Menschliches mehr an sich hatte. Als der Prozess endete, sah Peter auf die kaum einen halben Meter messende mumifizierte Leiche eines abstoßenden Wesens mit einem Echsenkopf. Etwas Grauenhafteres hatte er noch nie gesehen. Nikolas und Bühler offenbar auch nicht. Sie starrten ebenso schockiert auf die Mumie.

Bühler fasste sich als Erster. »Was ist das?«, fragte er heiser.

»Keine Ahnung«, sagte Peter.

Bühler atmete durch und steckte die Waffe wieder ein.

»Wie auch immer«, sagte er, wie jemand, der wusste, dass für ihn alles erledigt war, was er sich je vorgenommen hatte, und nun begriff, dass er einer großen Leere entgegensah.

»Ich glaube immer noch nicht, dass er wirklich tot ist«, sagte Nikolas.

»Glauben Sie's ruhig.«

Peter sagte nichts, starrte nur auf die abstoßende Echsengestalt. Bis Nikolas ihn anstieß und auf den Tesserakt zeigte.

»Du musst ihn jetzt verschließen.«

Peter nickte. Er trat auf den Tesserakt zu, der klein, wuchtig und irgendwie unpassend zwischen den historischen Grabsteinen wirkte. Er hatte keinen Schimmer, wie er den Tesserakt verschließen sollte.

Was geöffnet wurde, kann wieder verschlossen werden.

Kann. Konnte. Musste. Irgendwie.

Also bückte sich Peter, nahm den Tesserakt in beide Hände und hob ihn hoch. Er betastete das klobige Kreuz mit den vier Querbalken von allen Seiten, drehte es hin und her, hielt es von sich weg. Die drastische Veränderung von Raymonds Leiche stimmte Peter immer noch zuversichtlich, dass sich auch der Tesserakt wieder in seine ursprüngliche Form zurückverwandeln würde.

Tat er aber nicht.

Peter legte den geöffneten Hyperwürfel wieder ab und begann, hektischer daran herumzutasten und schließlich mit den Fäusten auf ihn einzuschlagen.

»Geh zu, du Scheißding!«

»Was ist?«, fragte Nikolas, der ihn mit wachsender Nervosität beobachtete.

Schwitzend ließ Peter von dem Tesserakt ab. »Klemmt. Versuch du es.«

Nikolas schüttelte den Kopf. »Nur du konntest ihn öffnen, nur du kannst ihn wieder verschließen.«

»Wie du siehst, kann ich einen Scheiß. Versuch du es!«

Nikolas wiederholte alles, was auch Peter bereits versucht hatte. Tasten, heben, greifen, drehen, drücken, rütteln. Sie versuchten es zu zweit. Hielten den Tesserakt gemeinsam fest, verharrten so für Augenblicke, konzentrierten sich ganz auf das schwere Ding, setzten es wieder ab und versuchten es wieder. Aber auf welche Weise sie es auch probierten – weder entdeckten sie einen verborgenen Mechanismus, noch zeigte das Kreuz irgendeine Veränderung.

Der Tesserakt – die Büchse der Pandora, das Gefäß der Apokalypse – ließ sich nicht wieder verschließen.

Kapitel 11

DIE BOTSCHAFT

LIV

24. Juli 2011, Dormitio Abtei, Jerusalem

Der Phantomschmerz in ihrem abgetrennten Finger kehrte zurück, schlimmer als zuvor. Maria wunderte sich, wie ruhig die anderen blieben, als Bruder Isidor in den Diwan stürmte und ihnen von dem getöteten Priester vor dem Haupteingang berichtete. Irgendwie schien jeder so etwas erwartet zu haben. Zügig, aber ohne Panik verließen sie den Diwan und ließen sich von Bruder Isidor durch den Verbindungstunnel in das Nebengebäude auf der anderen Straßenseite führen. Maria fragte sich nur, ob dieser Mord überhaupt etwas mit ihnen zu tun hatte. Auch Yoko schien sich zu wundern.

»Wenn das unsere Leute gewesen wären, wären wir auch schon tot«, erklärte sie, als sie das Ende des Tunnels erreichten.

»Sehr beruhigend«, murmelte Anselmo. Maria sah jetzt, dass er einen kleinen Aluminiumkoffer bei sich trug, den sie vorher nicht bemerkt hatte. »Und du meinst, wir können hier jetzt einfach so rausspazieren?«

»Das habe ich nicht gesagt.«

»Die werden uns alle abknallen, sobald wir rauskommen!«, jammerte Anselmo. »Die kennen den Ausgang doch!«

»Wenn wir hier noch länger bleiben, werden sie uns sowieso töten, bevor wir noch einen einzigen Schritt gemacht haben«, meldete sich Bar-Kleophas mit der ruhigen, unerschütterlichen Stimme eines zum ewigen Mahnen Verurteilten.

»Warten Sie hier!«, sagte Bruder Isidor. »Ich werde nachsehen, wie da oben die Lage ist.«

Er eilte zurück durch den Tunnel.

»Keine Chance«, sagte Anselmo. »Die werden uns abknallen wie die Hasen.«

»Pater Anselmo?«, sprach ihn Peter sanft an.

»Ja?«

»Halten Sie einfach mal die Klappe.« Er wandte sich an die anderen. »Bis Bruder Isidor zurückkommt, sollten wir überlegen, wie wir überhaupt nach Rom kommen.«

Maria nickte ihm zu. »Es wird unmöglich sein, die Stadt, geschweige denn das Land zu verlassen. Ganz Jerusalem ist mit Sicherheitskameras übersät. Für Nakashima ist es ein Leichtes, sämtliche Flughäfen und Straßen zu überwachen.«

»Und nach Rom schwimmen wird auch nicht so leicht sein«, fügte ihre Mutter sarkastisch hinzu.

»Müssen wir auch nicht«, meldete sich Pater Anselmo jetzt doch wieder und grinste verlegen. »Wir brauchen nur ein Schlauchboot.«

»Machst du Witze?«, rief Maria. »Wie sollen wir das halbe Mittelmeer in einem Schlauchboot durchqueren? Selbst mit einem größeren Boot würde Nakashima uns auf offener See sofort finden.«

»Das Schlauchboot brauchen wir nur, um zur *Hikari* rauszufahren«, erklärte Yoko hustend. Sie nahm Anselmos iPad, startete eine Foto-App und zeigte ein Foto herum.

»Das ist das einzige existierende Foto von der *Hikari*. Allein, dass ich es Ihnen zeige, stellt einen unerhörten Vertrauensbruch dar, für den Nakashima San mich töten müsste.«

Maria erkannte das Objekt in der Bildmitte zunächst nicht genau. Sie sah nur einen Betonkai und Hallen im Hintergrund. Das Foto war an einem trüben, wolkenverhangenen Tag aufgenommen worden. Das Wasser vor dem Kai spiegelte das Grau des Himmels. Erst beim zweiten Hinsehen sah Maria, dass da etwas am Kai im Wasser lag. Ein flaches, graues Objekt, das sich über die gesamte Länge des Kais erstreckte. Das Objekt hob sich kaum vom Grau des Wassers ab.

»Was ist das?«

»Ein vollautomatisches U-Boot, mit dem Nakashima San

manchmal reist, wenn er im wahrsten Sinne des Wortes untertauchen will. Es kommt völlig ohne Besatzung aus, kann von einer Person – beziehungsweise nur von Nakashima San – bedient und gesteuert werden.« Yoko wandte sich an Peter. »Nicht, dass Sie denken, Ihre bionische Hand wäre bereits die Krone unserer Technologie. In der *Hikari* vereinen sich die wichtigsten technologischen Innovationen von Nakashima Industries. Ich kann behaupten, dass es nichts Vergleichbares gibt. Ihre Form wurde der Hydrodynamik von Haifischen nachempfunden. Ihre Hülle hält einem Wasserdruck bis in viertausend Metern Tiefe stand und passt ihre Farbe der Umgebung an. Für das bloße Auge, für Sonar, Radarstrahlen und jede bekannte Form von Ortungssystemen ist sie so gut wie unsichtbar. Die *Hikari* kann sechs Wochen ohne Unterbrechung tauchen und bietet Platz für vier Personen. Aber das Beste ist ihr Antrieb. Moderne militärische Atom-U-Boote schaffen eine Höchstgeschwindigkeit von etwa fünfzig Stundenkilometern. Die *Hikari* – der Name bedeutet übrigens ›Licht‹ – schafft fast Schallgeschwindigkeit.«

Für einen Moment herrschte verdutztes Schweigen im Diwan der Dormitio-Abtei.

»Das ist unmöglich!«, sagte Peter kopfschüttelnd. »Die Schallgeschwindigkeit unter Wasser beträgt über fünftausend Kilometer pro Stunde!«

»Gut, ich habe etwas übertrieben«, gestand Yoko. »Ich meinte die Schallgeschwindigkeit am Boden.«

»Das wären immer noch an die tausend Stundenkilometer! Kein U-Boot dieser Welt fährt so schnell!«

»Mit einem Superkavitationsantrieb schon.« Sie sprach schleppend, als müsse sie sich auf jedes Wort konzentrieren. »Der Antrieb der *Hikari* basiert auf dem Hohlsogprinzip, der sogenannten Kavitation. Jede Schiffsschraube erzeugt im Wasser kleine Luftbläschen. Was sich bei diesen herkömmlichen Antrieben als störender Widerstand auswirkt, erweist sich bei

Kavitationsantrieben als Trick.« Yoko holte erschöpft Luft, bevor sie leise wieder fortfuhr. »Unter der Nase des U-Bootes bildet sich ein Unterdruck, der bei sehr hohen Geschwindigkeiten ab etwa hundertachtzig Stundenkilometern dazu führt, dass das Wasser in diesem Sog buchstäblich verdampft und sich, vereinfacht gesagt, eine große Gasblase um den Rumpf des Bootes herum bildet. Jetzt gleitet das Boot durch sehr viel geringeren Widerstand und kann weiter beschleunigen. Dazu ist eine bestimmte Rumpfform nötig und eigentlich ein Raketentriebwerk.« Wieder hielt Yoko erschöpft inne. Maria reichte ihr ein Glas Wasser.

»Möchtest du dich ausruhen?«

Yoko schüttelte den Kopf und trank das Wasser in kleinen Schlucken, als koste sie allein das Trinken große Anstrengung.

»Auch die Steuerung wird schwierig«, erklärte sie weiter, »denn herkömmliche Ruder müssten aus der Blase herausragen und würden den Belastungen nicht mehr standhalten. Zudem wird die Gasblase um den Rumpf immer kleiner, je tiefer das Boot fährt. Nakashima Industries hat all diese Probleme gelöst. Allein das Triebwerk ist mit nichts vergleichbar, was es derzeit auf der Welt gibt. Die *Hikari* ist ein Wunderwerk der Technik. Und sie liegt außerhalb der Zwölf-Meilen-Zone vor Tel Aviv.« Sie sah Maria an. »Wir brauchen nur ein Schlauchboot, um hinzukommen.«

»Das ist alles?«, fragte Peter in die verblüffte Stille hinein. »So einfach?«

Yoko schüttelte den Kopf. »Nicht ganz. Leider. Die *Hikari* reagiert, wie gesagt, nur auf Befehle von Nakashima San. Sämtliche Systeme sind durch seinen genetischen Code gesichert. Wir kommen noch nicht mal an Bord ohne diesen Code.«

Alle Blicke richteten sich auf Anselmo. Der Pater verzog das Gesicht und klopfte auf seinen Aluminiumkoffer.

»Jaja, ich arbeite bereits dran. … Aber die *Hikari* ist nur für maximal vier Personen ausgelegt, und wir sind schon sechs.«

»Das ist kein Problem«, unterbrach ihn Yoko leise. »Ich … werde euch nicht begleiten.«

»Was soll das denn heißen?«, rief Maria überrascht.

Yoko lächelte sie wieder an, müde und dankbar zugleich.

»Du siehst doch, was mit mir los ist. Es wird nicht mehr lange dauern, und niemand kann es aufhalten. Wenn ich mitkomme, werde ich zur Gefahr für euch alle.«

»Nein!« Maria schüttelte heftig den Kopf. »Wir lassen dich nicht zurück.«

»Yoko hat recht!«, meldete sich jetzt Anselmo wieder. »So leid es mir tut. Aber ich habe gesehen, was mit den Infizierten passiert, und wir wissen nicht, ob es ansteckend ist.«

»Wir lassen niemand zurück!«, sagte sie zornig. »An Bord gibt es doch mit Sicherheit eine Krankenstation, Yoko?«

»Ja. Aber trotzdem …«

»Wir werden dich isolieren müssen, aber du kommst mit uns.« Sie blickte sich in der Runde um. »Oder gibt es da noch irgendwelche Einwände?«

Sie sah, dass Anselmo etwas sagen wollte, aber dann nur ergeben nickte, als habe er gerade sein eigenes Todesurteil bestätigt.

»War nicht persönlich gemeint, Yoko.«

Yoko nickte ihm zu. Sie wollte etwas sagen, doch Anselmo schüttelte den Kopf. »Ich hab vorhin eigentlich auch was anderes gemeint. Ich muss Amal warnen, damit er sich und seine Familie wenigstens irgendwo in Sicherheit bringen kann. Das bin ich ihm schuldig.«

»Können Sie ihm eine verschlüsselte Nachricht schicken?«, fragte Bar-Kleophas.

Anselmo nickte. »Klar.«

Bar-Kleophas ließ sich ein Handy geben, wählte eine Nummer und wechselte anschließend ein paar Worte mit jemandem auf Hebräisch. Für Maria hörte es sich an wie ein ernstes Gespräch unter Freunden. Nachdem er das Telefonat beendet hatte, kritzelte Bar-Kleophas rasch eine Telefonnummer auf einen Zettel und reichte ihn Anselmo.

»Amal soll Rabbi Nahum anrufen. Ben ist ein alter Freund mit guten Kontakten. Er wird sich um Amal und seine Familie kümmern.«

Anselmo klappte eilig seinen Laptop auf und setzte die Nachricht an Amal ab. Er war kaum fertig, als Bruder Isidor zurückkehrte. »Die Polizei hat die ganze Abtei weiträumig abgesperrt. Niemand kommt rein oder raus.«

»Na super«, murmelte Anselmo.

»Außer durch den Hintereingang des Nebengebäudes«, fügte Isidor hinzu. »Der liegt außerhalb der Absperrung.«

»Und wie kommen wir nach Tel Aviv?«, fragte Maria.

Bruder Isidor warf Anselmo einen Blick zu, und der junge Jesuit zog einen Autoschlüssel mit einem Madonnen-Anhänger aus der Hosentasche. »Ich hab ihn ja nicht gebraucht, kürzlich. Wir werden uns ein bisschen zusammenquetschen müssen.«

Mit ihren Sonnenbrillen, fand Maria, sahen sie fast aus wie Kollegen auf einem Betriebsausflug. Dennoch spürte sie bei allen die Anspannung. Zusammengedrängt in dem kleinen Fiat Panda des Klosters verließen sie Jerusalem. Am gelassensten von allen wirkte Bar-Kleophas. Nichts schien ihn aus der Ruhe bringen zu können. Maria fragte sich, ob aus unerschütterlicher Zuversicht oder der Sehnsucht, bald endlich sterben zu können. Anselmo am Steuer dagegen wirkte am nervösesten. Maria sah, wie er immer wieder in den Rückspiegel zu Yoko blickte, die fiebrig und eingefallen auf der hinteren Rückbank saß und verhalten vor sich hin hustete.

Obwohl sie nicht verfolgt wurden, machte Maria sich keine Illusionen. Sobald Nakashima merkte, dass Yoko und Anselmo geflohen waren, würde eine gnadenlose Hetzjagd beginnen.

In Tel Aviv parkte Anselmo den Fiat an der belebten Uferpromenade, nicht weit von der Marina. Ein heißer Tag. Sonntag, der Tag des Herrn. Für Israelis ein ganz normaler Arbeitstag, dennoch war der Strand voller junger Leute in Shorts und knappen Bikinis. Ein völlig anderes Bild als das prüde Jerusalem. Kaum einer der Männer trug hier noch eine Kippa, und selbst die Muslime gaben sich relativ freizügig.

Die kleine Gruppe schlenderte bemüht langsam zur Marina hinüber, wo die Yachten lagen. Der Hafenmeister, mit dem Bar-Kleophas wegen des Bootes telefoniert hatte, musterte sie zwar zunächst misstrauisch, aber Bar-Kleophas gab sich jovial und ungezwungen, plauderte mit dem Mann auf Hebräisch, und dann sah Maria, wie er ihn kurz am Arm berührte. Eine schlichte Geste wie unter alten Bekannten, aber sie bewirkte eine augenblickliche Veränderung. Der Hafenmeister sah Bar-Kleophas an, als erkenne er ihn jetzt, sein Blick wurde weich, fast ehrfürchtig, und er trat ohne ein weiteres Wort beiseite.

»Das Boot liegt am Ende der Mole«, sagte Bar-Kleophas zu den anderen und ging vor.

Das schwarze Schlauchboot mit dem Außenborder kam Maria viel zu klein für sechs Personen vor, umso erstaunter war sie, dass sie alle Platz fanden. Peter ließ sich von Anselmo ein handliches GPS-Gerät mit den Koordinaten der *Hikari* geben und steuerte das Boot aus dem Yachthafen heraus. Es schien ihm sogar Spaß zu machen. Maria erinnerte sich an ihren Abend auf dem Pantheonsplatz in Rom, als sie bunte Cocktails mit lächerlichen römischen Namen getrunken und für einen Augenblick die Illusion genossen hatten, sich einfach nur einen schönen Abend zu machen.

Als sie die Stelle erreicht und exakt lokalisiert hatten, warf Peter einen Anker, um das Boot zu stabilisieren. Zu sehen war nichts, nur tiefblaues Meer bis zum Horizont, vereinzelt ferne Frachter auf der Hauptschifffahrtsroute und das Aufblinken weißer Segel. Ein leichter Wind raute das Wasser auf, aber nicht stark genug, dass irgendwem übel wurde.

Maria wandte sich zu Yoko um. »Wo ist das U-Boot?«

»Direkt unter uns auf dem Meeresgrund in tausendfünfhundert Metern Tiefe. Wir müssen es erst heraufholen.«

»Ich arbeite daran!«, murrte Anselmo gereizt, bevor Maria noch weiterfragen konnte. Er öffnete seinen Aluminiumkoffer, der außer einem Laptop noch ein elektronisches Gerät enthielt, dessen Funktion sich Maria nicht erschloss. Sie sah, wie Anselmo einen USB-Stick an den Laptop anschloss und ein Terminalprogramm startete.

»Das ist die Reservesteuereinheit«, erklärte Yoko. »Sie stellt eine Funkverbindung zum Bordcomputer der *Hikari* her. Anselmo muss dem System nur noch vortäuschen, dass er Nakashima sei.«

»Und wie soll das gehen?«

»Ich habe Nakashimas DNA-Code im Steuerprotokoll durch meinen ersetzt«, erklärte Anselmo nervös. »Aber ich habe keine Ahnung, ob es nicht noch ein zweites Sicherheitssystem gibt. Gut möglich, dass es nicht klappt. Oder dass ich die *Hikari* versenke und uns gleich mit.«

Er stach sich mit einer Nadel in den Daumen, drückte den Blutstropfen in eine kleine Öffnung des Gerätes und startete ein Programm. Maria sah einen Anzeigebalken auf dem Bildschirm, der ruckend den Fortschritt der DNA-Sequenzierung anzeigte. Gespannt starrten alle auf den Bildschirm, bis der Balken ›100 %‹ anzeigte und kurz darauf die Meldung ›CODE DENIED‹.

Naka.Indu.net Chat-Protocol 24072011 14:23:45 – 14:24:10
GMT-01:00
Proxy-Server: naka.indu.th.net:34
Encoding-method: GOLEM.2.00

14:23:45 hikari
registrierter zugriff. procedure?
14:24:05 Client–001
procedure CV5E09.
14:24:10 hikari
aktiviert.

/End of conversation/

LV

28. August 2013, Campo Santo Teutonico, Vatikanstadt

Der Tesserakt wirkte noch schwärzer als die Nacht. Ein Schatten unter Schatten, der alles Licht verschluckte.

»Was ist jetzt?«, fragte Bühler angespannt, als Peter und Nikolas frustriert in ihren Bemühungen innehielten. »Wir müssen dieses Monstrum da drüben verbuddeln und dann von hier verschwinden.«

»Er geht nicht zu«, keuchte Peter. »Dieses Drecksding geht einfach nicht zu!«

»Ich denke, Sie sind der Einzige, der es verschließen kann.«

»DANN ERKLÄREN SIE DAS MAL DIESEM SCHEISS-DING!«

Bühler überlegte. Komplikationen schienen ihn nicht aus der Ruhe zu bringen. Er zuckte mit den Schultern. »Scheiß drauf. Ich bin hier fertig.«

Er wollte gehen.

»Warten Sie!«, rief ihn Peter scharf zurück. »Sie können uns jetzt nicht im Stich lassen! Wir hatten eine Vereinbarung.«

»Von der ich meinen Teil erfüllt habe. Wenn Sie dieses Ding nicht zukriegen, ist das nicht mein Problem.«

»Und dass die Welt untergeht etwa auch nicht?«

»Nicht wirklich, ehrlich gesagt.« Er hielt seine Waffe in die Höhe. »Ich werde das Ende ohnehin nicht erleben.«

Peter wurde wütend. »Sie blödes Arschloch!«, brüllte er Bühler an. »Haben Sie eigentlich gar nichts kapiert? Ihre kleine Schwester hat Ihnen Hunderte von Bildern ihrer apokalyptischen Visionen hinterlassen. Und in fast all diesen Bildern kommen *Sie* als Sonne vor.«

»Ja und?«

»Sie sind die verdammte Sonne! Sie waren das Licht für Leonie, die Rettung der Welt! Ihre Schwester hat Ihnen einen Auftrag erteilt, kapieren Sie das nicht? Und was machen Sie? Sie kneifen! Sie verpissen sich. Sie stecken sich eine Waffe in den Mund. Sie sind ein verdammter Feigling, Bühler.«

Peter zuckte kurz, als Bühler eine Bewegung mit der Schulter machte, wie um zu einem Schlag auszuholen. Aber Bühler schlug nicht zu, ließ den Arm wieder sinken, als ob ihm auf einmal die Kraft fehlte. Eine Weile stand er nur so da, keuchte wie angeschossen, starrte Peter an. Dann stöhnte er auf. Nickte stumm.

Peter deutete auf den Tesserakt. »Wir müssen das Ding zurück nach Israel bringen. Vielleicht lässt es sich nur dort verschließen.«

Nikolas schüttelte den Kopf. »Ohne Amulett? Wir kommen ja nicht mal in die Pyramide rein.«

»Hast du etwa eine bessere Idee?«, fuhr Peter ihn an.

In diesem Moment sah er das Licht.

Ein fahles Glimmen nur, das von der Stelle, an der die mumifizierte Leiche des Echsenwesens lag, wie ein Dunst über den Boden des Friedhofs kroch und rasch heller wurde.

»Vorsicht, Peter!«, rief Nikolas, aber Peter ignorierte die Warnung und sah sich die Sache näher an.

Die kleine Mumie war verschwunden. An ihrer Stelle lag das Amulett, das Raymond Maya in Iowa gegeben hatte. Peter erkannte das gekreuzte Symbol sofort wieder. Es lag einfach auf dem Boden und leuchtete wie eine kleine Lampe, die man Kindern zum Einschlafen ans Bett stellt. Neben dem Amulett lag ein kleiner Zettel.

»Fass es nicht an!«, warnte Nikolas ihn erneut, doch Peter hatte sich bereits nach dem Zettel gebückt. Er erkannte Mayas Handschrift erst auf den zweiten Blick an den energischen Schleifen und T-Strichen wieder, die sie schon als Kind gemacht hatte.

Du hast sie ziemlich beeindruckt, Papa. Man glaubt es kaum, aber sie IMPROVISIEREN jetzt! Jedenfalls im Rahmen ihrer Möglichkeiten. Sie wollen euch helfen, den Tesserakt zu verschließen. Nimm Bühler mit und sag ihm, dass Leonie auf ihn wartet. Nikolas soll zurückbleiben und sich um Marina kümmern. Wir sehen uns auf der anderen Seite. – Maya

»Wer ist Maya?«, fragte Bühler verstört.

»Meine Tochter.«

Das Amulett am Boden leuchtete jetzt so intensiv, dass Peter es kaum noch ansehen konnte.

»Und was meint sie damit, dass Leonie auf mich wartet? Und überhaupt mit ›anderer Seite‹?«

Peter warf Nikolas einen Blick zu.

»Es bedeutet, dass wir uns trennen müssen«, sagte sein Bruder. »Und zwar jetzt.«

Das Amulett versprühte inzwischen ein gleißendes, blaues Licht. Peter begann ebenfalls zu ahnen, was Maya meinte.

Dass er Abschied nehmen musste. Er umarmte seinen Bruder.

»Ich liebe dich, Niko.«

»Ich dich auch.«

»Erklärt ihr mir vielleicht, was hier passiert?«, fragte Bühler und wurde unruhig.

Nikolas schob Peter von sich weg. »Ihr müsst gehen.«

»Verdammt, *wohin*?«

Peter schnappte sich das gleißende Amulett, rannte damit zurück zum Tesserakt und legte es auf dem Hyperwürfel ab.

»Wenn Sie Leonie wiedersehen wollen, dann kommen Sie!«

Der Schweizer zögerte nicht mehr und stellte sich zu Peter an den Tesserakt.

»Was muss ich tun?«

»Keine Ahnung. Warten wir's ab.«

Das Licht hüllte sie vollkommen ein, inzwischen so hell, dass Peter die Gestalt seines Bruders nur wenige Schritte entfernt kaum noch erkennen konnte. Sie schien sich aufzulösen, wie überhaupt alles ringsum. Das blaue Gleißen wurde jetzt so unerträglich, dass Peter die Augen schließen musste. Aber selbst das half nicht. Peter schlug die Hände vors Gesicht, um sich zu schützen, aber das Licht durchdrang seine Hände, seinen ganzen Körper, schien jede Zelle durch Licht zu ersetzen. Er empfand keinen Schmerz, nur die Angst, sich vollkommen aufzulösen, für immer zu vergehen. Genau wie in dem Kokon. Neben sich hörte er Bühler beten.

Keine schlechte Idee.

Aber ehe er mit dem Vaterunser, dem einzigen Gebet, das ihm überhaupt einfiel, beginnen konnte, erlosch das blaue Gleißen schlagartig, und wie kurz zuvor in dem Kokon hatte Peter das Gefühl, in vollkommene Finsternis zu stürzen. Er brauchte einen Moment, bis er begriff, dass er immer noch stand. Als er die Hände vom Gesicht nahm, peitschte ihm kalter Regen ins Gesicht. Peter schätzte, dass die Temperatur um mindestens zwanzig Grad gefallen sein musste. Die Nacht wirkte dunkler als noch vorhin, und der starke Regen verbunden mit dem scharfen Wind ließen ihn frösteln. Sie standen immer noch auf dem deutschen Friedhof, aber Nikolas war nicht mehr zu sehen. Aus der Ferne hörte Peter Gesang, wie von einer großen Menschenmenge. Ein beißender Gestank aus Rauch und noch etwas anderem lag in der Luft, legte sich mit dem Regen auf ihre Kleidung und ließ Peter erschaudern.

Bühler brauchte ebenfalls einen Moment, um sich zu orientieren. Er schien sich zu wundern, dass er noch lebte.

»Ehrlich gesagt, hab ich was anderes erwartet. Irgendwas mit Engeln. Wirkt aber eher wie die Hölle.«

»Wieso?«, fragte Peter alarmiert.

»Riechen Sie das nicht? Verbrannte Leichen. Eine Menge davon.«

Die Friedhofsmauer wies eine große Lücke auf, als habe man versucht, sie auf einer Seite wegzusprengen.

»Lassen Sie uns nachsehen«, sagte Peter.

Bühler deutete auf den Tesserakt. »Und das *Ding*?«

»Holen wir später. Hier fällt er weniger auf, als wenn wir ihn mit uns rumschleppen.«

Da sie auf die Schnelle kein besseres Versteck fanden, buddelten sie den Tesserakt bis zur Hälfte unter dem dichten Efeu an einer Natursteinmauer ein. Da der Hyperwürfel kaum Licht reflektierte, musste man jetzt schon über die Gräber treten und das Gebüsch durchforsten, um ihn dort zu entdecken.

Gemeinsam kletterten sie über die geborstene Friedhofsmauer. Viel war nicht zu erkennen. Die Wache der vatikanischen Gendarmerie war nicht besetzt, die Wache der Schweizergarde an dem großen Tor dahinter ebenfalls nicht.

»Gefällt mir nicht«, sagte Bühler und zog seine Waffe.

Peter legte ihm eine Hand auf den Arm. »Ich glaube nicht, dass Sie die brauchen.«

»Was macht Sie da so sicher?«

»Na, achten Sie mal darauf, was die singen!«

Mit jedem Schritt hörte er den Gesang nun deutlicher. Ein altes Weihnachtslied, mit Inbrunst aus Tausenden von Kehlen gesungen. Ohne dass ihn irgendjemand aufhielt, verließ Peter das Gelände des Vatikans, zwängte sich links durch die Absperrung an den Kolonnaden und trat auf den Petersplatz.

Und verstand, was sich verändert hatte.

Alles.

Auf dem Petersplatz hatten sich Hunderttausende von Menschen versammelt. Die Menge füllte den ganzen Platz aus, reichte weit bis in die Via della Conciliazione hinein. Die Menschen hielten Kerzen und Fackeln in der Hand, sangen gemeinsam auf Italienisch dieses alte Lied. Das berühmteste Weihnachtslied der Welt. *Stille Nacht, heilige Nacht.*

Der Petersdom selbst lag im Dunkeln, aber im Schein der

Kerzen und Fackeln sah Peter, dass sich an seiner Stelle nur noch ein großer Trümmerhaufen erhob, aus dem ein riesiges Holzkreuz emporragte, wie ein trotziger Engel, der schützend seine Flügel ausbreitete. Auch die Sixtinische Kapelle dahinter war zerstört, sowie Teile des Apostolischen Palastes. Um das große Holzkreuz herum übersäten Tausende von kleineren Kreuzen den Trümmerberg. Ein ganzer Wald aus Kreuzen, dessen Anblick sich mit dem Gestank verbrannter Leichen zu einer furchtbaren Vorstellung verband.

Fassungslos und ergriffen starrten Peter und Bühler auf diesen Kreuzberg und die singende Menge davor. Erst jetzt bemerkte Peter, dass viele der versammelten Menschen große Bilder und Transparente mit dem Bild einer jungen Nonne vor sich her trugen oder in die Höhe hielten. Peter erkannte nicht gleich, wer die Nonne war. Bis eine kleine Gruppe an ihnen vorbeieilte und das Transparent, das sie mit sich trugen, kurz von einer der wenigen funktionierenden Straßenlaternen beleuchtet wurde.

Maria! Das ist Maria!

Kein Zweifel.

»Was zum Teufel ist hier los?«, fragte Bühler neben ihm.

Peter antwortete nicht, starrte nur verwirrt dem Transparent hinterher, das mit der Gruppe schwankend in der Menschenmenge verschwand. Eine junge Frau näherte sich ihnen und reichte ihnen eine Kerze.

»Welchen Tag haben wir heute?«, fragte Peter auf Englisch. Er musste die Frage wiederholen, denn die Frau schien ihn erst nicht zu verstehen.

»Den 21. Dezember«, sagte sie.

»Welches Jahr?«

Die Frau wirkte irritiert, geradezu misstrauisch. Sie wollte sich hastig wieder entfernen, doch Peter hielt sie fest.

»Signorina, bitte! *Welches Jahr?*«

»2012. Der 21. Dezember 2012.«

LVI

24. Juli 2011, Levantisches Meer

Anselmo fluchte leise und rieb sich nervös die Hände.

»Versuch's noch mal«, hustete Yoko.

»Was soll das bringen?«, rief Anselmo gereizt. »Wenn er meine DNA jetzt nicht akzeptiert, dann akzeptiert er sie gleich auch nicht! Mann, und was, wenn da unter uns gleich eine Megabombe hochgeht?«

»Bitte, Anselmo«, sagte Maria.

»Weil vielleicht ein Wunder passiert, oder was?«

»Weil gerade komplexe Systeme sich manchmal unvorhersehbar verhalten«, sagte Yoko.

Anselmo fluchte – und wiederholte die Prozedur mit dem Blutstropfen. Wieder sah Maria den ruckenden Balken auf dem Bildschirm. Als er endlich ›100 %‹ anzeigte, vergingen quälende Sekunden. Bis die Meldung erschien.

›CODE ACCEPTED‹.

Anselmo schien es selbst nicht zu glauben. Niemand sagte ein Wort, alle warteten gespannt, was als Nächstes passieren würde. Aber das Schlauchboot dümpelte nur träge auf der leichten Dünung. Maria sah besorgt, dass es Yoko immer schlechter ging. Sie litt unter der Hitze. Zudem hatte sich auf ihren Armen ein weißlicher und offenbar juckender Ausschlag gebildet. Anselmo sah es auch, sagte aber nichts mehr.

Die Zeit verging, nichts tat sich. Ohne den kühlenden Fahrtwind war die Hitze kaum noch auszuhalten. Maria nahm ihre Kopfhaube ab und hätte sich auch gerne von ihrem Habit befreit, aber das schien ihr unpassend. Sie starrte aufs Meer, als ob unter der glitzernden Oberfläche die Antworten auf all ihre Fragen und Befürchtungen lagen. Als sie wieder aufblickte, merkte sie, dass ihre Mutter sie die ganze Zeit über ansah.

»Woran denkst du?«

»An Papa.«

»Bete für ihn.«

Und das tat sie. Sie nahm ihren Rosenkranz. Peter beugte sich vor und reichte ihr sein Amulett.

»Nimm das. Bete für uns alle.«

Maria zögerte kurz, ergriff es dann aber dankbar und konzentrierte sich auf die Formeln der einzelnen Gebete. Perle für Perle, wie schon einmal in Montpellier. Als die achte Perle durch ihre Finger glitt, spürte sie, wie das Schlauchboot sich anhob und stärker schaukelte. Maria unterbrach ihr Gebet und sah die Veränderung der Wasseroberfläche, ein leichtes Aufwölben. Dann einen Schatten unter der Oberfläche und kurz darauf eine dunkelgraue Masse, die sich träge vor ihnen aus dem Meer erhob wie ein Wal zum Luftholen. Ein mindestens fünfzig Meter langer, monolithischer flacher Rumpf ohne Deckaufbauten und sichtbare Öffnungen. In der Rumpfmitte und am Heck jeweils stummelartige Ruder wie Flossen eines gigantischen Hais. Das Schlauchboot schaukelte heftig auf der Welle, die die *Hikari* beim Auftauchen erzeugte. Außer dem Zischen der belüfteten Tauchtanks machte das U-Boot jedoch keinerlei Geräusche. Als das Zischen verstummte, ragte der Rumpf der *Hikari* unbeweglich etwa einen Meter über die Wasseroberfläche. Wie eine Sandbank oder eine kleine Insel, die ein unterseeischer Vulkan soeben gebildet hatte.

Peter manövrierte das Schlauchboot an die *Hikari* heran. Immer noch konnte Maria keinerlei Öffnungen im Rumpf erkennen. Nachdem Anselmo jedoch einen weiteren Befehl in den Laptop eingegeben hatte, schob sich zischend eine Luke auf.

Peter übergab Bar-Kleophas das Ruder des Außenborders. Maria sah, wie der alte Mann ihm dabei das Säckchen mit seinem Amulett reichte. Sie half Yoko und ihrer Mutter an Bord.

Anselmo wollte sich nicht helfen lassen und rutschte fast auf der glatten Bordwand ab. Wie Schiffbrüchige standen sie auf dem Rumpf und sahen sich unschlüssig um. Bar-Kleophas saß noch immer im Schlauchboot.

»Geht schon mal an Bord«, sagte Peter. »Ich komme gleich nach.«

Maria verstand nicht. »Und was ist mit Shimon?«

»Ich werde nicht mitkommen, Schwester Maria«, rief Bar-Kleophas ihr aus dem Schlauchboot zu.

»Nein, nicht auch noch Sie!«, rief sie wütend. »Niemand bleibt zurück!«

Bar-Kleophas lachte. »Und wer bringt dann das Schlauchboot zurück?«

»Maria …« Peter berührte sie am Arm, doch sie schüttelte ihn brüsk ab.

»Scheiß auf das Schlauchboot!«, rief sie Bar-Kleophas zu. »Jetzt kommen Sie schon rüber!«

Bar-Kleophas schüttelte lächelnd den Kopf. »Ich habe Peter bereits mein Amulett gegeben. Hören Sie mir zu, Schwester! Ich bin über zweitausend Jahre alt. Meine Zeit ist abgelaufen, und glauben Sie mir, bei Gott, ich bin froh! Ich will aber in meiner Heimat sterben. Nicht in einem U-Boot, in Rom oder sonst wo. Ich will nach Hause, verstehen Sie das?«

Natürlich verstand sie.

»Ich werde den Orden vom Heiligen Schwert kontaktieren«, fuhr Bar-Kleophas fort. »Sobald Anselmo das Signal gibt, dass Sie angekommen sind, wird man Sie abholen.«

Peter warf ihm die Bootsleine herüber.

»Retten Sie uns alle, Schwester Maria!«, rief Bar-Kleophas. »Verkünden Sie die Hoffnung. Gott schütze Sie.«

Der Alte winkte, während er das kleine Boot wendete und zügig Gas gab. Ehe Maria ihm noch etwas nachrufen konnte, entfernte sich das Schlauchboot bereits röhrend von der *Hikari*. Bar-Kleophas wandte sich nicht mehr um.

Maria spürte, wie Peter ihre Hand ergriff.

»Komm mit runter, Maria.«

Maria zog die Nase hoch wie ein Kind, wischte sich die Tränen aus den Augen und sah Peter an.

»Dieses Abschiednehmen muss aufhören. Ich will niemanden mehr verlieren. Weder dich noch sonst irgendwen, den ich liebe. Versprich mir das.«

Innen war die *Hikari* kleiner, als Maria angenommen hatte. Die Einstiegsluke führte in einen schmalen Gang, der sich fast über die gesamte Länge des Bootes erstreckte. Maria musste den Kopf einziehen, als sie Peter zum Bug folgte. Hinter den Metallverkleidungen links und rechts des Ganges und auch darunter erstreckten sich die Maschinenräume, von denen Maria jedoch nichts weiter sah als kleine Kontrolltafeln mit Touchscreens. Im vorderen Teil des Bootes gab es zwei Kabinen mit Bädern und jeweils zwei Schlafplätzen, eine Bordküche und einen kleinen Aufenthaltsraum. Die ganze Einrichtung wirkte nüchtern, ohne jeden Luxus, typisch für Nakashima. Yoko hatte sich bereits in die Krankenstation zurückgezogen, die wie ein hochmoderner Operationssaal auf kleinstem Raum wirkte. Als Maria nach ihr sah, schnallte sie sich gerade auf dem OP-Tisch fest.

»Nur zum Start«, erklärte sie hustend. »Keine Sorge, Anselmo kriegt das schon hin mit der Steuerung. Es ist ... kinderleicht.«

Maria versprach, später wiederzukommen, und folgte Peter weiter zur Kommandobrücke im Bug. Auch hier glich die *Hikari* in nichts den U-Booten, die Maria aus Filmen kannte. Eher dem Cockpit eines Linienflugzeuges, mit zwei Pilotensitzen und zwei weiteren dahinter. Anselmo saß bereits auf dem linken Vordersitz, las konzentriert eine Art Handbuch und programmierte den Steuercomputer mit den Zielkoordinaten. Er wirkte ganz in seinem Element. Ihre Mutter saß hinter ihm und mühte sich ein Lächeln ab, als Maria eintrat.

»Schnallt euch an«, sagte Anselmo. »Yoko meint, dass es ein rauer Ritt wird. Zumindest bis die Geschwindigkeit für den Kavitationsantrieb erreicht ist.«

»Und das läuft wirklich alles automatisch?«

Anselmo drehte sich zu ihr um. »Der Hammer, nicht wahr? Tauchen, fahren, auftauchen, anlegen – sämtliche Manöver.«

»Und was ist bei einem Defekt?«

Anselmo sah sie an, als hätte sie gerade die Existenz Gottes angezweifelt, und wandte sich dann kommentarlos den Instrumenten zu. Maria nahm das Amulett wieder in die Hand und setzte ihr Rosenkranzgebet fort.

Als sich alle angeschnallt hatten, startete Anselmo mit einem einzigen Knopfdruck das Programm für die Fahrt nach Ostia. Maria hörte ein fernes Sirren aus dem Heck, bekam aber kaum mit, wie die *Hikari* wieder abtauchte. Bildschirme mit einer Außenansicht gab es nicht. Bei einer Tiefe von tausend Metern schaltete sich das Triebwerk ein, und das Sirren verwandelte sich in ein beunruhigendes metallisches Ächzen. Anselmo hatte nicht übertrieben. Obwohl die Beschleunigung nicht einmal hoch war, zitterte das ganze Boot, als ob es sich nur ruckweise durchs Wasser bewege. Das Zittern steigerte sich mit der Geschwindigkeit zu harten Stößen. Dazwischen hörte Maria Anselmos Stimme.

»Fünfzig Stundenkilometer … sechzig … achtzig … hundertzwanzig … hundertsechzig … hundertachtzig … hundertfünfundachtzig …«

Und bei hundertachtundachtzig Kilometern pro Stunde ging ein letzter Ruck durch den Rumpf, als ob sich das ganze Boot von einer großen Last befreie, und die Stöße hörten auf. Gleichzeitig schaltete sich im Heck mit einem tiefen Brummen ein zweites Triebwerk dazu.

»Zweihundertdreißig!«, rief Anselmo begeistert. »Wir haben Kavitation!«

Außer einer schwachen Vibration war nichts mehr von der Geschwindigkeit zu spüren, selbst nicht, als sie die fünfhundert

Kilometer pro Stunde erreichten. Weiter schien der Computer die *Hikari* im Mittelmeer nicht beschleunigen zu wollen.

»Ihr könnt jetzt aufstehen«, erklärte Anselmo nach einem Blick in das Handbuch. »Wir werden in etwa vier Stunden in Ostia anlegen.«

Maria schnallte sich ab und eilte sofort in die Krankenstation. Yoko lag bleich auf dem OP-Tisch, kaum noch bei Bewusstsein. Ihr Ausschlag war schlimmer geworden, bedeckte inzwischen jede sichtbare Hautfläche. Dennoch nahm Maria ohne Zögern ihre Hand.

»Kann ich noch irgendwas für dich tun?«

»Beten vielleicht.«

Beten. Das brachte sie auf eine Idee. Sie drückte Yoko das Amulett in die Hand.

»Bete du. Zu wem auch immer, aber bete. Ich meine es ernst, vielleicht funktioniert es.«

Yoko umklammerte das Amulett und nickte ihr zu. »Würdest du … mich küssen? Nur ein Mal …«

Maria küsste sie ohne Scheu sanft auf den Mund. Yoko schloss die Augen.

»Und jetzt geh!«

Sie sprach noch ein Gebet zur Muttergottes, bat sie um Heilung und Hoffnung für Yoko. Sie dachte an Bar-Kleophas' Abschiedsworte. *Verkünden Sie die Hoffnung.*

Ein Gedanke, so einfach und klar. Maria verschloss die Krankenstation und kehrte zurück ins Cockpit.

»Hast du eine Liste mit den Geokoordinaten der Reinen Orte, Anselmo?«

»Ja. Es sind auch noch ein paar dazugekommen.«

»Klingt vielleicht naiv, aber haben wir hier unten so was wie Internetzugang?«

»Wir haben eine stabile Verbindung zu zwei von Nakashimas Satelliten. Darüber kommen wir sogar ins Netz.« Anselmo strahlte vor Begeisterung.

»Was hast du vor?«, fragte Peter.

»Die Hoffnung verkünden. Eine Videobotschaft, die so viele Menschen wie möglich erreicht, am besten ... alle. Ist das möglich, Anselmo?«

»Du meinst wirklich *alle* Menschen?«

»Ja.«

Überraschenderweise nickte Anselmo. »Klar ist das möglich! Viral geht alles.«

»Nicht alle sieben Milliarden Menschen auf der Welt haben Internet«, wandte Peter ein.

»Aber Fernseher und Radios. Oder zumindest Freunde mit Fernsehern und Radios. Oder Freunde, die sich was merken und weitererzählen können.«

»Und du könnest meine Botschaft über sämtliche Fernseh- und Radiostationen der Welt laufen lassen?«

Wieder nickte Anselmo. Er glühte förmlich und klopfte begeistert auf den Laptop aus dem Aluminiumkoffer. »Mit Nakashimas Technik schicke ich deine Botschaft durch die ganze Milchstraße!«

»Ich sag's nur ungern«, wandte Peter erneut ein, »aber wird das Nakashima nicht auf unsere Spur bringen?«

»Ist er längst«, erklärte Anselmo ruhig.

»Wieso denkst du das?«, fragte Maria alarmiert.

»Es läuft alles zu glatt. Vor dem Kloster wird ein Priester ermordet, aber wir schaffen es unbehelligt nach Tel Aviv. Schon seltsam. Wir kapern Nakashimas bestes Stück und kriegen es sogar gestartet. Nicht wirklich wahrscheinlich, oder? Wenn ihr mich fragt, weiß Nakashima genau, wo wir sind.«

»Und das macht dir gar keine Angst?«

Anselmo hob die Schultern. »Eine Scheißangst sogar. Aber wenn er uns töten wollte, hätte er es längst tun können. Ich glaube, dass er irgendwas mit uns vorhat. Keine Ahnung, was, aber solange wir nützlich sind, lässt er uns am Leben. Außerdem glaube ich nicht, dass Gott uns verlassen hat. Und außerdem …« Er grinste Maria und Peter verlegen an. »… glaube ich an euch. Ihr seid die Hoffnung. Es wird Zeit, dass die Menschheit das erfährt. Also los, verkünde die Hoffnung, Maria, solange wir noch am Drücker sind.«

»Und in welcher Sprache? Ich kann nur Deutsch, Englisch und Italienisch.«

»Spielt keine Rolle.« Anselmo tätschelte den Laptop. »Ich werde dieses kleine Wunderding nie wieder hergeben. Da ist eine Wahnsinnssoftware von Nakashima Industries drauf, die gesprochenes Deutsch automatisch ins Mandarin, Englische, Spanische, Hindi, Urdu, Arabische, Portugiesische, Bengali, Russische, Japanische, Französische und Hebräische übersetzen kann. Nicht sämtliche Sprachen der Welt, aber immerhin die wichtigsten. Mit kleinen Fehlern zwar, aber was Besseres gibt's auf der Welt nicht. Um den Rest werden andere sich dann schon kümmern.«

Zum ersten Mal seit langer Zeit lächelte Maria wieder.

»Dann hör auf rumzuquatschen, und gib mir die Liste.«

Naka.Indu.net Chat-Protocol 24072011 15:38:17 – 15:38:24 GMT-01:00
Proxy-Server: naka.indu.th.net:34
Encoding-method: GOLEM.2.00

15:38:17 hikari
position für CV5E09 in 00:06:41
15:38:24 Client–001
go.

/End of conversation/

Als Maria ihre Ansprache in die kleine Laptopkamera beendet und Anselmo die Videobotschaft abgeschickt hatte, ging ein Ruck durch das U-Boot, das bis dahin verhältnismäßig ruhig in seiner Gasblase durchs Mittelmeer geschossen war. Ein kurzer Ruck nur, als habe die *Hikari* einen Widerstand durchstoßen müssen. Die Kontrollleuchten flackerten eine Sekunde lang, und das Leinensäckchen mit Bar-Kleophas' Amulett, das Peter die ganze Zeit in der Hand hielt, leuchtete hell auf, als habe man es aus einem tiefen Schlaf geweckt, in den es im nächsten Moment aber sofort wieder zurückfiel.

»Was war das?«, fragte Maria beunruhigt.

»Keine Ahnung.« Anselmo überprüfte die Instrumente. »Sieht alles normal aus, keine Fehlermeldung. Die Geschwindigkeit ist kurz abgefallen, aber jetzt sind wir wieder stabil.«

Anselmo überprüfte die Anzeigen erneut – mit dem gleichen Ergebnis. Die *Hikari* schoss immer noch mit fast fünfhundert Kilometern pro Stunde durch das Mittelmeer und passierte gerade die Südspitze von Sizilien.

»Vielleicht ein Fischschwarm oder eine starke Unterströmung.« Anselmo schien es jedoch selbst nicht zu glauben.

Maria lief zur Krankenstation. Als sie durch das kleine Bullauge blickte, sah sie, wie Yoko sich aufrichtete. Sie hielt immer noch das Amulett in der Hand.

»Ich fühle mich ... besser«, sagte sie, als Maria eintrat, und wirkte erstaunt darüber, immer noch am Leben zu sein. »Da war ein Licht. Alles war hell.«

Sie wollte aufstehen, doch Maria überredete sie, noch liegen zu bleiben. Den Rest der Fahrt über blieb sie bei ihr und konnte zusehen, wie Yoko sich erholte. Als das Kavitationstriebwerk erstarb und Anselmo durchgab, dass sie sich der Küste Italiens näherten, war der Ausschlag zu einer faserigen Kruste verschorft, die sich mühelos abschälen ließ.

So sehr sie sich über Yokos spontane Heilung freute, so sehr beunruhigte der Vorfall Maria. Peter, Anselmo und ihrer Mutter schien es nicht anders zu gehen. Gespannt verfolgten sie alle das quälend langsame Auftauchmanöver, und obwohl es niemand aussprach, wusste Maria, dass jeder von ihnen einen Angriff von Nakashima erwartete.

Peter bestand darauf vorzugehen, als die Luke sich endlich öffnete. Kurz darauf rief er die anderen nach oben.

Kalter Regen schlug Maria ins Gesicht, als sie aus der Luke auf den Rumpf der *Hikari* kletterte. Kein Stern erleuchtete die Nacht, die See war so rau und aufgewühlt, dass sie sich hinhocken und an der Luke festhalten musste, um nicht vom Rumpf abzurutschen.

»War das die Wettervorhersage für Süditalien?«, fragte ihre Mutter. Anselmo schüttelte den Kopf.

Sie hielten Ausschau nach dem Boot, das sie wie vereinbart abholen sollte, aber niemand erschien. Sie konnten noch nicht einmal die Küste erkennen.

»Hast du das Signal gesendet, Anselmo?«

»Natürlich!«

»Und du bist ganz sicher, dass wir vor Italien liegen?«

»Maria, nerv mich nicht!« Er klang verängstigt.

Der Regen ließ etwas nach, aber die Kälte drang durch bis auf die Knochen. Maria besorgte Decken für alle aus dem Schiff, danach scharten sie sich um die Luke und warteten einfach ab. Die Hoffnung, die alle nach Yokos Heilung ergriffen hatte, wich abgespannter Besorgnis. Sie sprachen nicht viel, aber Maria spürte, dass sich alle über das Wetter wunderten, das viel zu kalt für den italienischen Sommer war. Keines ihrer Handys hatte Empfang.

Peter stand am Bug und starrte angestrengt hinaus in die Nacht. »So nah vor der Küste müssten wir doch zumindest Positionslichter irgendwelcher Frachter oder Tanker sehen.«

Niemand antwortete. Maria zitterte vor Erschöpfung und Kälte. Yoko sah es, kletterte wieder ins Boot und kam wenig später mit einer Thermoskanne zurück, die sie herumreichte.

Der heiße grüne Tee vertrieb zwar kurz die Kälte, nicht aber die Ungewissheit. Sie kamen überein, bis zum Morgengrauen zu warten, und dann mit der *Hikari* näher an die Küste heranzufahren. Schweigend und frierend kauerten sie auf dem Rumpf, bis Maria nach über zwei Stunden ein fernes Dröhnen hörte.

Peter richtete sich auf und deutete in Richtung Küste, wo ein Helikopter mit eingeschaltetem Suchscheinwerfer dicht unter der Wolkendecke auf sie zuflog. Aus der gleichen Richtung konnten sie nun auch die Positionslichter eines Bootes erkennen, das direkt auf ihre Position zuhielt. Maria nahm die Hand ihrer Mutter, wie früher, wenn sie sich fürchtete. Als der Hubschrauber sie erreichte, senkte er seinen Suchscheinwerfer auf die *Hikari* und schwebte auf der Stelle über der Position. Geführt von dem Scheinwerfer näherte sich das Boot. Erleichtert erkannte Maria zwei Mönche und eine Nonne an Bord. Einer der Mönche warf ein Seil herüber, das Peter an der Luke festmachte. Als das Boot sicher am Rumpf der *Hikari* lag, sah Maria, dass die Nonne sie unverwandt anstarrte, wie eine Erscheinung aus dem Jenseits.

»Sind Sie gesund, Schwester Maria?«, rief die Nonne vom Boot aus.

»Ja. Wir sind alle gesund.«

»Die Nonne kletterte aus dem Boot auf den Rumpf der *Hikari* und kniete vor Maria nieder. Sie weinte.

»Segne mich, Schwester. Und vergib mir, denn ich habe nicht mehr geglaubt, dass du noch kommst.«

Völlig irritiert zog Maria die Nonne wieder auf die Füße.

»Erklär mir bitte, was das soll, Schwester.«

»Wir haben deine Botschaft erhalten. *Alle* haben sie erhalten.«

Maria sah hinüber zu dem verblüfften Anselmo. »Das ging ja schnell.«

Einer der Mönche kletterte zu ihnen auf den Rumpf. Auch er schien kaum glauben zu können, dass sie alle noch lebten.

»Ich bin Bruder Benedikt vom Orden des Heiligen Schwertes. Wir freuen uns, Sie gesund und vollzählig anzutreffen.«

»Wir sind auch froh, dass Sie das Signal erhalten haben, Bruder Benedikt«, begrüßte ihn Peter. »Gab es irgendwelche Schwierigkeiten?«

Die Frage schien Bruder Benedikt zu überraschen.

»Ja. Sie kommen viel später als erwartet.«

Peter verstand nicht. »Was meinen Sie mit ›viel später‹? Noch schneller hätten wir uns kaum fortbewegen können.«

»Wir haben siebzehn Monate auf Ihr Signal gewartet«, sagte Bruder Benedikt. »Wir haben verzweifelt nach Ihnen gesucht, aber Sie waren spurlos verschwunden.«

Maria fing Peters Blick auf und wusste sofort, was er meinte. Den Ruck. Das Flackern der Instrumente. Das Aufleuchten der Amulette.

»Nakashima hat uns in eine Falle fahren lassen«, stöhnte Anselmo. »Ich hab's gewusst.«

Maria wandte sich an die Nonne. »Welches Datum haben wir heute?«

»Den 21. Dezember 2012.«

»Oh, mein Gott! Und die Infektion? Ist sie …?«

Die Nonne nickte. »Die ganze Welt. Milliarden von Menschen sind gestorben. Oder schlimmer: wiederauferstanden. Ganze Metropolen wurden ausgelöscht. Aber dank dir, Schwester, gibt es auch Hoffnung. Viele konnten sich noch an die Reinen Orte retten und haben überlebt. Deine Botschaft, Maria, hat Millionen von Menschen gerettet.«

LVII

13. November 2376, Adam-Wüste, Novaroma

Die *Botschaft*«, sagte der alte Mann und sah den Jungen dabei an, der ihn kein einziges Mal mehr unterbrochen hatte. »Ihr kennt sie alle. Ihr tragt sie in euren verlausten Köpfen und in euren kleinen, klammen Herzen, wenn die Nacht kommt und ihr euch angstvoll aneinanderschmiegt. Die Botschaft der Hoffnung. Ich war dabei, als Maria sie in meinen Laptop sprach.« Anselmo spuckte aus und zog vorsichtig ein altes, zerfleddertes Stück Papier aus seinem Beutel, das er in einer vergilbten Klarsichthülle aufbewahrte.

»Das ist sie. Von ihrer eigenen Hand geschrieben, an Bord der *Hikari*. Ich brauch sie euch nicht vorzulesen, ihr kennt sie alle auswendig. Ich tu's trotzdem. Gebt mir mal ein bisschen Licht.«

Er setzte sich eine alte, vielfach mit Draht geflickte Lesebrille auf und wartete, bis ihm einer der Männer eine Kerze reichte und etwas Holz ins Feuer nachlegte. Dann las Anselmo die Botschaft vor. Er las sie gerne vor. Er wurde nie müde, sie vorzulesen.

Mein Name ist Maria. Ich bin eine katholische Nonne von der Genossenschaft der Barmherzigen Schwestern von der allerseligsten Jungfrau und schmerzhaften Mutter Maria. Mein Vater ist Papst Johannes Paul III. Ich glaube an Gott und unseren Herrn Jesus Christus, der am Kreuz für uns alle gestorben ist, an den Heiligen Geist, die Jungfrau Maria und an die Auferstehung des Leibes. Ich habe die Gnade gesehen, sie existiert. Aber für das, was ich euch zu sagen habe, ist das ohne Bedeutung. Ihr müsst weder an meinen Gott glauben,

noch an irgendeinen anderen. Ihr müsst nur an die Gnade und die Hoffnung glauben. Denn es gibt Hoffnung, und ich werde euch verkünden, wo ihr sie findet.
Das Böse hat eine gewaltige Plage über uns gebracht, um alles Leben auszulöschen, in aller Welt, überall. Jeden kann es treffen, Milliarden wird es treffen. Es ist ein Virus. Es ist nicht ansteckend, aber jeder von uns trägt es in sich, bei jedem kann es ausbrechen. Und wer daran stirbt, hat es womöglich immer noch nicht überstanden, denn viele werden auferstehen, um noch unermesslicheres Leid über ihre Nächsten zu bringen. Leider gibt es keinen anderen Weg, als diese Ausgeburten der Hölle, die nichts mehr mit den Menschen gemein haben, die sie einst waren, zu töten.
Es wird Krieg geben, Chaos, Verwüstung und noch mehr Tod und Verzweiflung. Aber ich sage euch: Es gibt Hoffnung. Denn überall auf der Welt existieren Orte, an denen ihr sicher seid. Magische, heilige, reine Orte, an denen das Böse machtlos ist. Orte der Gnade, an denen das Virus nicht ausbrechen kann. Versucht, diese Orte zu erreichen. Sie werden schnell überfüllt sein, daher bitte ich euch um Barmherzigkeit. Ich bitte euch um die Kraft eurer Herzen und die Liebe zu euren Nächsten. Nehmt auf, so viele ihr könnt. Haltet aus, bis das Böse besiegt ist. Haltet Kontakt zueinander. Betet. Und selbst wenn ihr nicht betet, bitte ich euch um Güte und Gnade. Die Apokalypse ist über uns gekommen, aber es gibt Hoffnung.
Und jetzt werde ich die geografischen Koordinaten sämtlicher Reiner Orte verlesen, die uns zur Stunde bekannt sind. Gott schütze und segne uns. Amen.

Anselmo faltete die kostbare Klarsichthülle sorgfältig zusammen und steckte sie zurück in seinen Beutel.

»Nach der ersten Welle in Israel und einer kurzen Phase ohne neue Ausbrüche folgte dann rasch die zweite Welle. Die Infektion schlug gleichzeitig auf der ganzen Welt zu, als habe sie nur noch einmal kurz Luft geholt, um zum großen Schlag auszuholen. Schon in der ersten Woche starben über zehn Millionen Menschen. Überall. Am verheerendsten war es in den großen Megastädten, aber auch in den entlegensten Wüstengebieten starben Menschen an jener rätselhaften Krankheit, die unmittelbar zuschlug und gegen die es kein Heilmittel gab. Ärzte und Wissenschaftler in aller Welt forschten fieberhaft nach einem Gegenmittel, fanden aber keines. Sie fanden nicht einmal die Ursache der Infektion, und auch sie starben wie die Fliegen.

Niemand war sicher. Die Infektion wütete wahllos in jeder Familie, jedem Volksstamm, in Schulklassen, Fabriken, Sportvereinen, Slums, Luxushotels, Regimentern und Bibelkreisen. In den Straßen stapelten sich die Leichen, weil die Krematorien mit dem Verbrennen nicht hinterherkamen, trieben in den Flüssen und verstopften die großen Häfen. Durch die desolate Hygienelage grassierten weitere Epidemien, sogar die Pest kehrte zurück.

Die westlichen Regierungen verabschiedeten ein Notstandsprogramm nach dem anderen – bis sie selbst bis zur Handlungsunfähigkeit dezimiert waren. Das öffentliche Leben erstarb. Industrielle Produktion und Landwirtschaft kamen zum Erliegen und führten zur größten Hungersnot in der Geschichte der Menschheit.

Aber zuallererst – kam noch der Krieg. Es war nur ein kurzer Krieg, denn die Seuche wütete auch unter den Soldaten, den Befehlshabern und Technikern in den Kommandozentralen und an den roten Knöpfen. Aber bevor sie in ihren Bunkern und Befehlsständen krepierten, führten sie noch einen letzten, verzweifelten Krieg. Er dauerte gerade mal zwei Wochen und kostete dennoch weitere Abermillionen von Menschenleben, denn die meisten Regierungen sahen in der Seuche nichts anderes als einen Biowaffenangriff. Von welchem Feind, wussten sie nicht, aber was spielte das noch für eine Rolle! Jeder hatte ja irgendwo noch eine Rechnung offen. Sie verzogen sich in ihre Bunker und drückten die roten Knöpfe, solange sie noch konnten. Auch wenn die Macht der Konferenz damals immer noch reichte, um den Start der Nuklearraketen zu verhindern, entfesselten die großen Militärbündnisse die größte Mobilmachung, die dieser Planet je erlebt hatte. Das reine Chaos. Kein Flugzeugträger, keine Flotte kam je in ihrem Zielgebiet an. Die Seuche raffte die Mannschaften nach kurzer Zeit dahin, bis die großen Schlachtschiffe steuerlos auf den Weltmeeren trieben. Von den großen Strömungen wurden sie schließlich an irgendwelche Küsten gespült, und Tausende von *Backies* krochen an Land, um noch mehr Entsetzen und Tod zu verbreiten. Von allen Kampfflugzeugen weltweit konnte überhaupt nur ein Drittel starten. Aber die Raketen! Die Raketen konnten starten, und sie trafen ihre Ziele. Indien und Pakistan bombten sich innerhalb von einer Woche in die Steinzeit zurück. Teheran wurde ausgelöscht, Jerusalem in Schutt und Asche gelegt, Washington, New York, Peking, London, Paris, Tokio, Berlin – in Trümmern und in Flammen. Nur Nordkorea schwieg. Kurz nach Ausbruch der Seuche verschwanden die Truppen an seiner Grenze. Der Rundfunk stellte sein Programm ein, das ganze Land verstummte. Verschwand einfach. Satellitenaufnahmen zeigten zwar große Mengen von Leichen in Pjöngjang und Umgebung, aber weit weniger als das Land Einwohner hatte. Niemand weiß bis heute, was dort passiert ist. Vielleicht hat die Seuche das ganze Land mit einem Schlag ausgerottet, vielleicht haben sie sich aber auch in gigantische Bunkersysteme retten können, in denen heute noch Hunderttausende von *Backies* eingeschlossen leben. Keiner weiß das. Es gab aber auch bald niemanden mehr, den das noch interessiert hätte. Genauso wenig wie das, was auf dem afrikanischen Kontinent passierte. Auch dort gingen einfach die Lichter aus. Im wahrsten Sinne des Wortes, denn die Satellitenaufnahmen zeigten den Kontinent einen Monat nach Ausbruch der zweiten Welle in völliger Dunkelheit unter einem Schleier von Rauch und Staub.

Gut möglich, dass es auch dort zu einzelnen Schlachten, Genoziden und Massakern kam, aber die Welt erfuhr es nie, weil Afrika ohnehin keinen mehr interessierte. Ich war vor vielen Jahren dort. Es gibt wieder Wälder und Tiere, paradiesische Orte, klare Luft und überwucherte Ruinen von ehemaligen Städten. Aber ich bin keinem einzigen Menschen begegnet, noch nicht mal einem *Backie*. Vielleicht gab's dort nie *Backies*, vielleicht sind sie aber auch einfach ausgewandert, weil sie in Afrika keine Nahrung mehr fanden. Jedenfalls hat der Mensch seine Wiege endgültig verlassen. Vielleicht kehren wir ja irgendwann dorthin zurück. Es ist nämlich sehr schön da. … Aber was rede ich von Afrika – sprechen wir von den *Backies*. Den Wiedergängern, den Wiederauferstandenen, den Zombies. So nannten wir sie damals, aber heute sagt man *Backies*, das kommt von ›zurück‹ aus dem Englischen, eine alte Sprache, die gut darin war, grauenhaften Dingen lustige Namen zu geben. Wer von euch hat denn schon mal ein *Backie* gesehen?«

Zwei der Kinder und die Hälfte der Erwachsenen hoben die Hände.

»Und wie habt ihr sie erledigt?«

»Kopf ab«, sagte der Junge vor ihm ernst.

»Dann wisst ihr ja Bescheid. Aber mehr wisst ihr eben auch nicht. Solange es noch so etwas wie eine funktionierende Wissenschaft gab, fand man heraus, dass etwa zwanzig Prozent der Opfer, die die Seuche forderte, kurz nach ihrem klinischen Tod als *Backies* wieder zurückkehrten. Wobei das nicht ganz richtig ist, denn *Backies* waren nie ganz tot, sie hatten nur einen kurzen Moment, in dem sie sich von Menschen in gefühllose Monster ohne Bewusstsein und Verstand verwandelten. Mehr hat man nie über sie herausgefunden, und fragen kann man die paar *Backies*, die noch übrig sind, auch nicht. Na ja, fragen schon, aber außer ein bisschen Grunzen und einem Biss in die Kehle kriegt man halt nie eine Antwort. Kleiner Scherz. … Wo war ich? … Also, die *Backies* waren gar nicht richtig tot, man musste ihnen erst noch den Rest geben. Und das war das Problem, denn ihre Angehörigen betrachteten sie immer noch als Verwandte. Als Geschwister, Ehefrauen, Eltern. Sie hatten Skrupel, sie zu erschießen oder ihnen die Köpfe abzuschlagen. Und zack – waren auch sie schon erledigt. Es dauerte, bis man die *Backies* als das erkannte, was sie sind: dumpfe, seelenlose Fressmaschinen. Ausgeburten der Hölle. Aber bis man das kapierte, war ihre Zahl auf Zigmillionen angewachsen. Sie schlurften und krochen stur und unbeirrt weiter, auf der Suche nach Menschenfleisch. Erst seit der Großen Reinigung vor zweihundert Jahren ist ihre Zahl so weit zurückgegangen, dass man Gebiete wie die Adam-Wüste wieder besiedeln kann.

Der Krieg tobte also zwei Wochen lang. Danach herrschte Stille. Die ganze Menschheit schien zu keuchen und zu stöhnen, fest in der Hand des weißlichen Todes und des Grauens durch die *Backies*, obdachlos, hungernd und frierend. Aber ohne Hoffnung? Nein! Zu diesem Zeitpunkt hatte sich nämlich die Botschaft bereits um die ganze Welt verbreitet. Solange irgendwo noch eine Rundfunkstation arbeitete, strahlten sie stündlich die *Botschaft* aus. Bis zum Ende des Internets konnte jeder, der einen Computer hatte, Maria sehen, wie sie die Botschaft verkündete. Die Botschaft wurde in alle Sprachen der Welt übersetzt. Wer keinen Zugang zu Internet, Radio und Fernsehen hatte, erfuhr es durch Verwandte und Freunde. Wie wir gehofft hatten. Die Botschaft wurde von Mund zu Mund weitergetragen, bis heute. Als der Krieg endete, waren bereits über zwei Milliarden Menschen tot. Leichengestank verpestete die Atmosphäre der Erde, und das große Sterben hatte gerade erst so richtig begonnen. Aber mit der Hoffnung von Marias Botschaft machten sich die Ersten auf, die Reinen Orte zu finden. Viele starben unterwegs, aber einige fanden jene sagenhaften Orte und sahen, dass Maria nicht gelogen hatte. Es gab Schutz. Es gab Hoffnung. Die Reinen Orte waren schnell überfüllt, aber Marias Botschaft hatte noch etwas anderes bewirkt. Trotz der

Enge wurde niemand abgewiesen. Nur vereinzelt kam es zu Schlägereien und Tumulten. Manche Reine Orte waren sehr klein, eine Kirche vielleicht, ein Marktplatz, ein Acker. Andere wieder waren groß genug, um Tausende aufzunehmen. Die Menschen arrangierten sich, fanden Wege, sich mit dem Nötigsten zu versorgen und irgendwie zu überleben, während rings um sie herum weiter die Apokalypse wütete. Nach und nach entdeckten die Menschen noch weitere Reine Orte, an denen die Seuche nie ausbrach. Dort halfen sie einander, beteten zu ihren Göttern und Heiligen. Eines einte sie alle: die Verehrung für Maria, die ihnen Hoffnung geschenkt hatte. Man wusste nur wenig über diese Nonne, aber jeder trug ihr Bild, das irgendwer im Internet gefunden hatte, bei sich wie einen Talisman. Maria wurde zur Heiligen.

Als die *Hikari* wie aus dem Nichts wieder auftauchte und Maria italienischen Boden betrat, hatten Seuche, Krieg, *Backies*, Hunger und Chaos bereits schätzungsweise über sechs Milliarden Todesopfer gefordert. Mehr als zwei Drittel der damaligen Weltbevölkerung. Sechs Milliarden Leichen, wo schafft man die hin? Ich sag's euch. Ins Meer damit. Allein auf dem Grund des Pazifik liegen die Gebeine der halben Menschheit.«

»Und wie viele sind wir heute?«, fragte der Junge.

Anselmo sah ihn traurig an. »Was spielt das noch für eine Rolle, Junge, wie *viele* wir sind?«

Anselmo sah, dass dem Jungen noch eine andere Frage auf der Seele brannte.

»Ja«, sagte Anselmo, »das ist die Frage, die sich damals viele gestellt haben. Na los, sprich sie schon aus!«

»Wo war der Papst die ganze Zeit über?«

LVIII

21. Dezember 2012, Rom

Als sie den Petersplatz verließen, sahen sie, wie verlassen Rom war. Die Stadt lag in fast vollkommener Dunkelheit. Wenn sie überhaupt Menschen antrafen, dann immer in kleinen Gruppen. Flüchtlinge, die ihr letztes Hab und Gut in Koffern und auf kleinen Karren transportierten.

Peter sprach eine Familie mit zwei kleinen Mädchen an, die sich in Plastikplanen gehüllt hatten und Einkaufstrolleys mit ihren Habseligkeiten hinter sich herzogen. Die Frau trug ein großes Bild von Maria um den Hals wie einen Brustschild.

»Wer ist diese Frau?«, sprach Peter sie an. Sie schien die Frage nicht zu verstehen, wirkte sofort misstrauisch und wich Peter aus. Bühler zog ihn am Arm. »Lassen Sie das.«

»Wo ist sie jetzt?«, rief Peter der Frau dennoch nach.

»In unseren Herzen!«, rief eines der Mädchen zurück.

Peter starrte der kleinen Familie nach. Bühler stieß ihn an.

»Sehen Sie mal. Sämtliche Geschäfte sind entweder verrammelt oder geplündert. Das wird kein Spaß.«

Bühler hatte recht: Sie würden weder etwas zu essen finden, noch an frisches Trinkwasser kommen. Die *Nasoni*, die alten römischen Trinkbrunnen mit ihren nasenförmigen Hähnen, auf die man an fast jeder Straßenecke stieß, waren versiegt. Autos fuhren fast keine mehr. Peter sah nur einige Wagen der Stadtreinigung, auffällig gepanzert und mit Schneepflügen vor den Motorhauben. Auf dem Ponte Vittorio Emanuele II. luden vier Müllmänner Leichen, die dort wie Müll auf einem Haufen lagen, in ihren Wagen. Aber zuvor trennten die Männer ihnen mit Kreissägen noch die Köpfe ab. Der Anblick schockierte sogar

Bühler, doch die Müllmänner gingen ihrer Arbeit völlig unbewegt und routiniert nach, als wäre es das Selbstverständlichste auf der Welt.

»Warum schneiden Sie ihnen die Köpfe ab?«, sprach Bühler sie auf Italienisch an. Die Männer reagierten verständnislos.

»Damit sie nicht wiederkommen, natürlich!«

»Aber sie waren doch längst tot.«

»Damit sie nicht *wiederkommen*!«, wiederholte einer der Männer gereizt, als ob er einem Kind antworte, das aber auch gar nichts kapiert. Die vier stiegen wieder in ihren Wagen und fuhren im Schritttempo weiter.

»Was halten Sie davon?«, fragte Bühler.

Peter erinnerte sich an seine Vision im Auto nach dem Gespräch mit seinem Therapeuten Dr. White, an den Berg von Leichen, über den er steigen musste, bevor er anschließend Maria begegnete.

Aber das war auf dem Tempelberg. In Jerusalem. Und das hier ist Rom.

»Ich glaube«, sagte er vorsichtig, »dass es überall auf der Welt so aussieht wie hier.«

Bühler nickte resigniert. Er deutete auf eines der Häuser am Ende der Brücke. »Schätze, das mit dem Essen können wir erst mal vergessen. Aber die Häuser wirken verlassen, da wird sich wohl ein trockener Schlafplatz finden.«

»Lassen Sie uns zu Nikolas' Wohnung in der Via Giulia gehen. Es ist nicht weit von hier.«

Bühler sah ihn irritiert an. »Haben Sie das immer noch nicht kapiert? Wir kommen aus dem Jahr 2013, und das hier ist 2012. Eine andere Zeit. Eine andere Welt.«

»Ich habe aber nur diesen einzigen Anhaltspunkt«, sagte Peter gereizt. »Vielleicht habe ich in dieser Welt einen Bruder, der in der gleichen Wohnung lebt – vielleicht auch nicht. Herrgott, einen Versuch ist es doch wert, oder?«

Bühler zögerte, aber dann zuckte er mit den Schultern.

»Von mir aus. Ich glaub's zwar nicht, aber bitte …«

Der Regen hatte wieder eingesetzt und machte den Weg durch die Dunkelheit noch beschwerlicher. Sie orientierten sich am Tiber, der schwarzglänzend wie ein riesiges, schlafendes Reptil rechts von ihnen lag. Als sie in die Via Giulia einbogen, zuckte Peter zusammen, als er eine rasche Bewegung am Boden bemerkte. Erleichtert sah er im nächsten Moment, dass es sich nur um eine Katze handelte, die sich hastig an der Hauswand entlang drückte. Als sie Peter und Bühler jedoch bemerkte, hielt sie inne und maunzte sie an. Peter ging in die Hocke und lockte sie an. Ein roter Kater, wie er nun sah, der sich an seinen Beinen rieb, als begrüße er einen alten Freund, und dann eilig wieder in der Dunkelheit verschwand.

Trotz der Dunkelheit fand Peter das Haus, in dem sein Bruder gewohnt hatte, auf Anhieb wieder. Auch hier war kein Fenster erleuchtet, und auf dem Klingelschild stand ein unbekannter Name. Da die Haustür aufgebrochen worden war, trat Peter ins Haus und ging hinauf in den zweiten Stock. Bühler zog es vor, unten zu warten. Die Wohnungstür war ebenfalls aufgebrochen, die ganze Wohnung durchwühlt und verwüstet worden. Dennoch erkannte Peter sofort, dass Nikolas hier nie gewohnt hatte. Völlig andere Einrichtung, ein demoliertes Mountainbike, antike Flinten, ein zerborstener riesiger Plasmafernseher, eine aufgeschlitzte Schneiderpuppe mit einem halbfertigen Kleid daran. An den Wänden hingen alte Familienfotos. Im Schlafzimmer, in einem uralten Eichenbett, entdeckte Peter die Leichen einer älteren Frau und eines älteren Mannes. Er erkannte das Paar trotz der starken Verwesung von den Fotos wieder. Eine pilzartige Flechte bedeckte ihre Haut, die ihn an den Ausschlag erinnerte, der ihn und Nikolas kurz nach der Öffnung des Tesserakts befallen hatte. Offenbar hatte das Paar viele Jahrzehnte in dieser Wohnung gelebt und war hier gemeinsam an diesem Ausschlag gestorben. Sie hielten sich sogar noch an der Hand.

»Sie hatten recht«, sagte Peter frustriert, als er zu Bühler zurückkehrte. »Eine andere Zeit, eine andere Welt. Und was jetzt?«

Der Schweizer antwortete nicht, deutete nur in die Dunkelheit vor ihnen. »Sehen Sie das?«

Peter folgte Bühlers Blick und erkannte einen Schatten kaum zwanzig Meter vor ihnen auf dem Boden. Er hörte die Gestalt eher, als dass er sie sah, hörte ihr Schmatzen und Schnaufen. Bühler zog seine Waffe. Als sie vorsichtig näher heranschlichen, sah Peter entsetzt, dass die Gestalt ein Jugendlicher war, der über einer Leiche kauerte. Wie ein Raubtier riss er mit den Zähnen Fleischstücke aus dem Oberschenkel des Toten und würgte sie schnaufend herunter. Ein bestialischer Gestank von Fäulnis und Kloake ging von der Stelle aus. Ihn und Bühler schien der Jugendliche nicht zu bemerken.

»So viel zum Thema Nahrungsbeschaffung«, sagte Bühler angewidert und zielte auf den Jugendlichen. »Eh, du! Lass das, zum Teufel!«

Der Junge blickte auf und starrte sie an. Trotz der Dunkelheit erkannte Peter, dass seine ganze Kleidung verdreckt und blutbeschmiert war, als habe er wochenlang nichts anderes getan, als Leichen zu fleddern. Er erhob sich träge und schlurfte auf sie zu. Peter sah, dass ihm ein Fuß fehlte. Er humpelte mit einem blutigen Stumpf, schien aber keinerlei Schmerzen zu empfinden.

»Bleib stehen, Junge!«, rief Bühler. »Ich sag's nicht zweimal.«

Unbeirrt humpelte der Junge weiter auf sie zu. Mit jedem Schritt wurde der Gestank unerträglicher. Als der Junge auch auf die zweite Warnung nicht reagierte, schoss Bühler ihm in die Brust. Die Wucht des Projektils riss den Jugendlichen von den Beinen. Aber er war noch nicht tot. Er rappelte sich ungeschickt wieder auf und kroch jetzt auf allen vieren auf sie zu.

»Verdammte Scheiße!«, fluchte Bühler und schoss ihm in den Kopf. Der Junge zuckte nur noch einmal und brach dann leblos zusammen.

»Ich hab ihn gewarnt«, keuchte Bühler erschüttert. »Ich hab ihn gewarnt.«

Ehe Peter irgendetwas erwidern konnte, nahm er aus den Augenwinkeln die Bewegungen ringsum wahr. Aus der Dunkelheit der stillen Via Giulia traten ihnen weitere Gestalten entgegen. Männer. Frauen. Kinder. Greise. Stinkend und in blutverschmierter Kleidung humpelten sie aus den Hauseingängen und schlurften aus dem undurchdringlich schwarzen Hintergrund der Straße auf sie zu, als bereite ihnen das Gehen große Anstrengung. Peter wirbelte herum und sah, dass auch hinter ihnen welche waren. Sie kamen von allen Seiten.

Bühler zögerte keine Sekunde und feuerte in die Dunkelheit. Einige der Gestalten stürzten von Kopfschüssen getroffen zu Boden, die anderen jedoch schlurften unaufhaltsam weiter auf sie zu. Bühler wirbelte herum und feuerte weiter. Bis sein Magazin leer war. Fluchend steckte er die Waffe ein und hob die Fäuste.

»Da links, die beiden Kinder«, sagte er. »Auf drei.«

»Was, auf drei?«

»Da brechen wir durch, Mann! Eins ... zwei ...«

Weiter kam er nicht. Am Ende der Gasse flammte ein Scheinwerferpaar auf und beleuchtete die Via Giulia. Fast gleichzeitig hämmerte eine Salve von Schüssen durch die Gasse.

»Auf den Boden!«, brüllte eine Männerstimme hinter dem Mündungsfeuer. Peter ließ sich das nicht zweimal sagen. Auch Bühler reagierte sofort und warf sich zu Boden. Peter sah Mündungsblitze und wie mehrere Gestalten von Kopfschüssen getroffen fielen. Noch mehr Schüsse. Vier Männer, die aus dem Dunkel näher kamen. Scheinbar ohne Eile feuerten sie weiter auf die heranschlurfende Gruppe, bis sie alle getötet hatten.

»Stehen Sie auf!«, befahl einer der Männer über ihnen.

Zitternd vor Schock richtete Peter sich auf und blickte in ein asiatisches Gesicht. Der Mann trug eine schwarze Uniform und hielt ein Sturmgewehr in der Hand. Die anderen drei sicherten die Straße.

»Mein Name ist Issa«, sagte der Uniformierte in tadellosem Englisch. »Bitte folgen Sie uns.«

»Wohin?«

Issa deutete ans Ende der Straße zu den aufgeblendeten Scheinwerfern. »Zum Wagen. Mr. Nakashima erwartet Sie.«

»Kenne ich nicht«, sagte Bühler. »Und ich werde nirgendwohin mitkommen.«

Augenblicklich richteten die drei anderen Uniformierten ihre Sturmgewehre auf Peter und Bühler.

»Das ist natürlich ein Argument«, sagte Bühler.

Der Van, zu dem Issa und seine Männer sie abführten, war ebenfalls mit einem aufmontierten Schneepflug ausgestattet. Peter verstand bald, warum. Mit hoher Geschwindigkeit raste der Wagen durch das stockfinstere Rom und pflügte ungebremst durch die Gruppen wankender, blutverschmierter Gestalten, die ihnen den Weg versperrten. Nach kurzer Fahrt erreichten sie einen Platz, den Peter nicht gleich wiedererkannte. Erst als die Scheinwerfer das wuchtige Gebäude auf der anderen Seite des Tiber trafen, wusste er, wo er war.

Issas Männer drängten sie aus dem Wagen und führten sie ins Innere der Engelsburg. Vor der Festung parkten einige Autos und ein schwarzer Helikopter mit einem Firmenlogo, das Peter nichts sagte. Issa führte sie über die alte Rampe hinauf in den zweiten und dritten Stock. Überall sah Peter erschöpfte und ausgezehrte Frauen und Männer in zerschlissenen Uniformen oder ehemals weißen Kitteln. Den vierten Stock hatte man zu einer Art Kommandozentrale umfunktioniert. Als Issa sie weiter durch die prächtige Sala Paolina führte, sah Peter dort einen Befehlsstand mit Monitoren und Reihen von Tischen mit Computern und Laborausstattung, in den beiden Renaissancesälen dahinter ein Feldlazarett mit OP-Bereich, in den Kammern an der Außenmauer verschiedene Labore. Peter schätzte die Zahl der Frauen und Männer, die hier konzentriert an den Monitoren arbeiteten, leise und eindringlich telefonierten oder in schmutzig weißen Kitteln irgendwelche Proben analysierten, auf an die Hundert. Sie alle unterbrachen kurz ihre Arbeit, wenn sie ihn und Bühler entdeckten, und starrten sie schweigend an. Issa führte Peter und Bühler hinauf in den kreisrunden, holzvertäfelten Schatzsaal im fünften Stock, den Papst Paul III. als Archiv eingerichtet hatte, der aber, wie die meisten Räume der Engelsburg, über die Jahrhunderte auch immer als Gefängniszelle genutzt worden war. Nun aber schien er als Konferenzraum zu dienen.

Sechs Personen saßen an einem runden Tisch und sahen Peter und Bühler müde und angespannt an. Der erste, auf den Peters Blick fiel, war ein um dreißig Jahre gealterter Nikolas. Einen Augenblick später verstand Peter jedoch, dass er seinem zweiten Ich gegenüberstand. Seinem Ich dieser albtraumhaften Parallelwelt, in der er gelandet war. Gewohnt, einen identisch aussehenden Bruder zu haben, schockierte ihn dieser Gedanke zunächst weniger als das Alter seines zweiten Ichs. Viel mehr dagegen berührte ihn der Anblick von Maria, die er kurz zuvor noch überall auf Bildern gesehen hatte. Sie wirkte älter als in der Pyramide, und Peter spürte einen Anflug von Eifersucht, als sie nach der Hand seines zweiten Ichs griff. Neben ihr saß eine Frau um die sechzig, die Peter nicht kannte. Dann ein junger, schlecht rasierter Mann und eine junge Japanerin, die sich um Haltung bemühte. Am Ende des Tisches saß ein älterer Japaner. Er wirkte erschöpft und ausgelaugt, sein Anzug war knittrig und voller Flecken. Dennoch strahlte er die herrische Würde eines Menschen aus, der gewohnt war, dass seine Befehle widerspruchslos und unverzüglich ausgeführt wurden. Als Peter und Bühler eintraten, erhob er sich.

»Mr. Adam! Mr. Bühler! Ich freue mich, Sie lebend wiederzusehen!«

Er deutete auf zwei Stühle in seiner Nähe und schob zwei Mineralwasserflaschen in die Nähe. »Setzen Sie sich.«

»Wer sind Sie?«, fragte Peter.

Der Alte lächelte bemüht. »Mein Name ist Satoshi Nakashima. Ich leite einen multinationalen Technologiekonzern. Außerdem führe ich eine Organisation, die sich zum Ziel gesetzt hatte, eine neue Weltordnung zu schaffen – und damit auf ganzer Linie gescheitert ist. Aber bitte, setzen Sie sich doch. Sie müssen durstig sein. Wir alle sind durstig. Durst ist eines der Übel, die uns seit Monaten quälen.« Er deutete auf einige Konservendosen in der Mitte des Tisches. »Wenn Sie etwas essen möchten, bitte! Leider kann ich Ihnen außer Thunfischkonserven im Augenblick nichts anbieten.«

Peter und Bühler setzten sich zögernd. Bühler öffnete sofort eine der Wasserflaschen und trank gierig.

Nakashima stellte ihnen kurz die anderen vor und sagte irgendetwas davon, dass auch sie gerade erst mit einem U-Boot angekommen seien. Peter hörte kaum zu, starrte nur unverwandt Maria und sein zweites Ich an.

»Hallo, Peter«, sagte Maria leise. »Herr Bühler, schön, Sie zu sehen.« Sie deutete auf die Frau neben sich. »Darf ich dir meine Mutter vorstellen.«

Die ältere Frau reichte ihm lächelnd die Hand. »Sophia Eichner.«

Das zweite Ich dagegen sagte nichts, wirkte nur unendlich bekümmert, als empfinde er sich selbst als größte Zumutung.

»Es muss ein Schock für Sie sein, Mr. Adam«, fuhr Nakashima fort. »Aber im Augenblick bewegt uns alle nur *eine* Frage: Wo ist der Tesserakt?«

Peter zwang sich, den Blick von Maria und seinem zweiten Ich abzuwenden. »Ich weiß nicht, wovon Sie sprechen.«

Nakashima seufzte. »Nur, um Sie kurz ins Bild zu setzen: Wir haben seit dem Ausbruch der Infektion inzwischen sechs Milliarden Tote zu beklagen. Nur, wenn Sie beide …« Er wandte sich an Peter und Peters zweites Ich. »… den Tesserakt wieder verschließen, kann der Rest der Menschheit noch gerettet werden.«

Peter starrte Nakashima fassungslos an. »Sagten Sie ... *sechs Milliarden?*«

Der Japaner nickte.

Sechs Milliarden!

»Also, Mr. Adam?«

»Ich kann ihn nicht verschließen«, stöhnte Peter und bemerkte im gleichen Augenblick die Bestürzung bei Maria. »Ich habe es versucht. Nikolas und ich haben es sogar gemeinsam versucht. Er ... geht einfach nicht wieder zu.«

Peter sah, dass Nakashima zitterte.

»Wo ist der Tesserakt jetzt?«

Peter schüttelte den Kopf und dachte wieder an den weißen Ausschlag. »Von was für einer *Infektion* sprechen Sie überhaupt?«

Nakashima schwieg kurz, dann nickte er. Sein Bericht fiel knapp und nüchtern aus. Peter unterbrach ihn kein einziges Mal. Einiges von dem, was Nakashima sagte, war so widersprüchlich, dass Peter es kaum glauben mochte. Anderes wieder klang zusammen mit allem, was er mit Nikolas in den letzten Tagen erlebt hatte, einigermaßen plausibel. Er wunderte sich auch nicht mehr, dass Franz Laurenz in dieser Welt Papst war, dass Maria seine Tochter war, und dass er offenbar mit einem Dämon verschmolzen war, den Nakashima mal als Seth und mal als den ›Löwenmann‹ bezeichnete.

»Und wer war dieser Raymond, den ich vorhin getötet habe?«, unterbrach ihn Bühler.

»Jedenfalls nicht der Löwenmann, Mr. Bühler. Raymond war nur sein Bote. ... Meine Organisation«, beendete Nakashima seinen Bericht, »hat längst keine Kontrolle mehr über die Situation.« Er wandte sich an die anderen fünf und verbeugte sich vor ihnen. »Ich muss mich demütig entschuldigen. Ich wollte Ihre Ankunft mit der *Hikari* hinauszögern, das war der Plan. Aber nicht so lange. Ich wollte damit Ihr Leben retten, bitte glauben Sie mir das. Seth hatte Ihren Tod als Preis für das Buch

Dzyan gefordert, also musste ich Sie zumindest für eine Weile von der Bildfläche verschwinden lassen und ihn mit manipulierten Gewebeproben von Ihrem Tod überzeugen.« Nakashima machte eine Pause, um sich zu sammeln. Er verbeugte sich, bevor er weitersprach. »Ich gestehe voller Scham, dass wir eigennützige Interessen verfolgt haben. Als meine Organisation auf die Aktivitäten der ›Träger des Lichts‹ aufmerksam wurde, war es längst zu spät, um sie zu bekämpfen. Wir haben daher zunächst versucht, mit Seth zu kooperieren. Ein großer Fehler.«

»Wie sah diese Kooperation aus?«, fragte Peters zweites Ich dazwischen.

Nakashima seufzte. »Nakashima Industries hat Seth mit Technologie versorgt. Sie haben das Labor in Nepal ja gesehen. Im Gegenzug wurden uns Quoten bei der Reduktion der weltweiten Bevölkerungsdichte garantiert.«

»Sie haben die Auslöschung der Menschheit in Kauf genommen?«, rief Maria entsetzt.

Nakashima straffte sich. »Wir haben versucht, so viele Menschen wie möglich zu *retten*! Und zwar gleichmäßig für alle Ethnien der Welt.«

»Reduktion um wie viel Prozent?«, rief Peters zweites Ich.

Nakashima holte Luft. »Die Hälfte.«

»DIE HÄLFTE DER MENSCHHEIT?«

Nakashima nickte entschlossen. »Wir wollten die Hälfte der Menschheit *retten*! Bedenken Sie, dass Seth die *komplette* Menschheit vernichten wollte.« Nakashima nahm einen Schluck Wasser. Peter sah, dass er dabei zitterte.

»Sie lügen«, sagte Maria in die Stille hinein. »So naiv kann niemand sein. Sie mussten doch wissen, dass Seth sich niemals an diese Vereinbarung halten würde. Wissen Sie, was ich denke? Ich denke, dass Sie die Vernichtung der halben Weltbevölkerung immer schon geplant hatten, um Ihre ›Neue Weltordnung‹ zu errichten. Sie haben versucht, Seth für Ihre Ziele zu benutzen – und das hat Sie blind gemacht. Sie widern mich an, Mr. Nakashima.«

Nakashima zeigte keinerlei Regung. Er sah Maria nur ruhig an.

»Wir hatten keine Wahl, Schwester Maria. Aber wir hatten noch drei Amulette, und wir hatten auf einmal Sie und Peter Adam. Also haben wir versucht, das Ruder noch einmal herumzureißen. ... Aber alles ist schiefgelaufen. Ich würde mir aus Scham sofort selbst das Leben nehmen, wenn ich nicht das Gefühl hätte, vielleicht noch nützlich sein zu können.«

Er verbeugte sich erneut. Steif und wenig überzeugend. Peter fing Marias misstrauischen Blick auf.

»Wie haben Sie das gemacht mit dem Zeitsprung?«, fragte Peters zweites Ich.

»Wir haben eines der Amulette mit einer Boje an einer bestimmten Position im Mittelmeer versenkt und es dann mit einem Laser aktiviert, als die *Hikari* die Position passierte. Wir dachten, wir wüssten bereits genug über die Amulette, um ihre Effekte auf Raum und Zeit kontrolliert einsetzen zu können. Aber ich habe mich geirrt. Ich kann Sie nur um Verzeihung bitten. Ohne Ihre Botschaft, Schwester Maria, wären wir vielleicht alle schon tot.« Er straffte sich, als wolle er reinen Tisch machen. »Nicolas Flamel ist vor vier Monaten gestorben. An Altersschwäche, was für eine Ironie! Nach den Regularien meiner Organisation bin ich sein Nachfolger. Aber wir sind fast vollkommen von der Außenwelt abgeschnitten. Seth – oder Franz Laurenz – wird siegen, wenn Sie den Tesserakt nicht verschließen, Mr. Adam.«

»Wo ist Seth jetzt?«, fragte Peter. »Ich meine ... Franz Laurenz.«

»Er ist nicht Seth!«, fuhr Maria ihn gereizt an.

»Papst Johannes Paul III. hat sich seit Monaten nicht mehr gezeigt«, erklärte Nakashima. »Wir wissen nicht, wo er sich derzeit aufhält. Im Vatikan jedenfalls nicht, wir haben alles durchsucht.« Er sah Maria und ihre Mutter Sophia an. »Wir wissen nicht, ob er überhaupt noch lebt.«

»Er lebt«, sagte Maria. »Ich weiß es.« Auch Sophia wirkte überraschend gelassen.

Nakashima nickte bloß, als betrachte er dies als Wunschdenken.

»Wo sind die Amulette?«, fragte Peters zweites Ich.

»Nun, zwei dürften in Ihrem Besitz sein. Drei habe ich. Seth hat vier.«

»Und wo sind die?«

»Wie gesagt, wir wissen es nicht. Die Situation ist völlig chaotisch. Und es ist sogar noch schlimmer.« Er öffnete einen Aktenkoffer und holte eine in Leder gebundene Sammlung loser Blätter heraus. »Ich will Ihnen etwas zeigen.« Peter erkannte darunter uralte Pergamente und sogar einige Papyri.

»Das ist das Buch Dzyan. Mit der Geste, es uns so bereitwillig zu überlassen, hat Seth seine Überlegenheit demonstriert.« Vorsichtig zog Nakashima ein mehrfach gefaltetes Leporello aus Feigenblattpapier heraus, das er auf dem Tisch ausbreitete. Peter erkannte farbige, wunderbar erhaltene Maya-Hieroglyphen.

»Das Buch Dzyan enthält unter anderem einen alten Maya-Codex mit dem berühmten Kalender und einigen Kommentaren«, erklärte Nakashima. »Daher wissen wir, dass für die Maya mit dem 22. Dezember 2012 ein neuer Kalenderzyklus beginnt. Aber auch, dass sie mit dem Ende des aktuellen Zyklus wirklich das Ende der Welt meinten.« Er deutete auf einen Abschnitt des Leporellos. »Laut diesem Kalender soll heute eine Gottheit namens Bolon Yokte' K'uh erscheinen beziehungsweise zurückkehren, prächtig gekleidet wie ein Herrscher. Und nach allem, was ich in den letzten Jahren gesehen und erlebt habe, weiß ich eines: Das Buch Dzyan hat noch nie gelogen. Morgen, Mr. Adam, wird die Welt untergehen. Irgendetwas wird kommen und die Menschheit auslöschen. Und Sie beide sind die Einzigen, die das verhindern können. Also frage ich Sie noch mal: Wo ist der Tesserakt?«

Peter zögerte kurz, sagte dann aber schließlich: »Auf dem Camposanto Teutonico. Unter der Palme.«

Nakashima griff zum Telefon und gab einige Anweisungen auf Japanisch. Danach herrschte angespannte Stille. Alle starrten nur auf das Telefon.

»Du hast eine Tochter?«, brach der ältere Peter unvermittelt das Schweigen.

Peter nickte. »Maya. Und du?«

Der andere schüttelte den Kopf.

»Wo ist Nikolas?«, fragte Peter.

»Ich habe ihn getötet.«

»Aha.«

»Hört auf!« Maria sprang auf und stürzte aus dem Konferenzraum. Sophia erhob sich und folgte ihr. Die anderen blickten sich betreten an.

»Ich hätte dir das alles gerne erspart«, sagte der andere Peter leise. Peter zuckte nur mit den Achseln.

Und wieder Schweigen.

Bis das Telefon klingelte.

Nakashima hob sofort ab, hörte konzentriert zu, dankte knapp, legte wieder auf und sah Peter an.

»Der Tesserakt … Er ist nicht mehr da.«

Kapitel 12

HARMAGEDON

LIX

22. Dezember 2012, Pantheon, Rom

»… durch meine Schuld, durch meine Schuld, durch meine große Schuld.«

Franz Laurenz kniete im Eingangsbereich des Pantheons und betete das Schuldbekenntnis. Er hatte die Apokalypse nicht verhindern können, im Gegenteil. Er war zum Werkzeug des Hasses geworden. Er hatte nicht einmal Sophia und Maria beschützen können. Nun, so kurz vor dem Ende, gab es nicht mehr viel zu tun.

Franz Laurenz erhob sich schwerfällig und sah kurz hinauf zum *Opaion*. Es wurde Tag. Dann wandte er sich an die vier Männer, die abwartend im Hintergrund standen. Sie trugen schmutzig weiße Mönchskutten mit dem Doppelkreissymbol auf der Brust, die Kapuzen tief in die Stirn gezogen. Die letzten Überlebenden der ›Träger des Lichts‹ in Rom. Sämtliche anderen Mitglieder des Ordens waren der Infektion ebenso zum Opfer gefallen wie die meisten anderen Menschen auf der Welt.

Laurenz selbst trug immer noch seine weiße Soutane, die vor Schmutz nur so starrte und an vielen Stellen zerrissen war. Darüber trug er eine blaue Regenjacke, die er einer Leiche am Straßenrand abgenommen hatte. Er erinnerte sich aber nicht mehr, wann und wo das gewesen war. Er erinnerte sich an so vieles nicht mehr. Nur an seinen Sturz in die Tiefe, der vor über dreißig Jahren begonnen hatte. Die ganzen letzten Monate hatte er sich mit den ›Trägern des Lichts‹ in einem Bunker am Stadtrand versteckt gehalten, wie der Löwenmann ihm befohlen hatte. Vor einigen Stunden hatte er gespürt, dass Raymond starb, und war sofort zum Campo Santo aufgebrochen, wo Raymond mit dem Tesserakt als Köder auf Peter Adam gewartet hatte. Er wunderte sich zwar immer noch, wie es möglich gewesen war, Raymond zu töten, aber Laurenz vermutete, dass das Böse ihn einfach nicht mehr brauchte, jetzt so kurz vor dem Ende. Laurenz wusste jedoch, dass der Löwenmann immer noch lebte. Er konnte ihn immer noch in sich spüren, den Parasit seines verkorksten Lebens. Es wurde Zeit, sich endlich von ihm zu befreien. Aber erst mussten Maria und Sophia in Sicherheit sein.

Laurenz straffte sich und deutete auf Raymonds mumifizierte Leiche am Boden. »Werft es in das Loch.«

Die vier Männer in den Kutten zögerten.

»... Meister?«

»Ich sagte, werft es ins Loch! Sofort.«

Einer der Männer bückte sich, hob die Mumie des Echsenwesens hoch und warf es dann in das Loch hinter Laurenz. Es gab keinen Laut, nur ein kurzes Aufflackern des Lichtscheins, der die gesamte Halle erfüllte.

»Und jetzt lasst mich allein.«

»Aber Meister ...«

»VERSCHWINDET!«, brüllte Laurenz sie an. »Ich brauche euch nicht mehr. Haut ab! Geht ins Licht oder wo auch immer hin. Es ist vorbei.«

Er stieß die Männer grob ins Freie und verriegelte dann die schwere Tür des Pantheons hinter sich. Als er endlich allein war, sah er noch einmal hinüber zu der Nische mit dem Altar, auf dem der Tesserakt jetzt stand, den er vor wenigen Stunden vom Campo Santo geholt hatte. Als er gesehen hatte, wie Peter Adam und Urs Bühler den Friedhof ohne den Hyperwürfel verließen, hatte er die Büsche um die alten Grabsteine herum systematisch durchforstet, war auf allen vieren durch den Matsch gekrochen, bis er den Tesserakt schließlich unter dem Efeu an einer Steinmauer ertastete.

Es gab nicht mehr viel zu tun. Er musste noch eine letzte Anweisung des Löwenmannes befolgen. Er musste Maria und

Sophia retten. Und er musste vorsichtig sein. Denn da gab es immer noch das Flüstern von Orunmila, dem Bewahrer der Harmonie und des Gleichgewichts der Weltordnung, dem er vor dreißig Jahren in Trance begegnet war, und der ihn seitdem davor bewahrte, ganz dem Löwenmann zu gehören. Und Orunmila flüsterte ihm etwas zu. Eine Botschaft der Mh'u.

Laurenz zog das Satellitentelefon aus der Tasche, das einzige, das noch funktionierte, und wählte eine Nummer. Einen Moment lang genoss er die Überraschung in Nakashimas Stimme.

»Laurenz! Sie leben noch! Wo sind Sie?«

»Im Pantheon. Ist Peter Adam bei Ihnen?«

»Ja. Ich meine, beide Peter Adams.«

»Und meine Frau und meine Tochter?«

»Sind ebenfalls hier in Sicherheit. Es geht ihnen gut. Soll ich sie wecken?«

»Nicht nötig. Ich will nur eines wissen: Können Sie sie sicher nach Spitzbergen schaffen?«

Nakashima zögerte.

»... möglicherweise. Fragen *Sie* das oder ist das eine Frage von Seth?«

Laurenz ging nicht darauf ein.

»Können Sie sie in Sicherheit bringen?«

»Gegenfrage: Kann es denn überhaupt noch irgendwo Sicherheit geben?«

Laurenz hatte die Frage erwartet.

»Wenn Sie sämtliche Amulette hätten, ja. Alle Amulette zusammen würden ausreichend Schutz bieten. Sie könnten mit Ihren Leuten auf Spitzbergen überleben.«

»Was wollen Sie, Laurenz?«

»Peter Adam. Beide. *Es* will sie haben.«

Er konnte Nakashima atmen hören.

»Wo ist der Tesserakt?«

»Hier bei mir im Pantheon. Glauben Sie mir, er ist für Sie unerreichbar.«

»Und ich nehme an, wenn ich Ihnen die beiden Peter Adams ausliefere, besteht keine Hoffnung mehr, den Tesserakt jemals wieder zu verschließen.«

»Sie hätten alle neun Amulette. Sie könnten die Apokalypse überleben.«

Nakashima schwieg. Atmete nur in den Hörer und dachte offenbar nach.

»Also ein Austausch Leben gegen Leben?«

»Sie waren doch immer ein pragmatisch denkender Mensch.«

»Aber Sie waren einmal Papst.«

»Ich bin es noch. Also, was ist?«

Nakashima räusperte sich.

»Peter Adam und sein Parallel-Ich werden misstrauisch sein.«

»Dann denken Sie sich etwas Überzeugendes aus.«

LX

22. Dezember 2012, Castel Sant'Angelo, Rom

Der letzte Tag der Menschheit zeigte sich grau und zögernd, als wolle er es sich jeden Augenblick noch einmal anderes überlegen. Er hätte auch allen Grund dazu gehabt, denn was Peter vom Dach der Engelsburg aus sah, übertraf seine Albträume der letzten Nacht. Immerhin hatte er ein paar Stunden geschlafen, trotz der katastrophalen Nachrichten. So reagierte sein Körper manchmal auf extremen Stress: mit einem übersteigerten Schlafbedürfnis. Nakashima hatte ihnen einige Zellen im vierten Stock mit jeweils vier Schlafplätzen überlassen. Peter hatte es vorgezogen, sich die Zelle mit Bühler, Pater Anselmo und einem von Nakashimas Technikern zu teilen. Seinem zweiten Ich wich er lieber aus, und dem anderen schien es genauso zu gehen.

Peter wunderte sich nicht, dass Bühlers Schlafplatz bereits leer war, als er erwachte. Der Schweizer wirkte nicht wie ein Mann, der viel Schlaf brauchte. In der kleinen Küche im vierten Stock traf er Yoko Tanaka und Pater Anselmo beim Teekochen. Er hätte lieber einen Kaffee gehabt, aber Kaffee gab es schon lange nicht mehr in Rom. Von Maria und dem anderen Peter war nichts zu sehen. Peter überlegte, ob er an ihre Kammer klopfen, ihr Tee bringen und nachsehen sollte, ob sie mit dem anderen geschlafen hatte. Aber dann war ihm dieser Impuls sofort peinlich. Er zog es vor, alleine zu sein, vielleicht das letzte Mal in diesem Leben, und auf dem Dach ein bisschen frische Luft zu schnappen.

Die Welt wird heute untergehen, und du willst frische Luft schnappen.

Er wunderte sich über die Sturheit, mit der das menschliche

Gehirn selbst angesichts größten Grauens an Routinen und Normalität festhielt, um daraus Hoffnung zu schöpfen.

Als er den fünften Stock erreichte, sah er gerade noch, wie Nakashima und Bühler in dem schmalen pompejischen Korridor verschwanden, der um den Schatzsaal herum in die anliegenden Säle führte. Der Anblick beunruhigte ihn irgendwie, dennoch ging er den beiden nicht nach. Zwar misstraute er Nakashima, Bühler jedoch schätzte er als zuverlässig und unkorrumpierbar ein.

Es regnete nicht mehr, als Peter nun also mit einem Becher heißem Tee auf die Terrasse der Engelsburg trat, aber eine dichte Wolkendecke lastete schwer wie eine Glocke über der Ewigen Stadt, als wolle sie sie in Brandgeruch und Leichengestank ersticken.

So viel zum Thema frische Luft.

Rauch von Hunderten kleiner Lagerfeuer quoll über die Dächer und begrenzte die Sicht in alle Richtungen. Dennoch sah Peter genug Verwüstung: ausgebrannte und eingestürzte Häuser wie nach einem Bombenangriff. Gerodete Parks. Die Grünflächen der Villa Borghese, der Vatikanischen Gärten und des Gianicolo-Hügels existierten nicht mehr. Peter sah keinen einzigen Baum, die Überlebenden der Seuche hatten offenbar alles zu Brennholz verarbeitet. Ausgebrannte Autos und Barrikaden blockierten ganze Straßenzüge. Die wenigen Menschen, die sich dahinter verschanzt hatten, versuchten verzweifelt, die Untoten, oder was auch immer sie waren, abzuwehren, von denen sie in Rudeln angegriffen wurden. Auf dem Petersplatz campierten immer noch Hunderttausende. Peter konnte sie singen hören. Der Rest der Stadt, soweit er durch den Dunst aus Rauch und Feuchtigkeit sehen konnte, war menschenleer. Nur hier und da erkannte er kleine Gruppen, die sich eilig auf den Petersplatz zubewegten, immer in der Furcht vor den Untoten, die jederzeit auftauchen konnten.

»Rom war immer die schönste Stadt der Welt für mich.«

Sein älteres Ich trat auf die Terrasse und gesellte sich zu ihm. »Kennst du Rom?«

Peter schüttelte den Kopf. »Nur flüchtig. In meiner Welt hat Nikolas eine Wohnung in der Via Giulia. Aber ich hab ihn da nicht oft besucht.«

Das zweite Ich wirkte überrascht. »In deiner Welt lebt Nikolas in Rom? Und dann auch noch so nobel?«

»Er ist Prälat bei der Glaubenskongregation. Ziemlich große Nummer, glaub ich.«

»Ich fass es nicht!« Das zweite Ich lachte, wurde dann aber gleich wieder ernst. »Entschuldige, aber ... der Nikolas, den ich kannte, der in *diese* Welt gehörte, war ein Killer.«

»Hast du ihn deswegen getötet?«

»Nein. Wir haben die letzten dreißig Jahre zusammen verbracht. Ich glaube, dass Gott ihm vergeben hat. Ich jedenfalls habe ihm vergeben.«

»Und warum hast du ihn dann ...?«

»Weil ein Akt des Bösen die einzige Möglichkeit war, aus dem Zustand der Gnade herausgeschleudert zu werden. Nikolas hat sich für mich geopfert. Sein Dämon ist auf mich übergegangen.«

Peter sah sein zweites Ich prüfend an. Er wirkte völlig klar und bei Verstand.

»Dann bist du also sowas Ähnliches wie eine dämonische Zeitbombe?«

Der andere lachte. »Das hat Nikolas kurz vor seinem Tod auch gesagt. ... Ja, ich bin eine Gefahr. Nur das Amulett verhindert, dass der Dämon in mir durchbricht.«

Schweigend starrten sie auf die verwüstete Stadt. Peter nippte an seinem Tee.

»Vielleicht haben wir's ja verdient, dass wir untergehen, was meinst du?«

Der andere schüttelte den Kopf. »Das ist die Apokalypse, aber keine göttliche Strafe.«

»Was macht dich da so sicher?«

»Ich weiß es, glaub mir. Und Maya weiß es auch, wenn sie bei *ihnen* ist.«

Der Gedanke an Maya schmerzte.

»Wie sieht es da aus? Da, wo sie jetzt ist.«

»Still«, erklärte sein anderes Ich. »Ansonsten ist es die gleiche Welt. Nur wie erstarrt, es gibt keine Bewegung. Aber es gibt die Mh'u. Es ist eine gute Welt. Maya ist nicht allein.« Er straffte sich, wie um eine schmerzvolle Erinnerung abzuschütteln. »Nakashima hat zu einer Lagebesprechung gerufen. Aber ich wollte dich kurz alleine sprechen.« Er sah sich kurz um. »Du weißt, was mit uns los ist, nicht wahr?«

Was mit uns los ist!

»Ja. Ich hab es geträumt.«

»Was hast du geträumt?«

»Maria und ich auf dem Tempelberg in Jerusalem. Wir waren die einzigen Überlebenden. Da hat sie mir gesagt, was mit mir … mit uns los ist. Und jetzt erzählst du mir noch was von deinem Dämon.«

»Und wie denkst du darüber?«

Ja, wie denkst du eigentlich darüber, dass du für das alles verantwortlich bist?

»Warum ausgerechnet wir?«

»Ich weiß es nicht. Nikolas und ich haben es nie herausgefunden.«

»Alles wegen diesem Scheißplan der Mh'u. Zwei Welten, zwei Zwillingspaare, immer alles doppelt, der große Trick, nicht wahr? Die eine Welt kann vor die Hunde gehen, die andere überlebt.«

»Ja.«

Peter schüttelte den Kopf. »Ich will aber nicht sterben, verstehst du? Ich will zurück in meine Welt. Ich will Maya zurückhaben.«

Der andere sah ihn ruhig an. »Lass uns den Tesserakt finden, Peter. Und Seths Amulette. Das ist unsere einzige Chance.«

Als sie in den Schatzsaal eintraten, saßen bereits alle am Tisch. Nakashima, Maria, Sophia Eichner, Pater Anselmo, Urs Bühler und Yoko Tanaka. Peter und sein zweites Ich setzten sich auf die letzten freien Plätze. Peter bemerkte, dass Bühler angespannt wirkte, als habe er eine schlechte Nachricht erhalten. Und er bemerkte auch die Blicke zwischen Maria und seinem zweiten Ich, aus denen ein großer Schmerz sprach und eine Verbindung, die inniger war, als er befürchtet hatte. Marias Augen waren gerötet, als habe sie in der Nacht viel geweint. Dennoch wirkte sie beherrscht, wie jemand, der bereit war, seinem Schicksal ins Auge zu sehen.

»Ich hoffe, Sie konnten sich ein wenig ausruhen«, begann Nakashima. »Wir haben Papst Johannes Paul III. gefunden. Er hält sich offenbar im Pantheon auf.«

»So plötzlich?«, wunderte sich Peter. »Nachdem Sie die ganzen letzten Monate keine Spur von ihm hatten?«

»Wir haben heute Nacht eine Nachricht erhalten. Der Papst hat den Tesserakt und ist bereit, ihn gegen die restlichen Amulette einzutauschen. Der Papst besteht allerdings darauf, dass Mr. Adam und Mr. Adam zur Übergabe erscheinen.«

Die Nachricht löste Irritation bei allen aus.

»Das kann doch nur eine Falle sein!«, rief Pater Anselmo. Das sahen die anderen ebenso. Nur Bühler schien sich nicht zu wundern.

»Ich weiß«, sagte Nakashima. »Aber wir sollten versuchen, die Situation zu unserem Vorteil zu nutzen.«

»Wie?«, fragte Maria.

Nakashima zögerte mit der Antwort und sah Peters zweites Ich an. »Dieser Austausch könnte die letzte Gelegenheit sein, Seth zu töten.«

»Mein Vater ist nicht Seth!«, sagte Maria bestimmt.

»Das ist Wunschdenken!«, rief Nakashima scharf. »Akzeptieren Sie, dass Ihr Vater sich verändert hat, Schwester Maria. Er ist, was er *jetzt* ist.«

»Wie wollen Sie Seth töten?«, fragte Peter.

»Mit einer Bombe. Wir haben noch eine letzte Kapsel rotes Quecksilber. Dazu werden wir Ihnen leider die bionische Hand entfernen müssen, Mr. Adam.«

Peters zweites Ich nickte und hob seine linke Hand. »Das wird nicht nötig sein. Ich werde die Bombe persönlich abliefern. Alles andere würde nur Verdacht erregen.«

»Das ist nicht dein Ernst!«, rief Maria. »Du redest hier in aller Ruhe davon, dass du höchstpersönlich meinen Vater in die Luft bomben willst?«

Der andere Peter sah sie ruhig an. »Seth, nicht deinen Vater. Und Peter wird den Tesserakt verschließen.«

»Du hast ihn doch gestern gehört, er konnte ihn nicht …«

»Er wird es irgendwie schaffen!«, brüllte der andere Maria unvermittelt an.

»Und was, wenn nicht?«

»Wir müssen es versuchen. Du weißt selbst, dass das unsere letzte Chance ist!«

Maria schwieg, aber ihr war anzusehen, wie es in ihr brodelte.

Nakashima schien Peters Entscheidung erwartet zu haben. Er legte einen Aktenkoffer auf den Tisch und öffnete ihn. Drei Amulette lagen darin in Schaumstoffaussparungen wie empfindliche elektronische Geräte. Sechs weitere Aussparungen waren noch frei.

»Wenn ich Sie dann bitten dürfte, Mr. Adam.«

Ohne zu zögern legte der andere seine beiden Amulette in die Aussparungen im Koffer. Nakashima verschloss den Koffer wieder und erhob sich.

»Lassen Sie uns gehen.«

»Moment!«, sagte Maria, um Haltung ringend. »Nicht so schnell! Bevor Peter *meinen Vater*, sich und halb Rom in die Luft jagt, will ich erst noch mit ihm sprechen.«

»Allerdings!«, sagte Sophia mit Nachdruck.

Nakashima zögerte. Dann nickte er. »Wie Sie wollen. Kommen Sie mit.«

Er übergab Peter den Koffer. Vor der Engelsburg wartete bereits ein Van mit laufendem Motor. Peter erkannte Issa am Steuer wieder. Und er bemerkte auch, dass zwei Mechaniker den Helikopter überprüften und die kleinen roten »Remove-before-Flight«-Wimpel von den Staudüsen entfernten.

Warum machen die den Hubschrauber startklar?

Der Regen hatte wieder eingesetzt, heftiger als zuvor. Alle beeilten sich, in den Van einzusteigen. Die Schiebetüren wurden zugeschlagen, und Issa fuhr in hohem Tempo über die Ponte Sant'Angelo. Eigentlich eine Fußgängerbrücke, aber die Steinpoller an beiden Enden waren entfernt worden. Peter wusste aus seiner Erinnerung, dass die Piazza della Rotonda, an der das Pantheon lag, nicht weit entfernt war, aber wegen der vielen ausgebrannten Autos, der Trümmer, Barrikaden und der überschwemmten Straßen waren sie gezwungen, Umwege zu fahren. Manchmal kamen sie nicht mehr weiter, mussten wenden und eine andere Seitenstraße nehmen. Zweimal rammte Issa in voller Fahrt eine Gruppe von Untoten, die sich ihnen in den Weg stellte. Der Schneepflug vor der Motorhaube bahnte ihnen zwar den Weg, ersparte ihnen aber nicht das Geräusch menschlicher Körper beim Aufprall gegen den Wagen, und das Rumpeln, wenn der Van über sie hinwegfuhr. Niemand sagte ein Wort, alle starrten nur geradeaus, als könnten sie auf diese Weise die furchtbaren Geräusche ausblenden.

Hinter der Piazza Navona ging gar nichts mehr. In allen Seitenstraßen türmten sich die Barrikaden bis in den ersten Stock.

»Ab hier müssen wir zu Fuß weiter«, sagte Nakashima. »Es sind nur noch zwei Blocks.«

»Das ist doch Wahnsinn!«, sagte Peter. »Ehe wir über diese Barrikaden geklettert sind, haben uns diese … Dinger doch erwischt.«

»In der Nähe gibt es eine Passage.« Issa griff nach einem Sturmgewehr unter seinem Sitz. »Ich werde vorausgehen. Mr. Bühler sichert von hinten.«

Peter sah jetzt, dass Bühler eine Maschinenpistole aus der Jacke zog und entsicherte. Ehe er weiter protestieren konnte, riss Bühler die Schiebetür auf und stieß ihn ins Freie. Der starke Regen durchweichte sofort seine Kleidung.

»Immer dicht zusammenbleiben!«

Issa führte sie zu einem kleinen Durchgang zwischen zwei alten Häusern, der mit einem Gittertor versperrt war. Hastig öffnete er das Vorhängeschloss.

»Die Zombies sind zwar überall, aber zum Glück zu blöd, um Schlösser zu knacken.«

Zombies. Da brauchst du gar nicht rumzudrucksen. Es sind Zombies.

Hinter dem Durchgang lag ein kleiner Hof, der einst als Mopedwerkstatt gedient hatte. Zerlegte und restaurierte alte Vespas, Motorteile und Reifen lagen herum, als habe der Mechaniker den Hof nur kurz verlassen. Eine kleine Durchfahrt führte auf die andere Seite der Barrikade.

»Wo sind die Menschen, die diese Barrikaden gebaut haben?«, fragte Peter.

»Alle längst tot«, sagte Nakashima. »Die Seuche. Nicht stehen bleiben, wir sind gleich da.«

LXI

22. Dezember 2012, Piazza della Rotonda, Rom

Urs Bühler verspürte keinerlei Gewissensbisse. Er dachte einfach pragmatisch und war froh, in diesem Chaos endlich wieder ein Ziel zu haben. Er war niemandem etwas schuldig. Er hatte weder darum gebeten, am Leben zu bleiben, noch in eine Parallelwelt gebracht zu werden, in der eine Seuche und Zombies die gesamte Menschheit ausrotteten. Der Anblick der untoten Leichenfresser hatte ihn zwar kurz erschüttert, aber eben auch nicht mehr als ein Dorfplatz voller verstümmelter, angeketteter verkohlter Kinderleichen in Darfur. Sollte die Welt doch untergehen, sie hatte es verdient. Doch wie es nun aussah, gab es berechtigte Hoffnung, dass Leonie ausgerechnet in dieser apokalyptischen Parallelwelt noch lebte. Und das gab seinem Leben wieder ein Ziel, dem er alles unterordnen konnte. Selbst den letzten Funken Loyalität.

Tatsächlich fühlte er sich so gut wie lange nicht mehr. Hochkonzentriert und dennoch ruhig, angespannt, aber nicht nervös, fokussiert auf seine Aufgabe, aber alle Sinne in alle Richtungen geschärft. Er war bewaffnet und Teil einer Operation, ein vertrauter Zustand, der ihn ruhig genug machte, um schnell reagieren zu können. Wenn nötig, auch zu töten.

Dennoch war Bühler erleichtert, als sie die engen, unübersichtlichen Seitenstraßen ohne Zwischenfälle verließen und von Norden her die weitläufige Piazza della Rotonda erreichten, die er nur voller Touristen und belebter Straßencafés in Erinnerung hatte. Nun aber lag der Platz vor dem Pantheon vollkommen menschenleer vor ihnen. Vom Regen wie glasiert, übersät mit Plastikmüll, Glasscherben, Resten von Lagerfeuern und verkohltem Mobiliar. Es stank nach Rauch und Verwesung. Kein

Wunder, denn in dem Brunnen mit dem kleinen Obelisk vor ihnen in der Mitte des Platzes schwappte eine stinkende Brühe aus Regenwasser, Abfällen und halb verwesten Leichen. Wie es aussah, war der Platz schon vor längerer Zeit aufgegeben worden. Ob es zu einem Angriff der Untoten gekommen war, war den Leichen nicht mehr anzusehen.

Wie abgesprochen, übernahm Bühler nun die Führung der Gruppe, ließ sie alle geduckt in einer Reihe zum Brunnen laufen und dort trotz des Gestanks in Deckung gehen, während er selbst nach Scharfschützen auf den Dächern Ausschau hielt. Eine reine Vorsichtsmaßnahme. Routine.

»Keiner rührt sich vom Fleck, bis ich es sage!«, befahl er, als sich die Gruppe unter dem Obelisk zusammendrängte. Dann ging er, mit der Maschinenpistole im Anschlag, einige Schritte auf das Pantheon zu und sah einen Mann zwischen den Säulen der Vorhalle hervortreten. Ein alter Mann in einer schmutzigen weißen Soutane, der eine Umhängetasche mit dem Logo von Nakashima Industries in der Hand hielt. Bühler hatte den Mann zwar noch nie gesehen, wusste aber sofort Bescheid.

»Bleiben Sie stehen!«, rief er dem Papst zu und richtete die Maschinenpistole auf ihn. Der Papst gehorchte. Seine nasse Soutane klebte ihm am Leib, dennoch schien ihm der Regen nicht das Geringste auszumachen.

»Ich werde jetzt rüberkommen und Sie durchsuchen!«

Der Papst nickte. Bühler lief auf ihn zu und tastete ihn ab. Dabei stellte er fest, dass der Papst dieser Parallelwelt für sein Alter erstaunlich muskulös war. Er wirkte zwar erschöpft, aber Bühler vermutete, dass er schnell reagieren und mit seinen riesigen Händen hart zuschlagen konnte.

»Herr Bühler!«, sagte der Papst, während Bühler ihn abklopfte. »Ich freue mich, Sie wiederzusehen.«

»Sie irren sich. Weder freuen Sie sich, noch kennen wir uns.«

Der Papst lächelte. »Nein, *Sie* irren sich. Aber das macht nichts. Leonie wird sich freuen. Ich bin sicher, dass sie noch lebt.«

Bühler zuckte nicht einmal. Er hatte sich im Griff.

»Ich muss einen Blick in die Tasche werfen.«

»Bitte.«

Bühler öffnete die Umhängetasche und sah vier blaue Amulette darin, ganz ähnlich wie die in Nakashimas Koffer. Die Waffe immer noch auf den Papst gerichtet, ging er langsam zum Brunnen zurück und gab den anderen das Zeichen, dass sie aus der Deckung kommen konnten.

»Das ist Bruder Kleophas! ... Ich meine, Franz Laurenz!«, rief der jüngere Peter Adam, als er den Papst erkannte. »Aber ... wo ist der Tesserakt?«

Bühler wechselte einen Blick mit Nakashima und richtete die Maschinenpistole auf Sophia und Maria, die langsam die Hände hob und ihn wütend ansah. Issa richtete seine Waffe auf den jungen Pater und die Japanerin.

»Im Pantheon«, erklärte Nakashima. »Gehen Sie hinein, aber halten Sie Abstand von Laurenz. Sonst wird Herr Bühler Maria und Frau Eichner erschießen.«

Bühler konzentrierte sich ganz auf Maria und ihre Mutter. Dennoch konnte er sehen, dass der ältere Peter Adam bereits verstanden hatte, dass Nakashima ihn betrogen hatte. Bühler bedauerte ihn jedoch nicht in seiner Naivität.

»Sie mieses Dreckschwein. Das können Sie nicht machen!«

»Haben Sie wirklich geglaubt, dass Seth uns den Tesserakt überlässt?«, erwiderte Nakashima. »Sie wissen doch, dass ich pragmatisch denke. Wenn ich den Tesserakt nicht bekommen kann, dann nehme ich wenigstens die Amulette.«

»Verdammt, Nakashima, wir werden alle sterben! Alle!«

Nakashima blieb vollkommen ruhig. »Nicht alle. Ein kleiner, ausgewählter Personenkreis wird überleben – solange wir alle Amulette haben. Schwester Maria und Frau Eichner werden mich nach Spitzbergen begleiten. Die Konferenz hat dort ein sicheres Refugium eingerichtet. *Unsere* Arche. Eine Gruppe von einigen Tausend ausgewählten Personen wird dort im Schutz der Amulette überleben und die Erde eines Tages neu bevölkern.« Er sah zu Maria hinüber. »Wir werden fruchtbar sein.«

Bühler sah, wie Maria die Augen aufriss, und im gleichen Moment registrierte er aus den Augenwinkeln die Bewegung des jungen Peter Adam. Seine gut trainierten Reflexe sprangen sofort an. Ehe Peter Adam ihm in den Arm fallen konnte, holte er aus, schlug ihn mit dem Kolben der Maschinenpistole nieder, richtete die Waffe sofort wieder auf die beiden Frauen und gab einen Schuss ab. Maria schrie auf und duckte sich.

»Ich werde sie erschießen!«, brüllte Bühler entschlossen. »Tun Sie, was er sagt!«

Peter Adam hielt sich stöhnend die Schläfe. Ein dünner Blutstreifen rann ihm aus den nassen Haaren. »Verdammt, ich hab Ihnen das Leben gerettet!«

»Herr Bühler hat andere Prioritäten«, erklärte Nakashima ruhig. »Er will nur seine Schwester wiedersehen.«

»Sie wissen ja nicht mal, ob sie noch lebt!«

»Sie lebt!«, widersprach Nakashima. »Nach dem heldenhaften Einsatz von Oberst Bühler in Nepal haben wir uns wie versprochen um sie gekümmert. Leonie hält sich derzeit an einem sicheren Ort in Zürich auf. Wir haben das überprüft und werden sie heute mit der letzten Maschine nach Spitzbergen bringen. Herr Bühler hat mein Wort.«

»Das einen Dreck wert ist!«, schrie der jüngere Peter Adam. »Er wird Sie bescheißen, Bühler! Genauso wie uns, Sie Idiot!«

»Möglich. Dann verpasse ich auch ihm eine Kugel. Aber Gott hat mich nicht umsonst hierhergeführt.«

»Ohne die Amulette werden wir alle sterben«, wiederholte der ältere eindringlich. »Noch heute!«

»Nun, wenn Sie davon überzeugt sind, macht es ja keinen Unterschied …« Nakashima wandte sich zu Bühler um. »Erschießen Sie die beiden Frauen!«

Bühler zielte auf Marias Kopf.

»NEIN!«, brüllte der ältere Peter Adam.

Sie verhielten sich genau so, wie Nakashima ihm am Morgen vorausgesagt hatte. Nakashima wirkte zufrieden.

»Sehen Sie, Mr. Adam, Sie glauben selbst nicht an die vollständige Auslöschung der Menschheit. Ich gebe Ihnen noch fünf Sekunden, dann muss ich zur *Hikari*. Mit oder ohne Schwester Maria und Frau Eichner. Eins ... zwei ...«

»Tu's nicht, Peter!«, flehte Maria den älteren an.

»... vier ...«

Bühler sah, wie der ältere Peter Adam dem jüngeren auf die Beine half, kurz zögerte und einen Blick mit Maria wechselte, als ob sich gerade ein Unglück erfülle, das sie schon lange erwartet hatten. Dann zog er sein jüngeres Ich mit sich.

»Komm. Wir müssen da sowieso rein.«

Der jüngere zögerte noch und sah Maria mit einem schmerzvollen Blick an. Dann aber wandte er sich ab und folgte dem älteren in Richtung Pantheon. Bühler sah, wie sich jetzt auch der Papst in Bewegung setzte und langsam auf sie zukam. Als er auf gleicher Höhe mit den beiden Peter Adams war, wechselten sie einen Blick, hielten inne. Bühler konnte nicht erkennen, ob sie miteinander sprachen, aber kurz darauf gingen alle drei wieder weiter. Als die beiden Männer das schwere Portal öffneten und ins Pantheon eintraten, ließ Bühler die Waffe sinken. Fast gleichzeitig kam der Papst am Brunnen an. Wortlos reichte er Nakashima die Umhängetasche und wandte sich an die beiden Frauen.

»Es tut mir ...«

Marias Mutter schlug ihm mit der flachen Hand hart ins Gesicht. Der Papst zuckte kaum, sah sie nur weiter an. Sophia Eichner schlug erneut zu. Und noch mal. Dann wandte sie sich ab.

Nakashima bettete die letzten vier Amulette aus der Umhängetasche bereits in die Aussparungen im Koffer um und verschloss ihn dann.

»Wir müssen los.«

Er hatte es eilig, wandte sich aber noch an den Papst und die beiden Frauen. »Sie können mitkommen oder hierbleiben. Ihre Entscheidung.«

»Wir kommen mit«, sagte Maria. »Aber nur bis zum Petersplatz.«

Bühler konnte keinerlei Furcht mehr in ihrem Blick erkennen. Das beeindruckte ihn. Die junge Frau wirkte so klar, als habe sie soeben eine Entscheidung getroffen und sci bereit, dafür ihr Leben zu opfern. Das mahnte ihn, sie bis zuletzt im Auge zu behalten.

Sie nahmen den gleichen Weg zurück, den sie gekommen waren. Als sie jedoch den kleinen Hof mit den Vespas erreichten, sah Bühler sofort, dass etwas nicht stimmte. Das Gittertor zur Straße am Ende des Durchgangs stand offen.

»Verdammt, welcher Idiot hat …«

Weiter kam er nicht. Denn im gleichen Augenblick waren sie schon da, strömten durch das Tor in den Hof und aus den Häusern, in denen sie zuvor nach Fleisch gesucht hatten. Dutzende. Hunderte. Bühler und Issa feuerten in die Gruppe, die ihnen am nächsten war. Die getroffenen Zombies zuckten am Boden, die anderen kamen unbeeindruckt näher, und durch den Toreingang drängten Hunderte nach.

LXII

22. Dezember 2012, Pantheon, Rom

Nach allem Irrsinn, den Peter in den vergangenen Wochen erlebt hatte, ergab ein Loch von fast vierzig Metern Durchmesser sogar irgendwie Sinn.

Denn wo sollte das Böse schließlich sonst herkommen!

Alle Mythen und Legenden der Welt behielten recht. Das Böse kam aus der Tiefe. Aus diesem Loch.

Er zitterte vor Kälte. Im trüben Licht, das mit dem Regen durch das *Opaion* in der Mitte der Kuppel fiel, konnte er die Ausmaße des Lochs gut erkennen. Kreisrund erstreckte es sich über fast die gesamte Grundfläche des Pantheons bis auf einen schmalen Sims entlang der Wand. Peter fragte sich kurz, wo die Millionen Tonnen von Gestein geblieben waren, die diesen gigantischen leeren Raum zuvor ausgefüllt hatten.

Wer hat dieses Loch gegraben? Wie lange hat das gedauert? Warum hat niemand etwas bemerkt?

Doch all diese Fragen erschienen bedeutungslos, denn das Loch war eine Tatsache, die man akzeptieren musste. Außerdem war es offensichtlich viel zu groß, um von Menschenhand geschaffen worden zu sein. Peter stellte sich vor, dass *irgendetwas* in der Tiefe alles Gestein nach unten abgesaugt hatte. Und zwar ohne ein gewaltiges Erdbeben in der Umgebung dabei auszulösen.

»Unmöglich!«

Der ältere schien das Gleiche gedacht zu haben.

»Laurenz hätte uns warnen können.«

Hat er ja im Grunde.

Vorhin in der Mitte des Platzes hatte Laurenz schließlich kurz angehalten und etwas zu ihnen gesagt.

»*Ihr* seid das Gefäß. *Ihr* seid die Büchse der Pandora. *Ihr* seid der Wirt des Bösen, nur durch euch kann es wieder versiegelt werden.« Dann war er weitergegangen.

Schlechte Aussichten.

»Nakashima hat das gewusst, oder?«, sagte Peter.

»Kannst du drauf wetten.«

Aus der Tiefe des Lochs hörten sie ein fernes, rhythmisches Rumoren, wie das Schnaufen eines großen Wesens. Fahles Licht quoll über den Rand wie ein trüber Dunst und ließ die Regenfäden aufleuchten.

»Hört sich an wie ein Vulkan.«

»Glaub mir, es ist schlimmer«, sagte sein zweites Ich.

Sie standen immer noch an der Tür und wagten sich nicht weiter, aus Sorge, der Rand könne abbrechen und sie in die Tiefe reißen. Stattdessen versuchten sie, sich zunächst einen Überblick über die Lage zu verschaffen und den Tesserakt zu finden. Die Innenwände des Pantheons waren unbeschädigt und zeigten keinerlei Spuren eines Erdbebens oder einer gewaltigen Erschütterung. Die Säulen wirkten intakt, die Marmorverkleidungen in den Nischen, wo einst Götterstatuen gestanden hatten, waren nirgendwo abgesprungen und wiesen auch keine Risse auf. Auch die Kassettenstruktur der antiken Betonkuppel wirkte unversehrt. Menschen konnten sie keine entdecken, weder Untote noch Leichen, noch Spuren von Lagerfeuern, und auch keinen Müll. Bis auf eine zerrissene Absperrkordel am Grab von König Vittorio Emanuele II. wirkten die Nischen immer noch so unversehrt wie zu den Zeiten, als hier täglich Zehntausende von Touristen durchgepilgert waren.

Sie entdeckten den Tesserakt in der großen Altarnische direkt gegenüber auf der anderen Seite des Lochs, wo sich zu Hadrians Zeiten vermutlich eine Statue des Gottes Sol befunden hatte. Wie eine klobige Monstranz stand der Tesserakt auf dem Altar, seine Kreuzform sprang Peter und seinem älteren Ich sofort ins Auge.

»Da kommen wir nicht rüber«, sagte Peter.

»Müssen wir aber.«

Vorsichtig näherten sie sich der Abbruchkante. Auf der gegenüberliegenden Seite konnte Peter Kellerstrukturen erkennen, darunter eine Schicht alter Steinquader. Offenbar hatte es schon immer ein komplettes Untergeschoss unter dem Pantheon gegeben.

»Der Vatikan hatte dort eine geheime okkulte Bibliothek, in der das Buch Dzyan aufbewahrt wurde«, erklärte der ältere Peter. Den Steinquadern nach zu urteilen, die sich darunter befanden, war das Pantheon jedoch auf den Trümmern eines noch viel älteren Tempels errichtet worden. Und dieser war vermutlich wiederum über uralten Kultstätten angelegt worden. Unter dieser Schicht erkannte Peter im fahlen Licht aus der Tiefe nur noch eine dichte, weiße, faserige Substanz, die die gesamte Innenwand des Lochs auskleidete und abzustützen schien. Ein kompaktes, verfilztes Geflecht irgendeines abgestorbenen organischen Materials oder eine Art verkrustete Schlacke. Peter musste sofort an seinen Hautausschlag und den Kokon denken.

Fasziniert und sprachlos starrten sie in die Tiefe. Schier endlos schien das Loch in den Schlund der Erde hinabzuführen, wie von einem gewaltigen Bohrer senkrecht in die Tiefe gefräst und mit der faserigen Kruste befestigt. Ein Boden war nicht zu erkennen, aber Peter schätzte, dass er fast tausend Meter in den Abgrund blicken konnte, bis zu einem schmutzig weißen Dunst, einem wabernden Pfropf aus Nebel und Rauch, der aus der Tiefe zu ihnen heraufglühte. Je länger sie hinabstarrten, desto deutlicher erkannte Peter Strukturen in dem leuchtenden Dunst, der sich mehr wie ein zäher Brei verhielt. Ein weißes Magma, das sich geräuschvoll umwälzte, Blasen warf und an der Oberfläche stellenweise erkaltete und verkrustete.

Und langsam höher stieg, feindselig, fremdartig und voller Hass auf alles Leben.

Peter begriff es nicht sofort, aber nach einer Weile erkannte er, dass dieses weiß leuchtende Magma Stellen des faserigen Rands erreichte, die zuvor noch deutlich über seiner Oberfläche gelegen hatten. Die Bewegung des weißen Magmas, das Leuchten, die faserige Innenwand des Lochs – das alles wirkte auf Peter wie ein hypnotisierendes Naturschauspiel, von dem er den Blick nicht abwenden konnte und dessen Bedrohung hinter der Schönheit seines Anblicks bedeutungslos wurde.

»Wie tief ist es?«, flüsterte Peter.

»Jedenfalls tiefer, als wir gerade sehen. Ich schätze, dass es bis auf den Erdmantel reicht.«

»Und diese weiße Masse da unten ist der Löwenmann?«

»Nein. Der Löwenmann ist nur ein infizierter Mh'u. Das da unten ist etwas völlig anderes, und ich glaube, es wird bald das Einzige sein, was auf dieser Welt noch lebt. Selbst die Mh'u werden untergehen, sobald das, was da gerade hochkriecht, sich über die Erde ausgebreitet hat.«

»Was zum Teufel will es ausgerechnet von uns beiden?«

»Nichts mehr, nehme ich an«, erklärte Peters zweites Ich sachlich. »Zufällig war unser Genom der Schlüssel für den Tesserakt. Mit dem kleinen Nebeneffekt, dass wir an der Infektion nicht sterben. Wir waren nützlich. Jetzt aber wird *es* uns töten, damit der Tesserakt für alle Zeiten geöffnet bleibt. Laurenz hatte recht: Wir sind die Büchse der Pandora. Wir können Leben oder Auslöschung bringen.«

»Du meinst, *wir* können es einfach so in die Luft sprengen, weil nur wir nah genug rankommen?«

Peters zweites Ich sah ihn an und schüttelte den Kopf. »Nicht ohne die Amulette.«

LXIII

22. Dezember 2012, Chiesa di San Luigi dei Francesi, Rom

Zurück!«, brüllte Bühler. »Alle zurück!«

Sie rannten durch den Hof auf die Straße. Bühler orientierte sich kurz und dirigierte die Gruppe dann durch die enge Gasse bis zur nächsten Kreuzung. Als er sich umdrehte, sah er, dass ihnen die Zombies bereits folgten. Und sie wurden schneller.

»Legen Sie sie um!«, brüllte Nakashima.

»Halten Sie die Schnauze!«, brüllte Bühler zurück. »Das sind viel zu viele!« Fieberhaft versuchte er, sich die Topografie der Umgebung und einen Weg zurück zum Van vorzustellen.

»In der nächsten Querstraße liegt die San Luigi dei Francesi!«, rief Maria. »In der Kirche sind wir vielleicht sicher.«

»Und sitzen in der Falle!«

»Haben Sie einen besseren Vorschlag?«

Hatte er nicht. Sie wandten sich nach rechts und rannten durch die Via della Dogana Vecchia. Bühler konnte bereits die helle Fassade der Kirche in der Hausreihe erkennen. Zombies waren keine zu sehen. Aber als Bühler die schwere Kirchentür aufreißen wollte, hörte er vom Ende der Straße eine Stimme.

»Ursli! ... UUUUURSLI!«

Er hatte nicht mehr geglaubt, ihre Stimme je wieder zu hören. Bühler wirbelte herum und sah keine hundert Meter entfernt eine kleine, zerlumpte Gruppe die Straße hinauf humpeln, vier Erwachsene und drei Kinder. Die Erwachsenen schoben Einkaufswagen vor sich her, bepackt mit Feuerholz, Plastikplanen, Werkzeug und einigen wenigen Nahrungsmitteln. Auf die Distanz hätte er sie im ersten Moment für Zombies gehalten, aber die Frau vorneweg, die nach ihm rief und ihm aufgeregt zuwinkte, erkannte er sofort. Ihre etwas tapsigen Bewegungen, und wie sie den Kopf immer reckte und streckte, als fürchte sie, irgendetwas Interessantes zu verpassen. Und er sah auch, dass hinter ihrer Gruppe bereits die Zombies aus einer Seitenstraße in die Via della Dogana Vecchia einbogen.

»LEONIE!«

Ohne nachzudenken stürmte er los. Leonie ließ ihren Einkaufswagen zurück, rannte ihm entgegen und flog ihm in die Arme.

»Ursli! Meine Sonne!«

Er weinte. »Ja, das bin ich! Und du bist *meine* Sonne.«

Sie lachte ihn an. »Meine Sonne, deine Sonne!«

Er wusste, dass dies eine andere Leonie war. Die Leonie aus der Parallelwelt. Aber das spielte keine Rolle mehr. Sie lebte, und sie hatte ihn erkannt. Viel Zeit blieb ihnen jedoch nicht. Bühler sah die Zombies näher kommen. Der Rest der Gruppe floh bereits mit den Einkaufswagen panisch Richtung Kirche. Die wackeligen Wagen holperten über das alte Straßenpflaster und kippten um. Alles ging viel zu langsam. Bühler feuerte eine Salve auf die Zombies ab, traf aber nur die vordersten. Die anderen rückten dumpf und unbeirrt weiter vor.

»Weg hier!« Bühler zog Leonie mit sich.

»Der Einkaufswagen!«

»Vergiss den Scheißeinkaufswagen!«

Sie riss sich los. »Nein, da ist aber Essen drin! Wir brauchen doch Essen!«

Entschlossen schob sie ihren vollgeladenen, wackeligen Einkaufswagen weiter. Bühler half ihr fluchend, wandte sich immer wieder um und feuerte auf die Masse der Untoten. Maria und Anselmo hielten die Kirchenpforte weit geöffnet. Bühler schob Leonie in die Kirche und half dann den anderen der Gruppe mit ihren Einkaufswagen. Die Zombies waren jetzt so nah, dass er sie zum ersten Mal richtig erkennen konnte. Bis auf ihre verdreckte und blutverschmierte Kleidung wirkten sie auf den ersten Blick ganz normal. Aber dann sah Bühler die Reste des weißen Ausschlags, der von ihren Armen und Gesichtern abblätterte. Als würden sie sich häuten. Ihre Augen flackerten, als müssten sie sich ständig neu orientieren, ohne je irgendetwas zu erkennen. Sie bewegten sich ähnlich wie Parkinsonpatienten, die dauernd gegen eine starke Muskelsteifheit ankämpfen müssen, und Bühler verstand, dass dies vermutlich der letzte Widerstand war, den ihre Körper dem Dämon entgegensetzten, der sie nun steuerte.

Nakashima und Issa waren nicht mehr zu sehen. Aber der Papst, der junge Pater und Marias Mutter kamen ihm nun zu Hilfe, richteten die Einkaufswagen auf, schleppten Lebensmittel in die Kirche, während Bühler die Gruppe antrieb und Zombies niederschoss. Als sie die Kirchentüren endlich von innen verbarrikadieren konnten, hatten sie außer einem Einkaufswagen niemanden verloren, aber sie konnten hören, wie die Masse der Untoten draußen gegen die Pforten rannte, drückte und scharrte. Sie saßen in der Falle.

»Die Seitenpforten!«

»Sind verschlossen!«, rief Anselmo.

Erleichtert und keuchend schloss Bühler endlich seine Schwester wieder in die Arme.

»Du solltest doch in Zürich sein! Warum bist du in Rom?«

»Und du solltest tot sein. Warum lebst du noch?«

Er wusste nicht, ob er lachen oder weinen sollte. Er strich Leonie übers Haar.

»Na ja ... Ich war tot, und nun lebe ich wieder.«

Sie klatschte lachend in die Hände. »Das ist aber schön!«

Sie hatte Zürich bereits kurz nach seinem Tod in Nepal verlassen, um in Rom für ihn zu beten. Auch wenn sie die Monate manchmal durcheinanderbrachte, schloss Bühler aus ihrem kurzen Bericht, dass sie den Petersplatz bereits kurz nach Ausbruch der Seuche erreicht haben musste. Dort hatte sie auch Marias Botschaft gehört und den Platz nur noch verlassen, um tagsüber auf die gefährliche Nahrungssuche zu gehen. Wie die anderen aus ihrer Gruppe berichteten, schien Leonie zu den wenigen Menschen zu gehören, die gegen die Infektion immun waren. Außerdem lobten sie Leonies Kraft und Hingabe.

»Sie macht uns allen immer Mut«, erklärte einer der Männer, der sich John nannte. »Und sie geht jedes Mal mit raus, wenn wir Nahrung suchen müssen. Sie ist so unglaublich tapfer.«

Bühler konnte nicht aufhören, sie zu umarmen und ihr über die verfilzten Haare zu streichen. Über ihre Schulter hinweg sah er den Papst mit Marias Mutter.

»Ich hatte keine Wahl!«, sagte der Papst flehend und hielt dabei die Hände der Frau in seinen Pranken. »Damals bei dem Candomblé hat alles angefangen. Ich konnte nur versuchen, die Apokalypse so lange wie möglich hinauszuzögern. Aber der Löwenmann war zu stark.« Er wandte sich zu Bühler um. »Erst, als Sie Raymond getötet haben, kam ich frei und konnte mit Nakashima Kontakt aufnehmen.«

»Und hast einen Deal mit ihm ausgehandelt!«, fuhr ihn seine Frau an.

»Ich wollte euch retten!«, rief der Papst verzweifelt. »Ich wollte Zeit gewinnen. Wir haben noch eine letzte Chance, glaub mir, Sophia! Ich liebe euch. Ich liebe euch mehr als mein Leben und mein Seelenheil.«

Sophia entzog ihm ihre Hände und wandte sich ab.

»Das ist ja Maria!«, rief Leonie, die Maria in diesem Moment entdeckte. Sie löste sich aus Bühlers Umarmung und begrüßte sie stürmisch.

»Ich hab aber gewusst, dass du noch kommst! Ich hab es allen gesagt. Jetzt wirst du uns aber alle retten, nicht wahr?«

Zum ersten Mal hatte Bühler Gelegenheit, einen Blick in den Kirchenraum zu werfen, der nur durch wenige Kerzen erhellt wurde. Es stank nach Rauch und Exkrementen. Bühler schätzte, dass etwa zweihundert verwahrloste Menschen schweigend und apathisch auf Pappen, Planen und alten Kissen im Längsschiff und in den seitlichen Kapellen campierten. Viele Kinder befanden sich darunter. Die mutigeren krochen bereits auf die geretteten Lebensmittel zu. Niemand hinderte sie daran. Als sie dann Maria und den Papst an der Pforte entdeckten, kam Bewegung in die Menge. Die Flüchtlinge schienen aus ihrer Apathie zu erwachen, erhoben sich und traten ehrfürchtig näher.

Bühler wandte sich an Pater Anselmo.

»Wo ist der Scheißkerl?«

»Ah, Sie meinen Nakashima?« Der Jesuit deutete auf die Kapelle rechts des Altarraums. »Bei den Caravaggios.«

Die drei großen Gemälde von Caravaggio in der dunklen Seitenkapelle hatten der Kirche San Luigi dei Francesi vor der Seuche immer einen Strom von Touristen beschert. Jetzt waren sie kaum zu erkennen im Dunkeln. Als Bühler sich mit der Maschinenpistole im Anschlag der Kapelle näherte, sah er Issa vor der kleinen Holzbalustrade Wache stehen. Er zielte mit seiner Waffe auf Bühler.

»Keinen Schritt weiter!«

Bühler wich rasch zur Seite aus und schlug dem Japaner mit der Maschinenpistole hart ins Gesicht. Ohne einen Schuss abzugeben, brach Issa röchelnd zusammen.

Bühler kickte Issas Pistole mit dem Fuß zur Seite, dann trat er durch die kleine Holztür. Nakashima kauerte vor dem Seitenaltar, den Koffer an die Brust gepresst, und flüsterte Anweisungen auf Japanisch in ein Funkgerät.

»Sie haben mich belogen, Arschloch.«

Der alte Mann steckte das Funkgerät weg. Er wirkte nicht verängstigt. »Sehen Sie es positiv. Sie haben Ihre Schwester wiedergefunden. Es gibt immer noch eine Chance, dass wir drei es nach Spitzbergen schaffen. In ein paar Minuten wird der Helikopter eintreffen.«

»Geben Sie mir den Koffer.«

»Und dann?«

»Bringe ich ihn ins Pantheon zu den beiden Adams. Vielleicht können wir das hier ja doch noch beenden.«

Nakashima schüttelte den Kopf. »Sie haben keine Ahnung, Bühler. Niemand kann es beenden. Spitzbergen ist unsere einzige Überlebenschance. Wir können dort neu anfangen. Sie werden eine Frau finden und Kinder haben, viele Kinder. Der Schnee ist geschmolzen. Das Dorf läuft über von Kindern.«

Er redete wirres Zeug, fand Bühler. Er hielt Nakashima die Maschinenpistole an die Schläfe. »Den Koffer!«

Der alte Mann reichte ihm zögerlich und mit zitternder Hand den Koffer. »Sie machen einen großen Fehler«, versuchte er noch einmal, ihn umzustimmen.

»Auf Sie zu hören, *das* war ein großer Fehler.«

Als er mit dem Koffer zur Pforte zurückkehrte, hatten die Flüchtlinge Maria und den Papst umringt. Einige knieten und ließen sich vom Papst segnen. Und dann sprach Maria zu ihnen.

»Lasset uns beten. ... Gegrüßet seist Du, Maria, voll der Gnaden, der Herr ist mit dir ...«

Die Flüchtlinge sprachen ihr das Ave Maria nach. Selbst der Papst kniete nieder und betete mit. Leonie stand die ganze Zeit mit geschlossenen Augen neben Maria und hielt ihre verstümmelte Hand. Der Anblick schnürte Bühler die Kehle zu. Er kniete sich nun auch nieder, legte die Maschinenpistole ab und betete inbrünstig mit. Er betete für Leonie, für all diese Menschen, die wieder ein wenig Hoffnung geschöpft hatten, und er betete auch für sich selbst, der getötet hatte und den Tod verdiente. Dennoch betete er nun um sein Leben und um Vergebung.

»... jetzt und in der Stunde unseres Todes. Amen.«

Dann hörte er draußen das Wummern von Rotorblättern. Der Hubschrauber kreiste über der Kirche und entfernte sich dann wieder, aber nicht weit. Gleichzeitig hörte Bühler hinter sich das Klicken, und seine Reflexe sprangen an.

Er warf sich zur Seite, aber der Schuss traf ihn in die linke Schulter, wirbelte ihn herum und schleuderte ihn zu Boden. Er hörte Schreie, sah, wie die Menschen vor ihm sich duckten, sah Nakashima mit Issas Waffe über sich stehen. Die Maschinenpistole lag zu weit weg, also riss Bühler sich den Koffer vors Gesicht. Die nächste Kugel schlug in das verstärkte Aluminium ein und wurde offenbar von einem der Amulette abgefangen. Die Wucht des Aufschlags riss ihm dennoch fast den Koffer aus der Hand. Trotz der Schmerzen versuchte er, sich herumzuwälzen und Nakashima zu fassen zu kriegen. Aber der Japaner schnappte sich nur den Koffer und die Maschinenpistole und rannte zur Pforte.

»Um Gottes willen, nicht öffnen!«, brüllte Bühler unter Schmerzen. »Haltet ihn auf!«

Von draußen hörte er das Hämmern eines schweren Maschinengewehrs. Offenbar feuerte der Hubschrauber auf die Zombies. Auch die Pforte wurde draußen von schweren Schüssen getroffen. Das Holz splitterte bis nach drinnen.

Ehe irgendjemand auf Bühlers Warnruf reagieren konnte, stand Nakashima schon an der Pforte und feuerte mit der Maschinenpistole in die Kirche.

»Keinen Schritt näher!«

Yoko Tanaka, die ihm am nächsten stand, brach getroffen zusammen. Nakashima beachtete sie gar nicht. Er wartete, bis der Hubschrauber draußen das Feuer einstellte, riss den Riegel auf und schlüpfte durch den Türspalt ins Freie.

Bühler rappelte sich stöhnend auf und stolperte ihm nach. Vor der Kirche lagen tote und zuckende Zombies. Nakashima rannte mit dem Koffer an den Leichen vorbei in Richtung Pantheon, wo der Hubschrauber dicht über den Dächern schwebte und weiter auf den Platz feuerte. Der Papst, Sophia Eichner, Maria und der junge Pater drängten jetzt ebenfalls aus der Kirche.

»Sie bleiben hier, Bühler!«, befahl der Papst.

»Den Teufel werde ich.« Er wollte losrennen, doch der Papst hielt ihn zurück. »Das schaffen Sie nicht mehr. Leonie braucht Sie da drinnen.«

Erst jetzt bemerkte Bühler, dass sein linker Arm völlig taub war, sein Jackenärmel blutdurchtränkt. Das Blut tropfte an der

Hand entlang auf den Boden und bildete dort bereits eine kleine Pfütze.

»So eine verdammte Scheiße.«

Der Papst wandte sich zu Sophia um. »Ich liebe dich, Sophia. Vergiss das nie und vergib mir.«

Sie schien zu ahnen, was er vorhatte und ergriff seine Hand. »Nein, nicht!«

Der Papst küsste sie. »Ich muss. Noch ist es nicht vorbei. … Maria?«

Seine Tochter nickte. Während Bühler noch unter Schmerzen keuchte, stürmte der Papst los, verblüffend schnell in der Soutane. Maria und der Pater folgten ihm.

»Maria!«, schrie ihre Mutter verzweifelt.

Bühler sah, wie die drei in die nächste Seitenstraße einbogen. Er wollte nur noch einmal Luft holen für den Sprint. Aber dann nahm jemand seine Hand.

»Jetzt musst du aber reinkommen, Ursli. Du sollst nicht noch mal sterben.«

LXIV

22. Dezember 2012, Pantheon, Rom

Es ist so«, erklärte der ältere Peter. »Es gibt neun Nester. Das hier ist nur das größte. Menschen haben zu allen Zeiten gespürt, was sich da tief unter ihnen zusammenbraut, und haben Kultstätten und Kathedralen darüber errichtet, um es zu versiegeln. Pyramiden, Tempel, Pagoden, den Kölner Dom, die Kathedrale von Santiago de Compostela, den Felsendom ... Ich hatte angenommen, dass dieses Nest direkt unter dem Petersdom liegt, aber offenbar hat Petrus sich damals geirrt. Die Römer wussten es besser, und Hadrian hat den dicksten Deckel darüber gebaut, der zu jener Zeit möglich war, und ihn allen bekannten Göttern geweiht, damit er auch hält. Wie gesagt, neun Nester, verteilt über die ganze Welt. Neun Löcher, aus denen das Böse in Kürze über uns kommen wird. Die Mh'u haben die Amulette geschaffen, um jede dieser neun Pforten der Hölle zu verschließen. Und das bedeutet, wenn wir dieses *Ding* da unten in die Luft jagen, zerstören wir bloß einige Millionen Tonnen abartiges Zellgewebe, aber eben nicht das ganze Biest.«

Peter sah, dass der zähe, magmaartige Brei inzwischen wieder ein Stück höher gequollen war, und schätzte, dass *es* den Rand bei dieser Geschwindigkeit in einer halben Stunde erreicht haben würde. Und zwar gleichzeitig an neun verschiedenen Orten auf der Welt.

»Also können wir ohne die Amulette nichts tun, um den Untergang der Menschheit zu verhindern.«

Der ältere Peter deutete auf die gegenüberliegende Seite des Pantheons. »Na ja, wir könnten den Tesserakt verschließen. Das wäre schon mal ein Anfang.«

Er wirkte erstaunlich ruhig, ganz ohne Furcht. Peter sah sein zweites Ich misstrauisch an.

»Warum hab ich die ganze Zeit dieses beschissene Gefühl, dass du mir noch was Wesentliches verschweigst?«

Der ältere lächelte ihn an. »Nicht einfach, sich selbst was zu verschweigen, was?«

Ohne jedoch eine Antwort zu geben, trat er an die Wand des Pantheons und versuchte, auf dem schmalen Sims zwischen Wand und Abgrund auf die andere Seite der Halle zu balancieren.

»Was ist jetzt? Kommst du?«

»Ich will erst eine Antwort!«, rief Peter.

»Wenn wir den Tesserakt verschlossen haben! Und jetzt komm endlich, uns läuft so ein *bisschen* die Zeit davon!«

Fluchend folgte Peter seinem zweiten Ich. Der Sims war so schmal, dass er sich mit dem Rücken an die Wand pressen musste und nur mit vorsichtigen, seitlichen Schritten vorankam. Bei der kleinsten Kopfbewegung bestand die Gefahr, das Gleichgewicht zu verlieren und in die Tiefe zu stürzen. Immer wieder trat Peter auf bröckelige Stellen im alten Fußboden, hörte Steinchen und Marmorstücke in die Tiefe rattern und erwartete, dass der Boden unter ihm sich jeden Moment ganz ablösen würde. Nur an den Nischen hinter den Säulen konnten sie alle paar Meter kurz verschnaufen.

In kleinen Trippelschritten schafften sie die Hälfte der Strecke, dann ging nichts mehr. Der Sims war auf einer Länge von fast einem Meter abgebrochen. Zu breit, um einen Sprung zu wagen. Keuchend trippelten sie zurück in die letzte Nische und suchten angestrengt nach einer Lösung.

Als Peter einmal aufblickte, sah er einen Hubschrauber durch die Öffnung des *Opaion*. Er flog sehr niedrig. Das Rotorgeräusch vermischte sich mit den hämmernden Schlägen eines Maschinengewehrs. Der Hubschrauber hörte gar nicht mehr auf zu feuern.

Wortlos sahen sich Peter und sein zweites Ich an. Dann wandte sich der andere ab und suchte die Wand in der Nische ab, bis er eine Stelle fand, wo sich eine der langen Marmorplatten etwas verschoben hatte. Mit den Fingern seiner linken Hand griff er in den Spalt und zerrte an der Platte. Verblüfft sah Peter, wie er die schwere Platte mit der linken Hand scheinbar mühelos aus der Wand löste und dann vorsichtig auf dem Boden ablegte.

»Verdammt, wie hast du das gemacht?«

»Musst du Nakashima fragen, er hat die Hand entwickelt.«

Er zerrte die Platte zu dem Sims und schob sie auf allen vieren langsam weiter bis zu der Lücke. Vorsichtig, Millimeter für Millimeter schob er sie weiter über die Bruchstelle und presste sie dabei am anderen Ende zu Boden. Peter fürchtete, dass die schwere Platte jeden Augenblick überkippen oder abbrechen würde. Aber es klappte. Nach kurzem Ruckeln lag die Platte über der Lücke.

»Und du glaubst, das hält?«

Statt einer Antwort wagte sein zweites Ich einfach den Versuch. Er versuchte, die Platte möglichst wenig zu belasten und die kritische Stelle mit zwei großen Schritten zu passieren. Und sie hielt.

Mit angehaltenem Atem folgte Peter ihm. Er glaubte zu hören, wie die Platte unter ihm knackte, doch sie hielt auch noch sein Gewicht.

Als sie die Altarnische endlich erreichten und Peter wieder einen Blick in die Tiefe warf, hatte das weiße Magma weitere hundert Meter nach oben geschafft. Sein Leuchten warf bereits einen deutlichen Schein über den Rand des Lochs.

Sie beeilten sich. Peter hob den Tesserakt vom Altar und hielt ihn fest.

»Was muss ich tun?«, fragte sein älteres Ich.

»Fass ihn an. Er hat sich geöffnet, als ich ihn berührt habe, also wird er sich so vielleicht auch wieder verschließen lassen.«

Entschlossen beugte sich sein zweites Ich vor und berührte den Tesserakt mit beiden Händen. Aber der Hyperwürfel veränderte sich immer noch nicht, behielt trotzig seine entfaltete Kreuzform bei.

»Scheiße, war ja klar!«, fluchte Peter.

»Warte!«

Der andere nahm seine bionische Hand von dem Tesserakt und berührte ihn nur noch mit seiner eigenen rechten.

Es ging viel zu schnell, als dass Peter den Vorgang hätte verfolgen können. Wie schon einmal in der Pyramide in Abu Ghosh verweigerten sich seine Sinne, als der Hyperwürfel sich veränderte. Geräuschlos stülpte sich das klobige, vierarmige Kreuz ineinander, schien zu schrumpfen und alles Licht zu absorbieren. Für den Bruchteil einer Sekunde erschien Peter der Tesserakt nur als schwarzes Nichts. Dann aber hielt er wieder ein rätselhaftes Objekt in der Hand, das sich bei jeder Bewegung, jeder Drehung zu verändern und ineinanderzufließen schien, ohne dabei seine Kantigkeit zu verlieren. Peter brauchte einen Augenblick, bis er begriff, was passiert war.

»Hat er sich geschlossen? Ist er wirklich wieder zu?«

Sie starrten den Tesserakt an, der sich in seine ursprüngliche vierdimensionale Form zurückgefaltet hatte und den sie wieder nur über seinen dreidimensionalen Schatten wahrnehmen konnten. Dann legte Peter den Hyperwürfel auf dem Altar ab und umarmte sein zweites Ich. Zum ersten Mal. Wie kleine Jungs, die ihr erstes Lagerfeuer entzündet hatten, umarmten sie sich und hüpften schreiend vor Freude auf der Stelle.

»Das Scheißding ist wieder zu!«, rief Peter.

»Nenn es bloß nicht Scheißding, sonst geht es nachher wieder auf!«, lachte der andere.

Sie johlten und schrien ihren Triumph heraus, während von draußen weiter der Hubschrauber und das Maschinengewehr zu hören waren. Als sie erschöpft zu Boden sanken und Luft schnappten, sagte Peters älteres Ich: »Lass ihn uns rüber auf die andere Seite bringen.«

»Warum?«

»Verdammt, weil wir hier noch nicht fertig sind, vielleicht?«

Das klang immerhin einleuchtend. Sie rissen das Altartuch in Streifen und verknoteten diese zu einer kleinen Tasche, mit der sie den Hyperwürfel zwischen sich halten konnten, dicht über dem Boden, um den Schwerpunkt so niedrig wie möglich zu halten. Auf diese Weise schlurften sie den Sims an der Wand entlang zurück.

Bis zur der Bruchstelle mit der Marmorplatte.

Peter ging vor und hörte wieder das Knacken. Als er die andere Seite erreicht hatte, setzte sein zweites Ich den Tesserakt ab und schob ihn vorsichtig über die Platte. So weit, bis Peter ihn greifen und mithilfe des verknoteten Altartuchs langsam zu sich ziehen konnte.

»Jetzt du!«, rief Peter.

Er sah, dass sein älteres Ich trotz seiner guten Fitness inzwischen sehr erschöpft war. Er brauchte einen Moment, um zu verschnaufen, dann atmete er ein letztes Mal durch und bewegte sich weiter.

»Warte lieber noch. Lass dir Zeit!«

»Nerv mich nicht.«

Als der andere in der Mitte der Bruchstelle auf die Platte trat, hörte Peter das Knacken jetzt ganz deutlich.

Er konnte nichts tun. Nur zusehen, wie die Marmorplatte zerbrach und sein zweites Ich die Balance verlor.

LXV

22. Dezember 2012, Piazza della Rotonda, Rom

Als Maria hinter ihrem Vater und Anselmo den Platz vor dem Pantheon erreichte, sah sie zunächst nur den Hubschrauber und die Zombies. Es mussten inzwischen Tausende sein. Sie strömten aus einer der Seitenstraßen, scharten sich zwischen dem Brunnen und dem Pantheon zusammen und starrten zu dem Helikopter hinauf, der in niedriger Höhe über ihnen schwebte, als wäre er eine göttliche Erscheinung. Oder ein gewaltiger Vogel, den es zu erlegen galt. Dabei feuerte der Pilot weiter wahllos aus dem aufmontierten Maschinengewehr auf sie herab, tötete Dutzende, kam aber gegen ihre schiere Menge nicht an. Maria blieb einfach stehen und starrte fassungslos auf die Menge der Zombies und den Hubschrauber, der keinen sicheren Landeplatz fand. Ihr Vater musste sie an eine Hauswand zerren, damit sie von den Untoten nicht entdeckt wurden.

»Wo ist er?«, keuchte sie.

»Da!« Anselmo deutete auf den Brunnen, wo Maria nun Nakashima erkannte, der sich mit dem Koffer in Deckung gekauert hatte und in ein Funkgerät sprach. Die Zombies hatten ihn noch nicht bemerkt, aber es war nur eine Frage der Zeit.

»Unsere letzte Chance!«, rief ihr Vater und packte sie am Arm. »Lauf zum Petersplatz!«

»Und dann?«

»Bete! Sie glauben an dich. Betet alle für uns!«

Dann rannte er wieder los.

»NICHT!«, rief sie, aber er hörte sie schon nicht mehr.

Anselmo zögerte, sah Maria an – und folgte ihm. Nakashima wandte sich um und entdeckte ihren Vater. Sofort richtete er sich auf und feuerte auf ihn. Ihr Vater und Anselmo duckten sich. Nakashima löste sich aus der Deckung des Brunnens und winkte jetzt dem Piloten, machte ihm hektische Zeichen, endlich tiefer zu gehen und zu landen. Der Pilot schien aber immer noch zu zögern. Der Hubschrauber pendelte hin und her, ging schließlich etwas tiefer. Offenbar war der Platz zwischen Pantheon und Brunnen zum Landen zu eng. Gleichzeitig feuerte das Maschinengewehr ohne Pause auf die Zombies, die sich weiter unbeeindruckt unter dem Hubschrauber sammelten und versuchten, nach ihm zu greifen. Aus Marias Perspektive eine aussichtslose Sache für Nakashima. Dennoch sprintete der alte Mann mit dem Koffer los. Die ersten Zombies bemerkten ihn jetzt und griffen ihn sofort an. Der Hubschrauber sank weiter, drehte sich etwas und feuerte in die Richtung der Angreifer.

Und traf Nakashima.

Maria sah, wie er zusammenbrach. Er war offenbar nicht tot, griff nach dem Koffer, versuchte, sich wieder aufzurappeln. Anselmo und ihr Vater hatten Deckung hinter dem Brunnen gefunden und versuchten, zu ihm zu gelangen. Aber die Zombies waren näher dran. Nakashima feuerte, bis sein Magazin leer war. Ihr Vater war jetzt bei ihm und versuchte, ihn zu stützen und aus der Gefahrenzone zu ziehen. Anselmo wollte ihm helfen, rutschte aber auf dem regennassen Pflaster aus. Nakashima wehrte sich, schlug auf ihren Vater ein. Ein Pulk von Zombies stürzte sich auf die beiden. Aber kurz davor gelang es dem Papst noch, Nakashima den Koffer zu entreißen und ihn Anselmo zuzuwerfen, als der Hubschrauber gleichzeitig durchsackte und hart auf der Menge der Untoten aufsetzte. Ein hässliches Geräusch von Metall auf Stein. Der Hubschrauber kippte durch den Aufprall leicht zur Seite, die Rotorblätter berührten kurz den Boden und zerfetzten einen Pulk von Zombies wie nichts. Dennoch reichte der Widerstand ihrer Körper aus, um den ganzen Helikopter endgültig zu destabilisieren. Der Pilot versuchte, gegenzusteuern, doch der Hubschrauber taumelte unkontrolliert zur Seite und prallte mit den Rotorblättern gegen den Brunnen. Die Wucht des Drehmoments wirbelte den gesamten Rumpf herum. Maria sah, wie die Rotorblätter an dem Obelisken zersplitterten. Der Helikopter bäumte sich kurz auf, stürzte seitlich in die Menge der Zombies und explodierte in einem Feuerball.

Maria musste mit ansehen, wie ihr Vater, Anselmo und Nakashima mitsamt den Zombies von der Druckwelle zu Boden gerissen und von den Flammen überrollt wurden und der ganze Platz in einem Inferno aus Feuer, Rauch, Metallsplittern und verbrannten Körpern verschwand.

Die Druckwelle presste sie gegen die Hauswand, aber sie spürte keine Hitze. Links und rechts schlugen überall Metallsplitter ein, aber kein einziger traf sie. Als Maria wieder aufblickte, sah sie, wie sich der rauchige, gelb-rote Feuerball über dem Brunnen aufblähte und als schmutziger, glühender Pilz durch den Regen zur niedrigen Wolkendecke aufstieg. Der ganze Platz schien in Flammen zu stehen. Brennende Zombies wälzten sich auf dem Pflaster oder griffen immer noch die Reste des Hubschraubers an. Wie ferngesteuert ging sie auf das Inferno zu, versuchte, ihren Vater irgendwo zu entdecken. Aber sie sah nur Anselmo. Fast unversehrt, nur mit versengten Haaren und brennender Kleidung, den Koffer an sich gepresst, taumelte er aus den Flammen. Maria stürzte auf ihn zu, riss ihn zu Boden und wälzte sich mit ihm in einer großen Pfütze. Als sie sich beide aufrappelten, sah sie die Verbrennungen in seinem Gesicht und an den Armen. Er schien sie nicht zu spüren, weil er unter Schock stand.

»Wo ist er?«, schrie Maria ihn an.

Anselmo schüttelte nur den Kopf, starrte sie an, als könne er nicht fassen, noch am Leben zu sein.

Maria wollte an ihm vorbeirennen, doch Anselmo hielt sie fest.

»Es ist zu spät!«, brüllte er, als ob er gerade aus einem Albtraum erwache. »Tu, was er gesagt hat! Lauf zum Petersplatz!«

»Und du?«

Anselmo deutete stumm zum Pantheon, das hinter einer Wand aus Feuer, Qualm und Regen lag.

Einen Augenblick lang sahen sie sich an.

»Du musst dich beeilen«, sagte Anselmo. Maria nickte.

»Gott schütze dich«, sagte sie und rannte los.

Maria kannte Rom. Sie wusste, dass sie zu Fuß fast eine halbe Stunde bis zum Petersplatz brauchen würde. Zu lange. Daher nahm sie den Weg zurück durch den Hofdurchgang. Die wenigen Untoten, denen sie überhaupt noch begegnete, schienen sich jedoch nicht mehr für sie zu interessieren, schlurften nur an ihr vorbei in Richtung Pantheon, als ob sie von dort eine mächtige Stimme gerufen habe.

Hinter dem Durchgang lag Nakashimas Van auf der Seite, offenbar von der Menge der Zombies umgeworfen. Maria überlegte, ob sie einfach weiterrennen sollte, aber das schien ihr immer noch zu gefährlich. Sie lief zurück in den Hof zu der kleinen Mopedwerkstatt und suchte hastig die restaurierten Vespas ab. Bei einer hellblauen PX, einem jener unverwüstlichen alten Modelle, von denen auch das Kloster noch zwei besaß, steckte der Schlüssel. Als habe der alte Roller die ganze Zeit nur auf sie gewartet.

Obwohl er seit Monaten nicht mehr gelaufen war, sprang der Zweitakter sofort an. Maria raffte ihr Habit und kurvte mit Vollgas aus dem Hof. Sie bog links in den Corso del Rinascimento ein, dann rechts in den Corso Vittorio Emanuele II., umkurvte ohne zu bremsen die Trümmer, Leichen und Pulks von Untoten, überquerte den Tiber und fuhr dann über die Via della Conciliazione direkt auf den Petersplatz zu. Der Platz wirkte noch voller als am Vorabend, immer mehr Menschen strömten aus den anliegenden Straßen auf den Platz zu, um den Untergang der Menschheit dort zu erwarten. Maria ließ die Vespa an den Kolonaden stehen und drängte sich durch die Menge, bahnte sich ihren Weg zum Trümmerberg mit dem großen Kreuz. Irgendjemand erkannte sie und rief ihren Namen. Bewegung kam in die Menge, ihr Name schlug Wellen wie ein Tropfen in einem stillen See. Die Menschen traten zur Seite, bildeten eine Gasse und machten ihr Platz. Niemand berührte sie. Aber sie skandierten nun ihren Namen, immer lauter.

MARIA! ... MARIA! ... MARIA!

Maria kletterte über den Wald aus Kreuzen den Trümmerberg hinauf, bis sie dicht unter dem großen Kreuz stand und über den Petersplatz blicken konnte, wo Tausende von Menschen ihren Namen riefen wie die allerletzte Hoffnung. In der Ferne konnte sie die Rauchsäule sehen, die vor dem Pantheon aufstieg und die Stelle markierte, wo gerade ihr Vater gestorben war. Maria keuchte noch vor Anstrengung. Sie wollte etwas sagen, aber die Stimme versagte ihr. Sie konnte nur weinen. Um Peter und um all die Menschen, die gestorben waren. Aber in diesem Moment vor allem um ihren Vater, dem sie in den vergangenen Wochen näher gewesen war als jemals zuvor in ihrem Leben. Eine Welle der Trauer, die erste von vielen die noch folgen würden, erschütterte ihren Körper. Ein Schmerz, als würde sie in der Mitte aufgerissen. Eine Wunde, zu groß, um je wieder zu verheilen. Und die Menschen auf dem Petersplatz sahen ihr schweigend dabei zu, wie sie auf die Knie sank und ihre Verzweiflung in Krämpfen herauspresste. Erst als sie wieder etwas zu Atem kam und den Kopf hob, nahm Maria die Menschen unter sich wahr, die etwas von ihr erwarteten. Sie riss sich zusammen, erhob sich mühsam und breitete die Arme aus. Holte Luft, und in die Stille und das Rauschen des Regens hinein rief sie:

»Lasset uns beten! Für alle, die gestorben sind. Für unsere Familien und Freunde und alle, die wir geliebt haben. Für all jene, die wir nicht retten konnten. Für all jene, die zu wandelnden Dämonen wurden. Für uns selbst, die wir überlebt haben. Aber vor allem – lasst uns für Peter Adam beten, dass er die Kraft habe, den Untergang vielleicht noch abzuwenden. Denn auch, wenn wir nun untergehen sollten – in dieser Stunde unseres Todes sind wir mit der ganzen Menschheit im Gebet vereint. Also lasst uns beten.«

LXVI

22. Dezember 2012, Pantheon, Rom

Es ging viel zu schnell. Peter konnte nur zusehen, wie sein zweites Ich abrutschte. Die zerbrochene Marmorplatte stürzte in die Tiefe, aber der andere Peter krallte sich mit seiner bionischen Hand an einem vorstehenden Stein fest und baumelte nun über dem Abgrund.

»Nicht bewegen!«, rief Peter ihm zu und versuchte, sich flach auf den Sims zu legen. »Ganz ruhig, ich krieg dich!«

»Vergiss es!«, keuchte der andere. »Du kannst mich noch nicht mal halten, geschweige denn auf den Sims ziehen.«

»Halt die Klappe, ich versuch's!«

Vorsichtig schob er sich so weit vor, wie es nur ging, und streckte seine rechte Hand aus. Aber der andere war immer noch zu weit weg. Peter begriff, dass er recht hatte. Selbst, wenn es ihm gelingen sollte, seine Hand zu ergreifen, würde er schon beim Versuch, ihn hinaufzuziehen, das Gleichgewicht verlieren und sie beide in die Tiefe reißen.

»Verdammte Scheiße! Und was jetzt?«

»Bleib ruhig!«, rief ihm der andere zu. »Du ... musst den Tesserakt in Sicherheit bringen.«

Peter wollte etwas einwenden, doch in diesem Augenblick erschütterte eine Explosion von draußen das Gebäude. Der Boden zitterte, und Peters zweites Ich pendelte bedrohlich an der Kante. Gleichzeitig sah Peter eine schwarze Wolke über dem *Opaion* aufsteigen.

»Verdammt, was ist da los?«, schrie der andere am Abgrund.

Peter überlegte fieberhaft, was er tun konnte. Welche Möglichkeiten er überhaupt noch hatte.

Niemand wird zurückgelassen.

»Los, mach schon!«, schrie sein zweites Ich. »Schaff den Tesserakt hier raus!«

»Nicht loslassen!«, rief ihm Peter zu. »Ich komme zurück und hole dich!«

Vorsichtig richtete er sich auf dem Sims auf, bis er wieder mit dem Rücken an der Wand stand. Neben ihm lag der Tesserakt, dunkel und wie pulsierend bei jeder Änderung des Blickwinkels. Da er ihn nicht hochheben konnte, ohne das Gleichgewicht zu verlieren, versuchte er, ihn Schritt für Schritt mit dem Fuß ein wenig weiter zu schieben. Es ging nur sehr langsam. Immer wieder schob er ihn zu weit zur Kante hin und musste sich gefährlich vorbeugen, um ihn wieder in die richtige Position zu bugsieren. Bei jedem Schritt vergewisserte er sich, dass sein zweites Ich noch an der Kante hing. Von draußen zogen Rauch und der Gestank von Kerosin in die Halle.

Schweißgebadet erreichte Peter schließlich die breite Stelle vor dem Tor, stützte sich keuchend auf die Knie und starrte den Tesserakt an.

Und jetzt? Wohin mit dem Ding?

Als er ein wenig zu Atem gekommen war und den Tesserakt anhob, hörte er hinter sich ein Geräusch und wirbelte herum. Die große Holzpforte des Pantheon öffnete sich schwer und knarzend, und mit dem Tageslicht, das durch den Türspalt flutete, trat Pater Anselmo ein. Er sah furchtbar aus. Seine Haare waren versengt, die Kleidung hing ihm in verkohlten Fetzen vom Leib, und sein ganzer Körper wies Verbrennungen auf. Aber als er die Pforte hinter sich zuschlug, sah Peter, dass er den Koffer in der Hand hielt.

Der junge Pater musste unter Schock stehen, denn er schien keine Schmerzen zu empfinden.

»Ich bringe den Koffer«, ächzte er nur, als er vor Peter stand.

»Was ist da draußen passiert?«

Pater Anselmo schüttelte nur den Kopf. »Ich bringe den Koffer«, wiederholte er und stellte ihn auf den Boden. Er starrte auf den Tesserakt.

»Ist er das?«

»Ja. Er ist wieder geschlossen.«

»Er ist … wunderschön.«

Das hatte Peter bisher noch nicht so gesehen. Aber Anselmo hatte recht. Obwohl sich der Hyperwürfel allen Sinnen entzog und sich hinter seinem pulsierenden dreidimensionalen Schatten verbarg, strahlte er eine ergreifende, verwirrende Schönheit und Perfektion aus, für die Peter keine Worte fand.

»Bring den Koffer rüber!«, brüllte Peters zweites Ich von der Kante, und Peter verstand, dass er nun den letzten Schritt tun musste. Er reichte Anselmo den Tesserakt.

»Bringen Sie ihn in Sicherheit und passen Sie gut darauf auf.«

»Was, ich?«, rief Anselmo bestürzt. »Aber …«

»Sie schaffen das.«

Als er ihm den Tesserakt übergab, konnte Peter spüren, wie etwas von ihm abfloss und auf den jungen Mann überging. Ein gutes Gefühl. Pater Anselmo schien es ebenfalls zu spüren. Er wollte noch etwas sagen, aber Peter schüttelte den Kopf.

»Sie müssen jetzt gehen, Pater. Viel Glück.«

Peter wartete, bis Anselmo das Pantheon wieder verlassen hatte, nahm den Koffer und kehrte zu seinem zweiten Ich zurück.

»Du bist mir noch eine Antwort schuldig.«

Der andere blickte zu ihm hinauf und streckte die rechte Hand aus. »Was? Mann, gib mir schon den Koffer!«

Peter setzte sich mit dem Koffer auf die Bruchkante und starrte in die Tiefe. Das weiße Magma stand jetzt nur noch knapp hundert Meter unter dem Rand und stieg immer rascher, wie überkochende Milch.

»Wir haben zwar alle Amulette, aber wir können nicht mehr alle neun Löcher verschließen.«

»Doch!«, rief der andere. »Sie sind alle miteinander verbunden. Sobald ich die Amulette mit der Bombe in meiner Hand aktiviere, erwischt es alle gleichzeitig.«

»Und vernichtet das Böse für alle Zeiten?«

»Ja, natürlich! Und jetzt gib mir den verdammten Koffer!«

Peter rührte sich nicht. »Du lügst.«

Sein zweites Ich starrte zu ihm hinauf.

»Also gut«, keuchte er schließlich. »Wir können es nicht komplett vernichten. Aber ich kann es an einen Ort bringen, wo die Mh'u sich um den Rest kümmern. Das ist der Plan.«

Peter nickte.

Der Plan.

»Und was wird aus Maya?«

»Du kannst sie nicht zurückholen, Peter!«

»Du weißt, dass es funktionieren kann! Du hast es selbst erlebt!«

»Es ist zu riskant! Wir werden beide draufgehen. Gib mir den Koffer und verschwinde. Du wirst leben. Kümmere dich um Maria. ... Und um unsere beiden Söhne.«

Sie ist schwanger!

Das hatte er sich die ganze Zeit gedacht.

»Es sind Zwillinge. Sie hat es mir heute Nacht gesagt. Du musst dich um sie kümmern.«

Peter schüttelte den Kopf. »Es sind *deine* Söhne.«

»GIB MIR JETZT DEN VERDAMMTEN KOFFER!«

Peter erhob sich mit dem Koffer und sah in die Tiefe, wo die weiße Masse bereits das zerstörte Untergeschoss erfasst hatte. Das Leuchten war jetzt so hell, dass er kaum noch hineinsehen konnte. Im gleichen Augenblick spürte er, wie ihn etwas erreichte. Eine Art Signal. Ein Zeichen der Zuversicht aus Millionen von Stimmen.

»Schaffst du sowieso nicht mit einer Hand«, sagte er.

Und sprang in den Abgrund.

Im Fallen sah er noch, dass auch sein zweites Ich die Bruchkante losließ und mit ihm hinabstürzte. Peter hatte erwartet, dass er auf der weißen Masse aufschlagen und langsam darin versinken würde wie in einem Sumpf. Aber er fiel einfach durch das leuchtende Weiß hindurch, immer weiter, endlos. Es gab kein Oben und Unten mehr, nur noch gleißendes Weiß. Aber in dem Weiß konnte Peter sein zweites Ich erkennen, das mit ihm fiel. Seine linke Hand strahlte ein blaues Licht ab, das immer intensiver wurde.

Gemeinsam stürzten sie dem Nest des Bösen entgegen. Das Fallen fühlte sich langsam an, wie im Traum, wie eine Schaumflocke im Wind. Seltsamerweise empfand Peter keine Angst.

Fühlst du überhaupt noch irgendetwas?

Er zählte nach. Trauer, Wut, Entschlossenheit, Ungewissheit, der Schmerz, alles zurücklassen zu müssen – alles da. Aber keine Angst mehr. Die Angst war eine unnütz gewordene Haut, die er abgestreift und hinter sich gelassen hatte. Alles war ganz klar und richtig. Peter fühlte sich umhüllt von Zuversicht und Hoffnung. Und dann war da noch ein anderes Gefühl, sehr stark. Liebe. Sie füllte ihn aus, ganz und gar, und für einen Moment dachte er, dass sie ihn für immer in diesem Weiß halten würde.

Aber er fiel weiter, den Koffer fest umklammert. Irgendwo in der Nähe leuchtete die Hand seines zweiten Ichs. Immer heller. Sie überstrahlte bald das Weiß ringsum und erfüllte alles mit einem milchigen, blassblauen Licht. Und sie fielen weiter, immer weiter. Das Letzte, was Peter sah, war ein Blitz aus reinstem Blau, der ihn durchdrang, der alles erfasste und auflöste.

Und überall war Licht.

Epilog

13. November 2376, Adam-Wüste, Novaroma

Die Nacht war kalt geworden, das Feuer heruntergebrannt, und genug Holz, um es wieder anzufachen, gab es nicht. Der alte Mann hüllte sich fest in die muffige Filzdecke, die er immer bei sich trug.

»War eine Riesenimplosion«, sagte er und sah den neugierigen Jungen dabei ein. »Implosion, nicht Explosion, verstehst du? Genauso verheerend, nur anders herum. Ein gewaltiger Schlag, und das Pantheon und alles im Umkreis von zweihundert Metern wurden in das Loch gesaugt. Verschwanden darin wie nix und wurde zu Nichts zermalmt. Gleichzeitig strömte mit einem Knall Luft in das gewaltige Vakuum nach, das durch die Implosion entstand. Ich befand mich zwar nicht mehr im unmittelbaren Kernbereich der Implosion, aber der Luftdruck riss mich noch auf dem Corso Vittorio Emanuele II. von den Beinen, wirbelte mich mit dem Tesserakt herum und schleuderte mich quer über den Platz. Und das bei den Verbrennungen, die ich schon hatte. Ich brach mir die Hand und etliche Rippen. Aber ich überlebte auch das. Und mehr noch – ich bemerkte nach dem ersten Schrecken, dass der Tesserakt eine gewisse Wirkung auf mich hatte. Ich konnte fast zusehen, wie meine Brandwunden verheilten. Auch meine Knochenbrüche heilten bereits nach wenigen Tagen vollkommen. Und so ist es bis heute. Der Tesserakt achtet auf mich.«

»Bist du … unsterblich?«, fragte der Junge.

»Nein, bin ich nicht. Aber ich habe mehr Zeit von Gott bekommen als jeder andere von euch und all jene, die ich einst kannte und geliebt habe. Ich habe sie alle überlebt. Maria, ihre Söhne und deren Kinder und Enkel. Ich werde noch leben, wenn auch ihr alle schon tot seid, und eure Kinder und Enkel. Aber irgendwann werde auch ich sterben, daran kann selbst der Tesserakt nichts ändern.«

Anselmo wickelte sich fester in seine Decke.

»Es ist spät geworden. Aber ich bin ja auch schon fast fertig. Der Tesserakt war verschlossen, Peter Adam hatte die Bombe aus rotem Quecksilber gezündet und damit alle neun Amulette aktiviert. Wir hörten den Knall, aber in den ersten Stunden wussten wir nicht, was passiert war. Ob wir gerettet waren oder ob das Böse uns nun endgültig auslöschen würde. Wir konnten nur beten und hoffen, und das taten wir. Erst am nächsten Morgen, als wir verwundert feststellten, dass wir immer noch lebten, verstanden wir, dass die Welt nicht untergegangen war. Dass das Böse besiegt war. Nach und nach erhielten wir Gewissheit. Auch außerhalb der Reinen Orte hörten die Infektionen auf, und die Infizierten wurden gesund. Nachdem die ersten Kommunikationssysteme wieder arbeiteten, erhielten wir die gleichen guten Nachrichten auch aus anderen Teilen der Welt. Alle neun Pforten der Hölle hatten sich wieder verschlossen. Die Welt hatte sich völlig verändert – aber sie war nicht untergegangen. Zwar liefen immer noch *Backies* herum, und sechs Milliarden Menschen waren gestorben – doch die Menschheit selbst hatte überlebt. Die Apokalypse war vorbei. Wir konnten neu anfangen. Durften. Mussten. Auch die Kirche.«

Er wollte weitererzählen, doch der Junge unterbrach ihn erneut.

»Was wurde aus den ›Trägern des Lichts‹?«

Anselmo spuckte aus. »Man weiß es nicht. Sie sind nie wieder aktiv geworden. Was aber nicht bedeutet, dass es sie nicht mehr gibt. Vielleicht haben sie sich aufgelöst und in alle Welt verstreut. Vielleicht treffen sie sich aber immer noch an geheimen Orten und beten ihre Dämonen an.«

»Und die *Konferenz*?«

Anselmo seufzte. »Nachdem Nakashima mit seiner neuen

Weltordnung gescheitert war und seinem zynischen Plan, mit Seths Hilfe die Weltbevölkerung um die Hälfte zu reduzieren, hing eine Gruppe von einigen Tausend ausgewählten Überlebenden auf Spitzbergen fest. Auf der arktischen Insel isoliert, gründeten sie dort eine Kolonie. Wie man hört, ist sie in den letzten dreihundert Jahren kaum gewachsen. Das Leben dort ist hart. Aber wo ist es das nicht.

Das Einzige, was sich am Ende erfüllt hatte, war der große Plan der Mh'u. Vielleicht nicht ganz so, wie diese seltsamen Wesen es berechnet hatten, aber immerhin hatten sie die Welt gerettet. Unsere und jene andere parallele Welt, die wahrscheinlich nie erfahren hat, wie knapp sie der Apokalypse entgangen ist. Aber wer weiß das schon, ich war nie dort.«

Anselmo sah den Jungen gereizt an. »War es das? Darf ich jetzt weitererzählen oder willst du mich und alle anderen lieber noch mit Fragen nerven, auf die ich keine Antwort habe?«

Der Junge schüttelte stumm den Kopf. Aber Anselmo sah ihm an, dass er bald die *eine Frage* stellen würde. Die Frage, die ihn in manchen Nächten bis in seine Träume verfolgte. Er konnte förmlich zusehen, wie sich die Frage in dem Jungen bildete, heranreifte und bald aufplatzen würde.

»Wo war ich stehengeblieben?«, knurrte er den Jungen an.

»Auch die Kirche musste neu anfangen.«

»Ganz genau. Nur zwei Kardinäle«, fuhr er fort, »Rybinski und Marconi, und ein kleiner Teil der Kurie hatten die Apokalypse in Rom überlebt. Sie versammelten sich am Weihnachtsabend in den Ruinen des Vatikans, um einen neuen Papst zu wählen. Denn wie sollte die katholische Kirche fortbestehen ohne Papst?

Aber es gab ein Problem. Zunächst konnte kein reguläres Konklave abgehalten werden, da die anderen überlebenden Kardinäle aus den anderen Teilen der Welt nicht nach Rom reisen konnten. Außerdem mussten sich die versammelten Geistlichen eingestehen, dass sich die Prophezeiung des Malachias in allen Punkten erfüllt hatte. Wenn man in Betracht zog, dass Papst Johannes Paul III. sein Amt nie verloren, sondern nur wieder übernommen hatte, war Petrus II. der letzte Papst gewesen. Sollte man überhaupt einen neuen Papst wählen? Brauchte diese neue Welt überhaupt noch einen Papst? Brauchte sie überhaupt noch die katholische Kirche? Die Antwort gaben die Menschen auf dem Petersplatz. Seit ihrer Videobotschaft und vor allem nach dem gemeinsamen Gebet verehrten sie Maria als Heilige. Sie war die Symbolfigur der Hoffnung, nach ihr riefen Hunderttausende, und täglich strömten mehr Überlebende hinzu, um sie zu sehen.

Ich weiß nicht, ob Kardinal Rybinski, Kardinal Marconi und die paar Priester überhaupt noch darüber diskutiert haben. Ob sie sich geweigert haben, das Offensichtliche anzuerkennen und einen radikalen Schnitt zu wagen. Ob sie bereit gewesen wären, sich gegen den Willen der Gläubigen zu stellen. Oder ob sie Maria im Gegenteil überreden mussten. Ich war nicht dabei. Ich weiß nur, dass sie Maria am Weihnachtsabend zu sich baten. Nach einer knappen Stunde erschien sie uns wieder unter dem Kreuz über den Trümmern des Petersdoms, gekleidet in ein weißes Ordenshabit, und Kardinal Rybinski rief unter dem Jubel der Massen die unerhörten Worte: ›Habemus Papissam!‹ *Wir haben eine Päpstin!* Sie nannte sich Sophia I., und ich erinnere mich noch genau an ihre ersten Worte. *Fröhliche Weihnachten, euch allen! Ich freue mich, so viele von euch zu sehen. Und bevor wir beten, wollte ich euch übrigens noch sagen, dass ich schwanger bin.*

Ich habe nie im Leben größeren Jubel erlebt. Denn erst in diesem Moment verstanden wir wirklich, dass wir alle weiterleben würden. Dass Gott uns nicht vergessen hatte. Dass wir alle Hiob waren.«

Anselmo zitterte. Wegen der Kälte und der Erinnerung an jenen Weihnachtsabend vor über dreihundert Jahren. Dass er neben Maria, ihrer Mutter, Leonie und dem angeschossenen Urs

Bühler auf den Trümmern des Petersdoms gestanden, sich wie ein Held gefühlt und den Jubel genossen hatte, verschwieg er an dieser Stelle immer. Ebenso den unheimlichen Fund, den er einige Tage später machte, als er sich in das verwüstete Gebiet vorwagte, wo das Pantheon gestanden hatte, um nach Spuren von Peter Adam zu suchen. Den *Fund*, der ihn zutiefst schockiert und den er kurz darauf einfach verbrannt hatte, damit kein Mensch ihn jemals zu Gesicht bekäme. Damit die neu erwachte Hoffnung nicht gleich zu Anfang wieder sterben würde.

»Mehr ist nicht zu erzählen«, sagte er rau. »Lasst einen alten Mann nun schlafen.«

Aber wieder meldete sich der neugierige Junge.

»Was ist mit den Mh'u geschehen? Gibt es sie noch?«

Ein kluger Junge. Anselmo fragte sich, ob er ihm die Erinnerung an den *Fund* womöglich angesehen habe.

»Wie heißt du, Junge?«

»Peter.«

So hießen sie immer.

»Hör mal zu, Peter, natürlich existieren sie noch! Wer sollte uns sonst beschützen! Sie sind immer um uns herum, jetzt gerade in diesem Augenblick kann ich sie spüren. Sie sind da! Sie werden immer da sein!«

»Und was ist mit dem alten und dem jungen Peter Adam geschehen?«

Anselmo atmete durch. »Sie sind in dem Loch gestorben. Die Implosion hat sie getötet.«

Der Junge, der Peter hieß, nickte zwar, schien aber noch nicht ganz zufrieden zu sein.

»Und du bist seitdem der Hüter des Tesserakts?«

»So ist es, mein Junge. Ich habe mir diese Aufgabe nicht gewünscht, aber der Herr hat es eben so bestimmt.«

»Aber du hast ihn nicht bei dir! Wo ist der Tesserakt jetzt?«

Anselmo erhob sich schwerfällig. Seine Knie schmerzten. »Es ist spät. Geh schlafen, Junge.«

»Eine Frage noch!«, bettelte der Junge. »Bitte!«

»Na, gut. Die letzte.«

»Ist das Böse nun tot?«

Ja, das war immer die letzte Frage. Die *eine Frage*. Er hatte den ganzen Abend auf diese Frage gewartet.

»Das Böse? Das Böse *kann* nicht sterben. Es schläft nur wieder. Aber an einem anderen Ort. In einer anderen Zeit.«

13. November 2013, Bar Sant'Eustachio, Rom

Seit zwei Wochen sah sie ihn jetzt schon jeden Tag. Jeden Tag zur gleichen Zeit kam er in die kleine Bar zwischen Senat und Pantheon, die inzwischen in fast jedem Reiseführer erwähnt wurde, und trank einen *caffè con panna*. Immer in Begleitung einer jungen Frau um die zwanzig. Er sah gut aus, sie schätzte ihn auf Mitte vierzig. Sein kurzgeschnittenes, schlohweißes Haar, das in einen ebenso kurzen Vollbart überging, ließen ihn auf den ersten Blick sogar noch älter wirken, aber als sie einmal einen genaueren Blick durch die Spiegel in der Bar riskierte, sah sie, dass er überraschend junge Augen hatte. Jung, aber unendlich traurig. Irgendein großer Kummer belastete ihn, als habe er einen furchtbaren Verlust erlitten.

Dabei lachte er durchaus oft. Sie hatte beobachtet, wie er mit der jungen Frau an seiner Seite scherzte, etwas zu ihr sagte, und wie sie ihm dann lachend kurz auf den Kopf patschte, als habe er sie auf den Arm genommen. Meist kamen sie Hand in Hand in die Bar und verließen sie auch so wieder, als könnten sie nicht voneinander lassen. Sie küssten sich bloß nie.

Sie selbst fand Männer mittleren Alters mit jungen Frauen vor allem lächerlich. Zumindest ärgerlich, denn jedes Mal stellte sie sich die gut aussehenden, klugen und erfolgreichen Mittvierzigerinnen vor, die mit den gemeinsamen Kindern von ihren Männern in der Midlife-Crisis für eine Jüngere sitzen gelassen worden waren. Aber bei diesem Paar war es anders. Sie wirkten viel inniger. Als ob sie sich schon ein Leben lang kennen würden.

Seit zwei Wochen sah sie ihn jeden Tag. Und nicht nur in der Bar, dort hatte sie ihn nur zufällig entdeckt in einer ihrer Mittagspausen. Aufgefallen war ihr der Mann während der Arbeit im Pantheon. Jeden Morgen kam er dorthin, wie immer in Begleitung seiner jungen Freundin, und setzte sich auf einen mitgebrachten Campinghocker an den Rand. Er kam noch vor der offiziellen Öffnungszeit, lange vor den Touristenströmen. Das Pantheon war um diese Zeit eigentlich noch geschlossen, aber irgendwer ließ ihn jeden Tag hinein. Als sie Rubini, den Hausmeister, danach fragte, zuckte er nur mit den Achseln, rief ›*Beh!*‹ und behauptete, den Mann noch nie gesehen zu haben. Eine glatte Lüge, denn der Mann kam jeden Tag zur gleichen Zeit, um auf seinem Klapphocker eine Stunde den Fußboden anzustarren, als ob der ihm seinen Verlust ersetzen könne. Seine junge Freundin schlenderte derweil herum oder ließ ihn manchmal auch kurz alleine zurück. Manchmal kam auch ein roter Straßenkater vom Platz herein, legte sich neben ihn, ließ sich aber nie von ihm kraulen. Seltsames Bild, fand sie, als ob die beiden eine unangenehme Erinnerung teilen würden.

Obwohl ihre Arbeit im Pantheon eigentlich nach zwei Tagen erledigt gewesen war, kam sie weiterhin jeden Morgen und beobachtete den Mann heimlich von oben durch eines der Innenfenster im ersten Stock. Wenn Messen in der Rotunde abgehalten wurden, saß er immer in der letzten Reihe und betete. Manchmal in Begleitung seines Zwillingsbruders und dessen Freundin. Die Ähnlichkeit der beiden war verblüffend, es *mussten* Zwillinge sein. Sie konnte sie gut auseinanderhalten, denn der Zwillingsbruder trug stets schwarze Anzüge und hatte eine ganz andere Ausstrahlung. Was für seinen Bruder der Kummer, war für ihn der Schmerz. Seine Freundin war sehr schön, sie konnte Südeuropäerin sein oder Orientalin. Sie waren sehr innig miteinander, küssten sich auch manchmal, aber immer umwehte beide etwas Düsteres.

Der Mann dagegen, den sie jeden Tag sah, trug meist Jeans, ein helles Hemd und ein blaues Jackett, manchmal sogar ein buntes Poloshirt. Der Standardlook der römischen Männer.

Stand ihm aber gut, fand sie, auch wenn er kein Italiener war, sondern Deutscher. Sie hatte ein paar Gesprächsfetzen in der Bar zwischen dem Mann und seiner Freundin aufgeschnappt. Sie war neugierig gewesen. Kein Wunder.

Seit zwei Wochen sah sie den Mann nun schon im Pantheon und in der Bar um die Ecke. Tatsächlich aber hatte sie ihn schon davor in ihren Träumen gesehen. Vielmehr in dem einen immer wiederkehrenden Traum, der sie seit Wochen heimsuchte. Und das machte ihr Angst und hatte sie bislang gehemmt, den Mann einfach anzusprechen.

Aber gestern war er zum ersten Mal nicht ins Pantheon gekommen. Nicht am Morgen und auch nicht danach. Sie hatte kaum arbeiten können vor Unruhe und immer wieder zwischendurch die Menge der Touristen nach ihm und seinem Klapphocker abgesucht. Auch in der Bar war er nicht erschienen, weder er noch sein Zwillingsbruder noch eine der jungen Frauen. Am Abend hatte sie befürchtet, dass der Mann wieder abgereist sei. Dass sie den entscheidenden Moment verpasst habe. Dass sie wie Parsifal die einfachste Frage der Welt nicht gestellt hatte und dieses Zögern nun ein Leben lang bereuen würde.

Als der Mann an diesem Morgen dann alleine in der kleinen Caffè-Bar erschien, gab sie sich einen Ruck, drängelte sich durch die Menge neben ihn an die Theke, streckte dem Barista ihren Bon entgegen und tat überrascht, als habe sie den Mann gerade zufällig bemerkt.

»Oh, hallo! … Ich hab Sie gestern vermisst.«

Er sah sie neugierig an. »Ach ja?«

»Im Pantheon, meine ich. Aber ich … will Sie nicht stören.«

»Sie stören mich nicht. Ich hab Sie auch vermisst, aber mein Bruder und ich hatten gestern ein paar Dinge mit den italienischen Behörden zu klären.«

Er sah sie an, als müsse sie wissen, um welche *Dinge* es ging.

»Aha.«

Er trank seinen Espresso aus und stellte die leere Tasse auf der Edelstahltheke ab. Üblicherweise das deutliche Signal, dass das Gespräch nun beendet sei.

»Was machen Sie da oben im Pantheon?«, fragte er dennoch.

»Ich untersuche die Struktur des Gebäudes«, erwiderte sie, verlegen, dass er sie da oben bemerkt hatte. »Ich bin Architektin und schreibe an meiner Doktorarbeit über das Pantheon. Den Beton der Kuppel, die Statik, seine vielen unterschiedlichen Funktionen über die Jahrhunderte hinweg.«

»Was interessiert Sie gerade am Pantheon?«

»Na ja … Es ist immerhin das älteste erhaltene Gebäude der Welt.«

»Sonst nichts?«

Sie zögerte. Fühlte sich unbehaglich, so unvermittelt Auskunft geben zu müssen.

»Das Pantheon hat mich schon immer fasziniert. Seit ich mit vierzehn Jahren mit meiner Mutter zum ersten Mal hier war, hat es mich nicht mehr losgelassen. Es ist, als ob …«

»… es Sie ruft?«

Sie lachte. »Klingt bescheuert, nicht wahr?«

»Überhaupt nicht. Mir geht es genauso. Wollen wir rübergehen?«

»Sind Sie nicht … ich meine, verabredet?«

Er schüttelte den Kopf. »Maya hat heute Ihre allererste Vorlesung. Da hat sie keine Zeit für ihren Vater.«

Seine Tochter!

»Oh! … Ich meine, das ist toll! Was studiert sie denn?«

»Psychologie. Sie drängt mich übrigens seit einer Woche, Sie endlich anzusprechen.«

Obwohl schon November, war die Luft immer noch warm genug, dass sie ihre Jacke in der Hand behalten konnte, als sie die Bar verließen. Der rote Kater saß vor der Bar auf der Straße und maunzte den Mann an. Beleidigt oder eifersüchtig, dachte sie kurz. Als der Mann in die Hocke ging, um den

Kater anzulocken, streckte er sich nur einmal gelangweilt und trollte sich.

»Dann helfen Sie also Ihrer Tochter gerade bei der Wohnungssuche?«

»Ehrlich gesagt, habe ich vor, ebenfalls in Rom zu bleiben. Meine Frau ist bei dem Flugzeugabsturz im August ums Leben gekommen. Sie haben vielleicht davon gehört.«

»Das ist ja furchtbar!«, rief sie bestürzt. »Das … tut mir leid.«

Er nickte. »In den letzten Wochen ist sehr viel passiert. Alles hat sich verändert. Meine Frau ist gestorben, meine Tochter war lange verschwunden, mein Bruder hat sein Priesteramt abgelegt, um zu heiraten. Seine Freundin war … sehr krank. Aber nun scheint sich irgendwie doch alles zum Guten zu wenden. Hoffe ich.«

Sie wusste nicht, ob er gerade von sich oder seinem Bruder sprach. Trotz seines Schicksalsschlages verhielt er sich so ungezwungen, als würden sie sich schon lange kennen.

»Ihr Bruder war Priester?«

»Sogar Prälat bei der Glaubenskongregation. Wie finden Sie den neuen Papst?«

»Äh, Franziskus? Ganz okay, glaube ich. Ich bin nicht sehr religiös. Eigentlich gar nicht.«

Er lachte laut auf.

»Finden Sie das etwa komisch?«

»Nein. Ich bin nur überrascht.«

»Aha?«

»Vergessen Sie's, bitte. Vielleicht erzähle ich es Ihnen irgendwann. Wenn wir uns besser kennen.«

Sie wusste nicht, was sie darauf antworten sollte. Aber sie beschloss in diesem Moment, ebenfalls noch einige Wochen länger in Rom zu bleiben.

Das Pantheon öffnete gerade. Die ersten Reisegruppen strömten in die Rotunde, gruppierten sich in der Mitte unter dem *Opaion* und machten Fotos.

»Was fasziniert *Sie* denn so am Pantheon?«, fragte sie geradeheraus.

Er sah sie einen Augenblick an. »Hier drunter schläft das Böse«, sagte er wie selbstverständlich. »Ich bin hier einmal gestorben. Beziehungsweise ein Teil von mir.«

Die Antwort irritierte sie zutiefst, denn sie erinnerte sie an ihren Traum und die rätselhaften Worte, die ausgerechnet die Madonna darin zu ihr gesprochen hatte: ›Atme. Lebe. Finde.‹

»Das Böse? Liegt das Böse denn nicht vielmehr in uns allen?«

»Ja«, seufzte er. »Wir tragen es alle in uns. Aber das Böse hat auch eine Substanz. Und die schläft genau hier, tief unter uns. Und eines fernen Tages wird es wieder erwachen.« Er sah sie an, als erwache er gerade selbst aus einem schlimmen Tagtraum. »Sie müssen mich für verrückt halten.«

Sie schüttelte den Kopf. »Es ist nur ... okay. Jetzt halten Sie mich gleich für verrückt. Aber was soll's. Jedenfalls, ich habe von Ihnen geträumt. Ich meine ... Ich habe *genau das* geträumt. Dass Sie hier sterben. In einem großen Loch, hier im Pantheon.«

Er nickte, als wisse er das längst, und sah sie schweigend an.

»Ich heiße übrigens Peter.«

»Oh, entschuldigen Sie«, beeilte sie sich. »Ich heiße Maria.«

»Ja«, sagte er.

»Ja?«

»Ich weiß.«

– ENDE –

Werde Teil der Bastei Lübbe Welt
You Tube
www.luebbe.de/Meinewelt
Lesen, rezensieren, Bücher gewinnen
Lerne Autoren, Verlagsmitarbeiter und andere Leser kennen